情定大沩山

黄栋梁　著

天津出版传媒集团

天津人民出版社

图书在版编目（CIP）数据

情定大沩山 / 黄栋梁著 . -- 天津：天津人民出版
社 , 2020.7（2022.3重印）
ISBN 978-7-201-16042-9

Ⅰ . ①情… Ⅱ . ①黄… Ⅲ . ①长篇历史小说—中国—
当代 Ⅳ . ① I247.5

中国版本图书馆 CIP 数据核字 (2020) 第 098416 号

情定大沩山
QINGDING DAWEISHAN

出　　版	天津人民出版社	
出 版 人	刘庆	
地　　址	天津市和平区西康路 35 号康岳大厦	
邮　　编	300051	
邮购电话	（022）23332469	
网　　址	http://www.tjrmcbs.com	
电子信箱	reader@tjrmcbs.com	

责任编辑	刘子伯
策划编辑	莫义君
特约编辑	张帆
封面设计	西子

印　　刷	天津兴湘印务有限公司
经　　销	新华书店
开　　本	710×1000 毫米 1/16
印　　张	28
字　　数	350 千字
版次印次	2020 年 9 月第 1 版　　2022 年 3 月第 2 次印刷
定　　价	88.00 元

故事梗概

　　少年亲政的康熙为应付裁撤三藩可能引发的叛乱，在厉兵秣马的同时，暗中派出亲信李茂带人前往湖南、四川网罗民间势力，拟在三藩之首吴三桂外围储备平叛抗反的民间力量。格格小悦得知后，逃出宫设计取得李茂相信，跟随李茂来到了湖南，在洞庭湖历险时巧妙地掌控了当地最大帮派洞庭帮，又在衡山收罗了于奎等武林人士及南岳僧、道。既从于奎口中得知了大沩山青年才俊张安可堪大任，又得到南岳寺了然大师指点，掌握了大沩山险要神奇、人杰地灵，可踞此而控三湘之特点，便前往建立秘密抗反基地。在张安配合下，成功将湖南各地民间力量拉入旗下，奉旨组建了湖南平叛民军，张安被封湖南平叛民军统领，其他民间志士也均有所封。此间，小悦与张安情之所至终成连理，李茂等将校也找到了真爱。康熙十二年，朝廷撤藩，吴三桂反叛，各地从叛者众，小悦和张安一边安定军心，一边将各地军需及民军队伍收拢进大沩山，形成了集中掌管的强大力量。湖南被叛军攻陷后，李茂身陷四川，小悦和张安面对复杂形势，对立足未稳之敌展开袭扰，首战截获叛军大批粮饷，打乱了叛军战略企图。又以不间断袭扰和诱敌剿杀配合朝廷大军将叛军拖在了湖南。其间，小悦向长沙、岳州、益阳等地秘密安插了探子队，展开了暗线斗争，又在民军与民军间、官军与民军间建立了庞大完备的联络网络，后又恢复了衡州、常德平叛民军，并在岳州、长沙等地动员力量成立了隐蔽民军。吴三桂衡州称帝后，小悦和张安向岳州、衡州加派力量，令衡州平叛民军要以获取贼头为最佳战果，后更是以置吴三桂于死地为坚定决心，派从四川回湖南的李茂赴衡州统管衡州民军力量。衡州平叛民军在李茂、于奎等带领下，抓住吴三桂上南岳寺进香之机展开突袭，直取了吴三桂首级。小悦又利用叛军内部矛盾挑起叛军内斗分裂，加速了叛军瓦解，为平叛成功建立了巨大功劳。湖南平叛结束后，朝廷有人要抹杀民军功绩、遣散民军将士，小悦以其情感影响，迎来了"隐其事、赏其功、用其人"的圣旨和钦差慰问，民军将士终受到封赏并编入绿营开往了新的疆场。

目 录

引 子

　　雪峰山顶着常年积雪，绵延千里，如一条腾飞的巨龙，搅动湘西到湘中的云天雾海。其东南余脉有如翘甩而起的巨大龙尾，若即若离地挑逗着另一条巨龙——衡山山脉的尾部，气势磅礴，灵韵十足，且妙趣盎然。这段高高翘起的雪峰山东南余脉，便是以神奇而著称的大沩山山系。

　　大沩山，亦称沩山，湘江支流沩江的发源地。雄踞宁乡西北，北连桃江的桃林竹海，西邻安化的高山云雾，东望洞庭的清波碧浪，南眺湘乡的稻菽桑田，周回几百里崇山峻岭云气相汇，翻动旋转，漫山升腾。其山存茂林，林储活水，水养坡地，地蕴沃土，宜耕宜种。传说舜之子"沩"当年相中此地前来开发，开创了此处的农耕业及手工业，成为了此地农耕文化和手工业文明的奠基之人，故被后人尊仰而称作了"大沩"，大沩山之名便由此而来。

　　大沩山自古就有"大沩凌云"之壮观。经几千年发展，大小山冲田连阡陌、流水人家，胜过世外桃源。当地人守着这块宝地安于耕种，自给自足，不曾受天灾之害，亦未受大荒之苦，尽享天赐之富庶。山外文人墨客、高官富贾、才子佳人被其魅力所引，纷至沓来，或游幸于此，或安居此地，留下了诗文万千、美谈无数。

　　唐朝时，寺院风水大师司马头陀遍游名山大川，实地踏勘大沩山后赞叹不已，向禅宗高僧、佛门大德、禅宗丛林清规制定者百丈禅师推荐，百丈禅师派灵祐大师来此创建了佛教"一花五叶"之首叶沩仰宗祖庭密印寺，奠定了千年密印的繁盛与万佛灵山的辉煌，与最早在此出家的唐朝尼姑铁磨禅师一道，构建了大沩山雄厚的佛教文化根基。唐代河南籍名相裴休看中了此处山灵地旺，晚年辞官来此助佛教、办学堂，促进了佛教文化、北方文明与当地农耕文化、手工业文明的再度融合，开创了湖湘文化发展新纪元，也助推了大沩山佛教与教育的繁荣。其中地处大沩山中部的那片被他用来开办了众多学堂、书院的抱孵之地，后因官将百出而被冠以了官山的美名。其次子裴文德代替皇子在大沩山出家后再赴杭州金山寺修行，后成了《白蛇传》中的得道高僧法海而随这故事传说了千年。当地的晚唐诗僧齐己钟情吟咏，有八百余首诗作收录进了《全唐诗》，成为与白居易、杜甫、李白、元稹齐名的唐代大诗人。在大沩山出生、就读，后高中状元的易祓，官至南宋礼部尚书，虽遭贬又官复原职，但在居家的三十年中潜心经学研究，著有等身之作，且热衷于经学传授，使大沩山成为了湖湘文化的一块特殊高地。南宋名相、抗金名将张浚及其儿子、朱张理学创始人张栻（号南轩）给大沩山带来了文化新风。张栻在长沙重修岳麓书院的同时，又在官山的百校丛中再创了南轩书院，其理学理念融会本土文化广泛传播，经一代又一代湖湘儿女在前承后启、开拓创新中提炼升华，形成了独树一帜的忠诚担当、报国尚武、经世致用、包容并蓄、敢为人先的湖湘精神，造就了代代湖湘英杰，给气壮山河、可歌可泣的中国历史谱写了不可替代的华美篇章，"惟楚有才，于斯为盛""无湘不成军，唯楚有才俊""天下不可一日无湖南""若道中华国果亡，除非湖南人尽死"等回荡寰宇的壮语豪言，就是湖湘儿女秉承代代相传的湖湘精神谱写而成。

清末"廊桥六结义"的六位书生走出大沩山"翻云倒海唱惊雷"，创造了中国近代史上的传奇佳话。其中，何梓林为辛亥革命英雄、孙中山侍卫室长官、北伐军前线支队司令，中华著名英烈；夏果雅为沩山起义领袖战死沙场；何叔衡为中共"一大"代表、中共创始人之一，后为苏维埃流尽最后一滴血，为新中国成立作出突出贡献的百位英雄模范人物之一。姜梦周为中共早期党员，一九二八年牺牲，中华著名英烈；谢觉哉为中共早期党员，先后担任新中国内务部部长、中国政法大学校长、最高人民法院院长、全国政协副主席；王凌波为中共早期党员，曾任八路军驻湘通讯处主任兼新四军驻湘办事处主任，一九四二年任延安行政院副院长。由何叔衡、姜梦周、谢觉哉、王凌波合称的"宁乡四髯"乃中国革命史上的著名称号。

大沩山博大、大沩山神奇，大沩山是地灵人杰之地，也是情怀荡漾之乡。其流传下来的无数传奇故事，或优美感人、或英勇悲壮、或气势宏伟，无不彰显着华夏儿女的智慧基因、不屈精神和浪漫情怀，经代代修饰、充填、雕琢并流传，充满了万般灵韵和无穷魅力。

下面的故事，是由当地人口口相传而来的，是大沩山充满传奇的历史长河中的一片小浪，也是大沩山丰满灵动的千年情韵中的一朵小花。

第一章　英雄峡谷里出手　张安巨石台得梦

在大沩山三大主脉的七十二峰中，博公山并非最高，却最独特。其独特在于有两个峰顶，甚是雄伟。且靠西南的山峰上耸有一石柱，方圆近半亩，高十丈，矗立云中，巍峨壮丽。石柱如巨型高台耸立，故被当地人称作巨石台。传说中，巨石台是天上神仙下棋聊天的休闲之所，也是仙娥嬉戏跳舞的玩耍之地。因而，上面刻有巨幅棋格，棋格上摆放的巨大白玉棋子以凡人之力不可挪动。还有一双仙女遗落的舞鞋搁在上面，白玉打底，金丝做面，华丽无比。这些有鼻子有眼的传说，给巨石台蒙上了神秘的面纱。千百年来，当地人都对其敬而远之，所以，这座巨石台虽以傲视天下的雄姿耸立于此，但终因没人靠近而显得极为孤独，而且沉闷。

这天，天还未亮，张安就已来到了巨石台下。他是一位年仅十八的山村小伙，中等的身材，不胖不瘦。五官恰到好处地安放在那微黑的脸上，匀称有致，棱角分明。双眼似阳光照耀下的深潭之水，炯炯有神。身子被一身短装紧束，全身上下无不透着威武和大气、睿智和干练。他还是一位胆大好奇、不信邪怪的神勇之辈，自小就对神奇之事很感兴趣，越是被人说得神乎的事情，他越是要设法去查探个明白，揭开其神秘的面纱，把真实的面目展示给那些神乎其神的大人们。自从听大人们说起过有关巨石台的神秘传说后，他就对这座巨石台充满了兴趣，总想要踏上去查探个清楚，但因那时年纪尚小，尚无能耐上去，才立下了宏愿，等长大之后一定要上去查探个究竟。

如今，他已是位身怀武功的山寨护院了，相信自己有了足够的能耐征服这座巨石台了，所以，就满怀信心，带着儿时之愿来到了巨石台下，打破了这座巨石台的千年孤独和沉闷。他迎着朦胧的晨曦，神情自若，或远或近地探望了许久，又围着巨石台绕行了好几圈，再透空察看、拍打抚摸了好一阵，才选择了个平整空旷之处站稳了脚跟，闭上了双眼，排除了心中的杂念后安定了心神。接着，又扎稳了马步，运起了内气。当气惯全身后，功力陡增，心中那份要腾飞起来的意念已上升到了极点。也就在这一瞬间，他两脚一蹬，果断跳起，身子迅速腾空而上，直至超越了巨石台的台面。而此时，他又气往下压，让身体缓缓地下降，两脚稳稳地踏在了这座备受世人敬畏的巨石台上。

在巨石台上来回地走动了几步，再跺了跺脚，张安的脸上漫开了征服者的自豪。可扫视过巨石台后，他又失望了，因为在这平整宽大的台面上，除了有少许干枯的树叶、藓苔和飞鸟的粪便外，并无传说中所说的巨幅棋格和巨大棋子，更无白玉金丝舞鞋之类的仙女遗留物。他只得深吸了几口气，抬起了头来，将目光伸向了远方。远方是霞光初露的云天和初霞衬映下的茫茫众山，这景致一扫他心中的失望，也让他脸上泛开了闪亮的潮红，瞬间便有了高高在上、顶天立地的感觉。此时，他已无心去追踪神仙的棋格、棋子和仙女的舞鞋了，只草草地活动了一下身子，就舒展身手，腾跃劈打、推拉顶压，畅快流利地练起了拳脚来。此处环境空旷，视野寥廓，风清气爽，练起拳脚来不仅没有半丝的劳累，反而还有了使不完的劲头儿，他感受到了一种超越想象的特殊快意。随后，又扎稳了马步，练起了内功。平日里练内功时，他都是在意守丹田、念聚一穴运气之后，让真气缓慢启动、逐步提升，并沿任、督二脉缓缓运行，让其传遍全身后提升功力。这次却感到了有些难以掌控，守住丹田刚一运气，真气就自行聚集，快速涌动，很快传遍了全身，而且体内的气流与体外的气场迅速贯通，在内外两气相汇之时，自然地生出了一股能拔起一座大山的力量。在此练功有如此神奇之效，他喜出望外，当收回了意念放松了身体时，油然而生一种畅快淋漓的满足感。

这巨石台还真是个练功的好地方。张安想，今日能有如此收获，怕是要比见到神仙的遗留物强出了许多，因而做出了打算，往后一定要常来此练功！主意一定，他就站到了巨石台的中央，面朝东方，张开双臂，敞开胸怀，摆出了要将天边朝霞全都搂进怀来的架势，"啊啊"地大喊起来。那喊声饱含快意和自信，越过了云朵、山峰，飞向了天边。接着，他又闭上双眼，放松身体，任由清风抚摸着肌肤，让身心进入了松弛而又安静的境界。

太阳如一个鲜亮的红球弹上了远处的峰顶。在这霞光渐淡，通天明亮之时，张安环视起了远方的景色。放眼望去，峰岭上闪耀的金光与天空里多姿的云彩争相竞美，山峦间弥漫的氤氲与山下的炊烟缓缓争悠，如仙境入眼，令他满心舒爽，心旷神怡。他想，此时的风光有情有韵，气势非凡，如不就此吟出一首诗来，怕是要辜负这番美丽的景色了。于是，就深吸了几口气，静下心来，开始酝酿起诗作来。可就在此时，隐隐地从远处飘来了打斗的声音。打斗声惊扰了他的诗兴，也引发了他的好奇之心。他转过了身去，功移双目，探望到了远处的峡谷中正有十几位短衣者正在围攻一对年轻男女。这情景激起了他的好奇，他未经多想就跃下了巨石台，运气提脚，直奔至了靠近峡谷的丛林之中，且藏好了身子，擦亮了眼睛，想要在此好好观赏一番这场人数悬殊的特殊打斗。峡谷中的人打得精彩，他看得专注，尤其是见那对年轻男女以少战多并不显弱势时，他佩服在心。可就在他正看得入神之际，峡谷的另一头又冲来了十数个短衣者，来势凶猛。当看清楚了这群短衣者也对那对年轻男女大打出手之时，他在心里大喊了一声"不好"！捏紧了拳头。他想，猛虎也难敌群狼呢，那对男女虽武功高强，可在这峡谷之地遭这么多人前后夹击，定会要吃亏。他如此一想，就有一股热血涌到了脸上，也顾不得去弄清楚这打斗双方谁对谁错、谁好谁坏，也没顾得上去想是否要喊来援手帮忙，只凭着自己那副看不惯以多欺少的脾性和与生俱来的仗义纵身一跃，落到峡谷中对着短衣者展开了拳脚。

打斗甚是激烈。那对男女看似势单力薄，但面无惧色，且拳脚利索，甚是勇猛。而那些短衣者亦是训练有素，气势汹汹。因对方人多势众，张安有所担心，所以就一个急跃来到了那对年轻男女的面前，吼着"杀出个口子来快跑吧"！就横劈竖踢，想要帮他俩杀出一条逃跑的出路来。那位男子却并不领情，只回了声"灭了这帮逆贼后再说"，又杀入了短衣者中间。张安虽仍担心寡不敌众，但受那男子的气势鼓舞，也跟着杀进了短衣者中间。好在此时从山上又跃出来了两个和尚。和尚脚一落地就拳脚并用，对着短衣者勇猛出击，招招都置短衣人于死地。这让张安放开了胆子，大喊了一声"杀"！也使出了浑身武艺，将一个个短衣者击倒在了拳脚之下。五人大喊猛杀，越战越勇，把短衣者杀得阵脚大乱。

短衣者的气势已渐渐地低落了，但张安仍然不敢松懈。可正当他拼杀得来劲之时，侧后忽然传来了"还我孩子"的大喊声。他知道这喊声是那位女子发出的，所以就转过了身去。他看到了那女子正在追赶一位抱着个婴儿往峡谷外逃跑的短衣者，而且就在此时，那位短衣者已将孩子高高地抛向了空中。见这情景，他未及多想，只一个单脚点地就斜插过去接住了孩子。将孩子交给了那位女子之后，他心中喷出了一团巨大的怒火，朝着那位短衣者愤怒地喊了声"你死去吧"！就纵身跃起，一个踏脚将其踏了个脑浆四溅、头陷胸腔。那群短衣者已经伤亡大半，剩下的拟要分头逃窜了，可那位男子大喊了一声："看你们往哪里逃！"就飞跃过去截住了峡谷的一头，张安一见，也大喊一声："看你们往哪里逃！"堵住了峡谷的另一头。而那两位和尚和那位女子也未作犹豫，分头阻击，施以了更为猛烈的攻击。五人一鼓作气，再用了一壶茶的工夫，就将那些短衣者全都送上了西天。

此时，张安并未去理会那对被人追杀的年轻男女，也未去理会那两位仗义的和尚，而是嘘了一口气后，在峡谷中查看起来。他是想要找出一个尚未断气的来，好弄清楚这些短衣者的身份来历。可他最终并未找到活口，所以只得两手一摊，锁紧了眉头。此时，他担心了，担心自己会不会杀错了好人。但很快，他的双眉又舒展开了，因为他想到了那两位和尚，想到了和尚一心向善，肯定不会帮助坏人。他正想要去找那两位和尚求证个确实时，却见那两位和尚已在往冲沟里搬运尸体了，就打消了念头。

就在此时，那位男子已来到他面前，抱拳一揖，说道："大侠是想要弄清楚这些劫贼的身份吧？我告诉你吧，他们全都是吴三桂的手下！"张安一听，心头一惊，就反问了一句："是吴三桂的手下？"男子抱起拳来晃了晃，回答说："是的，全都是吴三桂的手下！"说完后便身子一转，提起了两具尸体往冲沟的方向走了。张安是听说过吴三桂的。在当地百姓的口中，吴三桂既是位不忠不义的前朝叛将，也是位作恶多端的强盗贼寇。当年他的队伍南下经过湖南时，烧杀抢掠，无恶不作，近年又常派人来湖南搜括民财，伤天害理，湖南百姓早已对他痛恨至极。当断定了自己今日所杀的都不是好人时，张安的心里坦然了许多，而且头轻轻一扬，嘴角微微一撇，也提起两具尸体走向了冲沟。

把匪贼的尸体掩埋了之后，张安打量起了身边的这位年轻男子。男子中等偏高的身材，笔直挺拔的身板，微黑的脸部如刀刻一般有棱有角，并不太浓的眉下，大眼锐利深邃，释放着一股自然的正气，整个人看起来举止得体、聪明智慧，且还有些许的持重老练。此时，他对这位男子有了个初步的判断：绝非等闲之辈！也就在这时，那位女子怀抱孩子靠近了过来，朝张安行起了礼，说："多谢大侠相助了！"这女子身材高挑，皮肤白皙，脸庞俊秀，眼睛明亮，且透着普通女子所不具有的大气和智慧。张安仔细打量之后，心里自然地生出了一丝惊讶，惊讶这女子的非凡气质和花容月貌，更惊讶她年纪轻轻就能有如此高强的武功。他瞟了一眼身旁的男子后，对着女子一拱手回道："二位遭人追杀，我理当相助，举手之劳，不当受谢！"停了停又问道，"二位为何来到此地？为何又遭到了吴三桂手下的追杀？"见张安如此相问，男子只稍作了犹豫，便抱起了双拳回道："我和家妹自北方来湖南投亲路过此地。因身带家财，才遭到了追杀。好在我俩都略懂武功，一路来并未让他们得手。今日他们凭着人多势众，想利用这峡谷集中夹击置我们于绝地，幸好有大侠和那两位师傅前来相助，我们才逃过了此劫，否则，既失家财，命不保。"他满脸感激，上前了一步，拱手一揖，问道："相救之恩，定当相报。请问大侠尊姓大名？"

张安这次出手本是脾性使然，并未想要得到任何回报，当听得人家说要报答时，憨态可掬的笑容里已揉进了一丝霞光。他抱拳一拱，回道："小小之劳，哪敢图报！"一顿，又说，"本人姓张名安，是远处山上博公寨的护院。也敢问二位，如何称呼？"听到张安这名字，年轻男女脸上同时有了诧异之色，随后又同时露出了惊喜。男子还上前了一步，抱拳一揖，郑重有加地说道："是张安张大侠啊，幸会了！本人名叫李茂，这是我家小妹小悦，孩子叫小璞。大侠今日出手相助，对我等有恩，这大恩我们会好好记着的！"张安阔胸微挺，笑脸微扬，干脆地拱起了拳来，爽气地回道："幸会李茂兄和小悦姑娘了！我出手相帮凭的只是个义字，且今日也非我一人帮了你们，你们就不要将此当作大恩放在心上了！"说完，便朝峡谷里扫视了一圈，当发现那两位和尚早已没了踪影时，心中便生出了一丝疑惑。而转过脸来想要向李茂打问个明白时，目光却正好落在了小悦的脸上。此时，小悦正微微地笑着，脸若桃花初绽，睫毛一闪一闪，湖水般清澈的双眼泛着柔柔的光，前额和鼻尖上沾着的细汗晶莹透亮，两颊上的酒涡潮润而又清晰，全身透着的矜持与柔美已将他的目光拉得了笔直，也将他的心催奔得如猎豹追鹿，而他心中的那丝疑惑早已跑去九霄云外了。

"大侠是要找那两位师傅吧？"小悦羞涩浅露，上前了一步，又说："那两位师傅没领个谢字就悄悄地走了，想必是佛家弟子行善不图俗报的缘故。但他们的大恩是该谢的，只是人已走了，我只能在心里谢过了。今日大侠出手帮我们清除了匪贼，还救了小璞的性命，我不仅应该当面谢过，日后还得告知小璞，让他记住大侠的救命之恩。"张安回以了一笑，道："姑娘言重了！两位路过此地遇有危难，我理该相助，我刚已说过，小小之劳不可当大恩来论，还请姑娘别再提及了。二位在此人生地不熟，若再有需要，请只管吩咐。"李茂笑得了有声有响，接过了话来："大侠心肠侠义，李茂佩服。大侠的侠义和大恩我都记住了。我等投亲要紧，现在只想早去投了亲戚，已无别的需要了，还请大侠莫再担心！"

"能与二位相遇便是缘分，如有需要，请不要客气！"张安的目光终于拐去了山上，又说，"当下追贼被剿，按理说这大山里不会再有其他的贼匪了。大沩山是很少有贼匪敢来的，因为地势复杂，人心也齐，只要呼救声能被人听到，马上就会有人接应，并唤来十里八村的人相助，以前不知有多少大胆贼匪丧命在村民的群殴之下了，许多年来已没有贼匪敢闯进山里来寻事了。这次应是你们包重财多诱惑大的缘故，才使这些人动了冒险之念。我想，携财赶路，还是该往有人家的地方走为宜！"李茂见张安想得如此周到，便显出了些许的激动，说："谢谢大侠特意提醒！大侠身手大气，又心细如丝，是难得的英雄，今日相见，是我毕生之幸，日后方便之时，我定要专程来拜访，还望莫嫌打扰！"

"如能再与李茂兄相见，是一大幸事。"张安双拳一抱，拱得更有了力道，又说，"若能再见，我定将你们请进家去，开怀畅饮，决不辜负了今日这相见之缘！"李茂抬头看了看天空，拱手回道："既然有缘，定会再见的！我再次谢过大侠了！时已不早，得告辞了，后会有期！"张安抱拳一拱回道："也请二位多保重！后会有期！"李茂朝张安点了点头，背起那个沉重的包袱只朝小悦喊了一声"走"便迈开了大步。小悦道了声"张大侠再见"也紧抱小璞跟随李茂拉开了脚步，走出几步后却又回眸一笑，那道不尽的娇艳和妩媚，如狠鞭抽来，赶得张安的心已如快马加鞭。

直到目送小悦消失在了峡谷的尽头，张安才转过身来。他仰起了头来，扫视过四周的山野后，心里突然感到了一阵失落，也在这突然的沉寂中生出了一种莫名的孤独。他抬起双手用力地搓起了自己的脸，直搓得满脸灼热之时，才对着山谷发出了"啊啊"的大喊，接着运了运气，一个猛冲就冲至了山顶。他又回到了巨石台上，而且想继续完成那首诗作。可此时，远处的景色已经变化，虽然那满眼的叠嶂崇峦、诸峰高耸在阳光照耀下更显壮丽，可他心里似已缺少了点什么，已无法找回原来的诗情了。他只得深吸了几口气，坐到了巨石台上，独自回味起了刚才在峡谷里的一幕一幕。他回味着小悦高雅的气质和美丽的容貌，回味着小悦高强的武功和娇俏的身影，回味着小悦迷人的笑容和动听的声音，还回味着小悦走出几步后的那回眸一笑，顿时，眼已潮红，脸已灼热，心已如奔鹿狂窜，整个人儿有了醺醉的感觉。"我还能见到她吗？"他脑袋里突然间冒出了一种特别的期待。

后来，他干脆躺下，瞪着双眼直盯盯地探望起了天空。天空上有柔美如棉的白云漂游，他透过白云盯住了深不可测的湛蓝苍穹。他把锋利的目光探向了苍穹的最深之处，终于撕开了那厚厚的天幕，看到了那座硕大无比的天宫。天宫在云缠雾绕中金碧辉煌，蔚为大观，他甚是惊讶。突然，又看到了天宫的大门洞开，从天宫里走出来了一位仙女。那仙女长袖飞舞，婀娜多姿，美丽妖娆，走出宫门后就朝着他飘然而来，令他非常惊喜！但令他更为惊喜的是，这位仙女并非别人，而是他曾在峡谷里见到过的小悦。小悦驾云团轻盈而至，那道不尽的妖娆与美艳正如火焰喷来，烘烤着他的心，他有了热血沸腾的感觉。也就在此时，小悦已伸出纤柔的手，将他拉上了柔洁的云团。

云团上，小悦含情脉脉，尽显娇媚。云团下，风景若仙若幻，美丽如画。张安时而看看小悦，时而看看美景，感到好不惬意。也就在此时，他感到脸上被人悄然地亲吻了一下，且被吻的印记温暖湿润，舒爽的感觉已由脸至心。他下意识地摸了摸脸，那个被吻的印记却稠糊糊地粘到了掌心上，散发出了一股沁人心脾的香味，他闻香心动，放开着笑了。可突然间，发现香味已飘散而去，并且已被一股熏心的腥臭味所取代。他皱了皱眉头，还睁开了眼睛。当看清了掌心里粘着的是一团黑乎乎的鸟粪时，就大失所望了。而更令他失望的是，小悦也早已没了去向，身下那柔软的云团也已变成了坚硬扎身的石台。

美梦被鸟粪惊醒，当然扫兴。张安轻锁眉头，瘪了瘪嘴，满脸失望地坐了起来。他想要就此离去，摆脱正往他心里覆盖而来的失望。可突然间，有只小鸽从天而降落在了他面前。小鸽披一身灰亮的羽毛，长着黑亮的小嘴，摆着小脑袋好奇地看着他。他惊喜了，眉眼一抬便咧嘴一笑，朝着小鸽摆动起脸来。小鸽并未害怕，脑袋摆来摆去，展示着它的可爱。小鸽如此乖巧有趣，他打心底里喜欢了，所以就将它捧到了胸前，轻抚起了它的羽毛。羽毛光滑轻柔，温暖潮润，给了他舒心和惬意的感觉。他高兴地将小鸽高高抛起，想就此放它高飞而去。可小鸽只在他头顶绕飞了一圈，又落到了他的肩上，还对着他发出了"咕咕"的声音。"嗨嘿！挺好玩呢！"他笑了！但他意识到时已不早，该回山寨了，便再一次将小鸽抛向了空中。

小鸽终于窜向了天空，他也一个轻纵跃下了巨石台。可刚刚落到了巨石台下，小鸽又飞奔而来，在他头顶盘旋了几圈，落到了他肩上，并在他耳边"咕咕咕"的，像要诉说什么。他惊喜地把它捧到了手上，便不忍再将它抛去了，所以对它说了声"跟我回家去吧"，便展开了飞步。

第二章　村校来了不速客　先生收留避难人

博公山南侧有涓水河流过，涓水河南岸有大片高丘陵，高丘陵中有一个直对大沩山中主脉南麓的大山冲，大山冲口的一个耳冲里，有一个叫马家屋场的村子，住着数十户人家。

在大沩山的各个山冲里，大都住着同姓的人家，形成了众多同族同姓的自然村落。但马家屋场并不一样，是个由张、王、于三个姓氏混居的山村。据说，这里原本只是座荒坡，当年朱元璋的大军南征时，在此建有一个屯马场，在此屯过的战马受此地灵气的熏陶均能奔善腾，没有一匹战死战伤。朱元璋坐稳江山后，此处虽已不再屯马，但因其灵气十足，被张、王、于三位曾随朱元璋出生入死受伤致残、已享受俸禄离职休养的将军占用，经几百年的发展，形成了如今这个已拥有几十户人家的自然村落。坡地原本无名，屯马之后才被称作了马坡。当年，那三位将军住下后要给村子取名时，都争相要用自家姓氏来做村名，且争执了许久并无结果，最后，三人只得互相妥协，借马坡这个名字的吉利，抛开了各家姓氏，把此处叫作了马坡屋场。为了与当地各处的李家冲、罗家洞、张家大湾之类的地名达成一致，马坡屋场又被村外的人叫成了马家屋场。虽然这里并未住着马姓的人家，但马家屋场这名字被人叫成了习惯，就沿用了下来，至今未变。

马家屋场的整体朝向是座西北朝东南，三面都有靠山，一面直对大山冲的深处，如一位富态的财主坐在环椅之上，随时都可承接从大山冲深处奔流而来的滚滚财富。村子的南面有一条溪河，溪河的两边都是梯田，梯田沿着溪河的两岸如一级级台阶向大山冲深处延伸，时刻给人以步步登高的心里暗示。村子的四周长满了高大的香樟树和枫树，据说，这些古树都是那三位将军当年所种。村子的东头还有一大片竹林，竹林的中间藏着一家并不太大的村校，这村校也有好些个年头了，估计也是那三位将军当年所建。

这一日，村校里的先生张少坤正在给学童们讲着南宋状元、礼部尚书易袚小时候勤学善思、才智过人的故事。张少坤四十多岁的年纪，中等的个子，高高的额头，清秀的脸庞，讲起故事来眉飞色舞，绘声绘色，让那几十个刚刚还在调皮捣蛋的学童都安静地竖起了耳朵。张少坤讲得起劲，学童们也听得入神，但故事到了精彩之处，张少坤却有意地卖上了关子。而他刚刚停住了嘴，学童们就异口同声地追问了起来："后来呢？后来呢？"张少坤缓缓地拿起了课本，从容地说道："等大家都把课听好了，我自然就会讲后来那些更加精彩的事。"停了停，他又故意板上了面孔，装出了个庄严的模样，说："但若有哪个再要淘气，这故事就不会有后来了！"学童们一听，个个都乖乖地坐好了。而张少坤也清了清嗓子，举起手中的教尺习惯性地拍到了桌上，打算要喊上一声"大家听好了"便要开讲。可话还尚未喊出口来，课室里就突然闯进了一对男女来。男的三十岁上下，中等偏高的身材，着一身粗布长衫，肩背一个大包袱，手提一柄长剑，两脚踏地有力，一看便知是位远道而来的武士。女子是农家女打扮，怀抱着一个孩子，虽然头发稍显散乱，但前额宽阔，白脸俊秀，两眼炯炯有神，透着一种特别的神韵。

　　几位不速之客突然到来，尤其是还有位武士提剑而来，硬是把张少坤和学童们都吓得汗毛直立。好在来者行为端正，眼中也并无恶意，张少坤才有胆量走上了前去。"二位急匆匆地来此，有何贵干？"他颤抖着问。武士抱起了拳来回道："我们是专来找您的呢，如此贸然前来，惊扰斯文了，还请原谅。我们找您是有要事相求，还望您能够给个答应！"见这架势，张少坤便示意那对男女去到了室外，直接问道："有何事相求啊？"又说："本人叫张少坤，有事就请直说吧！"武士不再拘礼，直接就回道："我叫李茂，这是胞妹小悦。我兄妹俩为寻亲自北方而来，到湖南后却遭遇到了吴三桂的手下跟踪追杀，只得逃避来了这里。小悦带着个不到周岁的孩子奔走不便，我也身带家财既压身又勾贼眼，想恳求先生收留小悦，让她和孩子带上家财先有个安顿，以便能让我能轻着身子前去寻亲。我找到亲戚后定会将他们接走，不会麻烦您太久的！"张少坤感到的确事关重大，就以"先生有恙"为由放走了学童，把李茂兄妹请进了课室内。

　　"吴三桂的手下为何要追杀你们？"一进课室内，张少坤就不解地问。李茂放下了包袱，急忙回道："吴三桂的手下在湖南一带害命谋财，想必您也有所耳闻，我们被追杀也正是此因。此事说来话长，日后我定会跟您说个详细。今日只求您能收留安顿了小悦母子，我会记住您的恩情，给您报答的。"

　　张少坤当然是知道吴三桂的，他对这位叛将出身的当朝平西王早存鄙视，近年来，又常听说吴三桂的人四处搜刮民财，甚至还杀人越货，就对其更有了厌恨之心。但他毕竟只是个以教书为生的村校先生，看重的只是村里人别念着"教不严，师之惰"的经条来责怪他误人子弟，对山外的局势并不太关心，更不会把那些兵马之事常挂在心上。可当下，突然有人为逃避吴三桂手下追杀冲进了学堂，还要求他收留一位带着孩子的年轻女子，他就难为情了，也有些紧张了，就因为这一紧张，心里就没法生出个主意了，面对人家期待的目光，只能吞吞吐吐、支支吾吾，迟迟没有给出个明确的回应。

可就在此时，小悦突然走到了他的面前，声泪俱下道："小女子求您了。我家遭强盗所害，胞兄舍命相救才保住了我和小儿两个。本来，家遭大难我也没脸活了，可小儿还小，又是夫家留下的唯一血脉，我既不忍心离他而去，也负有抚养他长大成人以续香火之责，所以就暂且偷生，跟随兄长来湖南投奔亲戚了。谁知我家的亲戚早已搬迁，我们尚未找到其去向。而我们又身带家财，总被人盯上，我只得选择先找个地方安下身来，待兄长找到了亲戚后再去投奔。"她轻拭了眼泪，继续说道："我们在此人生地不熟的，普通的人家不知底细是不敢进门的，就只得来这学堂里找您帮忙了。您尊为师长，找您帮忙能放得了心，您就当是自家的亲戚投奔而来，暂时收留了我们吧！等我兄长找到了亲戚，我自然会离开，不会打扰您太久的！"说完，她竟然放下了孩子，跪到地上，向张少坤磕起头来。

耳闻了小悦的悲惨境遇，又见她磕起了头，张少坤已不忍心了，连呼了几声"如此要不得，要不得，快起来，快起来"便果断地点了点头，说道："我答应你了，答应你就是了！"小悦再磕了个头后，道了声"谢谢张先生"才起身抱起了孩子。李茂也堆起了一脸的笑容说道："那就多谢先生开恩了！"他施了个礼后又说："既然先生已发善心，还望能给小悦母子一个可靠的安顿，不知先生有何打算？"张少坤略为沉思后低声说道："这还得容我好好地想想。因为你们带有家财，在此还不能住得过于张扬。这样，先去我家里稍作歇息后再作商议吧，如何？"李茂嘴角一翘，点了点头，道："行！只要能安顿好小悦母子，我们都依张先生的！"

一进家门，张少坤就迎着夫人疑惑的目光说道："这二位是兄妹，哥哥叫李茂，妹妹叫小悦，因避难逃奔至此。"他将李茂一行千里寻亲和遭人追杀之事都道个明白后，又说："小悦想带孩子在此安身，以免拖累兄长寻亲，所以我就把他们领回家里来商议了。"张夫人望着这对显然是长途跋涉而来的兄妹心生了同情，堆起了笑说："既然是要找地方安顿，我们得设法帮着。"接着便热情地招呼李茂和小悦道："请坐吧，来了就先歇着，我们会尽力帮着的，别见生啊！"

小悦并未坐下，而李茂正要坐下时，张少坤却冲他说话了："刚才这一路上我也琢磨过了，倒是想到了个可供小悦母子安顿的去处，就是涓水河对面的金莲庵。这庵子在南明后期时因香火不济而成了个空庵，直到十八九年前，有位叫了明的师傅带着四个徒弟来此入庵，才又重新燃起了香火。了明专心修炼，道行很深，加上又操持有方，至尼庵香火逐渐兴旺，名气也已越来越大，如今，这庵子已有几十上百个尼姑了。我夫人常去庵中诵经念佛，与了明师傅很熟，与庵里的尼姑们也相处得不错。而尼姑们个个正道，还心慈好善，安顿之事托付给她们应是放得了心的。"李茂听后，稍一迟疑，以商量的口吻说道："尼庵之地，虽能安身，但小悦带着个不知事的孩子留在庵中会打扰清静，若只小住数日还过得去，如果住得久了，即使不遭人嫌弃，小悦也会因过意不去而会住得不安的。请问先生，还有更合适之处吗？"张少坤一听，觉得也是，就点起了头。可他心里尚未想到其他的合适之处，便又收紧了脸来，显得为难了。"说得还真是呢！"他自言自语，又皱起了眉头沉思起来。"先生莫急，合适之处总会有的。"李茂轻展双眉，再说："小悦在此也得住上些日子，若是躲躲藏藏怕也是避不了耳目的，可能住在人多之处更为安全些，要莫就在这附近找个人多之处安顿了吧！"张少坤却并未听他这些，而只举了举手掌以示勿扰，又继续沉思起来。

此时，张夫人端来了茶水，递过茶后却快言快语地接过了李茂的话："你兄妹两个本就是冲着我家少坤的这点斯文来的，也看得出，小悦和小公子都是金贵之体，往尼庵里去安顿肯定不合适，往其他的地方去安顿我们也不放心呀！要我说呀，就住我家吧！我家虽不是大户，但家底还算殷实，又有男有女有老有少，还算是个像样的家，让小悦带着孩子在此住着还能多个热闹。况且我家也有空房，不至于会挤了小悦和小公子。我看呀，就别费神思了，就这么定了！"张少坤却望着笑嘻嘻的夫人，把头摇得如拨郎鼓一般，说道："万万不可！万万不可！住在我家里我倒不嫌弃，可我家平白无故地住进了一对带着家财的年轻母子，那还不会让人起疑心啊？若是有个泄露，就算吴三桂的人不会追杀过来，也会被山外的野贼惦记上，到时若真出了不测之事，害了我一家都是小事，若害了小悦母子事就大了！"张夫人却朝张少坤瞪起了眼睛，轻声地嗔怪道："你还真是个书呆子呢！小悦母子怎会是平白无故地住进我家呀？我可以对外宣称是我的姨侄女家里遭灾没了活路，带着孩子投奔我来了，这就让小悦和小公子住得理所当然了。我家亲戚来我家住，谁敢惦记？只要我们不说，谁又知道她有财可劫啊？再说，吴三桂的人也好，山外的野贼也罢，可在大沩山之外劫镖劫财、偷鸡摸狗，啥时候进山来劫了哪村哪寨、偷了哪家哪户啊？我们这里山高路险，人心也齐，谁要胆敢来偷来抢，我只要吆喝那么几声，全屋场的人就都会聚拢而来，他还能有个站着的腿回去？若是再多吆喝几声，十里八村的人也会赶来，到时锄头扁担铁钯子一起上，他还能往哪里逃去？依我看呀，只要小悦自己不背着银子跑到山外去让人逮住，就保准没事！"

"也是啊！"张少坤似是恍然大悟，面对着李茂，试探着问道："李茂兄弟你看，就叫小悦母子住在我家如何？"李茂一喜，点了点头说："这当然是最好不过了！先生和夫人都是心慈好善之人，有二位接纳小悦，我就无忧所顾了。只是这得要麻烦二位了！"小悦却特意摆出了可人的模样，说："能在您这斯文之家安下身来，既是我的荣幸，又是我的福气。也请先生和夫人尽管放心，我会在此安静地住着，不会给先生和夫人添乱的！"她朝张少坤夫妇鞠了一躬后又说："先生和夫人不嫌我打扰，我先感谢了！"张夫人却一口接过了话来："要感谢啥呀？你能住进我家来，这都是因为缘分！现在我们是一家人了，你就用不着说这些客气的话了！你呀，以后也不要夫人长夫人短叫我了，我是你姨呢，该叫我姨！"可忽然问，"呃，这小公子如此可爱，该怎么称呼他啊？"

"实在抱歉，未及时向您禀明。"小悦微笑着对张夫人说，"孩子姓于名璞，小名叫小璞。我和小璞要麻烦先生和夫人关照了！"张少坤一听，就接过了话说："你可尽管放心，我们会把你娘儿俩当作自家人的！"张夫人也露出慈爱的神情，轻拍着小悦的臂膀说："你已是我的姨侄女了，我怎能不关照你啊？"又咧嘴一笑，摸了摸小璞的脸蛋，拉上小悦到一边说话去了。而此时，李茂却眉头轻展，脸带微笑，抱起拳来说了声"多谢先生和夫人"，便提起背来的包袱放到了张少坤面前，说："这是我们的财物，请您帮忙收着吧。"张少坤看了一眼李茂，便蹲下身去打开了包袱。若不打开并不打紧，可这一打开，就把他惊得两眼溜圆，半晌都未敢说话了。在他看来，这些钱财可多得吓人！光金条金锭就有好几百两，还有一些银锭和一堆无以估价的珠宝。他也算是活了半辈子的人了，可还从未见过这么多的钱呢！他急忙将包袱捆扎了起来后，压低了声音对李茂说道："这可太多了，我这小门小户的，存不得，存不得呢！"李茂却不以为然地一笑，也压低声音回道："这东西确实是有些多，但只要你们不对外声张，外人是不会知道的。也正因为这东西多，我带在身上既招眼又压身，还只能往您这儿放了。再说，小悦和小璞会要在您家住上些日子，除了吃喝，还会有这样那样的开销，总不能啥都花您的钱吧？您啊，别担心，收着！"张少坤惊恐尚存，摇手说道："这么多的钱，她娘儿俩在这儿住上一辈子怕也用不完呢！我这里既不缺吃也不缺穿，她俩的零散开销也担得起，你还是带走吧！"李茂笑了笑，再说："您就别再推了，用不完的到时我取走就是了，快先收着吧！"说完就朝小悦转过了身去，只与小悦细说了几句，就干脆地朝张少坤夫妇拱起手来说："有劳先生和夫人了，我，告辞了！"

李茂一走，张夫人就笑盈盈地打量起了小悦。看着小悦那白嫩漂亮的脸蛋，那闪亮闪亮像能说得了话的大眼，就生出了百般的喜爱。她抱过了小璞，欢喜地对小悦说："看你这小妹子似的品貌，居然生育有这么大的胖儿子了，还真让人觉得稀奇呢！"小悦一听便娇羞地低下了头，柔声细语地回道："夫人啊，哦，姨啊，您就别取笑我了，我已年有二十了，哪还会有小妹子似的品貌啊？"张夫人却拉着小悦坐了，一本正经说道："我说的可都是实话，没取笑你呢！哦，对了，一看你就是大户人家的媳妇，肯定能保养得这般实在的。哎呀，我们这大山里的小媳妇呀，就不讲究，生过孩子后，就像蔫了的黄花，早没得水色了，哪像你啊，水嫩得就像早春的花骨朵。"小悦已更显难为情了，她埋下了脸来，小声回道："您还真是取笑我了。我呀，恐怕连棵蔫了的黄花也算不上了，顶多也只能算棵秋后的牧草了。"张夫人听了竟"哈哈"笑了，一边笑着也一边说道："那就更加稀奇了，秋后的牧草若都能如你这般鲜嫩呀，不知要肥死多少只牛羊了！"

"看你这话说得……"在一旁一直没有说话的张少坤听后便瞪了夫人一眼，抓住了搭话的机会，"在小姑娘面前把话说得如此粗俗，一点斯文也不懂了！"张夫人却是一愣，再瞪了一眼，对张少坤说道："我这也就只打了个比方而已，哪就不懂得斯文了？再说小悦是生育过的人，能受得了这点粗的。"她说完后却朝小悦漾开了笑脸。小悦见这夫妇俩一句来一句去的甚是有趣，也跟着笑了。她本想要插上话去作个调和的，可此时，门里突然闯进来了一位和尚。

"阿弥陀佛！"和尚双手合十，文静庄重，"小僧有礼了，小僧与施主有缘前来募化，施主若能舍财布施，定会功德无量！"张夫人本是信佛之人，见有和尚前来化缘自然不敢怠慢，而且还想好了要好好地应待。可她只迎上去了一步就停住了脚，因为她突然生出了一个担心：这和尚来得如此之巧，该不会是贼人假扮的吧？她越想越觉得不对劲，便干脆地退回了一步，抱紧了小璞，还挡住了小悦，并掏出了一粒碎银来，想以此打发了和尚尽快离去。她递上了银子说："谢谢师傅与我家结缘。这是我的一点心意，请师傅领了替我在佛祖面前去烧炷高香吧！"

和尚郑重地接过了银子，但并未离去，而是双手合十朝张夫人行起了礼，道："阿弥陀佛，所谓相由心生，一看夫人眉目慈祥、面呈善相，便知是心中有佛、深得佛缘了。佛渡有缘人，有我佛佑渡，您定会得到福报！"他扬起脸来，轻移脚步在屋内绕行了一圈后，便站到了张夫人面前，又说："既然夫人已深得福缘，小僧就不敢对所察之事有所隐瞒了。小僧刚才进门之时，就已触到了这屋内有股祥瑞，还感到了有股仙气扑面而来，故而刚才又对这屋子详察了一番。小僧法眼所见，您家四壁正祥光环绕，屋内正瑞气充盈，是有吉仙光临之象呢！凭小僧看来，这是您家要行大运了的吉兆，小僧要恭喜了！小僧受了您的施舍，定会代您在佛祖面前多烧几炷高香，我佛慈悲，定会保佑您家大吉大利、大富大贵、大兴大旺的。感谢夫人的慷慨，小僧不多打扰，就此告辞了！"

和尚施过礼后转身就走了，张夫人却还愣在那儿并没个动静，半晌之后才长长地嘘了一口气，转过身来对小悦说道："这和尚看起来斯文庄重，言语也中听，可不知他是真是假呢！你刚在我家落下脚来，他就进门来了，这时点踩得也太蹊跷了。呃，他该不是个假冒的和尚，专冲你的钱财来打探你着落的吧？"小悦却是一笑，不以为然地回答道："肯定不是！这和尚行为端正，脸色纯净，目无邪光，应是个真正的和尚。即使不是真正的和尚，也是个心怀正念之人，不必担心的。"其实，自打这和尚一进门来，她就认出了他是在峡谷里曾帮过她的那两人之一。她自然明白，这人若是个有所图谋的假和尚，在峡谷里就不会舍命地帮她，也不会帮了人连谢字都不领就悄悄地走了。只是这和尚刚才的一番话说得有些刻意，似是有意在助她，她反倒深感疑惑了。

小悦说得如此肯定，神色和口气也不以为然，张少坤已不放心了。他郑重有加地说道："小悦啊，遇上了这种事你还是得多个心多想个万一才行呢！俗话说得好，人不可貌相。你本是携财在此暂住的，遇着了生人，是不能凭其外表纯净、言语中听就轻易信的，古人说得好，防人之心不可无嘛！还有，往后你若没个要紧的事啊，也不要轻易地外出，即使确有要紧事需要出门了，也得与我有个商量，我也好找几个男女陪你同去，以防不测。"张夫人也抢过了话说道："你姨父说得很在理呢，你可得要记住了！虽说我们这山里的人都是可信的，但难说有山外贼人混进山来专找你这样的暂住之客。你在这里人生地不熟，遇着生人时还真得小心。小心走得稳百年路嘛，凡事小心点是没有坏处的，你说是不？"

　　"姨父和姨说得都是呢，我一定会记住的！"小悦刻意地点着头，还堆起了一脸的乖巧，且又说："我还年轻，本就涉世不深，未经世事，往后还得请姨父和姨多多指点，我定听从姨父和姨的嘱咐，不会去惹事的。"话一说完，她就侧过了身去，低下头来若有所思。

第三章　比武争峰连晋级　少年护院显神功

　　博公寨是王佑三在博公山上设立的私家山寨，也是大沩山之地最大的山寨。博公山之名，源于一个神奇而有趣的古老传说。

　　远古之时，这里是大沩山中主脉上一座地幅宽大的高山，峰顶上的一侧有一石笋直通着天庭。高山是个猛兽之窝，众多的豺狼虎豹不仅守护着这根通天的石笋不被凡人侵扰，还出没于山上山下游耍觅食。所以，人们不仅对这座大山敬而远之，甚至连大沩山的边沿都不敢踏入。后来，舜帝之子"沩"相中了这个龙荒蛮甸之地，并带人来此开垦耕种，才让这里有了人烟。

　　"沩"的手下中，有位叫"博"的壮汉身材高大，力大无比，见到那根通天的石笋后，就突发了奇想，要登上山顶沿石笋爬上天庭去游玩一遭。他不听同伴的劝阻，偷偷地上了山，但刚登上山顶就遭遇到了大批豺狼虎豹围攻，在逃跑无门之时，只得硬着头皮凭着蛮力与这众多的猛兽拼搏，整整拼了三天三夜，才将山上的猛兽除尽回到山下。在拼杀时，他在这座山峰中间踏出了一个几丈深的凹槽，将山峰切成了两半，让这座高山有了两个峰顶。他的举动还惊动了玉帝。玉帝为防范凡间再有莽者有登天之想去惊扰天庭，便令雷公劈断了石笋。石笋被轰成了无数的碎块飘落去了山下，只留下了十丈笋根立在了山上，便成了那座后来被人敬畏的巨石台。飘落的石块在这条中主脉南侧的山脚下堆起了一条长达五里的石堆，也被后人称作了五里堆。而"博"为当地清除了猛兽，给更多人进入大沩山来开垦耕种消除了隐患，故被后人尊称为了博公。为纪念这位神勇的博公，后人将这座独特的双峰之山叫作博公山，在五里堆修建了一座博公庙，安放了博公塑像供人祭拜。而博公山中间的凹槽经几千年的风冲雨刷，已深达数十丈，且经反复冲刷淤填，冲积成了一块宽敞的平地。平地已有数十亩之大，如一个巨大的孵巢高架在两峰之间，神区鬼奥，玄妙莫测。当地人认为这是个凶邪之处，莫不敬畏，几千年来并无人敢靠近半步，使这里成了无主之地。有日深夜，王佑三路过山下时，却发现这山两峰之间的平地处发出了七色光芒，光芒托起了一群彩凤，那些彩凤轻扑翅膀腾空而起飞向了天空，他惊喜不已。因为他懂得，能发七色光，必是富贵地。更何况还见到了能预示出将入相兆头的彩凤升天吉象呢！故而他兴奋不已。几天之后，他就带人爬到了山上，踏上了这块被世人敬畏的凶邪之地。

这是一块南通北透的巨大平地，王佑三站在其上，感到像踏入了一马平川。站在平地的南沿，远眺大沩山南主脉的杨龙山、猴子峰、铜锣山的巍峨，近观黄涓、五里堆、沙田等高丘陵之地的秀美，俯瞰沩江支流涓水河自西向东流过时的悠韵，他神思灵动，心旷神怡。平地北沿与绵延起伏的大沩山北主脉遥遥相望，满眼的峰峦叠嶂更令他心潮澎湃，气壮神提。他再经观察联想，此处通达方便，西与大沩山中主脉的城墙大山、扶王山、芙蓉山、九折仑、毗卢峰等高峰要隘相连，并可沿山脊直通官山、巷子口、龙田等山内集镇和毗卢峰下的密印寺。往东也连接着狮堆山、芭蕉仑、寨子山等山峰，可顺溪谷而下通往山外的黄材古镇。他凭着自己掌握的风水要诀，更加断定了此处绝对是一块风水宝地，所以就将其占用，筑建了一座山寨。山寨建好了之后，其大胆奇特之举引来了远近众多的风水先生云集于此，风水先生们察看了之后才猛然发现，这块几千年来没人敢踏入的所谓凶邪之地，竟然是一块内可藏风聚气、招财纳福、外能极目天际、收容万马的兴旺发达之地，并还有人当场断言，居此者，财可聚以敌国，人可出将入相。所以，都对王佑三的慧眼视宝有了由衷的佩服。

王佑三也是马家屋场人氏，年已五十有余，虽个子不算高，但身板结实，眉宇间透着常人所不具有的精明，但因其脸上总是挂着一份庄严，在人前能够不言自威。他自幼读书练武，不仅诗书满腹，且还武功高强。其父母早逝，给他留下了厚实的家业，他后又与黄材镇上一财主家的独生女儿姜小青私订终身并成了家，在黄材镇上购置了产业，过上了富足美满的日子。

黄材是个已有几千年历史的古镇，据说曾是蚩尤部落的发祥之地，也是殷商王朝大禾方国的国都，很早就已成为湘中的通商枢纽。到了南明末期，世道混乱，湘中匪盗猖獗，盘踞商道劫镖夺财者随处可见。各路客商虽也都雇用镖师随护，但通常弱虎不敌群狼，所以商家个个都怨声载道，都盼望能有个强势的镖局能镇得住这些强匪。王佑三得知后就突发了奇想，凭着强大经济实力收罗了商道上的几股强匪矫曲为正，在黄材镇上开设了一家镖局。如此，既削弱了商道匪患，又壮大了镖局实力。他的镖局人多势众，加上镖师大都匪盗出身熟悉匪道，所以他接下来的生意从未失过手，他也因此而名声大振，最终把黄材镖局经营成了湖湘有名的几大镖局之一。如今他年岁大了，就把镖局交给了儿子王炳掌管，自己则与夫人姜小青和女儿王小柳住到了博公寨，过上了悠闲的日子。当然，他建寨而居非为霸山为王，也非为了名气，而是因喜好山居生活，更重要的还是要占住这块难得的风水宝地，遗福子孙后代。所以，山寨之名也就随山名而取了，直接就叫作了博公寨。

博公寨建有七七四十九套寨房和九九八十一套工房，红墙高院，青砖黛瓦，宏伟气派。寨院开有南北两张大门。南门外修了一条砂石路连接山下的迎水村、五里堆和乌竹塅。北门外筑有几口山塘和数十亩梯田，也有一条砂石路连接山下的樊家洞和山余冲，且还连接了另一条砂石路直通寨子山口再通往黄材古镇。山寨雇用了二百多位下人，其中数十个勤杂、丫头，百十来个护院，十几个轿公。轿公是抬滑竿的，在大沩山之地，滑竿被称为竹轿。轿公平日在寨内干些杂活，只有主家出门或有贵宾要接送时才派上正用。

寨内年龄最小的护院张安就是马家屋场张少坤的儿子。张安自小聪明，也好学，跟着父亲熟读诗书，又拜师学到了一身武艺。张少坤希望儿子能专心读书，还积攒了钱财拟待岳麓书院复学后要送他去报考生员读上官学，以便将来考取功名走上仕途光宗耀祖。可战乱之后，湖南的官学和各级科试尚未恢复，张安只能在家以读书练武为业。今年正月，王佑三回马家屋场给族上的长辈拜年，顺道去张少坤家喝茶时见到了已长大成人的张安。见这小伙子一表人才，才思敏捷，知书达理，且又有功夫，就喜欢上了，当即提出要他去博公寨历练。张安求之不得，只出了节，就不顾父亲的反对和母亲的劝阻，硬是跑去博公寨当了一名护院。

王佑三是位善治之人，一套"三座宝塔"镇寨的方式把山寨管治得严严实实、井井有条。所谓"三座宝塔"，指的是主人之下设置的三套人马。一套是管事的人马，总寨管是权力最大和待遇最高者，管理着寨内杂役和日常事务。另一套是管财管物的人马，总账管是权力最大和待遇最高者，负责物品采购，财物保管、开销和账目核算。还有一套是护院的人马，总护院是权力和待遇最高者，管理着寨内百十个护院，负责主人和寨院安全。三套人马各有等级，每个等级都有各自的职责和戒律，一级管着一级，甚是严格。三套人马虽各履其责，但又互相牵制，在山寨里形成了三足鼎立格局，确保了山寨有序运转，也支撑起了寨主的崇高地位和绝对权威。护院这套人马设有四个等级，总护院一人，高等护院三人，中等护院九人，其余的都是初等护院。护院等级以比武方式确定，所有护院不分年龄大小、资历深浅，可先经同级初赛取得挑战资格，再在每年的比武日挑战自己的上级，得胜即可晋级，被挑战下来的则要相应降级。每人每年可凭本事晋升两级，既可逐级挑战晋升，也可越级直接争夺。比武在每年八月十六举行。头一年比武时只有寨内人观看，自然少了气氛。但从第二年开始，王佑三就允许寨外人来助阵了，如此，不仅气氛热闹了许多，也给当地村民提供了一个能看热闹的去处。如今，每到这日，当地男女都要精心打扮，早早赶来占据有利的位置等待比武开始。当地村民都已把这个比武日当作了与中秋为邻的固定节日。

今年的比武几天后就要举行了。王佑三对这场比武格外重视，原因是有张安参加。半年多来，他对张安的才智、勤奋甚是赏识，对张安的为人大气、处事灵活也甚是喜欢，并且断定，只要能多给机会，这孩子定会有所建树，若能得到培植，还会有大的出息。基于如此的认定，他还跟夫人姜小青提及过要将自家十六岁的女儿小柳许配给张安，若不是姜小青提醒说女儿的婚事务必慎重，他就要把这亲事许下来了。许亲之事虽放下了，但重用张安之想越来越坚定，他希望张安这次能脱颖而出晋升为高等护院，以便及早露头，能早成大器。

比武的日子终于到了。一大早，百十来个护院就齐刷刷地站在了比武台下的两侧。院坪内也已人头攒动，山下来观看者有几千之众。王佑三陪着五位贵宾坐在比武台上，这五位贵宾分别是：大沩山密印寺智能大师，长沙镖局的老板、总镖头何佩，常德孤峰寨寨主邵浩，永州九疑山神鹰寨寨主段彪，沅陵九龙山天马寨寨主欧阳驹。他们都是湖南有名的武林高手，也是王佑三的知交好友。在贵宾的一侧还坐着两位女性，分别是王佑三的夫人姜小青和女儿王小柳。今日比武的裁判是王佑三的儿子、黄材镖局的老板、总镖头王炳。

第一轮是挑战中等护院的比赛。比赛开始后并无好戏，已有八位初等护院参与挑战都未能获胜，场面平淡冷清。该轮到张安上场了。他整整衣装，轻轻一纵跳上了比武台，抱拳拱手朝台上台下行过礼后，便站了个自然，若无其事，一脸轻松，甚至连个比武的架势也未摆开。而对手架势一拉，就猝不及防地向他发起了攻势，且一出手就使出了狠招。而他不慌不忙，只一个闪身就躲过了这招，再随手一拨，让对手翻滚在了台上，且滚落去了台下。只这一眨眼工夫，他不费吹灰之力就轻取了一级，给全场带来了第一份精彩，也赢得了全场第一次欢呼。挑战高等护院的比赛要比刚才激烈，前两场较量难解难分，高潮迭起。台上打斗得激烈，台下呐喊声四起，场面要比刚才热闹了许多。这两场比赛虽都战至了数十回合，但因挑战者均略差一筹，不仅台下观众感到失望，台上贵宾也感到少了看头。

最后，大家都把目光落到了张安身上。这时的张安心闲气定，神态自若，仍是整整衣装，轻轻一纵跳上比武台，规规矩矩地行过礼，镇定自若地站在了那儿等待对手出招。张安刚一站定，对手就出招了，一出招就是凶猛快速的黑虎掏心。张安见势并不接招，而只闪身避开。对手又接连出招，且招招凶狠，直逼张安。而张安不慌不忙，只用纵、跃、腾、闪躲避了开来。对手拳来掌去，张安左躲右闪，战至了百余回合，双方并无胜负。此时，对手心急了，一个腾跃靠近张安，虚晃了一招猛蛇出洞，再提起左脚直探海底。张安却一个侧闪躲过了这招站去了比武台边缘。对手一见，以为有了机会，就使出了凶狠的猛鹰扑兔扑向了张安。张安却侧身一跃回到了比武台中央，让对手不仅扑了个空，还因没了阻挡而扑去了台下，摔了个嘴啃泥砂。这是一场至此较量回合最多的比赛，也是最为精彩的比赛，还是一场成功争得了高等护院职位的比赛，不仅赢得了台下观众的热烈欢呼，也赢得了台上贵宾们的满口赞叹。

其实，发自王佑三和五位贵宾内心的不只是赞叹，而是惊叹。因为张安只让不攻就轻易地战胜了对手，已创下了天下武林的一大先例。而且，这位看起来还是个毛头小伙儿的张安，已把这种看似无招却有招的避让功夫使得如此自然，还很随意，更是让人难以置信。

比武还得进行。最后是挑战总护院职位的比赛，这是护院中的顶尖高手较量，也是比武中的重头大戏。这场比赛虽然非常精彩，台上的人打得起劲，台下的人也喊得热闹，但挑战者都未成功，总护院伍兴最终保住了职位。

整场比武只有张安晋升了两级。王炳宣布张安挑战高等护院成功后，王佑三就走到台前，郑重而又不失兴奋地宣布了张安已是高等护院，并颁发了奖银。张安领过奖银，谢过礼，就直接跳去了台下，而王佑三也趁此宣告了比武结束。可就在此时，台上传来了震耳的喊声："请张安再上台来，老夫要与你切磋几下！"

这喊声让拟将退场的观众都停下了脚步，也让张安心里一惊，转过了身来。他见九疑山神鹰寨寨主段彪正站在比武台中央，威风凛凛、气势汹汹地看着他，便镇定地一笑，上前拱手说道："段寨主您高抬贵手吧！您是天下武林的顶尖高手，我这点功夫哪够资格与您切磋啊？"段彪却双眉一举，两眼一瞪，脱下长衫挥臂一扔，一个纵跃就落到了台下，直接冲着张安的脸部使出了一招清风拂面。张安并未慌乱，只一闪身就躲过了这招，而且又说道："您就高抬贵手吧！小的功夫实在太浅，不敢跟您过招呢！"他说话不紧不慢，说罢，还轻闲地笑了。段彪见张安不仅没有中招，还轻轻地笑了，就大为惊讶了。他很清楚，自己这招清风拂面虽未用足功力，但凭出手之快捷，武林中还从未有人躲开来过。惊讶之余，他还有了由衷的佩服，佩服之后又出其不意来了招仙人指路，再来了招海底捞月。这两招都被张安躲过后，又使出了数个连环招逼上，但也被张安轻松避开。段彪已行走江湖几十年了，早已站在武林的塔尖之上了，可还从未遇到过这种不出手就能破自己招数的高手，就意识到了这个张安已非等闲之辈。为探清张安的实力，他步步紧逼，想要逼张安接招。可不管他如何进击，张安就不出手，甚至于他已把几个有名的狠招都用上了，张安仍只轻松躲过，就不接招。

百几十个回合下来后，段彪既未得手，又未能逼得张安接招，而自己早已汗流浃背，气喘吁吁，就急上心了。急火攻心，他竟然不顾这只是一场武艺切磋，将自己称霸武林的狠毒绝招五雷轰顶也使出来了。只见他在张安并无准备之时，纵身一跃，身体旋转着腾空而起，以一只脚踢向了张安的当胸，准备用另一只脚再踢向张安的头部，再随空中旋转用两脚从不同方向轮流在张安头顶使出五个连击以置张安于绝地。王佑三和几位贵宾都曾见识过段彪的这一绝招，这既是个狠毒之招，又是个快捷之招，一旦启用，谁都无法避开，几十年来，已有好多位武林顶尖高手败在了这招之下，且每位败者都被段彪踢得脑浆喷射，死得极惨。段彪也凭着这一恶招奠定了自己不可动摇的江湖地位。可如今，段彪在切磋之时也使出了这一恶招，几位贵宾就很担心了，担心张安定会吃亏。王佑三更是急得腾地一下站起了身要去阻止，可刚一离座，就被智能大师拉住了。话说段彪身起脚出，第一脚已踢向张安的当胸，就在大家都把心提到了嗓子口之际，张安却一个闪身躲过了这一脚，而且快速下蹲，让段彪的另一脚踢了个空挡，身子失去平衡成了横卧之势。此时，张安却抬手一顶，将段彪身体顶去了数十丈之高。段彪被顶至高处，身子正如一根横木落下。此时，大家担心的已不再是张安而是段彪了。普通人都能看出，因被推得太高，段彪身子如此落下，就算内功再深，到了地上也定会五脏俱裂、骨架尽散。可大家的担心刚冒出头来，张安就已纵身跃起，在空中故作交手之状伸手一垫一拔，让段彪借力调整了姿势，平衡了身体，最终以两脚支撑平稳地落到了地上。

王佑三和几位贵宾都被这一幕惊呆了。而段彪虽已平安着地，但余悸未定。此时的张安却脸不红、气不喘，上前一步对段彪说道："段寨主身手如此之好，小的已撑不住了，您就高抬贵手，放过小的吧！"段彪终于缓过气来，见张安有意给了自己一个台阶，就大笑了几声，顺着台阶往下走了："好你个张安，功夫不错啊！行，今日就切磋到此。你已有此功底，只要好好练下去，将来定会超过老夫的！"他拍了拍张安的臂膀，便一个纵跃，上了比武台。一上到台上就冲王佑三和几位贵宾抱起了拳来，"献丑了，献丑了！"而张安却早已消失在了人群里。段彪坐下后惊魂未定，不停地擦着汗水，深吸了几口气后，故作镇定地说道："张安功夫如此高深，在天下武林中应算得上高手中的高手了。王寨主你说说，这小子是个啥来头啊？"王佑三心里很是得意，但不露声色，只"呵呵"一笑，装出了个不以为然，道："这孩子并无特别来头呢，他是我老家村校里张先生的儿子。我只知道他自小就读书练武，很是用功，但并不知道他武功已如此高深。他师傅是同村的于奎，于奎也并非名师，且尚未把他教出身来就无故失踪了，我也搞不清楚这孩子是从哪里学到这身功夫的呢！"他扫视了一下几位，终于把得意挂到了脸上，又说："你们都看清楚了，他是以不出招为招，看似无招却有招，还招招管用。我们已行走江湖几十年，谁见过如此神幻的功夫啊？何况这孩子才满十八呢！"贵宾们越听越觉得神奇，而且表情各异。这时，何佩表达出了疑惑："这还真奇了！他年纪轻轻，又未经名师指点，难道他这身功夫是与生俱来的？"而欧阳驹则堆起了一脸的佩服，道："就算有名师指点，若无数十年的精心修炼，也不可能会达到如此的境界，这个张安啊，应是天才中的天才！"

当邵浩也想表达一番感慨时，智能大师却突然拉起了出家人的腔调："阿弥陀佛，不识山中虎，只因林子密；不见水中龙，只因海水深。张安自然是山中猛虎、水中蛟龙，他能有此等功夫，也是精教与巧练的结果，诸位就不要过多探讨了。老衲倒要恭喜王寨主了，依老衲算来，张安不仅天资聪颖、胸怀宽广，还藏浩然正气于身，将会大有作为于天下，且还与你有着深缘，不仅能助你逢凶化吉，还能助你成就一番功业呢！我等今日安坐于此，目睹了其高深的武功，感受到了其浩然正气，也算是与之结了吉缘，会被其正气所引功业加身的。这缘我们得好好珍惜啊！阿弥陀佛！"他这番话既让人感到诧异，也让人感到疑惑，还让人感到惊喜。王佑三本想要打问个明白，知道个具体，但是碍于礼数，话到嘴边又忍下来了。因为他想明白了，既然智能大师说的都是吉数，就无须过细打问了。他自我安慰了一番之后，就把心思转去了张安的身上。他在想着，张安能有如此高深的武功修养，将来就算不能大有作为于天下，也定会成为江湖豪杰。一想到这里，就放声地笑了，笑得何佩、邵浩、段彪和欧阳驹都莫名其妙地望着他，只有智能大师面无表情，双目微闭，掐念着佛珠置身在了他的笑声之外。

第四章　尼庵进香谈天象　姐妹初识似情深

　　小悦和小璞住进张家已有些时日了，在张少坤夫妇的照顾下，日子过得安实。特别是小璞，已长得白白胖胖，也会走路说话了，每日在屋里屋外爬来走去，逗得张夫人开心得不行。自从这孩子留在了这里，张夫人就已视其为亲孙子带养了。但在这半年多里，她也对小悦有过怀疑。凭小悦那身段、品貌和神韵，怀疑小悦未曾生育过。只是她将自己的怀疑向张少坤提起时，张少坤并不赞成，还给了她一顿责备："你好没见识呢，人家北方的女人就是显嫩，产后身子也不变形，哪像南方的女人啊？"见张少坤责备得似有道理，她也就只得信了。

　　入冬以来，大沩山虽未下雪，但阴雨绵绵，让人感觉比往年同期阴冷了许多。今日终于晴了，日头从天空撒下，晒得人暖洋洋的。见天气难得有如此之好，张夫人就有了要带小悦出去走走的打算。她想，半年多来，因担心招惹麻烦，还不曾让小悦出过院门，已风平浪静这么久了，也该让小悦去见见风透透气了。她如此一想，就有了决定：先带小悦去金莲庵进香念佛，再去乌竹埫聂家铺子买些日用品回来。

　　金莲庵坐落在乌竹埫东侧山腿的拐弯部，院内古樟高耸，院外松木参天，庵子在古木繁枝护罩下，幽静而庄严，古朴而神圣。张夫人原来每月都是要来庵里进香念佛的，但自从小悦和小璞进了家门，就有半年多未来过庵里了。所以，今日一进庵里，就受到了庵里的住持了明的亲自迎接，被了明直接引进了客堂。她向了明引见了小悦，也引着小悦献上了见面银子。这时，了明才看了座，唤来侍尼递上了热茶。品茶寒暄过后，了明才张着一脸喜悦问道："夫人是先去进香还是先去诵经？"张夫人把小璞交给了小悦后说道："先进香吧！只是小悦佛缘尚浅，尚不懂进香念佛之道，就让她带孩子到院里玩去吧！"了明道了声"阿弥陀佛"，神秘地看了眼小悦后，就去叫来了尼姑静空，待静空领着小悦和小璞走后，才陪着张夫人去了大殿。

　　进过香、诵完经，张夫人又随了明回到了客堂。几月不见，她与了明有了说不完的话。先说了些各自的状况，之后就把话题转到了小悦的身上，这是了明先提起来的。了明说："您那姨侄女小悦姑娘长着讨人喜欢的品貌，应是个人见人爱的主儿呢。可看她那模样听她的口音应不是本地的人吧？"张夫人一愣，迟疑了片刻，才小心地回道："她确非本地之人呢。我姐姐当年远嫁了北方，也算是跟了个有钱的人。可姐姐、姐夫命都薄，过世得早，小悦虽已嫁了人，可公婆家又遭了灾，只保住了她母子俩的命，她没地方去了，就投奔我来了。"了明看了眼张夫人后，并未立刻接话，而是品了口茶后缓缓地放下了茶杯，微微地笑着。稍倾，才不紧不慢地吐出了一句话："夫人对我有防啊！"

张夫人本就不善说谎，被了明如此一说，不免生出了羞愧。但她明白，小悦的事绝不可说出真相，若说出真相传开来惹出了麻烦，事就大了。所以，她张开笑脸掩饰了一番后，只对了明给出了一句反问："师傅此话怎讲啊？"了明面带微笑，眼里透着神秘光泽，不紧不慢说道："凭老尼看呀，小悦身上既不带孝气，也不带灾气，她家近年不可能遭过灾难。相反，她那一脸的旺相和喜气，显示着她家正处在兴旺之时呢。还有，她那身子紧俏，目光清亮，脸韵纯净，应尚未动过情气，应还是个黄花闺女，可又是哪来的公婆和孩子啊？夫人是否有隐情不便明说啊？"

有关小悦的来历，张夫人本就不太清楚，对小悦是否婚育，虽有过怀疑，但并未去深究。如今了明说得了如此明白，她就不安了。她想，既然小悦家中未曾遭灾，也无人遭难，且她又未成婚生子，那为何要以逃灾避难为由住进自家来呢？她会是什么来头呢？小璞会是谁家的孩子呢？她本就相信了明的法眼，加上了明所说又验证了她曾有过的怀疑，因而就坚信了明已看出实情了。她浅浅地笑了笑后，便侧过身去把小悦是如何而来的一番实情向了明实说了，且提了个请求："就这事啊，得请师傅帮我算算，看这女子对我张家是福还是祸？"了明脸无特别表情，习惯性地道了声"阿弥陀佛"后，缓缓说道："我就知道您会问这个。既然您信得过我，我就实话说了吧。近几个月来呀，静空多次跟我说，你马家屋场上空白日祥云环绕，夜间吉星高照，定是有吉仙下凡来了。静空是早年流落至此削发为尼的，她也生在北方的富有人家，因家里生了变故才看破了红尘。初来时她并无特别之处，但懂礼、守规，悟性好，很快就把法眼修得清亮，观天象、察世事都有了准道，甚至连康熙会提前亲政、会有辅政大臣被康熙拿下等天下大事也预见得准。可她说这些话时我并未在意，后来虽也听说您家来了个姨侄女，我也未曾拿她所说的去对应。今日见过你这姨侄女后，我就相信她又把这天象看真实了。依老尼看呀，小悦的品貌、举止、神韵非凡人所具有，说不定还真是吉仙下凡呢，就算不是吉仙下凡，也应有大富大贵的来头。我想啊，她投奔至此，定有特殊缘由。但为何要以避难之由住进你家来，又为何要冒称有夫之妇，那就只有她自己明白了。不过，就凭静空说的那天象，还有小悦那喜悦旺家的面相，我可以断定，她对您张家是福不是祸，你尽可以放心！"了明说的都是吉数，张夫人悬在心上的石头已落地了。她心里轻松了，脸上也就有了欢悦，道了声"多谢师傅指点"后，又说："这女子来这里有半年多了，平日倒是谦柔恭顺，很显教养。如今师傅又道出了天象吉利，还看出了她面相喜旺，这下我就放心了。哎呀，这时候已不早了，我也打扰得久了，该回家了。"她站起身来，微微一笑，便行起了告辞礼。

了明并未挽留张夫人，陪着张夫人走到了大院，便叫一小尼去喊来了小悦。她拉上了小悦的手，仔细打量一番后说道："多可爱的姑娘啊！"给了小悦一个慈爱的笑后，又去到了张夫人身边，对张夫人说："您啊，佛缘已深，诵经念佛可不要中断，要定期来，还得带小悦多来走走。虽说我这里只是个尼庵，但能有喜旺之相的人常来走动，能给庵里带来兴旺之气，我会喜欢的。"张夫人点头应道："只要师傅喜欢，我会常带她来的。"她道了个礼后，说了句"先告辞了"，就抱起了小璞，领着小悦离开了金莲庵。

张夫人是带着极好的心情离开金莲庵的。她这份好心情不仅已从她那堆满欢悦的脸上表露出来，也能从她那轻快的脚步看得出来。其实，她是个简单直性之人，天天过着这殷实安稳的日子，很少想事，即使想到了啥事，也只会往好处去想。但自从小悦来后，她想事就多了，也会把一些事情往坏处去想了。半年多来，她没少担心，最担心的还是小悦这不明来历会不会给她张家带来不利。今日听了了明那席话后，她就放下心了，在这路上再想到涉及小悦的事时就不担心了，甚至还有了美好期望。她看着小悦走在路上那活泼的模样，心里就有了满满的欢喜。而且还边走边笑着，开心地与小悦攀上了话来："小悦啊，你在庵里玩得可开心啊？"小悦侧过了脸来，歪脸一笑，回答道："我可没玩呢！是去观赏庵子的风貌了，也详察了那庵子的历史。这庵子应是北宋年间的建筑造型，我判断应该建有五六百年了，不知道我这判断是否对啊？"

"你这判断对不对我也说不上呢！"张夫人似是遇着了感兴趣的话题，眼里放出了闪亮的光，且打开了话匣，"这庵子是有些年份了，而且还藏着有趣的故事呢！"得意地笑了笑后，接着说："听老人们讲啊，这庵子是从山东阳谷县来的一女子所建呢！这女子名叫潘金莲，出生在清河县的官家，是个大美人儿。当地的公子哥们可是做梦都想要得到她啊！可她偏偏看不上那些大家公子，硬是嫁给了勤奋好学的穷书生武植。武植一表人才，而且还颇有出息，婚后就考中进士当上了阳谷县令。但在阳谷当地有个叫西门庆的，是个有钱有势的主，家财丰厚得在山东之地无人能比，还巴结上了要比县令大得多的官家，并且风流成性，自从见到潘金莲后，就被潘金莲的美貌折磨得吃不香也睡不着，总想要弄到手来。可潘金莲是位县令夫人，他哪敢轻易就下手啊！后来，他起了狠毒心，找人害死了武植，想以此能得到潘金莲。可潘金莲偏要守节，致死不从。这下他可恼了，指使人编造了许多风流故事到处传播，谣传潘金莲到处勾引汉子，还害死了自家的男人，想以此逼迫潘金莲就范。没多久，好端端的一个大美人潘金莲就被谣传成了妖艳、淫荡、狠毒的女人。为摆脱西门庆的纠缠，潘金莲只得也下了狠心，假装应从了西门庆，与丫头联手引了西门庆去到山上喝野酒，把西门庆毒死了，而她和丫头就携带家财逃离了阳谷，逃到这山高皇帝远的地方来建庵出家了，这庵子就依她名字叫作金莲庵了！潘金莲自取了法号叫惠贞，是为了表明自己贤惠贞洁。她的事是随她出家的丫头记载后流传下来的呢！我听你姨父讲，山外有人写了一本书，书里就说到了潘金莲是淫妇，我估摸着啊，那写书的人是听信谣言了。可你姨父又说，书里也写了西门庆，说他是奸夫、恶男，这就写了实情了！啊呀，那写书人不地道，是要污损潘金莲的名节，我们都只相信潘金莲是个贞女，要不然，她怎会要逃到这老远之地来出家呀？听你姨父说呀，这里离阳谷县有成千上万里路呢！"张夫人越说越有兴头，说完后还站住了脚，摆出了回味的神情望着小悦。

　　小悦越听越觉得有意思，所以一直竖着耳朵听着。她最感兴趣的是，这个离阳谷县有成千上万里路的小尼庵居然与阳谷县的潘金莲攀上了渊源，而从张夫人口里说出来的这位潘金莲竟然与书上所说的截然不同。她还在想，或许真实的潘金莲就是这样的呢！她正在兴头上时，却见张夫人已站住了脚，就也跟着站定了，还不够尽兴地望着张夫人，问道："您说完了？"张夫人"嘿嘿"一笑，"说完了！"迈开步子后又说，"想起潘金莲被西门庆逼成了那样，我这心里就……哎呀，算了，不提那苦命的人了！呃，你跟我说说，你是怎么知道这庵子建有五、六百年了的啊？"小悦可人地一笑，回答道："我有凭据呢！这庵子的形貌就是那个年代的风格，建庵的砖瓦也都是那个年代的料，我还有个最好的凭据，就是庵内有棵锯了不久的香樟树墩，那树墩子告诉我它已活了五六百年了。我想，这些香樟树应是建庵时种的，要不然哪能粗壮古朴得这般整齐啊！再说，您刚才提到这庵子是潘金莲所建，也正好验证我的判断了，因为潘金莲也正好是五六百年前的人物呢！"张夫人已很诧异，看了眼小悦后笑道："你还真神了！不仅有神算能凭个树墩子就能算出树的年龄来，还知道逃到了我们这地方出家的潘金莲是五、六百年前的人，你的聪明、见识，我咋早没看出来呢？"小悦侧了侧头，可人地一笑，回道："潘金莲的事我是听别人讲的。要说看树的年龄，也不是神算，只是个技巧。树墩子上是有年轮的，这树一年长一圈，只要细细数数树墩上那圈圈就能知道它长多少年了。这技巧啊，是我老祖母告诉我的呢！"

"哟，你这么说来就可信了。"张夫人放开脸笑了，又说，"虽说这只是个技巧，但也藏着学问，看来还是北方的女人有见识有学问，我们南方的女人啊，就只知道围着灶台子转，哪还管那树墩子上一圈一圈的就是年轮啊！"小悦也放开着笑了，且学着张夫人的模样说道："听您这么一讲，我也搞明白了事了。我听老祖母说过，南方的女人都是顾家的，不像北方的女人老跟男人在野外奔。这下我明白了，女人啊，跟着男人在野外奔也好，在家围着灶台子转也好，都是为了要拴住自家的男人。北方的女人跟着男人在野外奔，是要把男人看紧不让他跑了。南方的女人围着灶台子转，是要让男人念着家里的饭菜香恋上这个家，说到底也是不让他跑了。可仔细一想呀，北方女人拴住的只是男人的身子，南方女人拴住的是男人的心呢！还是南方的女人聪慧，您说是不？"张夫人放声一笑，点了点小悦，说道："看你说的！你呀，又让我领教到了你的聪明了！我这天天围着灶台子转，凭的就是这么个理呢！不过，理是这个理，但要这般直接说出来就显得不正经了。好了，你也是当娘的人了，别想咋说就咋说了，啊！"小悦摆出了淘气的模样，回道："在您面前我就算当了祖母也该是孩子嘛！"说着还摇了摇身子，把张夫人逗得更乐了。可忽然间，她又说："姨啊，您以后再去尼庵时就别让我跟着去了，庵里阴森森、神秘秘的，尼姑们说话也怪兮兮的，我怕呢！"张夫人眼睛一瞪，点了点小悦，说道："你怕啥呀？尼庵是清静之地，尼姑都是心善之人，不该怕的！你呀，跟安儿一样。安儿小的时候倒是没啥，要他去就跟着去了，稍大一点就不愿意了！他也说是害怕庵里的阴森呢。行吧，你不去就不去，往后啊，我一个人去就是了。"听张夫人如此一说，小悦突然亮出了一脸的娇美，丢下一句"多谢姨了"便奔去了前方。

望着小悦那开心的模样，张夫人已欢喜得不行。她在想啊，这人呀，是该常到外面来走走，外面天高地广的，能让人心情好。这半年多来，小悦待在家里哪有这般开心过啊？她正在如此想着，却被不远处突然传来的大喊声打断了。她循着这声音望了过去，见到从另一条道上已奔来了自己的宝贝女儿水秀。水秀年已十六，这是从她姑姑家的方向来的。她姑姑年轻时就体弱多病，未曾生育，一直把水秀当女儿带去了身边，直到水秀七岁那年，才让她回家来上了村校。水秀十三岁那年，她姑父也过世了，她又常去姑姑家住了。因她从小就被姑姑惯养，与乡下其他的女子相比，自然就多了一些调皮与淘气，少了一些矜持与稳重。这不，她刚在母亲面前站住脚跟，就冲着母亲大嚷开了："我的个乖乖老娘啊，您又去庵里念经了？"她把包袱往母亲肩上一搭，对着母亲嘻嘻地笑着。张夫人瞪了水秀一眼，放下了小璞，责了句"看你这疯样"便问道："你姑姑身体怎样啊？"水秀巧嘴一翻，回道："她老人家好着呢！要不然我怎敢随便离开啊？"向母亲一丢下了话，就打量起了小悦和小璞。她背着双手，摇身晃脑，目光怪异，突然间还冒出了个阴阳怪气："哎哟，这都是谁啊？就半年多不见，老娘您又给我添了个大妹妹和小弟弟了？"张夫人已被女儿弄得了一脸羞红。她瞪了女儿一眼，责道："看你，嘴里搅泥巴糊着说话了。这是你姨娘的女儿小悦姐姐，这是小悦的儿子小璞呢。你快给表姐见礼吧！"水秀突然露出了诧异神色，惊讶道："表姐？"她向前一步后，便直愣愣地站在了小悦面前，冷不丁地大声喊道："表姐好！"

小悦仔细地打量起了水秀。水秀的身材并不算高，但匀称得体。她长着一张看起来很合适的瓜子脸，脸上白而净，还透着淡淡的粉红。细细的弯眉下，眼如清潭般纯净，且很有神韵。秀鼻也如白玉雕琢般光洁直挺。双唇像红色的花瓣，显得娇嫩。很显然，这是个聪明而又漂亮的女子。所以，就对她微微地一笑，装出了个柔婉模样，轻声细语地道出了一声"表妹好"！随后，还拉过了小璞，对小璞说道："小璞乖，来，快叫水秀姨好！"

小璞早已被陌生而不友好的水秀惹得不痛快了，哪还愿意搭理水秀？他只瞥了水秀一眼就藏去了小悦的腿后。可水秀并不知趣，想要去抱他，却被他那愤怒的小眼神弄得个自讨没趣。为了挽回点面子，水秀直起身后就对着小悦露出了个怪模怪样，还怪声怪气地说："表姐啊，你可是幼藤结瓜，小鸡当妈，创奇迹了啊！"小悦吃吃地笑了，还心想，这还真是个刁蛮的主儿呢！可当她准备好了几句礼尚往来的话正想要送去给水秀时，张夫人的手指已戳到了水秀的额上，嘴上也已责备开了："看你这嘴，尽拿生儿育女的事当笑根嚼，太没规矩了！好了，别疯了，跟我去聂家铺子买点东西一起回家吧！"水秀并未把母亲的责备当作回事，只朝母亲做了个怪样，咂了咂舌头，就"嘻嘻"地笑了。见母亲已背起包袱，还抱起了小璞，便主动挽上了小悦的胳膊，摆出了甚是亲热的模样，冲小悦说道："走吧，表姐！"。

回到家中，已是午时。张夫人去灶屋里准备午饭去了，水秀却领着小悦和小璞来到了自家的后院。后院被篱笆墙围着，有半亩多大，夯实过的石灰地面平整而又光洁。院子的东头有两棵桃树，西头搭有一个棚子，棚子里摆着一个兵器架，兵器架上架有刀、枪、棍、戟等十多种兵器。小悦来到张家后是常来这里的，对这些兵器也很感兴趣，但从未轻易碰过，因为她是隐着身份住在这里的，并不想过早地被张少坤夫妇看出自己能懂得武功。此时，水秀已走向了兵器架，略显自豪地给小悦介绍了开来："这后院是我哥的练武之所呢！这些兵器也都是我哥的大宝贝，我哥啊，已经把这些兵器的招式都练得炉火纯青了！""嘻嘻"一笑后，又说，"当然，我也跟着我哥学了几招，如果表姐愿意看，我可以露一手让你瞧瞧。"不待小悦答应，她早已取下长棍耍了起来，把整套棍术都耍完了之后，特意来了个夸张的收招动作，还故意问道："表姐你说，我这还算得上有点功夫吧？"

小悦微笑着点了点头，说道："你这功夫甚是了得呢！"水秀又"嘻嘻"地笑了，脸上有了更多的豪气，说："其实，我这算不得功夫，我哥那才叫真正的功夫呢！我哥啊，功夫已登峰造极了！"可突然又改变了口气，说："算了，我这么说起来你也没法听懂，以后见着我哥了你自然就懂了！"不等小悦接话，又"嘻嘻"一笑，拉上小悦去了她卧房。她的卧房已久不住人了，需要清扫整理一番。她一进房就东搬西挪，又扫又抹，麻利地忙开了。小悦将小璞送去给了张夫人后，回来想要帮她，却被她拦住了："你别动啊，脏着呢！"她本是"嘻嘻"地笑着说的，却瞬间就摆出了惊讶的神色，片刻之后，才惊异地说道："喂，我的个好表姐啊，我可从没有听说过我还有个姨娘呢！以前我听外婆说过，她老人家就我娘一个乖乖女儿。呃，如今却忽然间多了个姨娘，还有了你这么个漂亮的表姐，这到底是咋回事啊？"

小悦愣了，当然只愣了片刻，就接上了话："长辈们的事啊，我也说不太清楚，我只知道你娘就是我的姨，你若想把事情都搞明白，就去问问我姨，哦，去问问你娘吧！"水秀眨了眨眼睛，却一个劲地摇起了头，一笑之后，握住小悦的手，说："问啥？能从云缝里掉下你这个漂亮的表姐来，我只管高兴就是了！行吧，你想帮我就帮我吧，一起把这屋子弄得洁净些，好住得个舒服。从今晚起啊，你得跟我一起睡觉，我们好互相暖着身子，也好一起讲讲我们女儿家的话，如何？"

第五章　香闺少女情思动　房中少男心不宁

　　通过比武争得了高等护院之位后，张安已威名大振，寨里寨外都传颂起了他的神武奇功。而在博公寨内，人人都对他钦佩有加，甚至连身为寨主、一贯高傲的王佑三对他也生出了由衷的佩服。当然，王佑三佩服的不仅仅是他的武功，还有他就职高等护院以来所展示出的超常智慧和将者风范。他坚守着实在做人、扎实做事的信条，为人谦逊随和，处事尽心尽责，而且管治手下善于从心入手，宽严相济、有章有法，把队伍带得既规矩有范、个个勤勉，又生龙活虎、一呼齐应，打破了护院队伍一贯的庄严刻板，给山寨带来了一种前所未有过的生气和活力。王佑三也因此而对他有了更多的关注，而且还认定，他将来的出息，肯定要超出一般人的想象。

　　山寨里还有一人也在时刻关注张安，那就是主家的千金小姐王小柳。自从目睹了张安的英武身姿和精彩武功后，小柳已敞开芳心让张安走进了自己心里。加上最近又目睹了张安的为人之善、处事之能，更是把张安捂在心里了，一时间，那种要见到张安、靠近张安的念头常在脑子里翻腾，而且渐渐地演化成了一种渴望。这种渴望已扰得她时常食而无味、寝而不安，并且还不顾家规、寨规，已多次以谈诗为名派丫头小荷去约请张安，还曾亲送诗稿要张安品评，甚至故意靠近张安想与之说上话，但次次都遭到了张安的拒绝或者回避。也正因为此，她对张安有了些许的气恨。可气恨归气恨，她的渴望已越来越浓。就在近日，她做出了打算，要设法将张安的心拉拢过来，争取最终能与之两厢厮守，白头偕老。

　　今天再次遭到了张安的拒绝之后，她就像失了魂似的地将自己关进了房里。她的房子由客厅、卧房、书房组成，客厅门外有连接各处寨房的长廊，长廊正面就是院坪。书房后面还有个小花园。此时，她已叫丫头小荷把客厅门关严实，自己蹒跚地走向了卧房。她的心如惊鹿在窜动，脑子里却有了美好的憧憬。一定要把他的心拉过来！这是她近日来反复给过自己的指令，而且这次比前几次更加坚定。可怎样才能得到他呢？她刚停住脚，又有了这几天来同样的纠结，而且这次还附带有了些许的苦恼。她带着这点苦恼去到了客厅，对丫头小荷扯开了嗓子："你出去吧！"小荷茫然地望着她，可她又提高了声音："出去！"从未听她高声喊叫过的小荷被吓得仓皇而逃了。她跟着小荷的背影去把客厅的门再关严实后，又回到了卧房，一把扑到了床上，一边"唔唔"地大声叫着，一边使劲地拍打起了床垫。

其实，她是无须这般苦恼的。她也知道，只要自己将心思跟母亲去说一下，母亲自然会去与父亲商量的，凭父亲对张安的赏识，定会直接许亲的。可她偏偏生性就这般倔强，并不愿做被父母之命、媒妁之言拉扯的线偶，所以就把心思深深地藏住，始终瞒住了母亲。如此虽然会有一些痛苦，但她愿意承受这样的痛苦。

我就不信，这男子会是铁石心肠！小柳在床上趴了许久，心里忽然弹出了这么一念，一轱辘坐起后，深吸了几口气，让自己的情绪平缓了许多。此时，她需要平静。她要平静地去琢磨，要琢磨出个打动张安的可行之法来。她终于坐去椅子上琢磨开了，但琢磨了许久，并未琢磨出个可行之法来，心里不免又不安了。她站起了身，踱起了步，随后又坐下，接着又站起。她心里已经没有了头绪，甚至还已心慌意乱。她目光自然地移到了窗口，感到能从窗口找到希望，便走去了窗前，打望起了窗外。窗外就是宽阔的院坪，院坪里正人来人往。此时，她无端地有了一种期待，期待走进她视野的人都能是张安。她把目光架在了院坪的中间，像设置了一道栅栏，要让来往的每个人都从这栅栏中穿过，以便能拦截到张安。可直到眼睛累了、脖子酸了，仍未见到张安时，一股浓浓的失望袭上心头，还衍生出了一丝讨厌的愁绪。恰在此时，一缕凉风从窗外吹来，刮过她身子，刮进了她心里，激起了她更多愁怨。她颤抖了，毫不犹豫地关上了窗门，站到了客厅的中央，深吸起了气，她想以此逼走心中的愁怨，可愁怨已如妖魔一般，越逼越是膨胀，已膨胀得像要挤暴她心房。她揪住了衣襟，捶着脑袋，冲着房顶发出了一声大吼。也就是这声大吼，激起了她要倾吐的欲望。她走去了书房，坐到了琴前，有失从容地泼撒开了一串哀怨的曲调，并且跟着曲调展开了歌喉：

凭窗眺望花无影，身静心难安。凉风不知相思苦，缕缕催心寒。一怀愁，两行泪，思绪乱。芳心遇冷，独抱痴情，只盼春暖。

唱过一曲，又来了一段：

芳心遇冷时已久，独抱痴情日已长，抚琴盼春暖，却遇花上霜，弦知怨，曲带伤，愁绪沁心凉。

一个"凉"字尚未吐出，她"啪"地按住琴弦垂下了头。琴声已戛然而止，歌声也随之而断。垂首之时，她意识到了曲怨愁更深，也意识到了愁怨的可怕和可恨。她不愿就此被愁怨击倒，更不愿日后会一脸愁容一副怨态地面对张安，所以在琴上用力一拨，拨撒开了一串嘈杂的声响。随着那串嘈杂的声响播撒开来，她已起身走向了后门，走去了小花园。

姜小青早已注意到了女儿的反常，也懂得女儿为何会如此反常，所以对女儿的举动既看在了眼里，也急在了心上。但她并未去干预女儿。作为过来人，她自然懂得女儿的心情，也希望女儿能自己调整好心绪，靠真情去争得自己的幸福。王佑三对女儿的异常也看在了眼里，但并不如姜小青那样沉得住气。对女儿私约张安、私递诗笺之举极为不满，还有了气火。他虽然赏识张安，也希望女儿能与张安两情相悦终成眷属，但更希望女儿能听父母之命、媒妁之言，不要擅自做主伤了体面。当然，他的气火不会发给女儿，而是发给了姜小青："你如何管教的，小柳如此抛头露面，成何体统！"姜小青倒是温柔地接下了这团气火，不急不慢地回话道："这该算你的不对呢！女儿对自己所钟爱之人有所举动很合情理嘛！想当年，你我不就是如此走到一起的吗？再说了，她看中的也是你所赏识的人，正合你意呢，你该支持她才对呀！"王佑三脸上虽还刻板，但声音已轻了许多："她有所举动我不怪她，但该婉转一些，不要如此地张扬嘛！"姜小青堆起了笑，盯着王佑三，眼里还闪过了一丝柔柔的光，嘴里却吐出了一句轻柔的话："当年，当年你希望我婉转了吗？"王佑三嘴角渗出了一丝笑意，说道："这可不能相提并论呢！"说过了这句话，他脸已不再刻板，而且还走近了姜小青，拿出了与刚才截然不同的口气："你是占理了。你的意思是，该允许女儿秉承我们的德行？"姜小青甜美地笑着，说："秉承我们德行有何不好啊？当年我俩若无这副德行，哪会有今天的幸福？这副德行是一种境界，是敢于摆脱世俗束缚去爱的境界。我希望女儿也能有这种境界，也希望她能凭此找到真爱。你说，我如此说也占理吗？"王佑三道："也占理呢！"他已经笑了，而且是自然的笑。他又说："回想起来啊，我能得到这一生幸福，也正是因为曾经有过这种敢于抛开世俗去爱你的境界。啊呀，可能是经历得多了，我这心又被世俗沾染了。今天若不是你提醒，我可能要犯糊涂了。"姜小青娇嗔道："你呀，不是可能要犯糊涂，而是已经糊涂了！"瞟了一眼王佑三后，又说，"你自己不愿受世俗约束，可总拿世俗去约束别人。世俗可怕，拿世俗去约束别人的糊涂人更可怕呢！"王佑三"哈哈"笑了，使劲地摇起了手掌，说："你这话就不占理了！我呀，肯定不会拿世俗去约束别人，世俗太害人，我懂！我希望小柳能婉转一些，是因为张安至今尚未对她动心思，与我俩当年的两情相悦不同。好了，不说这些了，听你的，你说，当下咋办？"姜小青一脸娇艳，静静地盯着王佑三，半晌才说道："成人之美呀！"王佑三又"哈哈"一笑，点了点手指道："好一个成人之美啊！"但很快收起了笑容，扶着下颌，像是自言自语："该如何成人之美呀？直接许亲？要么去劝说张安接受小柳的情意？可这都不符小柳本意！张安本事大，心境高，会不会对小柳有意啊？若他并无此意，我俩自作多情去成人之美，岂不给小柳添乱了？"姜小青一听，心里一惊，收起了笑容，也像自言自语："还是呢！若是这样，就要弄巧成拙了。"可沉思片刻后，笑了，说："细细一想啊，这也不难，我们可以婉转一些、顺理成章一些嘛。我想，不管张安是否有意，都得让他俩接触。有接触了，就会了解、动情。到时你情我愿了，我们顺水推舟一撮合，不就成了吗？"王佑三又"哈哈"一笑，扶着下颌说道："你的意思是，小柳可以不婉转，我们倒该婉转些？行吧，那就婉转些吧！呃，过几天就有一个能让他俩接触的机会呢！"姜小青问："你是说，要小柳和张安都随我去密印寺进香？"

很快就到了腊月初一。每月初一，姜小青都是要去密印寺进香的。自从父母过世后，她就很少出门了，但去密印寺进香每月都去，除非山洪断路、冰雪封山。这次去密印寺，她破例带上了小柳，还安排了张安带人随护。如此安排，是循了王佑三的主意，也是她自己的意愿。

从大路走，博公寨离密印寺有四十多里地。姜小青以前每次都只带上一顶竹轿加一个丫头，先天一早出发，赶到巷子口集镇吃过午饭，下午赶去密印寺旁的客栈住下，翌日一早才去密印寺进香。这次的行程还与以前相同，只是随行的人多了，阵式大了，且提前赶到了巷子口集镇的"呷得香"饭铺。"呷得香"饭铺是家老店，姜小青每次经过这里都会在此午餐，店家熟悉姜小青口味，也摸准了每次到达的时辰，所以每次都按时准备好了饭菜，只要姜小青一到就可开餐。今天因有护院与轿工换过抬杆，减少了路上停歇，未到午时就到了，加上人也多了，需要加做饭菜，所以还得有所等待。考虑到在此会要停留得久，张安将主人送到雅间安顿好后就叫护院守住了门以防打扰，自己找了个外出巡察的借口走去了店外。他远离主人是刻意的。他明白主人要他随护的用意，一路上也一直在琢磨该如何应对，可他琢磨了一路并未琢磨出个道道，所以只得先找借口避开了再说。

小柳当然也明白母亲的用意，所以也已有打算，要利用这个机会多与张安接触，向张安吐露心声。因而安顿好母亲后，她也出门走向了张安。张安未曾想到小柳会跟来。当小柳与他站了个面对面时，他惊诧了。待好不容易稳住了心绪，才壮起胆子看着小柳。小柳对他微微地笑着，全身透着道不尽的妖娆与美艳，已令他心如惊兔。他想要回避，但身陷此境，已找不到回避的理由了，所以就干脆地端详起了小柳，这一端详就端详出了诗意，心里自然地生出了一首诗来，虽然没敢吟出声来，但已在心里默诵：

> 身为柳状花般面，眸似虹星笑亦甜。
> 此色哪能尘世有，无须粉黛也如仙。

他有了醺醉的感觉，直到小柳责问了他一句话才回过神来。小柳说："怎么？不想见到我吗？"他嘴角向两边拉了拉，答非所问："小姐是找我有事吗？"小柳微微地笑着，笑容里涂上了一抹浅红，轻声说道："也没啥事呢，就想跟你说说话，愿意吗？"她这点轻微动静，让张安身子也有了轻微颤动。张安望了望四周，并未看到有侧眼在旁时，才咧嘴说道："小姐找我说话是我的荣幸，但请小姐体谅我难以从命，因为未经允许与小姐说话是有违寨规的。"小柳仰了仰头，说："是母亲叫我来的呢！母亲说，你一路辛苦，要我来陪你说说话呢。"她声音仍然很轻，眼神似阳光照在了湖面上，笑容里已有了更多红色，妆扮出来的可人模样也恰到好处。张安的心已被她扯住，有了要与她聊聊的冲动，可一想到如此会破了自己那道不可过早坠入情池而消融了抱负的底线，就谨慎了。他只回答了说："既然是夫人的意思，我就得依着了，小姐想说啥就说吧，我会听着的。"小柳微翻了一下眼皮，捂了捂嘴，轻声责备道："你干吗总小姐长小姐短的啊？就不能叫我一声小柳吗？"她的声音和神韵特具诱惑力，不仅扯住了张安的眼神，还拉扯得了张安的心"怦怦"地乱跳。张安真想亲热地叫她一声小柳，可一想到自己的底线，就止住了念头，装得毕恭毕敬说："小姐名字尊贵，我哪敢不守规矩随意叫喊呀？"小柳捂嘴笑了，但又将温柔眼神撒向了张安，说："守规矩当然是对的，但规矩里并无不能叫我名字这一条呢！还有，我想跟你谈诗，你不答应，想请你评诗，你也不搭理，这是何故？是看我生得讨厌要刻意躲避吗？"张安的心已被搅得七上八下了，但还是硬着头皮坚守着底线，对小柳中规中矩道："小姐形美品正，一脸仙韵，还才艺满身，若真想要讨厌怕也讨厌不上来呢！我之所以不敢答应，是要守规矩。小姐该不是希望我触犯寨规让寨主把我赶出门去吧？"张安的话尽在情理，小柳却没听出个好滋味来，所以心里又有了责备：好你个张安，我对你动了真情，你却视而不见，难道还真是个榆木脑袋不成？但小柳毕竟是小柳，虽然心有责备之意，脸上却柔意绵绵，嘴也只悄悄地瘪了一下就吐出了一串动听的声音："我是羡慕你的才学，想跟你切磋探讨求个长进。可你次次拒绝，这可违了读书人须能者为师的贤训了。"她的轻声细语里蕴含着犀利，张安听出了滋味，所以不由得一笑，想要给自己一个松懈与她聊个透彻，可最终并未给自己这个松懈，而是对小柳摆出了恭维状，说："小姐师从寨主，早已诗书满腹，我哪有资格让你长进呀！"小柳吃吃地笑了，模样如花朵绽放，轻声说道："你的才学武功我早已崇拜，如今又知道你还如此谦逊，又让我多了个崇拜你的理由了。"张安越来越觉得小柳的声音好听、形貌诱人，因而心更乱了。但理智告诉他，该脱身了，否则，底线就要被冲破了。他深吸了一口气，回道："小姐看走眼了！"又摆出了规矩模样，说："我负有确保夫人和小姐安全之责，还请小姐体谅我责任重大，让我巡察去才是。"小柳明白张安是要逃避，但还只能依他，因为她不希望自己表现出纠缠不休来让张安心生讨厌。所以，张安一说完，她就轻轻地扬了扬手，"那你巡察去吧！"随后却又掏出了一张纸笺来递给了张安，说："这是我写的一首小诗，想请你评评。哦，当下你有责在身，回山寨后再看吧！"待张安接过了纸笺，她才慢慢地转过身去。望着小柳靓丽的背影，张安终于松了一口气，可心里已有了一种道不明的东西在窜动。

在后续行程里，张安遇上小柳时会笑一笑，主动打个招呼，有时还会应着小柳要求聊上一会儿，虽然每次都聊得简单，但聊过之后会心情舒畅。到了行程后期，他还会主动地找小柳说些话，因为到了此时，他心里已有了一种特殊的需求。

姜小青是欢喜地回到博公寨的，因为这次出行事事顺利而且美好。其中最让她欢悦的有三件事。首要的是促成女儿与张安有了接触和当面交谈，迈出了"成人之美"的第一步。第二件是她在佛祖面前替女儿求的姻签是"玉叶挂金枝"的上上签，这意味着女儿婚姻是否美满已无须担心。第三件，是密印寺智能大师给了张安很高礼遇，还与之单独交谈了许久。

在她看来，这是因为大师的法眼看清楚了张安的富贵前程，而张安的富贵前程唯有攀上了她王家才可能有，这就说明张安注定了已是她王家的女婿。当然，她是不会独享这份欢悦的，一回到山寨，就对王佑三说起了这些。王佑三听后，也欢喜得合不拢嘴了。

回到山寨后，张安也感到很是惬意，这次外出履责到位受到了主人的夸赞是原因之一，但主要的还是与小柳有了面对面的交谈。他虽然不愿过早坠入情池，也尽量控制不与小柳过深交往，但小柳总能给他美的诱惑，这种诱惑总搅得他心神不宁。如今虽已回到了山寨，且已夜深人静，但他的心仍未安静。在辗转反侧中想起了小柳曾给过他诗笺时，就迫不及待地拨亮了油灯。

> 一树梅花独自开，伸枝展蕊向苍怀；
> 寒风就在身边过，不见雪花天上来。

这些小楷如同小柳的身形美丽动人。他看懂了这些文字，也读懂了小柳写诗时的心境，因而对小柳生出了一丝怜爱。他希望这份怜爱不要扩张，但又无力控制，小柳的身形正在占据他的心。所以，他收起了诗笺，走去了屋外，在院坪里逛悠了一阵，又去巡查了值守的护院，虽折腾了一个多时辰，但并未能让小柳的身形在心里淡去。突然间，他冒出了个念头，要去鸽棚里看看那群鸽子。他能拥有这群鸽子是从巨石台带回的那只小鸽的功劳。将那只小鸽带回来后，他精心喂养，把它当成了朋友，不仅向它倾吐心事，也与它分享快乐，还给它取了个好听的名字——心悦。可有一天，心悦突然不见了，几天之后才回来。令他惊喜的是，小鸽带回了十多个伙伴！他把这当美事禀报给了王佑三。王佑三一听，既感到稀奇也觉得吉利，就要他设了这鸽棚，收留了这群鸽子。

在大沩山人眼里，鸽子是吉祥之物。王佑三见鸽子整天在山寨上空飞来飞去，就打心里高兴，当高兴得很了时，还对姜小青说起了趣话："张安就是个吉相之人，连这些别人想留也不一定留得住的吉祥物也会追随他而来，这预示着他会有大出息呢！我这博公寨被张安引来了这大群吉祥物，怕也会有大作为了，我王佑三也会有大出息了！"他这些话虽未得到姜小青附和，但他对这群鸽子更喜欢了。这群鸽子也甚是争气，不仅个个长得羽丰体实，还开枝散叶，队伍越来越大了。

张安走进鸽棚时，鸽子们像迎接老朋友似的向他围拢了过来，心悦还飞上了他的肩头，"咕咕咕"地向他诉说着什么。他架好了灯笼后，将心悦捧到了手上，轻抚起了它的羽毛。"心悦，心悦？"他突然想起了心悦当初从天而降时的情景，继而又想起了一个人来，那就是小悦！小悦的矜持、美貌，和那回眸一笑，已在他心里渐渐清晰，而小柳的身形在他的心里渐渐地淡去。"我还能见到她吗？"他弱弱地问着自己。而当想到小悦只是个过路的人时，却又失落了。他最终还是回去了房内，但已更无睡意，因为想起了小悦后已更加心神不宁。"要是还有机会能见到她就好了！"他望着窗外喃喃地说。

第六章　春酒寿宴同场办　对联难住老先生

　　要过年了。按山寨的规矩，寨内仆役可各得春假三天，但只能在年三十到正月十五间轮休。张安平时的旬假都未受领过，已有一年未回过家了，王佑三就给了他十二日的春假，要他正月初三回家，正月十五前回山寨。如此正合着了张安的愿望，因为正月初五是他父亲的生日，初三回去可赶上筹备父亲的寿宴。要回家了，张安自然激动。他一路狂奔，到了马家屋场时就急冲冲地推开了自家的槽门。可刚走进院里时，就见到了一位陌生的女子正从自家的堂屋里出来。这女子前额饱满、白脸俊秀，一双大眼明而又亮，整个人儿在那身大红袄衬托下透着道不尽的美艳。他惊诧了，且心一战，一股热血涌上了脸来。难道是小悦？

　　从屋里走出来的确实就是小悦。小悦也发现了张安，先是一愣，随后扯了扯衣襟，带着满脸的羞态和娇媚靠近了过来。"张安兄弟回来了？"她轻声地问道。果真是小悦啊！张安像被人推着似的跨上前去，像是惊呼："小悦？是你啊！"小悦扬起了红扑扑的脸，说："是我呢！你没想到吧？"张安虽然心有疑惑，但笑容灿烂，说道："确实没想到呢，你怎么会在我家呢？"小悦娇羞地回答道："我是来投亲戚的嘛，我们就是亲戚啊！"张安亦惊亦喜，接着却又疑惑不已。也就在这时，水秀已从堂屋窜出对他嚷上了："她是姨娘家的小悦表姐呢！"张安心有不愿地叫了一声："表姐好"就呆住了，因为他翻遍了全部记忆也未能找到自己还有这样一位表姐存在。小悦却难为情地低了低头，说了一句"外面太冷，快进屋里去吧"便去晾衣场取了件小孩子的衣服进了堂屋。张安望着小悦的背影，仍在呆着，自言自语地念了句："表姐，表姐？"便问水秀："她真的是我们的表姐吗？"水秀不解风情，猛摇着张安的胳膊直嚷了起来："不是表姐会是谁啊？你别见着个漂亮的女子就走了魂了，表姐是结了瓜的藤，生了娃的人，已没你琢磨的份儿了，你就换个心思快进屋里烤火去吧！"

　　水秀推着张安进了堂屋，而且朝着里屋大喊了起来："我的老爹老娘啊，你们的爱崽崽张安先生回来了！"张少坤夫妇听到喊声，便狂奔了出来，一靠近张安就是一番上下打量。"嗯，没瘦，只是黑了些。也好，看着结实。"张夫人还拉上了儿子的手。"是结实多了，结实好，结实好啊！"

张少坤也高兴地看着儿子，不停地点着头。"在山寨过得开心吗？当护院辛苦吗？平日里吃得好吗？"张夫人声韵慈柔，充满关爱。张少坤也问上了话，虽然问得干硬，但也充满了爱意："在山上有空读书吗？武功又有长进了吗？与同事们相处得好吗？"面对父母连珠炮似的发问，张安无以应对。水秀却顿生了妒意，嘴巴一撇就对着父母嚷嚷开了："我说你们两位老人家还有没有个完啊？你们的爱崽崽就一张嘴呢，人家还没喘口气，你们就问这问那的，他能一口气回答得了这么多话吗？"

"哟，也是呢！不问了，先烤火！来来来，都坐下来烤火！"张夫人拉着儿子坐了，又冲张少坤和水秀挥了挥手掌，"来，都坐，你们都来坐。呃，小悦呢？快叫小悦也来坐呀！"待小悦抱着小璞出来，又朝小悦挥起了手掌，"小悦，你来，快来坐。我跟你说啊，这就是我家的安儿，你表弟张安！哦——"又忙着对张安介绍："小悦，这是你的表姐小悦，你姨娘的女儿，是半年多前来的！这是小悦的儿子……"她兴趣正浓地介绍着，小悦却扬着娇艳的脸截过了话，说："姨啊，您不用介绍了，我俩原本是认识的。""原本认识？"张夫人一惊一讶，却很是不信，"难道你俩是做梦认识的？你们自小没见过面，安儿又有一年没回家，你就别在这里哄我这老太婆惊喜了。"可就在这时，张安也插过了话说："娘，我们确实认识呢！小璞我也见过，只是长高多了。呃，还有李茂大哥呢？"张夫人果真吃惊了，接着又已喜上眉梢，说："你还认识小璞和李茂？你们还真认识啊！"目光在张安和小悦脸上扫了一遍后，问："这到底是咋回事啊？你们怎么会认识呢？"小悦却娇羞地一笑，接过话来回答道："我们是在路上认识的呢。我们在峡谷里遭遇了强人追杀，表弟跑来帮了我们的忙。不过，那时候我们并不知道互是亲戚。"张夫人又喜上眉梢了，说道："那还真是巧，这就叫不是一家人，不遇一路神了。亲戚的缘分在峡谷里也遇得上，好啊！既然你们都认识，我就不多啰唆了！哎呀——"她站起了身，拉起了笑呵呵的张少坤，又说："我们两个得办菜去了，你们就继续聊吧。今天，我得要多办点菜，还要请你们张五叔来做一道状元鸡、状元鸭、状元肉，给安儿补吃一顿年饭。你们聊吧，好好地聊，啊！"

能在自己家里见到小悦，张安确实喜出望外，但小悦果真已为人母，他又有了些许的失望。虽然如此，他的心还是被小悦牵动着，只是当下需要集中精力去准备初五的春酒加寿宴，他才未去满足心中的那份向往过多地靠近小悦。

在大沩山一带，如非男进女满整十岁的生日，一般都是不请客做寿的。可张少坤出生在正月初五，按大沩山风俗，正月初一到十五亲朋间得互请春酒，所以他每年就把春酒都定在了初五这天，今年当然也要循这惯例。初四白天，张安就准备齐了办席的碗筷桌凳，也宰好了鸡鸭鱼兔，晚上，又把人手分工做了调摆。可调摆过后，小悦插上了话说："明天既然是姨父的大寿，那得要装扮出个庆寿的气氛来才行呢。明早啊，我要在堂屋里布上寿景，让宾客们都感受到喜庆。"这是个新鲜主意，张少坤一听就乐了，而张夫人和水秀也称赞不已，张安却并没有个反应，只瞟了小悦一眼后，就悄悄地低下头来不作声了。

初五天还未亮，水秀就已把一家人叫起，重复起了分工："老娘先做早饭，早饭后协助张五叔办菜，开席时负责温酒；老哥先把鸡鸭鱼兔猪牛羊肉清洗后协助张五叔和副厨们改刀拼菜；表姐先布寿景，然后端茶倒水，开席时打盘上菜。老爹是寿星，只受贺；本小姐先扫地抹桌铺席台生炭火，再端茶倒水打盘上菜。"嚷完后，又风风火火地跑去叫张五叔和几个副厨了。张五是张少坤的堂弟，是位乡厨，而且是当地少有的能烹制全套状元菜的高厨。

状元菜是南宋状元、礼部尚书易祓的夫人、著名女词人萧氏研创的一套私家菜系。其来历还得从萧氏早期研制的状元鸭说起。易祓爱吃大沩山土鸭，他婚后不久就去了杭州游太学，其夫人萧氏在大沩山的巷子口老家照顾家小、填词作诗、研习医理之余，潜心研制了土鸭烹制术方。几年后，易祓回家品尝到了萧氏以不同术方烹制的土鸭，惊喜不已，故问："如此味美，各为何鸭？"萧氏含笑答道："均为状元鸭呢！"意在激励夫君潜心治学高中状元。后来，萧氏常烹状元鸭侍奉夫君。淳熙十二年，易祓果然高中了状元，衣锦还乡时，达官亲贵纷纷来贺，萧氏特烹状元鸭招待，易祓也大谈起了状元鸭之功劳，其夫人以状元鸭助其高中状元之佳话就此传遍了湖湘，甚至传入了朝中。易祓官至礼部尚书，后因得罪权贵遭贬，虽年近古稀时被理宗皇帝重召入京，授职为朝议大夫，封为宁乡开国侯，食邑千户，但居家有三十年之久。此间，萧氏常制状元鸭给他享用，还依他的喜好和医道药理，研创了风味独特又滋补养身的各式菜肴，这些菜肴被易祓统称作了状元菜或萧氏状元菜。易祓在家吃着状元菜研究经学，以著书自娱，心情愉悦，身体康健，不仅著有等身之作流传于世，且至八十五岁高龄方自然寿终。而萧氏因常吃这些养生菜肴，至晚年仍耳聪目明、手足灵便，年达九十有七岁才无疾而归。易祓死后，朝中有人感叹："彦章公今生能中榜首而致尚书之位、赋清闲可著等身之作、越古稀能享耄耋之寿，皆因状元菜耳。"萧氏也因此成了远近闻名的贤淑楷模。为分惠乡邻，萧氏将全套状元菜的烹制术方奉献给了当地的乡厨，状元菜在当地被推崇为迎宾待客撑门面之高档菜肴，而烹制状元菜也成了代代乡厨的必修技艺。但萧氏状元菜全套有十八品共一百零八道，每品每道的口味营养都差异很大，还需遵循医道药理，烹制技法极为严苛，故而其术方非悟性高且学识广者难以领悟，一般乡厨倾其全力也只能生搬硬套照做一至两道，张五能悟懂全套当然是高厨。正因为状元菜烹制不易，又滋补养身，在普通的农家难得一见，只有大户人家到了必要之时才会请来高厨烹制以显示其宴席的高规格。

张少坤虽非大户人家，但每年的春酒加寿宴都得要端上多道状元菜来，这既是因为春酒寿宴一起办本就需要有个高规格，更因为他的堂弟张五是位高厨，能提供方便。其实，张少坤循着惯例早已约请张五前来掌厨了，但水秀担心她家张五叔单身汉一个没人提醒会睡过头去，就赶去敲门了。在马家屋场人眼里，水秀的淘气是因逗趣，就算出了格也不会有人责怪。在这大冷的天，天还未亮就去催长辈起床来干活，这种事只有她能做得，别人是绝不敢做的。

按水秀的调摆，大家各就其位，麻麻利利地忙开了。待天大亮了时，各式菜料全已拼好，堂屋寿景已布置妥当，杯碟碗筷已准备就绪，几十台席桌也已铺就，一家人就在灶屋里吃上了早饭。一上桌，小悦见张安头发上沾着汗水还冒着水气，就提醒他道："去洗洗换套衣服吧，别着凉了！"这很平常的一句提醒，却让喜欢没话找话且不搞出点损人的笑料出来过不了日子的水秀抓到了话柄。她撒娇般地对着母亲说："老娘啊，我又妒又恨呢，老哥总是有人关心，而我同样累了一个早晨，咋就没人关心一下呢？"见女儿又耍德行了，张夫人用筷子戳着了水秀的胳膊，咬牙说道："你又没正经了！"而张安急欲起身时却又不得不坐下了，他瞪了一眼水秀，却没敢对水秀有何言语。小悦则一瞪眼一咬牙，将一双冰冷的手插入了水秀的颈脖，冰得水秀大喊起了"饶命"。她抽出了手后，摆出了可人模样朝张夫人问道："姨啊，我够关心水秀吧？"这引得了一阵哄堂大笑。

早饭过后，张夫人和张五及副厨们带着欢笑都去了灶屋，水秀和小悦已去准备茶水，而张安换了衣服就来到了堂屋。他环顾四周，感到了眼前一亮。他发现，堂屋正墙的中央贴上了一个金色的大寿字，寿字的两边贴上了剪纸图，上下则缀上了各式扎花，整个布置既鲜艳又不失得体，既气派又不显夸张。而两边侧墙上还贴有一幅红纸对联，对联是这样写的：

春到筵前添千秋福寿
客迎堂内增万代荣华

"好对啊!"张安由衷赞叹。他想,这堂屋是今天酒宴的正席所在,安坐的将是亲朋中的至尊至贵,且今天摆的既是春酒又是寿宴,这对联写得如此应时应景应情,本已很显才华了,却还表达了福寿荣华的美好祝愿、展示了千秋万代的磅礴气势,就更须满腹经纶、才高八斗方可做到了。所以,他对小悦有了由衷的钦佩,甚至还有了仰慕。他望着对联一字一字地品味着,不愿移步,直到有客人陆续到来了才收回目光,陪着父亲迎接安顿去了。

张家的亲戚朋友中,多数平常并不走动,只到了年节或办大事时才会往来。时隔一年后,张家不仅多了位年轻貌美风韵非凡的姨侄女,还有了精美华丽的寿景布置,就引得他们生出了许多新的话题。几位与张少坤同道的朋友就在一起指指点点,高谈阔论,其中兴致最高者当数五里堆学堂的姜老先生和乌竹塅学堂的沈老先生。

开席之后,只齐饮过数轮,姜老先生又端杯走向了张少坤。他既不祝寿也不贺春,直接就拿墙上对联说上了话:"一年不见,张先生添了福寿又长了才学,这对联如此有情有韵有气势,羡煞我等了!来,我为此敬你一杯!"张少坤虽心感惭愧,但还是举起了杯,应付着说:"过奖了,姜老先生过奖了!"而沈老先生并未敬酒,却要与同行们吟联作对。他说:"有酒无对不成宴嘛,我们得陪张先生对句添乐!"他定下规矩,几位同行轮流出联,其他人应对,对不上者要受罚一杯,若是应对者全对上了,出联者要自罚一杯,而无一人对上时,出联者须亮出联底,否则也要受罚。其他亲朋见有热闹可图,都跟着起哄了。张少坤当然乐得此举,所以就来了个满口答应:"好啊,我奉陪!但就怕我醉后之言不达心之所思,扫了各位的兴啊!若是如此,得请各位多多包涵!"沈老先生指着墙上的对联对张少坤说:"谦虚,谦虚啊!你才学长进得如此之快,今日我是来讨教的。再说,凭你的酒量,才饮区区几杯哪能言醉啊!好了,我沈某就倚老卖老,头一个出句吧!"说毕,稍作沉思便道出了个上联:"三杯春酒穿心过"。众人一听,都来了精神,且边吟边想,摇头晃脑,有模有样。张少坤想了想大喊了一声:"有了!"他扫视了一圈,便拉开了腔调:"两朵桃花上脸来"。他声音落下,屋内已撺哄鸟乱,这个说:"好对!真是好对!"那个说:"如此妙对,确显功底!"沈老先生则有板有眼地来了番点评:"这'两朵'对'三杯','桃花'对'春酒','上脸来'对'穿心过',工整,应景,严丝合缝,严丝合缝啊!"张少坤心里很是得意,却又故作恭谦,说道:"过奖了!各位过奖了!张某不才,让各位见笑了!我正在期待有哪位能献上个妙句来掩掩我这拙句呢!"扫视了一圈之后,却不无得意地说:"若大家不愿献美,那都把酒喝了吧!"

第二轮该是姜老先生出联了。姜老先生说:"沈老先生已拿春酒出句,这景我就不用了。此时,我见到这堂景,闻得这酒香,就想起了宋朝状元文天祥那首《御赐琼林宴恭和诗》,所以编凑了一个上联给大家助兴。我的上联是:'琼林宴上,御酒穿心过,状元笑望天颜,云呈五色。'"话音落地,堂内已鸦雀无声。先生们个个陷入了沉思,好一阵后,才开始轻声议论,但并无对句出口。见这场面,小悦走近张少坤,悄悄展开了手掌。张少坤只瞟了一眼,就忍住了笑又大喊了一声:"有了!"这喊声吸引了全场的目光。而他立即摇头晃脑地吟了起来:"欢第床前,春光入眼来,粉侯喜摘桃蜜,露溅三花。"大家听过,先都沉吟,接着大笑。姜老先生却站起了身说:"妙啊!妙!人生之喜莫过于洞房花烛夜、金榜题名时,以粉侯欢第床前喜摘桃蜜,对状元琼林宴上笑望天颜,妙!确实妙!"正说着,却有人发问:"粉侯为何物?"姜老先生不满地瞥去了一眼,说道:"三国时,魏国何晏面如傅粉,娶魏公主后被赐爵为列侯,故被人称为了粉侯,后人即以粉侯称驸马。你说,粉侯为何物?"场内又是一阵大笑,问话者低头遮住了脸门。此时,张少坤趁机喊道:"喝酒吧!各位先生,请都把酒喝了吧!"

该轮到张少坤出上联了。他想,吟联作对本是显才学争面子的游戏,既然自己已独赢两轮,该利用出句之机搞出难度,了结了这场游戏保住自己所赢才是了。当然,他清楚凭自己的能耐是难以达此目的的,所以就想到了小悦。在众人的期待下,他清了清嗓子,说:"我等玩的都是老套,现在我想变个花样,我这上联要请我家姨侄女小悦姑娘来代我出。但我得说清楚,长江后浪推前浪,一浪更比一浪高,小悦文采见识都在我等之上,出的句子不一定好对哩!所以我也要改改规矩,出句后将以三寸香为限,燃尽之前有人对上,我认罚两杯!对不上者也得受罚双份。三寸香过后若仍无人对上,今天就得到此为止了,各位回去可再去琢磨,啥时候对上了可携句子来找我,我定摆酒庆贺,如何?"这是个既新鲜又能得好处的规矩,激起了先生们的兴趣,也引来了其他宾客的吆喊:"快请小悦姑娘吧!"

小悦对张少坤所言已听得真切,对其用意也自然明白,所以就打下了腹稿,站到了张少坤身边,对张少坤点点头,便朝场内行起了鞠躬礼。随后便张着微笑,启动了朱唇:"各位先生才高八斗,我本不该在此班门弄斧,但姨父有命,我不敢不从,所以就斗胆献丑了!"扫视了一圈后,接着说："人说联对眼前景，诗唱世间情，我这句子会以这堂屋之景拟就，也望各位能以这堂屋之景对句。我的上联是：一间堂屋四张桌待三十二宾客客笑主欢欢天喜地地增五谷人增寿寿比南山高。"几位先生一听，先是一愣，随后冥思苦想，又商量探讨，待三寸香过后，才张着期盼的眼光望着小悦。也就在这时，沈老先生起了身，摇晃着脑袋说上了话："小悦姑娘这句子以这堂屋之景拟就，情韵幽转、字韵迁叠，很显功底啊！但要求再以这堂屋之景作对，就有难我等了。老朽不才，暂无对句，估计其他先生也暂无好句，还是请姑娘亮出联底，让我等甘愿受罚吧！"小悦扫视了全场，微微一笑，说道："各位先生谦虚了。先生们肯定都有好句藏于心中，是不愿赐教罢了。也好，先都把句子留着，过日携来让我姨父请酒！至于联底嘛，恕我不敢说啊！我说出来就挡住先生们日后携句来应我姨父之请酒的路子了。这种既违规矩又挡人之路的事晚辈哪敢做啊？各位，是不是啊？"她话音落下，全场就漾开了"是的，是的"的附和声。张少坤见这场面，已脸如骄阳，端起杯来就吮喝开了："喝酒吧，喝酒！都受罚两杯，我也陪罚！"罚完酒后，又说："我已有言在先，这出联作对就到此为止了！但我说话算数，会等着各位日后携句前来，我摆酒相庆！"接着又满上酒杯高高举起，再道："现在门外寒意重，屋内春意浓，趁此浓浓春意，大家继续畅饮吧！"

今天的酒宴热闹而富有情韵，也给张少坤挣得了极大的面子，小悦当然功不可没。张安已看在了眼里，也佩服在了心上。送走客人后，他就走向了小悦，想与之探讨一番刚才那对句。可此时，水秀插过来嚷嚷开了："表姐高啊，让那几位老先生都佩服得不得了呢！呃，你联底呢？"小悦摇头道："没有！"水秀不信道："对我还保密？"这时，张安截过了话说："表姐应该未拟下联，因为没有必要！这得归功于老爹的规矩巧妙。"望了一眼小悦后，又说，"但要说起来啊，表姐这招也够狠了，先设'联对眼前景'的筐子，再把筐内明景暗意用光，又回文叠韵让情境和意境步步提升把难度弄到最大，这种句子，表姐自己一时怕也难以对上呢，就不用说那些先生们了！"水秀恍然大悟，惊讶地说了声"是呀"便咬牙切齿地站到了小悦面前，一手叉腰，一手戳着小悦前额，道："你你你，你真够狠呢！"

第七章　后院徒儿谈师傅　雪里吟诗意沉沉

　　山里人都希望冬天能多下几场大雪，瑞雪兆丰年嘛，土地经历了雪冻，庄稼、树木就没有病虫相害了，新年里收成就会好了。可去年入冬以来，大沩山尚未下过一场雪，这就让当地人不仅对新一年的收成有了担忧，也因没能见上一场雪而感到这年节过得没了滋味。可就在初五这天的深夜，一场春雪悄悄地降临了，给这片神奇的土地披上了银装，美不胜收，也让当地人看到了，今年会又是一个丰收之年。

　　一早，张安望着门外厚厚的积雪，就拿起铲锹走进了后院，在院里堆起了一个大大的雪堆，又在雪堆上雕琢出了一个活灵活现、格外威风的大雪狮。他望着自己这精湛的手艺，感到了特别的快意。带着这份快意，他围着雪狮绕行了几圈，又在刚清理出来的空地上打出了一套拳路。他拳脚轻松自如，畅快流利，身心十分舒爽。

　　"好功夫啊！"他刚收了招，就听到身后传来了夸赞，这声音轻柔，还带着暖暖的音色。他一愣，就转过了身来。当看到了台阶上站着的是小悦时，就有了一种难以言表的感觉在心中泛起。也因为有了这种感觉，他低垂了眉眼，显出了羞涩。"表姐早啊！"他抱起了双拳。小悦轻柔地笑着，走到院里绕雪狮一圈后，才面对张安站了个坚定，道："张安兄弟好有兴致呢！这雪狮神韵十足，威风凛凛，令我想起刘禹锡的'与师相见便谈空，想得高斋狮子吼'了。"她这神韵和夸赞，像鞭子赶来，赶得张安的心如惊马狂奔。张安有了短暂的茫然，只露着憨笑，呆呆地站着。稍顷，才回过神来，且有意地提了提气，装出了个神采飞扬，说道："表姐过奖了！'宝帖牵来狮子镇，金盆引出凤凰倾。'你不觉得此时想到李洞这句梦中之作会更有韵味吗？"小悦向前一步，已站到张安跟前。她虽红袄加身，但仍能显出柳腰花态，且轻声细语的，格外动听："这两人的诗句自然各有其韵，只是我见着你这巧手之作，就直接想起刘禹锡描写的高僧说法之状来了。不过，相比于这雪雕，你的拳路更令人叹服呢！"

　　张安望着小悦，神采已再难飞扬。他微微地笑着，但笑容显得僵硬，而心里想要说的话也被僵在了喉间，最终只挤出了短短的一句："表姐，过奖了!"小悦却春风满面,微扬着脸,眼里闪耀着一种特殊的光。她柔声地说道:"我并无过奖之意呢,说的都是实话。我也曾听水秀评价过你的功夫,在她的嘴里,你不仅有鬼神莫变之能,甚至连无事不能的齐天大圣也要望尘莫及了!"张安仍是微微地笑着,但口齿比刚才要利索了许多。他说:"表姐的夸奖我愧不敢当呢。水秀说的你也信吗?你是知道的,在她嘴里,十句话里有九句半是胡说的,剩下的半句也绝不正经!"小悦侧起了头,嘴角微微一抬,娇媚的目光已飘向了张安,说道:"水秀说别的我当然不信,可对你的评价,我信。这不光是因为我曾见识过你的高深武功,也因为水秀一说起你的功夫,就郑重其辞,尽显骄傲。带着骄傲神情郑重其辞说出来的话是该信的。你说是吗?"张安稍有一愣,有了短暂昏懵。因为小悦的神情迷人魂魄,声音也悦耳动听,这一切又都扯动着他的心跳,已扯得他心乱如麻。他已不知该如何回话,也已不敢直面小悦了。所以,只空洞地一笑,就避开了小悦的眼神,走去了兵器架前。他取下了一根长棍抚摸起来,很快,心情就转移去了这些兵器之上。这些兵器已闲置一年了,如今再面对它们,他心里有了些许的悲凉。

小悦窃窃地一笑,也走向了兵器架,取下长枪摆弄起来,且边摆弄边说:"这些兵器是你师傅留给你的吧?听水秀说,你师傅是个神奇之人,只是无故地失踪了,这令人费解呢!呃,听说你师傅很有故事,你能说说吗?"张安微微一怔,摇了摇头。小悦将长枪放回兵器架后,问:"是怕激起内心的伤感而不想说吗?"笑了笑又说,"我倒是觉得,你无须一提到师傅就要伤感。你师傅是位高人,也是位好人,一去未回定是有万不得已的缘由扯住了。我相信他现在正过得挺好呢。"张安已很惊讶,还有些激动。这是他头一次听得有人认可师傅是高人也是好人,而且这人是与师傅并不相识的小悦。他朝小悦一笑,问道:"你不曾见过我师傅,怎知道他是高人又是好人?"小悦昂昂头,双手剪在身后边走动边说:"当然知道!我可凭他徒弟的能耐和为人所推测。"张安一愣,盯住了小悦。虽然小悦的神情有不合常理之处,但能看出,都带着善意。所以,"呵呵"一笑,说道:"你是想让我验证你的推测吗?"小悦稍显得意,昂了昂头,说:"不是!我的推测是无需验证的!"望了一眼张安后又说,"我曾听水秀讲过,你对师傅一去不回很是在意,所以,我想了解一些你师傅的事,顺道帮你分析分析你师傅的去向。可以吗?"张安心里闪过了一丝惊喜,迎着小悦期待的眼神点了点头后,便将长棍放去了兵器架,打开了话匣。

张安的师傅名叫于奎,也是马家屋场人氏,小时随父母前往衡州探望亲戚时，因父亲急病去世，就随母亲留在了衡州。其母只能靠替人缝补浆洗赚钱糊口，孤儿寡母的过得很是艰难，最后，母亲不得不把尚未成年的他送去了南岳的衡岳观从道。他本就老实正派，从道后也用心修炼，又勤于练武，深得观内新老和上下喜欢。那年清兵攻来衡州时，他受师傅所派，加入了王夫之的抗清队伍，这支队伍虽有过小的作为，但最终溃散，此后，他又回到了道观，直到他母亲病终后才弃了道籍，带着父母遗骨回到了家乡马家屋场。于奎自小离家，在马家屋场并无熟络之人，加上言语又少不善交往，过得孤寂。虽然村里有人给他找过媒人，想帮他成个家过上个温馨的日子，可他对此并不领情。在村里，他成了人们眼中的怪人而不被理解。他每天也就两件事，种地、练武。练武只在自家的院内或在野外的偏僻处，所以，他虽然武功高强，但从未被村里人视得。

　　张安五岁那年的一天，因追猫玩耍闯进了于奎的院内，见于奎正在练武，就心生了好奇，站在那儿静看了半个多时辰。小小张安聪明过人，心性沉稳，于奎本来早就喜欢了，如今见他对练武之事如此有兴趣，就动了一念，要收他为徒。张安得知其意后高兴不已，回到家里就央求父亲带他去拜于奎为师。可张少坤只希望儿子好好读书，将来能考取功名出人头地，并不希望儿子心有他念误了学业。好在张夫人认为男孩子学点武功既可健体又可防身，就劝张少坤领着张安去拜了于奎为师。自此，小小的张安白天跟着于奎学武，晚上跟着父亲读书，文武兼顾，都未耽误。前面几年，张安除了跟着于奎学会了练气之外，也只学了些跑、跃、滚、腾、蹲、劈、闪之类的基本功，并未学过一招拳掌套路，也未摸过一件兵器。就因这个，张少坤还找上了门去，对于奎说："这么些年了，你还未教过孩子一招一式，可不要误了孩子呢！"面对张少坤的质疑，于奎难得地侃侃而谈了一番："你不懂武功，更不懂如何教武功！练武得先练功，而练功要外练身如闪电、内练气若狂涛，让孩子把这些都练到极致了，学起套路招式来就易于吞水了。"张少坤确实不懂得武功，所以就只得由着于奎去教了，从此没再过问。

　　张安九岁那年，于奎搬出了全部兵器，一件件给张安讲解，讲解了三天才教授他拳掌套路和兵器招式。张安对拳脚套路和兵器招式一学就会，就三年下来，各招各式全都掌握了，还按于奎指点融会贯通自创了许多新招。可就在这时，于奎突然对他说："我心已在他处，早该前往了，但之前你功未入心、心未生功，我没法离去。如今你已做到这些了，我也该走了。走之前我还有最后一招要给你点破：既然你已有了功入心、心生功的境界，之前所学的拳掌套路和兵器招式就得扔了。往后须求新求广求深，自创招路，悟他人之所未悟，练他人之所未练，若能如此，便可携千招于身而无人能识破，以至天下无敌。而要做到这点，须重意而轻招。重意即以意为先，随意生招，也以意养招，如此定能招招管用。重招则反之，招路再多也只是花拳绣腿，虚而无用。你生性聪慧，武学之道我点拨至此你定会悟得深远，但还有一点我得提醒：男儿立世须能文能武，且文武融通方可出人头地。当下，你武学至此以求新求广求深即可，但文学尚浅还须深研，切记了！"临走时，他把自己的兵器、房契、地契交给了张安，且允许张安送出了十几里地。分手时，又撕下了张安的一块内衣角放在身上带走。留下内衣角的做法是大沩山人的习俗，哪家父母和子女要远离日久时，父母便要留下子女内衣角放在身上以作念想。于奎临走时特意如此，是已视张安为亲生了，也说明他此去会要走得很远、很久了。

于奎果真一去未回。开始时并无人在意，但日子久了，村里村外就有了各种传言。有人说他无力偿还巨额欠债拿命抵偿了，也有人说他上当受骗落江而亡了，还有人说他偷鸡摸狗被乱棍打死了。这些传言都说得有鼻子有眼，但都有损他声名，张安听了很不是滋味，所以每次都会极力反驳："胡说，我师傅是办大事去了！"因为只有他才了解师傅，师傅是高人，有智慧、讲品行，不可能会出现传言里说的那种结局。师傅走后，他用功读书练武。按师傅所教，练武时求新求广求深，且招随意变，随意生招，几年下来，功力越练越深，招路越练越广，已可随心所欲了。但因从未与高手较量过，心里并没有个衡量，尚不知自己的功夫到底有了多深。直到在峡谷里与吴三桂的手下交过手，又在山寨比武场上争得了高等护院之位，还轻易赢了段彪之后，才知道自己早已经是武林中的高手了。

"而这时，我对师傅的感激啊……"张安突然停住，仰对天空，长长地嘘了口气。稍后才面对了小悦，轻声说道："就这些，说完了！"小悦望着张安，美美地笑着，还昂了昂头，说："如此说来，你师傅果真是高人又是好人呢！"笑了笑又说："我就知道，我的推测是绝不会错的！"张安点了点头说："是的，你的推测确实没有错，我师傅确实是高人也是好人。不过，你的推测只在浅表，尚未至深，并未推测到我师傅到底有多高有多好。"小悦侧起了脸来，问："这又怎么说？"张安仰了仰脸道："因为我与师傅相差甚远。你未曾见过我师傅，仅凭对我的了解去推测我师傅，是瞎子摸象！"小悦侧头一笑，背起双手踱开了，脸上还有了一丝诡谲在荡漾。她转过身来后，便扬起了脸，说："你还挺谦卑嘛！好吧，你讲过你师傅的故事了，我也该告诉你我帮你分析的结果了。经本姑娘这智慧的脑袋精加分析，结论是，你师傅不仅仍然健在，而且活得挺好。他是在外面有了一个家，不愿回马家屋场来了。"张安一脸吃惊，又满脸疑惑，问："你为何说得如此具体而且如此肯定？"小悦洋洋得意，走动几步后回道："因为我见过你师傅，且还与你师傅很有交情！"走到了张安面前，从怀里掏出了一个小布包举了举，又说："我这里有你师傅给我的一样东西，想看看吗？"张安惊疑地问："你自北方而来，怎会见到我师傅？我师傅离开时只告诉我他要往南而去，难道我师傅又去了北方？"但眼睛盯在了小布包上，眸子里的期待一闪一闪。小悦已经将小布包递到了张安手上，张安一层一层地打开后，脸上突然暴发出了惊喜。原来，这布里包的是他师傅带走的那块内衣角！他一边狂喜，一边在想，小悦手里能拥有这块内衣角，说明她不仅确实见过师傅，而且还是师傅所信任的人。所以，他顾不得男女有别，就抬起两手搭住了小悦的双肩摇晃起来，且边摇晃边问道："那我师傅在哪儿？我师傅在哪儿？你告诉我，你快告诉我啊！我师傅在哪儿？"

"看你急的！"小悦轻轻地拨开了张安的手，那本来白净的脸上已染上了红艳艳的颜色。她轻声地说道："我不仅见过你师傅，而且还是你师傅介绍来你家的。但这中间还有太多的故事，也牵涉到一些非常重要的东西，一时难以跟你说个明白，等日后我都理顺了，会与你说个详细的，你现在只需要知道你师傅仍然健在、过得挺好就行了。只是这事暂时还不可声张，声张开了会对你师傅不利。"小悦并没有把事情说透，而且还藏着一丝神秘，张安理解为她与师傅之间有一些特殊的秘密，所以就乖乖地没再打听了。当下他虽然有些失望，但还是说了些感谢小悦的话，感谢小悦带给了他这么好的消息。不过，他也随之生出了一大堆的疑问，他最想搞清楚的是，小悦为何不愿意把事情说明白？她到底是个什么来头？师傅又为何要将她介绍来这里？她来这里又有怎样的目的？但因小悦已有言在先，他没敢再一件件问。但他最终还是认准了一点，师傅要把小悦介绍而来，应该有善意的目的。

水秀见张安和小悦在后院聊得正欢，就独自去到了前院玩耍。此时，张安也已来到前院，她好不开心，但开心时也改不了损人的脾性，只眼睛一转，便捏了一个雪球就砸向了张安，还故意朝张安扮出了怪相，大声地说："我说伟大的老哥啊，你是相貌堂堂、风流倜傥、文武兼备的前途无量之辈，可得当心被表姐的美貌迷走魂，丢了自己的远大前程呢！"张安一听她这些疯话，就顺手捏了个雪球也砸了过去，还嚷了句："看你还敢信口雌黄胡说八道!"雪球正好落在了水秀的颈脖里,水秀装出了恼羞成怒,弯下腰来边抖着雪渣,边发出了大嚷:"我还要说,我就要说,我就是要说!"抖完了雪渣,又捏了个雪球砸向了张安。可张安稍一偏身,雪球正好落在了刚好来到他身后的小悦身上。如此歪打正着,水秀已乐不可支,很是得意,朝小悦扮了个怪相后,还来了一通阴阳怪气:"哎哟,我伟大的老哥真有福气呢!连雪球都有人替着受,真让人嫉妒死了!"她如此连树了两敌,其后果自然是被整得狼狈不堪,最后不得不老老实实地求饶息事了。

雪还在慢悠悠地飘着,张安独自走向了槽门。他打开槽门,把门外的银装素裹引入了眼帘,且发出了快意的大喊:"多美的景色啊!"他的喊声吸引来了小悦和水秀,小悦也发出了一番感叹:"远天苍苍,白雪茫茫,壮阔却寒凉啊!"

"是啊,太美了!"水秀并未听明白小悦的感叹之意,只一个劲儿地兴奋,还跳起了双脚。可突然间,她一本正经地站在了张安和小悦面前,说:"如此美景不能白看了,每人都作首诗吧,如何?"小悦回答道:"好啊!"问:"谁先来?"水秀昂头一笑,并不谦让,"我先来吧!"只思索了片刻,便张口吟道:

银山座座前方立,白毯团团近处摊。
可见梨花枝上笑,却无绿叶树尖跶。
池中片镜随清浪,岸畔鹅毛伴碎棉。
陌上农夫心已醉,眼穿瑞雪望丰年。

她摇头晃脑,神模神样,随后扬起了笑脸,道:"我这诗,还可以吧?该你们了!""你这诗不错!我也吟一首吧!"小悦把目光伸向了远方,且一脸沉思。稍顷,吟道:

邪风骤起妖花荡,雪卷横峰起浪波。
恶絮倾临先自重,山河尚在未蹉跎。
平心稍候寒期过,静气先观日月梭。
我待春来随意舞,轻拈宝剑战群魔。

水秀跟随小悦的节奏,扬着笑,拍着掌,点着头,还献上了一番夸赞之辞：“表姐真不愧是见过大世面的呢，做的诗就是有气魄。'我待春来随意舞，轻拈宝剑战群魔。'有气魄，好有气魄！”可她突然“呃”了一声，变了脸色，说：“可这不对啊！你还邪风、妖花、恶絮之类的，这好好的景色怎能如此糟蹋呢？呃，也不对，你好像是心中有恨，又有计，有待机而行之念，定是有人与你交恶了，你要跟他斗到底了。哦，我知道了，你是要斗吴三桂了，对吗？吴三桂的手下害命图财差点要了你性命，是该跟他斗啊！可是，可是，你又怎么能斗得过他呢！啊呀，算了，你怎么想就怎么想吧，不关我的事了！”小悦本在窃窃地笑着，可突然放下了脸来，瞪着水秀问：“你是夸赞？揶揄？还是贬损？”水秀望着小悦，被吓得了连忙摇头，道：“夸赞，夸赞，绝对是夸赞！”可只有一瞬，就转去了张安面前，嚷道：“老哥，该你了，快点！”张安正望着远方，神色凝重。他瞥了一眼水秀，低声吟道：

苍天骤降开年雪，往日清风尚未还。
远眺群山冰雨固，遥观大地解春寒。
心牵外有家乡客，念虑身无御冷毡。
恨不掀云红日见，温情送去暖心丹。

“不好，不好！”张安嘴上余韵尚在，水秀却小嘴一撇，嚷开了，还摇起了张安的胳膊，埋怨道：“如此美景，你咋就吟出了这么伤蔫蔫的几句呢？”小悦知道张安是在想念师傅了，所以，就替张安回了话：“你哥是触景生情，心有挂念了呢！”水秀并不知事委，因而更显不悦了。她瘪了下嘴，嚷嚷道：“心有挂念？他既无远亲，也无外戚，挂念个啥呀？好端端的美景，你们两个却偏要如此地糟蹋，而且还互相袒护，真是一丘之貉，一丘之貉！”张安从远处收回了目光，瞪了水秀一眼，道：“你真是笨啊！人说好诗句句是心声，我随心而作，表姐都能听明白，你却不知我心，真笨到家了！”水秀听了先是一愣，随后却一脸不服，说：“是我不知你心吗？如此大好的景色，你俩不是憎恶就是伤感，哪有这么吟诗的？分明是要败我的兴致嘛！”张安斜了水秀一眼，摇了摇头，轻叹了一声后，回道：“你呀，小孩子不知大人的心！”还刻意拍了拍水秀的肩膀，一个转身，就朝屋里走了。这可把水秀气得个咬牙切齿，还跺起了双脚。

第八章　小悦唱出心中意　李茂回头报军情

这几日，张安与水秀、小悦聊着话、吟着诗、习着书画，有滋有味的。特别是见识过小悦的琴棋书画后，他有了眼界大开后的快意。在认识小悦之前，他只知道小柳琴棋书画有些功底，如今发现，小悦的根底要比小柳厚实了好几层。想到小柳，他又想起了她的动人之处，随之，那份怜爱又已从心里冒出。他真不希望自己被女子扰乱了心境，可自从接触过小柳和小悦后，就有了难敌诱惑的感慨了。这些天，他心里一会儿小柳一会儿小悦的，很是混乱，当下也是。为调整心绪，他练起了拳脚。可练得正欢之时，从书房里飘来了弹唱的声音，受此吸引，他走向了书房。书房内，小悦在专心地弹唱，水秀正陪在她身旁。他已在门口立住，盯着了小悦。小悦正在唱这么一段：

千里相逢正凑巧，踏山过水，柔情心中绕。若与缘分没相干，为何这般烦与恼。

情思一缕静悄悄，暗藏心底，不许他人晓。只盼春风遇春鸟，轻声细语嘀花草。

小悦弹唱完毕，就低下了头。她没有在意水秀的陶醉，也没有注意到张安的到来。过了好一会儿，终于发现张安正站在门口，就惊慌而又羞涩地低下了头，柔柔地说了句话："让张安兄弟见笑了！"张安却喜形于色，接过了话说："你弹唱得很好呢！拨指如行云流水，张口似百灵婉转，用此曲只有天上有来评价也不为过呢！"小悦脸上浸出了浅红，说道："虽为缪奖之辞，却是舒心之语，中听！只是，我这随意弹唱糟蹋你这顶级赞美了。"张安"嘿嘿"一笑，道："你这随意弹唱也已属顶级了，我自然该启用顶级赞美。你弹唱得确实是人间天上最美的声音。你问水秀！"小悦浅浅地一笑，转过头来，问："水秀你说，我真的弹唱得好吗？"

见他俩如此言来句往，水秀本就已起了损人之心，现在又有了应问回话的机会，她哪会放过？只见她翻了翻眼，闪过了一丝诡谲后，就挺起胸膛昂起了头来，道："要我说嘛，表姐的弹唱确实不错，不过，你俩演的这情戏就更有韵味了！"小悦一愣，喝道："什么？情戏？"她举起双手，一个闪身就将手插进了水秀的颈窝里，弄得水秀"哇哇"大叫。水秀痒得难受却又摆脱不了，只得放弃挣扎坐到了地上，装作大哭。这招果真有用，惊得小悦抽回了双手，闯了祸似的哄起了话："我逗你玩的呢，别哭了，啊！我向你赔不是了。"水秀却突然起身，扮了个怪相，"嘻嘻"一笑，道："我逗你玩的呢，你干吗要赔不是啊？"眼看小悦又要动手了，她一个侧闪就逃出了书房，可边跑又边嚷开了："你俩已狼狈为奸，我得要告诉老娘去，看你们还欺负我！"

到了灶屋里，水秀对着父母大喊起来："你们两个老人家可得小心了，你们的爱崽崽和小悦表姐好上了，你们该管管了！"她如此大喊，是想让张安和小悦也能听到，结果却把母亲吓了个惊慌，"你小声点啊！"说完还站起了身，训斥道："你又要损你哥了是吧？不正经的妹子！"水秀当然是不正经，但张少坤可听得当真了，问："都好到哪份上了？"水秀脱口而出："都一唱一和了，若再不管，您的爱崽崽就要娶个小寡妇进门来给您当儿媳妇遭人笑话了。"她轻嘴巧舌的，只把这话一丢下，就撒腿跑开了。

"你看这孩子！"张夫人一声责备后，就靠近了张少坤，说："水秀这次应是看出什么了。呃，你说，安儿是不是真的跟小悦有那意思了？"张少坤瞪了夫人一眼，故作不以为然，"哪意思啊？年轻人在一起闹个开心就是好上了？我不信，因为他俩都是读过圣贤书的，懂规矩廉耻！"张夫人却神神秘秘地把嘴贴到了张少坤耳边，说："可是我也看出来了，他俩只要说上话就没个停，难道真是……啊呀，我不敢往下想了。"张少坤又瞪了夫人一眼，不屑地转过了脸去，回道："担心个啥呀！他俩都是读书人，自然能说得来，能说得来就有那意思了吗？"停了停又说，"倒是这小悦，有点深，让人疑心啊！不知她是啥来头，来我家有啥目的呢！"听张少坤如此一说，张夫人也担心了，但附和过一声"也是"后便突然一顿，说道："你还记得吗？我曾说小悦不像生过孩子，你还不信。后来我带小悦去金莲庵，了明师傅就说了，小悦尚未动情气呢！还说小悦若不是吉仙下凡也应有大富大贵的来头，又说她对我张家是福不是祸呢！你说，了明师傅是不是想要提醒我什么啊？"张少坤听了一愣，若有所思了，随后责怪道："既然了明都这般说了，你为何不早告诉我啊？"张夫人却眼睛一瞪辩解道："我也不知她说的是对是错呢，哪敢跟你说啊？"停了停又说："不过，我相信了明是看准了，小悦就是个黄花闺女。若真如此，安儿跟她好也就是好事了。这女子啊，喜气，旺相，有才华，肯定旺夫旺家。只是她这来历不清，还不好把握呢。"张少坤点点头说道："说到她这来历，还真是个事呢！还有李茂，走后至今没个音信，他与小悦真是兄妹吗？小璞会是谁的孩子呢？他们带来这么多钱财，来路正吗？这些都令人担心呢！这半年多来我也在观察，可并未发现她有特别的心思，倒是发现她既大气又精明，才学和见识也超常人。呃，对了，我也想起她进门之日那和尚进来说的那些话了，和尚说我家有吉仙光临，要行大运了，这与了明所言相似啊！难道他与了明都看出吉兆了？"张夫人喜不自禁地接过了话："对啊！和尚是这么说的呢！了明和那和尚都带着法眼看尘世，会比我们看得清楚，一定是看出吉兆了。若如此，我们也就不要再往坏处去想了！"给了张少坤一个柔媚的眼神后，又说，"我看，还是由着他俩去吧！你都说过了，他俩都是读过圣贤书的，会有分寸的。"张少坤点了点头，却又摇了摇头，说道："不管也是不行的，至少暗地里还得管，若真有了过头之处，得提醒。"张夫人点头一笑说："你说得也是，那就这么办吧！"嘘了一口气后就起了身，还摆出了轻松神态，又扔出了一句话："我们还是把这当吉兆吧，别担心了！"

张少坤夫妇聊得正热时，小悦和张安也聊得正欢。他俩聊来聊去，又聊回到了刚才的弹唱上。张安说："表姐歌声美妙，但唱词伤感，而最后两句'只盼春风遇春鸟，轻声细语嘀花草'像是表达一种期待。呃，你为何要唱上这么一段来？"小悦心里一惊，回张安道："我是随手弹了一曲，也就随口唱了这段，并未想要表达什么呢！"张安微微一笑说："人说曲随心愿，歌唱心声，若无特别心思，你怎会平白无故地唱出这么一段来？你心里若有事可别憋着呢！"小悦抿了抿嘴，低下了头。随后，却突然抬起头来，问道："你在山寨过得好吗？"这话题转换得有些突然，但张安并未感到意外，只轻轻一笑，就回复了上来："山寨里过的都是大伙儿堆的日子，挺好的。只是大伙儿堆里的读书人少，没人能聊得些上层面的话，少了些滋味。"小悦侧了侧头，又问："听说寨主的女儿知书达理，你就没与她聊过？"张安低下了头，抬头说话时，脸已泛红，"寨主的女儿小柳确实熟读诗书，可人家是主家的小姐，哪会愿意跟我这家仆下人聊啊？"小悦忽地笑了，且笑得了耐人寻味。她试探着问："该不是小柳有心与你聊，你故意回避了吧？"她话音落下，就看到张安脸上有了诧异神色。张安确实感到诧异了，不仅感到诧异，还琢磨开了：难道她知道我在山寨的事了？再一想，可能啊！她轻功了得，随时可上山去。琢磨到这儿，他实话

实说了："小柳确实想与我聊，可我心在他处，就装作无情流水般回避
了！"小悦"哈哈"大笑，说道："好一个无情流水啊！看来，是小柳缺少
勇气了，若是我呀，定要落花有意随流水，叫你无情也生情！"张安吃惊
地瞪大了眼睛，目光还触到了小悦瞳眸里那丝特别的东西，这丝东西似有
神秘的力量，给了他想要说出心里话的勇气。他说："你若是她，我就该
一池清水映春花了。"小悦一愣，放声一笑，说："是吗？那我得设法变成
春花才是呢，否则，就会浪费你这池清水了。"张安已有了些许的腼腆，
而且声音也已小了许多："只可惜了，你已夏花绽艳。夏花虽艳春已过，
要映春花须来生了，这就叫只恨初识人已嫁啊！若是……"他突然停住，
低下了头。小悦吃吃地笑了，眼里正闪动着一束异样的光，说："倘若我
仍处闺中待嫁时呢？"张安又诧异了，但回答说："日出西山，江河倒流，
那只是神话！"小悦脸上却泛开了红晕，眼里那束特殊的光已是更亮。她
笑着说："无须日出西山，也无须江河倒流，我就能让春花依旧笑春风，
你信吗？"张安一愣，却摇了摇头："哪能信啊！"他眼神已经错乱，突然
走出了书房。

　　张安与小悦走到前院台阶上时，遇上了水秀。水秀见他俩成双成对，
仍不解气，所以，讥笑道："是公不离婆、秤不离砣了吗？"张安恼了，对
水秀扬起了巴掌。可此时，小悦横插了过来，挡在了水秀面前，还挺胸昂
头、咬牙切齿地对水秀说："你已把我当成你嫂子了是吗？那我得告诉你，
我若是你嫂子，一定要收拾你这张臭嘴！"她狠狠地瞪着水秀，直瞪得水
秀笑了，才跟着笑了。两女子已笑闹开了，张安便趁机开遛了，他是想独
自到院里走走，理理心绪去。

　　张安一走开，水秀便拉上了小悦的手说："你和我哥本就是天生一对，
或许还真是上天乱点了鸳鸯谱，让你俩错过缘分了！"笑了笑又说，"若是
上天不犯浑乱点了鸳鸯谱，我是非要你当我嫂子不可的！"小悦却笑眯眯
地问："你当真希望我当你嫂子？"水秀笑嘻嘻应道："是啊！"小悦别有意
味地一笑，说道："那你就等着吧，我终会成为你嫂子的！"水秀一听，瞬
间就收起了笑容，而且惊讶地望着小悦，问："你真有这想法啊？"小悦回
答道："是啊！难道不行吗？"水秀的嘴已张得老大，不认识似的看着小
悦，没好气地说道："一女不侍二夫呢！你是绕过枝的青萝，结过瓜的藤
蔓，已没得资格当我嫂子了！"小悦一听，"哈哈"一笑，说："你这是哪
门子条规啊？找这些邪门条规来挡我，不想我当你嫂子了？"水秀小嘴一
瘪，摇了摇头道："不想了！"小悦却富有意味地笑着，不轻不重说道：

"可我很想呢！已非你哥不嫁了！"水秀又一次张大了嘴，瞪大了眼睛，且脸色已完全暗下，嘴上也无所顾忌了："我哥还是个童男，且如此出色，若真娶了你这个小寡妇，岂不要成为别人的笑柄了？"小悦顿时乐了，她本来就是要逗弄水秀取乐的，见水秀已成这副模样，就感到更有趣了。为逼水秀能露出更多的丑态来，她干脆扬起了脸，道："我才不管笑柄不笑柄呢！反正已非你哥不嫁了！"还故意拍了拍水秀的肩膀，又说："我与你哥已情投意合了，你知道吗？""什么？情投意合了？"水秀的脸已完全扭曲，两手已叉到了腰上，眼里已射出了一股怒气。她恨恨地说："你这是要故意害我哥，故意坏我张家名声了！你一丧夫之妇，平日里总缠着我哥笑闹，我只当是响杆不烂糠，就闹闹而已，可现在，还情投意合了，你还讲不讲妇道啊？"见她模样已更加难看，小悦已更开心了，所以，又扬了扬脸，怪声怪气说道："妇道与我何干啊？妇道都是些恶毒的条规，你身为女子不抗拒吗？我呀，已与你哥互相爱慕了，爱，你懂吗？爱是神圣的，是能战胜那些条规的！所以啊，我要跟你哥恩恩爱爱，白头到老！"她已把话说到了极致，水秀也已气愤到了极点，对小悦斥了一声"无耻"后，眼里已喷出了火焰，而且凶狠狠地指着小悦，声嘶力竭地大喝起来："你太不要脸了，滚出我们家去！"

"要赶我走了？哈哈哈哈……"小悦猛然大笑了，接着说，"看你，一张脸已扭得像颗烂苦瓜了，丑死了！不过，这玩笑能达到如此效果也值得我开心一年半载了！只是我就开了个玩笑，却把你气成了这样，你也太不禁逗了！""开个玩笑？"水秀舌拆不下，一瞬的慒茫后就意识到自己真的上当了，已羞恨交加，而且一瘪嘴，再一"哼"，就转过身去不搭理小悦了。小悦笑得更欢了，后剪双手绕去到了水秀的面前，说道："已知道自己傻了吧？看来，我平日里看走眼了，把个傻子当聪明人看了！"见水秀又转过身去避开了，她又绕到了水秀面前，说："呃，要我当你嫂子是你自己说的呢，生谁的气啊？我也只不过是想告诉你，只要我没嫁过人，一定要嫁你哥。好啦，笑一个吧！"水秀忍不住笑了，但又强收笑容翻起了眼，还把嘴噘得了老高，且抡起拳头擂向了小悦，嘟嘟道："你是个使坏婆，我要打死你这个使坏婆！"见小悦大笑不已，又抱住了小悦，但嘴里还在嘟嘟："你使坏，你是个使坏婆！"小悦也顺手抱住了水秀，将嘴附到了水秀的耳边，"我呀，确实是个使坏婆，但要不了多久，你就会知道我的好的。"戳了戳水秀的额头，又道，"你好没脑子呢，你们一家人都对我这么好，我会害你老哥坏你家名声吗？"水秀怒气已消，但羞气尚存，一低头，回答道："谁知道呢？你俩都亲密无间了，还不能让人猜测、担心啊？"小悦喷出了一声大笑，放声道："靠猜测让自己生了一通气，笨得很到位了！"随即却说，"好吧，我保证，下辈子我一定嫁你哥！呃，这辈子我若没嫁过人，也一定要嫁你哥，如何？"她这一会儿下辈子一会儿这辈子的，终于把水秀逗笑了。水秀笑过，便面含娇羞，低下了头来，还轻声叨了一句："我真的好想你当我的嫂子呢！"

张安已在院里转悠了许多圈，但始终未能把心绪理顺。他总想不明白，小悦为何要说"仍处闺中待嫁时"？还说-"春花依旧笑春风"？他反复地想，却越想越纠结。好一阵儿，才找了个摆脱这份纠结的借口：她说的应是无心之言！有了这个理由，他不再纠结了，也打算要去槽门外看看去了，可只走出了几步又停下了脚，朝小悦和水秀扯开了嗓子："你俩别闹了，到外面看看去吧！"他领着小悦和水秀打开了槽门，但门开之时已大惊失色，因为门口正堵着一位牵马提剑的男子！当看清了这位男子竟然是李茂时，才喜出望外地发出了惊呼："是李茂大哥？"李茂眉眼往上一推，笑呵呵回道："是我呢！没想到吧？"他看了看小悦和水秀，又说："你们都在啊？还真巧了！"小悦虽然没有喜出望外的神色，但也欢悦得很，接过了话说："我们是专来迎接你的呢！"还拉过了水秀，说道："来，快见李茂表哥！"水秀满脸娇羞，道过"李茂表哥好"才大方地说："听表姐说过，表哥英武得很，今日一见，果然不凡，幸会表哥了！"李茂的目光已粘在了水秀脸上，"呵呵"几声后，也道："上次来时不曾见到表妹，原来表妹貌美如仙啊！我也幸会表妹了！"水秀已被李茂的目光灼得难受了，只得轻咬嘴唇退去了小悦身后。而李茂扫视了一遍，故意问："你们是要将我堵在这槽门外吹老北风吗？"张安一愣，忙说道："失礼了，失礼了！"还顺势侧过了身来，"李茂表哥，里面请！"

李茂欢欢喜喜地进了堂屋。张少坤夫妇喜出望外，李茂还没站稳，就问这问那的没有个停。水秀一见就责备开了："表哥远道而来还没坐下你们就问个没完没了，还让人家喘气不？"张夫人"呵呵"地笑着，羞涩着道："也是，不问了，不问了！"她转对水秀说："快去把我刚煮好的那壶安化黑茶端来，给李茂表哥热热肚子吧！"水秀一听，只瞟了一眼李茂，便乖巧地去了。

李茂目送水秀离开后，便与张少坤夫妇说上了话："先生、夫人，小悦和小璞给你们添麻烦了，我得谢谢你们呢！"张夫人接过话笑盈盈地说："你谢啥呀？我家简陋，让他俩过得粗糙，不怨就行了。"小悦见张夫人说得有趣，便插上了话说："姨都学会说反话了！我在这里得到了你们的百般关照，过得比皇宫里还要好呢，哪会有怨啊？我都想长住下去了！"李茂一笑，抱拳对张少坤夫妇说道："如此说来，我得再次谢谢了！"笑了笑又说，"我呀，在外面的事还没办完，这次只是过来看看的，小悦和小璞还得在这儿住下去，还得继续麻烦二位呢！"张夫人眉头一扬，说道："好啊！小悦和我们是一家了，你打算要接她走，我也不让了！"见这气氛合适，不爱插话的张少坤也接上了话："还真是呢，小悦与我们比真亲戚还要亲了呢，我们都希望她在我家长住下去了！"已端茶过来的水秀听到父亲如此说话，便愣住了。她带着满脸疑惑问李茂："难道我们这亲戚不是真的？"李茂回道："确实不是真的，但我想……呵呵，还是等我理清了再说吧！"可这时，小悦插过了话："我们是不是亲戚不重要，重要的是已如亲人般在一起了。"她瞟了一眼默不作声的张安后，突然问李茂："事情都办得怎样了？"李茂一怔，回道："都有眉目了！"看了看张少坤夫妇后，道："张先生，这次我是来与小悦商量点家事的，能否借个方便让我俩先说说话？哦，我也冒昧请求了，今天得住这儿了！"张少坤起了身，又招呼起了夫人和儿女，回李茂道："那我们先去避避，你俩先商量吧！哦，你肯定得住这儿，要多住些日子呢，啊！"

张少坤一家都离开了，李茂却突然向小悦行起了大礼："禀格格，诸事顺利！"小悦一笑，挪过凳子来递给了李茂，说："李将军免礼，坐下说话吧！"李茂坐定后说道："禀格格，四川三将已联络了各种团体势力和有志之士数千人，形势大好啊！"稍停顿后又说，"湖南这边形势更好，南山道长吸收了二百余抗反人士入道，观内道士已达八百。了然大师不仅已派亲信前往湘南各寺庙动员联络，还剃度了百数有心向佛的抗反志士。于奎与何卫已成功联络郴州、衡州、永州的帮派人士数千众。找到了曾随王夫之抗清的数百失散人员，这些人已愿联合对抗吴三桂。还动员了九疑山神鹰寨寨主段彪带山寨数百众参与抗反，他们已前往宝庆。我从四川回返时去了沅陵九龙山天马寨和常德德山孤峰寨，分别面见了两个山寨的寨主欧阳驹和邵浩，他俩都已答应携手下并动员周边民众跟随朝廷抗反。形势喜人啊！"

小悦眉舒目展，起身踱起了步。她边踱边说："我这边形势尚可，密印寺智能大师对抗反极为重视，对皇上意图也领悟甚明，且思路甚广，应是高人。他已将大沩山各寺庙的僧众和安化多家武馆动员起来，并动员过段彪、邵浩和欧阳驹等人。经智能大师引见，我拜访了当地几位前朝举人，也结识了几位财主。我多次上博公寨观察张安，这些日又与他在一起，他确实文底深厚，武功高强，品行正，可培植。只是要委以重任，还须让他有所作为。我依智能大师之计，拟把联络王佑三和何佩之事交给他办，并尽可能多地给他机会让他做出看得见的成就来。对大沩山地形我勘察了一番，三大主脉如三道高墙，中间的千百山冲如一座座仓营，大军屯驻的空间大，防御性好。我已融入张家，这家人敦朴、可信，现在该表明我的来意了。我的真实身份暂还不宜公开，但须把小璞的身份道明，因为……"她脸一红，停住了。李茂点点头，稍后才说道："格格已取得如此成功，我该祝贺。你对张安的培植之想我赞同。至于小璞……呵呵，我等下就会向他们道明。"

第九章　表姐原是皇家女　湖中遭劫巧脱身

　　小悦确实是位格格，是和硕承泽裕亲王硕塞的小女儿、康熙皇帝玄烨的堂妹、庄亲王博果铎的亲妹妹，与玄烨同庚但小了些月份，自小为玄烨最好的玩伴之一，也是玄烨的最忠实追随者。硕塞夫妇去世得早，小悦自小跟随哥哥们读书练武，不仅琴棋诗画样样精通，还会武功、善骑射，是皇室女辈中少有的文武奇才。她作为当朝的格格，就这般出现在了湖南的民间，自有特殊缘由，但又说来话长。

　　康熙八年，玄烨亲政。少年亲政的玄烨意识到了自己要坐稳皇位，先得清除两大隐患：一是京城内的鳌拜党羽，二是京城外的三藩势力。玄烨年幼登基时，鳌拜妄欺幼主，凭借位居辅臣之首，操握权柄，独揽朝政，结党营私，圈地称霸，小小玄烨早已明察在心。玄烨亲政后，鳌拜仍擅权乱政，擅杀同为辅政大臣的苏克萨哈，已对玄烨皇位构成了极大威胁，所以玄烨果断出手，设计将其捉拿囚禁，并诛其党羽，消除了大患。三藩则是镇守南方的三大藩王，即平西王吴三挂、平南王尚可喜、靖南王耿精忠。

　　清廷入关后，因八旗兵力不足，不得不要依靠那些前明的降官降将前去招抚、镇压、清剿南明政权和义军。在诸多前明降将中，以吴三桂、耿精忠、尚可喜、孔有德四人建功最大，其所率兵马也成了大清八旗以外的重要军力，为大清打下江山建立了巨大功劳。大清扎稳根基之后，就把八旗兵力部署在了北方，南方都交给了吴三桂等镇守。吴三桂被封平西王驻云、贵，尚可喜被封平南王驻广东，耿精忠被封靖南王驻福建，如此便有了三藩。三藩之外，还有孔有德势力。孔有德及其儿子均已战死，女儿孔四贞嫁了孙延龄，朝廷便以孙延龄为将军代领其兵马驻守在了广西。三藩中，属吴三桂的势力最大，其定制常备兵力有五十三佐领十万人，实际兵力已达二十万，而且还在不断招募兵员，扩充军力。这些军队都是其私属，将领也是其死党。他凭着强大实力独掌了专制云、贵两省的大权，朝廷对他颇存顾忌，对云、贵的事务不敢随意过问，即使给两省督抚的敕书上也要写入"听王节制"四字。他还根据自己的需要随意题补官员，称为"西选"，朝廷对"西选"的官员都得认可。他经济实力雄厚，占据了明代世镇云南的沐氏庄田作藩庄，和西藏达赖喇嘛以茶、玉等换取马匹，派兵将贩运辽东人参及四川黄连、附子牟利。他贷放藩本收取利息，强征关税、开矿鼓铸谋取利润。还常年派人前往湘、川、赣、鄂搜刮民财据为己有。尚、耿二藩也各有兵卒十五佐领，又绿旗兵各六、七千，也同样经商括财，强征市税，扩充兵马，坐地称霸。孙延龄虽非藩王，但拥有与三藩一样的特权独霸一方，且不听孔四贞劝阻，已与吴三桂勾结甚紧。

三藩每年要耗银两千余万两，已成为朝廷的沉重包袱，且各据一方，如独立王国，已严重威胁大清的江山。因此，康熙把撤藩作为清除鳌拜后的头等大事纳入了朝政。但康熙深知撤藩为削权之举，三藩，尤其是吴三桂定会借机作乱。所以，他一方面将撤藩之意藏在了心中，还设法安抚三藩以争取时间。另一方面，抓紧准备钱粮兵马，积蓄实力，还要派出亲信前往湖南、四川网罗民间势力，以储备对抗吴三桂作乱的另一种力量。

庄亲王博果铎是康熙信任的皇室成员之一，许多事都会与之商议。康熙九年秋的一天，康熙在庄亲王府与博果铎商议派人前往湖南、四川民间之事时，因小悦是自家小妹未要她回避，所议之事被小悦听得了完完整整。小悦自小就倾慕江湖，早有游走江湖之念，如今得知皇帝哥哥要派人前往江湖以图大业就来了兴趣，当即要求前往，但被康熙断然拒绝。康熙不答应，小悦却未放弃。因康熙所派之人她都认识，为头的李茂她更是熟悉，就决定要擅自跟去。那日，她给康熙和庄亲王各留下了一封书信，便混出了皇宫，前往李茂一行必经的路口等候去了。等书信转到了康熙和博果铎的手上时，她已出走了多日。康熙见信后勃然大怒，准备要下旨派人前去追截，却被孝庄太皇太后当场劝住。孝庄太皇太后说："别追了！宫墙再高也挡不住要腾飞的雌鹰，你就由她去吧！"

李茂原是顺治帝身边最年轻的侍卫，康熙登基后，经孝庄亲点成了康熙的御前侍卫。他武功高强，头脑灵活，忠心耿耿，除鳌拜时建有大功，深得康熙和孝庄的信任。康熙派他领头前往湘、川民间，就是看中了其可靠可用。随行的四位随将也都是康熙的亲信。那日，他们骑马狂奔，可行至离开京城已二百里的一路口时，被一女子拦住了去路。可当发现这位女子是小悦格格时，不禁大吃了一惊。李茂立刻下了马来，行过礼后不解地问道："格格为何要挡住我们去路？"小悦也跃下了马来，神采奕奕，好不得意，"本格格受皇上遣派，要与你们前往。怎么，不欢迎啊？"李茂熟悉小悦，清楚她是皇室女性中少有的智勇双全、文武兼备之辈。可并不相信皇上会派位格格前往，且降旨时也未曾提及，故而认为小悦只是听到风声耍孩子气出来胡闹了，故而要劝她尽快回宫。但小悦竟口若悬河，把皇上的暗计说了个清清楚楚，让李茂不得不相信，其确为皇上所派了。就这样，他接受了小悦，且在此调整了分工，让小悦跟随自己和随将何卫前去湖南，其余三将前往四川。

在赶赴湖南的路上，他们遭遇过强盗、土匪袭扰和江湖帮派刁难，但都被小悦应付过去了。小悦还凭女性的便利和机灵及实力，与这些匪头和帮派头领拜了把子。李茂与何卫不仅不敢再把她当包袱，还已对她佩服至极。可后来，他们还是遇上了麻烦。在洞庭湖上，租乘的小船遭到了十几条匪船围攻，不仅部分财物被劫，就连小悦也被掳走，李茂与何卫感到天都塌了，心急如焚却还束手无策。他俩虽已上岸住进了岳州城，但不敢安歇，每日都要外出打探，虽打探到了湖中确有一股名号为洞庭帮的强匪，却根本就打探不到其巢穴所在。这日，李茂与何卫又无功而归。当他俩正在为要不要商请岳州官府和驻军协助营救小悦而纠结时，突然有五位男子闯进了房来。见这五位男子的打扮与湖匪一致，就像在汪洋中遇到了浮木，两人对了个眼神就定好了心计，要将这些匪徒擒下，以弄清其巢穴所在，以便设法营救小悦。可他俩还刚抽出剑来，匪徒们就已行起了大礼，其中一位还高声说道："李茂、何卫二位兄弟请别误会，我们是洞庭帮的人，是受我帮胡大魁帮主和小悦二帮主所派前来请二位上岛与二帮主小悦姑娘团聚的。我们已寻找你们多日了，今日总算找到你们了。"何卫已被湖匪的莫名言辞激怒，挥剑喝道："大胆匪贼，抢我财物、劫我小妹，如今还上门来行骗，看我如何收拾了你们！"李茂也喝道："你们这帮匪贼，若不把我小妹交还，今日休想离开！"尽管李茂、何卫气势凶狠，那五人仍毕恭毕敬，刚才说话的那位又大声说道："李茂、何卫兄弟误会了。我是洞庭帮里的二级头领张敬，我等前来是请二位前去与我们二帮主小悦姑娘团聚的。我们帮主佩服小悦姑娘的武功见识，已与其结拜为兄妹，还让她当上了二帮主。我们确实是受帮主和二帮主所派。哦，这里还有二帮主的亲笔信呢！"李茂带着怀疑的神色接过了信笺，当见信笺上果然标有识别暗记，字迹也确为小悦所写，就有了惊喜，只瞟了一眼张敬后，就轻声念道："妹已与洞庭帮胡大魁帮主结为兄妹，望见字后速随这五位兄弟上岛来聚。"他将信笺递给何卫后，嘘了口气，但向前一步后，还是带着质疑问道："如此说来，你们并未加害小悦？"张敬一脸钦佩，说道："哪能呢！二帮主武功何等了得，兄弟们都佩服至极，哪还敢加害她呀！她如今已是我帮主的义妹、我帮的二帮主了，请二位快随我们上岛去吧，别让二帮主等得急了！"既然张敬等人能直呼出自己名字，又带有小悦的亲笔信，且所言诚恳、所行有礼，李茂与何卫都松了口气。待交换过眼神后，便都朝张敬点了点头。

　　话说那天小悦被劫上了贼船后，被湖匪带去了一个小岛上。她虽武功高强，但无水上经历，在船上难以施展功夫，就装作娇弱随湖匪去了岛上。上了岛，她就不再忍耐了，只一个运气，再一个横扫，就将身边的湖匪踢出了几丈之外，也惊得了围观湖匪们散去了老远。可湖匪很快就回过了神来，没待她立稳就一哄而上。可她毫不惊慌，上来一个打倒一个，上来一群踢倒一群，让湖匪们无法再将她拿住。见她身手如此厉害，湖匪们就改用了四面合围之法，想让她前后左右不能同时顾及。但她也自有招数，当湖匪围拢了时，就纵身跃起，踏着湖匪的头顶跳出到圈外，如此反复，让湖匪次次都扑了空，且次次有人被她踏伤。但湖匪人数越来越多，且一波接一波的甚是勇猛，逼她不得不生出了一计：要动用口舌与之周旋。当湖匪们再次围拢来时，她跃上一个土堆，大声喝道："且慢！"等湖匪们止住了脚步，她却轻蔑地一笑，说道："你们这些无能匪辈，若再敢靠近，我定叫你们个个脑袋开花！去把你们老大叫来吧，我要与他说话！"数百男人对付不了一女子，湖匪都已气急败坏，哪还容得小悦要提要求？只在一小头领呼喝下，又向小悦发起了猛攻。小悦一见，纵身跃起，踩踏到那小头领头顶，双脚夹住其脑袋一提，将其甩出了数丈之外。也就在此时，不远之处传来了"住手"的大喝声。

　　大喝"住手"的人就是洞庭帮的帮主胡大魁。胡大魁曾在南明兵部车驾清吏司任职，南明溃败后，跟随了监国的鲁王朱以海。他对朱以海忠心耿耿，被朱以海视作心腹。朱以海监国时奋力抗清，取得过一些小胜，但后又不得已而弃了监国之名踏上了逃亡之路。逃亡中，属下为虚张声势将他尊为了皇帝，他也默认了这个尊位，口封了胡大魁为一品大将军，统领那些残兵余将随其逃去了海上。近万之众在海上漂泊中或崩离而去，或死于病险，连朱以海自己最终也病死在了小岛上，最后剩下的不到百人，在接掌了大权的胡大魁带领下，登陆逃往了洞庭湖，过起了靠湖为生的日子。后来，他又网罗了几股小匪，打出了洞庭帮的名号，在几个小岛上建起了帮寨。经二十余年经营，帮内人已近千，船有数十，成了当地最大的帮派。近日，他正在谋划帮里的前途，也在物色二帮主的人选，以便有人给他分担帮务，将来有人接替他位置。可他手下虽各有本事，但无一武可服众才可担纲，他为此很是焦虑。这日，他接报说劫回了一绝色女子，便生了气，因为这违犯了帮内只准劫财不许劫人的铁规。而他手下劫来小悦也只当是劫了一笔钱财，因为将这绝色美人劫来是想要拿去卖个高价。胡大魁气哄哄地出门后，刚好目睹了小悦与他数百手下打斗的场面，极为震惊，不仅被小悦的高强武功所震撼，还被小悦的从容指顾所折服，并在心里生出了个新想法：这女子如此了得，若将其留在帮内，定能提振帮威，若再对其加以培植，也定能担得起大任。

胡大魁已来到小悦的面前。他五十岁上下的年纪，个子并不高，但很敦实，且两眼有神。他笑容满面地看着小悦，一副大家长的风范，对小悦说道："姑娘是何方人氏？为何来到了洞庭？"小悦回答道："想必你是这里的头领了。我叫小悦，从北方而来，遵父母遗命随兄长来湖南寻亲落根，却在湖上遭到了你手下劫持，与两位兄长失去了联系。我看你并非恶人，就令你手下送我去岳州城吧，别让我误了寻亲大事失了孝道，也别让我兄长为我担心了。"胡大魁"哈哈"一笑，又拿出了家长做派说："姑娘爽快啊！没错，本人就是我洞庭帮的帮主胡大魁。姑娘既已来到了洞庭，也踏到了我帮盘之上，想必是与我帮有缘了。既然如此，我当要好好款待一番，哪能让你白来一趟就此离去啊？况且，我也喜欢结交江湖英雄，想要与你叙谈叙谈交个朋友呢，你能否给我这个面子啊？"小悦听了暗暗一喜，立马就给出了答应："叙谈就叙谈，那就走吧！"胡大魁一听，也没作迟疑，只大喊了一声"有请"，便在前面引路，领着小悦进了帮寨，还叫来了酒菜，与小悦边饮边聊开了。开始，他还心存谨慎，可当发现小悦不仅武功和胆识都了得，谈吐也诚恳、得体，对世事的看法也很上层面时，就感到已觅得百世一人，也索性把自己的身世和洞庭帮的家底全都说了。而小悦顺应着胡大魁的坦诚，侃侃而谈，令胡大魁对她更加佩服，还有了信赖。胡大魁已打定主意，要将她留下，且要拿二帮主宝座吸引她留下。这主意一定，便抱拳说道："姑娘不仅武功高强，而且见多识广又坦诚正直，胡某钦佩了。我这有个要求，还望姑娘能够答应。"

小悦虽然说得坦诚，但并非没存警惕。她知道这匪头如此热情定有用意，所以一直在猜测。而当下胡大魁有要求要提了，她心中就喜了，而且立即就给出了回复："胡帮主的盛情，小悦感谢了。您说我武功高强、见多识广是您夸我，倒是这坦诚正直是我的秉性，能被您看明是我的荣幸。只是不知您有何要求啊？若非为难小悦之事，我一定答应！"胡大魁"哈哈"一笑，点点手指说道："姑娘果然爽快！你放心，我绝不会为难姑娘！我是想要你加入我帮！"见小悦想要插话，便伸开手掌拦了拦，又道，"我是要你当我帮的二帮主，协助我来掌管我洞庭帮。这可是给了你个天大的机会呢！既让你有了扎根之处，又让你坐上了头领之位，不算是为难你吧？"小悦确实感到惊喜，因为能坐上这二帮主之位，就有了将来能将这近千之众拉向朝廷的方便。不过，时在当下，她并未随口答应，而是来了番欲擒故纵："胡帮主抬举了！恕我直言，您这要求我不能答应！其一，我是遵父母遗命来寻亲落根的，若留在湖上就有违父母遗命，也会要急坏我那两位兄长了！其二，我是正道上人，不愿干这些劫财失德之事背上匪贼的骂名！其三，我是个女儿身，不适合过这水上的日子，就算我愿意为您效力，也经不起这湖中的风浪啊！基于这三条，还是请您放过小悦吧！"胡大魁听后却得意地笑了，还特意站了起来，说道："你说的这三条我早已料到。只要你答应加入我帮，这三条我都依你所愿。第一，可马上派人去寻找你兄长前来与你团聚，你也可随他们去继续寻亲，可找到亲人有交代了再回来履职。第二，我帮会改走正道，因我早想走正道了。我请你加入，也是看中了你是正道上人，有助于带我帮改邪归正。第三，我会在岳州城为你建一座帮楼，让你住到岸上，只要你常来湖上照看下生意就行了。这三条你是否还有顾虑？"见他如此满肚子诚意，小悦已在心里乐了。她不动声色地说道："胡帮主如此器重我，好让我为难呀！这样吧，有两条您若能当下就算数，我愿意加入！"胡大魁两眼一亮，问："那是哪两条？"小悦浅浅地一笑，回答道："第一条，我加入贵帮后，您得给我三年时间前去寻亲，我找到亲戚有了交代后一定回来履职。第二条，洞庭帮从今日今时起就得要舍邪归正。这两条您若答应，我马上就入帮！"胡大魁高兴得大声笑了，只一挥手，就干脆地说道："我答应！这两条从现在起就算数！"小悦也"哈哈"一笑，回道："好！我也答应，现在我就加入洞庭帮！"

胡大魁喜笑颜开，可忽然间，又收起了笑容，若有所思后，才以商量的口吻说道："在你入帮之前，你我还得办件事才行。因你在帮内并无根基，为更加服众，你得先与我结为兄妹。往后，你除了有二帮主的头衔，还是我的义妹，如此就有绝对权威镇得住兄弟们，也管得了洞庭帮了。"小悦有些喜出望外，只抱拳一拱，就给了个满口答应："帮主重信重义，是难得的英雄，今能与您结为兄妹是我三生之幸，我答应！"胡大魁大喊了一声"好！"便开怀一笑，朝门外吆喝起来："来人啊！"待一侍丁过来时，便点着手指吩咐道："去把各级头领都给我叫来，还要厨子在正堂摆上五桌大宴，快去！"待各级头领都到齐后，他便与小悦当众焚了高香饮了血酒结拜成了兄妹。结拜过后，他扯开了嗓子："小悦姑娘已是我义妹了，现在，我再封她为我帮的二帮主，你们快对二帮主行拜见大礼吧！"众人齐刷刷跪到了地上，高呼起了"拜见二帮主"。那呼声之响，让胡大魁已得意不已。他把声音拉得更高，说道："二帮主文武双全又见多识广，有她加入是我帮之福，我帮从此定会帮威大振！以后，二帮主的话就是我的话，凡不听从者当按对帮主不敬论处！好了，请二帮主训话！"

"都起来听话吧！"小悦扬了扬手，站了个挺拔，环视一圈后，便缓缓说道，"几个时辰前，我已在好些兄弟的身上留下过拳脚之印，不过这也好，不打不相识嘛，这一打，都打成自家人了，传开来还算天下美谈了！我受大哥器重，与大哥结为了兄妹，也坐上了二帮主之位，是荣幸之事！我帮有近千之众，在这地盘上人多势众名声大，我也感到自豪！但说起这名声啊，我也得直言了，此前我帮背的可都是骂名呢！所以，大哥邀我入帮时，我并未答应，我怕被人骂作湖匪！但当大哥说，请我入帮是要我协助他带兄弟们改走正道时，我就答应了。大哥看清了当匪为盗并无出路，想带大家改走光明之道，我怎能不答应呢？既然大哥让我当上了二帮主，有几句话我得在此说清楚：一、我定唯大哥马首是瞻，随时听从大哥吩咐，对大哥决不起二心！二、各位要对大哥百倍忠诚，绝对服从，凡不服从者我决不轻饶！三、全帮从现在起就得去邪归正，谁再偷劫盗抢，我将严惩不贷！好了，这些你们都记着就行了！往后，我们要紧跟大哥走光明大道，我相信，只要有大哥英明掌舵，我帮定会人财更旺，前途光明！"她句句都说到了胡大魁心上，还气势如虹，胡大魁已深受震动。她话音尚未落下，胡大魁就发出了大喊："说得好，说得好啊！"向前几步站了个威武后，接着说："二帮主说的都是忠心之言，且掷地有声，你们不仅得记在心上，还得转告全帮兄弟句句照办！今日我有义妹了，你们也都有二帮主了，这是我帮走向更加繁荣和兴旺的开始，当大庆大贺！所以，我已在正堂安排好了大宴，大家就放开去吃、放开去喝吧，要吃个开心，喝个痛快，走！"

酒宴上的热闹自不必说，小悦化凶为吉后的喜悦也不必多讲。只讲小悦在喜悦之余，正在想该尽快找到李茂和何卫。翌日一早一见到胡大魁，她就说："大哥，该派人去找来我两位兄长呢，我已是您的义妹了，也当上二帮主了，这等大喜事该早让他俩分享呢！"胡大魁一拍脑门，一声"哎哟"后道："还差点忘了！对，事不宜迟，现在就派人去！"他叫来了张敬等五位见过李茂和何卫的手下，郑重交代道："马上去岳州城，务必要找到二帮主的两位兄长，请他们尽快上岛来与二帮主团聚。"没等那五位兄弟应上，小悦就截过了话来："你们得给我记住，那位年纪稍大的是我大哥李茂，年轻的是我表哥何卫，找到他俩后要以礼相待，诚心相邀。他俩武功高强，你们不得蛮横行事引起误会断送了性命！"交代完后，又写了亲笔信交给了张敬。张敬走后的接连几日，胡大魁领着小悦到处视察，让小悦了解了家底，也让兄弟们认识了小悦。李茂和何卫上到岛来时，已是遭劫后的第九日午后。

第十章　南岳落脚结僧道　女子收养一男婴

　　小悦、李茂、何卫三人在岛上逗留了十数日，就洞庭帮的发展出了些主意，还教了帮里兄弟一些功夫，且与洞庭帮的各级头领都混了个熟悉后，才以寻亲为由要离开洞庭。胡大魁虽有些不舍，但有诺在先，不好挽留。他亲自带船将他们送去了岳州城，在城里为他们祭了行，才将他们送上了南下的路。他们也很快就赶到了衡州，上到了南岳衡山，找到了衡岳观的南山道长。

　　南山道长俗名上官雨，曾是李茂的师叔。李茂第一次见上官雨是在九岁那年，上官雨去拜访其师兄即李茂的师傅时，与李茂同住一房有数月之久，教了李茂不少功夫秘诀，与李茂建立了深厚感情。但这次之后，李茂就没有上官雨消息了。李茂十四岁那年随师傅去京城卖艺时，恰好碰上了朝廷比武招才，出于好奇便去试了试身手，结果连胜数场被意外地招进了皇宫。多年之后，他师傅临终前在给他留下的信中提到了上官雨已在南岳为道，他这才又知道了上官雨的下落。几年前，他去广西办差经过衡州时，特意去拜访了上官雨，这时的上官雨已经是衡岳观的掌门了。

　　南山道长这是第三次见到李茂了。待李茂说明来意，便大腿一拍，说："你们这是维护天下太平之举，我当全力支持，需要我做什么就尽管说吧！"李茂之所以一到湖南就要直接去找南山道长，不仅仅是因为他与南山道长有师侄之情，更因为他了解南山道长既对前明有恨，也与吴三桂有仇。他知道，南山道长的父母死于南明的腐败之治，而其妻女又死于吴三桂大军的强抢强掠。所以，他只等南山道长话一说完，就说道："我恳请师叔能参与朝廷抗反大业！当下得麻烦您给我等一个安身之处，以便从长计议。"南山道长给出了满口答应："参与朝廷抗反大业我义不容辞。你们落脚安身我也定妥当安排。"他以居士借住名义让李茂三人住进了道观旁的俗房，还给了他们随意进出宫观的方便。在南山道长引领下，他们很快融入了观内的男女道士中，也随即展开了寻找民间势力之举。

　　话说吴三桂为广泛培植势力，也已派出人前往云、贵外围收买人心、网罗武才。虽因他在民间已声名狼藉而收效甚微，但其手下靠狡诈欺骗，也笼络了少数不明真相者，还在一些民间势力中安插了暗线。落脚南岳不久，李茂一行就探查到了有吴三桂的人打入了南岳的寺庙、道观，企图培植势力控制南岳僧道。南岳是中华五岳中唯一一座佛、道共存的名山，环山数百里内有寺、庙、庵、观百座。佛、道共存，和睦相处，千百年来并无冲突。相反，凡遇危机能携手应对。当年吴三桂南下在南岳掠夺财物，屠杀僧尼、道士，就是两家携手协助王夫之的队伍奋勇抗击才顶过去的。如今得知吴三桂已派人打入寺庙、道观，南山道长就拉上李茂去面见了南岳寺的了然大师。经查察，了然大师果真查到了奸细，还掌握了诸多线索。最后佛、道联手清理，终于铲除了吴三桂安插在南岳的暗线。

再说有一日，李茂一行去南岳的后山走动，见一山窝里有几间茅屋，就靠了上去。站在门口，见到了房内有一位五十多岁的长者和一对年轻男女。李茂从长者的身板、精韵判断其是个练武之人，就特意行了礼，说上了话："打扰长辈了！我等来后山赏景，玩得久了口有些渴了，想讨碗水喝，可否？"长者见他们虽然陌生，但颇有风度，且礼节周到，便说："我这山窝之地，难得有贵客光临。你们错入我家，是我的荣幸，哪敢说打扰啊！请进屋坐吧！"进了屋，李茂扫视一圈，发现这屋内家什并不简陋，还整洁干净，就心生了好奇。但碍于礼节，未作多问，而只应了长者之请坐了。刚一坐定，女子就泡来了茶水。这女子腹部高挺，呈临盆之象，所以，他接过茶后感到过意不去，想要向这女子说句感谢的话，没料长者已抢先开腔了："这是我的儿媳呢！她快要生了，这时刻能见上你们几位贵人，怕是我那快要出生的孙子也会有个富贵之命了。呃……"长者突然问："听几位口音不像本地人，是从何而来？"因对长者并不熟悉，李茂没敢实话实说，只说道："我们从北方来游玩的。南岳在我中华五岳中以秀据称，我们就慕名而来了，来了才知道这风光秀得奇特，就在衡岳观住下了，我们是想要把这风光都领略够了再说呢。"长者扫视过三位，说道："看你们几个不富则贵，一定身份了得，想必并非来此游玩那么简单吧？"李茂笑道："不瞒老人家，我们虽然家境好，但算不得有身份。是在家读书感到少了滋味，才结伴出游来长见识的。"长者"哦"了一声未再多问。可忽然间小悦发出了"好茶"的感叹，又引得长者说开了话："这的确是好茶呢。是南岳祝融峰上的云雾茶，产得本就不多，分到我手上的就更少了，往年这时候早就吃完了。今年我孙子要出生，我想一定会有贵客光临，就留了些。我儿媳不经细想就拿出了这好茶来招待，应是看出你们有不凡身份了。呵呵，品品吧，这茶越品会越香呢！"李茂品了口茶，说道：

"感谢老人家的客气！我等虽是普通游客，但能受到这贵宾般招待，也添身份了。"他想这初来乍到的，对这一家人也不知底细，不便在此久留。他几口就把茶喝了，起了身道："我等出来得久了，还得趁早赶回道观去才是，今日就感谢您的热情了！"长者见他们要走，也站起了身说："贵人都事多，我就不留了，你们若再来后山游玩就进屋喝茶吧！"把李茂几个送至了门口后，还依依不舍地道了声："有空再来喝茶啊！"

回到道观，李茂就向南山道长提起了在后山见到的那位长者。道长说："他叫于奎，是宁乡大沩山马家屋场人氏，早年随父母来衡州探亲，因父亲急病而亡，就同母亲被亲戚收留了。他后来入了衡岳观，先我入道还是我师兄呢。再后来因其母亲病故，需送父母遗骨入祖坟安葬就弃了道籍回了马家屋场。在道观时，他曾与一坤道相好使其添孕。他走后，坤道肚子现了形，被依规赶出了道观。那女子无家可归，只得在后山结庐而居。观内师兄弟见其可怜，都劝她找个人家嫁了，好有个归宿，也好让孩子生下来有个家，可她不答应，一定要等于奎回来。可于奎一去就没个音信，她就带着个私生子靠观内师兄弟接济过日。前些年，她发了病，我派弟子去大沩山寻找于奎，人是找到了，可于奎一年多后才赶来，此时，那女子已去世了。于奎出于自责，带着儿子在她坟上守了七七四十九天，然后就在茅屋里住下了。"李茂又问："他那儿子……"没等李茂问完，道长就截过了话："他儿子叫于爽，原本聪明健壮，自小跟母亲读书学武，算有些本事。前些年一日，吴三桂的手下到后山来抢劫几户有钱人家的钱财，于爽出于仗义就赶去帮忙抵抗，却因势单力薄，被打伤掉进了山坑里，我得知消息后带弟子赶去后山收拾了那些劫匪，也夺回了被抢的钱财，但遗憾的是那几户有钱人家已一命不保。我把于爽抬回了他家里，又给他娘儿俩看了伤病，算做了安顿。但于爽他娘病得重，没多久就死了，而于爽断了几根肋骨，也已干不得重活，我就将从劫匪手上夺回来的钱财里拿出部分分给了后山的穷人后，其余的全数给了他。这笔钱财数目不小，我希望他能靠此建个像样的家。可这孩子舍不得花，一直过着清苦日子。还是于奎回来后，才添置了些家什，给他娶了个哑巴媳妇，算把日子过得像个样了。"

听了南山道长所言，李茂三人已感慨万端，也判明了于奎是有能耐又可以利用得上的主儿。所以李茂接上了话说："我们得再去拜访于奎，这人身怀武功又心有仇恨，应早些争取，早些发挥他作用！"南山道长犹豫了片刻，说道："其实，我早也想过要你们去联络他的。他武功高强，眼睛明亮，是可用之才。可是，他心思很深，很固执。并且，还曾参加过王夫之的抗清队伍，对大清朝廷和官府有抵触之心，所以，就未急于让你们去联络了。"李茂倒是有了几分欣喜，说："他心思深、人固执并非坏事！这样的人虽然难以争取，但只要能争取过来，必会死心塌地。我想，他的抗清经历，我们可以当作全然不知，不要让他心里压着包袱。他对朝廷和官府的抵触，应是误解所致，这误解多来自他对吴三桂的仇恨，只要我们能设法把他心里的仇恨全都转移到吴三桂头上去，就能消除掉他对朝廷的误会了。"南山道长若有所思后点头说道："如此应当可行。那就等他孙子出生了吧，你们再以去喝茶名义顺道去给他道个贺，与他混得个脸熟面子热后，再找机会消除他对官府和朝廷的误会，跟他商谈效力朝廷的事吧。"

"嗯，如此甚好！"李茂点了点头。接着，似又想起了什么，突然说，"呃，我有个事还得请教师叔呢！上次面见了然大师时，我总觉得这人似曾相识，可他对我视如陌生，我就没敢相问了。如今想起来，他应是当年先帝身边的一等侍卫。还有，您这观里的恒坤师傅也像当年我熟悉的一名御前侍卫，但他也同样视我为陌生。您知道他们有啥特殊来历吗？"南山道长并无特别反应，沉思片刻后，才说道："自佛、道两家共处南岳以来，虽和睦相处，但有互不涉问对方事务之禁忌，所以我与了然大师虽常来往，却不知其来历。有一点我倒是清楚，他是铁心拥护朝廷的。至于恒坤，是多年前入观修道的，言语不多，但武功好，也专心修炼，我并未看出他有何来历。我想啊，若是他们真有特殊来历，那就必有特殊缘由了，就算你能认他个准确，也只能同样视其为陌生了。这个中之理啊，你该懂的！"

又过了些日子，李茂、小悦、何卫三人跟往常一样，天还未亮就来到了山坡上练功。可刚刚展开了拳脚，就见后山方向飞奔来了一个人。他们迎了上去，发现来者竟然是于奎。于奎怀里抱着个婴儿，只说了句"吴三桂的人又来后山抢劫了"，就把婴儿塞给了小悦，飞一般地往回返了。李茂与何卫只对了个眼神，就跟着于奎飞奔去了。小悦抱着婴儿回到了道观。南山道长得知后山有事后就只大一挥手，带着几十个乾道也赶过去了。小悦带着婴儿留在了观内，没过多久，婴儿大声地哭了，哭得她已不知所措。好在有位年长的坤道懂得些带孩子的事，就提醒了她说："孩子定是饿了，这观里不会有奶，就先去灶屋弄些米汤来给他喝了吧！"孩子吃过了米汤，果然不哭了，还叭嗒着小嘴，睁着黑黑的小眼看着小悦，甚是可爱。小悦轻吻了他一口，又将其抱紧在了怀里，像是紧抱着自己的孩子。

　　吴三桂的手下已将于奎的儿子儿媳杀害，掠走了他家的钱财。于奎不顾一切追了过去，在随后赶来的李茂、何卫和南山道长协助下，全歼了劫贼，夺回了钱财，也俘获了劫贼的头领。南山道长安排了于奎儿子儿媳的后事后，就盘审那贼头去了，而李茂一行回到道观后就陪坐在了于奎身边。于奎低头不语，悲愤交加。为了能让他心中升起希望，小悦抱着孩子走了过来，说道："于老师傅，您家遭不幸，我们都挺难过的，但逝者不能复生，生者自当珍惜。为了您的孙子，您可要多加保重呢！"于奎看了一眼小悦，又看了看孩子，满脸悲伤。他颤抖着嘴唇说："这孩子出生才几天呢，这么小就没了爹娘，将来又是一颗苦瓜子了！"小悦听懂了于奎的意思，所以抚了抚孩子说："您现在需要顾及自己的身体，就不要担心孩子了。既然您已把孩子送到了我手上，我会把他抚养成人的！往后我就做他的依靠，让他跟别人家的孩子一样快乐地长大，行吗？"于奎看了眼小悦，忙摇着手说道："你哪有神思来帮我抚养这小孙子啊！你们是出来游玩的，玩得够了就得要回北方去了，不可能留下来带我家这草根子的！若是要将他带走，就不再是我的孙子了，也不是我于家的后代了，我怎能舍得？"

　　于奎悲恨交加，对孙子的未来又很担心，正是劝他投靠朝廷的最佳时机，所以小悦有了要把话挑明的打算。她朝李茂使了个眼色，靠近了于奎，说道："于老师傅，您别担心。我跟您明说吧，我们不是来游玩的，是受皇上派遣来湖南联络民间有识之士对抗吴三桂谋反作乱的。我们担着大任，会在此长住。吴三桂派人到处害命谋财，企图谋反作乱，朝廷须举全天下之力应对，您呀，也与我们一道来承担这份大任吧！"听她这一挑明，于奎大吃了一惊，一个颤抖就匍到了地上，高呼："各位大人在上，草民有眼无珠，请大人降罪！"他这举动早在李茂的意料之中，李茂道过"您快起来"便将他扶起，说道："小悦姑娘说得没错，我们是皇上派来联络民间有识之士对抗吴三桂谋反作乱的。您啊，就放心地把小孙子交给小悦带养吧！您武功高强，心明脑智，应尽早加入到朝廷的抗反队伍中来，与我们一道对抗吴三桂作乱，既为您的家人报仇，也为天下受过吴三桂之害的人报仇。"望着满脸期待的李茂，于奎嚅了嚅嘴却未能说出话来。他转向了小悦，抚了抚孙子的小脸，深吸了一口气后，才憋足了劲说道："好，我干！我跟着你们干！"听得他这坚定的答应，李茂、何卫笑了。李茂又说："您智勇双全、精于武道，加入到朝廷的队伍后，既能报仇雪恨，又能为朝廷建功立业。我们欢迎您啊！"小悦却仰天嘘了口气后，便低下头来看着孩子，自言自语道："天佑朝廷，天佑皇上啊！"

此时，南山道长过来了。他说："那个贼头招了些情况，但因其流血过多殁了。他是吴三桂的部将，来湖南有三个目的，一是网罗民间势力参与反清，二是清除拥护朝廷的民间势力，三是搜刮民财充实银库供吴三桂谋反所用。他供说，吴三桂往湖南派出了多股势力，目的相同，但目标有别。他的势力专门针对寺庙、道观，且已在各地寺庙、道观安插了内线。看来，我们要做的事还很多啊！"这一席话，对李茂来说是重要军情，而对于奎来说是一颗点旺他仇恨之火的火苗。"可恶的吴三桂，真该千刀万剐！"于奎腾地站起，咬牙切齿地说。他又说："你们需要我做什么就直说吧，只要是对抗吴三桂的事，即使赴汤蹈火我也在所不辞！"李茂有了一丝激动，扶着于奎坐下之后，说道："朝廷抗反大业任重道远，需从长计议。您先好好休息吧，到时我定请您出面，决不辜负了您对朝廷的一片忠心。"这时，南山道长也走到了于奎身边，说道："师兄心向朝廷，除贼心切，令我钦佩。你我都同吴三桂有深仇大恨，往后须同仇敌忾，与吴三桂死战到底！李将军他们担的是大任，你先得好好地休息，调整好情绪，到时他定会重用你的！"于奎点了点头，拱手道："我听你们的！还请李将军不要顾惜我这条老命。吴三桂不灭，我誓不罢休！"

于奎的信誓旦旦，发自内心，也发自本能，小悦为之欣喜。为了舒解于奎的悲愤，她对于奎说道："我会把孩子当作心头肉，会请来最好的奶娘喂养他。只是不知道孩子有了名没有？若还没有，您就给他取个名吧。"于奎站起了身来，脸上有了爱怜之色。他轻抚着孩子的小脸，摇头说道："他昨天才满了三朝，未取名呢！"看了眼小悦后又说："你现在是他娘了，那你就给他取个名吧！"小悦轻吻了一下孩子，说道："既然您能信我，那我就给他取了。我看呀，就叫他于璞吧！璞为石玉，高贵得很，小名就叫小璞，您看如何？"于奎重重地点了点头，道："这名好！你们读书人取的名就是好！"他道过一声"小璞，来，爷爷抱"便接过了孩子，沧桑密满的脸上终于有了一丝笑容。

时间又过去了几个月，南山道长、了然大师、于奎等配合李茂一行联络上了南岳全部寺庙、道观的僧道，也成功联络上了衡州的一些武馆、帮派和民间仁人志士。于奎与李茂、小悦、何卫熟悉了，话也就多了，经常向他们提到大沩山和马家屋场。每次讲到家乡，他都要说到张安。人说三岁看大，六岁看老，他早已在马家屋场众多的孩子中看出了张安的智慧、坚韧与大气，认定了这孩子将来能成大事。所以，他虽打算一辈子不收徒弟，但还是破例收了张安为徒，将自己悟出的武功秘诀全教给了张安。他离开时又鼓励张安要文武兼修。凭对张安的了解，他相信张安定能成为杰出之人。因为小悦带养着小璞的缘故，于奎与她接触得多些，也把她当成了亲人。他只要与小悦在一起，总会想起张安。他已看出，小悦和张安都是当今人杰，同样智慧、坚韧，胸怀博大、英武大气。而且只要把他俩联系到一起时，他就认定他俩是天生的一对、地设的一双。刚开始时，他只会在心里如此想着，但跟小悦熟悉了，就说出口了，他已多次对小悦说："你和张安就是天生的一对，你俩应该缔结姻缘，比翼齐飞。"前几次他这样说时，小悦都会脸带羞色，心里还会有些许的反感，但听他说得多了，小悦就习惯了，甚至心里还有期待了。

这一天，于奎又突然对小悦说："衡州的局面已经打开了，你们应该尽快到大沩山去。大沩山的寺庙、山寨、镖局势力不小，还有许多的能人、高人都应当去争取，尤其是张安，你得尽快去结识，他肯定能助你成就大业！"小悦一笑，答应道："好啊，我就听您的！"其实，小悦早就有要去大沩山的打算了，这是早些时候与李茂、何卫、了然大师和南山道长商讨的结果。因为他们知道，皇上要他们网罗民间势力做好抗反准备，是在将来要组织这些势力参与平叛。而要使这些民间势力形成军力，就得要建立基地屯驻操训。而这个基地地势得险、地域得广，还要位置适中。他们曾想立足衡山，但了然大师提到了大沩山。了然大师说："衡山虽近衡州而控湘南，但通道多而险隘少，屯踞不便，防守更难，而且离长沙、岳州、常德等多数兵家要地都相对较远，战时不便与朝廷的大军互相策应。而大沩山地势特别，屯可踞、进可攻、退可守，且地处湘中之地，踞此可控湖南全境，应去此立足。"他们就此做出了决定。当下于奎的劝说，只不过是给了小悦一个提醒，该尽快前去。

小悦与李茂、何卫商议之后就决定好了要尽快由小悦前去大沩山立脚，以建立稳固基地为目标，联络各方志士，争取上当地的寺庙、镖局、山寨的人马，做好先期的安排，再逐步打开局面。李茂把小悦送到大沩山之后将去四川巡察指导。第二天，小悦与李茂带上小璞便出发了。临走时，于奎特意交给了小悦一个布包，郑重地说："张安只要见到这个，就知道你是我信任的人。"到了大沩山外围，他们遇到了匪贼跟踪。当探明了这些匪贼都是吴三桂的手下时，就示财引诱，把匪贼引进了山里，拟诱散之后再各个击破，但因闯入峡谷后反而遭到了匪贼围截，好在有张安和那两位和尚及时赶到，才解了危局。

第十一章 宫女道出真来意 倾谈只为效朝廷

　　小悦与李茂已经确定了要向张少坤一家说明实情。饭后，他俩与张家人围坐在炭火盆边聊上了话。聊得开心之时，李茂借这气氛，郑重其事了。他说："张先生，夫人，小悦住进你们家已半年多了，一直还瞒着身份和来意，很对不住了。你们对他俩如此照顾，我也感谢了。客气话我不多说了，我已跟小悦商定，现在该把实情向你们道明了。"见李茂如此郑重其事，张家人都不安了。小悦见这气氛，就接过了话说："姨、姨父，还有张安兄、水秀，我隐瞒身份住到你们家来，确实是有明目的的，但你们不必担心，我对你们绝无害处。现在，就听我详细地把实情说明白吧！"张少坤却抬起头来露出了憨笑，说道："其实，你说不说明白已不重要了，我们是一家人了。既然已是一家人，你以前的身份如何已不打紧了。"还侧过脸去问夫人道："你说是不？"张夫人点了点头，笑着说道："是的，是的！有小悦这么好的姨侄女，是我前辈子修来的福呢！小悦啊，你以前是啥身份都不打紧了，我呀，只认你是我的姨侄女了！"

　　张安在静静地听着，他希望小悦能说出实情来，因为对他来说，能弄清楚小悦的身份非常要紧。水秀对小悦的身份也很好奇，且还藏不住心思，没等母亲把话说完，就抢过了话去："小悦姐啊，你就说吧，该说的还是要说的，说出来后我们也好知道你有多大的来头啊！不过，就算你是豪门闺秀，或者州官、县令家的千金，也得在我家住下去，只要你能在我家住下去，我一定陪你到老。呃，说吧，你快说吧！"小悦对水秀挤了挤眼睛，笑道："你愿意在家当老女，我可不愿意呢！身为女子，就得成家落根开枝散叶，若老死家中岂不白来这世上了？"就这玩笑话一说，屋内气氛顿时轻松了。她扫视了众人，又说："水秀说得对，该说的还是要说的，那我就慢慢地说，你们也慢慢地听，就当是自家人聊天吧！"接着，便不紧不慢地说道："实不相瞒，我和李茂将军，还有一位何卫将军，都是皇上身边的人，是皇上派来湖南办差的。"她这一开口就道出了如此大个来头，已把张家人惊得了瞠目结舌、目瞪口呆。水秀刚一缓过神就带着惊讶神色问道："什么？你们都是皇上身边的人？是朝廷的人？还是将军？"

"先别惊讶，听我细说嘛！"小悦又朝水秀挤了挤眼，接着说道，"你们都听说过吴三桂吧？吴三桂为大清一统江山出过力，朝廷也念及其功劳封他为王镇守了云、贵两省。但他不仅不感皇恩浩荡加倍报答，反而加紧筹备钱粮兵马，在各地安插势力，要与其他藩王串通企图谋反作乱。我大清一统江山以来，天下趋于太平，百姓已安居乐业，可他要再起战端，皇上怎能坐视不管？所以，皇上除了厉兵秣马，还走了着暗棋，派我等前来湘、川联络民间仁人志士，组建对抗吴三桂谋反作乱的另一种势力。我们先到了南岳，在开明志士协助下，已成功联络大批民间力量参与到了抗反大业中。目前，湘南各地的山寨、寺庙、帮派、武馆和民间有识之士都已参与进来，已达数千之众。我来大沩山，是要在此落住脚，暗中建立储备抗反势力的基地。初期有两件事，第一是清除吴三桂安插在大沩山各寺庙、道观的暗线，动员僧众参与抗反，这事我已办成。另一件就是要联络附近的山寨、镖局、帮派及其他各路仁人志士，一起加入抗反大军，此事尚未着手，还得请张安兄帮忙呢。"

原来小悦隐瞒的果真是大事，张少坤夫妇早已肃然，也不敢插话了。张安却心有惶恐，也沉不住气了。他问："抗反之事关系皇基稳固和国家安危，而朝中将领众多，你为何偏要来找我一山野之人帮忙？你又如何知道我能帮得了你？"小悦微微一笑，道："皇上走这着暗棋的目的，就是要发掘和培植民间将才，动员民间力量参与抗反。至于我为何偏要找你，这就与我投奔来你家的原因有关了。"她陡然郑重有加道："我投奔到你家来，是受于奎老人所托。于奎多次跟我说，你天资难得，文武兼备，是块成大事的料，希望我能用你。也希望我能住进你家来，给他的孙子小璞一个稳实的安顿。我来这里半年多了，对你也观察半年多了，你确实文武功底厚实，且心有大志。所以，我希望你能参与到朝廷的抗反队伍中来，助我联络当地的团体势力和各路仁人志士，与我们一同效力朝廷。"张安虽已惶恐不已，但此时想到的是师傅的去向，所以，又问："那我师傅如今在哪儿？"小悦微笑着回道："他与何卫将军正奔走于湘南各地联络民间势力呢！曾在博公寨败于你手下的神鹰寨寨主段彪，就经你师傅动员已加入到抗反队伍中了。那次山寨比武，你那般轻松就赢了段彪，让我大开了眼界呢！"

水秀听得小悦越说越玄乎，心里已有了更多的疑惑，所以又急不可耐地插上了话，道："小悦姐，你越说我越不解了！"小悦笑着问道："有何不解？"水秀巧嘴一张，说："你说你的第一件事是清除吴三桂安插在各寺庙的内线，且已办成，可是谁帮你去办的啊？还有，我未曾见你去过博公寨，我哥在山寨比武的事你也如此清楚，这是咋回事啊？"小悦眯起双眼，神秘地看着水秀，说道："这是秘密，想听吗？"水秀探过了嘴道："想听，你快说吧！"小悦知道，水秀的不解也是张少坤夫妇的不解，所以扫视过全场后，说："清除吴三桂安插在各寺庙的暗线，是我去找智能大师帮忙办的，智能大师不仅清除了吴三桂安插在大沩山各寺庙的暗线，还成功动员大沩山各寺庙的僧众加入了抗反队伍，也去了迴龙山白云寺联系，白云寺慧明大师坚定表示一定带领僧众参与抗反。"她尚在说着，水秀又插上了话问："你天天足不出户，却办成了这么多事，是如何去办的？"小悦瞪了水秀一眼，说道："我不正在说着吗？干吗要打断啊！"她并未去理会水秀那不满的眼神，扫视一圈后继续说道："清除密印寺等寺庙的暗线和动员各寺庙僧众加入抗反队伍，我来这里后不到一个月就办妥了。我来后第二天晚上，就拿着南岳寺了然大师的密信，去密印寺找到了智能大师。后来我经常趁姨和姨父睡着了时出去，这都是为了办事。为了了解张安的表现，我也每隔几天会去博公寨看看。姨该知道，我经常会大白天关门睡觉，其实许多时候都是偷偷出去了，其中就包括去了博公寨。这里离博公寨不远，往返来回也只需一个来时辰。"

"哎哎哎，你这已经过了，这牛也吹得有点大了！这里上密印寺走小路有三四十里，你来来去去我爹娘怎会不知道？还有，这里上博公寨有七八里的山路，你往返来回还要办事用一个来时辰就足够？我哥轻功了得也不敢这么说话呢，你一普通女子也敢这样吹牛，哼，离谱了，太离谱了！"水秀已把小悦说的当成大话不再相信了，也因此而不满地给出了一番喷责。张安认为水秀不知真相如此无礼太不应该，便想说上句话，可被小悦拦住了。小悦"嚯"地站起，拉着水秀出了堂屋。刚到院里，只一个简单运气，就提上水秀直接跃起，越过院墙消失在了墙外。这一幕让跟出来的张少坤夫妇大惊失色，可他俩刚回过神来，小悦又提着水秀从院墙外落回到了院内。此时，小悦神色轻盈，面带微笑，一脸轻松。可水秀脸色发白，气喘吁吁，嘴上长一句短一句地嚷着："我，我的个娘呀，这，这也太快了！"

"你俩干啥去了？"张夫人惊慌而又好奇地问。小悦侧脸一笑，回答道："陪水秀去聂家铺子买了盒胭脂。"她把胭脂盒塞到了水秀手上，就转身进堂屋去了。此时，张安和李茂在堂屋里正偷偷地乐着。可小悦走进屋里时，李茂就突然收起了笑容，问："你没把水秀吓坏吧？"小悦坐回到凳子上扬了扬头说："没把她吓坏也把她吓得魂飞魄散了！"这时，张少坤夫妇和水秀也已进了堂屋。水秀全身仍绷得很紧，双脚像灌了铅一般沉重而又缓慢，当坐回到了凳子上时，羞愧地低下了头。

小悦早已若无其事，扫视了一圈后，继续说开了。将自己如何从京城来到湖南、如何遇见了于奎、如何收留了小璞等一揽子事全都说了后，接着说道："于奎师傅胸怀宽广，眼光独特，且武功高强，是位难得的英雄。他知道大沩山一带民风正，可用的民间力量和仁人志士很多，也对张安抱有期望，就要我投奔到你们家来了。他的愿望是要我给张安出人头地的机会。所以，我就以避难为由闯来了。我如此说来，水秀还有疑问吗？""没有了！"水秀忙不迭地摇起了头，脸像一块树皮毫无表情。可就在小悦正为她这模样感到好笑时，她却突然挺了挺上身，嘻嘻地笑了，说："小悦姐，听你如此说来，你还未曾嫁人吧？若是如此，我得允许你当我嫂子了！"小悦吃惊地望着水秀，对这女子的善变生出了佩服。她瞟了一眼低头不语的张安后，回水秀道："你这愿望挺好，但我不能一厢情愿啊！其他的先另当别论，但要给你老哥一个效力朝廷的机会是我的初衷。"张夫人虽刚回过神来，但已把小悦说的听得真切，所以就壮起胆子接过了话，说："小悦啊，你是朝廷的人，别跟水秀这般不正经啊！她总拿婚嫁之事当笑料，要不得！男婚女嫁，当有父母之命、媒妁之言，你也不要自作主张，啊！还有，你是成过婚的人，也不要听水秀逗引，啊！"

小悦心里一惊，脸已红了。她听出了张夫人的言外之意，但又很想趁此机会把一些事跟张夫人说明。所以，就冲着张夫人直通通地说道："姨啊，我的婚事还只能由我自己做主呢，因为我早没爹娘了。还有，我年纪只比水秀大了点月份，还未来得及出嫁呢。我以前说自己曾经婚嫁，是因为带有小璞的缘故，也是为了掩护自己的身份。我现在说的全都是真话，您若不信，就问李将军吧！"李茂窃窃地笑过，便扬起脸来望着张少坤夫妇说道："小悦说的全都是真话，并无虚假。她是将门之后，虽父母早逝，但自小跟着兄长读书练武，文武超群，得到了太皇太后赏识召去了身边。如今也是因为江山社稷的需要，太皇太后和皇上才赋予了她重任放她出宫来了。刚才她把话说得这般直白，是想让你们对她的身份、责任和想法都弄个清楚。其实，还有许多事她并没有说及，因为那些暂时还属朝中机密，不过，以后你们也都会知道的。好吧，还是听小悦继续说吧！"听了小悦和李茂这番话，张安已喜出望外。小悦的话已满足了他心中的期待，也让他明白了小悦在书房里弹唱后为何要说出那些话了。但他毕竟是个乡村小伙，没有小悦那种胆量直抒心意，所以，只羞涩地一笑后，似对父母，也似对李茂说了几句无关要紧的话："我早有疑惑了，小悦不可能是我的表姐，也不可能成过家。只是你们都那样说了，我不得不信了。"

小悦娇媚地看着张安，像要回复张安。但突然低了低头，又转过了脸，继续说起了那些尚未说完的事："还有，我带来的这些钱财，都是于奎给的。这些钱财原是南岳后山几大财主家的，吴三桂的手下为掠夺这些钱财血洗了这些财主家，后来衡岳观的南山道长带人剿杀了这些匪贼，也夺回了这些钱财，他将这些钱财一分为二，一半分给了南岳后山的穷人，另一半就留给了于奎父子。可于奎的儿子儿媳后来也被吴三桂的人杀了，只留下小璞也交给我带养了，就把这些钱财也交给我保管了。我特意说及这些，是想要让你们知道这些钱的来历和于奎一家的遭遇，也要让你们知道吴三桂的手下是何等残暴！"说到这里，她突然转向了张少坤问道："姨父啊，我都说完了，我现在想邀请您全家，尤其是张安兄加入朝廷抗反队伍，为朝廷效力，您同意吗？"张少坤"嘿嘿"一笑没有说话。他一贯对朝廷大事不太关心，也是因为这里山高皇帝远，无关心的机会。如今朝廷的人都住进家了，还邀请自己一家为朝廷效力，他着实惊喜。但因这机会来得突然，他还没有适应，所以就将目光转向了夫人和儿女。而张夫人和水秀又将目光都盯到了张安的脸上。

此时，张安要比父亲更加惊喜。他扫视了一眼父母，又看了一眼小悦，就已按捺不住，对小悦和李茂说道："既然朝廷需要我，我当全心效力。请二位明说吧，要我干什么？该怎么干？"李茂突然站起，握住了张安的手，大喊了一声""好！"又道："我要的就是你这明确答应！你本胸怀大志，且文武兼备，相信你在这场即将到来的抗反大业中定会建立卓著功勋，争得光明前途！"小悦也站起了身，对张安说："李将军所言极是！既然你愿意为朝廷效力，那我就得给你派差事了。"扫视了一圈后，接着说道："你首差就是要动员王佑三带着他的山寨、镖局加入到朝廷抗反队伍中来，然后，再促成王佑三将长沙镖局的何佩及周边的各路武林人士都联络过来为朝廷所用！"张安抱拳一拱，神采飞扬地回道："我一定办好这差事。有朝廷这座大靠山在，有小悦姑娘和李将军对我的信任，我有信心把这差事办好！"又说，"既然已有重任落到我肩上，我想明日就赶回山寨去，争取早日把王寨主动员过来。"儿子慷慨激昂，张少坤夫妇也已欣喜有加。他俩看重小悦给的这个机会，也相信儿子在这个机会面前所做出的选择一定正确，所以都会心地笑了。张夫人笑得更显灿艳，"嚯"地站起身后，拉上了张少坤的手说："原来我们这鸡窝里落了只金凤凰，给我家带来了这么好机会，看来，是我张家的祖坟冒出青烟了！好了，我们得办菜去了，还得叫张五叔来办几道状元菜，好好地敬一敬祖宗，大家也喝上几杯庆贺庆贺。行啊，你们就继续聊吧！"

张夫人安排的晚餐果然丰盛，饭桌上的气氛也甚是热闹。餐后，张安、小悦、李茂和水秀在外闲聊了一会儿，就都进了书房。今夜，他们格外地兴奋，也都敞开了心扉。张安、小悦和李茂都心系朝廷大业，所以，都围绕如何办好朝廷的大事聊开了。水秀不方便搭腔插嘴，便静静地听着，听得有兴趣了时会跟着一笑，没兴趣了时会给他们添添茶水，表现出了难得的矜重与安静。他们的话题都集中在了如何联络民间势力上，可张安发现，这聊过来又聊过去的，小悦和李茂都没有提及一重要的地方，所以就站起了身来，说道："岳州乃湖湘门户，又是鱼米之乡，历来为兵家必争之地，此处的民间势力必定不少，你们为何将这么重要的地方落下了？"他话音刚刚落下，李茂和小悦就同时点起了头。"此问问得好啊！"李茂略显兴奋地说，"岳州确实重要，但此处要比别处特殊复杂，所以，我们已从长计议有了更好的安排。"小悦也起身说道："李将军说得很对。正因为岳州为兵家必争之地，民间团体势力和仁人志士也多，要比别的地方特殊重要，所以，此处的联络之事还须格外重视。我明白点说吧，此处的事由别人去打理我不放心，我已想好了要过些日子，由你我一同去办。你先把这边的事尽快办妥吧，那边我自有安排！"

"原来如此！"张安低头一笑说，"是我多虑了。既然如此，我定要把联络王佑三之事尽快办妥，以便及早腾出手来前往岳州。"小悦点了点头说："你能看到岳州之重要，足见你目光长远，有大将军的眼界，所以我也相信你在联络王佑三的事上能旗开得胜，马到成功！"李茂也握住了张安的手说："没错，我对张安兄弟挺有信心！只要你能胸怀天下，尽你所能，将来一定大有作为！"张安望着李茂和小悦，心里已有了满满的自信。带着这份自信，与小悦、李茂又谈论开了，甚是投机。

水秀一晚上未曾说话，见着当下气氛，也憋不住了。她向小悦凑上了嘴说道："小悦姐，你一女流之辈，也能胸怀大志、心系天下，而且还有这等的智慧和胆识，太了不起了！"她这一开口，就引来了他们三个的目光。小悦朝她凑过了脸去，说："那我得要告诉你了，一个人，不管男人还是女人，心有多大，胆识就会有多大，只要你能胸怀天下，胆识就一定会有天下那么大！"水秀浅浅地笑了，摆出了有所觉悟的模样说："我一直以为，女人的使命就是相夫教子呢，原来也可以与男人一样心系天下啊！"听得水秀有了如此感慨，李茂便接过了话："天下是男人和女人共同的天下，男人和女人都有责任关心天下、效力天下，你也跟着你哥一起加入到朝廷的大军中来吧！"水秀一听，便轻咬嘴唇看了眼李茂，脸上润开了浅浅的红晕。她问："如此说来，我也可以效力天下？"张安一听，也接过了话说："当然！李将军已说得很明白了，天下是大家的天下，效力天下是不分男女。你呀，该开开窍了！我们这大山里的女子们都该开开窍了！"

水秀本已欣喜在心，却又故意没有理睬张安，而是把脸对着了小悦，说："小悦姐，你以后就多教教我吧！你想要当我的嫂子啊，就得先教我如何胸怀天下，要不然啊，我不会让你嫁我哥的！"张安对着水秀瞪起了大眼。小悦却富有韵味地一笑，接过了话说："我若当了你嫂子啊，不光要教你如何胸怀天下，还得要教你如何效力天下。天下大事件件都是儿戏不得的，你呀，就先改改这不正经的脾性吧！"水秀突然噘起了嘴，将手搭到了小悦的肩上，笑眯眯道："你还蛮严苛呢！"小悦将水秀的手拨开后严肃地说："严才是爱嘛！从现在起，你就将心胸打开，把天下装进心里去。可以吗？"

"当然可以！"水秀嘻嘻一笑，摆出了若有所悟的模样，却又突然"呃"了一声，说："今晚听了你们这番话，我终于弄明白个事了。你们知道古代圣贤为何要定下那些男尊女卑的条规来吗？因为那些圣贤都是男人，害怕我们女子跟他们争抢效力天下的机会啊！千百年来，他们用那些无情的条规活生生地挡住了我们女子出人头地的路子，太可恶了！如今我们该醒来了，不能再老老实实地躺在那些条规里睡大觉了。你们说是不？"听了她这番话，小悦略有一惊，点了点手指说道："你呀，总算悟出真理来了！往后，你就摒弃那些男尊女卑的条规，与我们一同胸怀天下，效力天下吧！""好啊！"水秀大声说道，望着小悦、李茂和张安赞许的目光，心里正有一股热浪在升起。

第十二章　小女巧推婚嫁事　虚情男子计失灵

　　送走了李茂后，张安就要回博公寨了。小悦送他到了村口时，清纯可人地望着他，轻柔地说道："责任重大，可要尽力啊！"张安"嗯"了一声，用力地点了点头，说了声"再见"后，便飞奔而去了。望着张安远去的身影，小悦久久未将目光收回。此时，她心里已对张安寄予了很高的期望，不仅希望他能尽快地把当下的事情办好，而且还希望他能在方方面面都显露出高人一筹的才华来，并及早建立起令人信服的功劳。因为她已喜欢上他了，也确定要重用他了。

　　听说张安提前回到了山寨，王佑三亲自上门来看望了，一见面就问："我不是说过让你到十五才上山来吗？怎么提前回来了？"王佑三能亲自上门来，且一见面就问上了如此暖暖的一句话，这其中的关爱之意张安自然是能感受得出来的。他给王佑三行了礼，看了座，才毕恭毕敬地回了王佑三的话："年节期间告假的人多，我对山寨的安危不太放心呢！所以就提前回来了。"王佑三欣喜地点了点头，还有了几分得意，是那种意识到自己果真没有看错人的得意。他站了起来，说："你还是多休息几天吧，大年节的别累着了。"说完，他就转身走了。

　　王佑三一走，张安就琢磨起了该如何劝说王佑三加入朝廷抗反大军的事。他对王佑三非常了解，这人一贯自以为是，师心自用，且轻世傲物，要劝说他去做一次如此重大，甚至是关系到他的前途和命运的人生抉择，是无异于挟山超海的。但是，这件事再难，他也得要甘之如饴，决不懈怠。因为这是小悦交办的事，也是朝廷的事，说白了还是关系到自己前途和命运的事。所以，他打算即使挖空心思，苦心孤诣，也要寻找出一个可行之法来。他想了许久，最终当然想到了办法。他的办法是要不疾不徐，平波缓进，先做好有效铺垫，再寻找最为有利的时机去劝说王佑三。为了做好相关的铺垫，他已在心里拉扯上了小柳，更为直接点说，就是要把小柳当作一颗棋子利用起来。

　　当然，张安回到山寨后还做了另一件事情，就是利用空余加大了护院的操训力度。他已经考虑到，自己有心效力朝廷，将来也会要带领这些手下加入朝廷抗反队伍参与平叛，所以需要利用当下之便利先行着手，把这些手下训练成武功高强的骨干，以便将来能带领更多的人克敌制胜，有所作为。

已有好几日不见张安了，小柳还真是日盼心思，引日成岁。得知张安已提前回到了山寨，她好不激动，而且还有了要直接去找张安聊聊的冲动。虽然冲动与理智在她心里龙蟠虬结，但她最终还是让冲动占据了上风，就在张安回到山寨的第二天，她就怀着邂逅相遇的期望，带着小荷走到了院内，并且果真见到了张安。虽然张安还离她较远，但她仍然惊喜。她本想要主动过去与张安说上话的，可尚未挪步，心里又没了那份勇气。好在这时候张安已经发现了她，且已朝着她快步地走来。她有些喜不胜喜，脸上绽开花一般的笑。可就在此时，她突然转过了身，低下了头，只留给了张安一道静静的背影。

"小柳！"一会儿，她终于听到了张安的声音，"小柳，年节过得好吗？"这还是张安的声音。这声音虽然轻，但浑厚，能敲得她的心"怦怦"地直跳。她窃窃地笑了，且猛地一下转过了身来，还抬起了头。当目光触及到了张安的脸部时，见到了张安那甜美的微笑和富有情义的眼神。这是她第一次听到张安叫她小柳，也是第一次见到张安这富有情义的眼神，所以心里浸出了一股暖流，脸上也漫开了一团炽热，又低下了头后，才轻声细语地回答了张安："我过得挺好的呢，你呢？"

"我也过得挺好！"张安的声音还是那般轻、那般浑厚，"能一起走走吗？"他问。小柳没有作答，但抬头瞟了张安一眼后，轻轻地点了点头。她找理由支开了小荷，便跟着张安迈开了脚步。她随张安慢慢地走着，很快就聊上了话。当话聊得顺畅了时，她已没了任何的顾虑，也没了一丝的紧张，所以就大大方方地抬起了头来。她越走挨张安越近，越聊与张安越融洽，在不知不觉中，就已与张安肩并着肩。她有了美美的感觉，也因此鼓起了勇气，故意与张安肩碰了肩，手碰了手。就这样，她每日都要找机会与张安见上一次或几次，且每次都会这般与张安肩并肩地边走边聊，这一个多月里，天天如此。

张安与小柳的这般亲近自然引起了山寨里众多人的关注，而最早也最倾心关注他俩的当然是王佑三夫妇。王佑三夫妇看着这番情景，心里已美上了，也憧憬上了，而且还琢磨开了，琢磨着该考虑这两人的婚事了。这天，姜小青双目凝神地望着王佑三，说出了自己的想法："他俩都已相处得如此好了，你就赶快选定个日子，把这婚事定了吧！"王佑三已千欢万喜，想要就此答应，可忽然间又收起了笑容，把要答应的话咽进了肚里，且还摇起了头说："这事啊，还是该稳重些好！"停了停又说，"我看啊，要先探明他俩的心思才行。就算他俩都有意了，也得要与张少坤作个商量。你说是不？"姜小青点了点头，道："也是！"稍后，却又担心地说："他俩都已走得如此之近了，也该有个确定了，要不然就要被人说长道短了。要么这样吧，你去探探张安的心思，我也去问问小柳的想法。其实，我早就看出来了，就差我们做长辈的有个张罗了。你想，两人不遮不掩走得这么近，不是在给我们示意吗？"王佑三听过后只微微一笑，亦庄亦谐，并未作声。

第二天，姜小青就专门去了女儿的房内。此时，小柳正在看书，见母亲进来，就惊喜地将母亲请到小客厅坐了，又叫小荷上了茶来，才轻声问道："母亲难得来女儿房里呢，今日是有要紧的事来找女儿吗？"姜小青将小荷打发了出去，便含蓄深婉地望着女儿，不轻不重地来了番责备："看你这孩子，怎么如此说话呀？娘就一定得有要紧事才可来你这儿吗？就不能没事来你这儿闲聊一会儿吗？"小柳娇美地笑着，且靠紧了母亲，说："我长大后您就不常来了，您都说是不想打扰我，好让我潜心读书修艺。可今日您这般喜颠颠地进来，若是没个要紧的事找我那才奇怪呢！"姜小青嗔了一声"看你这孩子"便堆起了一脸慈爱，说道："你呀，越大这眼就越狠了，我这点做作也没法瞒过你了。好吧，我就直接跟你说了吧，我今日来啊，是想问你一件事的。"停了停后，却盯住了小柳的脸，问："那你跟娘说句实话，你觉得张安这小伙子怎么样？"

"母亲怎么突然问起这个了？"小柳一惊，低下了头。稍后才轻声地回问道："张安怎么样您不是每日都见着吗？您说他怎么样啊？"姜小青似乎从女儿的做作上看出了端倪，因而就干脆地把话拉直了说："我倒是觉得这孩子挺不错的。你俩最近都已走得挺近了，如果你对他真的有意，我和你爹都想把你许与他呢，如何？"小柳的头已压得更低了，一张脸也已埋在了胸前，而且两手也在交替地扯着，只是没有张嘴去回答母亲。姜小青相信女儿是在偷偷地乐着，只是羞于明着回答罢了，所以，她也在心里偷偷地乐了。

其实，小柳并不是在偷偷地乐着，而是在寻思着如何应付母亲。因为她最近已做出了重要的决定，她要放弃张安。她之所以要放弃张安，也正是因为与张安已相处得好了，对张安已了解得透了。在这一个多月里，她心里对张安已经历了由喜欢到爱、由爱到敬、由敬到畏的复杂演变，这种演变使她对张安的态度也由原来的渴望得到，演变成了敬畏心支配下的不得不放弃。可当下，母亲突然问起了这事，她就感到很难回答了。但她明白，再难回答也得给出个回答，而且这个回答既要能让母亲不再操心，又不能让母亲为自己担心，所以她需要好好地琢磨。经过一番苦想之后，她终于缓缓地抬起了头，说出了一番令人意外的话："我对张安还不够了解呢，您这般着急问我，我该如何回答您是好啊？"姜小青确实感到意外，且还有了一肚子的疑惑：这孩子明明已对张安早有心思了，也与张安越走越近了，应该对张安早了解得透了，为何又还要以不够了解为由来如此搪塞呢？但面对母亲疑惑的眼神，小柳又说："母亲是知道的，女儿不喜欢父母之命、媒妁之言的婚事，我希望能跟母亲当年一样，靠自己努力去找到自己的幸福。"她还蹲去了母亲的膝下，装出了撒娇的模样，又说："您觉得，您如此替女儿来操着这份心，不会扰乱了女儿心境吗？"姜小青一听是这么个原因，就有些释然地嘘了口气，还轻柔地说道："原来你是这么个想法啊！"她很是慈爱地地看了一眼女儿后，又说，"如此说来，你还真是我的亲女儿了！"她又轻轻地拍了拍女儿脸蛋后，再说："其实，我也是希望你自己做主的，只是到了关键的时刻，你还得与我说一声才行。行吧，你既然都如此说了，娘也就不再为你操心了。可娘还是得提醒你呢，认准了的就该珍惜呢，可不要这山望见了那山高，白错过机会了！"小柳望着母亲，娇柔地说道："母亲的话我会记住的。您就放一百个心吧，女儿已经长大，这样的事会把握好分寸的。"姜小青听后点了点头，便站起了身，说："能如此就最好，娘也就放心了！"拍了拍女儿的胳膊后又说，"既然如此，娘就信你了，我先走了！"

女儿的想法，姜小青自然是要向王佑三说起的。王佑三得知后，认为女儿只不过是相承了他和姜小青的秉性，并无什么不妥，所以，就在心里生出了些许的得意，随之还"呵呵"一笑，回了姜小青一句简单的话："这孩子呀，我信她！"

其实，这些日子里张安也有了一肚子的心事，这些心事也源于自己与小柳走得近了。他肩负着动员王佑三参与抗反队伍的重任，为完成这项重任，不得不把小柳当作了棋子来博取王佑三的信任。他虽然主动靠近小柳是出于特殊的目的，并非真想要得到小柳，但他感受到了小柳的那份真情，也已被小柳的真情和她那极具诱惑力的聪明、漂亮、贤惠、温柔所打动。他正在一步一步地喜欢上小柳，但又不得不告诫自己，绝不能爱上小柳，因为他已爱着小悦。他对小悦的爱萌生已久了，到底是萌生在峡谷里的初遇之时，还是后来的交往之中，他自己也说不清了，但这种爱是发自于内心的，是绝对真实的。他现在正爱着小悦，却又不得不要与小柳亲近，这是很痛苦的，这种痛苦并非完全来源于自己的情感冲突，还因为他已意识到自己的虚情假意对小柳实在不公。

这日天还未亮，小悦又来到了巨石台上。自从张安回到了博公寨，她每日天亮前都会要来到巨石台上与张安练功聊天。今天她与张安练过功后，就直接聊起了动员王佑三的事。她问："你觉得，是不是可以直接向王佑三施劝了？"张安望着远方，沉思后回道："还未到时候。王佑三生性固执，若时机不合适，惊雷也打不动他。所以，还得等待合适机会，要让他在合适气氛中倾听我的建议，只有这样，方能达到目的。"其实，真正的原因他并未明说，就是迄今为止，王佑三还未主动来找他，他还未看到自己处心积虑亲近小柳带来的效果。小悦的脸色已有些凝重，也略显焦虑，她缓缓地说道："时间不等人啊，皇上给我们的三年期限快要到了，如果联络之事不能如期完成，就要耽误大事。再说，吴三桂的人也在到处联络民间势力，如果王佑三被吴三桂拉过去了，那是朝廷的重大损失了！"

张安理解小悦，但确实又有自己的难处。他总在问自己，王佑三为何毫无反应呢？他并不相信王佑三会对自己与小柳的亲近视而不见，无动于衷。但为了能及早达成目的，又不得不要寻找另外的办法了。他沉思了起来，沉思一阵后又把目光伸向了远方。望着远方的缕缕炊烟和山尖上的那片鲜艳的红霞，他突然有了另外的思路：要利用王佑三对自己的赏识，以谈抱负、出主意方式直接找王佑三交谈。想到此处，他猛然地转过了身来，站在了小悦面前，说："不能再等了，我要直接去找王佑三谈谈我的理想抱负，我要他对我的理想抱负提起兴趣，并在他兴趣正浓时抛出我的建议来，如此可能会有用处！"

小悦并未接话，而是抱住了张安将头搭在了张安的肩上。这是他俩相识以来第一次将身体贴得如此之紧。张安显得有些激动，也想要表达句什么，可嚅了嚅喉结啥也没说。小悦用头蹭了蹭张安的肩膀，便抬起了脸来说："这方式应该行！不过，你得双管齐下，要与小柳继续亲近，要更亲近一些，要让王佑三坚定地相信你将是他的女婿，要让他对你产生亲情。"停了停又说，"亲情这东西啊，是人性中的怪物，在某些事上会是铜墙铁壁，但在这件事上，会是王佑三心理上的一个缺口。"张安不安地回答道："这一点我也曾想过。但我担心，与小柳更亲近了就难以回头了。"小悦娇媚地看了一眼张安，说道："不会的！先去做吧，能否回头先别担心，能把事办成才最要紧。"张安更显不安了，又担心地问："若是真的回不了头呢?"小悦沉默了片刻,将嘴凑近到张安的耳边,轻声说道:"走一步看一步吧!"张安凝视着小悦,已无话可说。此时,太阳的目光已从远处的山后悄悄地探出,盯住了他俩。小悦缓缓地放开了张安,说:"别胡思乱想了,用心去做吧,我走了!哦,我明早起就不来这儿了,先回避一段,你专心去亲近小柳吧!"迎着太阳的目光给了张安一个富有意味的笑后,便轻轻一纵跃下了巨石台。

望着小悦闪去的身影,张安突然有了一种失落感,甚至还生出了一丝惊慌。但他最终还是分清了孰轻孰重,当天就主动去约请了小柳,且无所顾忌地与小柳相约在了众目睽睽之下。他与小柳并肩而行,谈山景,谈诗词,谈抱负,很投机,且还放开胆子拉上了小柳的手,问:"你父母对我俩会有怎样的期待?"小柳未加思索,直截了当回答道:"终成眷属呗!"张安直觉得好笑,又问:"那他们为何至今也不来过问一下?"小柳迟疑片刻,微笑着说道:"他们不会来过问了,因为我不让!"张安心头一惊,睁大了眼睛问:"你为何不让?"

小柳站定了脚,收起了笑容,张了张口却又没有发出声音。犹豫了好一会儿,又来回地走动了好一阵,才直直地望着张安,说:"因为我只想与你做个好朋友,是没有必要让父母来过问的。"深吸了一口气后,又说,"就这件事啊,我早想要对你说了,可是……可是我一直没能鼓起勇气来。既然现在你已经问到了,我,我就直接跟你说了吧。说真的,我一直都喜欢你,甚至想嫁你,要与你一生厮守。可与你接触得多了,对你了解得深了,才猛然发现,我与你差距得太远了,我配不上你。你说,就我这么个山村女子,能配得上你吗?"张安有如突然受到了当头一棒,瞬间就昏懵了。他晃了晃脑袋,不认识似的望着小柳,问:"你,你怎会有如此之想呢?"小柳回答道:"因为,你的心境太高了,我根本就够不着!"她语气诚恳得似一根针,已在自己的心上划出了一阵疼痛。张安却摇了摇头说:"你这想法太离奇了!"又问:"那你说说,怎样的女子才配得上我?"小柳望了一下天空,悠悠地说道:"与你一样志向高、抱负大的女子。但我不是!"

张安也望了一眼天空,又将目光拉回到了小柳的脸上。他心里已有几个念头正在打架,但终究还是让尽量争取挽回的念头占据了上风。所以,他显得诚恳地说:"男女相爱讲的是彼此倾心,你为何又要与这些扯上呢?我对你的感情你应该感受到了,你对我的情意我也早已懂得,你有情我也有意了,本该不顾一切去爱了,你却突然冒出了个如此离奇的想法,太费解了!"小柳并未回避张安的目光,且神态自若,"实话说吧,我这决定是自然形成的。之前了解你不深时，真想爱你也想嫁你，但了解得深了，才发现你的心境已在长空之上，我只能仰望着你了。到了此时，我对你的爱也就自然地转化成了一种敬畏。我呀，只喜欢花前月下，无法拔高心志去与你同行，更不能怀着敬畏之心去与你厮守，所以，只能主动地放弃了！"

小柳的态度已如此明确，张安已极为不安。他问："那你父母知道你这想法吗？"小柳摇了摇头，道："我没有告诉他们。但他们想要将我许与你时，我没有答应。"张安长长地嘘了口气，脸上堆起了满满的失望。他失望并非因为自己已被小柳如此放弃，而是因为自己正在失去一颗完成差事所需要的棋子。而目光再次落到了小柳的脸上时，他又感到了庆幸，是替小柳感到庆幸，庆幸小柳的决定无意间为她自己摆脱了一场感情的骗局，避免了在这场骗局中会越陷越深所带来的痛苦。他同时也有了解脱的感觉，因为他无需再装模作样去亲近小柳了，也无需刻意去向别人展示自己对小柳的虚情假意了。但是出于留恋，还是问了一句："你真想明白了吗？"小柳果断答道："想明白了！"又说，"不过，我们可以做好朋友。我对你无任何奢求，只希望你不管以后身在何方，多么有出息，都能记得我王小柳。"

张安突然感到自己已放下了一个沉重的包袱，但也觉得失去了一些什么而悄然有了一丝伤感。许久之后，才叹了口气，正正地站到了小柳的面前，说道："其实，我并没有你所想象的那般高大，但既然你不愿意，我也不能强你所难了。尽管我不可能会有你所想象的那般有出息，但请你相信，以后不管我身处在何处，都会记得你的！"小柳说："这我相信！"但低下头后，欲言又止，直到深吸了一口气后，才轻声地说道，"我有个小小的要求，希望你能答应。"张安望了她一眼，用力地点了点头，道："请说吧，不管是什么要求，我都答应！"她望着张安，娇羞地说道："我，我想要你紧紧地拥抱我一次！"张安愣了一下，也犹豫了片刻，缓缓地张开了怀抱，并将小柳拥进了怀里。他用力地拥着，且越拥越紧，生怕稍有了一丝的松懈，就会失去了这份拥有。

小柳偎依在张安怀里，心里很痛，像是被刀子割了似的痛。这是一种无奈的痛。她虽然并不后悔自己的毅然舍弃，但一想到自己正偎依着的，且曾经向往过的这副宽阔而坚实的胸脯此后已再无属于自己的可能，心里就生出了这样的痛。这种痛还触动了她内心的另一处脆弱，将一种酸酸的感觉传导去了鼻腔，压迫着她的泪腺，挤出了两行清泪。她突然意识到了如此甚是不妥，就用力地从张安的怀里挣脱了出来，再抬起袖子往脸上一个横扫，转身迈开大步，头也不回地奔去了远方。

第十三章　山寨遇袭终化解　寨主效忠为感恩

　　小柳这个棋子已经没了，张安拟双管齐下动员王佑三的打算已成了泡影。为与小悦商量对策，他派了人去约请小悦。可小悦已出远门，且未留下去向。过了好些个日子，她才又来到了巨石台上。一见面，张安就迫不及待地问她："都干啥去了？出去如此之久，为何不告知一声？"小悦平淡地回道："去办了点要紧事，没来得及告知你呢！呃，你担心我了？"张安故意放下了脸来，道："当然！我还有要紧的事跟你商量呢！小柳已拒绝我了，你说该怎么办？"小悦一愣，说："她王小柳的心很高啊！"张安道："她不是心很高，而是心太低，太低看自己了。"小悦却突然笑了，还有些幸灾乐祸，问："遭到了美人拒绝，很难受是吗？"望着小悦那模样，张安已不悦了。他没好气地回道："我难受个啥呀！是着急，因为棋子已经没了！"小悦安之若素，望了望远方，再走动了几步，才缓缓说道："不难受就好啊！那就再等一等吧，或许，会等来更好的机会。"她望了一眼张安，只浅浅地一笑，就练功去了。她这极不合常理的表现让张安茫然不解。张安在猜测，难道她心里早有计策了？

　　收了功，小悦已走到了张安的面前，说，"聊聊吧！"望着朦胧的山寨，又说："我真想进去见见那个王小柳和她爹王佑三呢！"张安虽还心事重重，但看了眼小悦后也把目光转向了山寨，问："你是想要亲自去劝导王佑三吗？"小悦摇了摇头说："不是，我是对他这山寨很感兴趣！这山寨如此宽大气派，住着一定很舒心。等我大清的江山稳固了，我也要建个这种山寨过日子去。呃，你愿与我一起去同住吗？"张安摇了摇头，但又点了点头，笑着说："能陪你这大美人儿住上这种气派的山寨，是神仙都要羡慕的日子，我当然愿意！"他正美美地笑着，却听得小悦大喊了一声："不好！"他茫然地问："为何不好？"小悦却指向了他身后的西北方向，说："你看，火把！"顺着小悦手指的方向，他果真看到了大片的火把，这些火把正在朝山寨方向移动，他只稍有一愣，就意识到山寨有难了！"有人要偷袭山寨了！"他"嚯"地站起，抓住了小悦的手。

　　"快拦截去吧！"小悦吼了一声，就与张安跃下了巨石台。他俩一路飞奔一路大喊："特等险情,山寨遇袭!"并赶在那片火把离山寨还有数百步之处截住了火把的前锋,且拳来掌去,阻止了偷袭者靠近山寨。然而,来袭人数众多,前锋已被击倒,后面的又蜂拥而至,丛丛火把拥挤山间照亮了山野,瞬间,冲杀声也震响了天空。"照持火把者打!"张安已意识到事态严重,便与小悦腾空而起,踢得个火花四溅、火焰横飞。但随着有人吆喝,来袭者已拉开队形,摆出了要分散冲击之势。张安见势,便与小悦分头堵截,见一个就打一个,已将数十个来袭者击倒在了拳脚下。但来袭者实在太多,又有丛林掩护,他俩顾此难以及彼。而就在这时,东北面也已火光映天,厮杀声震响。偷袭者是从多方向来袭,他俩已对山寨的安危有了更深的担忧。好在此时已有几十个护院急匆匆赶到,联手挡住了匪贼的攻势。但匪贼的队形已拉得更开,其分散的冲击已更难阻击。张安只得指挥几位护院跃去了外侧,总算挫败了匪贼拟从两翼突破的阴谋。也就在这时,又飞奔来了十多个和尚。小悦一见很是惊喜,且问:"你们怎会知道这里有事?"一位和尚大声答道:"我们练奔走功至前面山头,发现这边火光特别,杀声震天,就赶过来了。我已按十万火急号报了响信,各寺和尚会很快赶到!"小悦和张安为之一振,带领着众人分段守护,以逸待劳,总算组成了一道勉强的防线。

经过一阵拼杀,天已渐渐放亮,双方人数上的悬殊已完全暴露。匪贼仍有三四百众,且士气大振。张安也意识到了这仗还刚刚开始,所以心已收得更紧。战至日高丈余时,匪贼仍有三百余众,小悦和张安以少战多,都已显疲惫。匪贼看清了当下这态势,凭着人多,又发起了强攻。张安只得带人全力阻挡,与匪贼作艰苦的拼杀。好在这时已有和尚和山民陆续赶到,随后智能大师也已带数百僧人赶来。僧人们势不可当地杀入了匪阵,匪阵已被完全打乱,攻击势头顿时锐减。张安朝小悦做了个手势,带领护院、僧侣杀去了阵中,将匪贼分割包围,杀了个血肉横飞。再过了约一个多时辰,匪贼已死伤大半,剩下的虽然至死不降,但已无力再发起攻势。此时,张安将清剿之事交给了智能大师,自己和小悦带领护院赶去了东北方向。

东北方向发现匪贼较晚一些,抵抗更为被动,目前护院和勤杂伤亡较大。好在有山民不断到来,匪贼才未攻入进寨内。当张安和小悦插到了匪贼侧翼时,黄材镖局的前锋人马也已赶来。匪贼已被四面包围,慌作了一团,并已有人逃跑。小悦见状,便挡住了逃跑者去路,几个飞腿就将他们送上了西天,还将一个头目模样的匪贼击晕点穴捆严实后置在了树丛里。

当她再要杀向贼群时，寨院内一奇怪的人影引起了她的怀疑，她想了想后，便一个运气提脚直奔去了寨院。

拼杀已经结束，匪贼已全被歼灭。智能大师带着僧众在救护伤员，王炳、张安也带人在清理战场。而就在此时，小悦从远处飞奔而来，提拿了一个男子和一个大包袱放在了王炳的面前，只说了句"这是个内贼"就转身走了。王炳正在为小悦的功力和身手吃惊之时，却又被眼前的内贼惊得了舌挢不下，因为这个内贼并非别人，而是山寨的总护院伍兴！当时，伍兴见匪贼攻势强大，料定抵抗徒劳，就心生了邪念，以要替寨主转移财宝为由骗得库务打开了金库，再将库务击晕后，盗取了大批的金银往北面逃跑。可他运气实在太差，逃溜的身影偏被小悦看见，也被小悦一路紧追，终被小悦制服。

天之将黑，战场已清理完毕。近千匪贼没留下一个活口，尸体都已掩埋。护院、勤杂和民众死亡数十，正停尸待葬。还有伤者几百，正由僧医和郎中治疗。此次虽山寨无碍，但伤亡较大，王佑三悲而又愤，颇为伤感地对智能大师和张安说："我押镖几十年了，从未损失过一个镖师，如今却遭此劫难，是天降大灾啊！我若弄清了这些人的来历，定要去踏平其老巢，以报此仇！"他话虽是如此说了，可因没留下活口，匪贼身份无从查证，所以已很是伤神。他长叹一口气后走向了窗边，望着窗外黯然地说道："我从不与人结仇，在商道上也只劝惩并用，从不杀人，这是哪来的仇家要杀我的人毁我的寨呀？"

"他们是黑衣帮的人，是来占您山寨的！"一个女子的声音突然从门口传来，引得大家都转过了头来。此时，小悦正英姿飒爽地挺立在大客厅门口。王佑三并不认识小悦，所以吃了一惊，且质疑地问道："黑衣帮早已被吴三桂南下时剿灭，你怎么知道他们会是黑衣帮的人？"小悦从容地抱拳回道："我当然知道，匪贼确为黑衣帮无疑！当年，吴三桂清剿黑衣帮是假，招抚黑衣帮是真，他让黑衣帮留在了雪峰山韬光养晦，以便日后为他所用。如今他已谋反在即，就立时启用了黑衣帮，并安置了大批亲信进入了帮内。为提前抢占要地，他指派黑衣帮前来大沩山落脚。因博公寨地势独特，位置适中，方便他们往后接应大军，且还有现成寨舍供他们安身，就于昨晚潜入到了博公寨外围，于今早对贵寨发起了偷袭，想杀人占寨，但被我们及时发现，这也是天助您王寨主了！"她看了眼王佑三，背起双手昂起了头来又说道，"贵寨虽有损失，您也受到了惊吓，但寨未被毁，您一家也无碍，这是不幸中的大幸。人说大难不死，必有后福，可料历经此劫后您必有大福将至，我恭喜您了！您不畏强贼，带人奋力拼杀，全歼了黑衣帮这股反清势力，为天下清除了一大祸患，为朝廷立了大功，将来必会要受到朝廷褒奖，我要恭贺您了！"

小悦带给王佑三父子的是一波接一波的震惊。王佑三没再言语，因为这年轻女子把事情搞得如此明白，且还以好大口气对他恭喜恭贺，在他心里激起的奇特感已令他不知说啥了。王炳虽对小悦能抓获伍兴有过佩服，但此时仍被惊得了瞠目舌。而张安和智能大师都盯着了王佑三，似乎有啥期待。小悦看懂了王佑三父子的疑惑，所以就去到屋外，提拿来了一个匪贼，对王佑三说："这就是黑衣帮帮主、吴三桂的部将李高元。""哦？"屋内顿时吃惊声一片，随后都向小悦投去了钦佩的目光。王佑三更是钦佩不已，他一贯自视高明，很少佩服人，包括对智能大师、何佩、邵浩、段彪、欧阳驹这些高人，但这次，对小悦有了发自内心的钦佩。在钦佩心支使下，他放弃了一贯的高傲，走向了小悦，道："姑娘，我得感谢你了！来，快请坐！"待小悦坐定，他才对门外喊道，"来人，把这贼头押去大牢！"

王佑三也坐下了，脸上终于有了一丝笑容。他说："此事能够弄个清楚，得多谢这位姑娘了。姑娘能生擒黑衣帮帮主，弄清事情原委，所显示出的本领和智慧非常人所具有啊！敢问姑娘，你从何而来？"有张安和智能大师在，小悦的来历是无需她自己来说的。王佑三话音刚一落下，张安和智能大师就介绍开了。听过他俩的介绍，王佑三已惊叹不已："我早就听说张先生家来了一对孤儿寡母，我并未当作回事，原来……呵呵！姑娘小小年纪能有如此胆识和武功，还有如此高的身份，让老夫真长见识了。"他确实是长见识了，因为他做梦都未想到过，在这山高皇帝远，甚至王法也鞭长莫及之地，会有朝廷的高人在场，而且这位高人还是位年轻女子。惊叹过后，他也琢磨开了：皇帝的身边人才济济啊！一年轻女子尚能生擒伍兴、李高元这等高手，那些将领又何等了得？他这一琢磨，就琢磨出了滋味，且突然朝小悦拱起了拳来说道："姑娘是高位之人，能光临本寨本已让本寨草木生辉，且还帮我解了大难，请接受我这感激之礼吧！"说罢，他竟放下了身架，行起了大礼。

王佑三的惊讶和感激，本在小悦的意料之中，但在当下，她仍惊喜不已，道了声："王寨主请起！"又略显激昂地说道，"我身负皇命而来，剿贼除害乃职责所系，不当受谢。再说此劫能化非我一人之功，还有贵寨上下的齐心协力和智能大师及山民的鼎力相助，更有张安的及时发现和拼死相救，这也得归功于您的贤德与神威，我岂能冒领了这份功劳归己所有？"
王佑三又抱拳晃了晃道："小悦姑娘过谦了！人说大恩不言谢，给你的谢
字连同你的大恩我先记着了。"坐回原位后，又说，"智能大师之大恩我也
记着了，张安的功劳更是用博公寨当纸也写不下呢，就不多提了。"他看
了看张安，又看了看智能大师，突然问道："请问大师，去年山寨比武时
您就算到了张安能助我逢凶化吉，敢问您是如何算到的？"智能大师一声
"阿弥陀佛"后答道："凡事自有天定！张安与你的深缘都是天数，不可全
都道明，你不必问了。"

　　王佑三并不相信一个"缘"字就能解释今日之事，但出于礼貌没再多
问。经此大难后，他已深知了吴三桂的可恶和天下太平的可贵，也切身体
会到了个人的安危与天下的太平息息相关。这些感悟冲刷掉了他一贯抱定
的"不闻天下事、只做自强人"的人生信条，也使他想起了小悦的使命，
那种责任感已在萌生。他渐渐地意识到了自己对小悦有相帮之责，对皇上
有拥戴之责，对维护天下太平有尽力之责，骨子里的血性也已被缓缓激
活。他已缓缓地站起，说道："吴三桂谋反有违天道民意，天下人当紧随
朝廷齐心讨伐之。我王佑三愿意效力朝廷，鼎力协助小悦姑娘完成使命。
今日起，只要朝廷和姑娘需要，我愿随时听从调遣，请姑娘接受我对朝廷
的这份忠心吧！"见他郑重、诚恳，小悦为之兴奋，所以回道："王寨主明
大义，识大体，忠心可鉴！剿灭叛逆、维护太平是朝廷之责，也是百姓所
望，且任重道远，会有许多机会让您为朝廷建功的。当下，您须抓紧善后
恢复元气，要掌握住一支强壮的势力，以便随时应付各种不测。"王佑三
再次抱起了拳来，道："多谢姑娘指点！过日我就扩充人马，抓紧操练，
以为朝廷所用，也为小悦姑娘出力！"

　　"寨主大忠大义，晚辈深感钦佩。"张安为王佑三能坚定投向朝廷而感
到欣慰，所以接上了话来，"我定紧随寨主效忠朝廷，协助小悦姑娘完成
使命。小悦说了，抗反大业任重道远，所以光靠我等参与远远不够，还须
各路志士甚至所有民众参与才行。湖南民间高手如林，志士甚多，其中不
乏寨主的知交好友，我愿意协助寨主多方联络，促成各路人马归于朝廷。
您说可否？"王佑三一挥手道："张安所言乃我心之所想啊！众人拾柴火焰
高嘛，抗反大业理当动员全天下人参与。我会尽我所能联络各路人马，为
抗反大业添薪加火！"小悦张着笑脸接过了话说："张安兄甚有远见，王寨
主慷慨大义。王寨主说得好，'众人拾柴火焰高'，'吴三桂谋反有违天道
民意，天下人当紧随朝廷齐心讨伐之。'其实，我早就想邀您加入抗反大

军了，只是未来得及与您商谈而已。今日您已主动表明心迹，足见您早已忠心在胸。实不相瞒，如今天下志士都已心向朝廷，您的好友段彪、邵浩、欧阳驹及智能大师都已加入，只是何佩及周边的志士尚不知朝廷已有此暗棋，还需借您的威望前往联络。"段彪几个和智能大师都已加入？王佑三惊愕地望着双目微闭、脸若止水的智能大师，"嘿嘿"地笑了。他说："智能大师乃真佛不显身啊！但您是佛道中人，不显身我也能理解，可段彪他们也不动声色，这是何故？"智能大师微睁双眼，一声"阿弥陀佛"后说道："老衲是出家之人，以普度众生为己任，紧跟朝廷是遵佛理而行。王寨主乃世道中人，处事应循世理，故而老衲之所为不与你知晓不违情理。至于段彪他们，都知你是当世的英雄，定是认定你已洞明时局，心有所向，无需以他们之所为来作熏染了。这不，你刚才所表不就是证明吗？"王佑三"哈哈"一笑，道："大师说得好啊！阐明了道理，又给我戴了高帽，我心服口服啊！"他转向了小悦，激动地说道："平逆抗反是顺应天意之举，又是民心所向之事，请姑娘放心，联系何佩和周边的志士，我义不容辞。过日我就领张安前去找何佩，我相信，他们会深明大义、遵循世理，也定会给老夫面子的！"

借助一场灾难，让王佑三坚定地加入了朝廷抗反队伍，张安欣喜不已。但尚有一事他心存怀疑，所以晚饭后就约小悦出了门，问："你早已知道博公寨今早有劫对吧？"小悦反问："何以见得？"张安答道："你今早到现在的全部表现已告诉了我。"见小悦笑而不语，又问："是我猜对了吗？"小悦神秘地笑着，呶了下嘴，道："上巨石台去吧！"张安点了点头。上了巨石台后，他又急不可待地问："你快说吧，这到底是咋回事？"

小悦望着深邃的夜空，背起了双手，缓缓地走动，几个来回之后才慢慢说道："为不干扰你亲近小柳，我有意要与你分开一段。我正好想去熟悉大沩山的地形和内外通道，所以就趁此出了门。先去拜谒了唐代宰相裴休、宋代名相张浚、南宋理学大儒张栻和南宋状元、礼部尚书易祓的陵墓，见这几位闻名于世的历史贵要深睡在大沩山这野岭之上，我就很有感慨。我又去了易祓的故居，探寻了这位曾著有等身之作的钦点状元、礼部尚书、经学大师的成长足迹，结识了易氏后人。后又从南到西，从西到北走了大半圈，走访了一些乡绅富豪和前朝举人、秀才，交了不少的朋友。还去察看了龙田的瓦子寨，这座傲视群峰的大山是上好的屯兵御敌之地，可唐末黄巢叛军和明嘉靖年间的梅四保军都兵败于此，我对此有过彻夜的思考，也得到了一些启示。后来又去了安化梅城、仙溪。

前日，我走进了仙溪的大山，在去山民家找吃的时，却遇上了十来个着黑衣的人在抢这家的东西，还打伤了男主人。为替这家山民出口气，我便与这些黑衣人杀开了，随后又有两个和尚也正好赶到帮了我。后来我看这些人全着黑衣，就吆喝和尚收了手，留下了两个未断气的，从他们断断续续的回答中得知，他们是黑衣帮的人，属吴三桂的势力，而且已移驻至仙溪一带，拟于近日要强占大沩山。但因伤贼失血过多都断了气，并未了解到详情。"

　　"那你是如何知道他们会偷袭博公寨的？"张安感到好奇，禁不住问。小悦接着说："后来我按伤贼所说的去了大山的深处，找到了黑衣帮的藏身之地，夜晚潜入了进去，偷听到了他们的传话，知道了他们在今天天亮前会来强占博公寨。"听到此处，张安已心有不悦了，所以，没好气地问道："那你为何不早些告知博公寨准备？"小悦却侧头一笑，回道："我是故意没有告知。我想要以突然之势除掉这帮反贼，也想帮王佑三平了这突如其来的劫难，让他能感恩戴德地自愿跟我。再说，我估计黑衣帮可能只有二三百人，凭着博公寨的实力再加上我等帮忙定能应付，所以才未动声色。可他们有近千之众，是我误判了！"张安沉默了，望着远处零星的灯火暗问自己：小悦怎么会这样？小悦当然明白张安的心思，所以拉拉张安衣袖，说："觉得我阴险是吗？其实这并非阴险。这事若是我提前说了，博公寨定会人心惶惶，暴露开来就会丧失铲除这股逆贼的机会。再说，若不让王佑三感受到吴三桂的可恶和凶险的不可预料，劝他跟我会如此容易？即使劝通了会如此铁心？现在山寨虽有些损失，但未伤到元气，相比于铲除了黑衣帮势力，这点损失已微不足道。再说，这也是我探到了消息才会在此等候及时发现，否则，若都在睡梦中才被砍杀声惊醒，后果会怎样？当然，我也有过错，但只有粗心之错，并无阴险之过。"她说得句句在理，张安当然服了。所以，他晃了晃脑袋，喃喃地说道："这要说起来，得感谢你的运气好了！"小悦笑问："你不怪我了？"张安一笑，没有回话。

　　小悦望着远方，说道："我离开京城以来，有许多事都在山穷水尽时又柳暗花明了，这确实是我运气好的缘故。但我也有一事尚不明白，今早拼杀时有和尚及时赶到，那次峡谷中遇险时有过两位和尚及时相救，前日我在仙溪又有两个和尚及时来相帮，这都是凑巧吗？"张安不假思索地说道："肯定是凑巧，你运气好嘛！"可他也想起了一件事，突然问："你本与智能大师非常熟悉，也知道他与王佑三交情很深，为何没有要他去动员王佑三?"小悦一笑,摇了摇头道:"我知道你总有一天会问这个的。那我告诉你吧,我向智能大师说起过要起用你,所以他要我把动员王佑三、何佩之事交你去办。智能大师是智慧之人,声称你能助王佑三逢凶化吉,说你与王佑三有着深缘,这都是刻意的。他如此一说,王佑三,也包括王佑三那些知交好友往后都会要倚重你了。"

"原来如此啊!"张安似乎已明白了什么,似乎又还有许多的东西未弄明白,但当他还要问小悦时,小悦却突然间抱住了他,且说:"你啥都别问了,不用凡事都搞个明白。当下你要尽快督促王佑三联络上何佩等人,这才是当务之急!"张安点了点头,信心满满地说道:"我一定尽力!且有你在身后,也一定会有好运的!"

第十四章　治贼惩匪两相异　少女中套敞心门

　　王佑三破例让张安直接接替了山寨的总护院之职，且又急招了二百护院，恢复了山寨的元气。当下要做的，就是要处置那一贼一匪了，贼是伍兴，匪是李高元。对伍兴的处置，按寨规当废其武功、剁其双手、收回存饷，赶出山寨。若是如此，此人将终生残废，且因不能自食其力而难以生存。但王佑三父子对此想法不一，王炳要按寨规严惩，认为如不严惩，寨规将形同虚设，人人可犯之。王佑三则念及伍兴已跟随自己几十年了，要从轻发落。父子俩争执不下了时，就请来了张安。张安知道，这事既要维护寨规的威严，也要顾及寨主的念旧之情，所以就说："这事就交由我来办吧！"王佑三父子虽不懂他葫芦里卖的是什么药，但又只得信他。

　　翌日，张安贴出了告示："伍兴身为总护院，在山寨遭难之时趁乱盗取财物出逃，已触犯寨规，故依规废其武功，剁其双手，收回存饷，逐出寨门，以正寨规！"王佑三看到告示后满腹狐疑，特意找到了张安，问："你这不还是要置伍兴于绝地吗？"张安却神秘地一笑，说道："按规矩废功剁手是不用当众处置的，且须您亲自办理，您不还掌着一份方便吗？"王佑三若有所思后，终于笑了。是夜，王佑三废除了伍兴的武功，将其交给了张安。张安拉上伍兴奔至了寨外好几里才停下，对伍兴说："寨规你都清楚，寨主已从轻发落你了。这些年你有积蓄，也还能自食其力，就守紧为人之道过日子去吧！"将一小一大两个布袋丢给了伍兴后又说："小袋的银子是我给你添家底的。大袋里是你的历年存饷，按寨主之意全都给你了。你可得记住寨主的恩德呢！"说毕，并未多看伍兴一眼，就转身走了。对李高元的处置，王佑三父子却意见一致：要用其头颅祭奠死去的兄弟！但张安另有想法："不能杀，还有用处。"王佑三父子也只得让步，给了个答应。

　　小悦是博公寨的恩人，又有通天的来头，因而成了王佑三家的特等贵宾。她每次来博公寨都会受到王佑三亲自接待，还能享受到"状元菜"招待。日子久了，她与小柳也成了好姐妹。这日，她又来到了山寨，因王佑三和张安外出联络尚未回来，她就直接去了小柳的房内，与小柳东扯西聊，聊得尽兴之时，便提起了张安。她问："你觉得张总护院这人如何？"小柳被她这突然一问惊出了一丝谨慎，虽未搞懂她是何意图，但有了要探明她意图的办法，故而一笑，就把话题送回给了她："你住在他家呢，你认为他如何？"面对小柳的机敏，小悦心生了佩服，但她想到要扒开小柳的心底好好看看，所以随意地一笑，轻描淡写地说道："张安在家少，我了解他不深。但凭我的感觉啊，他勤读书但才气不大，苦练武却功夫不深。不过，他那憨样能把文武之道学到了这份上已很不简单了。"小悦给张安的评价如此一般，小柳当然心中不服，但又怕中了小悦的圈套，所以没敢直接反驳，而只淡淡地一笑后，略有同感地接上了话："张安虽长在住山寨，但我接触他不多。我觉得他也就你说的那样，文武功底一般，但还算上进。"小柳果真绕过了圈套，小悦更佩服了，也更想要揭开她心底看个明白了，所以，她摇摇头，说道："你肯定比我了解他多，也看得出，平日里你很欣赏他呢。"停了停后，特意盯住了小柳的双眼，又说："你父亲也挺赏识他的。大沩山人都知道你父亲从不轻易赏识人，张安若只是个不稂不莠之辈，你父亲会赏识？"小柳掩口而笑，便低下了头说："我父亲特喜欢忠心的人，这一点张安倒是对上我父亲的心了。其实，我也是懂得看人的，呆头呆脑的人都会忠心，张安应是如此。"她的口气平淡得有些刻意，但提到张安时的那点浅浅的羞涩已将心底完全暴露。

小悦却并不想就此收手，所以又设了个圈套："你说得对呢，张安确实对人忠心。忠心之人往往都能担责任，所以……呵呵，我就不瞒着你了，我对张安已有好感了，是那种一见他，心就会乱跳的好感。"小柳脸上闪过了一丝惊讶，问："是吗？"小悦点了点头，回道："是的！"在微笑中加入了些许的得意后，又说："我不知道这种好感最终会发展成什么，但一天比一天强了。"她看到了小柳眼里闪动的委屈。但小柳只一个眨眼，就把那丝委屈掩饰掉了，留给她的是美艳的笑容和缺少底气的声音："我不信呢！你是皇上身边的人，眼界早已被那些文臣武将惯得天高了，还能看上这么个凡桃俗李？"小悦故作了羞态，低了低头道："信不信由你，我确实动心了！其实还不止动心呢，还有了非他不嫁的冲动！说实话，我从未对那些文臣武将动过心，更没想过要嫁给他们，那些人位高权重，嫁他就得听命于他，这还不说，他还可能会收几房侧室来荒废了你，你说我会屈从吗？所以我早想好了，要嫁就嫁个可靠的。张安虽无过人的本事，但忠心、可靠，我很喜欢！"她说得坦诚直白，并还在情在理，小柳终于信了。可小悦对张安的动心全因张安毫无过人之处，小柳打心里不服了。她没再去怀疑小悦说的是计，也顾不得要保持必要的矜重，只一个轻晃就站起了身来，迫不及待地说道："你倒是说得对呢，女人啊，不能嫁太有作为的男人。只是你真的不太了解张安，他心志高大，文武全才，将来肯定会大有作为呢！现在你可得要看准了，否则，会要后悔的！"小悦一听，神情诡异地盯着小柳默不作声了，当小柳懵茫地望着她时，她又放声地笑了。小柳最终看明白了小悦的歹意，一时间又羞又气，向小悦伸出了拳头。此时，小悦才笑道："好你个王小柳，我就知道你还在为放弃张安而后悔，却偏要装出个满不在乎的模样来，这不，你全露底了！"

小柳一惊，想，小悦已知道我曾放弃过张安？她与张安两人间的秘密已有了第三者知情，这意味着张安与这第三者情非一般了。正因为此，她已对甚是得意的小悦又羞又恨了，但她淡淡地一笑后，只小声地说道："你呀，真坏！但我得告诉你，我不是放弃，而是没敢答应，但我不后悔！"小悦听后却用犀利的目光盯住了小柳，问："你真不后悔？"小柳回答："真不后悔！"虽然这并非真话，但她已感到了庆幸，庆幸当初做出了这明智的抉择。这一庆幸，她显得坦然了，且说："张安确是英武才俊，我对他也曾有过期待，他也对我表达过爱意，但他的心境太高，我配不上，所以就没敢答应他。如今我倒觉得你俩才般配。"小悦虽余兴未尽，但毕竟心存恻隐，所以就收回了逗弄之意，诚恳地说道："我得要感谢你给我机会了！真要说起来呀，你与他是挺合适的。张安的心境高、抱负大，会有作为，而你的美貌贤淑、知书达理正是他这种男人所需要的，你不答应他并不明智。"小柳显得矜重，轻声回道："我是有自知之明的，懂得男女的结合要讲究般配，不光家境出身和外表品貌上的般配，还要心境上的般配。张安的心境如万里长空，而我的心在枝头檐下，又怎能与鹏鸟同飞呢？"

小悦望着小柳，看到了小柳眼中的自卑，随之，心里有了一些自相矛盾的想法。她既同情小柳的自卑，也感谢小柳的自卑，但又希望小柳能消除这份自卑，所以她拍了拍小柳的手背，轻声地说："我当然该感谢你，但你这样做并非谦让呢！女人嘛，遇上了可心男子就该放胆去爱，但你已错过一次机会了。不过也不要后悔，世间的好男子还多得是，你还会遇到的。我只想问你，你对婚嫁有何考虑？"小柳坦诚地说道："当然有考虑。

这山里像张安这般出色的男子不多，但聪明勤奋家境好的还是有的，所以我想找个这样的嫁了。"她语气平淡得出奇，可眼眶里游动的悔痛和无奈非常的明显。此时，小悦更坚定了要帮助她找回自信、找到归宿的想法，且这想法一冒出头来，脑海里就出现了两个威武的身影——李茂、何卫。她站起了身，问："我想给你牵上位将军，你愿意吗？"

小柳娇羞地低下了头说："你别逗弄我了，将军也是高处之人，我哪适合他们呀？"小悦却点点手指说道："你肯定适合。凭你的才貌贤淑，当个宰相夫人也是够格的。好了，别的不说了，你回答我，我帮你牵上一位能与你幸福相守的将军，你愿意吗？"小柳突然抬起了头说："你明知凭我这小雀的翅膀飞不到高处去，却总要拿高枝来诱我，这可使不得呢！"小悦狠狠地瞪着小柳，目光如炬，嗔道："高枝又算个啥呀？我要给你万里长空呢！你呀，把眼光放得高远些吧，放眼蓝天就可展翅高飞了。我是诚心地要帮你，可别把我这诚心当戏耍了呢！"

小柳已低头不语了。恰在此时，丫头小荷已闯进了门来，说："小姐，寨主和张总护院都回来了，听说小悦姑娘在此，要请小悦姑娘过去呢！"小柳抬起头来，富有韵味地望着小悦，说道："那快去吧，于公于私你都该快去！"小悦也回以了个富有韵味的一笑，说："你不给我个明确的答复就要赶我走吗？"可扬了扬手又说，"算了，我还是走吧！但你得记住，要给我答复哦！"小柳道了声"你快去吧"便将小悦推去了门口，又把小荷打发了出去后，才独自坐去了书桌的面前，琢磨起了小悦刚才说过的那些话。当回味到小悦要给她牵上一位将军的话时，她脸上一热，心里头闪过了一个威武的影子。我真能嫁给一位将军？她问自己。

王佑三和张安不仅成功动员了何佩和长沙、益阳的大批仁人志士加入了抗反队伍，还邀何佩去了湘乡、醴陵等地动员，动员成果超出了预料，小悦很是高兴。她说："如此一来，湖南民间势力就归于一统了，只要将这股势力精心整备，就能在三湘四水间织造起天罗地网，只等吴三桂来自投罗网了！"联络民间势力之事虽然顺利，但该如何将这些势力整备成军力，还有许多事要做。小悦明白，诸事千头万绪，需要精心梳理，理出轻重缓急，以便着眼长远，做好眼前。当下，她就想起了一件早已放在心上的大事：要给李高元一条出路。当初，张安要王佑三不杀李高元，依的就是她的主意。俘获李高元并弄清其身份后，她有了个大胆想法：要劝降李高元为己所用。前些日子，她去观察了李高元多次，还指派护院责成李高元写下了吴三桂的兵力部署和将领情况，摸清了李高元的心性，她已认为，李高元既是个可用之才，又是个能争取得上的主儿。所以，她早已与张安议定，要尽快将李高元争取过来，让他尽早发挥作用。想到这儿，她便扬起了脸，盯着尚在为自己的成功作为而得意的王佑三说："联络之事非常顺利，形势对我极为有利，当下我们该趁热打铁，把一件比联络一方势力更重要的事情办了。"

"比联络一方势力更重要的事情？何事如此重要？"王佑三回过了神，惊疑地问。小悦走近了一步，说："给李高元一条出路！他是个身经百战的将领，若能为我所用定能胜过千军。我想，已关押他这么久了，也该给他个安排了。您看，该如何去争取他？又该给他一条怎样的出路？"王佑三先是诧异，随后"呵呵"一笑，说道："当初我想将他砍了，是张总护院说他还有用处，就留下了。如今你又说他若为我所用定能胜过千军，那自然该用上。但这事我未曾考虑过，还是你自定主意吧！要么先听听张总护院的想法吧！"王佑三之言正中了小悦的下怀。小悦顺水推舟把目光转向了张安，问："张总护院的意思呢？"张安本就与小悦心思一致，小悦这一问，便立刻会意，赶紧地转向了王佑三说："李高元是位将才，当初我要留他，是不想把这块材料浪费了。只是真要用他了，还得要他转心为我才行。俗话说，转磨容易转心难，让他转心，还得有合适的法子才行。对了，古人说过，劝将不如激将，激将不如逼将，我琢磨着，对李高元应该一逼二激三劝，您看如何？"王佑三点点头道："甚好！既然已将他留下，就得让他转心为我，且一逼二激三劝定会奏效，我赞成！"小悦沉思片刻后，也说道："我也认为此法可行！既然我们都想到一块儿了，那事不宜迟，该尽快去办了。至于该如何一逼二激三劝，我也有了个想法……"她将嘴附到了王佑三耳边嘀咕了一番之后便仰头笑了。王佑三也跟着笑了，且恭维着说道："高明！行，你与张总护院再聊聊吧，我依你之计先准备去！"

傍晚，护院在李高元监房外多点了几盏桐油灯，把李高元的监房照得通亮，随后又给李高元端来了丰盛的酒菜。李高元见此疑惑不解，问："今天并非特殊的日子，你为何要把这监房照得通亮，还要端来大桌酒菜？"护院轻蔑地看了李高元一眼，不阴不阳地说道："今天还真是特殊日子呢，王寨主说了，要让你好好地吃上一顿，好送你上路，今天是你上路的日子呢！""上路？"李高元稍显惊慌，问："上什么路？干吗要送我上路？"护院昂了昂头，转过身道："上阴间的路噻，难道还送你上阳光大道？"李高元一怔，突然一挺胸，说道："不可能啊！王寨主若想杀我，不会等到今天啊！"护院眼皮一耷拉，说："你不信啊？那我就告诉你吧，今天是你们偷袭山寨的第四十九天了，今晚，王寨主要给死去的兄弟们行七七大祭，祭台已在野外搭就了，那些兄弟的灵位已经摆好了，告灵的火把也已点上了，只让你吃过了这顿饭，就要推你去祭奠他们了！"李高元又是一怔，说道："如此说来，真要杀我？这是天要灭我了！"他仰头叹息了一声，靠近了护院说道："你能帮个忙吗？我死不足惜，但想见见王寨主，还有那位女侠，我有话说。"护院摇了摇头漫不经心地说道："时辰已定不可更改了，你只有这顿饭的工夫了，我看你还是趁现在多吃点多喝点吧，黄泉路又长又黑，饿着肚子很难走到头，走不到头就只能成孤魂野鬼了。"李高元突然提高了声音："不！我一定要见王寨主和那位女侠！"随即又央求道，"你就帮我这个忙吧，我有要紧话跟他们说呢！"

其实，小悦、张安和王佑三当下正坐在监房的隔壁。听得李高元有了央求，都笑了。这时，护院也主动靠近了李高元，问："你真有要紧的话跟王寨主说？"李高元仰起了脸道："真有！这些话如果不让王寨主听到，我会死不瞑目！"护院犹豫了片刻，才又说道："那就看在你是位将军的分上，我就去通报一声吧！但我得告诉你，王寨主的脾气一贯不好，山寨被你们偷袭后，脾气就更糟了，若他来了你可得直接点啊，若扭扭捏捏撞到他脾气上了，你死得更快了！"

护院懒懒散散地来到了隔壁，待了一阵儿，便依王佑三示意去门外扯开了嗓子："王寨主到——"一会儿，由王佑三领头，三人随护院走向了监房。一见面墙而立的李高元，王佑三劈头就问："都死到临头了，你还有啥话要说啊？"李高元未敢转过身来，只背对着监门说道："希望您能留我一条生路，我愿意投靠您！"王佑三心里在笑，但口气干硬："你是想要留下来替吴三桂当内应吗？"李高元未加思索回道："我虽为囚徒，但也是堂堂男人，说投靠就是投靠。您若不信，就给个痛快的吧！"他明白自己是位将军，担心内心里那丝恐惧会从脸上渗出，所以没敢面对王佑三。王佑三却偷偷一笑，"哼"了一声，说道："想要个痛快的倒是容易！但你说说，为何要投靠我？"李高元背起了双手答道："那我就说说我的历程吧！我原只是个小兵勇，但武功好，每仗都能建功，且还替吴三桂挡过一箭，所以就得到了吴三桂的赏识步步提升成了将领。我曾佩服吴三桂横扫千军的虎威，也感恩他的赏识，决心要一生随他效力朝廷。可到云南后，他专横跋扈，搜刮民财，还连杀了多位忠于朝廷的将校，这引发了我的戒心。

后来，他派我去统管黑衣帮，我以为是把我当作了心腹，可没多久又加派来了另一个将领来当老二。老二威胁我说，吴三桂授予了他关键时候的决断权，在我起二心时可杀我代之。后来，他不断安插人进来，在各级头领间形成了一张互相牵制的大网，谁稍有不慎都有可能被人行使关键时候的决断权除掉。从那时起，我心怀不满了，但因身陷在那张大网中，只能把不满藏在心里。这次大本营要我来杀人占寨，我并不情愿，因为藩军已在湖南结仇太多，我若再结下血仇，占了寨也立不住脚。但因有那张大网牵制，我只能遵令而行。这次偷袭未成，我想要带心腹去投靠朝廷，看老二死后，就弃战而逃了，可被一女侠俘虏了。我佩服那位女侠，如实回答了她的问话，后来也如实写出了吴三桂的兵力、将领情况。"移了移脚步，他继续道，"这些天我总是在想，我让山寨蒙受了损失，您没杀我，说明您是仁者。您能把我的九百兵将全都剿了，说明您得人心，有实力。尤其那女侠，功夫了得！所以我想，先投靠了您这山寨也行，所以一直在等待机会向您禀明心愿，可没想到，机会没有等来，却等来了这桌酒菜。好了，我心愿如此，您若不留我，我死也不冤了。"说罢，他满卜一碗酒喝了个碗底朝天。

李高元说得坦诚，王佑三已经无语，所以，便朝张安使了个眼色。张安会意后跨进了监门，小声喝道："到这时候了，你还有心思喝酒？"李高元转身瞥了他一眼，却发现了门口的小悦，便略显惊喜地走去了门口，对小悦说："女大侠也在此啊！"他看了一眼王佑三后，又说："既然王寨主和女大侠都知我心愿了，若不愿意留我，我也认了！"张安却拉着李高元坐回到了凳子上，说道："这位女大侠是皇上派来的小悦姑娘。现在在云、贵和两广外围都布满了皇上派出的高手呢，而且天下武林和民间志士也都已为朝廷所用了。你若想混进山寨来替吴三桂当内应，就打错算盘了！"李高元一惊，站起了身。心想，难怪云南派往各地的人总遭不明势力剿杀呢！他的本意就是要投靠朝廷，如今朝廷的人已在这里，他没再犹豫，向前了一步，直接朝小悦拱起了手说："吴三桂已失信于天下，还值得我给他当内应吗？小悦姑娘已在此，如果小悦姑娘信我，我定紧跟朝廷竭尽全力为朝廷效力。若不信我，也罢，天要灭我，我能奈何？"

张安心里虽然高兴，但装作无言以对走出了监房。这时，小悦趁机走去了李高元身边，说："李将军说的我都信！这样吧，我求王寨主放了你，你自己去选择一条出路，如何？"见李高元点了头，她便对王佑三说道："王寨主，请相信李将军吧！"王佑三故作迟疑，看了一眼李高元后，便对小悦说道："那就看在你的面子上，我信他这回吧！但他若言而无信，我撒在各地的几百高手决不会饶他！"说罢，就转过身去，拉上张安快步走了。

小悦叫来了护院，给李高元打开了脚镣，与他说起了话。她详尽地说着，李高元认真地听着，最后，她递给了李高元一个绣花布袋，说："里面的银子是盘缠，袋子必须得留好，你我派人联络时以拼对为记。还有，互派人联络时都只能单独联系你我，不可附加其他人，还得对上'天热要戴帽，山上猴子叫'的联络语。互通书信要用约定的暗语，打上识别记号，还有其他约定都得用上，约定的东西如有一项不对就得起疑心！"见李高元点了头，便一笑，朝门外扬了扬手。李高元立刻站起，走出监门却又回过了身来。小悦朝他点了点头，给了他一个鼓励的眼神，便又扬了扬手，待李高元走得远了，她才舒展开了眉头。

第十五章　李茂回京为大计　格格促成一婚姻

李茂在各地巡视了一圈，终携何卫来到了马家屋场。与小悦、何卫一起作完军情汇总后，慷慨激昂地说道："两年多来，我们成功联络湘、川两地参与抗反的民间人士已达万计，一旦战事来临，这些人可依托当地，凭其武功，承担探敌、阻敌、扰敌、拖敌之任，会要搅得叛军不得安宁，为朝廷全面进剿争得时间、创造机会。"小悦眉尖一扬，也说："是啊，我们已走好了关键的一步，而且走得漂亮！这支队伍已很庞大，在这些人感召下，还会有更多力量参与进来。我们得尽快整备队伍，让这支队伍形成战力。当前首要的是要将联络成果面报皇上，奏请皇上赐予这支队伍番号，并定好大军架构、封任各级将校、明确战术要点。这事请李将军回京去办吧，我与何将军留下来抓好前期军力整备。"停顿后，又掏出了一份纸册递给了李茂，说："这是我拟的草案，事涉大军番号、统管架构和人员封授，你俩看看，是否合适？"李茂看后点了点头，递给了何卫。何卫看后欣喜地说："此案周到全面，很具智慧，我同意按此上奏！"小悦大腿一拍，站起说道："那就如此确定了！"她走动了几步，接着说："李将军明日就出发吧！但出发前得去见见王佑三。王佑三头面大，你得先去给他长长脸，鼓鼓劲，激发他的热情，要他主动配合我们筹备大军、整备兵力。大沩山将是湖南民间平叛抗反势力的核心驻地，他的博公寨位置适中，地势独特，房多院大，适合统帅部驻扎，你有必要先去结识他，以便日后能顺利征用。"李茂拱手回道："小悦姑娘考虑周全，我定照办！"看了一眼小悦后，又说，"我相信皇上定会批准此案，若能如此，我大清在八旗、绿营之外，又多了一支重要军力了，我们可都是这支军力的创建者呢！"小悦也说道："是啊！所以我们得珍惜圣上给予的机会，把这支队伍建得强而又大，威震四方！"

李茂、何卫与小悦商讨军务时，水秀就在旁陪同。能陪同三位朝廷来的大人物商谈军务，她深感荣幸，也有些惶恐。李茂和何卫谈兵论道时的冷静沉着和干脆果断，很显英武，让她感受到了别样的新鲜和震撼。她听着他俩高谈阔论，眼睛也在他俩的身上来回转悠，心里同时在想着一些与他俩相关的事情。到了当婚年龄的女子，见到了适龄的男子，心思自然都会往婚事上去想，她也不例外，当下也在遐想着自己会嫁给李茂或者何卫。虽然她知道这只是一种奢想，但并未放弃想的权利，而且放开着心思去想了，想得自己一会儿抬头又一会儿低头，脸也一会儿红又一会儿粉的，甚至不由自主地笑了，自己还浑然不知。

小悦虽在商谈军务大事，但还是注意到了水秀神情的异样，看出了水秀的心思，也在想，等有了空闲了，一定要拿此去羞辱一下水秀，让水秀也尝尝被人羞辱的滋味。可尚未想好该如何去羞辱水秀，心里又生出了个要帮助水秀的打算。水秀聪明漂亮，能文能武，也正道大方，管得了家又上得了堂，具有能与李茂或者何卫比翼连枝的坏底，所以，她想要给水秀当回媒人。

翌日一早，小悦领着李茂、何卫上了博公寨。王佑三听了李茂对他的夸赞之后，已是满脸红光，在盛宴中明确表示，要以招募护院和镖师名义扩充人马，交由张安、王炳去黄材镖局集中操训，使自己可供朝廷调用的人马能达千数以上，还得采购战马，成立自己的骑营。他的一片忠心博得了小悦、李茂、何卫的褒扬。

李茂因急于赴京，宴后，只与王佑三作过简短交谈，就告辞了。可出门时，因边走边侧脸与王佑三说着话，猛然间与一个正要进门来的女子撞了个满怀。他停住脚想要对这女子表达歉意，却被这女子的花容月貌和特殊风韵堵住了喉嗓，目光也已陷在了这女子的脸上已无法旁移。被撞着的女子不是别人，正是小柳。小柳如此直通通地撞到了一个男人的怀里，已很难为情了，而当见到李茂那富有意味的目光正呆滞在自己的脸上时，这份难为情就雪上加霜了。她不得不退后了几步，站去一边低下了红彤彤的脸来。这时，王佑三却凑上了前来，稍显卑躬地对李茂说道："李将军，没碍着吧？这是我家小女小柳。小柳未能避着将军，还请将军见谅！"见李茂没有个反应，又转对了小柳说："快给李将军见礼道歉吧！"在这种时候，小柳已很难堪，可父命难违，只得强作大方道了个万福，抬起头来说道："小女子见过李将军，请李将军原谅小女子的鲁莽。"她轻声细语，满脸羞态，说过之后又低下了头，只是眼睛已不再安分，不由自主地顶开了眼帘，打望起了眼前这位英姿勃勃的将军。李茂似是从睡梦中惊醒，只说了句"不碍的"便拱手朝小柳晃了晃，迈开了大步。出到了门外，却被小悦拉去一边。小悦说："一路上你要多加保重。组建大军之事就按议定的奏给皇上即可，我这有两封私信请你务必交予皇上和庄亲王，不得有误!"李茂接过书信后，只应了声"一定带到"，就跨上了坐骑。而他回过头来时，目光正好落在了小柳的脸上。此时，小柳正带着微笑望着他，眼神里有一种特殊的东西正向他飘来。他有了醺醉的感觉，但恐如此会有所失态，便顾不得向送行的众人再道个告辞礼，就一个突然转脸，挥鞭打马冲去了寨外。

当晚，小悦一上床就想起了水秀在李茂与何卫面前的异样神色，心里自然地弹出了个损招：要以突然的话语揭穿水秀的心思，给水秀一个措手不及，羞愧难当。可水秀上床后将头枕得老高，一改了平日的大大咧咧，轻柔地问上了话："小悦姐，你说李将军与何将军哪个好些?"小悦还真吃了一惊，却又笑了。她心想，莫非这女子心里已有人了? 若是如此，就羞辱不着她了。但转念一想，羞辱不着也并不打紧，若能逗她个自感没趣，也会挺有意思。她想法一变，做作也就没了，特意地装出了个极不情愿的模样，回了水秀一句话："他俩都挺好的啊! 你干吗问这个?"水秀语有怯意，声带颤抖，急忙解释道："我是说，他俩哪个更适合做男人一些?"小悦偷偷地笑了，但随口回道："他俩都是货真价实的男人啊!"水秀急于想要小悦听明白自己的意思，所以侧过脸来，急急地说："我是说，我是说，哦，我的意思是，若让你在他俩中选择一个做你的男人，你会选谁呀?"小悦已在心里好笑得不行，但嘴上只干巴巴地抛出了一句话："我谁都不选!"说完后便侧过了身子，装出了瞌睡的模样。水秀却摇起了她的臂膀，央求道："别睡，再陪我说说话嘛!"小悦偷偷一笑，装作了不满，说："你尽说些男人的事，这有啥好说的嘛，别碍着我睡觉了!"水秀还真是自感没趣了，只嘟囔了一句"真扫兴"便闭上嘴了。

两人就这般静静地躺着，谁都没再言语。稍后，小悦侧过了身去悄悄地探看起了水秀。此时，水秀的眼睛正睁得老大，傻傻地望着帐顶。见这情景，小悦已明白她心思很深了，所以就以突然之势对她搔起了痒痒，惊痒得她发出了"哇哇"的大叫。水秀终于明白自己已被捉弄了，所以也一个翻身骑到了小悦身上，将两手插到了小悦的腋下。一时间，两人你来我去，扭闹成了一团。待闹腾得够了，小悦才问："你老实说，是不是看上他俩中的谁了?"水秀撇开脸了，迟延了片刻，才回道："我也说不清楚呢!"但问，"你说，若是我喜欢上他俩中的谁了，他会娶我吗?"小悦又感到惊讶了，也佩服起了水秀的这种直接。但在佩服的同时，也有了要帮助水秀之心，所以，她诚恳地说道："这还得要看对方的心里是否有你呢，若他心里有你，就一定会娶你的!"可她并未想到，水秀突然说出了一番很自卑的话："算了，不说这些了，他们都是朝廷的人，哪会看得上我这山里妹子啊？睡觉吧！"

水秀是真的自卑还是在有意自贬？小悦已在心里琢磨开了。但她最终决定，不管水秀是真的自卑还是有意自贬，她都得要促成了水秀的这桩美事。因为她已想到，若能促成这桩美事，不仅能给水秀找到个美好归宿，也有助于她和李茂、何卫更好地融入当地。所以，她扳过了水秀的肩膀，正经地说道："若想要别人看得上你啊，你自己先得要看上你自己。你不是还要心系天下效力天下吗？自古凡成大事者都信心百倍呢，如今你只希望能有位将军看得上你，就如此地没有了信心，往后又如何办得了大事？"其实，水秀并非真的自卑，而是不懂朝廷的将军成婚有什么规矩，想要拿自卑做掩饰，引小悦说出这些规矩而已。听过了小悦的话后，她侧身避开了小悦的目光，故作娇气地说道："他们都是皇上身边的人，谁会稀罕我啊？再说了，将军成婚还须皇上恩准，皇上又怎会让他们娶个山里的妹子啊？"小悦听后已知其意，所以微微一笑，就直截了当说道："你这是对着针眼照镜子，小瞧自己了。你聪明漂亮、能文能武，只要有心去做，定能成为内外兼助的将军夫人。你还担心皇上不恩准？这多虑了！皇上乃一国之主，哪有空闲管外将的婚事啊？你呀，心里早已盼得急了，嘴上却还要玩自卑，太不实在了！"想了想又说，"你看他俩中的谁了？说给我听吧，我给你俩牵媒！"水秀一听，突然笑了，而且一轱辘坐起，问道："真的？"小悦捏了捏水秀的鼻子，"真的！"还问，"你还急了是吧？"没想到水秀竟脱口而出："能不急吗？我以前并不知道喜欢上一个人是啥滋味，如今才知道，这滋味啊……呃，你说，你说何卫这人如何？"小悦"噗"地笑了，问："你看上何卫了是吗？"又说，"你这还真够快的呢！"水秀一捂脸，娇羞的目光陪衬着娇羞的声音同时铺开了："这叫一见钟情嘛！我这心里啊，已非他不嫁了！"说完后就一把扯过了被子，严严实实地遮住了自己那张已羞红了的脸蛋。

小悦又吃了一惊，且还愣了一下，是被水秀这不一样的一见钟情惊愣的。可她一想，这样的一见钟情好啊，直接！真实！她不得不服了，且坚定了打算：一定要促成这桩婚姻！所以，她说："你这一见钟情好，我挺喜欢！我一定去帮你说媒！"她本想要给水秀多说几句鼓励的话，但此时，她自己心里也翻腾开了一些心事，也很想要把这些心事拿出来理理，因而只得又说："时候已不早了，早些睡吧，睡好了能让何将军看着精神，啊？"她拍了拍水秀的脑袋，便将身子插入了被窝中。水秀兴趣正浓，并不想睡去，所以问道："现在就睡吗？"小悦回答说："是的，现在就睡！"水秀只得瘪了瘪小嘴，说了句"好吧"便无奈地钻进了被窝里。

小悦并未睡去，而是在回味着水秀的一见钟情。她感到这样的一见钟情太有意思，也已从这种一见钟情里悟出了个真理：直来直去地敢爱敢恨才有激情，才会痛快！她对张安也曾一见钟情，但因种种原因，与张安爱得并无激情，也因此而少了一种爱的痛快。一想起这些，她就更没有了睡意，还有了一些新的打算：要抛开所有的顾忌，突破那些无聊的压抑，充满激情地去向张安表白一次。有了这些新的打算，她的心就已飞去了张安的身边。但黑夜的步子蹒跚缓慢，无法与她的心同步。直至熬到了鸡鸣的时刻，她才一个轻翻下了床，朝着心飞的方向迈开了脚步。而刚走出几步，就听到了水秀的声音："天还没亮呢，你要去哪儿呀？"她受了惊吓似的停住了脚，心里也责骂开了：这该死的妹子，平日里太阳不晒屁股绝不醒来，如今有了一见钟情就睡不着了！她当然不会把自己的心事告诉水秀，但回答水秀的话令她自己也吓了一跳："我想一见钟情去呢！"她听到了水秀惊愕的声音："你不是在梦游吧？"还猜想到了水秀那惊愕的表情一定难看，所以就自嘲般地笑了，且迅速地转回了身来，轻声回答道："梦游啥呀，我是想到外面练练拳脚去呢！"

"那我也要去！"水秀的声音显得兴高采烈，起来挽住小悦的胳膊后那身子摇摆得更像兴高采烈。小悦虽对她很是气恨，但又无可奈何。"那就去吧！"她用力甩开了水秀的手，果断地迈开了脚步。两人一同来到了村校外的地坪里练起了拳脚。但因各怀心事，都心不在焉，拳脚毫无章法。两人就此随意地舞动着，也沉默着，直至有一道黑影从一侧飞来，才打破了这份沉默。黑影是冲着小悦来的，一上来就向小悦大打出手，把水秀吓得目瞪口呆。好在双方拳来掌去，腾跃自如，几十个回合过后并无胜负，水秀这才放下了心。虽然她无法去帮上小悦，但在一旁发出了大声呐喊给小悦助威："小悦姐，加油，加油，打爆他的头，打断他的腿！"直至百余个回合过后，打斗才结束，水秀也才迫不及待地走上前去，想问问小悦是否伤着。但她话还没有问出口来就大惊失色了，随之还羞愧和后悔了，因为她看清了刚才与小悦打斗的不是别人，而是何卫！

此时，何卫正朝小悦行着礼，道："格格承让了，格格武功越来越高深，末将佩服至极！"水秀一听大吃了一惊，而且被惊得了汗毛矗立。"格格？"她念叨着这个称呼，又盯住了何卫，问道，"你叫小悦姐为格格？小悦姐是格格吗？"何卫点点头道："是的！她是当朝格格！"可忽然间，像受惊了似的朝小悦拱拳一揖，道："格格，末将失言了！"水秀呆住了，因为小悦果真是格格！随后身子抖了，腿也软了，接着"扑通"一声就跪去了地上大呼了起来："请格格恕罪，小女子多有得罪，请格格恕罪！"她这举动令小悦感到意外，也吃了一惊。她说："你干吗如此惊慌啊？我虽是格格，但在这里是你的表姐呢！你惊慌个啥呀？起来，快起来吧！"她责备过水秀，又责备起了何卫："好你个何卫，一张嘴咋就没个管控呢？"何卫并未解释，也"扑通"一声跪去了地上，呼起了"末将口无遮拦，请格格发落"！望着何卫那副模样，小悦已气得咬上了牙，瞪着何卫说道："你也来了，我能发落你去哪儿呀？"她将何卫和水秀双双拉起，又说："这事今天就不怪你们了，只是不可再张扬了，在我自己未公开身份前，你俩若再有失言，就得治罪了！"何卫规规矩矩地回道："我谨记格格，哦，谨记小悦姑娘的吩咐！"水秀却傻愣愣地站在那儿没个反应。小悦看了看何卫，又看了看水秀，手一挥，说："算了，都回家去吧！"见水秀还在发愣，又喊道："回家去，走吧！"

三人往回走着。小悦和何卫边走边说着话，好像刚才啥也未发生过。水秀却怯怯地跟在他俩后面，往日那番随意和放肆早不见了。她越走越慢，边走还边嘀咕：好端端的一个表姐，先是变成了朝廷来的人，如今又变成了格格，怎会这样？她心里越来越失落了，因为小悦已是峰顶之人，往后只能仰望她了。想到这里，她站住了。小悦发现水秀并未跟上，就转过身来喊道："走不动了是吗？要不要何将军背你啊？"水秀像被从梦中惊醒，恍恍惚惚，就重复着两个字："不用！"

小悦"噗"地笑了。她知道水秀为何变成了这样，却并不希望水秀会是这样，所以就走过去一把抱住了水秀，搔起了水秀的痒痒。水秀"咯咯"地笑了，当受不住时，就拖着小悦一屁股坐在了地上。小悦坐在了水秀的脚前，笑眯眯地问道："你还害怕我吗？"又说，"瞧你这点出息，一个格格就把你吓成了这模样，往后又如何担得了大任？"水秀噘起了小嘴，翻着大眼，矫情般地说道："格格是皇家的人了，我害怕嘛！"小悦站起，又拉起了水秀，刮着她鼻子说："你把皇家的人当成凶神恶煞了是吗？皇家的人并非妖魔，干吗要怕呢？再说了，你以前也从未害怕过我呢，今日又为何要怕呀？"水秀"嗤"地笑了，说："以前你只是我的表姐，得罪了表姐只会挨骂，现在你是皇家的人了，皇家人都至高无上，得罪了是要杀头的，我能不怕吗？"小悦轻戳着水秀的脑门，说道："你还能懂得皇威的至高无上就好！但你也该知道，皇家的人也是讲情义的！"又说，"往后你若得罪了我，我不会要你命，只挨我的罚，行不？"水秀一扬头，说道："真的吗？"小悦答道："当然是真的！""那好！"水秀突然扑向了小悦，将手伸到了小悦的腋下。可小悦早有防备，只将大臂一夹，就让水秀的手夹在她腋下已无法动弹，接着还扼住了水秀的另一只手腕。而此时，水秀趁机抽回了被夹的手插进了小悦的颈脖，小悦感到一阵痒痒，双手一松就放开了水秀。

当日，小悦领着何卫去拜访了智能大师，与智能大师商谈了备战之事，并去了另外几个寺庙，与各寺僧众见了面，让僧众们熟悉何卫的面孔。傍晚，回来的路上，她向何卫提起了水秀："何将军，你觉得水秀这姑娘如何？"

自从来到湖南，何卫忙于联络各方，不曾对任何女子有过关注，而水秀在他面前一出现就吸引了他的心。他发现这女子不仅长得如她的名字一样水灵秀气，还泼辣、干练。他拿出宫女来与水秀作过比较，已比较出个欣喜了。水秀既有宫女们所具有的才貌，又有宫女们没有的泼辣、干练。他已被水秀所折服，且已将其装进了心里。当下小悦向他提起了水秀，无疑是在他原本就微波荡漾的心海里扔了块石头，激起了层层的波浪。自然，波浪顷刻间化作了一片红霞，正在他脸上漫开。他蠕动着喉结半晌也没有说出话来。直到缓了口气后，才喃喃地回了一句话："水秀，水秀挺讨人喜欢的哩！"

"你喜欢上她了是吗？"小悦已从何卫的脸上看出端倪，所以，直接问道。何卫的脸更红了。他轻咬着嘴唇，只吐出了两个字："是的！"他跟水秀一样坦诚直接，小悦已经佩服在心。可就在这时，他又说："其实我不是那个意思，格格你误会了，我只是喜欢水秀而已，只是喜欢，我不会忘了自己有使命在肩而去谈情说爱的。"小悦掩嘴笑了，故意干脆地说道："既然你已经喜欢她了，那就娶了她吧，如何？"何卫一愣，头摇得了似拨浪鼓，手也摇得像风中的树叶，忙说道："不，不，不！我使命在肩，怎能轻谈婚事？"小悦知道，何卫是真的喜欢水秀了，但要他与水秀谈婚论嫁，还心存顾忌，就像水秀曾顾忌他是朝廷的人一样，他也顾忌自己是朝廷的人，顾忌肩负着使命。为打消何卫的顾虑，她给了一番劝说："看得出，你与水秀已一见钟情，虽然尚未相互表白，但心里都有了对方，只是心间尚有一层薄纸隔着没有揭开而已。今天我提起这事，就是要揭开你俩心间的那层纸，让你俩明明亮亮去爱。我希望你俩真诚相爱早日结合。至于你那些顾虑，放一边去吧！"

　　小悦的一番话，已说到何卫的心坎儿上了，不仅打消了何卫心中的顾虑，还鼓起了何卫的勇气。何卫很是惊喜，也不无感激，他说："我得谢谢格格知我心愿。不瞒格格说，我确已对水秀一见钟情，我喜欢水秀，也看出了她对我有意。我希望能得到她，更希望能早些拥有她。我之所以未向她表白，确实是心有顾忌。听了格格刚才这席话，我已无须顾忌了，但希望格格能帮我一个忙。"小悦问："帮什么忙？"何卫毕恭毕敬、中规中矩道："请格格为我牵媒！"小悦开心地一笑，说道："我就知道是这事。好吧！我不仅要为你俩牵媒，还要促成你俩早日成婚。回去后我就给你俩把线牵上，你就大胆去向水秀表白吧，千万别遮遮掩掩的有所耽误了！"她给了何卫一个鼓励的眼神，心里早已美得不行了。

第十六章　何卫山寨里成婚　小悦后山上许身

从密印寺回来后，何卫就向水秀表达了爱意，这当然合着了水秀的期待。自此，两人心里揣着对对方的爱慕，相约不分朝和暮，携手村角与林边。这天，正当小悦陪着小璞玩得开心之时，他俩又从门外回来了，而且携手进入了书房，可那掩门之迫切让小悦看了个正着，也让小悦想起了自己这位媒人的神圣职责。

小悦来到了张少坤夫妇面前，正正经经地与这两位长辈谈起了水秀的事："姨父、姨，我想与二老谈件事情，可以吗？"面对小悦的一本正经，张少坤夫妇心头一紧，显出了几分不安。他俩在猜想，小悦这般正儿八经的，难道是要谈朝廷的大事？所以，点过头后就毕恭毕敬地站在那儿，像两个乖巧的学童在等待先生教诲。

小悦见这两位长辈如此拘谨，就窃窃地笑了，拉过凳子来请张少坤夫妇坐下后，才慢慢说起来："我呀，是要与二老谈一件大事呢，有关水秀的大事。"张少坤更不安了，问："有关水秀的大事？"而张夫人已沉不住气了，也问："水秀怎么了？惹什么大事了？"小悦觉得这两位长辈挺有意思，就故意回答得更有歧义："是惹出大事了！"而且一本正经得让人发瘆，让张少坤听了不由得一阵惊慌，颤抖了一下嘴唇，担心地说道："这孩子自小就大大咧咧的，一张嘴毫无遮拦，该不是惹出了有损朝廷大业的大事吧？"望着张少坤那模样，小悦暗暗地笑了，但考虑到要说的是件喜事，不可不顾尊卑捉弄长辈，便摆出了个可人的模样，道出了实情："水秀不是惹出了有损朝廷大业的大事，而是看上了人，想嫁人了！"

"哎哟，你这个小悦，那神色正儿八经得如此可怕，吓死人了。就这么个事儿，你也不直接点说，让我这心都快要提到嗓子口来了！"张夫人又惊又喜，可很快，又有了疑问：水秀常拿男婚女嫁的事羞辱小悦，这回该不是小悦也拿这话题来羞辱水秀了吧？她如此一想，就有了责备："小悦啊，男婚女嫁本是正经的事，你可不能拿这开玩笑呢！"小悦回道："我当然不会拿这开玩笑。跟二老直接说吧，水秀已看上何将军了，何将军也看上水秀了，他俩已互相爱慕上了！我是他俩的媒人呢，是替何将军来向二老提亲的呢！"听她说得极为诚恳，张少坤夫妇终于信了，也都轻轻地点了头。此时，她又说："他俩呀，一见面就互相看上眼了，也对上心了，这叫一见钟情。这种一见钟情很难得，男情女愿，两情相悦，能如此走到一起肯定牢靠。再说了，他俩才貌相配，性格相投，还心心相印，是天生的一对，肯定合适呢。"她刻意向张少坤夫妇伸过了脸去，还有意放低了声音，问道："二老看看，是不是尽快答应了他俩？"

小悦说得有情有理还有神有韵，张少坤夫妇心里已是喜滋滋的了。张夫人的欢喜已露于神色，带着美美的神情说道："我就想嘛，这孩子近日咋就像变了个人似的呢？不仅话语比以前少了，说话办事比以前轻柔了，见着人也没以前那样大大咧咧了，还比以前更爱讲究、更爱打扮了。这就对了，是喜欢上何将军的缘故了。"小悦笑眯眯地看着张夫人，问："如此说来，您已经答应了？"张夫人美美地笑着，回道："你都说他俩是天生的一对了，我能不答应吗？"还拉了拉张少坤的衣袖，问："少坤啊，这可是美事呢，答应吧？"张少坤点了点头，说："嗯，该答应！"随即，又对小悦说："既然是这么回事，那我们得尽快张罗了。呃，小悦啊，你是媒人，你说这婚事该何时办又如何办好啊？这是水秀和何将军的终身大事，不能马虎呢！你是朝廷上的人，站得高，见得多，也懂得多，你帮我筹划筹划吧！"

望着张少坤夫妇那喜模喜样，小悦心里已有了别样的痛快，所以，就干脆地说道："这事啊，我认为还是早办为好。如果二老同意这门亲事，就该选个就近的好日子让他俩成亲，让他俩早日成亲是他俩的心愿，也是二老的心愿，对吧？"张少坤脸上阳光灿烂，不停地点着头，说："对，对！女大当嫁，当嫁就嫁嘛，他俩你情我愿了，就不要拖了！"张夫人也扬起了喜洋洋的脸，说道："我也同意不要拖，得趁早办！"可突然间，又改变了口气，说，"可是，我这儿一点准备也没有呢，再快也得要留出个准备的日子才行。我就一个女儿，她的婚事肯定不能马虎，马虎了会被人瞧不起。再说，何将军的身份高，办婚典更得讲究个档次。这些啊，都得要好好准备才行的。"小悦笑了笑，起身走动了几步，说道："准备当然是要的。那就这么着吧，你们准备一些细软之类的必需品，其他的都交由我来张罗吧，我保证给他们张罗出一个体面、热闹、大气的婚典来，既不给他们两个丢面子，也不给你们二老丢面子。行不？"

"如此当然最好！"张少坤欢喜地说，"你的身份高，这桩婚事既由你牵媒，又由你来操办，是给我们脸上贴金了！"随即转过了脸去问夫人：

"呃，你看，就全都交给小悦来办吧，好吗？"张夫人望着张少坤和小悦，说道："这当然好！我一想起女儿这么快就要嫁人了，心里还真没主意了。既然小悦愿意张罗，我也省心了。呃，小悦呀，这挑选日子的事你得去找智能大师帮忙呢！在我们这一带呀，能去密印寺请智能大师挑选喜日，是很荣耀的事。你和智能大师熟悉，就直接去找他吧！这办婚事啊，选好日子才是最要紧的，只要日子选对了，其他的凑合着办也不打紧，你看着办就行了！"小悦答应道："既然二老信得过我，我就遵命而行了。"说完便放开笑了，好像是自己要成亲了似的，已美得不行了。她痛快地接下了这份美差后，就满怀喜悦地将这事告诉了何卫和水秀。何卫高兴得疯了似的来了一通手舞足蹈，而水秀只抿嘴笑着，半低着头并不作声。她特意上前拉上了水秀的手说："要当新娘了，高兴吧？"水秀翻了一下眼，嘴抿得更紧了，但目光里闪烁的幸福之光，与红彤彤的脸蛋相映成了灿烂的花朵。

　　这日，天还未亮，小悦就已来到了黄材镖局的后山之上。王佑三为扩充实力，招募来了好几批人，又联合何佩等人购买来了一百多匹战马，集中放到了黄材镖局交给了张安和王炳操训，张安也就在前些日子搬到了黄材镖局，以镖局的总镖师教头身份接管了这支队伍。在小悦和何卫的指导下，张安操训得有板有眼，有声有色，虽操训的时间还不长，但这支队伍已具大军雏形。张安每日给队伍布置完晨练后，就会像在博公寨时一样，来到后山山顶上与小悦练功聊天。今天当然也循着惯例，早早地奔到了山顶等候小悦。小悦是飞奔而来的，脚还没有站稳，就喜气洋洋地朝张安抛出了一句话："你父母都已经同意水秀与何卫的婚事了，而且打算要定个就近的日子给他俩成亲呢！"

　　"他俩本就般配，是该同意的。"张安的语气和神色平淡得很不平常，小悦惊诧不已，也很疑惑：妹妹快要嫁人了，他却没个惊喜，这是为何？她心里在嘀咕着，目光却已落到了张安的脸上，终究从张安的脸上找到了原因：他心中有事！但她并未去深究张安的心中藏着啥事，而只望了望远方，就轻柔地倒进了张安的怀里。她被张安紧紧地箍住了，感受到了张安箍住她时比平时更有了力度，且还听到了张安的心跳。她娇媚地望着张安，也迎来了张安多情的目光。如此四目相对，缠绕碰撞，点燃了她心中的火焰。她听到了张安急促的呼吸声，所以，心已颤抖，同时也感觉到了张安的手在颤抖，全身在颤抖。而就在这时，张安的大嘴带着富有热度的呼吸靠近了她的双唇，舌尖如蛇头探出，贪婪地钻入了她微张的红唇间，深吮浅啜，玩命似的攫取着她的清香气息。她微闭双眼，在短暂悸动之后，脑袋已一片空白，凭着仅剩的那点本能，紧紧缠绕住了张安，如柔藤缠树，越缠越紧。两人身缠臂绕，莺声呖呖，燕语喃喃，伴随松鸣雀唱，合奏出了温柔美妙而又无比动听的晨曲，迎来了东方艳丽的朝霞。

"你快娶了我吧！"小悦柔意绵绵地躺在张安的怀里，脸泛潮红，莺声细语。张安望着她那水润的双眼，回道："真想马上就娶了你！"他边说边轻拭着小悦鼻尖的汗珠，声音有些僵硬。但抬头望了一下远方后，脸上挂起了阴云，还懑懑地说道："水秀这妹子，居然要赶在我前面成婚了，也太没个耐心了！"大沩山这地方有个说法，若无万不得已的原因，弟妹若先成婚，是对哥哥姐姐的极大不尊，小悦知道张安的烦忧来自于此，所以，急忙坐起，眼神晶亮得如星辰闪烁，且笑嘻嘻说道："人家是见着机会就趁热打铁，没顾得上你了，该理解的！况且，她也是依了你父母的愿望。你父亲说了，女大当嫁，当嫁就嫁！再说，这也是你家的大喜事，该祝贺她才对呢！"张安笑了笑说道："还真是我家的大喜事。我本一直担心水秀这淘气鬼会嫁不出去，可天生的烂草鞋自有臭袜子相配，这两人还成绝配了。"小悦"噗"地一笑，搂住了张安的颈脖，正要说话时却被张安用力地捧住了脸，又被他吮住了红唇。此时，红日像羞红的圆脸，从山尖上弹出，把大山小丘染得金光灿灿。也就在此时，一群鸽子从天而降落在了他俩的身边。

这些鸽子是从博公寨飞来的。张安离开博公寨时只带了心悦，可心悦又邀来了它的伙伴。就这样，它们每天一早会来到黄材，天黑之前又飞回博公寨，如此往返，在黄材与博公寨之间铺设起了一道特别风景。小悦捧起了落在张安身上的心悦，轻抚着心悦的润顺羽毛，开心得像个快乐的孩子。张安伸出手来抚了抚心悦的羽毛，说道："你抱抱它吧，它叫心悦！"小悦吃惊地望着张安，问："为何要叫它心悦？"张安眼望远方，故作神秘，道："你猜！"小悦歪了歪头，故作深思后，说："我知道了，是因为它能让你心情愉悦！"张安站起身，眉角一挑，眼角那浅浅的纹路已被拉平，也略显得意地说道："是因为，有位叫小悦的女子离我而去之时，它从天而降，以它的乖巧可爱抚慰了我失落的心。所以，该叫它心悦。"小悦一愣，缓缓站起，问："我何曾离你而去了？"张安笑道："峡谷相遇之后，在巨石台上，我的梦里，你从天宫飘然而来，可我梦醒后你就无影无踪了。"他张开双臂，将小悦圈进了怀里，眼睛盯在了小悦的脸上。小悦放声地笑了，说："如此说来，那时候我就已走进你的梦里了？"张安更显得意，道："是的！"小悦瞟了一眼张安，突然将心悦抛向了空中，再走向鸽群，捧上一只抛飞一只，那银铃般的笑声格外动听。

　　突然，小悦停住了手，转向张安，问："心悦和它的伙伴们都懂得在黄材与博公寨之间来回往返？"张安答道："是的！"小悦大喊了一声："有了！"吓得张安一脸惊色，疑惑地问："有啥了？"小悦摆摆头说："有主意了！我想训练这些鸽子当传令兵！"张安不屑地撇过了脸，问道："就这主意？"小悦瘪了瘪嘴反问："这主意不好吗？"张安转过了脸来，不以为然地说："好是好，只是这时候才想到太晚了！"小悦一愣，问："难道你早就想到了？"张安淡淡地说道："不是我早就想到了，是古人早就想到了。我呀，已打算学古人之法训练这群鸽子当传令兵了！"小悦鼓了鼓腮，纤指戳到了张安的脸上，问："有了这么好的主意为何早不说啊？"张安捧起身边的心悦抛向了空中，又搂住了小悦，道："古人是早就想到了，可我也是刚刚才想到的呢。我正在想着，你就说了，这可以算英雄所见相同吧？"小悦"哈哈"一笑，道："不，是心有灵犀！"张安羞涩地点了点头，说道："对，是心有灵犀！"他盯住了小悦闪亮的眼睛。四目相对之时，两张脸又缓缓地贴近了，直至日已升高了，两人才分了手。

　　小悦一走，张安在山顶上又唱又跳起来，一副快乐得像要疯了的模样。这是因为小悦已深深地扎进他的怀里，他已感受到了那份莫大的幸福正向他降临而来。

　　何卫与水秀的喜日终于定下了。小悦把操办婚典之任交给了王佑三，王佑三乐滋滋地接下了这份美差。他把婚典场所定在了博公寨，拿出了一套寨房布置成了新房，且还出了个新奇的主意：除了拜堂按老规矩办外，其他的不拘俗套，哪样喜气、热闹、方便就哪样办。最根本的就是把过门酒和回门酒放到了一起办，摆上三日大宴、也大唱三日的花鼓戏。

　　一切都准备妥后，大喜的日子也刚好到了。这日，博公寨披红挂彩，宾客云集。王佑三经与张少坤、小悦、何卫商议，请来了当地的乡富绅贾，各村寨头领、各方亲朋和远道的贵宾，共摆了九十九桌，沾个长长久久的吉意，且每桌都安排了三道状元菜撑起了酒宴的高规格。贵宾中当然包括了密印寺智能大师、长沙镖局老板何佩、常德德山孤峰寨寨主邵浩、永州九疑山神鹰寨寨主段彪、沅陵九龙山天马寨寨主欧阳驹、南岳寺了然大师和衡岳观南山道长，还有张安的师傅于奎。宾客都已到齐，接新娘的队伍也进了山寨。这时，王佑三踩着时辰高呼起了"婚典开始"！随即一项仪式不落，直到将新人送入了洞房。接着，又宣布了起菜开席、起锣开戏！顿时，寨院内锣鼓掀天，鞭炮隆隆，加上酒桌上推杯举盏的欢声笑语，把偌大的山寨热闹成了欢乐而又喜气的海洋。

三日婚庆已圆满结束，附近的宾客都已散去，但远道而来的何佩、邵浩、段彪、欧阳驹及了然大师、南山道长等都被王佑三留下了。智能大师也应王佑三之请留在了山寨。而于奎则被张少坤接回了马家屋场。把这些头领们全都留下，既是王佑三的客气，也是小悦的主意。王佑三想的是，这些人既是老朋友，又是抗反骨干，平日难得一聚，如今聚到一起了就该多住些日子好好叙叙，以便加深感情、增加默契。小悦虽然也与王佑三有相同的想法，但还多了一个目的。她想，李茂快要从京城回来了，肯定会带来事关组建抗反大军的圣旨，让这些抗反骨干都先留下，可让他们能及早领受到圣旨，受领到职责，以便及早地统一心思，带着明确责任去做好抗反准备，也方便日后更好地配合，以确保个个能大有作为。

于奎回到马家屋场见到孙子小璞时，激动不已，抱着小璞又是亲又是爱的，好不感人。这天，小悦抽空回马家屋场与于奎聊起了话。于奎向小悦说起了马家屋场的陈年旧事，从张、王、于三姓远祖落脚马家屋场开始一直说到了现在，言语里无不带着将门之后的荣耀、自豪和得意。当说到张姓一族，尤其是说到张少坤家时，他自然地就把话题转换到了张安身上。一提到张安，又自然而然地想到了小悦和张安的婚事，所以，不待小悦有个心理准备，就突然问道："呃，你和安儿打算何时成婚啊？"小悦先是一愣，短暂的茫然之后又显出了些许的犹豫。她犹豫是因为她和张安都无法确定自己的婚期，甚至还无法确定这桩婚事，因为她是皇室的人，婚事还须皇室同意。她已托李茂给皇上和庄亲王捎去了私信，不仅已向皇上和庄亲王表明了自己已与张安爱得至深，需要成婚，还从平叛抗反大局的角度向皇上和庄亲王阐述了自己与张安成婚的极端必要，并提出了准许她与张安成婚的恳切请求。她正在盼望李茂尽快回来，也希望皇上能准她这桩婚事。但当下面对于奎的期待，她还不能说及这些，所以只用了几句敷衍的话回答了于奎。她说："大沩山有句老话，叫好事不在忙中取。如今平叛抗反诸项准备紧锣密鼓，我俩都很忙，婚事还须放一放才行呢！"可她并未想到，自己的这番敷衍居然惹急了于奎。

于奎突然沉下了脸，双眼懑气渐浓地盯着小悦，张着颤抖的嘴唇急言急语地说道："那还得要放到何时去办啊？男大当婚，女大当嫁，这是老规矩。你俩相处已久，也男有情女有意了，早就到了该成亲的时候了，既然已到该成亲的时候了，就得尽快成亲嘛，怎能如此拖着总往后放呢？"小悦愣了。她望着于奎，半晌才露出了一丝苦笑，说道："您可别误会啊！

我说的要先放一放，不是故意拖着，是因为我和张安暂时还没空成亲。您该知道，当下抗反诸事千头万绪，且事事都关系江山社稷，我和张安哪能置事关江山社稷的重任于不顾去给自己张罗婚事啊？"于奎的脸更沉了，且撇了撇嘴，从小悦手上抱过小璞就转过去了脸，许久后才朝小悦气冲冲说道："你这些都是借口，担了事关江山社稷的重任就不能成亲了？按你这说法，皇上天天坐在江山之上，就没空迎娶皇后了？你如实说吧，是你不愿意成亲还是张安不愿意成亲？若是张安不愿意，我就要去教训教训他了，让他顺过心来。若是你不愿意成亲，那我也得好好给你说道说道了！"

小悦已在心里叫苦不迭。她摇了摇头，又露出了一丝苦笑，道："我俩都是愿意的！我俩当下太忙也是事实，您啊，就多份耐心，再等等吧！"于奎那张阴沉的脸已经板上了，而且看起来板得很结实。他说："那要到何时才会有空啊？你不能光用这些没用的话来敷衍我！你就说句有用的吧，何时可以成亲？"他这简直就是逼婚的节奏，让小悦既觉得好笑，又感到无奈。好在她马上就想起了李茂，所以摇了摇头后，娇美地一笑，回了于奎的话："我说的都是实话，我和张安到底何时能够有空成亲，我们自己无法确定。我想，等李将军回来了，就可以腾出空了。其实，您替我俩着急，我和张安更着急呢！好在李将军去得已久了，应很快就会回来了，我们啊，就都耐心地再等等吧！"

于奎终于笑了，说："这还算一句有用的话！那就等李将军回来了再说吧，李将军回来你俩就得赶紧办。若等到吴三桂起兵了，就真的没空了！"小悦也笑了，还摆出了俏皮的模样，问道："这么说您已放心了？"于奎并未回话，而是高高地举起了小璞，大声地嚷嚷开了："你娘快要成亲了，你很快就有爹了！你娘快要当新娘了，你很快又有爹了！"

第十七章　草民受封成官将　皇妹奉旨喜成婚

　　在何卫成亲之前，小悦、张安、何卫和王炳都已投入了寨役、镖师的操训之中，何卫婚典过后，他们又都回到了练兵场上，所训队伍也已初具大军雏形。况且，由那一百多匹战马组成的骑营，经小悦、何卫指点操训，长进得很快，使这支已具大军雏形的队伍增添了更多的威武之气。小悦看着这支队伍满心欢喜，已在盼望李茂早日回来，早日授予这支队伍以正式番号。李茂果真迎着小悦的期盼回来了。这天，他带着四个随从满面春风地出现在了黄材镖局。未等李茂下马，小悦就奔上了前去，迫不及待地问道："皇上有何旨意？"

　　"末将参见格格！"李茂跃下马来，不急不忙地行了礼，却未回答小悦，而是介绍起了随来的四位新人："这四位都是二等侍卫，奉旨而来协助我等，分别叫大虎、小虎、白豹、黑豹，大虎、小虎将留驻湖南，白豹、黑豹将去四川。"等那四人都与小悦见过了礼，他才站到小悦面前，不急不徐地问道："皇上的旨意有好几道呢，格格想领哪一道啊？"小悦期待地望着李茂，脸一红，回道："那就拣要紧的宣吧！"李茂"哈哈"一笑，道："皇上的旨意都是要紧的啊！"又说："你就别打听了，快叫上张安、王炳去博公寨听旨吧！皇上要求尽快让各地头领都领到旨意，立即展开备战诸事，所以明天还得分头行动。你和张安要去湖南各地代为宣旨，我还得尽快赶去四川。呃，去吧，别耽搁了！"小悦说了声"好"，又突然"呃"道："湖南各地头领都来博公寨了，早在等候了，你就让他们一同领了圣旨吧！"李茂一笑，只一个拱手，道过"正好"就跃上了坐骑。

　　王佑三热情地迎接了李茂一行。待李茂等人接过了茶，他便吩咐侍仆说："李将军和几位大人来了，得好好招待。你去告知灶房，晚宴要多上几道状元菜，还要多准备些好酒。"一提到晚宴，李茂倒来了兴趣，说："今天这晚宴您得要搞出高规格来才行呢，酒也需要多备一些。这倒不是要用来招待我们几个，而是……呵呵，反正，您就把晚宴当作喜宴办吧！哦，对了，听说湖南各地的抗反骨干都已在您这儿了，就将他们都请来这里吧!"王佑三已从"把晚宴当作喜宴办"这句话里听出了喜兆,心里顿时已美滋滋的了。

大家陆续地来到了大客厅。何卫和水秀是最后到场的,李茂见他俩手挽着手进屋来,脸色突然就变了,而且惊疑地问道:"你们这是什么个情况啊?"小悦反应快,马上接过了话说:"李将军进京数月,一定是带着圣旨和喜信回来了,我们在这里也整了件喜事迎接你呢!何将军和水秀已结成连理了,是前些日子办的婚典呢!"李茂一惊一喜,朝何卫拱手说道:"啊哟,我得恭喜了!"只有一瞬,眼里就已有醋意荡漾,又说:"我这还真是赶上喜事了!那得要向何将军讨杯喜酒喝沾沾喜气才行啊!"何卫略显羞赧,回了礼道:"酒自然是该请你喝的,但我跟随小悦格格和你来湖南已三年了,还未曾领过半两饷银呢,哪有钱置酒请你喝啊?等会我就借王寨主的酒陪你喝个尽兴吧!"他这是为图欢乐说的话,但又一次道出了小悦的真实身份。虽然大家都没有注意到,可张安已听得真切。当众人还在大笑之时,张安已惊恐万分地问道:"你说什么?小悦是格格?"这一问,就惊醒了大家,个个都被惊得了瞠目结舌、目瞪口呆。何卫意识到自己又失言了,已很不安,望着小悦和李茂,脖子已涨得通红。李茂见这场面,只"呵呵"一笑,便接过了话说:"各位,何将军说得没错,小悦姑娘确实是当朝的格格。皇上派格格前来组织我等平逆抗反,是对我等的器重,大家可不要辜负了皇上的器重啊!"

"果真是格格啊!"众人惶恐不已,匍下身子就高喊起了"格格千岁千千岁""请格格恕罪""格格在上,请受草民一拜"。场面虽然乱哄哄的,但个个都郑重其事。小悦面对这场面,已稍有些慌乱了。她急忙喊道:"请起吧,都请起吧!"众人虽都已起身坐定,但没有人再敢抬头,也没有人再敢说话,屋内已异常安静。这时,李茂又拉开了嗓子,说:"各位,皇上已快要撤藩了。虽然吴三桂已上折自请撤藩,兵力也已裁减至不到三万,但所裁撤的兵力并未遣散,其反意已十分明显。皇上判明,只要朝廷撤藩,吴三桂必会起兵。湖南是吴三桂北犯的必经之地,我们首当其冲啊!朝廷已密令地方文武全力准备,战时将全力阻止叛军北出湘、川,以便为朝廷调兵遣将争得时间。我等之责任是以阻、扰、袭、拖等战法扰乱叛军部署,迟滞叛军行动。因此,大战起时,我们将成为扎在吴三桂腹中的一把尖刀,责任重大啊!"他侃侃而道,众人已心惊肉跳。他们虽常听说吴三桂会反,但总认为那会是许久之后的事。如今听说吴三桂就要反了,还真惊出了冷汗。当然,他们都是武林豪杰,虽未经历过大战,但有的是侠肝义胆，所以，待缓过神后，又都表达起了忠心。一时间，个个信誓旦旦，群情激奋。而就在此时，李茂突然站了个庄重，大声喊了起来："请各位安静，下面我宣皇上旨意，请各位接旨！"

见场内已经鸦雀无声，李茂便扫视了一下全场，拉起了腔调："皇上旨意：组织民间人士参与平叛抗反为朕之暗计，故，此为密旨。请听旨：为平叛抗反需要，特设朝廷平叛民军之番号，朝廷平叛民军辖湘、川两地平叛民军，为我大清军力之一部分，享有与绿营相同之地位，定制员额不限，特设正副督统、正副统领、正副都领三职六级，之下职级由平叛民军根据需要比照绿营自行设置。督统责同提都，统领责同总兵，都领责同参将。封李茂为从一品朝廷平叛民军督统，何卫为正二品朝廷平叛民军副督统，张安为正二品湖南平叛民军统领，王佑三、于奎为从二品湖南平叛民军副统领，王炳、何佩、邵浩、段彪、欧阳驹、上官雨为正三品都领。了然大师、智能大师为吾朝高僧，暂不授封，但须率所属僧众参与平叛抗反，所建功绩记入朝廷平叛民军功劳簿。钦此！"

众人齐呼了"谢皇上恩典"便都落到了座上，而且已欢欣鼓舞。段彪还大声地嚷嚷上了："皇上如此器重我们这些民间人士，乃明君圣君啊！请格格放心，请李将军、何将军放心，也请格格和李将军、何将军禀告皇上放心，我等一定至死效忠！"他这番嚷嚷得到了全场的响应，顿时，场内又是一片信誓旦旦。当气氛到了高潮处时，李茂又拉开了嗓子："各位，大家的忠心我会奏报皇上，也相信各位定会不负圣恩，在平叛大业中大显身手！"他停了停再说，"皇上对小悦格格也有旨意。皇上说了，小悦格格身为皇族，暂不封职，待大业成功后另行封赏，但须以皇命钦差和格格身份尽督导之责，代朕督导朝廷平叛民军，主镇湖南。"小悦道过"谢皇上恩典"便坐回到了原位。但她并未像众人一样兴奋不已，相反，已感到非常失望，因为李茂宣出来的这一连串圣旨都与她的婚事毫无关系。

接着，李茂又介绍起了同来的四位随从："这四位大人分别叫大虎、小虎、黑豹、白豹，都是皇上信任的二等侍卫，奉旨而来，协助格格、何将军和我督导朝廷平叛民军，望各位不要怠慢！我民军的组建，朝廷已告知当地督抚一级，但组建平叛民军是皇上的暗棋，民军番号暂时只可在辖内使用，不可对外公开，与官方的联系诸事由他们四位承担，我民军不可擅自为之。"待众人与四人都施过礼后，他又继续说："我民军的存在当然瞒不了当地的百姓，所以会在民间传开，皇上说了有传说并非坏事，无须担心。"稍停顿后又说，"按朝廷的安排，我将带黑豹、白豹于明早出发前往四川宣旨并部署四川平叛民军的抗反事宜，大虎、小虎会留在湖南协助小悦格格与何将军。我需督导四川平叛民军备战操训，会在四川滞留一段，湖南平叛民军将由小悦格格、何将军督导，张安将军主掌。小悦格格、何卫、张安、王佑三和于奎坐镇大沩山，各都领须于明日赶回辖地。各位要多招兵马，各都领要争取统兵在三千以上，且要抓紧操训，筹措粮草、打造兵器，以备后用。考虑到平叛民军暂须隐蔽存在，皇上并未降旨给湖南平叛民军下属的各地民军以番号。按朝廷授意，先设临时番号，我已报备：王炳所辖为黄材镖局，何佩所辖为长沙镖局，邵浩所辖为孤峰寨，段彪所辖为神鹰寨，欧阳驹所辖为天马寨，上官雨即南山道长所辖可统称衡州平叛民军。如再有势力加入，番号由统领府封授。民军亦可根据需要选任都领以下官员，向朝廷报备即可。据此，各地民军的都领、副都领由统领府选拔任命向朝廷报备，其以下官员可由各都领选拔报统领府任命、或由统领府直接选拔任命，并向朝廷报备。各都领要将现有兵士按姓名、性别、职品、出生年月、家庭住处、家属名称等各项分门别类造册登记，呈统领府存档备查，新征招兵士和阵亡、伤残者须及时登记据实上报。另，朝廷已下拨白银二百万两作为湖南平叛民军应急军饷，皇上说了，这点银子杯水车薪，只够初期应急之用，后续所需军饷须由民军自行征筹，所以，及早征筹军饷连同兵员招募、操训是备战之首要。"

一切安排妥后，众人都眉开眼展地攀谈了起来。张安却神情复杂，独坐在一边，这让小悦有了担心，最担心的是张安会对她产生距离感。当下她真希望李茂能再宣出一道同意她与张安成婚的圣旨来，但她没有看出李茂身上还藏有这样一道圣旨，所以已失望至极。她在心里问：皇上为何不答应呢？不反对也不答应，是要拿默认来逗我玩吗？如此一想，她觉得有趣了，所以嘴角一翘，在心里回了她皇帝哥哥的话：你想要拿默认来逗我玩是吗？那我就拿你这默认当旺火先煮熟了这锅饭！她窃窃地笑过，便靠向了张安，问："已荣任一方主将，有何想法？"张安"嚯"地站起，毕恭毕敬回道："禀格格，末将刚受皇恩，深知责任重大，也正对民军备战之事思考着，但因刚遇惊喜心未安定，思考尚未形成条理，故暂无想法可禀，请格格赐教！"他这表现是小悦极不愿意看到的！为让张安能够有所放松，她准备好了要与之聊上一些轻松的话题。可就在此时，李茂朝王佑三说开话了："王副统领，您这博公寨院庭宽广、房屋众多，且据险高筑，便于防守，有帅府将第之威，能否征借用作我湖南平叛民军统帅之所？而这大客厅宽大气派，我也想征借用作湖南平叛民军的议事厅，如何？"王佑三稍有一愣，即浓眉高扬，脸若花开了。他拱手一揖回道："本寨能被将军看中，荣幸之至！我定加派人手，稳固寨防，多加服侍，不负将军所望！"李茂"哈哈"一笑，道："那就谢谢王副统领了！既然王副统领愿予奉献，就请格格择日亲题议事厅匾额高悬于此，以添威严吧！"他又问王佑三："酒宴备好了吗？我还要借您的美酒宣布一件大喜事呢！"王佑三道过"请将军稍等！"便吩咐了王炳前去查看，其他人却都已把目光聚向了李茂，段彪还很显刻意地张扬开了嗓门："请将军快把那喜事说出来让我等分享吧！"李茂却"呵呵"一笑，摇手说道："此为大喜，须有香醇美酒相伴方可宣得，请都等等吧！"

开席了。李茂分排了座次，特意把小悦和张安安排到了大位之上，而且郑重其事地高声呼道："格格爱新觉罗·小悦、湖南平叛民军统领张安，接旨！"这可把全场惊得了鸦雀无声。小悦和张安硬是一愣，对视一眼后才离桌摆出了接旨之状。李茂再次环视过众人，拉起了腔调："朕同意你俩的婚事，并给你俩保媒，由李茂将军代将媒证送达。收到朕的媒证之时起，你俩就算夫妻。望你俩同心同德、并肩携手，多为朝廷建功。钦此！"小悦和张安谢过恩，接过媒证，全身就已抖得不行了。此时，李茂又扯开了嗓子："皇上还有旨意：特殊时期须特事特办，一切从简。小悦格格和张安将军负有统领湖南平叛民军备战之责，军务繁忙，不必专办婚典，请李茂将军宣旨后，将第一杯酒代朕敬予新人，就算大婚礼成！"说完，他"哈哈"一笑，端上一杯酒递予了小悦和张安。小悦和张安双双托起了这杯酒，也托起了他俩共同的未来。此时，他俩既感到荣耀，又非常惶恐，迟迟不敢将酒杯移去嘴边。后来还是小悦先缓过了劲来，将酒杯推向了张安，待张安泯过了一口后，就一仰头将余酒倒进了自己的喉中，随后又扑进了张安的怀里。

从李茂宣旨到小悦扑进张安的怀里，这一连串的意想不到，已把大家惊懵，待大家都回过神后，突然爆发出来的如迅雷滚过般的掌声和欢呼声，震得了壁颤墙颠。可就在此时，李茂又说话了："各位，小悦格格和张将军大婚礼成，该大庆大贺。大家都来祝福他俩吧！祝他俩恩恩爱爱，事业有成，美满幸福，儿孙满堂！"他话音刚一落下，满屋的人都已轮流走向小悦和张安。祝贺之辞虽千篇一律，敬酒架势却一个比一个豪爽。王佑三最后才走来，祝贺之后还说了一番话："你俩是在我博公寨成就的第二对新人，我博公寨凭此应能摊上个情寨之名了！有了这美好的开始，我这山寨可能还会要成就更多的新人了!"他"哈哈"一笑后,便唤过来了王炳,且吩咐道:"你去跟你娘说,要她派人把那套大寨房布置好,用最好铺设、最喜气布置,给格格和张将军做新房,并留给他们长住!"王炳一走,他又朝小悦和张安举杯说道:"再次祝贺二位。我能有机会在我这山寨给二位点上洞房花烛,是我王家之荣耀,我祝你俩新婚甜蜜、幸福美满!"

听说一顿普通的晚宴变成了庆贺宴和婚宴,姜小青领着女儿小柳赶来道喜了。姜小青以茶代酒送过了祝福便坐去了椅子上。小柳则端起酒杯就敬,先敬了小悦和张安表达了祝福,又敬了其他人表示了祝贺,却把李茂放到了最后。这当然是刻意而为的,因为那次与李茂撞了个满怀之后,她就已对李茂有了一种期待,今天置身在这喜庆当中,那份期待已更加清晰。她仰起了红扑扑的脸朝李茂举起了酒杯,轻声地说道:"李将军,小柳敬你,祝你平安幸福,也祝你建大功、成大业!"嘴上说的只是些应付场面的话,而心里要说的话正通过目光和神态送达给李茂。李茂那次撞见过小柳,就已被小柳的品貌打动,也已将小柳的身形体貌留在了心里。在当下这气氛里,面对小柳那撩人的眼神,他早已把目光探向了小柳的瞳仁深处,将自己的情意送去了小柳的内心。而当喝过小柳敬来的这杯酒后,还有了一种莫名的冲动,目光受这冲动的支配,总盯在小柳的脸上不愿意离开。

小柳与李茂之间的不同寻常,小悦已看到,姜小青也已看明白,最关键的是段彪也已捕捉到,且还有了启发:这两人女貌男才,是天生的一对啊!随即,他脑袋里冒出了一个要牵上这一对的美好念头,接着,发出了几声大笑,就张扬开了嗓子:"各位,今天是个大喜日子,这大喜日子不可错过啊!所以,我想自荐当回媒人,要牵上一对新人。你们看,小柳姑娘才貌双全,李茂将军文武兼备,是天生的一对、地造的一双啊!趁这喜庆时刻,我们该促成他俩定下亲来,好不好啊?"他这一嚷喊,就让屋内炸开锅了。王佑三、姜小青和小柳已不知所措。反倒是李茂又惊又喜,环视过众人后,已暗暗地笑了,随后,他又突发出了奇想:机会难得啊!何不一不做二不休,借力推车,直接提亲呢?这主意一定,他就提着酒壮之胆走向了王佑三,毕恭毕敬地对王佑三说道:"王副统领请听我说,上次见过小柳,我就已倾慕不已,今日再见,已为之倾倒。如今段都领知我心愿,要为我牵媒,正合我心啊!既然已经媒妁之言,我就斗胆向您请求了,我想娶小柳为妻,请您答应!"他如此勇敢包身又别出心裁,满屋子人都被惊喜得噤住了声。王佑三却手足无措，站起，又坐下，接着又站起，对李茂说："先坐吧，请坐吧，容我想想。"再坐下之后，才意识到这的确是一桩美事，该答应。可突然想起曾与夫人约定过女儿的婚事得由女儿做主，就把答应的话咽回了肚里，只给了李茂一个莫可名状的笑，再把目光转向了姜小青。姜小青当然懂得他意思，接过他目光后就说了一番话："段寨主是热心肠啊！李将军更是坦诚，我还真感动了！只是婚姻大事系着终身，得两情相悦。这事还得看李将军和小柳的心是否走到了一起才行呢。"

小柳的心早"怦怦"地乱跳了，那张滚烫的脸也已灼得掌心都冒了汗。她心里在欣喜，在激动，但如此当人当面的，她已没有了抬头的胆量。李茂当然懂得姜小青的意思，也明白小柳的心思，所以满怀欣忭，在酒胆支撑下超逸地走向了小柳，抱起了双拳，朝小柳一揖，说道："小柳姑娘，我对你甚是倾慕，想娶你为妻呢，你答应我吧！"见小柳没有回应，又说："小柳姑娘，我会把你当成宝贝，好好待你，深深爱你的，请答应我吧！"这表白大胆诚恳又有情有义，小柳感动得已忍无可忍，只"噗"地一笑，便猛一抬头，冲李茂说道："嫁你就嫁你呗，一定要说出来吗？"李茂愣了一瞬，就欣喜若狂了。王佑三和姜小青也已乐不可支。而段彪早已得意洋洋地发出了大笑，随后张扬开了嗓子："好啊，好！李将军有情，小柳有意，我提议，今晚就定下这门亲事，日后再择良辰给他俩完婚，王副统领，你意下如何？"王佑三"哈哈"一笑，点点手指说道："好你个段彪，你都替我拿定主意了，还让我说啥呀？"段彪也"哈哈"一笑，喊道："好！你不说那我来说吧！"他郑重其事地递给了李茂和小柳每人一杯酒，摆出了庄严的神色，喊道："各位，我们同敬李将军和小柳姑娘吧，以此共同见证他俩喜定终身！来，喝！"随着段彪的吆喝，堂内已酒杯高举，"恭喜李将军和小柳姑娘""祝贺李将军和小柳姑娘"的声音此起彼伏，淹没了段彪那夸张的大笑声。

小柳与李茂定了亲，算是了了小悦的一桩心事，所以她喜不自胜，邀着张安端上酒杯走向了李茂和小柳，喜逐颜开地说道："我和张安祝贺你俩，也祝福你俩，祝你俩彼此珍爱，早成大婚，也祝福你们恩恩爱爱，幸福一生！"李茂辗然而笑，干脆地将酒倒进了喉里，小柳却望着张安百感交集，迟迟未把酒杯送去嘴边，直到意识到如此会有失态，才给了张安一个意味深长的笑，将酒喝了。

这是一个惊喜不断的夜晚，大家狂欢到了半夜，仍兴头不减。可此时，李茂举起酒杯说上了话："有道是人逢喜事精神爽，酒到酣时欢意浓啊！当下我跟各位一样精神正爽、欢意正浓。可我们已是皇上的臣子、军中的将校了，身份特殊，使命重大！为让各位明日都能有个好精神上路回返，我冒昧提议，今晚这酒宴就到此为止吧！我民军责任重大，任重道远，各位务必同心同德、齐心协力！现在，我敬各位一杯，以表达我对各位的感谢，也祝福我湖南平叛民军大有作为，更祝福小悦格格和张统领新婚愉快、一生幸福！"将酒饮了后，他又道，"为不让小悦格格和张统领觉得良辰太短，我提议，欢送他俩入洞房吧！"随着堂内喝彩声响起，大家一齐起身，将小悦和张安送入了新房。这场特事特办的婚典，虽没有鼓乐鞭炮和张灯结彩，但小悦和张安感受到了有万人来贺般喜气和热闹。

第十八章　初恋情人月下拥　新人洞房有诗成

　　夜已深了，但李茂征得了王佑三的同意后，领着小柳去到了院坪里交谈。此时，月亮在几片柔棉般的白云陪伴下，如明亮的灯笼高挂在天空，照耀着巍巍的大沩山，也照耀着这宽阔的院坪。院坪里已异常安静，还有了淡淡的清凉。他俩并肩而行，步子缓慢，心却如脱兔般在狂奔。突然，有一丝凉风吹来，小柳打了个冷战，且下意识地捂紧了衣襟。她这一举动虽无刻意，但被李茂看了个清楚。李茂脱下了长衫披到了她身上，顺手搂住了她的肩膀。此时，她的身子暖了，心更暖了，柔柔的目光也已落到了李茂的脸上。"你不冷吗？"她停下脚来轻柔地问。"不冷呢！"李茂拥了拥小柳，闻到了她发尖上那股淡淡的清香，"今晚天降幸福于我，我的心已如烈焰般燃烧了，哪还会冷啊！"

　　小柳温情地笑着，随即又迈开了步子。她领着李茂来到树林边立住，便仰起了脸来。她想仔细地看看李茂这张英俊的脸。但她闻到了李茂鼻尖下那股特殊的气息，也看到了有一道特殊的光在李茂的眉脸间闪动。她的心随之颤动了，眼睛里也释放出了一道特殊的光射向了李茂。两人如此对视着，心里有了同样的期待，也因此而有了一种默契。正当李茂张开双臂敞开了怀抱时，她也毫不犹豫地扑进了李茂的怀里，与李茂身子贴着了身子，心贴着了心，在月光下如连理相依，也似连雕矗立。

　　稍顷，李茂说话了。他说："那天，我是说第一次遇见你的那天，你为何要突然撞到我啊？你知道吗？你就如此地一撞，硬是活生生地撞进我心里来了！"他的话引得小柳想起了那天那个尴尬的时刻，脸上禁不住泛开了一片羞红，但浅浅地一笑后，也说出了具有同样意味的一番话。她说："那天，我是听说山寨里来了两位朝廷的将军，就出于好奇想过去看看，可没想到正赶上了你急匆匆地出门来。你可是急匆匆地出了那道门，却硬生生地闯进我心里了。"

　　"想起来还真巧了！"李茂也回想起了当时的情景，那情景的确令他回味无穷。所以，富有趣味地笑了笑后，又说："我一直在想，我俩能那样地相撞到一起，是不是上天刻意安排的？要不然怎会如此不早不晚，也不偏不倚呢?"小柳窃窃地笑了,心里漫开了丝丝的得意,说:"我也想过,这肯定就是上天特意安排的。我长这么大了还从未与人相撞过呢,可那天就偏偏撞上了你,而且还撞到了你的怀里。这若不是上天的特意安排,就无法解释了。"

"那我得要感谢上天了!"李茂箍紧了小柳,仰起了脸来。他望着正在朝他微笑着的月亮开心地笑了,笑容里装满了幸运、欣喜与得意。他深情地对小柳说道:"上天还真有意思呢,硬是要把你藏到这大山之上,诱着我从大老远的跑来与你相遇,而且是以如此奇巧的方式来相遇,太奇妙了!"小柳也笑了,笑容里混合着幸福、得意与喜悦。她喃喃地说:"这就是上天的智慧之处。我想,人世间所有的奇妙,应都是上天特意而且巧妙地安排出来的,有了这些奇妙,人世间才会如此地五彩缤纷,我们的人生才会如此丰富多彩。"

"你说得太对了!"李茂将脸贴在了小柳的秀发之上,那股清香正以一种特殊的方式钻入了他的鼻腔。他有了些许的兴奋,下意识地又昂起了头来,还略有感慨地说道:"我就是一介武夫而已,却能遇上你这么一位完美的女子,既要感谢上天的恩赐,也要感谢我自己的命好了!"他低下头时,目光正好对上了小柳那扑闪闪的眼睛。此时,似有一股无形力量将他的脸推向了这副大眼,也感觉到那双大眼正朝他的脸依靠了过来。且只有一瞬,两人的目光就融合成了一团黑暗,就在这片黑暗里,两副嘴唇带着渴望扑向了对方,伴随着松涛的吟唱和清风的轻拂已放纵不拘,演绎开了一段忘乎所以却又超乎寻常的美妙疯狂。

许久之后,两双眼睛已从黑暗中渐渐地混沌,在混沌中又渐渐地光明,接着如月脱云层,明而又亮了。而那两副嘴唇也带着各自收获离开了对方。此时,小柳想起了李茂明早就得赶往四川,心里就有了一丝隐隐的痛,眼里还闪过了一丝淡淡的乌云。她低吟般地问道:"你明天一定得走吗?"李茂并不像听到了一声轻问,而是像看到了一把刀刃在眼前晃过后划去了小柳的心上。他懂得自己的即将离去对小柳意味着什么,因而有了一丝愧疚。但他更清楚自己的身份和承担的责任,所以又不得不果断地朝小柳点了点头,说:"是的!"他虽然刻意压低了声音,但心里仍觉得自己正扬起了一把大锤砸去了小柳的心上。他想给小柳说几句安慰的话,可就在此时,又听到了小柳那轻柔的声音:"那你就放心地去吧,朝廷的事是最要紧的!我会在这里等你、想你,也会求菩萨保佑你的!"

李茂惊讶地望着小柳,已将她的身子箍得了更紧。他想诚心诚意地说一声"谢谢"，可就在此时，小柳的声音又飘然而来了："好男儿须志在四方，办惊天动地事，做顶天立地人。只是外面风雨无常，凶险莫测，你得要好好照顾好自己。"这声音已比刚才更加轻柔，却仍有强大的力量撞击着李茂的心。李茂似是用足了全身力气才道出了一声"谢谢"，但眼眶边已漫开了一股浓浓的潮气。他微仰起了脸，长长地嘘了一口气后，又启开了颤抖的嘴唇，说："我真的要谢谢你呢！谢谢如此地的开明，谢谢你给我的支持！我一定听你的，办惊天动地事，做顶天立地人！"

"我信你！"小柳轻轻地抚摸着李茂的脸，那种淡然的神情与李茂的激动情绪并不合拍。她突然说："我们不能贪这一时的缠绵耽误了肩上的责任呢。当下时候已不早了，你就歇息去吧。你明日还得要赶老远的路，得养足精神才是呢。"李茂嘴里已轻声地应着，十指却仍紧扣在小柳腰后，已将小柳箍得了紧而又紧，双脚也像栽种在了这片泥土里，不想移动也已无法移动。小柳又仰起了脸来，说："你养足精神才要紧呢，还是早点回去，回去睡觉去吧！"

李茂的手极不情愿地离开了小柳的后腰，但又迫不及待地牵上了小柳的纤手。他终于随着小柳缓慢地离开了树林，但到了分手之时，又拥住了小柳。"睡去吧，可别胡思乱想误了休息啊！明早我会来送你的。"小柳伸出鲜嫩的红唇印在了李茂的脸上，且一个毅然决然的转身，就头也不回地回去自己的房间了。

就在小柳和李茂正在树林边含情脉脉之时，张安和小悦已走进洞房花烛夜的柔情蜜意里。他俩是带着不安和惶恐进入洞房的。但进到房后，两颗心就被这喜气洋洋的精美布置吸引了。"好美啊！"小悦已把不安和惶恐抛去了窗外，像个走进了花丛的小女孩，一会儿抚抚帐幔，一会儿摸摸床褥，然后对着那对红烛上欢跃的火苗展开了笑脸，笑得脸上似有了花朵绽开。张安却还揣着那份不安和惶恐在静静地站着，脸上多了丝丝的羞涩。他对眼前的这一切确实感到突然，也感到陌生，甚至还在为自己人生的这场华丽蜕变感到不可思议，也在因自己作为新郎不知该如何开始这段早已向往却又突然而至的新婚生活而感到茫然。

小悦已在房内绕行了许多圈后，才像一只轻捷的燕子飞到张安的面前。她扬着娇艳的脸，尽显妩媚。脸上早已涂满了浓浓的渴望，心里更是在渴望。她渴望张安能张开怀抱将自己拥入怀去，渴望自己立刻就能在张安的怀抱里尽情地放纵。可张安的情绪并未跟上她的情感节奏，她只得压抑着渴望，带着娇羞与喜悦看着张安。她看到了张安呆滞的笑容，也看到了张安眼眶里飘游的茫然。她缓缓地靠到了张安的胸上，抱住了张安的腰身，倾听起了张安那已不再平稳的呼吸声。

张安终于抬起了双手，搂住了小悦的身子。他突然觉得，小悦的身子比以前更要柔软，体香比以前更要诱人，呼吸声比以前更能刺激他的心跳。渐渐地，他有了一种欲望，这种欲望带给了他一种特别的冲动。他目光停在了小悦的脸上，嘴唇已不由自主地移向了小悦的额头、眼睛、鼻尖和耳根，最后滑向了小悦的皓齿朱唇。

雨散云收，幽香满席。张安已全身松弛，神情悠然，脸上和发际间正散发着一股潮气，而两眼正望着帐顶，像在回味，也像在冥想。小悦则趴在了他的胸上，红晕盖脸，香汗覆鼻，两眼泛着迷幻般光泽，一只手压着他结实的胸肌，另一只手立着指尖在他的腹壁上轻轻地划动，红唇滑过他脸颊、鼻尖后，附去了他的耳边。"在做梦吗？"她轻声地问。"是的！"张安侧过身来，伸开手臂枕住了小悦后颈，与小悦面对了面，说："这是一个香艳迷人的梦，也是一个摄魂掠魄的梦呢！"说过，还有了沉迷的神色。

小悦平躺在床席之上，红润的脸上沾着薄薄的香汗，呼吸合着胸脯快速起伏的节奏，短促而有力，那迷离的眼神看起来似醺似醉。直至许久之后，才又趴回到了张安的胸上，双眉之下已秋水映月，波光粼粼，两手攀住了张安的双肩。这时，她似是想起了什么，突然问道："你有诗吗？""有！"张安将她圈进了怀来，另一只手搂住她的香臀，脸上露出了一丝神秘的笑。小悦轻吻了一下张安的鼻尖，又轻刨了一下张安的肩膀，说："那还不快吟来听听！"说过之后却眨巴着眼睛望着张安，脸上充满了期待。张安诡谲而又得意地笑着，忽然间，他眼睛一闪，说道："已经给你了，人世间最为壮美的诗呢！"她"嗨"地发出了一声大笑，且一辘轳坐起，装作了郑重其事，而且说道："你刚才给出的确实是首好诗呢！不仅情韵饱满，而且义重如山，还意境阔广，气势磅礴。这是我有生以来品味到的最有情义也最为壮美的好诗呢！"

"是吗？你过奖了！"张安也翻身坐起，咧开了大嘴，眼笑眉舒地看着小悦。"你有诗吗？"他侧起了头来问。"当然有！"小悦抿住了小嘴，略带几分俏皮又有几分淘气地看着张安，眼里已闪动着一种灼热的光。"那你吟来听听！"他期待地望着小悦，期望着小悦真的能吟出一首诗来。但小悦只一个浅笑就"曜"地站起，走向了床的另一头，面对他站了个自然，眼已如秋水般荡漾闪闪生辉，脸若桃花般盛开娇嫩灿艳。"这诗，你自己品读吧！"她轻缓地摆动着腰身，整个人儿玲珑凹凸，百媚生辉。

张安双眉一耸，眼角高抬，本已张开的大嘴有了轻微的张合，那不间断的无故吞咽正拉扯着喉结上下蠕动，脸上早已堆满了惊讶的神色。"真是一首好诗啊！"声音像是从水里面冒出，沉嚦沉气。"此诗有名吗？"他轻声地问。小悦侧了侧头，张嘴笑着，露出的牙齿如白玉陈框，微眯的双眼里射出了一道迷幻般的光。她轻声说道："尚无名呢！"可眼睛一闪，又说："要莫，你给我取一个名？"张安的得意神情已无遮无掩，笑了笑后说道："好吧！让我先想想吧！"故作沉思后，却一本正经、有板有眼地说道："此诗细腻如玉，一尘不染，且高洁脱俗，气度不凡，不可能是凡界之作，那就叫她'仙韵'吧，如何？""仙韵？"小悦轻念着，若有所思，随后两眼一闪，点着头说道："好！那就叫'仙韵'吧，这名我喜欢！"说着，便展开了双臂，如轻燕展翅般地扑向了张安。

张安接住了小悦，如同接到了一件珍宝将她捧进了怀里说道："真想一口就把你吃了呢！"笑了笑后却又说："仔细一想啊，如此把你吃了实在是侈奢，还是用一辈子来慢慢地享用吧！"小悦灿艳地笑了，斜卧在张安的怀里，悠然自得。张安握住了她的手，往她嘴唇上轻轻一吮，问道："我这儿真有一首诗呢，你想听吗？"小悦坐起，且坐了个笔挺，望着张安，回道："当然想听！"张安浅浅地一笑，道："那我就把我刚刚想好的这首'洞房吟'献给你吧！"他仰起了脸，张开了嘴，慢慢吟道：

花烛摇影映红颜，百色千姿在眼前。
不羡神仙天上过，吾生就恋此中缘。

吟完之后，微微地笑着，问道："你觉得这诗如何？"小悦眨了眨眼睛，轻抚着他的胸脯，稍作迟疑后，才轻柔地回道："这诗用词巧妙，有情有韵，是不错的洞房之作！"她迟迟才给出了这番评价，张安理解为她对这首诗并不满意，所以，又将嘴附到了她耳边，问道："是不是觉得这诗少了点阳刚之气？"又说，"我只是应情应景地随口吟出了这么几句而已，你若觉得不妥，就帮我改改吧！"

小悦抬手遮住了张安的嘴唇，说："既然是洞房之作，就该应情应景，吟出洞房之作的情韵来。再说，如此情韵充盈的洞房花烛夜，谁不迷恋啊？我此时的心境也同你一样呢！你明日就用纸抄了留存着吧！当我们老了，再拿出来慢慢地品读，到时一定会回味无穷。"张安点了点头道："行吧！我一定把它抄下来留存好！"拥紧了小悦后，又说："我心里其实还有一首呢，也会抄下来留存的，到时候再读也一定会回味无穷。"小悦探出了好奇的脸，问道："是吗？能否先吟给我听听？"张安咧嘴一笑，箍了箍小悦，摇了摇头，道："不！这首得保密！"小悦撇了一下嘴，媚眼一飘，说道："那你就保密吧！好好留着，将来品读起来肯定更有滋味。睡吧，明天一早还得送李将军和那几位都领上路呢！"张安侧过了身，回了声："好吧，睡！"便不情愿地合上了眼睛。

　　过了一阵，小悦忽然发出了一声感叹："如此相拥而睡的感觉真的好美呢！"张安听后偷偷地笑了。他当然也有相同的感受，也正想要说呢，只是忍住了没说出来而已。当下小悦忍不住说了，他也顺势接过了话来，道："是啊，如此相拥而睡的感觉真的好美！我要与你如此地相拥一百年、相拥一千年、相拥一万年，不！要相拥到海枯石烂、天崩地裂、天荒地老，相拥到永远！"小悦紧紧地抱住了张安，也狠狠地亲了张安一口，再将嘴唇附到了张安的耳边，柔意绵绵地说道："对！我要与你如此地相拥一百年、相拥一千年、相拥一万年，相拥到海枯石烂、天崩地裂、天荒地老，相拥到永远！"

第十九章　送郎情女递诗笺　两女私语寨院中

　　李茂一行要前往四川了，来自外地的几位都领和了然大师也得赶回各自地盘去了。吃过早饭，王佑三派人牵来了马匹，张安也给各位分发了路上的必需品，还给每人分发了两只信鸽，又引领众人与他们道了珍重，才目送他们离开了寨院。

　　李茂是最后一个往寨门口走的。他带着黑豹、白豹缓慢而行，眼睛却在四处地张望。但他越往寨门口行走，脸上的失望就已越显浓重，直到走近到了寨门口时，又干脆地扯停了马蹄。他如此四处张望是在寻找小柳，因为在送行的人群里他没见到小柳。他又扯着马匹在原地蹓起了圈子，目光也随着圈子在扫视四周，当扫视了一圈又一圈后仍未见到小柳时，他愁眉锁眼，脸色黯然了。此时，他心里生出了一个巨大的疑问：难道这女子一觉醒来就绝情了？他当然相信小柳不会如此，所以又扫视了一圈。当确认了小柳没有出现，也确认小柳不会出现了时，才高高地扬起了马鞭，狠狠地抽在了马臀之上。随着坐骑的四蹄奋起，他发怒一般地冲出了寨门，直接冲去了寨门外的那条砂石路上。可就在此时，他听到了有人在急切地呼叫他，他一惊，便勒住了缰绳。他掉转了马头，终于看到了小柳。小柳正亭亭玉立在路旁的一棵大树之下，也正朝他挥着纤手，脸上还荡漾着灿烂的笑。他喜出望外，急急地催马走向了小柳，也顾不得马未立稳，就一个急跃下了马来，站去了小柳的面前。他与小柳相对着笑了，心里想要说的话也正在两人的目光里来回穿梭。片刻之后，他张开了怀抱，抱住了小柳，并对着小柳那灿美的笑脸展开了狂吻。小柳似是早有了准备，顺从地偎在了他的怀里，显得自然、默契。而当那种美妙的感觉已传遍了全身时，小柳用力地钩住了他的颈脖，闭上了双眼，张开了红唇，迎着他那美妙的疯狂也展开了美妙的疯狂。

　　黑豹和白豹在不远处见到了这一幕，已羞愧难当，不得不偏过了脸去，策马快奔逃去了远方。可李茂的坐骑并不懂得主人头顶上闪耀的是啥光泽，见同伴都已走远，便对着李茂发出了长长的嘶鸣，将已在疯狂中飘飘然的李茂和小柳同时惊醒。两人都像从云层里坠下，同时放开了对方，很是扫兴却又意犹未尽。李茂转过身去拍了拍坐骑，给了坐骑一个安慰，才又站回到了小柳的面前，望着小柳那红霞满天的脸庞和快速起伏的胸脯，又毫不犹豫地张开了怀抱，紧紧地拥住了小柳。小柳又钩住了李茂的颈脖。

　　就在此时，小柳挣扎了，且已从李茂的怀里挣脱出来，像犯了大错似的跑去了一边，上气不接下气地连说了几句"不行，不行，如此不行！"她身体在颤抖着，还大口地呼吸着，直到呼吸平顺了些，才又站回到了李茂的面前，痴傻一般地望着李茂。"时辰不早了，你该上路了！"她终于给出了一句话，还整了整衣裙，才轻咬嘴唇望着李茂，整个模样儿楚楚怜人。李茂余兴未尽，而且心有不甘，但又不得不要克制住自己。他跨前了一步，箍紧了小柳，将脸贴在小柳的秀发之上，细细地品味起了那股淡淡的清香，也好像已陶醉在了这股淡淡的清香里，而且脸上还有了怜香玉惜的神情。稍顷，他幽幽地说："若不是使命重大，我真的不想走了！"他目光已搭到了最远处的那座山峰之上，神情却要比那座朦胧的山峰更显忧郁。

　　"竹杆子打水，后来日子长呢。我俩终将要在一起的，你就莫再贪恋这一时的缠绵了。该走了，快去快回吧！"小柳神态悠然地将头贴在了李茂的胸上。李茂也已将双手移至了小柳的双肩，深情地望着小柳，脸上挂满了不舍和依恋。他说："爱恋的滋味真的太美了！可刚刚开始就要离别，真不好受呢！"仰对天空长长地嘘了一口气后，又说，"好吧，我得听你的，走了！"他对准小柳的双唇用力地靠了过去，一个亲吻后突然转过了身去，一个潇洒的侧跃便跨上了坐骑。

　　"要多保重啊！"小柳对着已经跨上坐骑的李茂发出了大喊。李茂勒着缰绳，大声回答："放心吧，我会照顾好自己的，你也得照顾好自己啊！"小柳点了点头，却又走上了前去，从袖间掏出了一页纸笺递予了李茂，道："这是我昨晚写就的一首小诗，想我了就读读它吧！"李茂接过纸笺，看到了纸笺上几行娟秀的小楷：

　　蜀有冰轮挂，思君月最明。
　　此行酬壮志，奏凯我关情。

　　小诗关情脉脉，李茂读了极为感动。他稍显激动地说："这不仅仅是一首小诗，还是鏖尾之海，我定不负你的心意！你可要多保重啊，我走了!"说完,突然转过了头,再挥鞭一抽,夹着坐骑便飞奔而去了。

那边,小柳和李茂正在依依不舍,这边,小悦和张安也在调风弄月。送走了远去的客人后,他俩就携手行走在了院内,说着笑着,眉目传情,桃花流水。如此浪漫地游走了一阵后,小悦忽然想起了什么,拉住了张安的手,说:"走,到寨门口看看去吧,那里定能看到一首好诗。"张安疑惑不解,呆呆地望着小悦,问:"寨门外哪来的好诗啊?"

"该有诗时便有诗,定有好诗在此时。快走吧,去了就能看到了!"小悦拉上张安走至了能看到寨门外的地方就停住了脚。她朝门外呶了下嘴,得意地一笑,说道:"你看吧,那不是一首感人至深的绝美情诗吗?"透过寨门,张安看到了李茂与小柳正在疯狂的一幕,先是一惊,随后心里已泛起了一股淡淡的醋意。他略显感动地叹道:"还真是一首绝美的情诗呢!"停了停却又侧过了脸来,问道,"你咋就知道这里必有诗呢?"

小悦望着张安,狡黠地笑了。她说:"一对初涉爱河却又不得不要马上分离的男女,会放弃作出一首好诗的机会吗?再说,这样的情诗会当着大众之面来吟作吗?"张安微微地点了点头,说:"言之有理!"片刻之后,却轻轻地推了推小悦,说道:"诗在尽情处,人在尽兴时,我们还是往回走吧,别打扰人家的诗韵了。"

小悦诧异地看着张安,突然说道:"好一个诗在尽情处,人在尽兴时啊!"嫣然一笑后,就挽住了张安的胳膊,说了声"那往回走吧"便移动了脚步。她边走边说:"别时容易见时难呀!真希望李茂能快去快回,若是去得久了,小柳就要备受煎熬了。"张安看了一眼小悦,并未给出个回应。因为,他已被小悦的"别时容易见时难"带出了一种沉重的情绪。

小悦似是看出了张安的心思,瞥了张安一眼后就没作声了,而只陪着张安静静地走着,似是漫无目的,但也在想着一些心事。直至走到了山边的偏僻处,才突然对张安说道:"有个要紧事你先得去办一下,你要打发水秀尽快回马家屋场一趟,禀报父母我俩已经成婚了。背着父母成婚本是不孝之举,好在这桩婚事是皇上定的,有圣意不可违的理由罩着,若已经成婚还不禀告父母,那就是真的不孝了!"

"还真是呢!"张安如梦初醒般地摸了摸脑袋,露出了些许的憨态,又说:"幸好有你提醒,要不然……嘿嘿,好吧,我这就去!"他急欲转身,却又被小悦叫住了。小悦说:"你要水秀告诉父母,民军刚刚组建,诸事千头万绪,这几天我俩还得在这里张罗一些事,暂时脱不开身,要过几日才有空回去看望父母,还请父母莫怪。"张安会意地点了点头,说了句

"我会说清楚的"便缓缓地转过了身。

小悦急着把张安支走，其实还另有目的。她刚才见到了李茂和小柳那疯狂的一幕后，就已被李茂和小柳的真情所感动，也对这对刚刚尝到爱的甜头却又不得不要离别的初恋者，尤其是作为女主人公的小柳产生了同情和怜悯，所以，她打算要去陪陪小柳，安慰一下小柳。因为，不管她是作为皇室的格格，还是作为小柳的朋友，都该去尽这份责任。

小柳目送李茂走远后，久久地未把目光收回。她双目微眯，脸泛潮红，一副已熏醉的神态，显然，她还完全陶醉在那种幸福的感觉里。可一阵凉风吹来，她就醒了，忽然间，孤独、依恋、牵挂和担心，一齐涌上了心头，泪水也已夺眶而出，似两条瀑布在她白净的脸上飞流而下。又一阵凉风吹来，她打了个寒战。她慢慢地昂起了头，望着辽阔的天空深吸了几口气后，便掏出手绢抹去了泪水，强装出了个若无其事的模样走进了寨门。她好想要回房大哭一场去，然后再好好地静静。可刚进到院门里，就迎面遇上了小悦。

"送李将军走了？"小悦迎上前夫笑盈盈地问。小柳露着刻意的笑，点了点头。然而，那份刻意并未能掩饰住内心的伤感，她鼻子一酸，泪水就如溃了堤似的，漫过了那娇嫩白净的脸庞，顺着嘴角滴落到了胸上。

小悦虽然早已料到小柳会要如此，但还是感到意外，鼻子根部的酸涨挤压着眼角，几丝泪影也已在她眼眶里闪动。她抱住了小柳，给出了一番安慰："想哭就放声地哭吧，哭过之后心里就会舒坦了。"笑了笑，又说，"其实，你俩今日离别也是为了往后能更好地相守，不该伤心的。他虽去得急，但要不了多久就会回来的，你就在这里好好等着他吧！"小柳点了点头，将头依靠到了小悦的肩上，泪水却仍在流淌，脸上那丝淡淡的惆怅已被紧锁的眉头描绘得更加清晰。稍顷，她抬起了头来，抹去了泪痕，突然给出了个灿美的笑，"没事，我已没事了！"她轻声地说。小悦也跟着笑了，问道："我们走走吧，如何？"

"嗯。"小柳点了点头，挽住了小悦的胳膊。当迈开了步子时，她脸上已经风和日丽。见她的情绪已经转换成平安无事了，小悦就没再说出那些要安慰她的话了，但还是想要说出些别的话题来调节下当下的气氛，所以就又沉思起来。可尚未想好该说点什么，听到小柳又开口了。小柳问："小悦姐，你能不能告诉我，洞房花烛夜真的很美吗？"

小悦站住了脚，惊讶地望着小柳。她为小柳如此大胆提出这样的话题来感到惊讶，也感到难为情了，因为她还只是个刚刚经历过洞房花烛夜的新娘，尚无足够的勇气来支撑她与别人谈论起这样的话题。可她又想，在这时候是不能拒绝回答小柳的，因为小柳问出这种话来，是心中有了美好的向往，拒绝回答就意味着是对这种美好向往的扼杀和伤害。为了能给小柳一个合适的回答，她又沉思起来，片刻之后，她反问道："你怎么会问起这个来了呢？"小柳仰了仰头，侧过了脸来说："不是人人都期盼洞房花烛夜吗？我想，洞房花烛夜一定是人世间最美的景象，在这样的景象里男欢女爱一定最快意、最幸福。我现在很想知道这景象到底有多美呢！所以，就向你讨教了，因为你已懂得这个了。"小悦更惊讶了，但又笑了。虽然她知道洞房花烛夜是初婚男女间的私人享受，不可直接对他人述说，但为了满足小柳的好奇心，还是边走边回答了几句委婉含蓄的话："洞房花烛夜确实是人世间最美好的景象，但不同的人对它会有不同的感受。有的人会觉得它是璇霄丹阙，神幻飘渺。有人会觉得它是香艳花丛，姹紫嫣红。而我觉得它更像是宁静早晨里的那片朝霞，灿烂绚丽而又气势恢宏。在洞房花烛夜男欢女爱确实是最美、最幸福的享受，但这种享受只能在身临其境中去体验，不能靠别人的描述来获取的。"

"我懂了，反正是在那种超乎寻常的美景里得到的超乎寻常的美好享受，要不然就不会人人都喜欢人人都盼望了。我实话跟你说吧，我现在好盼望呢！"小柳停住了脚，望着远方，脸上已充满了憧憬。小悦轻轻地拍了一下小柳的肩膀，娇美地一笑，说道："这一天已离你不远了，你只要耐心地等上些日子，就能等到了。"小柳回过了脸来，娇柔地看了一眼小悦，也绽开了笑脸，且说："小悦姐，你看我好傻不？居然会问出这样的话题来。呃，你不会认为我真的好傻吧？"她那憨态可掬的模样儿显得甚为可爱。小悦望了她一眼，掩鼻一笑，眯了眯双眼说道："你还真的有点傻呢！不过，傻得还挺有韵味的，也挺可爱的！"

"我也觉得现在的自己真的好傻。我曾听我娘说过，女人爱着的时候是最傻的时候，看来，这话一点也不假了！"小柳轻柔地说着，摆出了回味的神情。小悦却点了点下巴，说道："你母亲说得没有错，女人爱着的时候是最傻的时候！不过，女人这时候的傻并非真傻，而是当爱的幸福感占据了脑子后，表现出来的神态让人觉得傻。也就是说，当你在尽情地享受着爱的滋味时，会对其他的事物变得淡漠，模样会让人觉得傻。其实，这是一种幸福的神态，不是傻！"小柳轻轻地嘘了口气，道："听你如此一说，我就明白这个理了。不过，人家认为我傻也好，不傻也好，都无关紧要了，只要能爱着就好。说真的，有爱的感觉真好！"她忽然咬住了嘴唇，且微微地低下了头，摆出了云娇雨怯的模样。

　　"是啊，爱着的感觉真好！"小悦受到了小柳情绪的感染，也发出了如此感叹，又说，"我们都是正爱着也被爱着的人，该好好地珍惜。"小柳点头说："是的！我一定好好地珍惜，做一个爱得深也被深爱的女人！"她突然抱住了小悦，将头搭到小悦的肩上，脸上挂满了幸福的神色。

　　小悦的脸上也同样有了幸福的神色。她轻抚着小柳的肩背，轻柔地说道："你呀，得多保重，可不要让爱你的人为你担心了！"小柳点了点头，说："我会保重的！"她将头从小悦的肩膀上移开后，又缓缓地迈开了脚步，走动了几步后，又说，"你也得多多保重！你挑着事关江山社稷的重担，要面对纷繁复杂的诸多事务，承受着多于我们千百倍的压力，更该保重！"小悦点头回道："我会的！"又说："其实，我并不感到担子重、事情多就压力大，或许，是因为有爱的力量在支撑我的缘故吧？我虽然得到父母的爱并不多，但我的老祖母，我的兄长，包括我的皇帝哥哥，还有张安，还有与我相处的所有人，都给了很多的爱，而且是各种不同方式、不同含义的爱。因为有了这些爱，我不管挑着多重的担子，面对多么繁杂的事务，都没有感到过有压力，而只感到有快乐。我快乐地做着每一件事，做着的每一件事又能回馈我快乐。我感觉，爱是有力量的，我还相信，爱的力量是无穷的。不知你是否有同样的感受？"小柳停住了脚，静静地望着小悦，似是若有所悟了。她喃喃地说道："经你这么一提醒，我好像也有这种感觉了！"停了停又说，"我好像对李茂已没有那么担心了。因为他是带着我给他的深深的爱去的，我的爱一定会给他无穷的力量，战胜千难万险。"

　　小悦微笑着点了点头，说："你说得很对呢！我相信你的爱能给李茂无穷的力量。而你有了李茂的爱，有了大家对你的爱，也定能轻松地面对当下的一切，包括离愁别恨。"见小柳心绪已经平静，她就不再担心了，所以，她握住了小柳的手，又说："今天我只能陪你到这儿了，我和张统领、何将军，还有你父亲和于副统领都还要忙去呢！你就先回去吧，有空了我会再去陪你聊、陪你玩的，如何？"小柳点头回道："好吧！"但又说："你担的是大任，就不要替我担心了，忙你的去吧！民军刚刚组建，诸事千头万绪，有些事情我能做的，你可以安排我去做。我也想加入民军呢，也要学你一样，为朝廷担大任，挑重担，你能答应我不？"她灿美地笑着，满脸期待地望着小悦。小悦抚了抚她的胳膊，回道："当然答应，民军正需要你这种聪明能干又知书达理的人呢！行吧，等我们的构想成熟了，我会给你派事做的。你现在回去好好休息吧，啊！"

"好吧。"小柳轻轻一笑，点了点头就转过了身。她怀着复杂心情回到了自己的房内，但并未大哭一场。因为与小悦交谈过后，她有了力量承受心中的忧伤。她将小荷打发走后，就趴在床上想起了心事。她首先想起了李茂，一想到李茂，心里就有了甜甜的、美美的味道。她当然也想到了张安，想起了自己曾经对张安有过的喜欢、期待、爱慕和敬畏，想起了曾经与张安亲近过的日子，也想起了昨晚上张安眼里释放出的淡淡怜爱。她又想到了小悦，想到了父母，还想到了段彪。她想起这许多人来，自然地想起了与这些人相关的事，她把这些事串成了一个情节丰满但又曲折的故事，竟然发现，自己是这个故事中最美丽、最幸运的主人公。

当然，她最后还是让思绪又转回到了李茂的身上。她毕竟对李茂有些担心，担心路途遥远且李茂要经历许多艰难困苦，更担心战局将近李茂要面对许多邪恶和凶险。她还想了许多事，直到最后不知不觉地进入了梦乡，而且梦见了李茂。李茂在荒野里奔跑，后面有一群人挥舞着长剑在追赶，李茂已被逼到了悬崖边上。可在她惊慌之时，见到一位黑衣女人飞到了李茂头顶，似老鹰抓鸡一般地提起了李茂飞向了远方。她正在为飘远而去的李茂担心时，却发现李茂本就站在自己的面前。她惊喜地抱紧了李茂，钻向了李茂的怀里，可钻着钻着，李茂又不见了，她茫然地望着荒野不知所措。她大声地呼喊着李茂，四处张望寻找着李茂，可突然间，李茂又出现在了面前。她又惊又喜，举拳擂向了李茂，又抱紧了李茂，且睁开了眼睛，想要好好地看看李茂。可这时，李茂又不见了，她再仔细一看时，自己正趴在床上，怀里还抱着柔暖的被褥。她心里突然空落了，也为做了这个怪梦而不安了。她缓缓地从床上爬起，走向了洗漱间。她洗漱了一番，也精心地打扮了一番，随后带着心事走出了门。她是要到母亲那儿去，因为她此时很需要母亲的怀抱。

第二十章　喜信惊得张家乐　新娘弹唱献郎君

　　水秀带着无比的自豪与骄傲，满面春风地回到了马家屋场，一进门，就朝父母直冲而去，喜笑颜开地站在了父母的面前，巧嘴一张，眉飞色舞地说开了："我的老爹老娘啊，我要告诉你们一件大喜事呢，这喜事实在是太大了，你们心里可得有准备啊，不要被惊晕了啊！我跟你们说啊，我那伟大的老哥呀，也就是你们那亲爱的爱崽崽张安啊，真够伟大了！皇上下旨组建了湖南平叛民军，他被封为了正二品的湖南平叛民军统领，成为了一方将领，责同总兵一级呢！你们听清楚了吗？是正二品呢！正一品最大，当个县太爷也就六品、七品的，你们说，正二品会是多大的官啊？就算金榜题名当的官，得殚精竭虑多少年才能混到他这样的位子啊？呃，还有呢，我那伟大的老哥已由皇上亲自保媒与小悦姐成亲了，皇上不仅托李将军带来了御笔媒证，还下旨特事特办，让他俩在接到御笔媒证时起就算成亲了！你们说这是多大的荣耀啊！呃，别急别急，还有呢，我现在该说说我那伟大的嫂子了，我的嫂子，也就是那位小悦姐啊，呃，对，也就是你们现在的儿媳妇呀，根本就不是什么宫里来的普通宫女，而是当朝的格格呢！格格，格格你们知道吗？格格就相当于公主，我那伟大的老哥娶了位相当于公主的格格回家了，我们都是皇亲国戚了！皇亲国戚啊！你们脸上有了多大的光彩啊！"

　　水秀越说越激动，越说越有劲，白嫩的小脸早已被热血染红，而且红至了耳根和颈脖，额脸和鼻尖上渗出了晶莹的汗珠，嘴角上还泛起了白色的泡沫。张少坤夫妇一开始还只当她又没了正经，对她的述说不以为然，甚至还想要插上话来责备她一顿。可见她神情从未如此地正经过，也从未如此地激动过，就越听越觉得她说的并不像不正经的话，所以就把她说的每一句都收进耳里了，也放进心里了。也正因为如此，他俩已惊得脸都变形了，嘴也已张得老大了，眼睛还瞪得圆鼓鼓的把眉毛也拱得老高了，瞳孔里还放射出闪亮的光了。

　　水秀虽已一轱辘地把事情都说完了，但还余兴未尽。她抬起衣袖往脸上一扫后，张着红彤彤的脸又嚷嚷开了："你们都没晕过去吧？这个时候可不能晕呢！这么大的喜事降临到了你们的头上，你们得盘算着好好地庆贺呢！不过也不用着急，平叛民军还刚刚组建，我伟大的老哥和伟大的嫂子还有要紧的事要办，要过几日才有空回来看望你们，你们就先好好地准备着吧，准备以最好的方式来迎接你们伟大的爱崽崽和伟大的儿媳妇回家吧！"

真是天降大喜于张家啊！张少坤刚回过神来，就拉上夫人跪到了祖宗的牌位前，三叩九拜向先人报了喜，又喜癫癫地跑去请来了族上的长辈和兄弟分享了这一惊天大喜和莫大荣耀。他跟族上的人说："今日天降大喜于张家，是我张少坤的造化，更是祖宗的保佑，我当好好庆贺，以上谢祖恩，下谢亲朋。呃，你们就都帮我出出主意吧，看这事如何操办好啊？"

族人们已激动万分，也乐成了一团。可听得张少坤要讨主意，就都沉默了。他们这些连县太爷都未曾见过的普通百姓，哪敢给将军和格格的大婚拿主意啊？所以，除了沉默，已无别的法子应对了。"都说说吧，尽管说，大胆地说嘛！"张少坤背起双手，仰着带有喜悦、自豪、得意和幸福的脸，在族人们的面前走来走去。但族人们仍是沉默不语，有的还直接地摇起了脑袋。

见当下这气氛与她家里的这一大喜事极不相称，在一旁一直没有说话的水秀突然急了。她走上了前来，朝着长辈们扫视了一遍后，不管是有礼还是无礼，就嚷嚷上了："长辈们都不敢拿主意对吧？我料定你们是不敢拿的。那行啊，既然你们都不敢拿，那我就来拿吧！皇上说了，特殊时期须特事特办，要一切从简。我哥和小悦姐遵了皇上的旨意已在博公寨成婚了，回家来后，这婚典就无须再办了！但喜酒还是得要办的。我的想法是，等过几天我老哥和嫂子回来了，就办一顿有多道状元菜撑门面的大宴，请亲戚朋友和全村老少一起来热闹一番，这样就算给我哥哥、嫂子贺了喜，也给左邻右舍亲戚朋友致了谢了。我老哥和嫂子的身份非同一般，肩负的责任也非同一般，没有太多的时间来应付这些小场面上的事呢！我如此安排既符合皇上的意图，又不违风俗，也不失热闹，正符合即将到来的全民抗反的时势。依我看啊，你们也都别琢磨了，就这么定了，如何？"

水秀的一番话并未得到族人们的拥护，但得到了张少坤的赞同。张少坤说："水秀说得在理呢！我们现在是皇亲国戚了，啥事都该听皇上的才是。既然皇上有旨须特事特办，我们就得特事特办。过几日安儿和小悦回来后，我们就摆大宴相迎，也约请亲戚朋友和全村老少来参加，以此告慰列祖列宗，慰劳各位亲朋。行啊，你们就别琢磨了，就按水秀说的办吧！"

　　"按水秀说的办好啊！水秀的主意是循了皇上的旨意！"张夫人乐呵呵地走上了前来，也插上了话。她看了张少坤一眼，又对族人们说："这庆贺酒宴当然得办出个高规格，所以我们得早做准备。听水秀说啊，安儿和小悦还有大事在忙，要过几天才可回家，我们正好可先把准备做足。只是这准备之事得有劳各位长辈和兄弟帮忙了，要不然，酒席就办不出档次了。我看就这么着吧，宴席呢，就按满桌状元菜准备，还是由张五掌厨操持，其他的事你们就做个商量，分头去办，如何？"

　　族人们既然自己不敢有主意，也都只得依了张少坤夫妇的。至于要帮着准备，那自然乐意，因为这是件既可分享族上荣耀的美事，也是件能巴结张少坤家的好事，所以，他们当场合计后，就在张少坤家忙开了。当然，最忙的还是水秀。水秀的首要任务就是要给张安和小悦布置间新房。新房的布置看似简单，做起来却挺啰唆的。她跑上跑下，精心张罗，花了两个整日，累得了腰酸背痛，才把新房布置妥当。张夫人多次劝她去村里找几个小媳妇来打打下手，可她就不愿意，她说："那些从未见过世面的小媳妇，哪有资格给格格和将军布置新房啊！"

　　经几日忙碌之后，张少坤夫妇终于得到了张安和小悦明日上午就要回家的消息。乐过之后，张少坤把族人再召集起来，将办酒宴的事又调摆了一番，还搬出了文房四宝写起了喜联。可一切都调摆到位后，门外突然来了一大拨人。这些人抬的抬、挑的挑，送来了猪牛羊肉和杀好的鸡鸭鱼兔及各类菜蔬，还有十几坛老酒。张少坤询问后才弄个明白，这是王佑三特意安排的。王佑三懂得村上的习俗，知道张少坤会要安排大宴来迎接新婚的儿子儿媳。为不让张少坤过于匆忙，他吩咐了手下按满桌状元菜标准备好了菜物和宴酒，还安排来了厨师和侍丁。这一切如此周到，让张少坤极为感动，还有了感慨：连王佑三这种自恃德高望重的人都曲意逢迎了，还真是仙若得道云霞托，人若当官万人拥啊！

　　办酒这日，啥事都有人承担了，张少坤夫妇倒闲暇了，这一闲下来，就只有一件事了——迎接儿子儿媳。虽离午时还有一个多时辰，他俩就已站去了槽门外张望，半个时辰后，才看到博公寨方向走来了一拨人。当断定了这拨人里有张安和小悦时，便拔腿就跑，远迎了去。这拨人里除了有张安和小悦，还有何卫、王佑三夫妇、王炳、于奎和大虎、小虎。见到如此多有身份的人陪同儿子儿媳回来，他俩那美滋滋的脸上又添上了惊喜，且接受过儿子儿媳的拜见后，便迎向了王佑三等，热情地道着恭迎，说着感谢，欢欢喜喜地陪着他们进了槽门，又进了堂屋。

待张安和小悦按习俗行过告祖之礼，酒席就要开始了。可这时，村邻和亲朋并未入席，而是集拢到了小悦的面前行起了大礼："格格千岁千岁千千岁。"这场面令小悦有些措手不及，所以只得仓促应对："免礼，免礼，请起请起吧！"待缓过了劲来，她还表达了一番客气和恭谦："各位父老乡亲、亲戚朋友，我如今是马家屋场的媳妇了，大家就不要总把我当格格了。往后啊，见了面打个招呼就够了，无须下跪行礼了。好了，请各位入席吧！"

今日办的虽不算正式的婚宴，但酒宴开始后，张安和小悦还是按婚宴的规矩敬了一轮酒。先敬了父母和师傅于奎，又敬过族上的长辈和王佑三夫妇，还特意走向了各席相敬，且每到一席，都亲和恭谦，也热情洋溢，这一路敬下来，引得了客人们个个高兴，人人欢喜。

在这满屋子高兴的人群里，张少坤是最为显眼的。当数轮酒过后，他脸上就已如阳光灿烂，嘴上也已乐呵不已。当想起邻村学堂的几位先生还欠着小悦的一个对句时，就更是来了兴趣。他只把酒杯一放下，就对着那几位老先生提起了嗓子："各位先生，现在是酒香喜气浓，人醉精神爽。几位才高八斗、学富五车，何不趁此尽显才华，出几个对句来给大家助助兴、添个乐道啊？"

几位先生因还欠着小悦的一个对句，本就有愧，如今又知道了小悦还顶着格格的尊贵身份，心里就更没有底气了，面对张少坤的这番提议，都把脑袋摇得呼啦啦的，没一个敢答应。但五里堆学堂的姜老先生壮着胆子站起了身，摇晃着脑袋表达了个另外的想法："出联作对只是小技，配不上今天这场高贵的酒宴。我倒是听说宫里格格个个琴棋书画都相当了得，所以就斗胆恳请格格能一展才华，给我们弹唱一曲，让我等能一饱耳福，不知可否？"他这想法虽过于大胆，但客人们还是凭着酒劲发出了附和。小悦并不想冷落了这番热闹的场面，所以不等张少坤回话，就爽快地给出了回应："既然姜老先生有此美意，大家也有此兴趣，那就请水秀拿琴来吧！但我也得讲个条件，我可以在此弹唱一曲，姜老先生也得喝上一碗作陪，如此才算公平嘛。请问姜老先生，您能否答应？"在一波接一波的起哄声中，姜老先生抱拳一揖，爽快地答应道："荣幸之至，荣幸之至啊！既然格格愿为我等献艺，老朽自当豪饮一碗，以表感谢。格格，有请吧！"

屋内顿时撺哄鸟乱。小悦扫视过这场面，给了姜老先生一个美艳的笑容后，便轻移缓步，走到了水秀已经架好的琴前。她缓缓地坐下，轻抚着琴弦，随着纤指一展，一串音曲如万珠触玉般地泼撒了开来。接着，她又展开了歌喉：

独闯湖湘，只因志存心间。踏遍三湘尽美景，忘返留连。虽是逍遥遍地，不敢枉贪，要为家国天下安。

举步峰峦，喜遇如意姻缘。随缘情定大沩山，连理相缠。从此同心携手，一路比肩，狂风厉雨共承担。

琴曲悦耳，歌声婉转，虽是曲已终了，但余韵仍绕耳边。小悦将头一扬，就起身回到了张安的身旁。她环视满堂，面带微笑朝众人扔出了一句话："献丑了，还请各位先生多多指教！"她这话说得虽是轻柔，但激起的喝彩声如巨浪狂涛。这时，姜老先生已激动不已，端起酒碗，走到了小悦和张安的面前。但他并未直接就将酒喝了，而是摇晃着脑袋，说："格格才貌服人，弹唱感人，且千里寻姻下嫁到了我们这大沩山之地，这是我大沩山万千百姓的荣耀。张安贤侄文武双全，得到了皇上赏识成了一方主将，且又喜结良缘攀上了高枝，可喜可贺。所以老夫当用这碗酒来表达敬贺。"他把酒碗举起，又说："我祝小悦格格和张安将军大业有成！也祝你俩白头偕老、儿孙满堂、大福大贵！"他这番话说得利索，酒却喝得拖泥带水，脖子一仰，只将半碗灌进了嘴里，另一半却洒在了胸前。尽管如此，还是博得了满堂的喝彩。而在这喝彩声中，王佑三突然站起了身。

在大沩山人眼里，王佑三是位头脑活、本领强、见识多、家业大的德高望重之士。大家见他起了身，料定他会有要紧话说，所以并未等他开口，就都主动地收住了嘴。王佑三望着满屋子朝他伸过来的目光，并未摆出平日里那副德高望重的做派，而是表现出了一种特有的谦和与亲切，大声地说："各位长辈、乡亲、亲朋，我马家屋场张、王、于三大姓氏承蒙祖上占得了这块风水宝地，几百年来人兴财旺，享尽了天赐之平安富足。而今，又迎来了当朝格格和几位将军到此主撑朝廷平叛大业，我与张安贤侄及于奎老先生被皇上封授了高等到级的职品，委以了重任，小悦格格还下嫁这里成了我们的村邻，何卫将军也成了我马家屋场的女婿，带给了我马家屋场莫大的荣耀！这是祖宗的恩佑，皇上的恩泽！今天，我要自荐代表马家屋场的三大家族几百号男女敬酒三杯，大家是否同意啊？"

"好，好！"屋内呼声顿起。稍顷，王佑三环视全场，摆出了庄严神色，语气也已变得慷慨激昂。他说："这第一杯酒，要敬皇上，祝吾皇万岁万岁万万岁，祝大清江山万年稳固，祝天下百姓安居乐业！"说完，便将酒杯高高一举，一饮而尽。接着又斟上一杯，继续说："这第二杯酒，要敬我张、王、于三大家族的祖先，愿祖先恩佑千秋、福泽万代，愿我马家屋场各姓各家世世荣华、代代富贵。"说毕，就将酒敬给了祖先。他再斟上了第三杯，走到小悦和张安面前，大声说道："第三杯酒要敬给小悦格格和张安将军，祝格格千岁千岁千千岁，祝张安将军和小悦格格恩恩爱爱、白头到老，儿孙满堂！"说完，他郑重地将酒杯举向了小悦和张安。

屋内早已欢呼雀跃，掌声雷动。此时，小悦也来了兴致，宣布也要敬酒三杯。她拉上张安高声说道："第一杯酒，要敬我爱新觉罗氏的列祖列宗，感谢祖宗恩德将万里江山赐予了我辈之手，愿祖宗佑我大清江山永远稳固，天下百姓代代安居、人人兴旺。"与张安一同将酒洒向地面后，又举起了第二杯酒，"第二杯酒，要敬我的家公家母，愿父母福如东海深，寿比南山高！"说完，便与张安将酒敬向了张少坤夫妇。她又端起了第三杯酒，说："第三杯，我要敬各位老少邻居和亲戚朋友，祝各位家业兴旺、平安富贵！"

此时，掌声和欢呼声已暴响起来。但小悦放下酒杯后继续说道："各位乡亲、亲朋，我还得说几句话。自我大清一统江山以来，百姓安居，国家兴旺。可吴三桂为了一己之私，要谋反作乱了，这是祸害天下之举啊！为应对这个乱臣贼子，皇上早已厉兵秣马，摩砺以须，做好了充分准备，且已下旨组建了湖南平叛民军，已封张安为湖南平叛民军的统领，王佑三、于奎两位为副统领。我湖南平叛民军在他们三位的带领下，将与朝廷各路官军齐心协力，一举平定吴三桂即将发动的叛乱。如今，天下仁人志士和广大民众都已加入我民军，大沩山将成为我湖南平叛民军的核心之地，在此，我真诚地欢迎各位加入到这支大军中来！青壮可直接参加队伍上阵拼杀为朝廷建功，老弱妇孺可耕种织染尽其所能当民军的靠山。这是为天下谋太平，为自己谋前程的大好机会，希望各位不要错过。大家说好不好啊？"

"好！好！"小悦的扇动有情有义有气势，不仅激发了男女老少加入大军的热情，还博得了大家的钦佩，更是让在场的姑娘媳妇和老太太们大开了眼界，她们都在想，做女人就得像格格这样不让须眉。其实，小悦的到来已经或正在改变大沩山人的观念，从极力敦促顽固家庭的女子放足、倡导婚姻自由开始，女人不卑已更深入人心，女人地位得到了新的提升，这里的女人们早已感谢她给大沩山带来了新风。

酒席在欢闹声中结束了。客人们都带着满脸的喜悦走了，张家又恢复了清静。此时，张夫人正与何卫在聊着家事，张少坤和族上人在收拾席面，而水秀却拉着张安和小悦急匆匆地去了书房。水秀扬起了一脸得意对小悦和张安说："小悦姐刚才那番话说得太有气势了，听得我都热血沸腾了！我听着听着，忽然就想起了花木兰从军，也想起了穆桂英挂帅，并且，还生出了个伟大的打算，我要把我大沩山的年轻女子都动员起来，加入民军，组建一个花木兰营，一边操训，一边学做纺织，以便能战时上阵杀敌，闲时赶做军衣，你们说怎样？"小悦和张安不无惊喜，齐声回道："好啊！"小悦还点了点手指说道："你这都想到点子上去了！"赞许地一笑，又说："我也早有此设想了，要在我民军中设立织造总行，专门纺纱织布、制作衣履，你我想到一块了。既然想到一块了，那今天就定个方案，过日再与王佑三、于奎通气后把事定下吧！我想啊，就不要组建花木兰营了，应尽快筹建女子义校，免费招收年轻女子入校就读。只要愿意来的，七岁以上、四十岁以下通通接收，分少幼班和成人班，既教她们读书识字，又教她们女工技能。我们要利用义校培养出一批高水平的织造能手，将来还要带领这些织造能手组建我湖南平叛民军的织造总行。既然民军也是朝廷的军队，统一着装已是必须，所以，筹建织造总行制作统一的被装也该考虑了。这事就这么定了，你们看如何？"

"如此好啊！"水秀兴奋极了。她扑闪着大眼又说道："这是个有远见、很管用的主意呢！我想，只要我们放手发动，前来参与者一定不会少。只是人多了，校舍就得要大了，可当下到哪里去找这么大场地开办义校啊？"说完，她目光已在小悦和张安的脸上来回地移动。张安见她心里有了难处，便接过了话说："我民军很有必要开办这所女子义校，而且规模还得要大，要招收尽可能多的女子进入义校。说到校舍，官山就有，那里有许多荒弃了的书院、学堂，都可利用起来。"看了看小悦和水秀后，又说："这事啊，我看就由水秀和小柳两人去筹办吧！我认为，要按三到五百人规模设校，要让女子们在这里学到三样东西：一是读书识字，可请几位年轻些的先生前来施教。二是要学到道理和规矩，这个除了由你俩施教外，我民军高层头领也可以轮流去给她们讲授。三是要学到女工技能，这得要广招师傅。我们要把这些女子培养成能识字、懂规矩、有技能的有用之材。"

"张统领考虑得很周全嘛。"小悦侧头一笑，点了点头说。握住了水秀的手后，又说："这是一件很要紧的事，我相信你能把这件事办好。你就尽快去找小柳商量吧，我会给你们人力、物力、财力上的支持！"水秀嘻嘻一笑，抱起了双拳，用力一揖后，大声说道："末将遵命！"

第二十一章　博公寨里首发令　来了真假联络人

这天上午，张安正与小悦漫步闲聊时，突然想起了一件事来，便问小悦："你是否记得我们还有一件大事没有办？"小悦站住后回问道："你是想起岳州了吗？"张安点着头说："是的！岳州为兵家必争之地，如此重要的地方绝不可放弃！如今局势已日趋紧张，你却已不再提及，这是为何？"小悦微微地一笑，说道："这段我也一直在考虑该如何去、去了该怎么办呢！我是想有了成熟的主意后再跟你说。呃，你还记得我曾说过，岳州的事须由我俩去办的话吧？"张安点头答道："当然记得！"又问，"那这是为何？"

小悦想了想，一笑，回道："我的意思是，岳州的事，别人去没有我俩去合适。呃，我先给你说个故事吧！"她眨了眨眼睛，就把自己如何成为洞庭帮二帮主的一番事全都说了，张安听后惊喜得嘴都合不拢了。他还颇为得意地说道："我早就料到你在岳州已有了打点，只是没想到还掌握了这么大一个帮派，你果真是天福之人啊！"笑了笑又道："至于你所担心的洞庭帮的人还认不认你这个二帮主，我认为得看他们是否已改走了正道。但我不太相信他们已改走正道，因为禀性难移嘛，我估计他们目前仍在匪道上走！"

"这点我倒是不担心！"小悦望了望远处后说道，"胡大魁落湖为匪是迫不得已，他早已有了求正之心。但胡大魁和帮里的主要骨干都是前明的人，我担心知道我是朝廷的派员后，会对我产生敌意，至少会有习惯性的防范。若是这样，我去后，局面就不容易打开了。"张安却举手一拦，截过话了说道："这你就不用担心了，可以隐藏身份嘛，只要你我不说，他们怎么也想不到你会是朝廷的人。"想了想又说："我倒是想，岳州应该还有其他的帮派，你如何能将岳州所有的帮派都一起争取过来？"小悦微笑着望着张安，回道："这个并不是难题！三年前，我就摸清楚了情况，岳州还有十多个帮派，还有几家武馆和几座寺庙，但规模都小，也都敬重胡大魁和洞庭帮，只要我们能掌控住洞庭帮，他们都会跟风而行的！"

"那这就好办了，我们把重点放到洞庭帮就是了！"张安点着头说。看了眼小悦后又问：“那你打算何时动身？”小悦突然间有了几分干脆，回道："后天！"又说，“我们得带上十位武功好又灵活的兄弟一起去。主要有三个目的：一是为彰显实力，因为江湖上都看重实力，有了实力就能撑得起腰杆子说得起硬话。二是为应付不测，毕竟，我已三年不去岳州，会有许多预料不到的情况需要应付，这时候我们得手下有人。三是为历练干才，带些人去湖面历练历练，有助于下一步掌管包括洞庭帮在内的各种水上势力。”

张安先是惊讶地看着小悦，随后却点了点小悦说道：“你已思路清晰，计策周全啊！”小悦却微微地一笑，低着头说：“这都得归功于你刚才的点拨呢！”挽住了张安的手后，又说：“我在猜想呢，胡大魁正在盼着我过去了，他见到了你这位文武兼备的妹夫后，一定会高兴得不行呢！”

“只要他高兴就好，他一高兴我们就好掌控他了。看来，岳州的事不比我原来想象要难办了！”张安"哈哈"一笑，又突然问：“呃，你有没有考虑过，我民军的部署如此分散，大战时如何才能心往一处想，劲往一处使啊？”小悦听问，表情突然变得凝重了，想了想后，才回道：“我也一直在考虑呢，民军的责任是拖扰叛军，配合官军阻敌北进最终全歼叛军。吴三桂蓄势已久，他起兵之前，朝廷尚无理由大规模调动大军，他起兵之后，朝廷一开始只能设法先将其止滞于湘、川，再调兵遣将清剿，所以我民军承担的压力会很大。但目前还只能分散部署，战前可视情况做一些集中，这还得要走一步看一步！”张安一听，略有所思了，随后说：“我已经明白了！办完了岳州的事后，我们须前往各地去统一心思，商定对策。”小悦点头说道：“没错！从现在起，我民军的所有事务都得通盘考虑，不能顾此失彼。所以，我们在岳州还不能耗得太久。”

“是的。”张安看了一眼小悦未再说话。小悦却说："已经好长日子没上过巨石台了，看看去如何？”她见张安点头应了，便拉上了张安的手，一路飞奔上了巨石台。练了一阵功后，望着阳光普照下的座座山峰，回想起了两人相识以来所经历的一切，她顿时有了一种感慨：“你我之缘起于这巨石台啊！若是那天你没上到这巨石台来，后面的故事就不会有这么精彩了！”

“是的，这巨石台既牵上了你我的姻缘，也有恩于我啊！”张安温情地一笑，走了几步后又说：“只是这大沩山很快要遭战火蹂躏了，往后我们还能不能常上这巨石台来都很难说了！”小悦看了一眼张安后，说道：“当然能，因为战火烧不进大沩山来！”她笑了笑又说，“我都视察过了，正如了然大师所说，大沩山各条通道都有险可守，有易守难攻之优势，只要防守到位，若无内线策应，叛军是攻不进来的。我倒是担心南岳衡山了。"她声音已有些低沉了，"衡山通道多但险隘少，失守自是必然。"张安望着小悦，接过话说道："我已懂得你意思了。吴三桂得不到大沩山用作战略支撑，定会要去强占衡山，将来定会要定衡州为大本营之所在，到时，衡州平叛民军的压力就要大了！"

"是的！"小悦点了点头说，"我们去衡州时务必要提醒南山道长和了然大师，既然吴三桂对衡山志在必得，我们不可死战。叛军占领衡州后，民军可部分转移来大沩山，部分利用寺庙、道观潜藏，还可部分扎入深山老林保存实力，以图重整旗鼓。大沩山也须尽快备战，将来战事一开，还得将周边各地民军乃至无须死战的官军都收拢到大沩山来集中备用。"

"很有远见呢！"张安点着头正要再说时，却有信鸽飞来。他取下了鸽信念道："西南风摇树动，咋办？虎。"这是段彪发来的鸽信，所以他问："该怎么办？"小悦踱起步来，踱了几个来回后才说道："给段彪下令吧，派人潜入云南去添点乱！"见张安脸有担心，又说："现在派民军去袭扰，吴三桂只会相信是民众在骚扰，不会暴露皇上的意图。""那行！"张安点了点头，"那就与何卫、王佑三、于奎商量后发令吧！"见小悦应了，就拉上小悦去了博公寨。王佑三见他俩抱了只鸽子急匆匆而来，便直接问道："难道是有要紧之事？"张安将鸽信递予了王佑三说："段彪有信！"王佑三看过信后略显惊慌，问："如此说来，大战在即了？"

小悦笑了笑，道："还没那么快！"她示意张安去叫何卫和于奎后，又说："朝廷尚未撤藩，吴三桂还不会起兵。现在有异动应是演练或者调整部署，很可能是恢复那些假装裁撤了的建制，这更说明他反意已明了。此时当要段彪派人去烧几处粮草，制造些恐慌。"王佑三恭维地一笑，说："如此好啊！那请格格下令吧！"小悦却挥了挥手道："这是军令，还得以张统领的名义下达！"王佑三眉头一扬，便去取来了布条笔砚，写道："出门去，烧火煮饭。山人。"

何卫和于奎随张安到了，小悦向他俩说明了来意后，他俩并无意见。所以，王佑三及时放飞了信鸽。见信鸽腾空而起窜向了远天，他兴奋地说："这回段彪一定会让吴三桂吃上一壶的！"

"但愿如此啊！"小悦开心地笑了。随后便与张安、王佑三、何卫、于奎聊开了。待聊了个痛快后，王佑三就叫来了酒菜，还喊来了姜小青和小柳作陪。他说："今天，我湖南平叛民军发出了第一道战令，当好好地庆贺，请格格、张统领、何将军、于副统领都上桌吧！"上到桌上，就杯来盏去，好不快意。但酒过数巡后，有护院来报："禀寨主，有一外地人在寨门口点名要见您和小悦姑娘呢！"

"哦？"一桌人顿时都没有了言语，最后还是王佑三定了板："那就领来这里吧！"护院前去引过了来者。来者一脸的神秘，说："我叫陈焕，是从云南来的，我要见王寨主和小悦姑娘。"

王佑三与小悦对了个眼神，便将陈焕引到了一旁，说："我俩就是，请讲吧！"陈焕扫视过了他俩，更显神秘了，"我是受人所派呢！"小悦瞥了他一眼问："受何人所派？"陈焕环顾了左右，神态和语气已与其干练极不相称："我是受李高元将军所派呢！"小悦点了点头后，又问："李将军为何要派你来此？"陈焕得意地掏出了一封信来，说："这是李将军的信，里面都应说明白了。吴三桂封锁了云、贵对外通道，我是冒死逃出来的呢。"小悦见信果然是李高元所写，略显惊喜。李高元在信中说，他回到吴三桂身边后被贬去管理粮草了，现派亲信陈焕前来博公寨担当联络之责。王佑三看信后并未看懂，便只得说道："还是先让陈先生吃饱了再说吧！"见小悦已点了头，就将陈焕领去了桌上。

陈焕已得意地坐下。可就在此时，小悦揪住他衣领大声喝道："你是何人？冒称陈焕来此有何意图？"她这举动突然、凶狠，把满桌人都惊了个目瞪口呆。假陈焕却处变不惊，笑嘻嘻说道："姑娘何意？你这是对李将军不信啊！"小悦并未理他，而是将他拖离酒桌，一个立掌把他击至了墙角。而就在这时，假陈焕挥拳冲向了小悦，小悦却接住他拳头一拧将他掀倒在了地上。但他又掏出一支短镖射向了小悦。小悦则一个侧身接过短镖，再一挥手，让短镖反向射入了他大腿。此时，他"哎哟"一声就屈下了身子，还扭曲了脸。而小悦上前去拔出了短镖，好不得意。

望着假陈焕那痛苦模样，张安已很惊诧，"不好，他中毒了！"小悦晃晃短镖冷冷地说道："是中毒了，中了吴三桂所独有的麻心刺骨毒，他拥有这种毒镖，说明他是吴三桂亲信。"张安又担心地说："那可别让他死了啊！"小悦又晃了晃短镖道："死不了！这毒只会让他全身无力、心口发麻、骨如针刺！"

"如此说来，李高元使了诈降之计？"何卫像是看出了门道，所以如此问。小悦却抬手一拦，叫来了护院，交代收好短镖把人捆去了大牢后，才回何卫道："李高元将军派陈焕前来应该没假，但陈焕可能已遭毒手。"说着，把李高元的信递给了张安。张安看懂了李高元的信，所以说："确实不是诈降。"但又问小悦,"你为何如此之快就识破了此人?"

小悦笑了笑回道:"我曾与李高元有许多的约定,这家伙一项都没按约定办,自然就露形了。"扫视了众人后又说,"此人敢脱离云南前来大沩山,且拥有麻心刺骨毒,肯定是吴三桂亲信,还可能是条大鱼,等会儿得去会会他。来,我们先喝一杯。"于奎对小悦已佩服至极,赶紧端起了杯说:"格格明察秋毫,我们该敬格格!"小悦将酒喝了后却说道:"这酒本是该要喝个尽兴的,可有客人上门了,还是先去会了客人再说吧!"说罢,就率先迈开了脚步。

监房里,假陈焕正在地上呻吟。小悦走进监房给他点了穴位止住了麻痛,问道:"你是谁啊?来此有何目的?如不老实回答,会要痛苦三年呢!"假陈焕头也不抬,很显傲慢。小悦一见,只轻"哼"一声,又点回了穴位,直到假陈焕连喊了几声"我说",才又再给他止住了麻痛。

"我说。"假陈焕终于低下了头来,说,"我是平西王的亲信随将陈春元。平西王已操训三十万大军,联络各方势力,要借撤藩之机推翻大清夺取皇位。为不让外界掌握他动向,已封锁了云、贵对外通道,人员只准进不准出。我是有权往卡外巡查的几个亲信将领之一。前天我带兵士便衣出巡,发现了李高元手下陈焕,从他身上搜到了密信。陈焕反抗时不敌我俩被打下了山崖。"他喘了口气接着说:"我未看懂信,但看懂了这是送往博公寨的,就猜想李高元与博公寨交往必有私心,我也知道大沩山重要,博公寨有股强大势力,所以就心生一计要冒称陈焕打入进来争取你们为平西王所用,或挑起内讧拉拢人心建立自己的势力,待平西王攻来时配合大军占领大沩山。我想凭此建立奇功,以便将来能谋得高位。为防机会被抢,我派了兵士回去向平西王禀报,自己直接就来了这里。但没想到,被你们识破了。"他一脸沮丧,低下了头来。

可在此时,王佑三发出了颤抖的声音:"那李高元会遭吴三桂毒手啊!"小悦吃了一惊,看了眼王佑三后却坚定地说道:"不会!"王佑三仍是疑惑不解,"何以见得?"小悦故意抬高了声音说道:"吴三桂封锁对外通道是为防止有人对外报信,说明他对内部的人员并不放心。陈春元擅自闯来博公寨,正好就钻到他疑心里去了,他怎会相信一个兵士的无凭之言?又怎会不怀疑陈春元是外逃报信?"

"有道理啊!"王佑三连同何卫、于奎都恍然大悟了。小悦却一笑,扬了扬手说:"你们忙去吧,我想跟陈先生单独聊聊。"他们走后,她就问陈春元:"你应有许多话要跟我说吧?"见陈春元不语,又问:"是不愿意吗?"见陈春元回了"我说",她便搬来凳子坐了个安稳。望着小悦的从容淡定,陈春元颤抖了。他不仅老实地说开了,还满足了小悦的一个个提问。近一个时辰后,小悦才走出监牢。

张安一见到小悦,就问:"都聊了啥呀?"她得意地回道:"云南的事!"又扬了扬手说:"走,回吧!"可没走出多远,张安又问:"这毒你怎么会解?"小悦站住了脚,说道:"这毒无解,须用三年自化。不过,中毒后麻痛可止,这招我是从吴应雄那里偷学来的。吴应雄为讨好太皇太后,曾用此毒逼供过鳌拜的心腹。那时皇上护我,我也有胆到处去闯,就碰巧偷看到了吴应雄逼供的全过程。所以,今天见陈春元中镖后出现的症状,就断定他是中了此毒,刚才我又验证了点穴止痛的技法。正好,我也可以用此法来对付吴三桂的人了。"

"这叫以其人之道还治其人之身啊!"王佑三钦佩地说。可此时,小悦的神情突变,说道:"须尽快派人前往云南!"王佑三一怔,点头道:"是啊,我们不能与李高元断了线啊!"这时张安也接上了话说:"还有一事呢!陈春元处心积虑要来博公寨,说明吴三桂很看重这里。我担心,他还会派人前来!"小悦沉思了片刻,说道:"这个不必担心。有了黑衣帮覆灭的教训,吴三桂不敢再派小股势力来扰了,他已封锁对外的通道,也不会再小打小闹了。但防范还得有,一要设置哨卡,掌握人员进出的动态。二要暗中审查,防止吴三桂早已派人潜伏。"

"格格高明!"何卫及时拱起了手说,"派去云南的人选请王副统领尽快物色。设置哨卡的事请于副统领尽快安排,明日起先设置临时岗哨应急对付。对内的审查也请王副统领先从镖局查起,如何?"小悦点头说道:"可行!"她挥了挥手,又说,"你们都回议事厅去等我吧。"说罢,便回去了房内,将陈春元所供作了核理,都确认了并无疑点后,就用密语拟成了文折交给了大虎、小虎送去了巡抚衙门派人报予皇上。随后,她才满面春风地来到了议事厅,刚一进门,就得意扬扬地扔出了一句话:"今天,我们算是捡到个大宝贝了!"

"格格此话怎讲?"何卫问。张安抢着答道:"定是从陈春元的嘴里捞到有价值的东西了!"小悦"哈哈"一笑,扬脸说道:"没错!陈春元所供极为重要,也无疑点,我已派人密报皇上,这是我民军献给皇上的第一份大礼呢!这个陈春元啊,本是个身经百战的英雄,若把刀子架在他颈上定会毫不畏惧,可麻心刺骨毒就对他有用。正所谓英雄不惧头点地,雪压霜欺必屈身啊!"于奎一听,就堆起了笑脸,恭维着说道:"这算是赶上了巧运呢！也只有格格才能赶上这样的巧运呢！"小悦听着很是开心，一笑，便说："这是我民军赶上了巧运。"稍一顿，却又说，"我得要向各位通报，我和张统领打算后天要前往岳州。三年前我和李将军、何将军在此做过了安排，这次去，只是想要把这地方搞踏实了。"

"格格深谋远虑，老夫钦佩！"王佑三颇显做作地作揖说道，"只是格格已久未去岳州，即使曾有过安排，也难免人地生疏了，应带上些卫士随去才是。"小悦尚未开口，张安就接过了话去："带卫士倒是没有必要，带几位随从还是要的。我拟从黄材镖局挑选十位本领强的亲信随去。人选我已在心里定好，走时会直接去点兵。"王佑三点头刚说了声"甚好"却又有护院前来禀报了。护院说："院门外又来了个外地人，要见小悦姑娘，能否让见？"

"把人领来这里！"小悦抢过了话说。护院遵令飞奔而去，搀扶来了一位受伤的男子。不等那男子站稳，她就上前问道："我是小悦，你找我何事？"男子很显疲惫，看了眼小悦后，就掏出了一只绣花布袋，念了句"天热要戴帽"。见小悦也掏出了绣花布袋，回了"山上猴子叫"，就瘫去了椅子上面。小悦却惊喜不已，大声地说："陈焕，他就是陈焕！快找郎中来，也弄些吃的来！"王佑三一听便叫来了护院作了交代，并亲自去倒了热水来喂给了陈焕。

陈焕喝了水后稍有了精神，说："小悦姑娘，我终于见到你了。"小悦脸上已有了灿艳艳的神色。她拍了拍陈焕的肩膀说："你歇歇再说话吧！"陈焕只点了点头，就闭上了眼睛。过了一会儿，侍丁端来了稀饭和鸡汤，小悦接过后喂给了陈焕。陈焕很是感动，想要说话，却被小悦拦住："吃饱了再说！"陈焕接过了碗来，狼吞虎咽。小悦见陈焕已有了精神，便小声说道："我还在为你遇害而感到痛惜呢，原来你还活着，这就好了！呃，你是如何活下来的？"陈焕答道："我被陈春元打下了山崖，幸好被小树挂住。我听到了陈春元说他要来博公寨顶替我，我就急了。攀上崖后就去偷了一匹马，狂奔来了。"待小悦道过声"你辛苦了"他又说："我辛苦倒是没有关系，殉国了也并不要紧，关键是李将军交代的事情都藏在我心里，他再派人来时也只有我能辨得，我若不来博公寨，会要误了朝廷的大事。"小悦"嗯"了一声，再拍了拍陈焕的肩膀，说道："你先好好休息吧！等下我再单独找你。"她如此交代是担心陈焕过于兴奋会说出更多的秘密。此时，郎中刚好到了，她又以方便治疗为由要护院搀扶陈焕住去了寨房。

　　陈焕一走，王佑三就对小悦摆出了恭维："格格乃天福之人啊！正在为派人去云南之事作难时，陈焕就来了，这是逢难必解之运呢！"小悦柔柔一笑，说道："既然我们福运甚佳，那就得循福运而行了。这些日子你们得抓紧打造兵器、储备粮草、设置哨卡、拟定军规民约。还要派人到欧阳驹那边往贵州方向放出个话去，就说，陈春元已来过沅陵城，现在又去北京城了。哦，水秀和小柳要筹建女子义校，这也得要你们全力支持呢！"

　　王佑三一听，便拱拳说道："禀格格，打造兵器、储备粮草、设置哨卡、草拟军规民约我们马上就着手。筹建女子义校是高明之举，水秀和小柳一起找过我，张统领刚才也与我们几个做了商量，我们都同意给足钱粮、广招师傅支持她们。派人去欧阳驹那边放风是个高招，我定用心去办，请你放心！"小悦看了眼王佑三后，又扫视了一圈，说道："那就得有劳王副统领和各位了。我和张统领还得会会陈焕去，你们就按商定的分头去办吧！"

第二十二章　义妹逗玩夺酒怀　义兄路上论英雄

胡大魁信守承诺带洞庭帮走上了正道。他在湖中设了两个码头搞捕捞和水运，又在岳州城开设了好多家店铺。去年，还盖起了两座大帮院，让手下在城里有了固定的居所。并且，还特允了领班以上的头领娶亲成家，让大家都过上了舒心的日子。日子过得好了，弟兄们的心都正了，不仅把生意做红火了，还做了许多善事给洞庭帮赢得了善帮之名。当下，他正盼望着小悦回来，好让小悦见到他这番成就。这日，他去各生意场巡视了一圈后，到傍晚才来到了帮里的鸿岳楼，想在此小喝几杯解解疲乏。就在他正要开喝之时，却被身后伸过来的一只手夺去了杯子。他很是惊疑：谁会如此大胆啊？他正要转身探个明白时，却又有一双手捂住了他的双眼。他凭着这双并不粗大的手猜测，应是个淘气的孩子在跟他捣乱，于是，就有趣地一笑，拉起了腔调："谁家孩子啊？如此淘气！"

"是洞庭帮的孩子呢！"这声音如一缕春风吹进了胡大魁耳朵，胡大魁为之一振，还漾开了惊喜，"小悦？"又大声说道："是小悦！"当发现果真是小悦时，就以更大的声音嚷开了："小悦，小悦你终于回来了？"他还朝门外喊道："你们都进来，快进来拜见二帮主！"进来的都是新招来的伙计，虽然听说过帮里有个二帮主武功高强、貌美如仙，但未曾想到过会如此年轻。所以都不愿拜见，且还怀疑帮主是否醉了！胡大魁见他们迟迟不动，又大声喝道："快给二帮主见礼！"他们虽已行礼，但有人已嘀咕开了："就这么个小女子，怎会是二帮主呢？"这嘀咕声偏偏被胡大魁听着了。胡大魁眉毛一耸，大声喝道："你狗胆包天了！快向二帮主赔罪！"那伙计自认为没错，哪愿意赔罪啊！可就在这时，鸿岳楼的掌柜头领刘二已带人赶来，且朝小悦行起了大礼。那伙计一见才意识到自己果真错了，也才急忙跪下，把头磕得"嘭嘭"作响，大呼："小的，朱天贵向二帮主请罪！"小悦将刘二等人扶起，又拉起了朱天贵说："自家人的，不怪！"得到了小悦的宽恕后，朱天贵抱拳一揖，大喊了起来："谢二帮主不怪。朱天贵愿为二帮主肝脑涂地！"

"都出去吧！"胡大魁似乎已心满意足，所以就挥了挥手，让伙计们都退去了门外。接着，便吩咐刘二："安排些酒菜来吧，我们给二帮主接风！"他话音刚落下，朱天贵就已飞奔过来，说道："我马上就去传菜，请帮主、二帮主稍作等候！"说完就去了，身形灵巧，很是见机，这令胡大魁惊喜不已。胡大魁专对刘二说道："刘二啊，这样的人应该重用呢！"刘二一听，也很惊喜，马上就拱起了双拳，大声回道："遵帮主吩咐，明日我就升他为领班。"

"这就对了！"胡大魁一笑，点了点手指，"你们要懂得观察，他磕响头认错说明他磊落，信誓旦旦愿为二帮主肝脑涂地说明他忠诚，主动接上差事说明他机灵。这样的人，该得到重用！你们要善于发现和培植这种年轻人。这洞庭帮既是我们的，也是他们的，我们再能干，最终还得要他们接班，我们就得要培养这种接班人。当初我把二帮主扶持上来，凭的也是这个理呢。你们说是不是？"

"大哥的知遇之恩，我会铭记的！"小悦清楚胡大魁拿朱天贵说事是别有用意，所以就插上了这么句感激的话来。但是，她并不希望桌上的话题总停留在这种气氛里，所以又对着胡大魁深情地喊了声"大哥"，说："这些年您受累了！我好心痛呢！"她如此转换话题，还有另外目的，是要为后面试探胡大魁的心理倾向做铺垫。因为她来岳州八天，也暗访了洞庭帮八天，已从暗访结果判断，要把洞庭帮引向朝廷不会太难，但须先摸准胡大魁的心是偏向朝廷还是偏向吴三桂。当下，她的神色和话语都情意暖暖，胡大魁的心也跟着暖了。只见他赶忙坐正了身子，动情地说道："知遇之恩谈不上，但我这双老眼是不会看错人的。你说我这几年受累了，是实话，但值得啊！当初你走后，就有人说会是鲤鱼脱却金钩去，摇头摆尾再不回，我却不信！坚信你会回来，也铁下心要兑现对你的承诺。如今我兑现承诺了，把我帮建得人财两旺了，你也回来了，这说明我俩互有信任和默契。就凭这点，我觉得值！"

"我当初愿跟随大哥，就是因为大哥重情重义，我怎能辜负大哥情义一去不回呢？这些年您为我帮兴旺费尽心血，我帮现在不仅场面庞大、家业兴旺，还美名远播，您劳苦功高呢！"小悦倾情一笑，又说，"这几年因寻亲耽误，我没替大哥分忧，愧疚了！往后，我定随时听从大哥差遣，当好您的帮手，为我帮长远鞠躬尽瘁！"胡大魁"呵呵"一笑，点点头道："你这话我信！你能文能武，肯定能当好我的帮手。但说你没替我分忧就说错了，当初我纠结之时，是你给我指的路嘛，这就是分忧啊！我早说过，有你加入是我帮之福，往后有你当家，我帮会更有前程！我老了，得靠你了，你可得要担好这副担子啊！"小悦突然站起作揖道："大哥对我器重，我永世不忘，往后不管交给我多重担子我都会挑起来！"缓缓坐下后，又说："但在我和兄弟们心里，您永远是我帮的主心骨，我帮只有靠您掌舵才会更有前途。如今您正是带领我帮阔步前行之时，可不能言老让兄弟们心里没了支柱呢！"

胡大魁摇了摇手说道："老了，确实老了！不过现在好了，你回来了，有了你这个帮手，我这根支柱应该还能立下去！"笑了笑，又摇了一下手说："好了，不多说了，来，喝酒！"可刚刚端起酒杯，又停住了，惊讶地望着小悦，问："看你这一身轻松的模样，不像远涉而来，是不是早来岳州了？"小悦一惊，佩服起了胡大魁的老眼，接着柔声回道："禀大哥，我确实已来岳州八天了。一来就住进了桂岳楼，听说那气派的桂岳楼是我帮的家业，还听说帮里有许多这样的店面，我就激动得不行，去欣赏您的功业去了。哎，您可别责怪我啊，我帮已有如此大场面，我必须得先去看看，得先搞清楚您的丰功伟绩后才能来见您啊！要不然，见到您我还凭老黄历说话，就对不起您付出的心血了！"

胡大魁眼睛一瞪，点着小悦，道："你看，我刚刚还在心里盘算，明天起要带你去视察各生意场呢，你倒好，先看过了！""哈哈"一笑后，突然装出了个生气模样，说："你这是让我硬生生地多盼了你八天啊，要罚酒才行呢！"说罢，递过了一杯酒来。小悦接过酒杯后只说了声"我认罚"就干脆利索地将酒倒进了喉咙里。胡大魁一见，又"哈哈"大笑，说："玩笑，开玩笑了，你要去了解我的功业，我怎能罚你啊？"朝几位兄弟招了招手后，说道："来，敬酒！我们一起敬二帮主，欢迎二帮主回家了！"

"大哥，慢着！"趁兄弟们尚未端杯，小悦突然一摆手拦住了胡大魁，"大哥啊，这酒是该罚的！而且，光罚一杯还不够呢，应再罚一杯！"胡大魁惊讶地问："你这是念的哪道经啊？要请罚？"小悦娇美地一笑，至诚至恳说道："我还有件大事没跟您说呢，就为这，我得请罚！禀大哥，我成婚了，夫君也来了岳州，但我没带他来见您，该罚！"胡大魁一听，挠了挠脑袋，扬了扬眉，说："是啊！是该罚啊！"小悦接过话道："我认罚！"她话从口里出来，酒已从口里进去。胡大魁一见，放声笑了，笑过，又吆喝上了兄弟们："来，欢迎二帮主回家！"放下酒杯后又对小悦说道："今天是我兄妹久别重逢，妹夫也应是初来岳州，当一起庆贺，哎，我该派人去将妹夫请来这里才对呢！"

小悦擦了擦嘴，说道："别急，先听我说说他吧，行吗？"胡大魁眉头一耸，回道："好啊！你快说说！"小悦转身面对了胡大魁，稍显娇羞地说道："三年前，我们去了衡山，后又和李茂大哥去了大沩山，在大沩山一峡谷里，遇上了强人。您猜，都是些什么人？"胡大魁反问："是什么人？"小悦停了停，露出了后怕之状，说："是吴三桂的人啊！几十个呢！个个心狠手毒，想害命图财，真遇上危险了！"胡大魁一脸惊讶，担心地插上了嘴问："你们怎么样了？"小悦回道："我兄妹俩寡不敌众，陷入了绝境！可就在这时，山上突然飞来了一位男子，接着又奔来了两个和尚，是他们帮我们解了围，也铲除这伙儿强贼。""后来呢？"胡大魁追问。小悦低下了头说道："后来啊，为报答那位男子的救命之恩，我就以身相许了！"胡大魁"哈哈"一笑，点着手指说道："英雄救美人，美人爱英雄，美谈，美谈啊！如此说来，我就更得把我那英雄妹夫请来这里了！"

"您别急嘛，我还没说完呢！"小悦矫情地看了眼胡大魁，又说："您妹夫名叫张安，比我大两岁多一点，是黄材镖局的总教头，他武功和文才都很了得呢！"胡大魁咧嘴一笑，插话道："那是自然，能被我小妹看上的人就该文武都了得！"小悦娇美地看了胡大魁一眼，继续说："我说这些，是要请大哥帮个忙。张安带来了十位兄弟，想放到湖面上去学些水上功夫。您应该知道了，吴三桂不仅常派人来湖南搜刮民财，还听说他要起兵反清呢，如果真是这样，湖南就会要受战火牵连了。所以，张安想要手下多练些本领，以防不测。"

胡大魁突然沉下了脸，说："吴三桂会反清我也有所耳闻。这个人啊，很不地道！当年背叛大明引清入关，现在又要反清，这一起兵就会生灵涂炭，天下大乱了！妹夫想得对，得有所准备！你放心，这事我会放在心上，保证让那些兄弟学到水上本领！"小悦端起酒杯，敬向了胡大魁，道："谢谢大哥！"胡大魁一饮而尽后，放下了杯说："谢啥呀？妹夫的事是你的事也是我的事嘛！来，我们再喝一杯，表达我对妹夫的欢迎！"小悦端起酒杯，说道："再次感谢大哥！"放下酒杯后，神色突然一变，说："大哥啊，吴三桂起兵怕是要成定局了。岳州既是湖湘门户，又是鱼米之乡，乃历代兵家必争之地，到时，朝廷和吴三桂定会要决死争夺这里，看来，在岳州的混战在所难免了！我们这些小地头蛇得早有打算呢！"胡大魁点了点头说："是得有所打算。不过，时势于我们不利，地势对我们有利，到时我可以躲去湖里、江里，与他们周旋便是。"

"到时只怕是想躲也躲不开啊！"小悦神情郑重了许多，又说，"这两家将来要争夺的是整个天下，当战事一起，湖里、江里，甚至海里也不会安宁，依我看呀，躲，并非上策。"胡大魁略有所思后，脸上有了一丝不安，叹了声，说道："如果是这样，就很难办了！我是不愿让兄弟们再卷入战火了，可这局势啊，就是躲，怕也躲不开了！"

"躲肯定不是办法。我以为应在二者之间选择个依靠，若没个依靠，到头来会两头都不是人，会死得很惨，您说是不？"小悦看明了胡大魁已心有所向，很希望他能亲口说出来。胡大魁若有所思后，茫然地摇了摇手，端起杯来自个儿喝了，才说道："选择个依靠倒是有必要，可选择谁做依靠？选择吴三桂？我绝对不干！若帮他得到了天下，百姓哪还会有好日子过啊？选择大清？朝廷肯定不会信我啊，因我帮的老底都是前明的人。"

胡大魁的心里偏向已非常清楚了，小悦已暗暗高兴。为了不过早暴露自己的意图，她叹了句"这确实让人作难"后，便故作了沉思状。片刻后，一笑，转换了话题说："嘿，算了，别说这些了，今日是我与大哥久别重逢，别让这为难之事打扰兴致了。来，喝酒，我敬大哥和各位兄弟一杯，喝完了这杯酒，我还有个提议呢！"胡大魁放下酒杯后，神情已有所松弛，且转过了脸来问道："你还有什么提议啊？"

小悦扫视了一圈，说道："我想请大哥和各位兄弟到桂岳楼去，去那边再喝再聊。大哥您不是想要见您妹夫吗？我正好想请大哥和兄弟们都过去那边，给张安一个惊喜，也借大哥的威风给我长长脸呢，您说行不？"胡大魁一阵惊喜，笑了。随即大腿一拍，说："行啊！我看宜早不宜迟，现在就去吧！"小悦轻柔地一笑，又说："我还没把话说完呢！我是想，要把各生意场的头领都请去，因为我想见他们，也想借此机会让张安与他们都认上脸，方便往后互相交往。大哥您看如何？"

"这主意好！"胡大魁一边说一边站起，对刘二说道："派人去通知各生意场头领赶去桂岳楼！哦，也差人去把二帮主的帮楼整理好，我给二帮主雇的下人今晚也叫到位，要他们准备好明天的午宴，我要二帮主明天上午搬进帮楼，中午就在新楼里吃乔迁宴。"说完，只一挥手，就招呼小悦离了席。当走到了街面时，他问："你向妹夫提起过我吗？"

小悦答道："我常提起啊！我跟他讲过您曾经奋勇抗清的英勇事迹和经风斗浪的辉煌经历，也讲过您重情重义为洞庭帮谋兴旺、谋出路的故事，他呀，早已认定您是当今的大英雄了，也早想要见到您了！"胡大魁"哈哈"一笑，又迈开了大步，且边走边说："还大英雄？我本只是个湖匪，还是听了你的劝告才走上了正道，算哪路的英雄啊？你误导他了！"小悦诚恳地说道："您肯定是英雄啦，而且还是大英雄！您经历过大战，闯荡过大海，行走过大湖，还建起了大业，在江湖上声望又高，怎么能不算英雄呢？"

小悦说得中听，胡大魁备感舒爽。他挺了挺身子，摆出了英雄的气概，说："要按你这说法，那我还算得上英雄了！当今世界像我这样在战场上拼过命、海上冒过险、湖中受过苦，经历了九死一生还能存活下来的本就不多，能再创下这么大一番家业的就更少了。若如此去看，我还算得上英雄。当然，妹夫也是英雄，他闯过了不少凶险，还在凶险面前救过你，也是真正的英雄！今天我与妹夫相见，应是英雄见英雄了！"小悦跟上去与胡大魁走了个并排，说道："大哥说得是。英雄自然得有过人之处。你俩都算英雄，但您是大英雄，而他只是个小英雄，等会儿啊，你俩就好好地亮亮各自的英雄之见吧！"

"妹夫是位能文能武的英雄，我是要与他好好聊聊的。"胡大魁的脚步已越走越快，但突然间，责备起了小悦："你呀，应该带妹夫直接来见我，让我们早些英雄相见！"小悦笑道："您是大英雄，又是一帮之主，还是我的大哥，若不先向您禀报一声就贸然带他来见您，哪符礼数啊？"胡大魁开怀一笑，点了点小悦，道："你呀，是小看我这英雄的胸怀了！"小悦以俏皮的口气说道："我哪是小看您的胸怀呀？是敬重您的德望而不敢擅自带人去见您。我若连这点礼数都不懂得了，哪还配当您的小妹、洞庭帮的二帮主啊！您说是不？"

"嗯，也是！"胡大魁"哈哈"一笑，又问，"呃，你那两位兄长如今在哪儿？"小悦摆出了个可人的模样回道："您看，我这只顾高兴，都忘了给您说他们了。他俩正在大沩山呢。我们本是来湖南寻亲落根的，可我那舅舅和那伯父都看破红尘出家了，我们就只得自找落脚处。因我已在大沩山成了家，所以我那两位兄长也就在大沩山扎下脚了。他俩都在大沩山的博公寨当武教头呢！这次因太忙没空过来，过些日子我会要他俩专门来看您的。"胡大魁一听，爽朗地笑了，说："好啊！你那两位兄长也是英雄，能当上武教头也算有了用武之地。呃，三年前我曾提出要他俩加入我帮时，你说他俩寻亲落根尽孝道要紧，所以我就没有强求了。如今他们没落脚处了，可否让他俩加入我帮来啊？"

小悦回答道："我确实有过这想法，但未跟他们提。我是想，他们的主人当初接纳他俩全凭了个义字，我不能去挖人家的墙脚啊！人是该讲义气的，您在江湖地位崇高，就是因为您义字当头嘛！再说，我也想过，能让他们留在大沩山对我帮也有好处，方便我帮结交大沩山的朋友嘛。您说是不？"

胡大魁点头说道："是的！你有远见。"想了想，又问："黄材镖局和博公寨主人都是谁啊？怎会如此有能耐收罗我妹夫和你兄长这样的高手啊？"

"这两处都是王佑三的。"小悦回答道，稍作停顿后又说，"王佑三实力很强，有一千多兄弟呢！"胡大魁"哦"了一声后，已是满脸兴趣，说："如此说来，他也是个英雄啊！你呀，得找机会让我见识见识这个王佑三，不是说多个朋友多条路吗？我就喜欢结交这种有实力的朋友。"小悦摆出了佩服的神色，说道："王佑三确实是英雄！他靠押镖起家，在道上几十年从未失过手。只是他只做旱镖生意，岳州这边知道他的人不多。以后我定劝他来与您交上朋友。"胡大魁点点头道："你说得没错，多些朋友没坏处，特别是要结交一些英雄人物。这方面我以前用心太少，往后你得多用心。特别是吴三桂要起兵了，我们要与其他江湖势力联手才行。"小悦笑了笑道："大哥说得很对。如果江湖势力能扎成一捆，力量就大了。行啊，我按您的吩咐去办，多交英雄朋友，广辟方便之路！"

两人边走边说，不知不觉已来到了桂岳楼下。因是生意正旺之时，桂岳楼里灯火通明，人来人往。得报帮主来了，桂岳楼掌柜头领谢凡带人迎了上来。可他尚未站稳，胡大魁就把他拉到了小悦的面前，问："认识吗？"谢凡摇了摇头说："姑娘好面生呢！"胡大魁突然喝道："你瞎了眼了！二帮主，二帮主也认不出了？"谢凡被吓得两腿一抖跪到了地上，呼道："兄弟眼掘，请二帮主恕罪！"小悦见这场面有些别扭，便马上说道："不怪，起来吧！"谢凡领着众伙计站起，道过"谢二帮主不怪！"却又被胡大魁训斥上了："二帮主和我妹夫已在你这儿住上八天了，你们居然没人认出，眼睛都干啥去了？"谢凡"扑通"一声又跪下呼道："我桂岳楼的人有眼无珠，请二帮主恕罪！"小悦一愣，只得又打圆场："起来吧，自家人的，别老说恕罪了。我来到了自家地盘未知会你们，我也有错。"她故意问胡大魁："您说是不？"胡大魁却大声回道："是什么是呀，这就是他们的错！"

胡大魁如此没完没了，小悦担心会闹过了头去，就轻轻地推了一下胡大魁说："大哥，谢头领已经认错了，别再责怪了，上楼去吧，您妹夫还在等着您呢！"胡大魁终于转过了身，可刚要抬脚，又停住了，转过身来瞪着谢凡说道："你到大雅间去摆上个大台，我要为二帮主和我妹夫接风，你们各生意场的头领都来参加，明白了吗？"谢凡大声回道："明白了！"到这时，胡大魁才昂起头挺起胸膛上了楼梯。小悦紧随其后，快到了客房的门口时，便扯开了嗓子大喊道："张安啊，我大哥特意看你来了，快出来迎接吧！"

第二十三章　桂岳楼里英雄见　席间尼姑送真经

　　张安随小悦摸清了洞庭帮情况后，就已相信洞庭帮确实走上了正道，也相信小悦在胡大魁的心里确有分量。所以，小悦单独去见胡大魁后，他就在房内休闲了整日。可到了天黑之时小悦仍未回来，他就不放心了。他担心，小悦是被胡大魁拉上二帮主宝座的，会引人妒恨遭人暗算，这一担心就按捺不住了。可他正要提剑出门时，门外传来了小悦的喊声。他惊喜地打开房门时，小悦正笑嘻嘻地看着他，对他说："你看，我大哥，胡大魁帮主，你心目中的大英雄特来看你了！"又对胡大魁说："这就是您的妹夫，张安！"张安欣喜地望着胡大魁，作揖道："张安拜见胡帮主！久闻帮主威名，如雷贯耳，今日得见，三生有幸。请进房坐吧！"胡大魁简单回了礼，说了句"妹夫客气"，就昂头走进了房内。他并未理会张安，而是环视一圈后对小悦说道："你们住在这儿委屈了！"小悦轻柔地一笑，回道："这条件不差啊！在京城也够得上档次呢！"胡大魁"呵呵"一笑，点了点手指说道："你啊，啥事都能有个比较，还拿京城来比，欠妥了！但话又说回来，我这桂岳楼在岳州还算高档，来往的客商住进来不会掉价。但你们住在这里就委屈了。不过好了，明早你们就可以搬到帮楼去住了，那帮楼可是我专为你修的呢！"

　　"感谢大哥了！"小悦开心地一笑拱起了手，又说："小妹我受之有愧，无以为报，会随时听从大哥吩咐当好大哥的帮手，为大哥效力！"胡大魁爽朗地笑了，但摇了摇手说："你这尽讲客气的话，欠妥了！为你建这座帮楼是我承诺过的！我帮已家大业大，让你住得宽敞舒适些也应该嘛！"张安已听出了胡大魁话中的刻意，所以，便上前拱拳作揖道："早听小悦说过，胡帮主是重情重义的大英雄，今日相见，果真英雄气概，我已被您这英雄气概折服了，也被您这大情大义感动了！"胡大魁挺了挺胸膛，欣然一笑，接过了话说："什么折服啊？感动啊？见外了！要说我讲情义我认，我没别的，情义二字常装在心里。不过要说我是大英雄就不敢当了！倒是听小妹讲，你能文能武，今日又见你果真英雄气概，我服了。若不介意，我想要找机会与你好好聊聊呢，不知你能否赏脸啊？"

"求之不得啊!"张安抱拳一揖,又说:"胡帮主经风历雨,见多识广,还闯下了这么大一片天地,是真正的英雄,我正要向您请教呢!"得到了张安的再次抬举,胡大魁的心已更实了,"哈哈"一笑后,说:"过奖了!我算不得闯下了大天地。要说见识嘛,也就比你们多经历过一些,经风历雨是实,见多识广就谈不上了。往后我们可多些交谈,你说请教就客气了!呃……"话语一顿,又说:"我们都是自家人,你就不要总叫我帮主了,该叫我大哥嘛!"张安受宠若惊般地拱手一揖,道:"大哥说得是!我听大哥的,还请大哥多多指教!"

"这才像一家人嘛!"胡大魁爽朗地笑了,还拍了拍张安的肩膀。就在这时,谢凡来了,"禀帮主,除了湖中的两位,各生意场头领都已到齐,酒菜也已备好,您和二帮主去雅间再聊吧!"胡大魁回了声"正好",又吩咐道:"去把酒都满上,今晚我要和二帮主、我妹夫把酒倾谈,喝个痛快,也聊个痛快!"谢凡一走,他又对张安说:"我帮依了小悦的主意走上正道后,生意就好得不行,各生意场头领都忙得很,已许久没聚了,今日正好借机让他们聚聚。等会呀,你酒要放开喝,有英雄之见尽管说,不要见外,啊!"张安摆出了亲热的神态,说道:"您放心吧,我不会见外的!可您也别只顾着我俩,兄弟们都辛苦了,您得多慰劳他们,我等会也会多敬您和兄弟们几杯的!"

"兄弟们确实辛苦了,但帮里的生意红火,靠的还是小悦出的主意。"胡大魁"呵呵"一笑后,又说:"当年小悦要我带兄弟们改走正道,这路子走对了!"小悦娇婉地望着胡大魁,接过了话说道:"大哥是故意给我添功了!走正道本是您自己的意思,我只不过替您说出来而已,我可不敢抢了您这份功劳呢!倒是您啊,费尽心血,劳苦功高,该受到全帮敬佩!"胡大魁"哈哈"一笑,道:"我日夜打拼,为的就是要搞出点成就来不让你失望。我都是按你的指点去做的,你就别把功劳归到我头上了。好吧,先不说这些了,喝酒去吧,到了桌上再聊。妹夫有请!"

雅间内,各生意场的头领早已坐好。胡大魁拉着小悦和张安坐定后,就说起了话:"我帮自从有了二帮主,我就看到了更大的希望。二帮主文武全才,见多识广,是我帮的福星!我们依二帮主的主意行事,走上了兴旺之路,得感谢二帮主啊!今天二帮主回来了,还有我妹夫同来,是大喜!今晚我们要喝个尽兴,聊个尽兴!好吧,举杯,欢迎二帮主和我妹夫,喝!"放下酒杯后,又说,"往后大家要多听二帮主的训示,要把帮里的生意做大,势力扩大。来,为我帮的兴旺发达,再喝!"两杯酒下肚后,他便朝小悦说道："给他们训训话吧！"小悦朝胡大魁点了点头，便缓缓站起，启动了双唇："各位，我虽为二帮主，但尚未为给帮里做出什么。这三年，大哥呕心沥血操持大局，各位紧跟大哥任劳任怨，把我帮建得了人财两旺，我很高兴！在此，我要感谢大哥和各位！也要告诉各位，我一定当好大哥的帮手，与大家携手共进，把我帮建得更加兴旺！"举起酒杯后，又说："来，为感谢大哥和各位，也祝福我帮更加兴旺，喝！"胡大魁放下酒杯后抹了抹嘴，笑呵呵地看着小悦。张安见此，也端起了酒杯，说："大哥，各位兄弟，我随小悦来到了贵帮，受到了如此盛情的款待，感谢了！来，我先敬大哥和各位一杯，有请！"喝完后接着说道："因与小悦的关系，我也算是贵帮的人了，所以，一家人不说两家的话，往后，帮里有需要我的地方只管吩咐，我定全力效劳。来，我再敬大家一杯！"

"妹夫果然英雄气概！"酒至当下，胡大魁已脸映骄阳，放下了酒杯后，问，"妹夫啊，我想请教你，吴三桂要起兵了，我们江湖上该如何应对啊？"胡大魁这么早就摆出了这个话题，张安还真吃了一惊，好在他早有了对策，才未感到被动。他朝胡大魁笑了笑后，不紧不慢说道："看来大哥也时常关心时局啊！就这件事，我的老板王佑三先生曾与我探讨过，他认为，吴三桂起兵是迟早的事，也认为江湖帮派虽各有势力，但战乱来临时都难独善其身，所以应做两件事：一是要联合起来抱团强身，二是要选择个可靠的主子作为依靠。我觉得他讲得很有道理，不知大哥是否认同啊？"胡大魁一听，欣然一笑，说道："这也是英雄之见啊！不瞒你说，我也正是这么想的呢！"停了停，却面露了难色，"但我琢磨过，江湖联合并不太难，但这选择主子的事就难了！朝廷和吴三桂各有实力，最后肯定会有个胜负，若站错队了，就会一头扎上绝路了。王佑三先生与其他帮派交往多，他有何意向？"张安笑了笑答道："王佑三先生应有意向了，但出于谨慎尚未抉择。我出来时他特意交代过，要我多听听岳州各派的想法，尤其是要听听您的想法。我想，他是想探明风向后再做决定。所以啊，我正想要向您请教呢！"

胡大魁有了些许的沮丧。他听小悦说起过王佑三很有实力，本想要随王佑三而行，可王佑三偏要观察风向，他就很不屑了，心一横，决定了要自拿主意。他看了一眼张安，又看了一眼小悦，再扫视过众兄弟，说道："王佑三很谨慎啊！既然他要看风向，那我帮就得先有个自己的打算了。刚好今天都聚到一起了，就先议议吧，都说说，看我帮该选择谁做主子为好啊？"见兄弟们都在装愣，便又说："既然是议事，就都放胆说吧！说错了我和二帮主不怪！"待安静了一阵后，染坊的掌柜头领吕建明站起了身，说:"听说吴三桂起兵是为了光复大明,这可是我们梦寐以求的事啊!我们曾为大明的臣子,理该跟他才对!大哥,您曾是我大明的一品大将军,若反清复明能够成功,又是大功臣了,到时肯定能在朝上占得个高位,兄弟们跟着您也能谋得个好出息了!"

小悦很是惊讶。她预想的是这些兄弟都会左右为难,也打算要寻找机会诱导大家往朝廷方向走,可这第一个站出来说话的人态度就如此坚定地要跟随吴三桂,她感到非常意外。此时,她还有了担心,担心如此会引发这些人的前明情结,并发酵成一种气候。眼下她虽不便直接表态,但已想好了要阻止这种气候的形成。此时,胡大魁也在环视兄弟们,希望兄弟们都能说话,最好能说出个与吕建明不同的想法。然而,满桌的人都闭嘴了,有的还低下了头,所以,他感到了失望,端起酒来自个儿喝了后,却把目光转向了小悦。小悦稍感欣慰,因为这气氛正好说明大家并不拥护吕建明,所以,接过胡大魁的目光后,就马上说道:"吕头领已开了个头,先不说他说得是对是错,能这样有啥说啥就该提倡。当下局势已很清楚,摆在我们面前就三条路,是跟随吴三桂还是朝廷,或者谁都不跟。但哪条才是出路,大家得清醒地判断,有了判断就要大胆地说。"他特意转向胡大魁问道:"您说是不?"胡大魁接过话说:"是的,二帮主说得很对,大家就放开说吧!"小悦接着又说:"这三条路中,我们当然要选择一条活路,所以,大家都得理清生死攸关的各个方面,认真考虑哪条才是活路!都想想吧,想好了就说,不要顾虑!"

又沉默了一会儿,当铺的掌柜头领江坤起了身,说:"我也讲讲吧,讲错了还请帮主、二帮主莫怪。"他扫视过全场后继续说:"我很赞成吕头领说的,跟随吴三桂!尽管吴三桂这人不太地道,但他是为了光复大明,我们该跟他,因为我们原本就是大明留下的种子。"胡大魁看了眼江坤,又看了看小悦和张安,突然低下了头。从内心上讲,他极不愿意反清复明,因为他知道反清复明定是绝路,但吕建明和江坤态度如此一致,而小悦和张安又没个态度,他心里已没了方向。片刻后,他才抬起头来,想再劝大家都放开着说说。可就在这时,门外进来了一位伙计。伙计说:"禀帮主,有位尼姑求见,能否让她进来?"

"这就奇怪了,这几天老有和尚来化缘,今晚又有尼姑求见,难道我这桂岳楼与佛门挂缘了?"没等胡大魁开口,谢凡先已惊诧。胡大魁也很惊讶,并且在暗想,这尼姑会不会是惜梅?惜梅就是金莲庵的了明师傅。她曾是江南名妓董小婉的丫头,在江苏如皋嫁给了逃亡时被人口称为皇帝的南明鲁王朱以海。朱以海死后，她跟随了胡大魁，到洞庭湖后，又因有人作梗被迫离开胡大魁去了大沩山出家。她出家走后，只要有人提到"尼姑"二字，胡大魁就会想起她来。"若是惜梅就好了！"胡大魁心里正在如此地期待，且朝伙计挥了挥手，"有请！"。

可伙计尚未领上话，尼姑就已不请自入了，还施起了礼，道起了"阿弥陀佛，老尼了明有礼了！"众人一见这尼姑了明，都吃了一惊，这不光是因为了明敢不请自入，还因为这了明并非别人，是已离开洞庭帮二十年未再露过面了的惜梅，所以，都不约而同地发出了惊呼："惜梅皇后？"胡大魁当然也惊喜不已，"嚯"地站起后拱拳一揖，说道："果真是惜梅啊！久违了！"了明扫视了屋内，说道："老尼法号了明，请各位施主不要错认了！"

张安和小悦也很惊讶，因为了明此时出现在此实在蹊跷。当听到众人都惊呼起了"惜梅皇后"时，也自然地将了明与当年的那位挂名皇后惜梅对上了号。也正因为此，他俩更有了担心，担心这位曾挂有大明皇后之名的尼姑出现，会给今晚的商议带来更难掌控的变数。此时，胡大魁已走向了明，行礼道："是了明师傅啊！师傅今日造访是我帮之幸，我马上就去安排斋菜来，还请师傅上桌来与我等边吃边聊！"了明看了一眼胡大魁后，又迟疑了片刻，说道："胡施主请莫客气，老尼只想在这说几句话就走，不会久扰。"胡大魁既感诧异又感失望，问："师傅此来只为了要说几句话？"稍顷之后又说，"哦，师傅一定是给我们送真经来了，那请师傅坐下说话吧，我等一定听着。"了明又看了眼胡大魁，再看了看小悦和张安，轻念了一声"阿弥陀佛"，便道："老尼化缘借宿此处，经过这门口时听得有施主提及要跟随吴三桂反清复明，就停住脚了。尘世之事本已与老尼无关，但凭渡人之心，我还是进来了，进来就想说几句话，不知各位是否愿意听啊？"胡大魁稍有一惊，想，惜梅肯定是有要紧话说了！于是，回道："当然愿意听，请师傅直说吧！"了明环视了一圈，说道："你们都是清楚的，吴三桂本是个孽障，而大明也是个已气绝身腐的旧朝！当年的大明就是因为养了吴三桂这等孽障才有了后来的气绝身腐，这是报应！如今这孽障又要造孽了，你们却还要跟他，这有违天意，绝不可为啊！阿弥陀佛！"胡大魁一愣，靠近了了明，问："依师傅所见，那我帮该要跟谁啊？"了明看了眼胡大魁，目光又落去了小悦的身上。片刻之后，回道："凡事自有天定，谁也不可妄为。我知道贵帮正在两难，但应相信，自有高人带你们去走条明路。"她稍作停顿，又说："老尼已说完了，听与不听就请便了。告辞了！阿弥陀佛！"她话音尚在空中飘荡，身子却已飘出门外。

　　胡大魁示意伙计要好生照顾了明，便望着门口，久久没把目光收回，把目光收回后又陷入了沉思。他回想着了明刚才说过的话，感到"自有高人带你们去走条明路"这句话最为关键，也最让他宽心。但让他疑惑的是，这高人会是谁呢？他将了明所言从头到尾串了起来，也将了明进门后的神色翻想了一遍，终于把目光转向了小悦，问道："小妹啊，你对了明师傅所言怎么看啊？"小悦也正在为了明所说的"自有高人带你们去走条明路"感到疑惑，听得胡大魁问话才回过了神来，沉思片刻后，回了胡大魁道："了明师傅所言我都听清楚了。我曾与了明师傅有过一面之交，知道她道行很深，是位高人。刚才又听得各位都惊呼她为皇后，才知道她还有着高贵的出身，与我帮有着渊源。我想，凭了明师傅的高贵出身和高深道行，也凭她与我帮的渊源，今晚送来的一定是道真经，所以，她说的话我们该信！"

　　"是啊！"胡大魁一点头就接上了话，"惜梅出家后从未踏来过岳州一步，我总以为她已心无尘念了。可如今出现了，还说出了如此明晰的一番话来，说明她尘思未断，一直都在关注着我帮！二帮主说得对，惜梅送来的定是道真经，该信，也当领受！"胡大魁如此确信了了明所言，小悦的心里已经踏实，所以也跟着说道："了明师傅送来的这道真经大哥愿意领受，我也愿意领受！我想，了明师傅并非尘思未断，应该是以菩提之心静观尘世之后特来行渡人之善了。既然她已明说了吴三桂不可随，那我们就该另择明主了。我刚才讲了，我们面前有三条路可走，到底该选择哪条路呢？现在大家应心中有数了，那就都直接地说出来吧，大家说过后好让大哥定夺！"众兄弟你看看我，我看看你，已开始议论了。稍顷，刘二起了身，道："帮主、二帮主都说得对，了明师傅所言应当信。她说得没错，吴三桂确是孽障，已失信于天下，我们绝不可随他信他。我希望我帮能够跟随朝廷，因为大清的江山已经坐稳，跟随朝廷也是正道。"

　　"我也希望跟随朝廷！"其他兄弟异口同声。小悦见这场面，也说道："我懂得大哥的意思，也赞成刘二的说法。其实，选择吴三桂还是朝廷，就是选择绝路还是活路。兄弟们都很眼明，已看清楚了，那我也表个态吧，我赞成跟随大清朝廷！"大多数兄弟都已神色清朗，吕建明和江坤却黯然地低下了头。胡大魁看了他俩一眼，再看了一眼小悦，一展双眉就站了起身来，说道："既然你们都愿意跟随朝廷，那我就选择朝廷为依靠了！"停了停又说，"若在往常，这种事我会深思再三，但现在，我决心已定，因为惜梅提醒得太对了。既然这事已经定了，我们就得要谋划如何去投靠朝廷了。"他突然问小悦："你看，该咋办？"小悦微微地一笑，说道：

"这事不难！我知道您担心大清朝廷会不信任我们，这大可不必。吴三桂作乱，朝廷定会要举全天下之力去清剿，任何一股对抗吴三桂的力量他都没理由拒绝，何况我们还拥有近千之众呢？再说，已这么多年过去了，官府也不知道我帮的老底了，不会再怀疑了！至于该如何去与官府联系，更简单，可以要张安去找王佑三出面。据我所知，王佑三虽然尚未明确选择谁为依靠，但心里早已倾向朝廷。他之所以尚未抉择，是想看江湖风向，这也正好，我帮已为江湖定好风向了！我以为，当下首要的是要尽快与王佑三联手，引他与我帮同行。大哥，您说对不？"胡大魁爽朗地一笑，回道："太对了！王佑三实力很强，与之联手定能带动江湖各帮各派跟随，达成江湖一统。只是这事得有劳妹夫了！"

张安虽然久未说话，但已有了打算，要在胡大魁做出决定后锦上添花。所以，他接过了话说："您说有劳就见外了。我也算洞庭帮的人，如今有机会为帮里效力，是荣幸之事。王佑三实力雄厚，与众多山寨、镖局、帮派交往密切，之所以心向朝廷却尚未抉择，是因为他顾及到自己的朋友广、影响面大，不得不谨慎。他曾听小悦说过，洞庭帮实力很强，大哥又是智慧之人，所以很看重大哥的想法。如今大哥主意已定，他定会跟风而行的。到时两家联手带动江湖跟随朝廷了，联系官府就不算个事了！"他既说了道理又戴了高帽，胡大魁早已心花怒放，"哈哈"一笑后，便道："这么说来，我今天是替江湖做主了！"端起酒来敬给了张安后，又说："联络王佑三得趁早安排，去联络之前，我会联络岳州的各帮各派，争取以更强的实力去吸引王佑三跟随！"接着"呵呵"一笑，摇了摇手说道："今天本是给二帮主和妹夫接风洗尘的，可说着说着就议上事了，这也好，把事议定了，可放心地喝酒了！来，我们敬二帮主和妹夫，一起敬！"

又酒过三巡，湖里的两位头领张模、张敬一起赶到了。待他俩见了礼、敬了酒，胡大魁就搬出了自己的决定，问道："你俩有没有异议？"张模的态度非常明确："我拥护大哥的决定，紧随朝廷！"张敬却双眉一锁，眼里飘荡开了一股怒气，懑懑地说道："吴三桂这狗东西与我有杀亲之仇，我正要去找他算账呢！我愿意紧跟朝廷剿了这个逆贼！"

时已至半夜，大家都有醉意了，所以，小悦站起来说道："今晚我被大哥和兄弟们的盛情感动了，人醉了，心更醉了，再喝下去就要醉倒在这桌子上了，今晚就到此为止吧！我和张安会按大哥的吩咐，明天上午搬去帮楼，明天中午在我的帮楼里开席，大家再喝，如何？"胡大魁"哈哈"一笑，起身道："对，明天中午再喝，再痛痛快快地喝！"

第二十四章　反贼强囚旧皇后　惜梅从佛事有因

虽然了明进入雅间后所说的话促成胡大魁做出了跟随朝廷的决定，但小悦和张安仍对了明如此蹊跷地出现在他们的面前放心不下。他俩回到客房里商议了一番后，就决定要由小悦前去会会这位了明，以探清楚了明的心底，摸清这位半路上杀出来的程咬金到底是什么个来意。

夜已经深了，楼道里静悄悄的。经值夜的伙计指引，小悦来到了明的房外，"咚咚咚"地敲起了房门。这敲门声不轻不重，既足以让房内的人听得清晰，又不至于惊扰了其他的房客。但敲了数轮后并未得到答应时，小悦疑惑了，"难道睡得太深？"她稍微加大了敲门的力气，而这一敲却将房门惊出了一条缝隙，灯光从门缝隙里钻出，将黑暗的楼道割出了一道鲜亮的裂缝。她轻推房门探进了头去喊道："了明师傅，了明师傅……"见房内仍无动静，便顾不得礼节进去了房内。房内油灯明亮，却是空无人影，她大吃了一惊。退出房来拉上门后再去询问伙计时，伙计却肯定地说："了明师傅就住那间房，我一直在楼口值守，没见她下楼去啊！"她有了不祥的预感，所以就回到了自己的房内，对张安说："值守的伙计并未见了明出门，可了明已不在房内啊！"张安一听，也感到事有不妙，想了想便说："这客房的楼下有个后花园，走廊的尽头有后门能下到后花园去，后花园也有门通往街面，了明会不会从后门出去了？"稍一顿，又说，"半夜出门，本就可疑，难道她闯进雅间来说的那番话是故意施放的烟幕？"

小悦沉思片刻，说："那不一定是烟幕，但必须得查清！"但又摇起了头道："她既然是偷偷出门，就不可能有行踪留下，你想想，该如何去查？"张安略作思考，回道："如果了明确是化缘路过，就不会半夜出门，既然她已偷偷出门，那定有别的目的。不管她有何目的，目标都会是洞庭帮。照此推理，她今晚最有可能去的就两个地方：一个是胡大魁那里，因为胡大魁是帮主。另一处就是吕建明或者江坤那里，因为她在雅间所言针对的就是这两人。"小悦点了点头，又问："那你认为，该先从哪里查起？"张安回道："我估计，她今晚去胡大魁那里的可能性不大，即使去了，一时半会儿也不会有严重的后果，因为胡大魁愿意跟随朝廷的态度是明确的、真实的。如果去了吕建明或江坤那里，应是密谋什么去了，就复杂了，我想，该先去这里探探！"小悦点了点头，随后便与张安一道换上了轻装出了门。

胡大魁为安定帮内各级头领，除保留了几个岛上的帮院外，又在岳州城修建了两个大帮院，其中一个大帮院内修了两座大帮楼，他自己占用了一座，给小悦留了一座。而在另一个大帮院内修建了几十座小帮楼，给了各生意场的掌柜头领及主要骨干居住。两大帮院内都建有几百套工房。吕建明和江坤就住在相邻的两座小帮楼里。小悦和张安潜入到吕建明和江坤的帮楼附近时，发现只有吕建明楼内尚有灯光，就潜入到了其楼下，靠近墙根贴耳倾听，果然听到了有说话的声音。于是，便悄悄地靠近到了有灯光的窗下，透过窗纸裂缝，看到了了明与吕建明和江坤正在一起。

但了明一脸的沮丧，说话的声音和情绪也很低沉。她说："你们都说了那么多了，说的都是些愚蠢的想法、疯狂的想法，我劝你们尽早放弃，不要误了你们自己的前程，也误了洞庭帮近千兄弟的前程。再说，你们如此将我骗来岳州，又强行把我掳来了这里，也太不讲人德了！"吕建明在阴阴地笑着，说起话来怪声怪气，他说："人德是个啥东西啊？人德有屁用啊！你是我俩请来岳州的，你硬要说是骗来的就太不好听了。行吧，就算我们是骗了你吧，可也是为了你好，为了洞庭帮好啊！本来，你来到岳州后就该按我们的交代去号令全帮加入香会，若一时没能想通，也该在房内待着不要抛头露面。可你就不听招呼，硬是要去那雅间里添乱，那就怪不得我们把你请来这里了。这里是灯下黑，你就在此好好地住着，也好好地想个明白吧！"江坤也接过了话来，笑嘻嘻地说道："是啊，只要你能按我们所说的去做，我们会让你过得自由自在，绝不会把你抬来这里的。可你偏不听话，这也就怪不得我们了。"了明道过一声"阿弥陀佛，罪过"后，说："我早就跟你们讲明白了，加入香会搞反清复明绝对是一条死路。大明早已气绝身腐，你们却还要附魂到那具腐尸上去，这会毁掉你们自己，也毁掉整个洞庭帮的！"

"难道我们要放弃这个光复我大明的大好机会吗？"吕建明靠近了明，大嘴贴到了了明的耳边，又说："我给你交个底吧，香会总香主就是我大明的朱三太子，他手上掌握有雄兵十万，在全国已拥有数百万香客，而且势力还在滚雪球般扩大。他得到了吴三桂拥戴，到时只要他一声号令，吴三桂的几十万大军在南方起兵，他自己的十万雄兵在北方呼应，而全国的数百万，不！数千万香客会揭竿而起，而且我大明的一些旧将也会纷纷响应，如此强大势力一哄而起，会势如破竹，康熙坚持不了多久了！嘿嘿，快了，天下又要姓朱了！我们现在得紧跟时势，带兄弟们加入香会，到时再协助吴三桂取得岳州越过长江，就是重建大明的功臣了，朱三太子一登基，就能得到丰厚封赏，或许还能坐上重臣之位或成为封疆大吏，多值啊！而你，只要现在号令一声，到时就能享受到我大明皇太后的尊荣，何等划算啊！"江坤也凑上了嘴来，附和道："是啊，皇后，天赐良机，机不可失啊！"

"不要叫我皇后！"了明突然站起了身，柳眉倒竖，"你们愚蠢至极！什么朱三太子？一定是吴三桂派爪牙设下的骗局！吴三桂心里若真有大明，当年就不会背叛大明，他如今想起兵，全是为了一己之私，是要为他自己谋天下，反清复明只是扇动你们这些愚蠢之人的幌子。再说，当下的朝廷根基已稳，已稳掌了全天下之力，实力要比当年强大了许多倍，能轻易就被吴三桂推翻？别做梦了！你们鬼迷心窍想投靠香会，可胡大魁和帮内的兄弟们是不会答应的。还有，小悦和张安是何等的高人啊！他俩也是绝不会让你们的阴谋得逞的！"吕建明却"嘿嘿"一笑，眼里飘出了一股凶光，且阴狠狠地说道："这些你就别担心了，只要你号令一声就够了，兄弟们肯定都会答应的！若胡大魁不答应，哼！我就收拾他，再由我们来掌管洞庭帮！至于小悦，你尽可放心吧，她在帮内无根无底，我只要随便挑个事由动动嘴，就能借胡大魁之手把她除掉！"

了明无可奈何地摇了摇头，深吸了一口气，微闭着双眼，掐捻佛珠，说道："你们再怎么阴险，我也不会答应！若不是你们骗我说胡大魁临终前想要见我一面，就算打死我也不会来岳州。你们把事情做到了如此份上，是天大的罪过，阿弥陀佛！"吕建明却冷冷地一笑，贴到了明的耳边说："我就知道你旧情难忘。你尘思不尽，也怪不得我们，事到如今也只能依我们了！"

了明一怔，睁开了眼睛，怒喝道："住口！你们如此对待一个出家人，佛祖是不会放过你们的！"江坤却发出了一长串的怪笑，不阴不阳地说道："佛祖？佛祖只不过是被人神化了的凡人，要是他真能显灵保佑，你还会落到如此地步吗？好了，你说啥也没用了，已经别无选择了！"

了明又微闭起双眼，说道："你们可以困住我的身子，但束不住我的心，我心在佛，致死也不会依你们的！"吕建明的冷笑声已更为刺耳，且阴狠狠说道："你想死啊？不行！你这皇后的名分还有用处呢！我们得让你好好地活着。你现在不答应我们没有关系，待蓄上了长发，恢复了皇后风韵，再答应也不为迟！"江坤也不阴不阳地附和着说："你就放心地在这里住着吧，桂岳楼那边，我会放出风去，说你早已云游走了，在你再出山之前，已没有人怀疑你还在岳州了。"

了明微睁双眼，面带愠色，道了声"阿弥陀佛"后，说："你们就关我吧，就算关上一辈子我也不会答应的！"吕建明一个阴笑，凑近了明咬牙说道："你这话说得太早了，我有的是办法让你答应的！今晚就不跟你说太多了。来人啊——"他朝里屋大喊了一声。很快，就走来了两位年轻人，可其中一位居然是朱天贵。吕建明对他俩凶狠狠地说道："你俩都听着，要好好地侍候惜梅皇后，侍候得好了，有得是你们的好处，若侍候得不好，后果你们该知道的！"

两位年轻人强行请走了明后，吕建明和江坤得意地笑了。江坤还讨好般说道："吕头领真是高明啊！若不是你想到了这高招，就请不来惜梅了。这下好，我们挟惜梅在手，号令洞庭帮加入香会就简单了。到时，我也能跟你一样成为香会湖南分会的副香主了，湖南江湖的各帮各派和千万百姓就得听由我们主宰了！"吕建明满脸得意地回道："这就多亏了我当年派人跟踪了惜梅，否则，我上哪儿找她去啊？呃——"他忽然若有所思，片刻后，说道："这事还不能高兴得太早呢，她人是被我们骗来了，但心里不依我们也没用啊！我们得尽快想办法，否则，会夜长梦多。"江坤却不以为然，还显得得意，说道："你就放心吧，不会有事的！要她依我们也很简单，磨！牛怕呵斥人怕磨嘛！"可忽然间也有担心，说，"但这事不可以走漏风声呢！若让胡大魁和小悦知道了蛛丝马迹，我们会前功尽弃不说，还可能会性命不保呢！"吕建明道了声"你放心"，便神秘地一笑，说："这本就是一场性命攸关的生死博弈，我当然会死死地封住消息。我把她关在了暗房里，看管的人是我的心腹，绝对可靠。这间暗房是我偷偷建的，原想用来贮藏私产，没想到派上大用了。你说，我们很快都是朝廷大员了，有的是白花花的银子花了，还要偷藏私产干吗？"江坤一笑，恭维道："是啊！你想得如此周到，我就放心了，那先走了！"

小悦和张安是带着惊喜回到了桂岳楼的。此行探清了了明来到岳州的缘由，打消了对了明的疑虑和担心，还掌握了吕建明和江坤勾结香会的线索，为清除隐患争得了主动。"天佑朝廷啊！"小悦往床上一躺，不无欣喜，"吕建明居然是香会这条毒蛇在湖南的头领之一，我们可抓到七寸了。"她挺身坐起，问张安，"你说，该如何应对？"张安往床沿上一坐，说："明天一早要找胡大魁把今晚的所见所闻说个明白，要他明天午宴时当众将吕建明和江坤揭穿拿下，然后再救出了明。"小悦摇了摇头，说了一声"不妥"便站起了身，"我以为，现在还不到揭穿拿下他们的时候。

一方面，帮内是否还有其他人与香会勾结尚不清楚，如果先将他俩拿下，会惊动那些尚未浮出水面的人。另一方面，他们通过谁与香会勾结，香会在湖南已有多大的势力尚未弄清，有必先要留住这根藤，好顺藤摸瓜。还有，我们在洞庭帮的根基不牢，要揭露内贼，须找准时机。"张安恍然大悟，道："是啊！还是你站得高想得远！那你说，该咋办？"小悦若有所思后说道："首先，还是要告知胡大魁实情，让他心中有数，让吕建明和江坤挑拨的阴谋落空，但这事只可限胡大魁知道，帮内的人除胡大魁外，暂时谁都不可相信。如果需要帮手时，也只能动用你那些兄弟，除非迫不得已，是绝不可找帮里人插手的。另外，你那些兄弟也得暂时跟我们住到一起，以方便随时调用，但要征得胡大魁的同意。这事我明早就去找胡大魁说。"她看了眼张安，接着说，"第二，要稳住胡大魁和已倾向跟随朝廷的兄弟，设法在帮内营造跟随朝廷是大势所趋、不跟随朝廷是死路一条的气氛，使胡大魁及兄弟们铁心紧跟朝廷。这须随势而为。第三，要密切关注吕建明和江坤的动向，要利用他们探明香会在湖南已有多大势力。第四，要秘密救出了明来，通过了明稳住胡大魁。等这些都办妥了，再借胡大魁之力将香会的势力铲除。"

"甚好！如此既显策略，又详尽周到。"张安点头一笑，问道，"那明天的午宴还照常安排吗？"小悦点了点手指，说道："照常！仍以联络感情为主，既不动声色，也得见机行事。"张安又点头一笑，拍了一下大腿，说："好！有了你这周密的计策，最复杂的情况也会对付过去的！"

被关进暗室后，了明就告诫自己，吕建明和江坤的愚蠢之举绝不可答应。她清楚，如今天下已太平，若有人再起反端，百姓又得遭殃。她还清楚，大清的江山已经稳固，康熙为防止吴三桂作乱早有了准备，如果有人定要反清，定会自取灭亡。她虽然身在尼庵很少出门，但已从众多香客口里听说了，康熙正在厉兵秣马，还派出了众多心腹来到民间，为对抗吴三桂谋反联络起了众多民间势力。康熙派来的都是些能人、高人，一个格格这等女流就能多谋善断，武可敌百，李茂和何卫等作为朝中的将领，定会更加了得。她虽然与小悦只有过一面之交，但已看出其有着超常的天性与才智，并已从香客的传说和其他的迹象中判明，这女子必成大事。

了明还记得大约两年前的那些日子，庵内静空总是神秘兮兮地念叨着，说马家场的上空天象大吉，是有吉仙降临。虽然静空早就准确预测过小康熙会提前亲政、会有辅政大臣被康熙捉拿的事，但她还是把静空的话当作了胡言乱语。后来亲眼见到了小悦时，她才把静空的念叨当作了一回事。小悦的举手投足、一言一笑，都高雅脱俗，眼睛的每闪每动都放射出智慧的光芒，脸上纯净高洁，并无半丝凡尘的痕迹，而且不欢自喜，充满了兴旺之气，正是静空常常念叨的吉仙模样，即使不是吉仙，也定是位凡间的圣女。就在小悦去过尼庵的当天，她又听静空常说："小悦姑娘连头发尖子上都充满了镇妖驱邪的浩然正气，面对西南时正气更甚，可能会有自西南而来的大妖要栽在她手上了。"当时，她只觉得静空这话过于空幻，难以验证，未作深想。后来听说了吴三桂会要反清，又听张夫人说小悦是皇帝派来联络民间势力对抗吴三桂谋反的，她就重新想起了静空的话，且判断出小悦肯定是吴三桂的克星！再后来，她又听说了小悦还是皇室的格格，已经与张安成婚，且已奉旨组建了湖南平叛民军，她就更加断定，吴三桂必将会断送在湖南这片土地上，因为她也早已看出，张安同样是个非常了不得的人物。

对于张安，了明更熟悉。她是看着张安长大的，早从张安的与众不同看出，他将来定能成大事。张安长大后虽不再去尼庵了，但张夫人去庵里时常会提及儿子，庵里的尼姑没人不知道张安。就在前些时候，张夫人来过尼庵后，静空就大谈起了张安，且说："马家屋场上空有三颗将星亮了，其中最亮的那颗就是张安，而且那颗最亮的将星还有仙姑星相伴，有祥云环绕，张安还要喜结仙缘了。"了明和庵里尼姑、香客都半信半疑。但不久之后，静空的话应验了：张安成了湖南平叛民军统领且与小悦成了婚，王佑三和于奎也成了民军副统领。自此，她已对静空佩服不已。当然，在今日之前，她很少去回味这些，因为这些都是尘世之事。只是没有想到，树欲静而风不止，她终究还是卷入了尘世间的这场巨大纷争之中。此时，她已一边后悔自己尘思不尽轻信了吕建明和江坤，一边担心起了胡大魁和洞庭帮的兄弟。而且一想到胡大魁，心里就有了一种异动，并且已越来越难以驾驭自己的心性，那些不愿想起的往事也正一团接一团地向她的眼前飘来。

那年，身为江南名妓董小宛丫头的惜梅，由主子撮合，在江苏的如皋嫁给了弃了监国之名却又被人口称为皇帝走上逃奔之路的朱以海，这时，她就认识了被朱以海口封为一品大将军的胡大魁。胡大魁年轻健壮有品有貌，与朱以海的娇弱形成了鲜明的对比。虽然朱以海是皇帝，但也只能通过胡大魁才能号令众人。那时候，她常问自己，这个没有了宫殿的皇帝还有多少存在意义？这个漂泊的朝廷还能坚持多久？自己这个皇后最终会是什么结局？当时还只有十六岁的她就已对胡大魁动了心思。她想，如果朱以海和这个漂泊的朝廷都没了，或许胡大魁还是个依靠。后来，他们逃去了海上，因朱以海的无能和刚愎自用，近万之众崩析殆尽，只剩下几百人落脚到了荒岛上，且还因病魔的侵蚀在一个个死去，朱以海也已病成了活尸。也就在这时，她拉胡大魁去石洞里做出了苟且之事，享受到了做女人的那种快乐。后来她经常约胡大魁去石洞，再后来，就干脆与胡大魁住到了朱以海卧榻的旁室。此时的朱以海只一息尚存，或许是出于无可奈何，当众将她托付给了胡大魁。从此，她就顶着皇后之名与胡大魁心安理得地同床共枕了。

朱以海死后，胡大魁成了岛上的最高头领。那时，岛上已不足百人。为保全这些兄弟，他带领大家离开了荒岛，在渔民引导下回到了陆上。为确保安全，逃往了洞庭湖，购置了船只，在湖中荒岛上建起了营寨，过上了靠湖为生的日子。刚开始，日子还过得安稳，但久了就有人不安分了。先是吕建明强暴了惜梅的丫头秋菊，随后又有人想起了自己是大明的臣子，要在这岛上重建大明，且要推举胡大魁为帝，胡大魁哪会答应这荒唐之想？可那些人偏要无事生非，说你胡大魁不愿当我大明的皇帝，那就得离开惜梅，因为惜梅是大明的皇后。当时牵头闹事的就是吕建明。胡大魁出于无奈，只得跟惜梅分手了。分手时，惜梅抱着胡大魁痛哭了整晚，才带着丫头住去了另外一个岛上。即使如此了，吕建明仍不放手，硬逼着惜梅去劝说胡大魁称帝。无奈之下，惜梅只好去面见了胡大魁，但不是去劝胡大魁称帝，而是去劝他逃奔隐居，可胡大魁要为众兄弟着想未予答应。最后，惜梅只得逼着胡大魁将她和四个丫头都送上了岸去，离开了洞庭湖。

起初，惜梅打算要回到如皋去，但一想到自己的身份会给主人带来麻烦就另做了打算。打听到了大沩山山奇水秀，又是佛教圣地后，她就与丫头自主削发去了大沩山为尼。入庵初期，她人虽在庵中，心却在洞庭。她对胡大魁既挂念也痛恨，她恨胡大魁的骨头太软，也恨他对自己薄情寡义。可时间长了，就谅解胡大魁了，因为她想到了胡大魁不愿逃奔是为了众兄弟着想。那时，她好想给胡大魁写封信，但终未动笔，因为她不想再与尘世牵扯，要做彻底的乌尼了。她开始强逼自己忘记胡大魁，把全副心思都放在了庵里。二十年来，她一心修佛，又精心操持，让一个曾经因香火不济被废弃了的小庵变成了香火旺盛的名庵。她也已静下心来要在此独伴清灯了此一生了，可未曾想到，吕建明和江坤会突然找上门来。

思绪到此，惜梅便习惯性地道了一声"阿弥陀佛"站起了身。她边踱边想，却突然笑了，因为她又想起了小悦和张安。

第二十五章　巧言惊醒大帮主　敬酒醉倒众弟兄

天还刚亮，小悦和张安就被敲门声惊醒了。敲门的是桂岳楼的伙计。"帮主在等着二帮主吃早餐呢！"伙计在门外大声地说。"他肯定是有事！"小悦嘀咕了一句就与张安起了床，一通快速的梳洗之后，来到了雅间。

"小妹、妹夫，昨夜睡得可好啊？"一见小悦和张安，胡大魁就笑呵呵地站起。"睡得好，睡得好。"小悦坐去了胡大魁身边，也问，"大哥为何一早就来了？昨晚睡得可好？"胡大魁一脸的不爽，说道："睡得很不好啊！想了许多的事，所以这一大早就来了。刚才谢凡要来陪我用餐，我没让，我呀，想单独跟你俩聊聊。"小悦故作惊讶，问："是啥事让大哥如此劳心没睡好觉啊？"胡大魁摇了摇头，叫伙计上了早餐，才关上了门，缓缓说道："昨晚遇到的事让我没睡好觉啊！昨晚在此下楼后，其他的兄弟都走了，可吕建明和江坤在路边嘀咕了一阵又回桂岳楼了。这若在平常我不会在意，可在昨晚，我就觉得不对劲了。"他夹了点东西送进嘴里，又说，"因为吕建明和江坤要反清复明，我担心他俩返回会有阴谋！"

小悦和张安边吃边听，表情跟随着胡大魁的话语变化，心里却在暗暗地高兴。当胡大魁一停顿，小悦就接上了话说："我想，大哥您是多虑了。吕建明和江坤在酒宴上确实说过要跟随吴三桂反清的话，但当大哥决定了要与江湖联手跟随朝廷时，他们未再反对啊！他俩希望我帮能跟随吴三桂，应是念及您和兄弟们是前朝的旧人，应只是恋着旧情的缘故，并无特别的心思吧？"

"可事情不止这些呢！"胡大魁摇了摇手，又说："实话跟你俩说吧，我昨晚也未直接回去，而是走一段后又返回了桂岳楼。我返回来有两个目的，一是想探探吕建明和江坤有何勾当，二是想找了明说说话。你们不知道，我和了明，也就是惜梅有情啊！你俩是自家人，也不瞒你们了，朱以海临死前已将惜梅托付给我了，我和惜梅有了夫妻之实。自那时起，我就已铁下心要与她过一辈子了，也是到了洞庭湖一段后，才被人逼散的。当时，逼散我和惜梅的就是吕建明等人。惜梅跟我分手后就出家了，但在哪里出家她也没告诉过我，二十年了，从未与我有过联系。如今她回来了，我很想跟她说说话，叙叙情。可当我返回桂岳楼时，就遇上怪事了。我是从后花园进去桂岳楼的，在后花园后门口，看见有两个人抬着一个物件从后花园出来，我未去探究。可到了楼上，发现惜梅住的房间的房门虚掩，进去看时，空荡无人，而且窗门洞开。这时，我才意识到刚才那两人抬出去的应不是物件，而是惜梅，惜梅被人劫了！这时我很后悔啊，可又没法去追寻。后来，我仔细回忆了那两人的身影，觉得其中一人就像吕建明，就怀疑惜梅可能被吕建明劫了，但因有所顾忌又没去追查，而是直接就回了家。回到家里，就一宿没睡啊！这不，这一大早就来了，悄悄探看过惜梅房间仍然空着后，就想要与你俩分析分析了，你俩看看，这有啥缘由？会是什么结果？"他放下筷子坐了个端正后，望着小悦。

"原来如此啊！"小悦和张安都故作惊讶。小悦问道："这确实蹊跷，可大哥您对这事是如何看的呢？"胡大魁喝了一口茶，说道："我想了一宿，算有了些头绪。我认为惜梅是被吕建明和江坤劫走了，原因是惜梅昨晚在雅间说的那些话惹恼了他俩。若果真如此，惜梅就凶多吉少了！"小悦点了点头，道："不无道理啊！昨晚在酒宴上吕建明和江坤刚说过要跟随吴三桂反清复明，了明师傅就闯进门了，且直接提醒我们反清复明是条死路，此后您就果断决定了我帮要联合他人跟随朝廷，到了深夜了明师傅就遭劫了，这些确有因果联系！"胡大魁有些担心也有些伤心地说道："我现在很担心惜梅啊！如果真被吕建明劫了，可能已没命了，这样我就对不起她了，心里也会一辈子不安了！"小悦看了眼张安，又望着胡大魁淡淡地说道："大哥您先别急，事情肯定还没有到那一步。我想，若真是吕建明和江坤劫走了了明师傅，其目的应该不是要加害她。了明师傅昨晚突然出现在雅间本就是件蹊跷的事，她出家二十年了从未来过岳州，甚至连在哪儿出家也不曾告诉您，应该是真的看破红尘了。可她偏偏就在您要决定我帮大计之时出现了，这是为何？"胡大魁满脸疑惑，问："你认为惜梅事先就已知道我要决定我帮大计了？不可能啊！这事是你回来后我才动的念头。难道她时时在关注着我帮？也能凭法力算到我要决定我帮大计了？"小悦喝了口茶，挂起了笑说道："那倒未必是她时时在关注我帮，也未必能凭法力算到您要决定我帮大计了。我认为，这有两种可能：一种是她确实是出门化缘，赶巧碰上了，但这种可能性极小。因为她既然尘思已断，要化缘也会避开岳州这片伤心之地。再说，我也清楚，她所住持的金莲庵香火很旺，无须靠化缘供养，她作为住持出来化缘也更没有可能。另一种可能就是她是应请而来的。至于是应何人之请，以何种名义相请，又有何目的，就说不清楚了。但我相信，她的到来与您要决定我帮大计碰到了一起，只是巧合。"

胡大魁突然瞪大了眼睛。小悦的话确实让他意识到了惜梅在岳州的出现可能有一个不同寻常的缘由。如果惜梅果真是应请而来，那这里面就隐藏着阴谋了。因为他了解惜梅，惜梅不想去的地方任何人都不可能请得动她，除非他自己。难道有人施了奸计打着我旗号了？想到这儿，他不安了，问："小妹你认为会是谁请她来的呢？这人又有何背景呢？"小悦反问道："您先想想，我帮内有谁能请得动了明师傅？"胡大魁浅浅地一笑，摇头说道："按理来说，也只有我胡大魁。况且，凭她那脾性，即使我去请她，若无她不可推辞的理由，她未必会答应。"小悦往胡大魁身边靠了靠，又问："如此说来，我帮除您之外，其他人都请不动她了？"胡大魁肯定地点了点头，"是的！"小悦继续问："若有人借用了您的名义，打上了您的旗号呢？"胡大魁若有所思，但很快又摇起了手掌，道："不可能！在惜梅那里，别人借用我名义并不管用，因为她只信我本人。呃——"突然一顿，又说，"若是有人借用我名义，又找了个让惜梅无法推辞的事由，或许她会来。"

小悦故作沉思后，说道："如此说来，就有可能了！您不妨再想想，什么样的事由才有可能让了明师傅无法推辞？"胡大魁喝了口茶，说："凭她那脾性，没啥事由无法推辞。除非说我快要死了，要见她最后一面了！"小悦一拍大腿，装出了个恍然大悟的模样，道："这有可能啊！"胡大魁惊疑地问："有什么可能？"小悦稍作停顿，解释道："我是说，那个约请了明师傅来岳州的人，有可能就是找了个您快要死了，想见她最后一面的理由骗她来的。只有这个理由既可以冒用您的名义，了明师傅又无法推辞。"胡大魁甚感惊讶，张着大眼望着小悦，说："是啊！一定是这么一回事了！"想了想，又说："可是，谁又会如此地大胆敢用这样的名义呢？他如此设法将惜梅骗来岳州又有何目的呢？"

此时，张安接过了小悦递过来的眼神，凑近胡大魁说道："大哥您再想想，以了明师傅过去和现在的身份，她能做什么？或者说，她身上有何可供别人利用的地方？"胡大魁沉思片刻后却摇了摇头。张安又问："您再想想，他们骗了明师傅来会不会是要利用她的身份做啥事呢？"经这一提醒，胡大魁若有所悟了，他降低了声音说："你这么一说，我就有头绪了。"他端起茶杯来却又突然放下，接着说："我想，骗惜梅来岳州的应该是吕建明和江坤，他们想利用惜梅的皇后身份帮他们搞反清复明。我想啊，惜梅全身上下，过去和现在，只有这一点可供人利用了。"

"大哥这下应分析到点子上了！"小悦赞许地点了点头，"如果把昨晚的事情都联系起来想，应是这么回事。您呀，这一步步地往下推，终于找到头绪了。"胡大魁难为情地一笑，轻声问道："如此说来，我这分析对头了？"小悦用力地点着头，将嘴伸向了胡大魁耳边说："是的，把那些横枝竖节都联系起来，完全能验证您分析得对头！"胡大魁低了低头，摇手说道："这都是你俩帮我分析的结果呢。"可又沉下了脸来，不安地说道，"若我这分析对头，就说明吕建明他们蓄谋已久了，这事就大了！"小悦也锁紧了眉头，回道："大哥又想到点子上了！我估摸着，他们应早有预谋，这事也确实挺大，从大哥刚才分析的看，还不是一般的大！"胡大魁一脸惊诧，问："这么说来，难道他们还要我的脑袋不成？"

张安看了一眼小悦，接过了胡大魁的话说："从您刚才分析的看，我以为这事还不只是要您一个人脑袋那么简单，有可能全帮兄弟的脑袋都已被他们盯上了。还有，听您这一路分析下来，我感觉帮内应该还有人加入了吕建明一伙，并且在吕建明和江坤背后，会有一个很大的背景，他俩可能还只是出头跑腿的小人物。这不想不要紧，一往下想，我就感到正有一双大手朝洞庭帮扼过来了呢！"胡大魁略显惊慌地问道："那我帮岂不是已很危险了？"又焦急地说，"你俩见多识广，再分析分析，看他们到底有什么背景？他们的阴谋已到了哪一步？"小悦故作轻松，不紧不慢地说道："您先别慌！我想，不管他们有怎样的背景，也不管我帮面临有多大的危险，只要把情况摸准了，有所针对地拿出对策来就不可怕了。"张安也接上了话说道："小悦说得对，当下先得把情况摸准。我把大哥刚才说的理了理，也做了分析。我认为，吕建明和江坤要搞反清复明，肯定要依附于一股势力。如今天下反清势力无非就两块，一块是吴三桂等三藩及其他一些前明叛将，这属军力。另一块就是所谓的朱三太子的香会，这是民间势力。我曾听过往客商说过，朱三太子的香会在全国各地都设了分会。按常理，吕建明和江坤在帮里也只是小头领，不具备攀上三藩的实力，他们攀附的应该是香会。如果他们依附的是香会，目前还不会给洞庭帮带来灭顶之灾，因为香会靠装神弄鬼蛊惑民众参与，人数再多也松散势弱，并不可怕。况且，目前香会在湖南并无声势，即使已经存在，也只在初筹，未形成大患，只要我们能主动应对，就出不了大事。"

"嗯，你分析得挺有道理！"胡大魁略显宽心地说，随后又问，"如果事态真如你俩所说，那我们该如何对付？"小悦接过了话道："既然当下并非紧急，这对策，就十二个字：暂不声张，静观其变，择机挫败！您看如何？"胡大魁神色已有所松弛，说道："嗯，这十二个字绝妙！"但又问，"惜梅已在他们手上，我们该怎么办？"张安也果断地说："也是十二个字：摸清去向，等待时机，积极营救。"看了眼胡大魁后，又说："我估计，了明师傅现在就被关押在吕建明或者江坤的家里，因为了明师傅是他们攀附香会的王牌，不会送去别人的手上。您不必担心，既然他们是要利用了明师傅，就不会加害她，了明师傅暂时也不会有危险。"

"嗯，没错！"胡大魁的脸上终于有了笑容，且一拍大腿，说，"那我得派谢凡带人去找回惜梅，惜梅是在他这桂岳楼丢的，他有责任给我找回来！"张安却举了举手，铿锵有力地说了声"不可"。凑近了胡大魁后，放低了声音说："帮里参与反清复明者不可能只有吕建明和江坤，还有多少人与他们同谋，又都是谁，都还在藏着，万一您安排的人里有吕建明的同伙，事情就复杂了。依我看，寻找和营救了明师傅只能交给我和小悦去办！"胡大魁一怔，拍了拍脑门，说道："对啊！你想得很周全。好吧，我就把这事交给你们了！"小悦随口一笑，信心满满地说道："大哥放心，我和张安保证把这事办好！"停了停又说，"还有一事我得提醒您，现在外部形势复杂，帮内又忠奸混杂，您得多加小心。寻找和营救了明师傅固然重要，但不是难事，而保证您安全更加重要，且艰难得多。我希望您能多选几个可靠之人放到身边，以防不测。我也会要张安的十个兄弟先住到我帮院里，以方便照应到您的帮楼。呃，这事您不介意吧？"胡大魁举了举眉，回道："你这是为保护我，我怎会介意？但你们还是得先把惜梅救出来，他们即使不会加害惜梅，惜梅被关押着也很委屈。"想了想又说，"小妹呀，你回来得还真是时候，要不然，这一摊子事谁来帮我啊！"突然又问，"呃，你们入住帮楼可照常安排吗？"小悦脱口回道："照常！还得好好安排，但得有个掌控，不要在宴上提及我帮前途和了明师傅失踪的话题，不要让人看出我们心中有事。"胡大魁爽朗地一笑，说了声"周到"便站起了身说："时候不早了，你们先去准备吧，午时前我会来接你们，我要让帮里帮外都看出我心里只有一件事，就是热热闹闹地把你俩接进帮楼去！"小悦也站起了身，一副开心的模样，回道："行！我们一定配合您把这出戏演好！"

胡大魁高高兴兴地走了。他先去挑选了几十位可靠的手下住去了自己帮楼外围，再去小悦帮楼里忙开了。他亲临小悦帮楼忙碌，并非全是为了演戏，也是真心地要把小悦和张安安排妥当。他已真切地体会到，小悦比他以前所想象的要更能干更可靠，而张安也是他洞庭帮不可缺少的帮手，他需要他俩开心满意。所以他跑前跑后、跑上跑下，等都安排妥了后，又带领各生意场的头领赶上了一辆豪华马车，敲锣打鼓，欢天喜地开往了桂岳楼。

桂岳楼这边，小悦和张安把行李准备好后，把十个兄弟都召集到了一起。为给兄弟们一个大小排名，也为给他们一份荣耀，在张安交代了相关事项后，小悦便郑重其事地赐予了他们新的名字，按年龄大小从张大龙、张二龙，排到了张九龙、张小龙。她说："我给你们赐予张姓和带龙的名字，是既要表明你们是张统领的好兄弟，也希望你们能成为水中的蛟龙。以后你们就如此称呼，以张大龙为头领。"小悦和张安带领兄弟们刚到楼下，胡大魁带领的迎接队伍就已从远处开来。望着那阵式，张安凑近到了小悦耳边，笑道："你看，在你大哥心里，你的地位又提升了！"小悦不以为然，轻淡地说道："这不是为了演戏吗？"张安指了指队伍说："若只为了演戏，哪会用如此大阵式啊？"小悦望着队伍，倒是有了一愣，迟疑片刻后，才突然反问："你的意思是，胡大魁对我俩早餐时的表现非常满意？"张安笑着回道："是的，而且对我俩尤其是你已更加信任，更加依赖！"小悦脸上有了丝丝的得意，笑道："如此看来，吕建明之辈做的坏事，倒成了我们的好事了！"

张安见队伍已经走近，便拉上小悦迎上了前去。小悦迎着笑哈哈的胡大魁，说道："大哥啊，我何德何能承受得起您这番隆重啊？"胡大魁双手一摊，"哈哈"一笑，道："迎接我小妹和妹夫入住新家，没个阵式哪行啊？"又一声大笑后，向张安和小悦摆出了手式，喊道："请小妹、妹夫上车！"望着那辆豪华气派的马车，小悦欣然一笑，摇起了手，"不行！这车我哪敢坐啊？劳大哥大驾前来迎接，我已诚惶诚恐了，还坐这么好马车，就更受不起了！这样，您坐车，我和张安步随，因为您是大哥，这车只有您够资格坐！"

"什么资格不资格，这车就得你俩坐！这是我和兄弟们的心意！"胡大魁用力地一挥手，问众兄弟道："你们说是不是啊？"待众兄弟齐声哄过了"是"后，又说："听到了吧？请上车！"小悦一笑，摇头道："看来恭敬不如从命了，行，我俩坐！但得请大哥先坐上去后我俩才坐。"她也故意问大伙："大家说好不好啊？""好！"众兄弟的回答惊天动地。

胡大魁"哈哈"一笑，指了指兄弟们说："你们都忘了我交代的了，欠妥啊！行了，那我就坐吧！"大笑一声后登上了马车，又将小悦和张安拉上了车去，随即一个大声吆喝，就带着大家热热闹闹地开往了帮楼。进了帮楼，他引领小悦和张安接受了仆役的拜见、察看了房舍、安置了行李，随后才回到大厅。此时，大厅桌上已摆满了菜肴，厅内靠墙位置排列开了十几坛老酒，酒坛后面立着四位从酒楼里派来的侍应，侍应们带着一致的微笑，着同样的衣服，左手都安放在身后，右手持同一种花色的酒壶，酒壶在手上前后无进出、上下无高低。见这阵式，小悦感动了，发自内心地说道："大哥，您如此费心，我如何感谢您好啊！"胡大魁"哈哈"一笑，道："感谢啥呀？上桌坐吧！"待大家都已坐定，他吆喝开了："上酒，开席！"

这场午宴没有人再提及当下的局势，也没有人谈及其他扫兴的话题，大家只为庆贺而杯来盏去，话说得投机，酒喝得爽快，一直欢声不断，笑声不止，直至个个脸红筋突、舌如木块了，都还没有个尽兴的表露。小悦和张安作为这份热闹的操纵者，既把热情发挥到了极致，也不着痕迹地让自己少喝了不少，所以仍然清醒。见胡大魁和各生意场头领都已醺有醉了，小悦突然起身，摆出了豪爽的架势，说："大哥，承蒙您抬爱器重，我当了二帮主，还住上了这么气派的帮楼，太感谢您了！酒至当下，大哥和各位兄弟应刚上兴头。为感谢大哥和各位兄弟，也为让大哥和各位喝个尽兴，我要敬大家一杯。不对，要敬大家一碗，敬一大碗，来表达我的谢意！"她故意晃了晃身子，噘起了嘴，问胡大魁道："大哥，好不？"

"好啊！"胡大魁本在兴头上，所以大腿一拍就给出了答应："今天是欢庆二帮主入住帮楼，二帮主要敬大碗，我们得喝！"有了他这爽快答应，小悦就把已满上的大碗分发了出去，摆出豪爽架势，端起了酒碗说："为感谢大哥和兄弟们，我先干为敬了！"当喝了个碗底朝天后，面带微笑地看着大家，直到大家都把酒灌进了肚里，才放下酒碗说了句"痛快"。这一碗酒下去，大家已兴奋至极，可慢慢地都趴去了桌上，屋内有了此起彼伏的鼾声。小悦偷瞄了一眼全场，装着醉态也已趴下。张安见机，便逐个地偷点了这满桌人的穴位，让他们踏实地深睡了过去，才吩咐侍仆说："帮主和各位头领都喝多了，让他们睡睡，你们小心收拾了席面就休息去吧，不要惊扰了他们。"他又叫过张大龙耳语了几句，才抱着小悦走上了楼梯。

第二十六章　施计救出被囚人　尼姑心上起红尘

了明草草地吃过早餐，就盘腿打坐掐珠念佛了。她想，吕建明和江坤已铁心反清，一定还会来强劝硬逼，所以，自己该静下心来，从容应对。但她打坐了一个上午，也平心静气地等待了一个上午，却并未等来吕建明和江坤。为弄清原因，在朱天贵送来午饭之时，她大声问道："吕建明和江坤为何不来？"朱天贵没有理她，只将饭菜递上来就关上了暗室的门。了明摇了摇头，端起了饭碗。因她并未动肉菜，所以一顿饭吃了半个多时辰才慢慢吃完，吃完后又静坐了一会儿，才敲响了暗室的门。稍倾，门开了，朱天贵伸过了手来。可就在此时，朱天贵无缘无故地倒在了地上没有了声息，另一个年轻人也同样倒在了房中没有了动静。惜梅被这怪异之事惊得傻懵傻懵，缓过神后，才意识到这是个逃跑的机会。她已顾不得其他，便爬出了暗室。可刚走到房中，就被突然而入的两个蒙面人架住了身子，奔出了门外，越过了几道院墙和一片荒地，又来到了另一座楼下，跃进了二楼的窗内。

架走了明的蒙面人正是小悦和张安。将了明带入了自己的卧房后，小悦才松了一口气。她向了明说道："让您受惊了，我们是为了救您才架着您奔走的，请不要怪罪！"了明已经回过神来，当看清了眼前站着的是小悦和张安时，惊喜交集。道了声"阿弥陀佛"后，便双手合十，朝小悦和张安行起了礼："老尼拜见小悦格格和张将军，感谢小悦格格和将军搭救！"

"您不必多礼。"小悦微微地一笑，压低了声音，"您落入魔掌，被幽禁暗室，受辱受苦了，先压压惊、缓缓劲再说话吧！"了明立掌说道："老尼六根不净，误入尘魔之手，受辱受苦均为自取。今日有劳格格和将军搭救，该道声谢的，就请格格和将军接受了老尼这番谢意吧！"小悦咧嘴一笑，拉上了明的手说："师傅硬是要谢，我接受就是了。只是接受了您这番感谢，我就更愧了。您本已跳出凡尘，却被我帮的不良兄弟骗来了岳州，这是我帮的过失，如今能救您出来，也只是弥补了这份过失而已，是不该受谢的！"

"该谢，当然该……"了明那个谢字尚未出口，张开的嘴就已僵住了，眼睛也已瞪得了老圆。好一阵才问道："你们已知道我是为何来的岳州了？"目光在小悦和张安脸上扫了个来回后又问："格格和将军的聪慧老尼早有耳闻，只是他们做得如此地隐秘，你们是如何知晓的？"小悦微微地一笑，说道："虽然我们的俗眼不如您的法眼清亮，但尘世间这点事还是能看得清楚的。这事不仅我俩知道，我大哥胡大魁帮主也知道，我们是遵了我大哥之命前去救您的。"

"胡大魁也看清了？你们是不是早就看清楚了？"了明已更显惊讶了。小悦却婉美地一笑，扶着了明坐去了椅子上后，才回答道："要说早看清楚了倒也谈不上。但雁过总留声，人过总留影，事情只要是发生了，不管它有多么隐秘，总是会有个踪影让人察觉得到的。"

"是啊，不管他们多么狡猾，都是瞒不过我们的。"张安笑了笑，也插上了话来。他又说："了明师傅，您就和小悦在此聊着吧，楼下还有一大摊子事需要我去处理呢，我先失陪了！"小悦朝张安点了点头，也对了明说："张安的意思是，还得委屈您在我这儿藏上一段，因为吕建明和江坤的事并没那么简单，要等我们把事情都查清楚了后您才可以露面。"

"我明白了！"了明朝小悦点了点头，也对张安说："吕建明和江坤骗我来岳州是要我助他们反清复明，这愚蠢之想我没有答应。他们做得如此嚣张，是因为依附了什么香会的势力。我知道，要对付他们还会有许多事做，你们啊，就都去忙吧，我这儿就不用你们陪着了！"

"若没人陪着，就冷落您了。还是由小悦在这儿陪着您吧。下面的事我去办就行了。"张安朝了明拱手一揖，再朝小悦点了点头，便走出了门。楼下的客厅里，桌上的人还稳当当地趴在那里做着美梦，侍仆们都回去了房间休息，张安的十位兄弟也正值守在客厅的内外，这一切如张安所愿，安静而又自然。张安望着这场景，一丝得意已从嘴角漫开。他绕着桌子走了一圈，顺手给每位都点了醒穴，又喊来侍仆泡来了茶水，才又坐到一旁悠然自得地品起了茶来。而桌上的人虽已相继醒来，但都醉眼蒙眬，大都只抬了抬头便又趴下了。他望着这场面偷偷地笑了，还故意拉开了嗓子："各位兄弟，都醒醒喝杯热茶提提神吧！"

最先抬起头来是胡大魁。他一抹双眼，又拍了拍脑袋，说了声："这酒喝得……"便问张安："小悦呢？小悦也醉了吗？"张安端起一杯热茶递给了胡大魁，轻声答道："醉了，醉得不轻呢！您都知道的，她那是把酒当水喝了，哪能不醉啊？"胡大魁放下了茶杯，搓了搓脸，接过了话说："是的，女人家喝酒能如此爽气的我还没见过。呃，她对我今天这安排还算满意吧？"

"何止是满意啊?"张安微笑着说,"还感动得不行呢!喝得舌头都僵直了,还在明念着您对她的好,我拉她上房去睡她也不愿意,硬是要留在这儿陪着您坐着,最后还是我抱上房去的呢。"胡大魁迷迷茫茫地看了张安一眼,说:"她满意就好啊!我就是要她满意!"扫视过兄弟们后,他突然"嚯"地站起,发出了呼喝:"都起来,你们都起来!看你们这能耐,喝这点酒就这模样了,丢人,都回家睡去吧!"众兄弟被惊醒后,一个个东摇西晃地离开了餐桌。张安将他们送至门外后又回到了胡大魁身边,对胡大魁说道:"这两天您很劳累,就先在我这儿睡上一会再说吧!"说罢,连哄带劝,就将他送进了一楼的客房。安顿好了胡大魁后,他又叫来了张大龙和张二龙交代:"你们要尽快熟悉内外环境,做好防护警戒,不许任何人进这院内。除了我和格格外,未经我允许,任何人都不许上去二楼。"待张大龙和张二龙都应了,他才走出大门,去察看周边的环境去了。

小悦正与了明聊着。开始,了明总离不了出家人的那些客套,聊得久了,才有了俗家人的语气,并已与小悦聊得融洽了。当聊到了洞庭帮的事时,惜梅却问:"我有一疑惑,想找格格求解呢,可以吗?"小悦嫣然一笑回道:"当然可以。有啥事您尽管问就是。"了明浅浅地一笑,说道:"我听你讲到胡大魁时总称大哥,提到洞庭帮时又称我帮,难道你一个当朝的格格,也加入到这下九流的江湖帮派里了?"小悦捂嘴一笑,低声回道:"是的!您可能不会想到,我既是胡大魁帮主的义妹,也是洞庭帮的二帮主呢!"看了明已更加疑惑了,便将自己如何成为胡大魁义妹和洞庭帮二帮主的事全都说了,把了明惊了个瞠目结舌。了明回过神后,笑了,眼瞳里还飘出了几分的亲切,道:"你啊,算是遇到了一个招安一股江湖势力为朝廷所用的大好机会了,而对胡大魁和洞庭帮来说,就是遇到了一个能找到光明前途的大好机遇。这样的巧事,恐怕要用'缘分'来解释了。"

"用缘分来解释当然合适。"小悦浅浅地笑过后,也问,"我也有个疑惑要向您求解呢,可以吗?"了明点了点头说:"当然可以!"且有所期待地望着小悦。小悦微微地一笑,说道:"您昨晚突然闯进雅间来时,兄弟们都惊呼您为惜梅皇后,我大哥见到您时却激动万分,也恭敬有加,甚至还亲切至极,且知道您失踪了后又焦急万分。难道是您与我大哥之间有着特别的关系?"

了明惊讶地看了眼小悦,低下了头来没有作声。半晌后,才叹了口气,问道:"你大哥没有跟你说起过这些吗?"小悦回道:"他应是还没有来得及跟我说吧?"了明又低下了头,许久之后,才说道:"那我就不瞒你了。"她将自己的身世和经历悠悠地道来，虽似讲着别人的故事，但讲到了与胡大魁的那段感情时，却已脸红面赤，还羞色浅露，也温情脉脉。

小悦听清了了明的每言每句，看清了了明的心里仍红尘依旧，也正风翻浪卷，所以就把了明所说的那些她以前知道和刚刚才知道的情节串成了一个浪漫的故事，还产生了一个浪漫想法：要将了明拉回到尘世来，拉回到胡大魁身边来。她说："我就猜想您与我大哥曾有着特别的关系，原来早已桃花流水啊！如此看来，您当初是不该出家的，凡事逃避不是个办法，面对才是出路呢！我想，这些年来，您虽表面上清静，心里一定很苦。人生来就有七情六欲的，来到凡世也只能是凡人，戒欲藏身，是一种自欺欺人呢！"了明略显羞涩地低下了头，半晌没有吱声。直到小悦拉起了她的手时，她才说道："都过去这么多年了，我的心早已冷了，这些个事啊，你听过了就行了，别再提起了。"小悦一本正经地说道："人只要是活着，血总会是热的，心又怎会冷得了呢？看得出，您对我大哥的心一直还热着呢，您能上当受骗来到岳州，不就是个明证吗？"

了明心头一惊，抬起了头来，看了一眼小悦后说："他胡大魁当年若是能答应与我去逃奔隐居，我是不会去出家的。"她停了停，却又说，"你虽然年轻，但眼光很老辣，我知道我心里头的这点东西是瞒不过你的，那我就实话跟你说了吧，其实，这些年来，他在我心里根本就没有离开过呢！"小悦微微一笑，轻抚着了明的手，说道："就是嘛，把人装进心里了，哪能轻易就放得下呀？尤其是我们女人，更难做到这一点。"她露出了几分娇婉，又说道："既然如此，您应该重返尘世，与我大哥重新再来才是呢！"了明惊慌地摇起了头，眼里却闪过了一丝浅浅的茫然。随后却小声地说道："已不可能了，绝不可能了！因为我的身心都已在佛门了，舍戒弃佛已不可能了，真的不可能了！"

小悦盯住了了明，已似兴致勃勃。她说："您这么说就有些绝对了，还有违佛理呢！"把满腔的热情都加挂到脸上后，她又说："佛在其心，不在其戒，舍戒又有何不能？凡夫若有佛心在，尘嚣亦可修正果，您何须要计较舍不舍戒呢？再说，佛祖大慈大悲，定会成人之美的，您为真情所动而需舍戒，佛祖也是会应允的。还有，您一直是揣着一颗凡心住庵，这也是在欺骗佛祖，如今也该有所悔过，放弃对佛祖的欺骗了。"了明吃惊地望着小悦，不知如何回话了。在这二十年里，她确实有过许多的躁动，在佛祖面前的平静也是装出来的，小悦如此地一针见血，她还能如何回应呢？其实，她不愿与胡大魁重来的真正原因并非是有戒在身，而是心里不敢，因为她感到自己已人老珠黄了，没有资格再与胡大魁重来了，她担心胡大魁不接受自己的重来之愿会羞坏了自己的这张老脸。也正因为如此，她心里已经七上八下，眼神也已错乱。为了有所掩饰，她只得微闭了双眼掐捻着佛珠，念念有词了。经过了一番调节后，她最终还是坚定了那个念头：决不可陷入到重来的妄想中去！

小悦当然察出了了明的心思，所以在暗暗地高兴，也暗暗地告诉自己，要趁热打铁，点亮了明的尘欲之念。她说："您和我大哥都不年轻了，如果此时重来，还能享受到半缕芳华，给后半辈子一个安稳的依靠。我大哥一直都还把您放在心上，这么多年来，他未对别的女人有过念头，就是不愿意让别人来取代了您在他心中的位置！再说，他知道您失踪后，多焦急啊！几乎是求着我和张安务必要把您找到。就凭这点，就能看得出您在他心里的分量了！既然他心里一直有您，也看得出，您心里也没放下他，您为何不顺心而为，与他重来呢？"小悦的这番话有如在了明那混乱的心池里又投了块石头，击得浪花飞溅。她只一个颤抖，就有一股莫名的酸楚窜入了鼻腔，泪水已悄悄地爬出了眼眶。她终于趴到了小悦肩上，像是哭诉，也像央求："格格你别再说这些了，我的心已很乱了，也很痛了。"横扫了一下泪眼后，又呜咽着说："我千不该万不该，不该来岳州，不来岳州就不会有这番痛苦了！"见了明哭了，小悦却在心里笑了。她拥住了了明，缓缓地说道："其实，您在庵里过得比现在更要痛苦呢，只是有意压抑而已。您当下的痛只是一种释放，释放过后，内心就会轻松了。再说，您这次虽因受骗而来，但也是天意安排，此时您既该顺从心愿，也该顺从天意。只有如此，才对得起佛祖的慈悲和上天的美意，对得起我大哥这些年的等待，也对得起您自己内心里的那份真情！"

了明坐回到了原处，轻扫泪痕，羞意地笑了，且轻声问道："你认为，我还能与你大哥重来吗？"小悦眉开眼笑，道："能！"拉上了了明的手又说，"你应当这么去做！你俩不可再耽误了，该当机立断，从现在起就该换上凡装去过自己需要的日子。"了明半低着头，羞意浓浓，但轻声说道："你都把话说到了我的最痛最软之处了，我现在若再不依你，我这颗心怕也不会答应了。只是我想问你，我若弃戒还俗了，那金莲庵咋办？我那四个姐妹咋办？再说，尼姑还俗常被人耻笑，我岂不要成为笑柄了吗？"小悦心里已美不可言了，所以回道："这些您就不要担心了。金莲庵可以交给一位德望高的师傅去掌管，您那四个姐妹也可由她们自定去留。至于您怕被人耻笑，更属多余，僧尼还俗不违规矩，历来有之，更何况您当初入庵纯属自主，并未拜比丘尼，如今还俗也同样可自主嘛！"靠近了了明一些后，她故意问道："从现在起，我该叫您惜梅姐姐了吧？"

了明脸泛红晕，眼放柔光，微低着头，没有回话。直至听到了小悦那窃窃的笑声后，才小声地说道："事至如今，我也只能随你了！"小悦喜笑颜开，大喊了一声"惜梅姐姐"便抱住了惜梅。惜梅虽然没有答应，但已笑意盈盈。小悦暗自得意地放开了惜梅后，盯着惜梅身子打量起来。越是打量，笑容就越显得灿烂，接着又惊又喜地说道："姐姐品貌身材非仙娥可比，让这身粗布衫遮着实在可惜。我看您这身材与我相近，换上我的衣裙一定比我漂亮，那就赶快换来让我瞧瞧吧，如何？"惜梅"嗤"地一笑，掩住了嘴，还低下了头，略带羞意地说道："你这格格，鬼主意真多！我都穿二十年的粗布衫了，再穿上那些花花绿绿会像个啥样呀？"

"像仙女般的惜梅姐姐啊！"小悦脸上闪过了俏皮的神色，便去拿来了衣裙，"换上吧！"见惜梅接过衣裙后还在迟疑，便不由分说，帮她除去粗布衫套上了衣裙。惜梅虽已年到四十，但少经日晒，皮肤和身材都保养得只像个三十不到的少妇，衣裙套在她身上正合身腰，把她那副娇蛮身姿勾画得了线条清晰、凹凸有致。那一身的柔态，一脸的俊秀，在衣裙的衬托下更显迷人。小悦端详了一番，又去找了顶帽子给惜梅带上，再给惜梅换上了厚底的绣花鞋，又给惜梅增添了几分贵态。望着显得靓丽华贵的惜梅，她发出了赞叹："漂亮，实在是漂亮！"当她把惜梅拉到了镜前时，惜梅自己也大吃了一惊，"镜里是我吗？原来我还这么漂亮啊！"

"您不仅漂亮，还气质非凡呢！"小悦望着镜里镜外都在开心的惜梅，颇有感慨，"三分人才，七分打扮，本是大美人儿，却硬要拿粗布衫裹身，太可惜了！不过还好，您风韵依然，美丽还在。从现在起，就好好地享受自己的美丽吧！"惜梅美美地笑着，对着镜子说道："我现在才知道，我本是凡人，只有在凡世才能活出美丽来。呃，你看，连我自己都认不出自己来了！"小悦笑道："不光是您认不出自己了，若是我大哥见了，也要怀疑这是哪里来的仙娥了！"

惜梅却突然放下了脸，噘起了嘴，说道："你就别提那老家伙了，我年轻时要比如今更加漂亮，他就不懂得珍惜，我现在还恨着他呢！"话一说完，脸上却有了红晕泛起。小悦淘气般地一笑，故意问："您真的恨他？"又道，"那您就恨吧，我看呀，他该恨！您该好好地恨他！"惜梅突然转过了身，脸上已有了盛春的颜色，道："这要说到恨啊，我还真恨他不起来了！"笑笑又说，"我是恨他不起来了，可不知道他心里还有没有我呢？"小悦扶住了惜梅双肩，说道："当然有！我大哥那点心思我很清楚，不说别的，就说昨晚知道您被劫后，就一宿没睡，今天中午在我这儿喝酒时还总担心你，这不，就因这，喝多了呢！"

"喝多了？"惜梅脸上掠过了一丝惊诧，嗔责道，"这老家伙，担心个啥呀？不知道你和张将军肯定能找到我吗？一把年纪了，也不懂得爱惜自己，老糊涂了！"小悦偷偷地笑了。可就在这时，张安敲开了门，进屋后问小悦："晚饭放到哪里吃好？"他话还没有问完，却张大了嘴，指着了明问："这，了明师傅这……"小悦瞪了张安一眼，道："这什么这呀？了明师傅早走了，这是我们的惜梅姐姐！"张安脸上堆起了惊喜，笑道："对，惜梅姐姐，是惜梅姐姐！原来，惜梅姐姐美丽如仙，气质非凡啊！"小悦瞟了一眼惜梅，又看了一眼张安，得意扬扬道："当然，美丽与高贵是惜梅姐姐的本色嘛，如今只是恢复了本色而已。"笑了笑又说，"惜梅姐姐还须娇藏在此，暂时还不能露面，你就把饭菜端到二楼客房来吃吧！"张安点头一笑，略显得意地说："那好！我还以你喜欢吃斋为由，交代厨子专做了几道上等斋菜，想请了明师傅尝尝呢！哦，惜梅姐姐！"小悦给了张安一个斜眼，望了一眼惜梅后，说道："你这多此一举了！以后就不要再弄什么斋菜了！惜梅姐曾经贵为皇后，什么山珍海味没有尝过啊？"张安"噗"地一笑，说了声"是啊，我都忘了！"又问，"胡大哥正在楼下客房休息，是否也请他一同来用餐？"

"当然！"小悦朝张安挤了挤眼，扬了扬下巴，便朝惜梅转回了身，嘻嘻一笑，问道："刚才我拿姐姐打趣了，没伤到您的心吧？"惜梅笑道："你这一问，是在我这头上插钗子，多此一举了！"小悦"哈哈"一笑，一把抱住了惜梅。可很快，又一本正经道："有个事还得请您帮忙呢。您是从大沩山来的，已知道我和张安的身份，还请您暂时不要把我俩的身份公开，包括对我大哥，好吗？"惜梅回道："这是当然的！你俩为洞庭帮前途而来，也是为天下安宁而来，当然需要策略，这个我懂。所以，我一见到你俩出现在洞庭帮时，就已告诫自己，决不能放任了自己这张嘴给你俩添乱。我呀，没本事帮你们，不给你俩添乱还是能做到的。"小悦拥了拥惜梅，说道："那就谢谢姐姐了！"想了想又说，"我都忘了您是大智大慧之人，是不需要我这般提醒的！"惜梅一笑，扶住了小悦的双臂，柔声说道："我哪有什么大智大慧啊？办大事者凡事都须想得周密，这是常理。你呀，在我面前就不需要顾忌什么了，该提醒的都得提醒，该说的都得说。往后啊，需要我做什么，也得直讲，知道吗？"小悦回了句"知道了"便抱住了惜梅。

第二十七章　相逢不识老相好　美女闯门为救生

　　张安已经在客房里铺好了桌台，摆好了饭菜和酒水，又去楼下请来了胡大魁。胡大魁已清醒了许多，也精神了许多，只是听得张安要请他上楼去吃饭，就有了疑惑。当然，他的脚步还是跟上了张安，直到上了楼梯，才禁不住问道："为何要上楼去吃啊？"张安随口答道："方便您和小悦说话呗。"胡大魁点了点头，没再作声，可进房后见桌上摆了四套餐具，又不解了，问："今晚还有其他客人吗？"张安淡淡地一笑，回道："算不得什么客人，是小悦的一个朋友，是那种能够称得上姐妹的朋友，应算是自家人吧。哦，小悦的这位姐姐有品有貌，您也可借机认识认识，若能有个结交，说不定还能生出感情传一段佳话呢！"胡大魁稍显羞涩，摇起了粗大的手掌，笑道："你说笑了！"可突然间摆出了个不满的神色，问："小悦在岳州还有如此要好的朋友？咋没早说呢？"

　　"是这样，小悦的这位姐姐是从大沩山来岳州办事的。这说来也巧，上午在街上遇见了小悦被人簇拥在马车上，就觉得稀奇跟着马车来了，当时碍于人多又没敢进屋，下午才特意找上门来的。"张安边说边把胡大魁请到桌边坐了，才去到隔壁的卧房，对小悦和惜梅说道："胡大哥在餐桌上等着了，我说今晚还有小悦的一位朋友一起吃饭，他正在乐着呢！呃，你们可得要装出个模样来啊！"小悦和惜梅会心地一笑，就随着张安来到了客房。胡大魁一见，就起了身，但只把目光放到了小悦的身上。他刻意地说道："小妹休息得可好啊？中午这酒喝得太猛，我都醉了，不过睡一觉后就缓过劲来了。"他最终还是瞟了一眼惜梅，摆出了主人应有的热情道："这是小妹的朋友吧？小妹的朋友也就是我的朋友，来了就别客气啊，请坐吧！"见到眼前的胡大魁，惜梅已心如惊兔，脸上也似有火焰在烤。她朝着胡大魁那双并未正视自己的眼睛，轻轻地点了点头。

　　胡大魁并未认出惜梅来，小悦心里乐了。而惜梅那副表情所表露出的复杂心情，又让她心生了怜意。她拍了拍惜梅的手臂，给出了个俏皮的笑，道："姐姐您就坐吧，这位是我洞庭帮的胡帮主，是我的大哥，他既是位大英雄，也是个大好人，您可别见生啊！"惜梅点过头，但已满脸绯红，也似笑非笑，身子虽已坐得端正，眼睛却总在瞟着胡大魁。胡大魁也已坐回到了椅子上，拿出了大哥的做派提起了酒壶。当斟到惜梅的面前时，刻意说道："我中午已喝得多了，本来晚上不想再喝了的，但小妹的朋友来了，我还是得陪喝几杯才行。"

"大哥您无须客气，姐姐与我亲密得很，您就当是自家人吧！"胡大魁仍未直视惜梅，小悦就想要将他的目光引过去。所以，又说，"我姐姐能貌如天仙，是喝大沩山的水养出来的。她喝水可以，喝酒可不行，您就敬她茶水吧！"胡大魁放下了酒壶，说道："酒是待客之物，有朋友初来我帮，敬几杯酒还是必要的。但对女人家我不会强敬，只是既然我敬了，就得端杯，喝多喝少倒可自便。"他端起了酒杯，举向了惜梅，脸却对着了小悦和张安，说："来，我们一起喝一杯！"面对胡大魁这刻意中带着拘谨的热情，小悦、张安和惜梅都未端杯，脸上也都堆起了一致的笑。胡大魁望着他们，眼里散开了疑惑的光，问："怎么了？你们怎么了？"小悦一笑，道："您不讲规矩呢！您是这桌上的头号主人，第一杯酒应该先敬客人才对，如此地邀我们一起来喝，哪能显得出对客人的热情啊？"

胡大魁一拍脑门，道："是的，是的，我错了！是我错了！"他将酒杯举向惜梅后，又说道："来，我敬你，欢迎你来到我洞庭帮！"当惜梅举杯迎过来时，他惊愕了，转过脸来问小悦："你这位朋友是……"小悦和张安一见他那模样，都放声地笑了。惜梅却娇羞地低下了头。胡大魁终于看出了真相，放下酒杯后大声地惊呼起来："是惜梅？你是惜梅！"那超乎寻常的惊喜，逗得惜梅仰起了羞红的脸，娇嗔了一声："你这老家伙，还认得出我呀！"

"认得出，认得出，当然认得出！"胡大魁激动得狠搓起了双手，直至听到小悦说了"快请惜梅姐坐吧"，才又说："请坐，请坐，惜梅请坐！"待惜梅坐下，他问小悦："你们这，这是咋回事啊？"小悦侧了侧头回道："我们按您的吩咐，已将惜梅姐救出来了呗！"胡大魁摇了摇手说道："这我知道。我是说惜梅，惜梅都这打扮了，不当尼姑了？"惜梅噘了下嘴，放下了脸，说："我已被你逼得苦守尼庵二十年了，难道你还希望我老死尼庵不成？"胡大魁顿时一阵错愕，脸已像被冬天里的冰水浇过，僵住了。半晌，才缓缓地坐下，张合了几下嘴，却未说出一个字来。最后，才"唉"地一声长叹，低下了头。

小悦发现这气氛不对，就站起了身，对胡大魁说道："大哥啊，惜梅姐是在向您表明还俗的决心呢！她下决心要弃戒还俗，都是为了您呀！"

笑了笑，又问惜梅："姐姐，您是这个意思吧？"惜梅本因自己出言不妥而在后悔，见小悦给出了台阶，就赶快回答道："是这个意思！我是决意要还俗了！"瞟了一眼胡大魁后，又对小悦说："经你开导，我全都想通了，逃脱尘世只是自欺，我自己痛苦，也让你大哥痛苦。这些年我确实糊涂了，现在醒了。"她又侧过身来对着了胡大魁，轻柔地问道："大魁啊，我决意要还俗了，可我俩还能回到从前吗？"胡大魁似是笑了，但眼里闪着泪光。他回道："我已盼望二十年了！以前是我对不起你，如今你能为我还俗，我一定会用后半辈子陪好你，决不让你再受半点委屈！"

小悦和张安被感动了，双双端起了酒杯。小悦说："大哥大姐久别重逢，且都愿意重续前好，是大喜啊！来，我和张安敬祝福大哥大姐，祝你俩从此幸福相守，永不分离！"胡大魁看了看惜梅，再看了看小悦和张安，果断端起了酒杯，且喜形于色。惜梅却正在激动，因为她感到自己已从另一个世界回归到了现实世界，也从另一种人生回归到了正常的人生。待缓过了神来，她也毫不犹豫地端起了杯子。当四只酒杯碰到了一起时，那脆响的声音格外地悦耳。

胡大魁轻扶惜梅坐回到了椅子上，郑重地说道："小妹，妹夫啊，我想说句掏心窝子的话。惜梅能够回来，是我做梦都在想的，我会珍惜。但我有个想法，要明媒正娶将惜梅迎回家来，要与她有名有份地在一起，不再给别人以任何的借口让她再受委屈。"小悦娇美地一笑，举杯说道："如此好啊！既然大哥有此打算，那你们的婚事就我来主媒，也由我来操办吧，如何？"

"我求之不得啊！"惜梅一仰脸将酒喝了，期待地望着胡大魁。胡大魁喝过酒后却发出了大笑，说道："新鲜！当小妹的要给大哥主媒，新鲜！"放下酒杯后，又说："不过细细一想，这也说得过去，老祖宗没有规定做小妹的不可给大哥主媒嘛！行，我俩这婚事就由你来主媒，也由你操办，全交给你了！"

"谨遵上命！"小悦"嘻嘻"一笑，扮出了个淘气的模样。接着说："我一定要把这个媒人当好，要把你俩的喜事办好，要让你俩无比风光地走向新的生活！"可话锋一转，说道，"只是你俩这婚事还得往后放放，因为在吕建明和江坤的事没有了结之前，惜梅姐还不能露面，我们也得防范戒备，我这是基于当下形势来考虑的，还望大哥和大姐能够体谅。"

"体谅，当然体谅！"惜梅点了点头。胡大魁也点了头，只是语气已显得低沉："你这考虑是对的。其实我也在想，吕建明和江坤发现惜梅被救走后，定会有个应急的反应。我担心他俩会闹腾，这一闹腾开，帮里就会要发生变故了，我们得先应付了这场变故才能考虑其他的。"

"大哥大姐都能体谅，我得先考虑帮里的事了。"小悦微微地笑着，又说："大哥也不必担心，吕建明和江坤翻不了天，只要能掌握住他们的动向，我有办法对付。我已想好了，今夜就要去他们的帮楼附近安设上暗哨。"张安也接上了话说："吕建明和江坤的勾当违天意、失人心，成不了气候。至于安设暗哨，我想该由我的兄弟去承担。虽然我们应相信帮内多数兄弟跟大哥是一条心，但为稳妥起见，暂时还不能使用帮里的人。大哥，您觉得如何？"

胡大魁喝了一口水，说道："妹夫说得对，小心行得了万年船嘛！"可突然低下头说："我现在一想起吕建明和江坤，就有一屁股的火了。我老不中用了，身边有鬼还蒙在鼓里！"见胡大魁情绪突然低落，张安劝道："大哥不能这么说呢！家贼难防嘛，这事怎能怪您啊？"小悦也接过话说："张安说得是，大哥无须自责。人说店大有伤珠、树大有枯枝，我帮有近千之众，有几个发不了芽的很正常。您不要把他们当回事。"惜梅也跟上来说："是啊大魁，你得相信小悦和张安！他俩都是高人，有他俩在，多大的风险都会应付过去的，该放心的！"

面对大家的相劝，胡大魁终于抬起了头，说："吕建明几个当然没什么大不了，有小妹和妹夫在我也可以放心。我只是想起这帮人跟随我几十年了还要背叛我，心里就窝火。好了，事已至此，我也只能直面应对了！"他突然一个振作，问惜梅道："呃？你也看出小妹和妹夫是高人了？"惜梅抬眼一笑，回道："当然！我在大沩山常听人提到他俩。都说他俩能把世事看透、把人心看穿呢！昨晚我就提醒过你了，洞庭帮不管有多难，自有高人带你们去走条明路，说的高人就是他俩。你往后得倚重他俩，否则，你和洞庭帮都难有出路了。"

"什么高人啊？"小悦娇羞地一笑，朝惜梅说道，"我和张安也就是走江湖久了，看人看事还算能有个明白了，给大哥出个主意、办个小事还可以，但高人就算不上了。要说高人啊，大哥才是，大哥的智慧，我和张安加起来也是赶不上的，您啊，就别给我俩戴高帽子了。"惜梅正要启口，却被胡大魁抢过了话。胡大魁说："惜梅说的我信。其实，我也看明白了，你俩就是高人。大沩山的事我不清楚，今早你俩给我的那番分析，就显智慧。还有，你俩不动声色就找回了惜梅，这也只有高人才能做得到。这些啊，我是看得明白的，也是服气的！"

"大哥别说这些了，今日是您和惜梅姐的重逢之喜，喝酒吧，来，我和张安再敬你俩一杯。"小悦正欲举杯，却从楼下传来了争吵的声音，胡大魁的脸上突然掠过了一丝惊慌，问："难道是吕建明他们找上门来了？"小悦摇了摇手，道："不！是另有其人！您听，像是张大龙跟一女子在争吵呢！"胡大魁侧耳听了听，点了点头，说："没错！"扫视过张安和小悦后，又说道："那你俩下去看看吧，看这女人是谁？"张安点头答应道："行！您和惜梅姐在这儿放心地吃吧，楼下我们会对付的。"他起身再朝胡大魁点了点头，就拉着小悦离开了餐桌。

张安和小悦来到楼下，见到了帮楼门口有一陌生女子正被张大龙拦住。那女子二十多岁年纪，着一身白色短装，提一柄长剑，柳眉倒竖，一脸怒气地对着张大龙等。见此情形，张安劈头就问："怎么回事啊？"见张安和小悦来了，张大龙急忙诉说："这女子气势汹汹要闯帮楼，要见胡帮主。我告诉她胡帮主正在睡觉不便打扰，她想强闯，我们只好拦住了。"小悦说了声"你们让开"便向前几步，来到了那女子的面前，上下打量了一番后，摆出了江湖上的侠义做派，问："请问姑娘是从哪条道上来的？急着要找胡帮主是有何要事？"

女子怒气尚存，上下打量了小悦一番后，才傲气地回道："本姑娘是素女帮帮主杨柳叶，江湖人称柳叶刀，今日前来是找胡帮主论理的。想必你就是贵帮的二帮主小悦姑娘吧？"小悦轻轻地点了点头，说道："是的，本人正是小悦。我大哥因劳累尚在歇息，你若有急事就先跟我说吧。"她微微地笑着，且柔声细语，与柳叶刀的粗言怒语形成了鲜明的对比。柳叶刀虽怒气未消，但口气平缓了许多："也好，我听说过你的威望，知道你做得主，那我先跟你说吧！"小悦马上侧开了身，道了声："请杨帮主进屋说吧！"便领着柳叶刀进到了客厅。她陪柳叶刀坐定，并未急着询问事由，而是吩咐侍仆上了茶来，客气地发出了招呼："请杨帮主用茶吧。我帮的茶采自湖中的小岛，比山里产的茶更清润，回甘更好，你品品吧！"

柳叶刀看了看小悦，端起了茶杯。她虽还有些不快，但比起刚才要好看了许多。趁柳叶刀品茶的间隙，小悦又打量了柳叶刀一番。柳叶刀脸如鹅蛋，皮肤白净，五官匀称，一双大眼有神有韵，让她心生了赞叹：真是个漂亮女子呢！她知道，大凡漂亮的女子是不会轻易动怒的，而柳叶刀如此怒气冲冲而来，定是洞庭帮有人真惹她怒了。她想，若真如此，就得要与之有个亲近消了其火气，给后面的调解铺就个气氛了。她收回了目光，品了一口茶后，轻柔地说道："我虽是洞庭帮的人，但在岳州住的日子不多，并不知道这地盘上还有个素女帮，更不知道素女帮的掌门人如此漂亮呢。"柳叶刀也放下了茶杯，面对了小悦。她见到小悦第一眼时就已被其品貌气质所折服了，当下再感受过小悦的从容、和善，心里更服了，也为自己刚才怒气过甚而愧疚了。为了挽回点形象，她刻意坐了个端正，挤出了笑容，也改变口气，说道："我早就听说洞庭帮有个天上掉下来的二帮主才貌双全，风韵非凡，我还不服呢，今日相见，果真如此，我甘拜下风了！"

"杨帮主过奖了！"小悦见柳叶刀怒气已消，有了谈事的合适气氛，就娇美地一笑，问起了事由，"杨帮主要找我大哥论理，想必是敝帮在哪地方得罪贵帮了，你不妨先将事由说来听听。若是因为误会，我定给你个解释，若真有得罪，我得要代表敝帮致歉，并给个解决。"柳叶刀深吸了一口气后说道："刚才多有冒犯，还望二帮主莫怪！不过，这事确实让人气愤。我素女帮与贵帮向来友好，有事能互相担当，可今日之事我还真得找贵帮论理了！"小悦略为一惊，瞪大了眼睛，说："这么说还真有得罪了？那请杨帮主直说吧！"柳叶刀看了眼小悦，接着说道："是这样。今天上午我去找过贵帮的吕建明。我本是应约而去的，但他失约了，我只好要接待我的小伙计转告他，说我来过就行。到了下午，他却和江坤一身酒气找到了我帮，说我劫走了一个什么皇后，要我马上交人，这让我一头雾水啊！当时我只当他俩醉酒昏懵乱了脑筋，并未计较。但没过多久，他俩带人来抢去了我的一个姐妹，还限我明天午时前必须交出皇后，否则要取了我那姐妹的性命，还要踏平我素女帮。你说，这无缘无故的，怎就生出了这种事呢？"

听到这里，小悦已明白个大概了，但还是沉住了气，继续听着。柳叶刀也继续说道："吕建明约我见面是说要商量什么大事，当时我并没有答应，因为江湖上讲究对等交往，他一小头领约我一帮之主谈事不符规矩。但他说是受胡帮主所托，我也考虑到我帮与他染坊有生意牵扯，就答应了。可他最终失约不说，还无端生出了这种事来，你说，我气愤不气愤？这不，我一打听到胡帮主就在你这儿，就找来了。这事关系重大，还请二帮主能够妥善处置，叫吕建明还了我的姐妹回来。否则，我无法向姐妹们交代，若由此让两帮结下了仇怨，双方都会要吃亏的。"

小悦已弄清楚了事情的原委，也意识到了事态的严重，所以，就生出了打算，要给柳叶刀一颗定心丸让她离去，以免耽误了时间。趁柳叶刀停顿之机，她赶快插上了话，道："此事我已清楚了，请杨帮主放心吧，明天午时前我定给你个满意的交代。"柔婉地一笑后，又说，"吕建明对贵帮如此无礼，定是因为有了误会。考虑到你的姐妹还在他手上，我得尽快去找他才行，若耽误得久了，他误会得深了，再生出个不测就更难办了。事不宜迟，你回去等我的消息吧，事情办妥后我会及时告知你！"柳叶刀见小悦如此果断，就干脆地应了："行！我相信二帮主的为人，这事就拜托二帮主了！"她站起了身，朝小悦一拱手，没作犹豫就转身走了。

送走了柳叶刀后，小悦问张安："你对这事是怎么看的？"张安直接就说道："吕建明和江坤误以为惜梅姐是被柳叶刀劫了，就去素女帮抢人了，这是惊惶失措之举。我想，既然他们已惊惶失措，就不会只去盲目抢人，还会与同伙密谋对策，甚至还会有其他过激的行动。所以，今晚我们得做三件事：一是要探清吕建明和江坤的同伙并擒住。二是要打探清楚他们有啥行动，并随机应对。三是要救出柳叶刀的姐妹以给素女帮交代。这些事只能由我俩去做，当然可以让我那些兄弟参与。但有两点必须把握，一是不管情况如何，都不要轻易动用洞庭帮的人。第二，不管如何行动，都须征得胡大魁的点头。你说可否？"

"可行！"小悦大腿一拍，又说，"只是我们要想得更细一些，要做好应对更复杂情况的准备。还有，吕建明约柳叶刀商谈，应是想拉素女帮加入香会，这说明他们已瞄上了岳州各帮各派。所以，我们得主动作为，让他们的阴谋破产。行吧，今晚就先按你说的办，再见机行事。上楼去吧，向我大哥禀报过后就马上行动！"

听小悦说完了事情的原委，胡大魁已气得全身发抖，狠狠地往桌上拍了一掌，骂了声"这两个浑蛋"后，说："你俩肯定有对策了，那就尽管去应对吧，不要有任何的顾虑，我给你俩撑腰！"小悦点了点头，抬了抬眉，便说出了自己的打算。胡大魁听后，总算嘘了一口气，问道："要不要召集帮里兄弟？今早我从桂岳楼回来后就挑选了几十个可靠的兄弟搬住到了我帮楼的附近，为头的是邹泰，如有需要可随时调用他们。"小悦摇了摇手道："现在还情况不明，除您我之外，帮内的人员不可随意动用。如有必要时，我会直接去召唤，他们隔得近，邹泰我也熟悉，不用提前告知。我认为，紧急关头还是要谨慎些好，否则，会更复杂。"胡大魁望着小悦点了点头，又朝门外呶了下嘴，道："快去吧，事不宜迟！"小悦站起了身，可又说道："今晚您得留在这里陪着惜梅姐。这是为了要保护惜梅姐，也保护您，也方便有了新的情况能及时向您禀报商议。现在就把餐席收了吧，等会还得把灯也熄了，别让外面看出这里也住着人。楼上的安全您尽管放心，我会安排张安的手下防护。楼内侍仆我会叫他们全都去睡觉，不许出房间走动。"胡大魁不停地点着头，待小悦说完后，又说了声"快去吧"还用力地挥了挥手。

第二十八章　久别重逢生欲火　客房奸了醉酒人

　　客房里只剩下胡大魁和惜梅了。他俩你看着我，我看着你，都没有了言语。胡大魁想起这二十年来惜梅在清灯下所承受的孤独之苦，又是怜又是爱的，好几次想要将她搂进怀来，可每次将手抬起后又突然放下了。与惜梅分离得久了，心里也压抑得久了，所以他已没有这份勇气了。惜梅望着满脸沧桑的胡大魁，感到他比以前苍老了许多，所以，心中也有了爱怜之意。此时，她很想扑到胡大魁怀里去，去享受他那宽大怀抱里的温暖。可此念一起，就被长期形成的那道习惯压制住了。她希望胡大魁能给她一点力量，帮她突破这道讨厌的习惯。可眼前的胡大魁并不解人意，一副愣呆呆的模样，并未在意她眼神里那点闪亮的渴望。所以，她也只能傻呆呆地望着胡大魁，在心里痛爱着也埋怨着。

　　时间在油灯的照耀中缓慢地流逝，也似一颗缓慢燃烧的火苗，渐渐地点燃了胡大魁的勇气。在迟疑了半晌之后，他才开口打破僵局。他似问惜梅，也像问自己："不知道小悦和张安今晚上能否把这些事办妥呢?"惜梅一抬眼，就顺势接过了胡大魁的话，还把心里那点埋怨情绪夹在了话中："你应该知道，他俩的能耐，是你十个胡大魁也比不上的，你就放一万个心吧，多大多难的事，到了他俩那里都不会算事了。你现在就多想想自己吧，别替他俩担心了!"

　　"那是，我也相信他俩定能办成这些事，因为他俩都是高人嘛。"胡大魁小声地说着，也憨憨地笑着，而当目光再次触及到惜梅的脸庞时，又突然收起了笑容，低下了头来。惜梅却瞟了胡大魁一眼，也慢慢地低下了头，随后又轻咳了一声，小声地说了话："你能知道他俩都是高人就好。当初你们将小悦劫去岛上虽是罪过，但你留她加入洞庭帮，还让她当上了二帮主，算是你这辈子做得最对的一件事了。如今有了她和张安在你的身边，你就不用担心洞庭帮应付不过去这场劫难了，也不用担心洞庭帮没有出路了。我别的能耐没有，看人还是能看个准的。这两人不仅文武双全、心宽品正，还有的是大智慧、大格局，只要是有了机会，一定能成为杰出的人物。拜佛要趁早，你趁早在他俩身上多种点德吧，以便将来能多得到他俩的帮助。如今局势已越来越复杂了，你和洞庭帮也越来越难了，你当倚重他俩，也必须倚重他俩。否则，你没有出路，洞庭帮也不会有出路！"

"是的，这一点我昨晚就已想过了，今天上午已想得更明白了。"胡大魁突然有了感慨，"昨晚在酒桌上，他俩本就有一肚子的主意，却不动声色，只层层诱导让我自己拿主意，这是在兄弟们面前给我立威呢！今天一早，我去找他俩分析你的下落时，他俩超乎寻常地冷静，且抽丝剥茧，蔓引株求，一层一层分析下来，那思路清晰得像看到了你在哪里似的，也像早就知道了吕建明他们的勾当似的。但他俩心里清清楚楚又不明说，硬是一步一步诱着我自己说，这分明是在给我添面子、添信心。你说，如此大智慧、大格局，且又诚心待我的人我不倚重，还有谁值得我倚重？洞庭帮越来越大，人也越来越杂，外界对帮里兄弟的诱惑和影响又越来越多，且我也逐渐老了，力不从心了，现在也只有依靠小悦来撑起局面了。你说得没错，当初留下小悦来当二帮主，是我这辈子做得最对的一件事，所以，我也一直在为此庆幸。我想，这既是上天有眼给了我机会，也是我慧眼识真神看对了人。"惜梅瞟了一眼胡大魁，说道："你确实看对人了，是该庆幸！"可她正视胡大魁时，胡大魁脸上布满的沟沟壑壑像一根根针扎向了她的心里，所以，她又说："你比以前苍老多了，这些年，一定受了不少苦吧？"她声音已哽塞了，泪光莹莹。

"是受了不少苦。别的苦我都能扛住，可那孤独之苦啊……"听到惜梅的关爱之言，胡大魁心里有了暖暖的感觉，也勾起了曾经的疼痛，再想起自己这二十年来所经受过的孤独与寂寞、相思与企盼，再联想到惜梅也经受了同样的折磨，心里就泛起了一股酸楚。此时，嗓子被哽住了，两眼也已潮润。"你也受了不少苦啊！"他终于说出了这句话，且"嚯"地站起，张开双臂，敞开了怀抱。也就在此时，惜梅眼眶内滞留已久的泪水已夺眶而出，如强大的洪流冲破了她心中的那道沟，也果断地站起，扑进了胡大魁怀里。她有了幸福的感觉，也已激动不已，但嘴里流淌出来的是轻声的埋怨："好你个没良心的，当初若能多在乎我一点，多一点勇气，我俩完全可以去过世外桃源般的日子的，哪会要经受这么多的煎熬啊！"

胡大魁的心似已被刀子划过，有了隐隐的疼痛。他拍着惜梅的后背，轻声地说道："是我错了，确实是我错了，以前我确实对不起你。过去的就让它过去吧，现在我们可以在一起了，我再也不会让你走了，就算天王老子想要来拆散我俩，我也得要拿出勇气来跟他拼了。我要用剩下的生命来好好地陪你，让你过上美美的日子，甜甜的日子！"他箍紧了惜梅，微张的嘴唇却伴着舌尖滑向了惜梅的脸颊，最后紧紧地吻住了惜梅的双唇……

"不行，今晚不行！"惜梅的声音里夹杂着惊慌。胡大魁却一脸的沮丧，问："为何？为何不行？"惜梅低下了头，缓缓地系扣着衣带，说道："不行，真的不行！"胡大魁失望的脸上已增添了一丝疑惑，又问："都忍了二十年了，怎就不行了呢？"惜梅已系扣好了衣带，展开了笑容，说道："对不起了大魁，今晚还真的不行。虽然我已换上了凡装，但未正式舍戒还俗，还行不得房事。再说，我已下决心要跟你做夫妻了，你得明媒正娶后才可行房，要不然名不正言不顺的，又要被人钻空子了。"她坐直了身子，拉上了胡大魁的手，柔声地说道："就忍一忍吧，好吗？"胡大魁无奈地摇着头，两眼望向了窗外，说："自你走了之后，我一直忍着，日子久了，对女人的身子早没欲望了。今天，今天是你又唤起了我的欲望。可你，可你……嗨！"他握了拳头砸在了自己的腿上，沮丧地低下了头来。"就再忍忍吧，到时你想怎样我都给你。我如此是为长远考虑，是为了我俩好呢！"惜梅微微笑着，还缓缓地靠到了胡大魁的怀里，再说："不要急嘛，来日方长呢！"

胡大魁蔫了似的往后一靠，靠住了床后的石墙，半晌没有作声。许久后，才扯过被子来盖在了惜梅的身上，说了句心有不甘的话："我本想早点给你补偿的，可你不给机会。既然如此，就只能忍着了。"他没有听到惜梅的回复，却听到了惜梅轻微的鼾声。他掖了掖被子，仰了仰头后，又爱怜地看了一眼惜梅，便目视了前方，而且还想起了许多的事情。想着想着，却也打起了哈欠。他揉了揉眼睛，便扶着惜梅躺了个平实，然后又靠上了蚊帐外的石墙，目光也已落到了桌面的桐油灯上。

油灯正吐着笔挺的火苗，那火苗突然间有了轻微地晃动，且瞬间就裂变成了两支红烛。在烛光的照耀下，他牵着惜梅走向了一间铺着红毯、闪着红光的房里。惜梅披着鲜红的盖头，紧紧地抓着他的手，在他搀扶下坐到了床沿上。他缓缓地揭开了惜梅的盖头，惜梅正朝他娇美地笑着，且又轻缓地倒入了他怀中。他赏花般地看着惜梅，扶着她缓缓地倒去了床上。随后却惊住了：眼前这位一丝不挂的女人竟然不是惜梅，而是位并不相识的年轻女子。这女子娇声嘀嘀，眼里还冒着可怕的渴望。他一个战栗，便厉声问道："你是谁？"

女子并不说话，只冲胡大魁笑着。令人难以置信的是，她那水嫩细腻而又白如凝脂的皮肤已开始缓慢地枯萎，肌肉也跟着缓慢地萎缩，直至萎缩成了一具干尸。最后，皮肉也一块一块地脱落，只剩下了一具令人毛骨悚然的骷髅。更为恐怖的是，骷髅还张开嘴说话："我是你女人的替身，会替你的女人好好侍候你的，来吧，你来吧，你快来吧！"骷髅一边说着，还一边张开了那干柴一般的上肢。

胡大魁已吓得胆战心惊，只一个翻滚就下了床，逃奔去了房外。可他并未跑出多远，就两腿发软瘫倒在了地上，再回头一看时，那具骷髅已变回了年轻的女子。女子赤身裸体，娇媚无比，正朝他缓缓地走来。此时，他果断地捏紧了拳头，还咬紧了牙根。就在那女子快要扑到他身上时，他举拳狠狠地砸了过去，砸在了女子那钢铁般坚硬的身体上。女子已被他砸得了无影无踪，但他的指跟处有了钻心的疼痛。疼痛感和惊恐感迫使他睁开了眼睛，却发现眼前的一切竟然是如此熟悉。他揉了揉眼睛，再一细看，才看清楚自己仍处在小悦的客房之内。房内的一切亦如刚才，只是那盏油灯要比刚才更亮，身边的惜梅已睡得更香。再一看自己的拳头，指根处正在渗着鲜血。这时，他才意识到，刚才是做了一场怪梦，梦中那一拳硬生生地砸在了蚊帐外的石墙之上。他掠过了一丝苦笑之后，又回忆起了刚才的怪梦，随之，心里有了一丝浅浅的不安。直至听到惜梅发出了一声梦呓，才把这份不安放去了一边，将目光移到了惜梅的身上。

惜梅平躺在床席上，黛眉在光洁的前额和白皙的脸部间如黑蝶微憩，鼻子在眉目之下平稳地安放格外精致，呼吸声细微均匀，伴随胸部的节奏一起一伏，整个人安静自然，释放着优美撩人的特殊神韵。胡大魁的心狂跳了起来。他抬起了脸，让目光彻底地脱离了惜梅，同时还做出了要远离惜梅的打算。所以，他轻轻地下了床，蹑手蹑脚地走去了门外。门外已一片漆黑，但微风甚是清凉。他感觉到脸上已清爽了许多，但体内已更加炽热，那股欲望也已比刚才更加强烈。他凭着理智又走去了一楼，摸索着去到了一楼的客房里。下午他就在这客房里睡过，现在想再在此睡上一会儿，或者在这里冷静地呆上一会儿，以便尽快地消除了欲火，然后再回去陪伴惜梅。他摸索着走到了床边，直接就躺去了床上，可躺下之后才发现，这床早已被人占用，蚊帐内还盘旋着一股浓浓的酒味。他惊诧了，且下意识地轻声问道："你是谁？"

"是我。"回话的是一位女子。他疑惑了，且坐起了身。可就在此时，女子已紧紧地抱住了他，发出了娇滴滴的声音："别走"与这娇滴滴的声音同时刺激他的，还有那女子娇柔的身子，和那只已在他身子上轻抚慢摸的纤柔细手。他本是要来此消火降热、静心除欲的，可被这女子如此折腾，全身血液就像被添薪旺火已烧得了更热，欲火也有如被泼油浇过，已燃遍了全身，早已把他的自制力烧成了灰烬……事后稍憩了片刻，他才突然有了惊慌。"你是谁？为何要跑来这客房里睡觉了？"他一轱辘坐起，小声却不失严厉地问道。

女子抱住了胡大魁的臂膀，声音似娇莺轻啼："我是丫头小洁呢！谢谢帮主今晚让我做了女人，"胡大魁脸上的苦笑有黑暗的遮掩并未暴露，但刻意要推脱责任的心态已被自己轻声的责问出卖了。他问："你为何要偷喝酒呢？难道不知道女人喝了酒会要乱性吗？"小洁箍紧了胡大魁的臂膀，拉起了委屈的腔调："我不是偷喝酒呢，是小红梅强迫我们喝的！"胡大魁一惊，意识到可能会有啥隐情，就反问了一句："小红梅强迫你喝的？"小洁回答道："是的！就是主管丫头小红梅强迫我们喝的！"随后又轻声细语说道，"小红梅说了，今晚二帮主这院子里会要出大事，而且是有刀光血影的大事，可能还会出人命呢！她要我们都多喝点来酒壮壮胆子，以免被吓着了。她找来了一大坛子的酒，给我们四个人分了。她们几个喝了酒后都倒在地上像猪婆一样打起呼噜了，我却怎么也睡不着，身子燥热得实在难受，就跑来这客房里了。没想到来这客房里也睡不着，不仅身子燥热得难受，还总想有个男人来抱我。呃，我正熬得难受的时候，您果真来了，还抱我了，您抱得我真的舒服，我要谢谢您呢！要不然啊，我不知道今晚要如何才能熬过去了。"小红梅？大事？刀光血影？人命？小洁话语里这些恐怖的字眼已在胡大魁的脑袋里幽灵般地跳动，他已感到了事有不妙，小声问道："小红梅还跟你们说了些什么？"小洁紧偎在胡大魁怀里，娇声说道："她说了许多，说得好可怕的呢！"纤手也已在胡大魁身上抚来摸去，小嘴对着胡大魁的脸吐出了浓浓的酒气，又说："她喝了酒后就跟我们说，染坊的吕建明头领是她的老相好，吕头领傍晚就已派人来悄悄地告诉过她，说今晚二帮主这院子里可能会杀人！会有很多人来这里杀人！要她不管院子里发生了什么事，都要躲在房子里不要吱声，更不要出门，以免被误伤了。"

"哦？"胡大魁又是一惊，汗毛全都竖起了。但他装作了镇定，抚了抚小洁的脸，又问，"她说了要杀什么人吗？"小洁回答道："她没说，只说了要我们多喝点酒，酒能壮英雄胆，只要喝了酒，不管看见杀了多少人都不会害怕。"胡大魁听了只苦笑了一声，便摇了摇头说道："她应该是胡说八道吓唬你们的，你不用害怕，二帮主这里怎么会有事呢？你就好好睡吧，不要被她一唬就怕了，别怕！哦，你还得要记住，今晚我两做过的事绝不可说出去呢，若说出去让人知道了，你就要被所有的人指着后背吐唾沫星子了，以后也没人敢娶你了，你这一辈子也嫁不了人了，甚至还会要被你族上的人浸猪笼子沉到湖底下面去喂鱼虾了。你知道了吗？"

"我知道了，我绝对不会去说的！我知道，如果我说出去了，您就再也不会来找我作了，我往后也不好做人了。呃，您往后可得要多来找我啊，我会好好侍候您的！"小洁娇声细语的，那只纤纤的细手正抚摸着胡大魁的敏感之处，舌尖也已探到胡大魁的胸上。胡大魁有了全身酥软的感觉，也紧紧地抱住了小洁柔软的身子。可突然间，他握住了小洁那只不安分的细手，再拍了拍小洁的脸，说道："你就好好地睡吧！不要再担心外面的事了，啊！"他终于摆脱了小洁的纠缠后，就穿好衣服下了床，摸索着来到了客厅的门口。

胡大魁轻轻地打开了客厅门后，就朝院内轻声地喊道："有人吗？"见有一个人影正从墙根处奔来时，便轻声地问道："你是谁？"来人也轻声地回答："张总教头的兄弟张小龙。"他将张小龙拉进了客厅来，又小声问道："你们兄弟几个都藏在哪儿？"张小龙小声回答道："禀胡帮主，按张总教头和二帮主的吩咐，我们分散隐藏在各个重要的部位，既可以看到院外的动静，也可以顾及到院内的安全，请胡帮主放心！"胡大魁点了点头，又问："你们十个兄弟通常能对付多少人？"张小龙又回答："只要齐心合力，善用巧阵，平常人对付一二百个不在话下，略有功夫的也可以对付几十上百个。就算脱离阵式单个出手，也能以一顶十，您就放心吧！"他声音虽然很轻，但干脆而又充满了自信。"那就好！"胡大魁似是放下了心，所以拍了拍张小龙的肩膀，就用坚定、果断的口气给了张小龙一番告诫："你去告诉其他的兄弟，务必要隐藏好自己，还要瞪大眼睛，注意动静，防止被人偷袭。凭我的直觉，今晚这里可能会有大情况，一旦有情况，要沉着、勇敢、机智地应对，保证不要出现任何的意外！知道了吗？"张小龙应声回答："知道了！请胡帮主放心，有张总教头和二帮主在，有我们在，多大的事情都会应付过去。我们一定机智应对，保障不让任何人伤到您一根毫毛！"说完就直奔着夜幕里去了。

望着张小龙隐去的背影，胡大魁终于嘘了口气，也转过了身来。他抬起了头，当看到了二楼客房里还亮着灯，就心里一惊，奔去了楼上。他从柜内拿出了一床被褥垫在了墙角，又吹灭了灯，叫起了惜梅，还惊慌地对惜梅说："今晚可能会有大的情况，床上是不能睡了，你就到墙角边躺着吧，如果有意外，也能有个缓冲的时间和回旋的余地。"惜梅却要比胡大魁镇定得多，她扶住了胡大魁的双臂，问道："你为何如此惊慌？是不是已经出事了？"

"还没呢，可能快了。你好好躺着别出声了，有我在，不会有啥事的！"胡大魁扶着惜梅到墙角躺下后，自己则去到了门边，摸了一张小凳靠着门板坐下了。他紧盯着对面的窗户，细听着门外的动静，心里也在惦记着小悦和张安。虽然他知道他俩都是高人，但一想到他俩毕竟势单力薄，且并不知道吕建明和江坤今晚会拿刀光血影来搏命，就有了特别的担心，也有了些许的不安。他就这样在担心中等待着，也在等待中担心着，直到听见远处传来了零散的鸡鸣声，才"嚯"地站起。他耳朵贴近了门隙，心已在"怦怦"地乱跳。没过多久，他听见了门外果真有了动静，而且这动静已越来越近，当门外的动静快要到了门口时，他就深吸了一口气，抓起身下的小凳高高地举了起来。

第二十九章　排兵布阵除逆贼　丫头冤死混战中

敲门声响过，门外传来了小悦轻轻的喊声："大哥，开门，是我！"小悦？胡大魁一个惊喜，就打开了门。小悦一进门就问："惜梅姐呢？"惜梅在墙角回答："我在这儿呢。"小悦拉着胡大魁的手靠近了惜梅，说道："我就长话短说吧。他们果真在密谋，鸡叫二遍后会对我们动手，目的是要生擒你我，逼你我带洞庭帮加入香会。若我俩不从，就要当场灭口，由他们接管我帮。我那主管丫头小红梅是吕建明安插过来的眼线，已告知他们您就住在我这儿。吕建明的上面是谢凡，谢凡就是香会湖南分会的香主。我帮已有数十个兄弟加入了香会。他们还在岳州及周边召集来了数十个香会的骨干，今晚参与这次行动者会达百人以上。他们也怀疑惜梅姐是我们救走了，所以也已布置，如有发现要设法生擒，若生擒不成就当场灭口再嫁祸于你我。"她说得虽然很快，但胡大魁都已听得白。胡大魁没想到自己最信任的谢凡居然会是反贼的头领，所以已气愤至极，只待小悦把话说完，就咬牙切齿地说道："我真是瞎了眼了！"还把捏紧了的拳头重重地砸在了自己的腿上。

"您先别气啊！"小悦继续说，"他们将分成两队，一队在院外包围封堵，另一队会进到院子里来抓人。但谢凡、吕建明、江坤会留在吕建明的楼里等候消息。"胡大魁越听越生气，越听也越急，未待小悦说完，就插上了话来："那你打算怎么应对？"小悦回道："里应外合，全部剿清！"想了想又说："因此事关系重大，得先征得您许可。我们已有如此部署：张安带人潜伏在吕建明楼下，待香会的大队人马离开后会生擒他们三个，若有抵抗会将他们除掉。那边的事办妥后，他会赶来这边铲除外围的反贼。我已将张安的其余兄弟收缩至院内，将对付进入院内的叛贼。另外，我已过您那边告知邹泰，他会关注这边的动静，只要这边出现了情况，他就会带人在外围帮手。"胡大魁"嗯"了一声，说道："这还算周到，就这么办吧！往后遇有这类事情就不用征得我许可了！"他停了停，却又有了担心，"他们人手如此之多，你们能对付得了吗？"

"能！"小悦信心满满地说，"反贼虽然人多，但未受过操训，且多数互不相识，不能配合。而张安的手下个个以一当十，又互有默契，我有把握将反贼剿清！"胡大魁点了点头，又不安地问道："那我和惜梅怎么办？"小悦抓紧了胡大魁和惜梅的手，说："在此待着，不管情况如何，都不要出门，切记！"

胡大魁不说话了，而只搂紧了惜梅。惜梅反倒镇定，因为她更了解小悦和张安，她安抚着胡大魁说道："你就放心吧，有小悦和张安在，这事肯定能对付过去。"胡大魁只轻轻地"嗯"了一声。这时，从远处传来了鸡叫第二遍的声音。小悦定了定神后，起身朝窗外看了看，又蹲下了身来提醒道："要沉住气，外面情况如何都不能出声，更不能出去。要相信我会有办法对付。"胡大魁和惜梅都同时应了。过了一会儿，小悦又起身探向了窗外，透过夜色，发现了两波人影正朝这边移来。前一波人影接近院墙后就已在墙外散开，后一波人影涌向院墙后却在架设梯子。此时，她已拿定主意，要把后一波人影放进来关门打狗将其全歼。当后一波人影全都落进了院里时，她果断出手，向人影中撒去一把铁钉，激起了几声"啊啊"的惨叫。

"他们来了！"胡大魁颤抖着说。"莫慌，他们上不来！"小悦只安慰了一句，就去了门外前廊，听到了一声接一声的惨叫。她知道这是张大龙兄弟出手了，所以也向那些慌乱的人影里撒去了数把铁钉，激起了更多惨叫声。此时，人影中有人喊话了："奶奶的，哪来这么多暗器？"小悦只一个轻笑，一把把铁钉已从她手里飞出，将那些人影击成了惨叫凄吼、横游竖窜的鬼影。"兄弟们，不要怕暗器，快进楼抓人，抓住胡大魁、小悦者有重赏！"人影中已有人吆喝，逆贼们也"噢噢"地发起了强攻。可就在此时，院内突然亮起了灯火，在灯火照耀下，张大龙兄弟一跃而起，对反贼给予了迎头痛击。顿时，院内已刀剑声四起、惨叫声不断。随后，院外也已灯火通明，厮杀声震响。小悦一振，大声喊道："弟兄们，放开着杀，一个也不要留下。"她自己也跃到楼下大开了杀戒。

就在来袭者大势已去时，客厅门口突然有人在喊话："胡大魁你这老乌龟，快叫他们住手！惜梅已在我手上，再不住手我就要把她杀了！"小悦心里一惊，跃了过去，发现有一反贼劫持一女子立在门口，明晃晃的刀子正架在女子的颈上，身边还站着另一个同伙，也拿刀指着女子的身体。女子散乱的头发遮住了脸，被吓得像待宰的小羊，"啊啊"地哀叫。被劫持的女子并非惜梅，小悦当然庆幸，但又不忍这无辜之人惨遭杀害，所以就下令张大龙兄弟停下了手。

双方摆出了对峙的架势，小悦趁机走近了反贼，厉声喝道："你放开她！"那反贼见小悦已过来，也大声喝道："你这臭婆娘，你已没资格对我吆三喝四了，你束手就擒吧！"接着又喊道："胡大魁你出来就擒吧，惜梅在我手上，再不出来我就要把她杀了！"小悦又上前一步，当看清了那反贼竟然是朱天贵时，心里就升起了一股莫名的怒火。但面对朱天贵的丧心病狂，她只得把怒火压在了心里，且和声细语地给出了一番劝说："朱天贵，你人才出众，深得帮主信任，为何要背叛帮主？你放开她吧，只要你放了她，我绝不为难你。"

"胡大魁信任我有个屁用啊！老子是朱家的后代，我要效忠朱三太子，夺回我朱家的天下！"朱天贵似乎得意忘形，仍旧气焰嚣张，又指着小悦喊道："你少跟我废话，你叫胡大魁出来跟我们走吧，要不然我就杀了惜梅！"小悦微笑着向前了一步又劝道："什么朱三太子啊？你上当了，那只是个骗子。你是我帮最有前途的兄弟，只要你能回心转意，我和帮主还会重用你的。"又上前了两步，突然提高了声音，说，"呃，你好好看看，你抓错人了！惜梅是未蓄发的，你不能滥杀无辜啊，滥杀无辜是自找倒霉，冤魂会一口一口把你吃掉的！"朱天贵已气急败坏，终于移开刀子指向了小悦。小悦却当机立断，朝朱天贵射出了两颗铁钉，铁钉穿过朱天贵双眼插进了脑中，将他击倒在了地上。接着，再一扬手，又有两颗铁钉射向了另一个反贼。可那女子并没有及时逃离，就在小悦射出了后面两颗铁钉的同时，那反贼的刀子也已扎进她胸脯。那反贼倒地了，那女子却捂住了胸脯张大了嘴，当小悦跨上了前去时，就倒在了小悦的臂弯里。

小悦已怒火中烧，大喊了一声"给我狠狠地杀！"便将那女子抱入了客厅，也看清了这女子是自己的丫头小洁。此时的小洁脸色惨白，惊慌而又无力地说："我不知外面发生了什么事，就起来看看，可是，可是……帮主，救我，我痛，救我……"小悦取来了药包，给小洁上了麻醉粉，又用药膏封住了伤口，还找来一件衣物盖在了她身上，才跃出门外拼杀去了。

小洁已没有了疼痛，但胸口似有重物压着难以呼吸。她很难受，也很害怕。她感到有寒风正朝她吹来，且隐隐地觉得自己走进了一个冰洞。她茫然地走着，越走越黑暗，越走越寒冷。她咬紧了牙关，希望能见到一团火。走了很久，她终于看到了火，也感受到了一丝暖意。她睁开了眼睛，看见了身边有好多的人，其中就有胡大魁。她听见了胡大魁在对她说：

"你醒了？可要挺住啊！"她艰难地笑了，"帮主，我冷……"她吃力地说着，但没有听到胡大魁的回答，只看到了胡大魁眼眶里闪耀的泪花。而就在这时，她感到胸口有了更重的东西压来，还有更猛烈的寒气向她扑来。她想说话，可寒气已将她裹住，也正钻入她骨髓。她有了往黑洞里下沉的感觉，且越下沉越感觉到寒冷，也越感觉害怕。她想向胡大魁呼救，可嘴巴已被冻住。她只能任由自己下沉，再下沉。最后虽已停住，但悬浮在了一个漆黑而又安静的空间里。此时，她不觉得冷了，也不害怕了，但有了孤独，是那种没有人陪着、没有花草陪着、没有阳光陪着、没有声音陪着的，在黑暗寂静中独自飘游的孤独。

反贼已全被铲除，小悦的人马除了小洁外只有少数几个人受了伤。天一亮，小悦就派人报了官，张罗官府以劫匪案处理了此事。官府的人走后，她又安排人去掩埋了尸体，清理了帮院，也派人往各生意场送去了急信。随后，就请来了胡大魁，问："大哥，小洁怎么办？"胡大魁看了一眼小洁的遗体，仰起了脸，悲伤地说："小洁是替惜梅送的命，得厚葬！你先派人将她送回家去，指定个人去她家张罗一下后事，请人给她超度一番，再派几个小兄弟过去为她戴个孝，让她入土为安吧！你把这边的事办妥之后，亲自去一趟，送点银子去给她家人一个安慰！"他无精打采，说完后就去院内看了看，又再上楼去了。

小悦按照胡大魁的吩咐将小洁的事安排妥后，也上去了楼上。因当下还有许多事情要处理，她要与胡大魁好好商议。胡大魁正在与惜梅为小洁的死而伤心，他已将自己所做的怪梦告诉了惜梅，虽然将内容做了增减，也隐瞒了梦后与小洁的云雨，但让惜梅明白了小洁为何而死。小悦无暇顾及胡大魁和惜梅的情绪，一进门就劝走了惜梅："我想跟大哥商量些事，这些事听着就烦心，您就图个清静去我房里睡去吧！"惜梅走后，她就对胡大魁说："大哥，小洁的事已安排好，您就放心吧！"胡大魁精神萎靡，抬了抬头说："安排妥了就好。这女子死得很冤，一定要厚葬！"小悦点了点头，拉过椅子坐下，问道："谢凡、吕建明、江坤这三人该如何处置？"胡大魁叹了口气，眼里闪动着怪异的光。"杀了吧！"他冷冷地说。小悦顿了一下，说道："是该杀！分裂本帮、谋害帮主，罪大恶极，该碎尸万段！"看了一眼胡大魁后，却又说："他们虽然该杀，但也要杀得让大家服气才行。这样吧，这事与各生意场头的领商议过后再定吧！"胡大魁扬了下手说道："那就先关着吧，等把小洁的后事都办妥了再议！"

胡大魁精神不振，毫无主见，显然是遭受了这些意想不到的打击所致。小悦虽然理解当下的胡大魁，但当下她更需要一个头脑清醒、精神振作的胡大魁。所以，又说："大哥，依我看，这事还不能过几天再议。帮里出了这么大事，须尽快让大家知道真相，以免引起不必要的猜测搅乱了人心。我已派人给各生意场头领送去了急信，他们很快就会赶来的，他们一到就议吧！"胡大魁点头"嗯"了一声，说道："这些事你先定，我呀，已搞糊涂了。"

"您是劳累了！"小悦特意投以了关爱的眼神，"这两日您没睡个好觉，事情又一件接着一件，且件件凶险，能不累吗？现在好了，都过去了，以后就可以睡安稳觉了。"胡大魁没有再吱声，但点了点头。小悦又说："还有事情要请您定夺呢！柳叶刀那姐妹和我那主管丫头小红梅该如何处置？"胡大魁稍作犹豫后才说："小红梅就放了吧，她只是吕建明的相好，并无大罪。柳叶刀的姐妹让她自己回去，能让她完整回去，也能向素女帮交代了。"

"小红梅可以放。她虽也加入了香会，但已是一片无根的小叶了。不过——"小悦看了眼胡大魁，再说道，"柳叶刀那姐妹，哦，叫菊敏，对菊敏该有个安慰才行，毕竟，人被抢来我帮有责，让她自己回去不合情理。我看，要么，我送她回去向柳叶刀赔个礼，要么，请柳叶刀过来好好地招待一番领她回去，这样才算真正给人家一个交代了！"胡大魁稍微有了一振，却又摇起了头，说："菊敏被劫是叛逆所为，能完整奉还，我们已尽道义。我帮是个大帮派，给小帮派太多抬举，会有损我帮的帮威！"小悦望着胡大魁，微微一笑，说道："这事我倒是另有想法呢。人被抢来我帮有责，这礼赔出去，能显示您的担当和大度，有利于提升帮威呢。况且，当下我们正需要联合各帮各派，素女帮虽小，但也有几百号人，如能借此拉上她们与我帮联合，就更有助于我帮号令江湖了！"胡大魁摸了摸脑袋，若有所悟，随后张大了眼睛，说："你这还算是个理。"脸上泛开了一丝苦笑后，又说："小妹呀，我真老了，想事已想不到位了，有事你替我想着、办着就行了。往后只要对我帮有利的事，你放手去办，无须凡事都由我来定夺了。"

小悦一笑，说："这哪行啊！您大智大慧，永远是我帮的主心骨。小事我可先办，大事还得要您定夺。"胡大魁脸上的肌肉已有些松弛，也有了一丝自然的笑容。他伸过了脸来说："你的意思是说，我这把老骨头还有用处？"接着"呵呵"一声，摇手说道："这两天的事，让我感到自己真的老了。这次幸好有你在，要不然，我不知该怎么办了！"小悦一听，便握住了胡大魁的手，嗔怪道："大哥言重了！您精力正旺，心明眼亮，怎能随便说老呢？这两天若没有您把关定主意，我和张安纵有天大的本事也应付不过去。好了，您别说这些了，往后您就掌好舵，我听您使唤，一定协助您把这局面撑起来！"胡大魁嘘了口气，还点了点头。他气色已好了许多，精神也已有所振作，抬起手来指点着小悦说道："你这是在给我添信心呢！"深吸了一口气后，突然站起，耸起眉头说道："你说得对，我应该掌好舵！我闯荡江湖几十年，惊涛骇浪都过来了，这点小事又算啥呀？"小悦终于嘘了口气，笑了。随即俏皮般地望着胡大魁，说："您讲得太对了，您是大智大勇的大英雄，哪能被这点小事吓倒啊？我坚信，只要有您在，我帮就会前程远大！"

各生意场头领接到小悦派人送去的急信，极为震惊，二话没说，都赶到了小悦的帮楼。他们一见小悦，就上上下下打量起来，且异口同声地问："二帮主没伤着吧？"小悦迎上前去，笑道："一帮小蟊贼，伤不到我。只是帮内出了叛逆，心里感到不痛快而已！"站在前面的刘二马上接过了话："是啊，我们也感到不痛快呢！这不，接到您的急信，就立即赶来了。呃，大哥没有伤着吧？"小悦摇了摇头，道："没伤着，正在楼上休息呢。"指了指二楼，又说："你们都上楼去陪大哥聊聊吧，大哥还有许多事要与你们商量呢！"

几个头领一进门，尚未行过礼，胡大魁就直接说起了话："帮内发生的事你们都听说了吧？这事确实令我难受。不过，二帮主和你们都对我忠心耿耿，我心里还很踏实。说起这事啊，还真险呢！若没有二帮主和我妹夫在我身边，我恐怕再也见不到你们了。"刘二一怔，拱手一揖回道："我等没有保护好帮主和二帮主，有罪！我们一定对帮主和二帮主忠心耿耿，决不起二心！"这是在关键时刻表达忠心，自然带动了其他头领一起附和。在大家的附和声中，胡大魁欢悦了，且还摇了摇手说道："情有可原，情有可原嘛。事发突然，不怪你们。呃——"他扫视了一圈，问："通知张模、张敬了吗？"刘二回道："接到二帮主的急信后我就派人快马加鞭通知去了，应该很快会到。"胡大魁点了点头，"那就好！"他示意大家坐了，便与大家聊开了。小悦因有事要办，说了句"我先去去再来"便下去了一楼。

张安已分别盘审了那三个贼头，掌握了他们加入香会的来龙去脉。香会在湖南设分会还不到半年，但已发展香客近万。这些香客大都是受到蛊惑的普通民众，尚不知香会反清复明的实质，主要分布在岳州、长沙一带，因最先从岳州发起，头目骨干大都在岳州，都参加了这次反叛并全部被剿。一见到小悦，张安就将盘审结果说了，且又说："香会在湖南的势力因头目和骨干被剿失去了领头者，要不了多久会自动消散。"小悦欣喜地一笑，仰起脸来发出了感叹："了不起的战果啊！这次岳州之行，时间赶得巧，收获超预期，乃天助我也！"

"这就应验天助有福人的古话了。"张安开心一笑，又说，"一举清除了洞庭帮的内贼，铲除了香会的骨干，确实是超预料的战果。如果让香会势力发展起来，那将是巨大隐患，会给平叛带来更大障碍。看来你确有遇难必解之福运啊！"小悦有了几分得意，娇媚地一笑，说道："想拍我马屁还是另找机会吧！这次剿贼成功，是你大智大勇应对的结果，你建大功了！"走动了几步后，又说，"只是当下还不能高枕无忧，得用心观察，要防止香会势力死灰复燃。好了，这些先不说了。城里的头领都已到了，待张模、张敬一到，胡大魁就要与他们商议处置那三个叛逆的事了。你先说说，对那三个叛逆，该如何处置为好？"

张安缓缓地坐下，沉思片刻后说道："按我起初的想法，得将他们砍了喂狗，估计胡大魁在气头上也会要杀字当头。但我通盘地一想，觉得还是留着他们为好。理由至少有三：第一，这三个人跟随胡大魁患难与共了几十年，若就这样杀了，会在胡大魁的心里留下阴影，这道阴影往后会要折磨他的。第二，饶他们不死是大度之举，由你提出，可显示你胸怀博大，得到更多的敬重。但得强调，免死不免罚，且下不为例。第三，若将他们作为我俩的战果带回博公寨去，可提振民军头领们的信心，提升你我的威望。总之，不杀，于哪方都有益处。这事你得把握住。除此之外，你还得提出要将帮内各生意场的人马打散调换，防止帮内再有人抱团结伙，或搞帮内之帮。同时，要借机将我那十个兄弟安插去湖中。我有更远考虑，大清江河湖海宽广，无强大水军不行，等平定了三藩，你可奏请皇上在洞庭湖组建一支水师，到时这些兄弟就可以派上用场了。"

小悦盯着张安，眯眯一笑，说："周全，很有远见，到时我定奏请皇上让你掌管一支水师。"张安脸露羞涩道："谈这些为时过早，等我把陆上的仗打好了再说吧！"小悦嘴角一翘，柳眉轻扬道："陆上的仗你肯定能打好。峡谷里的拼杀、对黑衣帮的阻击和对香会势力的清剿，虽都是小仗，但都以少胜多，见智见勇。你今天能杀猫，明日就能打虎，战法和战力就是这么提升的。好了，不说这些了，你去安排三件事：一，交代好你的兄弟，把那三个叛逆看紧，别让他们出了意外。二，派人去素女帮请柳叶刀过来领回菊敏，我还要向她赔礼道歉。三，要厨师安排好酒菜，我要在桌上与柳叶刀套近感情，将她拉拢过来。"

"末将遵命！"张安抱拳一拱，装出了个做派。当小悦装作不以为然就要转身时，他却正色说道："我还有事要禀报呢！"待小悦站定，便说："天亮前我们拿下谢凡几个后赶过这边时，就已有十几个人在与院外的反贼拼杀了，随后邹泰他们才赶来。可当把反贼剿灭后，那十几个人又消失了。他们虽着便衣，但装束与帮里兄弟明显不同，后来我反复回想其他特征，才想起他们都是光头，你说，会不会是便衣僧人？"小悦略显一惊，却淡淡地笑了，随后摇了摇头道："别乱猜了，或许只是普通民众。但这能说明，改走正道后的洞庭帮已得人心。"

第三十章　惩奸最终顾情理　两帮结盟投大清

　　小悦把张安掌握的香会实情向胡大魁和刘二等人通报后，张模和张敬也已赶到。此时，胡大魁直接提起了处置谢凡三人的事："谢凡、吕建明和江坤勾结外帮，分裂本帮，谋害帮主，你们说该如何处置？"他话音落下，兄弟们众口一词：杀！非杀不可！他望着义愤填膺的兄弟们，怒气陡升，只往桌上一拍，说："是该杀！既然你们……呃——"他突然一顿，便侧过了头来问小悦："二帮主没说话呢，你的意思呢？"小悦正在担心局面会失控，听得胡大魁已有意相问了，才放下心。她故作沉思后说道："我呀，正在考虑呢！我通盘一想啊，认为这三个人还是不杀为好！"她这截然相反的态度如此明确，惊得大家目瞪口呆。胡大魁还疑惑不解地问："他们谋害你我，分裂本帮，你不恨吗？"

　　"恨啊！依我之恨得将他们砍碎喂狗！"小悦扫视了各位，继续说道："可我不能凭个人之恨来处理公事！我之所以认为不杀他们为好，是基于以下考虑：一，于情来讲不要杀。他们虽然罪大恶极，但与你们患难与共了几十年，将他们杀了虽可解一时之恨，但会在你们心里留下阴影，时间一长，这道阴影会折磨人的。二，于法来讲可不杀。这事的罪魁祸首是所谓的香会，他们只是被人利用，且谋反之举并未得逞，依法可杀也可不杀。如此那就不要杀，人命关天嘛。三，于理来讲不能杀。当下我帮须设法维系人心，扩大势力。若此时大开杀戒，会给人留下暴治的话柄让人畏惧而不敢加入，不利于我帮长远。第四，他们还有可用之处，不必杀。我们将要联络江湖拥护朝廷，若将他们送去博公寨关押，可通过王佑三向官府表明我帮铲除反清复明势力之决心，能取得官府信任。这些都是我着眼我帮长远考虑的，还请大哥和兄弟们能细细思量。"她态度明确而且在理，胡大魁和众头领已无言作答，因为他们大喊要杀本是出于一时气愤，内心深处并非如此。见这气氛，小悦又说："大哥曾说过，办啥事都得以我帮所获最多为目的。就此事于我帮而言，不杀他们会比杀了益处更多。你们说是不？"这话更直但理更透，众人更没法作答。小悦知道他们已经服理，只因事关重大都不愿意第一个改口。所以，她把目光投向了胡大魁，亲切地叫了声"大哥"后，摆出了恭维状，说："您是大智慧之人，您着眼长远想想，看小妹我说的是否在理？"胡大魁已经庆幸在心，庆幸自己未急于拍板给了小悦说话的机会，也庆幸身边有这个智慧超群的小妹能理性地把事情考虑得如此周全。但面对兄弟们复杂的眼神，他迟疑了，直到扫视过大家数遍后，才缓缓说道："要说起来，不杀他们确实不解恨，可二帮主着眼我帮的长远把理说很透彻了，我是服了！既然不杀他会更有益处，那我的想法是，就不杀了，先没收他们的家产，再将他们送去博公寨关押吧！"

"二帮主想得长远想得周到，大哥英明果断及时定夺，我服从！"刘二率先表了态。"我也服从帮主的决断。"接着说话的是张敬和张模。胡大魁看了一眼其他几位，问："你们呢？"其他几位抬起了头来，有的说："同意。"有的说："服从帮主决断。"胡大魁见此，大声说道："就这么定了，具体事宜由二帮主去操办吧！"

处置叛逆之事已按自己的意图定下，小悦心里已经踏实。她随即又提出了两件事：一是三个生意场掌柜头领空缺补充和帮内人员调整，二是如何去与王佑三等江湖帮派联手。三个生意场的头领空缺，胡大魁要刘二等人暂时兼任，以后再物色人选提携补充。调整帮内人员，他同意，且交给了刘二办理。与王佑三联络之事胡大魁全权交给了小悦，小悦爽快地接过了差，且说道："此事关我帮未来，我定周密安排确保成功。"扫视了一圈后又说："眼下有两件事须办好。第一，要与素女帮结盟。等下柳叶刀会来，我想借机与她谈谈，若能成功，我们与岳州其他帮派的结盟就容易了，与王佑三结盟就更有本钱。二是要尽快安排张安的十位兄弟去湖中历练，这对与王佑三勾通联系有帮助。"胡大魁"哈哈"一笑，点起了手指说道："小妹果然雷厉风行！与素女帮结盟，就由你在酒桌上与她谈吧，我们几个看你眼色听你话音配合就是。妹夫的十个兄弟嘛，好办，张敬、张模各接收五个！"小悦正点头时，张模却抢过了话说："那十个兄弟都以一顶十，我怕我那码头小容不下啊？若是怠慢了，就得罪人了，若只得罪了张安兄弟还能有二帮主担着，若得罪了王佑三，事就大了！"小悦淡淡地一笑，说道："既然是要他们去湖中历练，就得严管。这十人都受过调教，不会添乱，若有添乱时须按帮规严办，我和张安会替你们担着。另外，他们确实功夫好，你们得好好利用，一举两得嘛！"胡大魁爽朗地一笑，指着张模、张敬问道："有二帮主当靠山了，还担心吗？"张模和张敬双手一拱，异口同声："请帮主和二帮主放心，我们一定把那些兄弟安排好！"

可就在此时，小悦突然放下了脸，扫视一圈后，郑重地说道："事情已经议定，我们当一件件去尽快落实。你们要向全帮兄弟讲明那三个叛逆谋害帮主、分裂本帮的真相，警告大家要以此为戒，决不可背叛帮主、背叛我帮，否则将严惩不贷，必杀不赦！"包括胡大魁在内的一众人已被小悦这突然气势怔住，屋内有了短暂的安静。可胡大魁看了一眼小悦后，也郑重地说道："二帮主说的就是我要说的，你们务必传达给每位兄弟。治帮如治军，军规不整必军心涣散，帮规不严将事事难成，你们得把二帮主的话牢记于心实践于行。我就喜欢二帮主处事心思缜密，治帮气势如虹。"扫视了各位后，又说，"把话记好了，都下楼去吧！"

柳叶刀风风火火地来了，一见到胡大魁和小悦，就拱手作揖，一脸钦佩地说："洞庭帮果真守信用，讲义气啊，我感谢了！"晃了晃拳，又说，"听说你们只带了十几个兄弟就剿灭了一百多个劫匪，厉害了！"胡大魁一听，不仅乐了，还特意摆出了英雄气概，说道："就剿了一帮蟊贼，何足挂齿啊！只是劫匪由内贼引来，确实很险。不过我胡大魁经历过惊涛骇浪，二帮主和我妹夫又智勇双全，对付这百十来个蟊贼，是像喝了一碗小米汤而已！"

"胡帮主和二帮主威风八面，足智多谋，贵帮雄风骤起、威名大振了！我从心底里佩服了！往后，我帮要仰仗贵帮，希望能与贵帮同兴共旺啊！"柳叶刀抱拳拱手，振振有辞。"杨帮主过誉了！"小悦温婉地一笑，接过了话："我帮能成功挫败匪贼偷袭，没让我岳州的帮派在江湖上丢了颜面，算是尽了本分。这次我帮能剿平匪贼，也有你杨帮主的功劳呢，若不是你上门来通告，我们还不会意识到事态会有如此严重。今天大哥和我请你来喝酒，是既要为菊敏的事向你赔个礼，也要为你有及时通告向你道个谢，等会你可得要放开着喝啊！"柳叶刀抱起拳来回道："胡帮主和二帮主客气了！既然贵帮抬举，酒我肯定喝！但这酒啊，我不能为受礼喝，也不能为受谢喝，只为贵我两帮的缘分喝！"小悦欣喜地一笑，接过话说道："杨帮主果然英武大气、胸怀宽广！那行啊！这礼，我就在心里给你赔了，这谢，我就先在心里存着了，这酒嘛，就为我们两帮的缘分喝！"

"杨帮主看重我们两帮的缘分，那我得要好好陪你喝几杯了！"为了配合小悦，胡大魁也插上了话来。他看酒菜已经上桌，便发出了邀请："杨帮主请入席吧！"上了桌，就拉开了架势，与柳叶刀连喝了数杯。数轮过后，小悦就适时地引出了话题，说："杨帮主常外出采购，脚迈得远，耳听得多，如今江湖传言吴三桂会谋反作乱，你怎么看啊？"柳叶刀放下了酒杯，回道："这种传言确实很多，大都说吴三桂会反，我也相信吴三桂会反。我倒不是信了传言才如此认为，而是看清了吴三桂本有反骨，也私心过重。他当年投靠大清就是为了一己之私，如今势力强了，能不对康熙的皇位动心吗？只是这反端一起，一场恶战就在所难免了！"小悦略显惊讶地望着柳叶刀，心里有了由衷的佩服，且也接上了话，道："我帮也是如此看呢！我想请教杨帮主，贵帮已有何打算？"

柳叶刀摇了摇头，说："说到打算，我尚未谋划呢。江湖帮派都靠自己的地盘吃饭，看起来都很强，可在强龙争斗面前，都只是小鱼小虾难免于难，不是被强龙吃掉就会挤死在强龙的混战中，结局都很惨。不瞒各位，我正在为此担忧呢！"小悦点了点头，说："杨帮主的担忧不无道理啊！我帮也同样担忧。别看我帮人多势众，但在那两家面前，也只是小鱼小虾而已。不过，我帮已有过商议，认为不能就此等死，而要在强龙中选择个依靠以求生存。不知杨帮主有何看法？"柳叶刀惊喜地说道："这打算好啊！大树底下好乘凉嘛，找个依靠求得生存是最好的法子。可选择哪家为依靠，你们有主意了吗？"小悦直截了当说道："有了！我帮打算选择大清朝廷！大清朝廷已经坐在江山之上，掌有了全天下之力，兵力强大，国库丰盈，是靠得住的主儿。吴三桂虽也有实力，但所为失道，失道寡助嘛，民心不向，他肯定靠不住！"柳叶刀点头说："这选择是对的！"想了想，却问，"你们与其他帮派有过联系吗？"小悦端起了酒杯回道："暂时还没有。"敬了柳叶刀一杯后，又说："不过，大沩山有个叫王佑三的有联手江湖跟随朝廷的意愿，他有一千多众，我丈夫张安就是他镖局里的总教头，我们打算要张安引领去与他联手跟随朝廷。"柳叶刀道："原来你们早已谋划好了啊！"沉思片刻后，问道："既然如此，与王佑三联手，能否也算上我素女帮一份？"小悦已欣喜万分，点了点头后，将目光递往了胡大魁。胡大魁会意，接过了话说："这样好啊！你我两帮本就互有担当，心思一致，若能先结盟再去联络王佑三，胜算就更大了。"

"好啊！既然你洞庭帮信得过我，我愿与贵帮结盟。"柳叶刀站起身，举起了杯，"来，我敬胡帮主和小悦二帮主，以表我帮愿与贵帮结盟之诚意。喝了这杯酒，就算贵我两帮结盟了。从此，我们两帮有福同享，有难同当，同舟共济，互衬互帮！"小悦陪着胡大魁举起了酒杯，说："好！我帮愿与素女帮结盟，此后我们两帮有福同享，有难同当，同舟共济，互衬互帮！”

事随酒顺，酒助事成，一切顺利。为借此气氛定好回大沩山的行程，小悦环视了一圈，说道："大哥，杨帮主，人说汤是头道鲜，酒是头甑香。既然我们有心联络江湖，就该当第一个去联络王佑三的人。我打算近日出发，你们看如何？"胡大魁接上了话道："好啊！时局逼人，联络之事当越快越好。既然主意已定，你就三天后出发吧！"小悦答应了一声，却被柳叶刀抢去了话："凡办大事者必雷厉风行，二帮主果然是办大事的人。在此我也有个请求，既然与王佑三联手是大场面，我想与小悦二帮主一同前往。你们看如何？"

"那自然好啊！"一直未说话的张安抢过了话来，因为他看到了柳叶刀同去对引领岳州其他帮派加入民军意义重大。他又说："我是王佑三的属下，知道他本有联手江湖跟随朝廷之意，若有杨帮主同往，可促他坚定联手江湖拥戴朝廷之决心。杨帮主这是江湖义举啊！"柳叶刀为之一振，说："说得好！"又转向了胡大魁说道："那我就更要请求胡帮主答应了！"

"杨帮主很义气啊！"胡大魁"哈哈"一笑，又说："正如我妹夫所言，你这是江湖义举，我该答应！你和小悦能早些去把事办妥，我这心里也能早些踏实了。行，就这么定了！"柳叶刀一拱手道："为了联手江湖拥戴朝廷，也为了贵我两帮能找到依靠，我定尽我所能，争取不虚此行！"小悦欣喜得很，端起酒杯来举向了柳叶刀，说道："有杨帮主同去，我更有信心了！我敬杨帮主一杯！预祝我俩出师顺利，马到成功！也预祝我们两帮前程广阔，来日更旺！"柳叶刀豪爽地将酒干了，却突然亲切地拉上了小悦的手，说："你我是即将要共事的姐妹了，以后就别叫我杨帮主了，还是叫我柳叶刀吧，如此亲切，也方便说话共事，行不？"小悦欢喜地一笑，说道："行啊！那我叫你柳叶姐吧！"端起酒杯来敬向了柳叶刀，又说，"我敬姐姐一杯！喝了这杯酒，我俩就以姐妹之心互相支持，携手共事！"柳叶刀也端起了酒杯，摆出了一副大姐姐的神色，回应道："好！能有你这样的妹妹我深感荣幸，我定与妹妹互相支持，携手共进！"

酒席已在欢笑声中结束。此时，柳叶刀领着菊敏就要告辞。可小悦拦住了她说："三天后一早我去与你会合，赶早上路。还有，你要带上个会骑马的姐妹，一路上也好有人侍候。"柳叶刀甜美地一笑，拉过了菊敏说：

"妹妹想得周到，我会带菊敏前往的。菊敏善骑，会功夫，人也灵活。"小悦仔细打量了一下菊敏，见其身材匀称，五官端正，双眼有神有韵，全身透着机灵劲，就对柳叶刀回以了一笑，点了点头。可就在这时，张模插上了话来："我请二帮主和杨帮主能从水道上走，水道平稳、舒适。我也想借此机会熟悉一下这条水道，因为要跟王佑三联手了，往后少不了会有人员和物资的运送。二帮主你看如何？"小悦看了眼胡大魁和柳叶刀，朝张模一笑，回答道："好啊！那就走水道吧！"柳叶刀也赞同道："走水道好啊！走水道可欣赏到八百里洞庭的波澜壮阔。再说，让张模他们去熟悉一下这条水道也有必要，或许以后还真能派上用场呢！"

胡大魁在一边不停地点着头，见大家都希望走水道，就顺势说道："我依小妹和杨帮主的意思，同意你们走水道。"可又郑重地对张模说："你一路上务必要小心操船，不得有任何闪失，知道了吗？"张模抱拳答道："请帮主放心，我将以性命担保，保证不出现任何闪失！"小悦见胡大魁有所担心，便娇婉地对着胡大魁说道："张模是水上老手了，该放得心的。"又转对柳叶刀说："我就不留你了，你准备去吧，三天后一早，在我帮船运码头会合。"柳叶刀点了点头，再次道了谢，说了声"告辞"，便拉上菊敏轻快地走了。

众兄弟因要照看生意都走了，此时，胡大魁对小悦说道："我洞庭帮的二帮主出门，也得讲究个排场吧？你要带多少人去？你自己去挑吧！"小悦笑道："我是去商谈结盟之事，不是去打架呢！不过带两个丫头是必要的，不知她们会不会骑马啊？"胡大魁'哈哈'一笑，道："会啊！还会武功呢！给我小妹招选丫头不看重这个哪行啊！"小悦却突然装出了一丝神秘，说道："再一想啊，除了带两个丫头，还得带上个要紧人物去才行，这个人啊，得您点头！"胡大魁大手一挥，爽快地说道："不管带谁，我都同意！""那我就点将了啊！"小悦俏皮俏眼地说。"点吧！"胡大魁还是那般爽快。小悦却突然笑而不答了，直到胡大魁脸上有了疑惑，才突然说道："我要惜梅姐同去！"

"啊？"胡大魁稍有一惊，摇起了头，"不行不行不行！你这不是故意拆我的台吗？"小悦扭过了身子，把小嘴噘得了老高，还生气般地说道："哪是我拆您台啊？分明是您说话不算数了！"胡大魁一笑，摇了摇头，又点了点手指，道："好，算数！但你得给我个理由啊，理由充分了我才好答应啊！"小悦昂了昂头挺了挺胸噘了句"你敢不答应"便一本正经说道："我这也是为了您的婚事呢！您想，惜梅姐要还俗了，总得给金莲庵和她那几个姐妹都有个交代吧?"

"是啊!"胡大魁恍然大悟,"哈哈"大笑后点点手指说道:"充分,这理由充分!好,我答应!"小悦又噘起了嘴,摆出了不屑的神态,"您不答应也没关系,只要您能给惜梅姐有个交代就行。这事啊,您得听我的,要不然,惜梅姐会揪您耳朵的!"胡大魁放声笑了,说:"拿你惜梅姐吓唬你大哥?蚊子叮菩萨,找错人了。"摇了一下手后又说,"我呀,听你的,都听你的!你如此精明大气,跟着我是大材小用了,应该跟着康熙皇帝坐江山去!康熙若知道世间还有你这等奇女子,定会封你个女帅,说不定还会要封你个民间格格呢!"小悦摆头一笑,模样甚是可爱,但一噘嘴,不屑地说道,"他若能封我个女帅我倒喜欢,但封我个格格就没啥意思了!女帅可以叱咤风云,气吞山河,格格算个啥?待在宫里就像个花瓶,好看不中用。"看了张安一眼后,故意昂了昂头,又说:"我呀,就算已经是格格了,也得跟着您当这个二帮主,因为当二帮主有当女帅的感觉。"

"哟呵?很有个性啊!"胡大魁脸上突然有了些许的怪异。小悦却还是那副俏皮模样,说:"您是想说我过于狂妄吧?可我说的都是真话呢!算了吧,全是真话也不说了。呃,惜梅姐要离开些日子了,您也该去陪她说说话吧?"胡大魁点了点手指,大笑了,且笑道:"你呀,这东一榔头西一棒子的,又要把我赶去你惜梅姐那儿了?好吧,我就听你的,去跟你惜梅姐说话去!"他"嚯"地站起,摸了摸脑袋,朝小悦和张安憨憨地一笑,上楼去了。

惜梅上午睡得很实在,到午后张安送来了午餐时才起来。吃过午饭,她心里一直在纠结,纠结该何时、又该怎样去给金莲庵一个交代,给那四个姐妹一个交代。纠结得久了,就胡思乱想了,一直胡思乱想到胡大魁进来时才回过神来。胡大魁一进门就一把抱住了她,说道:"小悦三天后要去大沩山了,你跟去把庵里的事务了结了吧!"她点了点头,但推开了胡大魁,说:"这是小悦的卧房呢!走,到客房里去吧!"来到客房,胡大魁又抱住了惜梅,冷不丁地问道:"你清楚小悦的来历吗?"惜梅吃了一惊,但稳住了神后给出了一个淡淡的笑,反问:"你看出什么了?"胡大魁望着窗外,说道:"我一直以为她只是个跑江湖的呢,但刚才突然觉得不太像啊。你说,一个跑江湖的,怎会武功、才智如此出众,心胸、格局如此与众不同呢?"惜梅抚了抚胡大魁的脸,回道:"你有一个如此出众的小妹是你的造化了!她的来历我不清楚,但在大沩山,百姓服她信她,乡绅富家服她信她，僧尼也服她信她，就连江湖地位显赫的王佑三也服她信她，可能她本就是个令人信服的江湖能人吧！但不管她是什么人，凭她那一脸喜气和旺相，还有武功才智和心胸格局，我信她准能引你、引洞庭帮走上光明大道。"

胡大魁已陷入沉思，许久之后才自言自语道："怪不得她只想当个女帅而不想当格格呢！"惜梅又吃惊了，望着胡大魁问："她怎么会是女帅，又是格格呢？"胡大魁喃喃地说道："她若真是个女帅、是个格格就好了，我也算攀上尊门了，可惜不是，也不可能是。"箍紧了惜梅后，又说："但她肯定是个高人，也是个强人，是个将来我控制不了的强人。"惜梅却淡淡地笑着，轻抚着胡大魁的脸说："别胡思乱想了。不管她是什么人，我只信她是好人，是个能帮你帮我的好人！"

第三十一章　私生女遇上亲人　山寨里隆重迎宾

八百里洞庭湖烟波浩淼，一望无际，船行其上有如一巨犁耕行其中，掀起了一串串翻卷的浪花。张安携小悦立在船头，望着这鳞波奔涌的宽阔水面，心中有了说不尽的感慨。他未曾想到，版图上一个小小的圈点，实地里会是如此广阔无边。他深感大清江山之博大、疆域之辽阔。他拉上了小悦的手，问道："行走在这大湖之上，你有何感想？"小悦眼望远方，未加思索就回答道："天下宏大，人很渺小啊。"张安大声地笑了，又问："天下虽大，却总是被人掌坐，你说是人大还是天下大？"小悦将目光收回，望着张安，轻声地说道："相比于天下，人是渺小的，但相比人心，天下又是渺小的。掌坐天下的是人心并非人本身呢。""是啊！"张安恍然大悟，若有所思后又说："人心多宽，天下就会有多大，看来，只有心胸博大者方可掌坐得了这宏大的天下啊！"小悦一笑，搂住了张安胳膊，说道："你说得对，类似的话我皇帝哥哥小时候也常说呢！"

"皇上？"张安惊异地看着小悦，笑了。又说："皇上贵为天子，童年开智自是必然的。也可以想象，皇上的心胸肯定要比天还要大"小悦微微地一笑，将头靠在了张安的肩上，说："你说得没错！我们都是皇上的臣子，肩负协助皇上掌坐天下的重任，也得要有比天更大的心胸才行呢！""是的！"张安微笑地看着小悦，却突然问："行走在这广阔无垠的大湖之上，有诗吗？""有啊！"小悦随口回答道，想了想后，便慢慢吟道：

云上鳞波脚下飘，肩披朗日自逍遥。
一洼脚印八百里，静看江山喜似潮。

张安仔细地听着，沉思了片刻之后，便喜不胜喜地说道："好诗啊！大气磅礴，气势如虹！而且诗意饱满充盈，通篇的从容与淡定，表达出了吟诗者格局的宏大、内心的飘逸与洒脱。句句韵味无穷，字字给人启示啊！好诗！"小悦抿嘴一笑，柔媚地望着张安，轻声说道："还挺会拍马屁嘛！拍完了吗？"张安"嘿嘿"一笑，道："我没拍呢！是公正评价！"小悦"噗"地一笑，挽紧了张安的手，且将头搭到了张安的肩上。他俩眼望前方，未再说话，但心已在天地间跃动，血在天地间奔涌。在湖风的吹拂下，发丝飘荡，衣带飞舞，如比翼之鸟腾空飞翔，直向远方。

张模操航的是一艘大客船，客船分为了两层，上层布置豪华，为小悦、张安、惜梅和柳叶刀、菊敏及两个丫头乘坐。下层被隔成了前后舱，前舱为船上水手和勤杂乘坐，后舱则安置了小悦一行携带的七匹大马和将要送往博公寨关押的谢凡、吕建明和江坤三人。为了保证航行安全顺利，张模亲带了一批老水手操船，船航行得很平稳，速度也要比平常要快了一些。

船舱内，惜梅和柳叶刀正在聊着天，菊敏及小悦的丫头秋月和玉兰都在观赏湖景。柳叶刀与惜梅刚刚才认识，所以聊起话来各有谨慎。直到觉得柳叶刀的神韵甚是亲切，再听她口音也不像本地人时，惜梅才向柳叶刀发了问："姑娘你不是本地人吧？请问你家在哪里？为何又来岳州落脚了？"柳叶刀笑了笑，回答道："我确实不是本地人，但要说我的家在哪里呀，就一言难尽了。我的身世很复杂，也凄苦，若说起来会要扰坏您的心境，不提也罢。"

柳叶刀不愿意提及自己的身世，应有不方便的原因。可惜梅更感到好奇了，硬是想要将柳叶刀的身世打探个明白，所以就想到了一招，要摆出自己身世来引导柳叶刀开口。她微微地笑着，缓缓地说道："姑娘不愿意提及自己的身世，一定是身世有些特殊。其实啊，我的身世也很特殊复杂、悲惨凄苦呢。我想和你说说，你愿意听吗？"柳叶刀稍有些惊讶地看着惜梅，点头说道："我看您见多识广的，你的身世一定传奇，您若愿意说，我当然是愿意听的。"

"好吧，那我就说说吧。"惜梅望着窗外，慢慢说道，"我活了半辈子了，凄苦日子还真没少过过呢，伤心的事也没少经历过。我呀，三岁就没了爹娘，从小由姑姑抚养，九岁那年姑姑也去世了，姑父就把我卖给了一富人家当丫头，后几经转手，十一岁那年被转卖到了秦淮河上，跟随了董小宛姐姐。十六岁那年，金陵大乱，随董小宛和冒辟疆公子去了如皋，没多久在主子的撮合下，嫁给了那位被南明的残臣溃将拥立监国却又不得不弃了监国之名去逃奔的鲁王朱以海。朱以海被溃将们称作了皇帝，我也就被人称作了皇后。当时清军追得紧，朱以海就领着一帮残兵溃将逃去了海上。在海上漂泊中，近万人死的死，逃的逃，最后只剩下了几百，朱以海就带着这几百人落脚到了一个荒岛上。岛上缺医少药，每天都有人死去，后来朱以海也死了，我就跟着胡大魁了。胡大魁带着仅剩的几十人回到了陆上，为躲避清军剿杀，又躲来了洞庭湖。我本就厌倦了水上生活，又加上吕建明等对我发难，最后就带着四个丫头去大沩山出家了。我已守庵二十年了，可又被吕建明骗回到了尘世。我这一生啊，坎坎坷坷、风风雨雨、跌跌撞撞，除了跟随董小宛姐姐那几年还算过得安稳、开心外，也就没有过过一天像样的日子了。"

惜梅娓娓道来，柳叶刀越听越是惊愕，最后忍不住插话问道："您就是董姨董小宛的好姐妹惜梅小姨？"惜梅也惊愕了！这姑娘如此称董小宛为董姨，难道是当年秦淮河上哪位姐妹的后人？惊愕之后，便挂上了慈爱的神情，问道："你听说过我那位姐姐？"柳叶刀突然起身，踱了几个来回后，又坐回到了惜梅面前，说："我小时候常听人提起董姨，听说过她的许多事，也听说过您与她情同姐妹。可没想到，我会在这儿遇到您呢！"惜梅稳了稳情绪说："也许是缘分吧！提起我那姐姐呀，我心里就挂念得很了。这么多年了，不知道她怎样了？"又稳了稳情绪，问道："你能知道这些，难道你也出身江南？"柳叶刀摇了摇头，又点了点头，说："我是出生在江南，但我没有父亲。听说我父亲是位南明的官员，常到我母亲那里听曲饮酒。有一天，他和我母亲都醉了，就与我母亲一起过夜并有了我。因当时局势很乱，他此后未再去过我母亲那里，但母亲还是生下了我，可我到现在也不知道我父亲是谁呢！"听到这里，惜梅禁不住问道："那你母亲是……"

柳叶刀低下了头，稍顷，又抬起了头来，说道："我对母亲也没啥印象。不过，您应该认识她，因为她跟董姨是好姐妹。我母亲身体不好，生下我后没多久就去世了，临死前把我交给了柳如是柳妈妈，柳妈妈把我当女儿收养了，还给我取了个好听的名字叫柳叶。柳妈妈教我读书、练字、弹琴、习画，也常给我讲一些关于我母亲和秦淮河上的事。可我九岁那年，柳妈妈将我交给了一位老道。临别时，她流泪对我说，不是我不想留你，而是我留不得你，你就跟着这位爷爷去吧，他会照顾你的。后来我就跟着爷爷到了武当山。爷爷七十多了，姓杨，我也因此改姓杨，改叫杨柳叶了。爷爷除教我读书识字，还教我习武。我十六岁那年，爷爷也去世了，临终前，他对我说：你已长大成人了，就不要留在武当了。你文武功底都有了，凭自己的本事去闯条生路吧！爷爷在密洞里给我藏了一大笔钱财，我带着这笔钱财下了山，想去找个合适的地方混个生意过个安稳日子。

　　我最初是要想回江南去的，所以就往长江方向走，再沿长江而下去江南。那天，我在长江边看见了一艘船，就上前去想问个去向看能否搭上一程。可走近才发现，船边有五个男子在强拖一女子。见这阵势，我就上前去劝阻，可那些男子都围过来要欺负我，说也要把我带上山去。我一气，就下了狠手，将他们都杀了。我救下的那女子叫洪秀珍，是个织布的，那天她跟丈夫划船送布匹去荆州，半路上遭遇大风才靠的岸。没想到一靠岸就遇到了强盗要抢她的布匹，还杀了她丈夫，再要将她掠上山。我杀人闯了祸，心里感到害怕，可洪秀珍不当回事，将我拉上船后，就顺着水流往远处划。等走得远了，她才跟我说，她家里已无亲人了，想跟我去闯荡。我见她孤零零的，就答应了，且将我的打算跟她讲了。她听后就跟我说，如今做布匹生意好赚钱，还说江南的布行太多了，不如洞庭湖边的岳州城生意好做。我就这样依了她，到了岳州。我们在岳州寻找铺面时，遇到了两个乞讨的女孩，大的约十二三岁，小的八九岁，也是没了父母被亲戚赶出门的。我看她俩可怜就收留了。那个大的就是菊敏，小的是她妹妹菊花。"

　　说到这里，柳叶刀和惜梅都同时瞟了菊敏一眼。此时的菊敏已哭成了泪人儿。柳叶刀转回头来继续说："我们买到铺面就开了张。我们四个都勤奋，加上我本钱足，洪秀珍又懂行，生意做得红火。日子安稳了，我就抽空教她们三个读书练武，她们不仅武功长进得快，书也读得好，只半年多，就能替我记账了。这时，我又买了两处铺面，还给洪秀珍买了织机，且又收留了好几个落难女子。就一年多，我人口有了十几个，财富也翻了番。可生意好了，就被人嫉妒了，有人来骚扰了，但这都被我周旋过去了。可后来，有人放火烧了我一间店铺，这就把我惹恼了。当时，姐妹们都想，惹不起躲得起，劝我转场算了，可我就不服这口气，干脆把生意放下，专门收留落难女子。我一边教姐妹们练功习武，还一边行善拉拢人心。当我人手有了七八十时，就一口气开了十家新铺面，还故意抬高收购价格吸引布贩，断了其他布行的货源。当其他布行再来捣乱时，就带着姐妹们拿起刀子跟他们拼命，也喊来受过我恩惠的穷人帮忙。这下，江湖人都佩服我了，赐了我个江湖名，叫柳叶刀。这名字虽不好听，但我喜欢，因为它是我不可招惹的招牌。"

　　说到这里，柳叶刀有了几分得意。她接着说："为在岳州站得更稳，我不断收留落难和贫困女子，公开打出了素女帮名号。如今我素女帮已有三百多人，四十多间店铺，几间织坊和绣坊。前年起我与洞庭帮合作，助他们开了染坊，他们也助我去武昌、汉口甚至江南进货，我掌控了岳州城和周边各县城的布匹买卖。去年，又在郊外买了几百亩地种植棉麻，打算再开几家织坊。"停了停，她突然低下了头，声音低沉了，"我想铆着劲做下去，把生意做到长沙城去，达到人上一千、店过一百。可是，战火要起了，我这愿望怕是要泡汤了！"

听到这里，惜梅已凭柳叶刀那神韵性格判断出她是谁的后代了。她抑制不住内心的激动，拉起了柳叶刀的手，说："孩子啊，你年纪轻轻，经历了如此多常人没有经历的，难为你了！你闯出了如此大一片天地，值得钦佩，若是我那李香君姐姐泉下有知，定会为有你这么个好女儿感到骄傲的！"柳叶刀一听，很惊诧地望着惜梅，问道："我刚才并未提及我母亲，您怎么知道我母亲是李香君？"惜梅轻抚着柳叶刀的手，说道："因为，你太像你母亲了！你母亲貌若天仙，才艺满身，为人仗义，誉满金陵。那时候，她与董小宛姐姐经常走动，所以我跟她也很熟悉。只是金陵大乱之后，我就随你董姨去了如皋，就再也没有见过她了。想想啊，当年秦淮河上那些姐姐个个都才貌了得，又亲如姐妹，二十多年了，她们有的已不在人世了，在世的也命运各异了。我呀，常想念她们呢！"

"我并不了解我的母亲，只从柳如是妈妈那里知道了母亲的一些事。我之所以不愿意提及我母亲，是怕我这私生女身份亵渎了我母亲的名声。可没想到，您，您就这么看出来了……"柳叶刀哽咽了，眼眶内已盈满泪水。"孩子啊，你的神韵性格太像你母亲了，可不要感到自己的身世不光彩啊！你是你母亲的骨肉，是你母亲生命的延续，你秉承了你母亲的仗义，在不寻常的经历中做到了别的孩子所做不到的，你不仅没有亵渎你母亲的名声，还给你母亲争了气，你是你母亲的好女儿啊，孩子！"惜梅张开了怀抱，将柳叶刀搂进了怀里。

柳叶刀自从离开柳如是后，再也没有被人如此地抱过了，如今被惜梅这般抱着，又体会到了那份久违了的幸福感觉。她偎依在惜梅的怀里，已泪流满面。惜梅轻抚着柳叶刀的肩背，又说："孩子啊，当年我叫你母亲为姐姐，刚才你也称我为惜梅小姨了。如今你我身边都无亲人，你就认我做亲姨吧，往后呀，你我也算都有个亲人在身边，能满足各自对亲情的渴望了，你说行不？"柳叶刀用力地一点头，就匍去了地上，朝着惜梅连磕了三个响头，站起身后，憋足了气大喊了一声"姨——"就扑进了惜梅的怀里，突然间放声哭了。

小悦和张安已携手回到了舱内，见柳叶刀在惜梅怀里放声大哭，而惜

梅、菊敏、秋月和玉兰也都哭成了泪人儿，就感到蹊跷了。他们并不知道
这船舱里发生了什么，只得停下脚来疑惑不解地看着这些人。惜梅发现小
悦和张安进了舱，便将柳叶刀扶起，说："孩子，小悦姑娘进来了，来，
我们一起聊聊吧！"柳叶刀站起了身，拭了一下泪水，就转过身去对着小
悦和张安笑了。

"难道是有喜事？"小悦已从柳叶刀的笑容里看出了端倪。惜梅却接上
了话说："是的，是有喜事呢！"接着，就将柳叶刀的身世及拜认她做姨的
事一轱辘说了。小悦听后，又惊又喜的，还有失妗持地说："果真是喜事
啊！那得好好庆贺呢！呃，张模，快过来！"待张模过来，她吩咐道："快
去安排一桌酒菜来，今天杨帮主和惜梅姐认了亲，须把酒相庆！"张模应
着去了。很快，酒菜安排好了。

一桌人都举起了酒杯。小悦、张安连敬了柳叶刀和惜梅三杯。而菊
敏、玉兰和秋月也轮流敬上了。大家话说得热乎，酒喝得起劲，没一会
儿，气氛就热闹了。惜梅因不敢多喝，三怀过后就以茶代酒了。而柳叶刀
频频举杯，来者不拒，数十轮下来后，就有了明显的醉意。后来，她还抢
着酒喝，且一边喝着，还一边笑着，又一边哭着，最后，才倒在惜梅的怀
里慢慢地睡去了。

天已渐渐地黑了，张模放慢了船速。女人们都在船舱内睡了，张安和
张模在船舱外值守。船平稳地航行了一天一夜，于翌日午后到达了宁乡双
凫铺水面靠了岸。一行人下船后就骑上了马，开始了后续的行程。而谢
凡、吕建明和江坤都被绳索捆得像个粽子，由菊敏、玉兰和秋月牵着在马
后步随。张安则快马加鞭先走了一步，直奔黄材镖局叫上王炳后，就提前
赶去了博公寨。

惜梅知道小悦要带她去博公寨，就感到别扭了，小声对小悦说："我
秃着个脑袋去博公寨，会不会被王佑三笑话啊？我还是先回金莲庵去吧！"
小悦侧身倾向了惜梅，柔柔地说道："您啊，这时是不能回金莲庵的。您
想，您这打扮了，进了庵子如何向那些老少师傅们解释？您现在只能去博
公寨，您在博公寨住定之后，我再找个理由把您那几个姐妹请上山去，商
谈好之后您再回金莲庵去作个交代就行了。博公寨那里您可以放心，张安
事先会跟王佑三说清楚的。王佑三知道我洞庭帮未来的帮主夫人上山来
了，那还不高兴得跳起来才怪呢！哪还会笑话您啊？"惜梅还是觉得不妥，
仍坚持自己的主意："不行，我宁愿让姐妹们看着不顺，也不能让博公寨
的人笑话！"小悦俏模俏样地说道："您呀，总得让您那些姐妹先转过弯

吧？想要她们心里能转过这道弯来，您就得先去博公寨。您若直接回金莲庵，呛着她们了倒是小事，若使她们与您有了隔阂，事就大了！"小悦这还真是说到惜梅的担心处了，逼得惜梅只得答应："那我只能依你了。"小悦笑嘻嘻地接过了话："这就对了嘛！我呀，一定要把您的事办得妥妥的，要您与大哥早些成亲。接下来啊，您还得依我，否则，误了事我就不担责了！"惜梅娇羞地一笑，策马往前走了。望着惜梅的背影，小悦的脸上已有了花蕾在绽放。

　　话说张安回到了博公寨，就把何卫、王佑三、于奎、王炳、陈焕叫到了一起，介绍了他和小悦岳州之行的战果和柳叶刀、惜梅来博公寨的目的。王佑三一听就高兴了，说："格格就是格格啊！我就想，岳州如此要紧，她虽曾有安排，为何总不去关注呢？原来她早已掌控了，这次还办成了这么大事，了不得，真了不得啊！"于奎也接过了话道："我早就说过了，小悦和张安是天下奇才，是天生的一对。他俩一出面，啥事都能办成！你看，这次不仅把洞庭帮、素女帮都拉过来了，还把香会在湖南的势力也剿了。我相信，有了他俩当家，我们这支平叛民军肯定会大有作为！"张安却朝于奎撇了撇嘴，似是不高兴地说道："师傅您想夸小悦就夸小悦嘛，干吗要把我也搭上啊？"何卫"哈哈"一笑，抢过了话说道："这可不是于副统领把你也搭上呢，而是你自己早与格格搭上了。"

　　王佑三按张安的要求安排好了迎接柳叶刀和惜梅的事后，又向张安禀报了近期军情："近日收到了各处发来的鸽信。李茂说四川的情况尚好，且提醒我们，据他们掌握的情况，吴三桂起兵后，主要进击方向可能会是湖南，要我们早做好准备。南岳、常德、沅陵也发来鸽信，他们钱粮筹措、兵员招募都进展顺利。段彪说，他已经派人潜去云南，要我们等待他的好消息。"王炳也兴奋地补充道："镖局最近又招募了四百兵丁，正在抓紧操练。还筹措了粮食几百担，我爹又派人前往周边各县收购，拟再筹措五千担。铁匠铺开工后已试造了一批兵器。官山的女子义校也已开学多日，已经入学的就已超过四百。还有一些住得远的正在赶来报名。"听完了这些，张安已兴奋不已，说："我和格格出去才半个多月，家里就有如此多的好消息在等着我们了，各位都辛苦了，也得谢谢你们了！"

　　就在这时，护院来报："禀寨主，山下有一队人骑马而来，应是客人到了。"张安"呵呵"一笑，说道："走得不慢啊！王副统领，得看您的了！"王佑三一挥手，道："走，寨门口迎接！"一行人随王佑三来到了寨门口，见果然是小悦一行正往山上赶来时，便都扬起了兴奋的脸。客人越走越近，王佑三一声令下："列阵欢迎！"几百护院在门外道路两旁摆开了阵式，还有护院在寨门上方拉起了"诚迎洞庭帮素女帮之贵宾光临本寨"的横幅。

小悦领着柳叶刀等飞奔而来。一见横幅，好不惊喜。她朝柳叶刀笑道："博公寨给了我们天大的面子呢！"柳叶刀也是喜滋滋的，抬头望着寨门，回道："是啊，这阵式，像迎接公主来巡呢！"小悦狡黠地一笑，摇了摇手道："不，这是在迎接当朝格格上山！"柳叶刀"哈哈"一笑，扯着嗓门说道："既然他们摆出了迎接格格上山的阵式，那我们也得摆出点格格来巡的派头才是，走吧！"小悦看了一眼柳叶刀，放声一笑，便给了坐骑狠狠的一鞭。

第三十二章　格格惊了远来客　四尼听劝心已通

王佑三安排的欢迎酒宴是高规格的，酒宴上的气氛异常热闹。一桌子人，不管原本熟悉还是刚刚认识的，都放开了架势，喝了个满堂欢喜。喝至最后，小悦和柳叶刀都醉了。小悦醒来时，太阳那暖烘烘的手已伸到了床边。她翻身坐起，却不见张安，便问秋月："张统领去哪儿了？"回到博公寨后，小悦安排玉兰去侍候惜梅了，自己身边只留下了秋月。秋月一听张统领这称呼，稍有一愣，就一边侍候小悦穿着衣裙，一边回道："张总教头天还未亮就出去了呢。他特意交代我，不管太阳升起多高了也不要叫醒您。"小悦自顾自地一笑，又问："我昨晚真喝多了？"秋月说："真喝多了！杨帮主也喝多了，你俩喝酒那架势，真叫豪爽！"小悦摇了摇头，就去梳洗了。当她正要去见柳叶刀和惜梅时，却有侍丁来请了："禀格格，王副统领和客人都在等您用早餐呢！"小悦只朝侍丁点了点头，就启动了脚步。秋月听到了格格的称呼，又是一愣，还吃了一惊，但因这事非同小可，她没敢打问，而只跟在了小悦的身后，心却已如惊鹿般在窜。

正堂屋里，王佑三、柳叶刀、惜梅等人都在等候小悦。见小悦进门来，王佑三毕恭毕敬地迎了上去，行起了礼："格格昨夜睡得可好？"他这一问可不要紧，把柳叶刀吓了个惊慌。那边小悦正在回着"睡得好"，这边柳叶刀正怅呆呆地望着王佑三，问："什么？小悦是格格？"王佑三脸色突变，"这啊这"地支吾着，若不是小悦及时给出了台阶，他就要跪下身去请求恕罪了。"我是格格呢！"小悦朝柳叶刀笑着，接着又对王佑三说："我与杨帮主是姐妹，这些都无须瞒她了！"又拉上了柳叶刀的手说："昨天进寨门时我就说过了，博公寨是在迎接当朝格格来巡，我如此明白的提示你都没有在意，太粗心了！"小悦说得倒是轻巧，柳叶刀的腿肚子却早已软了，若不是小悦及时拉住，她也要跪下去了。但菊敏和秋月、玉兰早已扑在了小悦的面前，连气都不敢喘了。"都起来吧！"小悦招呼起了菊敏几个，却又责备起了柳叶刀："你都没把我当妹妹呢！"见柳叶刀仍拘谨不安，又说："你呀，别胡思乱想了，上桌吧，用过早餐后我还有事要与你聊呢！"

王佑三终于缓过了神，对柳叶刀说："杨帮主请上桌吧！格格从不把我们当奴才呢，你就别拘礼了！"此时，惜梅也说上了话："孩子，格格随和可亲，不用怕的。来，上桌陪格格用餐吧！"经众人所劝，柳叶刀已有所放松了，只娇羞地一笑，就拉上了小悦的手，走去了桌前。

吃过早饭，小悦拉着柳叶刀来到了院内。她说："我与几位将军三年前就来到了湖南，是为秘密联络民间势力，对抗吴三桂谋反作乱做准备。皇上已下密旨组建了湖南平叛民军，张安就是这支大军的统领，王佑三、于奎、王炳和其他民间势力的头领都成了民军将领，湖南各地的帮派、寺庙、道观、山寨、镖局、武馆以及许多仁人志士都已加入这支大军了，各地百姓也已心向朝廷。当下，大沩山各地都在备战，你呀，就先去各地看看，等有个了解了，我再给你派差事，如何？"小悦就这么说着，柳叶刀早已圆睁大眼，嘴也不灵巧了："原来，原来如此啊！这么说，我，我这一来就直接走进朝廷的大军了？"

"是的，洞庭帮和素女帮已算加入湖南平叛民军了。"小悦点了点头，继续说道，"在岳州时我未表明身份，是担心洞庭帮内不纯，会有人给我添乱，前些日子发生的事就证明了这点。不过现在好了，帮内叛逆和香会骨干都已铲除，岳州的各帮各派加入民军已无障碍。民间势力加入民军是光明之路，所以我们两帮的选择是明智的。回到岳州后，我们还得动员其他的帮派都加入进来。我希望你能主动联络，去动员各帮各派都做出同样的选择。"柳叶刀甚是惶恐，迟疑了一会儿，才说道："格格直接把我带到了朝廷这棵大树之下，我太感动了。请格格放心，我素女帮一定紧跟朝廷。至于联络岳州各帮之事，我一定尽力，我相信他们都会顺应潮流跟风而行的。"小悦娇美地看着柳叶刀，接过话说道："你说得很对。我也相信明智之人都不会放过这个好机会。朝廷是为天下开辟幸福之路的战船，今天你已上船了，往后不管狂风巨浪、暗礁险滩，我们都得同舟共济，确保战船乘风破浪、勇往直前。你明白吗？"柳叶刀突然中规中矩，抱起了拳答道："明白了！请格格放心，往后我定服从格格差遣，为朝廷效力！"

"那我就放心了。"小悦停住了脚，突然不满地说道，"你刚才说话总格格长格格短的，太别扭了！你可不能没了我俩的姐妹之情啊！"柳叶刀报以了一笑，回道："你毕竟是格格嘛，我怎敢与你以姐妹相称啊？""为何不敢？"小悦将手搭到了柳叶刀的肩上，又说："从现在起，你得真把我当妹妹，要不然，我不理你了！"她鼓鼓腮、噘了下嘴，盯着柳叶刀。柳叶刀却笑了，这一笑，身心全放松了。她拥了拥小悦说道："好吧，姐姐听你的！"又拉起了小悦的手说："走走吧，姐姐牵你走！"小悦掩嘴一笑，牵住了柳叶刀的手。走动后，便说："我会派王炳都领陪你去各地视察。王炳帅气，也善解人意，会陪好你的。等你对大沩山了解得够了，我再去找你商讨民军的事务。我呀，既要让你在这里过得开心，又会让你回去岳州后能有个体面。你初来这里，有啥需要只管提，我设法安排！"柳叶刀说："你客气了！你担着大任，就别顾及我了。我呀，听你的，走走看看去，不需要特别安排了。"小悦温情地说道："山里条件差，有不便之处你得说，不要为难了自己！好吧，既然你暂无要求，我们就先去议事厅吧！"

一进议事厅，小悦就直接说道："近来事情多，我先就主要事情作个调摆吧：一，今日起，王炳都领陪同杨帮主去领略我大沩山的风光，了解我民军的备战情况。二，关卡哨卡设置要启动，由于奎副统领主管，要按便于屯驻、守备、操训、联络、互援的要求筑建。三，王佑三副统领要继续组织粮草收购和兵器制作，要着眼长远，争取足够的储备。四，要继续兵丁招募和操训，兵丁招募仍须借用招募镖师和护院的名义，由王副统领全权办理。其他诸事，要各尽其责！"此时，何卫也接上了话说："格格均已调摆到位，责任清晰，各位务必做实。大军操训一天也不能停，王炳都领虽另有责任，但要往下布置，我和张统领会随时督检。"

"遵命，我全力照办！"王佑三站起，言辞恳切，很有做派。"遵命，我全力照办！"于奎也站起，接受了将令。王炳起身后迟迟没有说话，许久后才红脸说道："队伍的操训我会往下布置好，请何将军、张统领放心。陪同杨帮主视察之事，我定周到安排，尽心陪同，请格格放心！"

小悦站起，看着各将，甚感欣慰。而此时，王佑三插上了话："陈焕来后还未曾出过门，让他同去视察如何？"张安接过话道："此提议好，那请王炳一并安排吧！"小悦却说："陈先生除了领略风光，还得熟悉大沩山地形通道和黄材镖局的队伍。你有实战经历，我已与何将军、张统领商定，要封你为从三品的黄材镖局副都领报备，责同协领。你在藩军中是个正五品守备，我封你从三品是越级提升重用了，望你能与王炳都领掌管好黄材镖局，将来好好效力疆场！你视察过后尽快到任！"未待陈焕谢过恩，她又走向了惜梅，说："您就先休息吧，我忙完后会去陪您的！"没等惜梅回话，又纤手一挥，说："都各自忙去吧，张统领、王副统领留下！"众人走后，她对王佑三说："当下要促成惜梅与金莲庵办好交接，这事有牵扯面，我得亲自去办。"王佑三点了点头道："这是大事，有啥要我张罗的请格格吩咐吧！"没等小悦说话却又发出了感慨："就一尼庵的住持，竟然是个前明的皇后，还真是真人不露相、真佛不显身啊！我大沩山还真是个藏龙卧虎栖凤凰的地方呢！"小悦笑道："确实，大沩山每村每寨都神奇，每山每水都灵气。'大沩'前来开垦耕种，灵佑前来建寺弘法，裴休老相移居此地，张栻来此传学安居，都是相中了此地之灵气。这里曾出了官将百千，还出过状元、宰相，也是此因。至于惜梅姐，是前朝覆灭时的一个挂名皇后，来此出家就像当年潘金莲来此建庵出家一样，是为逃凶避难，算不得大沩山的骄傲。倒是她为真爱而弃戒还俗之举值得称道。"

　　"那是那是！可是——"王佑三突然脸露了难色，问，"此事涉及到佛道法理，格格有周密的考虑吗？"小悦轻淡地一笑，回道："有考虑。我以为，惜梅姐还俗并不难办，牵扯到她的四个姐妹才显复杂。说到佛道法理，要顾及，但她们当年是自主入庵的，如今也不必全按条规了。我们要帮的，是要她那四个姐妹转心随她，也要给金莲庵有个交代。庵里香火倒是好办，多鼓动信众前往便是，但劝她的姐妹还俗就得由我出面了。这样吧，我先去金莲庵找她们说道说道，您安排竹轿随我前往，只要她们开了窍，我就带她们上山来。"

　　"既然如此，直接请她们上山来不更方便吗？"王佑三说。小悦摇了摇头，回道："如此不诚！再说，金莲庵还藏着许多的故事，我也正想再去看看呢！您安排轿公自行前往吧，我骑马先行。"待王佑三说了声"好吧"转身走后，她也转身面对了张安。张安说："这属特别之事，该谨慎呢！"她笑了笑回道："是该谨慎，我心里有数了。有件事我刚才忘了说，你去请王夫人姜小青陪陪惜梅姐吧，别让惜梅姐那颗心又冷了。你还得去女子义校一趟，给她们鼓鼓劲。另外，王炳和陈焕都另有事了，这些日子你就搬去黄材镖局操训队伍去吧。我该下山了。"

　　小悦已来到金莲庵门外，望着门楣上"金莲庵"三个大字，有了与初次来时不同的感觉。一想到这座扬善弘法之所承载了许多别的，心里就已五味杂陈。想到几百年前潘金莲来此建庵修法是为了逃避尘世的凶险与邪恶，几百年后惜梅姐妹来此削发为尼也是为了逃避尘世凶险与邪恶，而在中间的数百年里那一代代尼姑也多因此而来，便突发了感慨：这非佛门的荣光，而是尘世的不幸啊！此时，从未对佛祖有过祈求的她，面对庵子虔诚地念出了一道心愿："让世间邪恶越来越少，直至全无吧！让天下女子都有更多自由和尊严，不再受欺凌吧！"

听说小悦格格已到了庵门外，静空一路小跑赶了出来，摆出了热情相迎的架势。"不知格格光临，老尼未能远迎，请格格恕罪！请格格快进庵去歇息喝茶吧！"看得出，惜梅出门后，静空已署理了住持之责。小悦回了礼道："师傅客气，那请引路吧！"她随静空进了大门，到了客堂。静空看了座，递了茶，礼节都周到了，才又合掌问道："请问格格是路过小庵还是专程而来？"

小悦与静空曾有过一面之交，但那是初次相识，不曾对静空仔细打量，更未与之深谈。今日再见，便打量起来。她发现，这位眉目清秀、礼节周到的尼姑，其神韵竟是那样熟悉，便感到了好奇。她朝静空合掌回道："我是专程而来呢！"微微一笑，又说，"是为一大善事而来！"静空惊愕了，且起了身，说："格格心怀善念，常行善举，老尼常听说。今日特为大善事而来，想必此善牵扯到本庵了，那请格格快快说来吧，以便让老尼能早有个张罗。"

小悦的目光又落到了静空的身上。静空言行举止大气，神韵气质高雅，且目光清亮、纯而又净，与其他的尼姑明显有别，与普通的俗家女子更有不同，这让她又有了喜欢。她迎着静空的目光，便接上了话，道："这事确实与贵庵有关。只是事情太大，怕说出来惊了师傅。"

"哦？看来真是大事了！"静空稍有惊讶，坐下后又说，"还请格格放心，既然是善事，不管有多大，都惊不着老尼的，请说吧！"小悦啜了一口茶，说了声"那我直说了"，便将惜梅如何被骗到岳州和经历了的凶险，到惜梅为何要还俗与胡大魁成婚，再到她此来的目的和达成这一目的之必要，都与静空说了个详细后，才盯住了静空的脸，准备应对静空的大吃一惊。

"阿弥陀佛，还真是大善事呢！"静空并未吃惊，只稍感意外后陷入了沉思。小悦正疑惑时，她又说："这事关系朝廷大计，老尼须极力配合。格格有何需要就请直说吧，老尼一定照办！"她声音轻柔，言语与行坐间所表露的神态，平常得极不平常。这是一种处变不惊的镇定。小悦想，这静空要么是一位见过大世面的主儿，要么是一尊有着极深修炼的神。她对静空好奇了，但此时还不能去满足这份好奇，所以只微微一笑，向静空倾了倾身子，回静空道："您将她们请来吧，但先不要预告。来后我直接施劝，待她们有意向了再带她们去见惜梅姐。哦，我们称了明师傅为惜梅姐了。"静空端上了茶杯，说："格格智慧啊！对这四位开门见山施劝肯定有用。"小悦笑道："哪是智慧啊？我只是想，劝人舍戒还俗，与其顾忌太多说得不透，不如开门见山有效。等会儿我之所劝若不到位，还望师傅能助把力。"

静空已去领来了四位尼姑。这四位尼姑原本是惜梅的陪嫁丫头，按年龄大小分别叫春桃、夏荷、秋菊、冬梅，出家后又各取了法号悟静、悟思、悟慧、悟真。四尼齐声道过"阿弥陀佛，小尼拜见施主"，便由悟静问起了事由："请问施主约我等前来，是诵经还是做法事？"小悦并未立即回答，而是傲慢站起，踱了几步后才回道："既不诵经，也不做法事，是要你们做一桩天大的善事。你们是否乐意？"

"啊？"悟静惊讶地抬起了头，打量起了小悦，随后道了声"阿弥陀佛"，便立掌于额下，半晌没有回话。稍后，才轻声说道："施主就是小悦格格吧？老尼悟静有礼了！回格格，出家人布法、行善是本分，既然格格要邀我等行善，我等当然乐意。"又低声问道，"请问格格，是何等善事能有天大？这善事我等有能耐做得吗？"小悦摆了摆手说："各位坐下听我说吧。这是一桩成人之美的善事，你们肯定做得。"悟静又惊讶了，起了身说："不知是何等成人之美的善事啊？尘世间需成人之美的事多，我等虽有此心，未必有此能。还请格格明说，好让我等有个掂量。"小悦道了声"师傅请坐"，便压低了声音说："这是要成就一桩姻缘的大善事。只要你们同意，这婚姻就能成，这样，你们就行了大善、积了大德了！"

"哦？"四位尼姑已是一脸惊愕。悟静装作镇定说："格格之言我等不解呢！尘世姻缘随缘而定即可，何须征得我等同意？格格该不是取笑我等尘思未尽吧？"小悦抬手一拦，阻止了悟静再往下说。她解释道："我并非取笑各位，确是此婚姻须征得你等同意！"她将话绕到了此处，已胸有成竹，所以就回坐到了原位，还坐了个端正，又说："既然师傅说了婚姻要随缘而定，那我得恳请各位答应了！"

"那请格格直说吧！"悟静的声音明显轻了，脸上也多了些许的不安。望着悟静和她的姐妹们那不安的神情，小悦正了正身子，郑重其事地说道："我们要成就的是惜梅大姐与胡大魁大哥的婚姻。你们都清楚，他俩早已结缘，后因外力干预导致了佛俗相分。但天定之缘终不可断，如今惜梅姐要应缘还俗与胡大哥成婚，还望你们能顺从天意，发心同意，好让惜梅姐能安心还俗。我如此说来，可听明白？"她说得如此直截了当，有如扔出了几声炸雷，已惊得了四位尼姑瞠目结舌，回过神来后也只互相看了看后就低下了头去。

　　眼前这情景尽在小悦的预料之中。她之所以要把话说得如此直硬，就是要让她们闻之惊诧，再从惊诧中冷静，冷静后再意识到大势已定。此时，她清楚尼姑们的心里正在翻腾，所以并未就此打住，又说："其实，惜梅姐决心已定，你们同意与否她都要还俗了，她只是希望你们能随她而行。你们自己也都清楚，当初你们出家并非真心向佛，而是出于无奈被逼而为。如此揣着一颗凡心藏来佛门，本是自欺，但自欺之苦是啥滋味你们自有体会，就凭这个，你们也当依了惜梅姐，也依了自己那颗有所向往的心！惜梅姐说了，还俗后的自由归你们自己。你们可以身在凡尘心向佛，把佛供在心里，也可常来庵中添点香火。这些已无须我多费口舌了，这关系到你们各自的未来，还望各位能尽快决断，切莫迟疑。"

　　四尼的头已埋得更低，小悦已预感到成功在即。果然，尼姑中已有了啜泣的声音，这啜泣声就像风中的火苗已迅速漫开，窜成了熊熊大火。大哭声震碎了一时的沉默，也让静空低头立掌念念有词了。小悦却静静地看着，脸上有了浅浅的得意。没多久，四人已转为了轻声的抽泣，而且，悟真还果断站起说上了话："大姐总算想明白了，我早就盼望有这一天了。我只是个凡人，本无从佛境界，却偏要带我进入佛门，这些年熬的都是什么日子啊？我不管你们怎么去想，我已决定要跟大姐去还俗。"她低下了头，用劲地擦着脸上的泪水，像一位受了委屈的孩子在期待着安慰。而就在此时，她的三个姐姐也站起了身，给出的三声"我也要还俗！"就像三件安慰她的礼物，满足了她心中的那份期待，也逗得她马上就破涕为笑了。

　　静空和小悦也跟着笑了。"该是如此，该是如此啊！"静空的笑是一种淡然的笑。小悦的笑当然是带着欣喜的，但欣喜之时她并未收手，当那四位姐妹都落了座时，她又说："各位能做出如此的决定，我很高兴。其实，你们当初是为有所逃避而削发为尼，这本是不符佛理的。这些年，你们心里肯定没少受折磨，只是不便说及罢了。如今都能决定还俗，也算是个明智之举……""请格格别再说了！"悟静突然打断了小悦，"我等之心在格格的面前肯定是遮掩不了的，但请格格不要再揭了我等心上的这点遮盖了。"小悦点了点头回道："春桃姐所言有理，那我就不再多说了。既然你们主意已定，就不必在此清坐了，还是随我上博公寨去见惜梅姐去吧，惜梅姐正在等着与你们商量还俗之事呢！"

　　"听格格这说法，难道大姐就在博公寨不成？"春桃看了眼其他的姐妹，又说："格格所说不对啊！大姐已去岳州，见胡大哥最后一面去了！"
小悦示意春桃坐下后，说道："她当下确实就在博公寨！她是去过岳州，
且险遭毒手，幸好胡大哥及时发现，铲除逆贼也救了她性命。经此劫难
后，她已悟得深了，所以才义无反顾地决定了要弃戒还俗与胡大哥成婚。"
四位姐妹听了都好不惊讶。冬梅又问道："那大姐为何又到了博公寨呢？"
小悦回答道："是因为替你们着想啊！"笑了笑后又说，"各位有话就跟惜
梅姐说去吧，惜梅姐怕已等得急了。各位有请！"四位姐妹已同时站起，
但目光都转向了一旁的静空。"阿弥陀佛，该是如此！"静空只朝她们挥了
挥秀手，便走去了小悦的面前，说："格格军务繁忙，日理万机，可要多
多保重，别亏了身子啊！"小悦回道："多谢师傅的关心，我自会保重的！
今日扰了您的清净，还望原谅。我就此告辞了！"

第三十三章　山路突生风流事　五女还俗离佛门

王炳领着柳叶刀一行要去察看的第一站是密印寺。他之所以要带他们先去察看密印寺，是因为密印寺乃大沩山十寺之首，也是大沩山最神圣之所在，其外显壮观奇丽，内含肃穆庄严，先观之可让人心宽气静，有利于在后面的日子里能有个良好心态去察看别处。同时，也是因为智能大师是抗反先锋，不仅抗反之决心异常坚定，且已将密印寺的抗反准备做到了先而又优，有利于这一行人受到心志的感召和言行的激励。今天，他选择了从山路前往密印寺，山路虽然不大好走，但路程要近了许多，而且还可以边走边观赏美景。所以，刚一上了路，他就给了大家一个提醒："可要走得从容一些，别放过了沿途的景致呢。"

这是一个天高云淡的日子。阳光下，树叶金光闪闪，微风中，花草随风轻舞；枝头上小鸟欢唱，树林间松鼠欢窜。这景致、这生机、这神幻，令柳叶刀赏心悦目，神清气爽，有着禁不住的兴奋。她时而纵马奔行，时而勒马观景，像个活泼的孩子，尽情欢乐却不顾其他。王炳担心柳叶刀地形生疏且只顾高兴会有所闪失，只得紧跟其后，随时保护，而且还不知不觉就已把陈焕和菊敏远远地甩去了身后。

陈焕和菊敏互不熟悉，两人骑马缓行，一前一后，虽显轻松自在，却都沉默无语。此时，一只松鼠窜到了菊敏的身上，菊敏的惊叫打破了这片沉默。陈焕当即一惊，就本能地跟了上去，当发现只是一只小松鼠在跟菊敏捣乱时，就偷偷地乐了。他靠近了菊敏，笑呵呵地说道："菊敏姑娘，可能是你长得太漂亮了，松鼠已喜欢上你了。"菊敏正在因自己的惊叫而感到尴尬，陈焕的话正好给了她摆脱这份尴尬的机会。所以娇羞地看了一眼陈焕后，就故意问道："陈先生是要取笑我吗？"陈焕听菊敏马上就接了话，好不欢喜，所以，未作半丝的犹豫，便回了话过去："姑娘貌美如仙，人见人爱，我哪还舍得取笑你啊？我只是见这事了，就说了句实话而已！"这话甚是中听，菊敏的心里已有了一种甜美的感觉。她随即就拉紧了缰绳，与陈焕走了个并排，还给了陈焕一个灿美的笑脸，便又说道："陈先生这哪是说的实话呀？照你这般说来，难道这松鼠也能识得漂亮？"

"当然识得！"陈焕有了浅浅的得意，侧过了脸去，与菊敏目光对着了目光，"动物也是懂得美丑的，当然也只喜欢美丽与漂亮。要不然，那孔雀寻偶时怎会要展示漂亮的羽毛呢？松鼠又怎会只往你身上跳呢？"他如此地说得有理有据，还有情有韵，已勾起了菊敏满脸的兴趣。她说："陈先生可真会说话了，把个动物也说得跟人似的一样聪明。"瞟了一眼陈焕后，又说："不过你这说得也算有点道理，动物也是长着脑袋和眼睛的，应该也能辨得个美丑。呃，你刚才说到了孔雀，听说孔雀是世上最漂亮的动物，你能跟我说说孔雀吗？"陈焕又偷偷地乐了，他一个劲地搜刮出了自己对孔雀的全部了解，向菊敏描述起了孔雀的模样。他有板有眼地说道："孔雀确实是世上最漂亮的动物。它的形状跟野鸡差不多，但比野鸡要稍大一些，而它的美丽却是野鸡无法相比的！孔雀的羽毛上那耀眼的光泽和巧妙的图案，华丽无比，也是人们用最巧的手也搭配不出来的。雄孔雀要比雌孔雀更加漂亮，它的头上长着高贵的冠羽，面部大都呈金黄或者天蓝色，头部、颈部、胸上都长着绿色的羽毛，镶嵌着黄褐色的横纹。特别是那尾羽，有如裙带整齐地排开，还有眼睛一样的斑纹依次地散列，在两边那丝带一般的小羽枝的衬托下，绚烂夺目。雄孔雀在求偶时会展开尾羽，以吸引雌孔雀的注意，这就叫孔雀开屏。孔雀开屏是一道极美的景观。我活了三十多年了，还未曾见过有哪一种动物能比孔雀漂亮呢！"停了停却问道，"呃，我如此地说来，姑娘是否满意？"

陈焕声情并茂，绘声绘色，菊敏当然感到满意。她除了满意，还感到很惬意，因为她在细听陈焕描述孔雀的同时，还有了惊喜的发现。她发现陈焕的五官端正，前额饱满，面部棱角分明，充满了雄性的魅力。她也发现，正滔滔不绝的陈焕，像是一只他自己所描述的雄孔雀，而他那描述时的神情，就像一道孔雀开屏的美景。她还发现，此时的自己，也像是一只正在欣赏雄孔雀开屏时的雌孔雀，而且还有了雌孔雀欣赏过雄孔雀开屏后的那种美妙感觉。此时，她脸发烫了，也晕乎了，直至意识到陈焕还在等着自己回话，才摸了摸发烫的脸，柔声细语地说了一句话："原来，孔雀真的很美啊！"

陈焕并未注意到菊敏的那点异样变化，又说开了："其实，雄孔雀有时为抵御强敌、保护自己，也会开屏。雄孔雀的尾羽上，散列着一排排像眼睛一样的斑纹，一旦遇到强敌逃避不及时，会突然开屏，把尾羽抖得'唰唰'作响，也舞动着那些密集的眼斑。如此，敌人以为遇到了多眼的凶猛怪物，通常会怯而止步不敢再进犯，有的甚至还会被吓得逃之夭夭。"菊敏"噗"地笑了，特意向陈焕转过了脸去，说："如此说来，孔雀不仅漂亮，还勇敢机智啊！听你这般说着，我已觉得那孔雀太有意思了。"陈焕"呵呵"一笑，昂了昂头说道："是的，孔雀确实挺有意思，它集美丽、勇敢、机智于一身，所以，它才有百鸟之王的美称呢！"

王炳陪着柳叶刀边走边玩，心里有了别样的快乐。他看着这个漂亮的女子一会儿策马奔行，一会儿驻足观景，有时还会跃下马来采摘野花、追逐松鼠，像只快乐的小鸟，就生出了一种特别的喜爱。他也是三十出头的人了，见过的美貌女子已数达百计，可从未对谁产生过这样的喜爱。就算对十里八乡甚至是百十里外的媒婆媒公牵上的那些美貌贤淑、知书达理的大家闺秀，也未曾动过一心一念，更谈不上有这样的喜爱了。所以，到了本该儿女成群年龄，他尚还独着身子，给父母平添了许多的忧虑，也让旁人有了无端的猜测。而现在，柳叶刀的一举一动、一言一行总扯动着他的心，他自己也感觉到实在是奇特。

柳叶刀又纵马向前了。此时，一只松鼠落在了她的前方。她勒住了马，跃下马来就扑了过去。松鼠受惊后逃出了几丈开外。她运气提脚又追了过去，可松鼠又逃向了更远的地方。她仍不死心，又运了运气，再向松鼠飞扑了过去。可就在这时，她的衣裙被荆棘勾了个实实在在，身体受到拖累后已落在了荆棘丛里，裙摆也被荆棘高高地掀起，一对玉腿全都露在了外面，腿上还挂出了几道细细的口子，正渗着丝丝的鲜血，整个人儿陷在了荆棘丛里已动弹不得。

王炳见状，吓得汗毛直立，立刻飞奔了过去，想要救柳叶刀于危难。可面对这荆棘丛，进不去也拉不得，且如此近距离地看着柳叶刀那双白嫩的腿，早已慌了神，也更没有了主意。柳叶刀倒是冷静，见王炳在左右为难，就给了个提醒："拿出刀剑来，慢慢砍割，砍出个缺口来把我接出去吧。"领了计的王炳挥剑就砍，砍出了一个缺口，走近了柳叶刀，取下了挂在柳叶刀衣裙上的刺条，才将柳叶刀抱出来。他放下了柳叶刀后又取出了药包，给她擦拭了伤口、撒上了药粉，再将其伤处包了个合适，才逃跑似的回去了山路上，站在坐骑的旁边抹起了汗水。

柳叶刀自记事以来，还不曾被一个男子如此抱过，也不曾让一个男子看过自己的双腿，这次横卧在王炳的怀里，就像横卧在了云朵之上，感受到了无比的快意。而在王炳抚弄她伤口之时，血液已被王炳那撩人的呼吸声点燃，整个人有了一种热燥燥晕乎乎的感觉。然而，突然的刺痛终把她惊醒了。她睁开了眼时，发现有一根蒿杆正扎在她的伤口处，便气恼地把蒿杆折断扔出了老远。此时，她又摆动起了目光。目光终于停在了山路上，搭住了王炳的一举一动。她娇羞地笑了，还生出了个得意的主意："王炳兄，我站不起了，你抱我坐上马去吧！"王炳此前还从未曾搂抱过一个妙龄的女子，抱过了柳叶刀，且又盯着柳叶刀的嫩腿摸弄过后，心就如战鼓频擂般地已狂跳得没有了止境，汗水也像虫子似的已在身上爬行得没有了个停止，现在再听到柳叶刀说要他抱上马去，脸就更烫了，腿也更抖了。但顾及到自己承担的责任，又不得不鼓起了勇气，回到了柳叶刀面前，再往四周探望了一下，才深吸了一口气，将柳叶刀抱起。

陈焕和菊敏聊得开心了，并不知道前面发生了什么，两人说说笑笑，悠闲自在。当远远地看见王炳正抱着柳叶刀往山路上走时，就大吃了一惊，并且双双都掉转了马头。到了隐蔽处时，菊敏像是偷了东西被人抓着了似的已羞愧得面红耳赤。她低下了头，心里升起了一个声音：这两人也太没定力了，才认识了多久啊？都这样了！可紧接着，心里又升起了另一个声音：这也难怪呢，干柴遇烈火了，如此燃烧起来也情有可原。这两个声音在她心里交替地出现，还互相厮打，已扰得她脑袋乱了，脸也烫了，心也如惊兔般窜了，而双脚更像受到了魔力的操控，已移向了陈焕。她望着低头不语的陈焕启动了哽塞的嗓子，问："在，在想啥呢？"陈焕的目光落在了菊敏脸上。菊敏正脸泛红晕，目含秋水，满脸羞意，迷人的娇态让他顿时一惊，心跳已加快了许多，那句本要回复的话也已被堵在了喉间。最后，他只得强咽了一口唾沫，逼出了一句话来，但已不是刚才要说的那句。他说："我在想，在想，大沩山太美了！"菊敏一听，不由得笑了，但笑得僵硬，而再见到陈焕那张脸时就再也笑不动了，因为她全身抖了，脸更烫了，嗓子眼也被堵了，耳边似是响起了一个紧迫的声音：抱住他，抱住他！在这声音驱使下，她抱住了陈焕，还叨念了一句话："看到他俩都做出那种事了，我，我实在受不住了！"

王炳终于将柳叶刀抱上了马。当他自己也跨上了马时，就想，客人受伤了，该返回山寨才是。可当他说出了这番意思时，柳叶刀不愿意了，说："回去也无事可做，既然出来了，就忍着点继续前行吧！我腿上只划破了一点皮儿，骑马而行不碍事的！"王炳只得依了柳叶刀。可当他要启动马蹄继续前行时，发现陈焕和菊敏并未跟上，就担心了。"陈焕和菊敏呢？"他问。不待柳叶刀回答，又说："你在这里等等，我往回看看去！"说罢，就掉转了马头。当奔上了一道山坳上时，远处的一幕把他惊得了目瞪口呆：陈焕和菊敏正紧紧地搂抱在一起疯亲狂吻。他羞愧难当了，掉转马头就折回到了柳叶刀的身边。

"怎么？没找着他俩？"柳叶刀问。王炳感到一阵燥热，还有了些许惊慌，道："找到了，但，但不方便打扰他们。"柳叶刀疑惑不解了："为啥呀？"王炳转过了身子，躲开了柳叶刀的目光，说："你自己看去吧！"柳叶刀仍是不解，可又不便再问，只得也策了马过去。当上了那道山坳时，见到了与王炳见到的同样一幕，也同样理智地掉转了马头，回到王炳身边。她又羞又气，扯着马儿遛起了圈儿，嘴里还没好气地叨叨上了："这，这两个家伙，也太没定力了，才认识多久啊？都那样了！"她满脸绯红，胸脯快速地起伏，勒紧了马僵后，给了王炳一顿责备："都得怪你了，要看风光，这倒好，他俩也成风光了。不行，得打断他们，否则就要耽误正事了。"王炳笑了，轻声说道："风光也没个挑逗所在，这与风光何干？他俩定是情不自禁，你去打断合适吗？再说，这样的事，又如何去打断啊？"

"不打断他俩就得打断行程了！呃，我有办法了！"柳叶刀两腿一夹，马鞭一挥，策马便奔。王炳望着她那轻松矫健的身影，突然生出了个疑惑：能如此地策马飞奔，为何还要我抱上马去？这头王炳正在疑惑，那头的柳叶刀已扯住了缰绳，让马匹高举起前蹄发出了长长的嘶鸣，她也已拉开了嗓子，喊道："菊敏——陈焕——你们在哪儿？"这番动静，似是从老远的地方追寻而来。

陈焕和菊敏此时正如胶似漆，难解难分，听到了柳叶刀的呼喊，如受惊的鸳鸯逃散了开来。待双双都整理好了衣装，定稳了情绪，才跨上了马去。"我在这儿呢——"菊敏也扯开了嗓子，与陈焕一道启动了马蹄。两人就这般若无其事地奔了过来，立到了柳叶刀和王炳的面前。

"你俩为何走得如此缓慢？"柳叶刀装作并不知情，故意责问。菊敏却瞟了陈焕一眼，低着头说道："我们怕打扰你和王炳都领观赏风景，就放慢了脚步。"还笑嘻嘻地问道，"怎么样，你俩玩得可开心啊？"柳叶刀眼睛一瞪，故作不快，随后转过了脸去，避开了菊敏的目光，说："我看呀，时候不早了，就不要看什么风景了，还是尽快赶去密印寺吧，寺里庄严、清静，能让人静心。走！"她朝王炳使了个眼色，便带头启动了马蹄。就这样，四人鱼贯而行，各怀着心事，一路上没有了说笑，也没有了嬉玩，只有马蹄声附和着各自的心事，杂乱却又清脆。

惜梅的四个姐妹见到了惜梅后，便抱在一起痛痛快快地大哭了一场，又各诉了衷肠，陈说开了这二十年来心中的那些苦痛和悔恨。冬梅还毫无敬畏地痛斥开了佛门条规："什么清规戒律，都是些残忍的规矩，简直就是扼杀人性！"有了她这斗胆的开头，姐姐们也就有了发泄的胆量，一个个毫无顾忌地狂说开了，把二十年来憋在心里的那些苦水全都倒了。待倒完了苦水，心里都感到轻松了，脸上也都有了这二十年来从未有过的灿烂笑容。

姐妹们都愿还俗，这是最好结果。惜梅望着眼前这些回到凡尘后就已如此放肆的姐妹，有了些许的激动。她说："一个人真要做到六根清净四大皆空，是需要觉悟到一定程度，达到一定境界的。人的七情六欲与生俱来，连同灵魂附于肉体，想要割弃，难呀！若真觉悟了，或许会有觉悟了的快乐，而我等虽已住庵多年，但无法觉悟过来，这种身在佛门而心在尘世的日子，自然是痛苦的，故而我做出了决定，要再回到尘世来过凡人的日子了。"

"大姐说得太对了！"冬梅抢着说了话。她刚才痛斥佛门条规是缺少了理智，但现在已心平气和。她又说："身为女人，天生就是得嫁个男人生儿育女过日子，可我们都把美好年华送给尼庵了，可惜了。好在大姐醒悟得早，我们还算花颜未谢，尚有嫁人成家的机会，要不然就要老死庵中枉过一生了！"她的话引来了姐姐们赞同的目光。惜梅更是理解冬梅的这些话，因为冬梅说的也正是她自己想要说的。所以，她说："冬梅说得在理呢！我们是该安排好往后的日子了。我想，你们就不要再跟着我了，我要胡大魁给你们每人都修一座房，再给你们一些钱，让你们去过自己的日子去。重要的还是要找个人嫁了，做个真正的女人。若还能生出个一男半女来，这辈子也算过得完整了。"

"这样太好了！"冬梅又抢过了话。接着，夏荷与秋菊也点了头。春桃却说："我们都走了，那大姐你怎么办？"惜梅看出了春桃的心思，说："既然都要还俗了，你们就不要顾及我了。我跟了胡大魁自然有人侍候。再说，也只有你们都过得好了我才会心安呢！"她特意看了眼春桃，又说，"如果你们过的都不是自己的日子，就与在庵里无异了！你们还是考虑自己的事吧，我这里不用操心了！"春桃点了点头说："既然大姐把话说到这一层了，我也不多说了，我相信大姐跟了胡大哥会过得舒心。只是希望我们以后别忘了这二十多年的感情，有空了要互相走走，尤其要多去看看大姐，别让大姐心里空落了！"

"我们的姐妹之情自然是重要的。"惜梅点了点头，将姐妹们看了一遍后，又说，“为了往后能走动方便，我会要胡大魁安排我们几个住得近些。还有，你们应该都听说了，平西王吴三桂可能要造反了，天下恐怕又要大乱一时了，在这种局势下，我们就不要去别的地方了，在大沩山找个地方安顿吧！我也想啊，若能找到个合适之处，把我们的房子都建到一块儿，就更好了！行吧，这事过段再说吧，当下还是要把庵里的事交代了。我的想法是，过几天就回庵里去把事情办了，你们说如何?”春桃最先表了态：“我同意!”随即夏荷、秋菊也点了头。而冬梅却猛摇起了头说：“不行不行不行！这太晚了！我看啊，就明天吧，别夜长梦多的，过几天又要发生变故了!”惜梅一听，就笑了，且道：“还是过几天吧。好事不在忙中取嘛，也没必要去赶这一天两天的。再说了，你如此地迫不及待，就不怕人笑话吗?”冬梅却噘着嘴，快快不乐地说道：“我是一天都不想等了。但大姐说了过几天就只能过几天了，我只能听从，谁叫我是最小的呢?”

恰在这时，门外传来了小悦的轻咳声。众姐妹闻声，便同时站起，迎向了门口。小悦一进门就问：“几位姐姐都聊得如何了?”惜梅回道：“都讲妥了，各过各的去，正合我意呢！我们姐妹这份自由还真是来之不易哩！若不是格格这般地关心，这辈子就难有自由了。格格的大恩我们会记着的!”小悦看了看各位，一笑，说道：“其实啊，我这想方设法地帮你们恢复自由，是因为我也是女人。女人嘛，得有个家，若没个家呀，那份煎熬就太难受了。现在好了，你们都可以成家了，有了家，这辈子就不会白过了。好了，既然各位姐姐都讲妥了，我就说几个想法，看是否合你们的意啊?”惜梅听了，赶紧回话道：“格格你就说吧，你说的不会有错的!”

小悦微微地点了点头，扫视了一圈，就不紧不慢地说道：“第一，你们已决定还俗了，那就事不宜迟，明日下山去把庵里的事务交代了吧！你们可以先合计出个掌门的来，下山后就把庵里的事务交给她管，再行个告别礼，明晚就可以搬来博公寨住了，如此就算舍戒还俗了。第二，你们都要去过自己的日子了，我就得给你们建个家了。我已看好了个建房之处，就是马家屋场西南边的小水冲。这里原是马家屋场的始祖张、王、于三位将军的外花园，已荒弃多年了，但地方宽大，可建五座带花园的大房。如果你们觉得合适，我明日就叫人进场去打地基。第三，我已给你们每位各购置了七亩水田，三亩旱土，一口山塘和两头耕牛，可保证往后能衣食无忧。我如此安排，你们觉得合适吗?”

“太好了，我非常满意，格格就是想得周全，太感谢格格了!”冬梅快言快语，已兴奋得像个得了宝贝的孩子。春桃、夏荷和秋菊也说合适。惜梅则说："我们今生能遇上格格，是前世修来的福了。现在啥也不用说了，一切都依格格。庵里的住持之位，我想交给静空，静空的悟性好，道行也深，也有了不浅的资历，还严谨细致，把庵子交给她我能放心。还有，格格身负重任，日理万机，我们得多体谅格格的不易，要尽量少让格格替我们操心呢！"

第三十四章　柳叶露出心中事　众女授任入民军

　　十几天过去了，柳叶刀由王炳陪同，饱览了大沩山的风光，参观了以密印寺为首的十寺九庵，视察了黄材镖局的操训，察看了储备的粮草，参观了月山、祖塔的铁匠行和樊家洞、余家冲的养殖场，以及官山女子义校和正在筑建的多处哨卡，算是大开了眼界，感受到了大沩山全民备战的繁忙气氛。特别见过黄材镖局的大军气势后，很受鼓舞。当然，她的收获远不止这些，其中最有意义的还是让王炳走进了她心里。这些天，王炳形影不离地陪着她，其外表的英俊、头脑的灵活、处事的稳重和待人的诚实所呈现出来了巨大诱惑力，已让她根本就无法抗拒，她已不得不承认，自己已经喜欢上了这个男子。

　　早已过了掌灯时分，柳叶刀终于点亮了油灯。她对着油灯静静地坐着，心里又想起了王炳。她一想到王炳，心就像灯芯尖上的火苗在窜动，这种窜动带给了她一种从未有过的快意。可就在此时，"咚咚"的敲门声打乱了她心跳的节奏。她站起了身，叨了句"这该死的女子"，便又坐回到了凳子上。她判断，敲门的应是菊敏，因为菊敏私会陈焕也该回来了。想到菊敏，她就禁不住笑了。这些天，她一直对菊敏犯着酸意，但现在，却对菊敏有了佩服和羡慕，甚至还在想，自己也该学着这女子，主动去靠近王炳，早些享受到爱的快乐。"咚咚咚"，敲门的声音已再次响起。她却只撇了一下嘴，就在心里埋怨起了菊敏：你不跟陈焕好好地待着，偏要在这时候回来扰我，好不懂事！她拨了拨油灯，才抬起头来冲门口嚷了一句："门没有闩上呢，你自己就不懂推门进来啊！"

　　门被推开了，进来的不是菊敏，却是小悦。小悦进了门就问："姐姐怎么独自在屋里闷着啊？"柳叶刀一惊，就迎了过去，说："哎哟，是小悦啊！我还以为是菊敏那女子呢！哦，我没闷着呢，我是在想着这些天来的所见所闻寻开心呢！"小悦欢悦地笑了，还扶住了柳叶刀的手臂说道："如此说来，姐姐对我这几天的安排还算满意！见你这一开心啊，我就放心了，我本还担心姐姐会怪我没安排好呢！"柳叶刀听小悦说出了如此一番意思，就赶紧说道："你已安排得够周到了！王炳领着我所到之处都无比热情，所见所闻也令我振奋，我都开心得不行了呢！"小悦又笑道："只要姐姐开心了就好啊！姐姐能一个人待在这屋里独自开心，想必是收获不少吧？不知姐姐都有了哪些收获啊？能跟我说说吗？"

柳叶刀拉过凳子请小悦坐了，又去泡了茶来递给了小悦，才坐下来说道："收获确实不少呢，用几句话也说不完。但有一条我是认准了，跟着你、跟着朝廷是绝不会错的！这几天我越看越上精神，也越觉得到大沩山来对了。现在呀，我只希望你能给我和素女帮多派些活做，让我能多为朝廷出力。还有啊，我回去岳州后，一定要把所见所闻都告知各帮各派，要他们懂得紧跟朝廷绝对是光明之路，让他们自愿地都加入到民军的队伍中来，为朝廷效力。"小悦一听，就用力地点了点头，还握紧了柳叶刀的手，说："姐姐这是识大体、明大义啊！"稍一顿又说，"天下大战在即了，我们这支民军队伍急需壮大。由于民军组建得仓促，人员杂、底子薄，还得要下大功夫整备。你是个能人，得要帮我独当一面主一个方面的事呢。只是我叫你主的这事是个苦差，你可乐意啊？"

柳叶刀笑了，说："你要我管啥事我都乐意，我没别的，认准了的事，刀山火海也愿意去闯！"小悦点头说道："嗯，这我信！"品了一口茶后又说，"我今天来，就是要跟姐姐派差事的。我已和民军的高层商议了，打算要收编岳州各帮各派，吸收岳州的各路仁人志士成立岳州平叛民军，拟任胡大魁为岳州平叛民军都领。你回岳州后得做好联络事宜，要尽你所能动员各帮各派和各路好汉都加入民军，还要劝他们服从胡大魁统管。"起身踱了几步后，又说："至于你嘛，既是一帮之主，又有做布匹生意和开织坊、绣坊的经验，我们也已议定，要你来出任湖南平叛民军织造督办一职，统管民军织造总行。这个职位责任不轻呢！织造总行得马上开办，当下你就得要广收布匹、棉麻，送来大沩山储存，并尽可能多地收罗各地的织布匠、弹花匠、纺工、裁缝、绣工以及织机、纺车等。吴三桂势力强大，他一旦起兵，朝廷难以在短期内剿平，所以我得作长期打算。布匹、棉麻各地民军已储备了一些，但远远不够，你得利用战火尚未燃起之机，尽可能多地收集。我那小姑子水秀和王副统领的女儿小柳已筹建了一个女子义校，正在培训织造能手，织造总行将以女子义校和你素女帮的人马为基础组建，水秀和小柳充当你的副手。你的人马未收拢过来之前，织造总行先由她俩管着，往后你过来主掌，她俩再协助你。我还想让菊敏先留在大沩山，这女子聪明勤奋，我要她先去给水秀和小柳打下手积累经验，待你过来履职后再给你当助手。织造总行拟下设织染行、鞋袜行、衣帽行、被盖行、特造行，但各行主管还须挑选。另外，我可先拨你白银十万两用作采购，不足部分你先垫着，日后我再奉还。我们作此任命，是基于我民军的需要，更是看上了你的人品和能耐，我希望你能够接受。"

"我当然接受！"柳叶刀显出了些许的兴奋，笑了笑又说，"这是民军对我的信任、格格对我的信任，我必须接受！我不仅愿意接受这织造督办之职，还会把这织造督办当好，不辜负了你的信任。至于银子，你就别拨付了，民军并不宽绰，急需用钱的地方太多，就留作他用吧。我素女帮已交给朝廷了，银子也是朝廷的了，我会把积蓄全部用于采购和开办织造行的。"小悦一听，有些感动了，一把抱住了柳叶刀说："那得谢谢姐姐了！姐姐的大义与忠心，我不仅要铭记于心，还要录入史册，传颂于史。真的谢谢姐姐了！"

"格格言重了！"柳叶刀握住了小悦双臂，又说，"效力朝廷，是我的本分。如今朝廷正在危难之际，我更该竭尽所能为朝廷效力，如此又怎当得起格格这谢字呢？"小悦欢喜地说道："当得起，当然当得起！只是姐姐既然已这般说了，我就不谢了。但姐姐刚才又格格长格格短的了，我得要责怪你了！哟呵，算了，不责怪你了，这事我也有责，一进来就跟你尽谈公事，引得你顾不上放松了。好了，说点私事吧！请问姐姐，你来大沩山多日了，有没有一些私人收获啊？"柳叶刀一惊，故作不解地反问道："什么是私人收获啊？"小悦歪了歪脑袋，说道："大沩山地灵人杰，有不少文武英才，你就未遇上个让你怦然心动的男子放到心里私藏起来？"柳叶刀又一惊，捂住了红霞满天的脸说："你说啥呢？以为我是来这里相亲的啊？"这显然是此地无银三百两了，让小悦高兴至极。小悦猜想，柳叶刀应是看上王炳了，若真如此，她的目的就达到了，因为她特意安排王炳去陪同柳叶刀，就是希望他俩能对上心，成就民军中又一桩能联结两股不同势力的美事。她如此一想，就笑了，"这是好事呢，有啥不能说的啊？"

这时候，柳叶刀也在心里猜测上了：难道小悦已看出我的心思了？她不止一次地听人说过，小悦心思缜密，就像肚子里的虫子，能把别人的心思全搞明白。她再一想，若真如此，自己就不能隐瞒了。想到此处，她反倒有勇气了，故作沉思后，就放胆地说了："你这眼睛总能把别人的心掏出来看，我这才动了点心思，就让你看明白了，你这眼也太狠了！那就实话跟你说吧，我以前在江湖上混，从未想过自己会看上哪个男人。可这次，王炳让我动心了。"看了一眼小悦，释放出了些许的羞意后，又说："不过，我这也只是动了心而已，若要谈婚论嫁，还得慎重考虑。再说，这也只是我一厢情愿，还不知王炳是否有意呢！所以，还得请你先别张扬。"

柳叶刀果然是看上王炳了，小悦不无欣喜。她知道，这已不是柳叶刀的一厢情愿，而是柳叶刀和王炳已对上了心，因为她早已打探过了王炳的心思。所以，她说："你还真有眼光了。既然你已有心，就该去向王炳表达呢。"柳叶刀一听就笑了，低下了头说："我哪敢去表达啊？若他不愿意我就要羞一辈子了！"小悦摇了摇头，就拉过了柳叶刀的手说道："你就听我的快去表达吧，王炳也对你有意了！"柳叶刀似是一惊，轻咬住了嘴唇，声音突然低得像只蚊子在叫："那我得谢谢格格了！"小悦一听，窃窃地笑了，故意问："你谢我啥呀？"柳叶刀猛然一抬头说："谢你告诉了我这些呗！"小悦"哈哈"大笑了，站起身说道："好了，公事、私事我都与你聊了，我该走了。公事你得好好去办，私事也得用心，要早日争取到自己的幸福！"她拥了拥柳叶刀，带着一脸的欢悦走了。

出了柳叶刀的房，小悦去了寨院内行走。这些日子，她东奔西忙，已办成了许多的事，虽然件件都很顺利，但毕竟劳累，所以，想单独走一走、放松放松去。寨院内没有了白天那样的人来人往，所以，在月光笼罩下显得空旷幽静。她行走在院中，甩着胳膊抖着腿，呼吸着要比白天清凉得多的空气，感到非常舒爽。她随意地走着，不知不觉就已把脚步迈到了树林边上，也在不经意间，看见了树林里正偎依着一对男女。她好不惊喜，轻提脚步绕到了一侧，终于打探清楚了这道美景中的主人公，竟然是陈焕和菊敏！她吃了一惊，也在心里惊叹：这两人才认识几天啊，都亲热成这样了！但她最终还是带着满心的佩服退出了树林，换了个方向。她一想到柳叶刀和菊敏都如此闪电般地动情了，就想起了王佑三曾说过的那句关于"情寨"的话，禁不住笑了，而且还笑出了声。

几天后的晚上，张安回到了博公寨。因这些日子王炳陪同柳叶刀去了，他便住去了黄材镖局操训队伍。他回到博公寨时，小悦也正好回到了家。望着笑容满面的小悦，他问："脸上像涂了蜜似的，有啥好事啊？"小悦抱住了张安，说："你都知道的，好事一大堆呢！"张安捏了捏小悦的鼻梁，笑道："这段我不在博公寨呢，哪能知道你这儿有啥好事啊？"小悦"嗤"地一笑，道："那我就说说吧。惜梅姐的几个姐妹顺利还俗了，还俗后过得开心了，给她们建的房子也开工了。柳叶刀已答应当织造督办了，也与王炳对上心了。陈焕与菊敏好上了，都如胶似漆了。织造总行也定址了，水秀和小柳已把织造能手划分好了。哨卡筑建速度很快，有几座已快完工了。还有好多呢！"张安笑了，将嘴贴到小悦耳边，说："确实都是大好事呢！"停了停又说，"你这里好事一大堆，我也有件好事要告诉你呢。"

小悦张着期待的脸问："什么好事?"张安说道："我今天回了趟马家屋场，我娘告诉我，水秀有喜了，三个多月了。"小悦一听，大喜过望，近乎嚷道："是吗? 的确是大好事呢! 可水秀怎么连我也不告诉一声啊?"张安笑道："她怕是没来得及呢! 她这段泡在女子义校，还是我父亲从外乡找了个制鞋师傅送去义校时才知道的。呃，你别提我爹娘多高兴了! 我娘还问我啥时候能让她抱上孙子哩!"小悦将头靠到了张安肩上，问："你是怎么回答的?"张安吻着小悦的秀发，好一阵才说："我说，小悦和我都身担大任，如今大敌当前，军务繁忙，暂时还不能给您要孙子呢。我还说，等仗打完了，我要小悦给您生一大堆孙男孙女让您乐!"

小悦吃吃地笑了，轻轻地捶着张安的胳膊，笑道："好你个张安，把我当母猪了?"娇媚地看了眼张安后，又说，"不过你说得对，我们暂时还不适合要孩子，等平叛结束了，我一定给你多生几个，但要我生一大堆就难了，我没那本事!"张安略显憨态地说道："我娘也觉得挺好笑的。她说，你以为女人生孩子像下猪崽一样能一窝一窝地生啊? 不过她老人家很开明，要我们先办好朝廷的事再说。"小悦看了眼张安，有几分动情了："娘确实开明。她对我们的理解和支持，我们得好好记着，往后要好好地孝顺她老人家!"

"嗯。"张安点了点头，但突然又想起了一件事，所以捧起了小悦的脸，说："有个事我想求你帮个忙!"小悦好奇地问："什么特别的事还需要你求我啊? 你说吧，帮什么忙?"张安抬头叹了口气，说道："我刚才碰见我师傅了，他这段忙于筑建哨卡，消瘦了许多。我看他那孤孤单单的样子，想求你帮他物色个女人，给他续上弦。"小悦一听是这件事，便缓缓地收起了笑容。沉默了一会儿后，轻声地感叹道："这还真是个事呢! 我忽视了，不光是你师傅，还有民军中诸多的独身男女。这也事关队伍稳定呢!"她稍一停顿后又说，"行吧，这事我会放在心上!"

突然，小悦又想起惜梅五姐妹了。虽然这五姐妹还俗以来过得开心，但她担心她们如此闲暇下去，会在这全民备战的大气氛里失落得没了乐趣，又要怀念庵里的日子了。所以，她想要给她们安排个事做。她想到了即将组建的织造总行，就有了要安排她们去担任织造总行下设的五个织造行主管的打算。为征得张安支持，她轻声问道："我想让惜梅姐她们五姐妹去担任各织造行主管，你说如何?"张安颇感意外，却又惊喜道："好啊! 那四个姐妹都还独着身子，把她们放到男人堆里去，或许还能相中个合适的，过上个有家的日子呢!"小悦娇媚地一笑，点点张安说道："我是要她们去管一方事担一方责的，你倒好，尽想着要给你师傅创造机会了!"

张安"哈哈"一笑，辩解道："冤枉了！我师傅是我师傅，她们是她们。我只是想，人家还了俗不容易，若能再过上个有家的日子就完美了，可没把她们跟我师傅联想起来呢！"小悦斜了一下眼，娇嗔道："你也是傻了！把她们跟你师傅联想到一起才对呢！那四个女人个个聪明漂亮风韵犹存，年龄也合适，你师傅若能相中其中一个，又是美事一桩了！"张安一听，只一声憨笑，就挠起了脑袋，随后才说道："还真是呢！"小悦却放开了张安，转换了话题："既然你已同意我的想法，那就去找何卫、王佑三和于奎商议后把这事定下，且尽快宣布吧！"

第二天，小悦来到了惜梅房外。此时，房内传出了叽叽喳喳的声音，她一听，禁不住笑了，且重重地敲响了门，而且主动推门进去了房内。见有人进来，那五姐妹像突然关了闸似的没了声息。"格格来了?"待看清了进来的是小悦时，已惊喜得不行，但随后又嘻嘻哈哈了。小悦问："姐姐们在说啥呢？大老远都能听得出你们的高兴劲呢！"惜梅回答道："也没说什么呢，大家就说了些笑话寻开心而已。"冬梅却大声地插上了话说："我们在说女人生孩子的事呢！"她如此不遮不掩地道出了姐妹们的秘密，自然地招来了姐姐们的责备。

小悦见这几个女人舍戒还俗后变得孩子般活泼了，还真有了感慨。她想，世间若能少一些扼制人性的条规，多一些让人放纵天性的宽容，天下大众就会要多一些快乐和欢喜、少些拘谨和不安了。见那几姐妹们还在责备冬梅，便说："各位姐姐，女人生孩子是最神圣的事，也是最幸福的事，我们可不能把这看低贱了呢！"

"啊？最神圣的事，最幸福的事?"众姐妹的惊愕超乎寻常。小悦却淡淡地一笑，重复着说："是的，是神圣而又幸福的事！"扫视过那一张张惊愕尚存的脸后，故意问道："难道不是吗？"众姐妹恍然大悟，都亮出了欢笑。冬梅还接过了话说："格格说得对呢！你们想，如果没有女人生孩子，人间哪能烟火延续？世间有人说有男人才有天下，但哪个男人不是女人所生呢？格格让我明白了，那些男尊女卑的条规都是臭狗屎，女人才最该被尊重！"小悦报以了一笑，说道："冬梅姐说得很对！自古以来，男人们为了维护自身地位，定了许多男尊女卑的条规，还拟定了各种教条迫使女人遵守，让女人总无出头机会，很残忍呢！我们不能再受蒙骗了，要追求跟男人同样的地位，至少不能再看低自己。各位姐姐，你们说是不?"

"是的是的。"几姐妹异口同声，高声拥护，且又议论开了。小悦看这几姐妹已被她引诱得兴奋不已了，便轻咳了一声，说道："各位姐姐，我今日是有目的而来的呢。一是来看看各位，看你们过得如何了。现在见你们个个开心，就放心了。二是来是向你们宣布个任命的。经民军高层商定，要给各位封个官呢！"

"封个官？"几姐妹的惊愕与刚才一样超乎寻常，惊愕之后又惊喜得失了常态。夏荷、秋菊和冬梅还跳起了怪舞，直至听到春桃大喊了一声"你们疯啥"才一个个缩颈吐舌地安静了下来。春桃瞪了三个小妹一眼后，问小悦道："格格是要给我们封个什么官啊？要管哪方面的事啊？"

小悦看了看各人的脸色，便装出了几分严肃，说道："各位姐姐，当前局势你们都清楚了，吴三桂要造反，战事已不可避免了。湖南江湖各派及有识之士都已加入我湖南平叛民军，我也将吸收岳州各帮各派和仁人志士成立岳州平叛民军，要封胡大魁帮主为岳州平叛民军都领，统管岳州的队伍。兵马未动，粮草先行，仗打起来，粮草军需得有保证。为满足作战所需，我决定设立湖南平叛民军织造总行，下设五个织造行。上阵拼杀我们比不上男人，但织造行可得由我们女人来办。我已封任杨柳叶为湖南平叛民军织造督办，水秀和小柳为副督办，统管织造总行，其他职位也有了安排。刚才民军高层商定，决定封任你们为织造总行所属各织造行的主管。你们可得要担好这个责呢！"五位姐妹又被惊住了，互相看了看后，都低下了头。小悦看出了她们的心思，所以又说："我们女人能为朝廷出力的机会并不多，如今有此机会了，还望姐姐们都能够珍惜！"

这时，惜梅接过了话。她说道："为朝廷出力我等义不容辞。只是我们守庵久了，不懂世事了，把这么大责任交给我们，若担当不起来有所耽误，事就大了！"小悦笑着回道："我民军高层能考虑到你们，就是看中了你们聪慧能干，我相信，只要你们提振信心，会当好这个官的！"惜梅一听，觉得也是，便道："这是格格和张统领器重我们了！既然如此，我们应当接受。只是我们对世事生疏了，还得要请格格多给些点拨，让我们早些上手才行。"小悦点头笑了笑，说道："我是相信你们能担好这副担子的。你们明天就去官山女子义校报到吧，先去学一些织造技能成为内行，也与那些女子先混个熟悉，方便日后管理，只要各织造行一组建，就可到任。"稍一顿，将神情放严肃了说，"这是军令，你们不会不从吧？"

"我等坚决服从！"众姐妹异口同声，且又兴奋开了。这一兴奋，就左一个"谢谢格格看得起"，右一个"谢谢格格器重"，闹得小悦头都快要炸了却还插不上嘴。等她们兴奋够了，小悦才打断她们说："姐姐们不用说那么多感谢了！只要你们用心去做就行了！好了，我该走了。"

第三十五章　老男新婚梦小洁　聚谈笑翻众女宾

　　胡大魁和惜梅的婚典热闹气派，轰动了岳州。胡大魁的高兴劲就不用提了，刚被送进洞房，就冲着惜梅嚷嚷开了："我太高兴了，真的太高兴了，我前半辈子的高兴加起来也没有今天高兴呢！"其实，他并非今天当上新郎了才如此高兴，早在十几天前就已高兴得不行了，因为那时他就知道了她的义妹、帮里的二帮主小悦是当朝的格格，而且他的这位有着高贵身份的小妹还代皇上封了他岳州平叛民军都领之职，让他掌领了岳州的各帮各派和大批仁人志士、能工巧匠。回想起十几天前小悦召来各帮派头领们宣布这事，全岳州十几个帮派、武馆的头领都表示服从他时，就得意得浑身是劲了。再想起小悦还要他和他属下的各级头领广招兵士，要争取岳州的兵士达到一万，他将要统管一万大军了时，更是手舞足蹈了。他大声地对惜梅说："我胡大魁就是慧眼识真人，能看出小悦是了不起的人物，能够不拘一格要她当了我的二帮主！这不，她是位格格！她拉我归了正道让我成了当朝的官员，给了我洞庭帮一条光明的出路，还给我找回了老婆让我当上了新郎，你说我高不高明？我就是高明，我胡大魁就是高明！"

　　惜梅理解胡大魁此时的兴奋和得意，但更需要享受洞房花烛夜的快乐。所以，上前抱住了高兴和兴奋得没完没了的胡大魁后，就娇嗔道："大魁啊，你是猪八戒当新郎美得没个人样了。你能遇上这大堆好事是该高兴，可也用不着这般嚷嚷啊！小悦让你当上岳州平叛民军都领，是要你担上平叛之责，是要带兵打仗，你可别只看到了荣耀却忘了责任呢！小悦还说了，她的身份和你的官职还不能在民军外公开，你这般没完没了地嚷着，会要坏小悦大计的，你呀，冷静点吧！"胡大魁一听，"嘿嘿"一笑，装出个难以为颜之状，说："还真是啊！那我不嚷了，不嚷了，该陪我的新娘了。"推开了惜梅后，却又说，"呃，小悦和张安如此费心给我张罗婚事，这可是给了我天大的荣耀啊！我胡大魁何德何能啊！成个亲还有当朝格格的两口子来张罗！还有，那何将军、王佑三、于奎、王炳、何佩、邵浩、段彪、欧阳驹、南山道长、了然大师、智能大师，个个有头有脸，大老远来给我贺喜，给了我多大面子啊！我胡大魁有这福分，肯定是前世修来的。还有啊，我能明媒正娶把你娶到手，应该是花了几生几世才修来的，你说是不?"惜梅娇柔地笑着，回道："是的。你能娶到我，肯定是修了几千年才修来的。"胡大魁一听这话，就更得意了，上去一把抱紧了惜梅，又说："如此多的贵宾，都是有头有脸的大人物，我没有多敬他们几杯，怠慢了。这都得怪小悦啊，是她硬要把我送进洞房来的，我失礼了，真的失礼了。"惜梅搭住了胡大魁的双肩，亲了他一口道："小悦是让你能清醒着当新郎呢! 客人有小悦和帮里弟兄照顾，你就放心地当你的新郎吧!"

"新郎?"胡大魁"哈哈"一笑，"对呀，我是新郎啊! 我该当新郎了，该当新郎了!"说着，就扑上去拉扯惜梅的衣裳。惜梅推开了胡大魁，娇嗔了一句："看你这笨手笨脚的样!"便将自己脱了个精光，赤条条的美丽肉体，令胡大魁体内的欲望在酒劲的助推下澎湃起来。事至中途，胡大魁感觉到自己正在与小洁疯狂。他紧紧地抱住了小洁，异常满足，也想要好好地欣赏一下已被自己征服的这副娇嫩肉体。于是，便睁开了眼睛。但当目光触及到了惜梅的身子时，一惊，懵了!

惜梅已二十年没有接触过男人了，事后仍微闭双眼，如仙如醉。半晌，才满足地说道："你这老家伙，老当益壮啊!"胡大魁并未理会惜梅，而是在心里问自己，刚才是咋了? 他越想越觉得不太对劲，越想心也越乱了，惊慌、愧疚和不安在心里交织着。惜梅见他这副模样，轻抚着他的脸，笑道："你这老家伙，莫不是太使劲了累傻了吧?"

胡大魁恍惚了一下，咧嘴一笑，突然抱住了惜梅，大声说道："累什么累啊，我蓄势已久，有的是劲。"惜梅一听，媚眼一飘，俯到了胡大魁胸上，轻声说道："算了，今晚就不折腾你了。岁月不饶人，你得悠着点。"胡大魁搂紧了惜梅，忽然感到了有些疲倦，所以，就附在了惜梅耳边说："你还懂得体谅! 那就睡吧，睡好了才会更有劲。"他真的闭上眼睡了，昏昏懵懵地去到了一片原野之上。

在晴朗的天空下，他在原野上奔跑，也像在飞翔。越过了一条河流，又越过了一片丘陵后，便飞进了一座大山，且看见了一个山洞。面对山洞，他心生了好奇，所以没作犹豫就走进了洞里。洞内光线黯淡，也很阴凉，但他不由自主，直至行到了漆黑之处才停住了脚。他感觉到了一阵寒冷向他袭来，所以有了要退回去的打算。可就在此时，深处飘来了一个声音："来吧。"这是小洁的声音，这声音驱走了寒冷，也引诱他又迈开了脚步。他向小洁摸了过去，听到了小洁急促的呼吸声。而就在此时，山洞里突然有了光亮，是红色的光亮。他看见了小洁，环顾四周，却发现这里原本就是自己的新房，小洁躺着的正是他的新床。他情不自禁与小洁行起了好事。事毕，他感到满足地撑开了眼皮，想给小洁一个满意的笑。然而，睁开眼后所看到的，是惜梅。短暂的惊愕之后，他已茫然失措，有了不祥的预感。但此时的惜梅媚态十足，似是余兴未尽。他不得不强装出了笑脸，给出了一句话："你说过今晚不再折腾了的，为何又折腾上了？"

惜梅并未在意胡大魁的异常，只娇羞地笑道："看你，都问出这傻话来了，难道还是你强迫我做的不成？"胡大魁摇了摇头道："我不是这个意思。我是说，唉——算了，不说了。"惜梅又笑了，且是大笑。她轻抚着胡大魁的脸，嗔道："看你，傻模傻样的，难道是遇上了这大堆好事兴奋出毛病来了？"胡大魁露出了一丝苦笑，将惜梅掀下身子后，轻抚了一下惜梅的脸，便下床走去了窗前。他朝着窗外说了句莫名其妙的话："这窗外也太黑了！"惜梅也跟着下了床。她总以为胡大魁是兴奋得过头了，所以并未把他的异常当作异常。她走到胡大魁身后，搂住了胡大魁的腰身，将头贴在了胡大魁的背上。她美美地笑着，一言未发，直到感觉有了凉意，才轻柔地提醒道："窗口风大，还是到床上去吧！"

"嗯。"胡大魁转身拥住了惜梅。上床后，他轻声说道："还真有点累了。"待惜梅点了头，他将惜梅搂进了怀里，安静地躺着了，但他的心仍无法安静。惜梅也无睡意，虽没再说话，但在胡大魁的臂弯里美美地回味着。良久，突然说起了婚典上的事。她说："今日婚典上柳叶叫你姨父你总不答应，硬是闹着要她叫你爹，弄得她好不尴尬。你呀，失态了！"胡大魁诧异地问："是吗？呃，柳叶为何要叫我姨父？"惜梅抚了抚胡大魁说："你真喝多了！当时我就跟你说了，柳叶已拜我做姨了，该叫你姨父。"停了停又说，"说起柳叶啊，就觉得亲，她是我姐姐李香君私生。以前我并不知道，是在去大沩山的船上她说起了自己身世后我才知道的。"见胡大魁有心在听，就索性坐起，将柳叶刀的身世和经历说了个详细，再叹道："香君姐姐若泉下有知，也该为她有这么个好女儿骄傲了！"胡大魁也颇有兴趣地坐了起来，说："是啊，小小年纪经历了如此之多，且都能挺过来，很了不起！"惜梅脸上有了骄傲的神色，仰起了脸说："只可惜，这孩子至今还不知道亲爹是谁，他爹若知道自己还有这么个好女儿，也一定也会美翻天的。"胡大魁若有所思了，稍顷后，突然问道："你能断定柳叶确为李香君私生吗？"惜梅摇了摇头，又点了点头，道："根本不用我断定，本来就是！"她语气中忽然有了一丝伤感，"当年与董小宛常走动的姐姐中，就数李香君最仗义，我还没少得过她的好处呢！可她命最苦，好不容易看上了个有为的公子侯方域，还用自己的钱给自己赎了身要嫁给他，可侯方域离开后久久不归。后来她没耐得住寂寞，与那位在朝廷当差的男人有了一夜之欢，可那个男人也薄情，把孩子留在她肚子里就无影无踪了。人说红颜薄命，还真是如此了。"胡大魁似是打了个冷战，说："她确实命苦！但那个男人也不一定是薄情，那时候天下很乱，可能是有不得已的原因没去找她了。"忽然叹了口气，又摇了摇头说道，"算了，就别说这些了，睡觉吧，明日还要陪客人游览洞庭湖呢！"不待惜梅给出答应，他就搂住惜梅躺下了，且扯过了被子来，把自己和惜梅都盖了个严严实实。

一觉醒来，天已大亮。"醒了？那起床用餐吧！"在惜梅提醒下，胡大魁翻身坐起，又在惜梅的侍候下穿好了衣装。他享受着惜梅的温柔体贴，早已把昨夜里因想起小洁而产生的不安丢去脑后了。白天，他陪同客人巡游洞庭湖，中午在岛上吃了全鱼宴，夜里，又在鸿岳楼摆上了几席，答谢了远道而来的客人。整套安排他全程陪同，席散后还与大家一起品茶倾谈，兴趣很浓。

男客们由胡大魁陪着聊得个没完没了，女客们在惜梅的陪同下也没有闲着。在另一个雅间，她们东聊西扯、谈天说地，甚是热闹。话题转来绕去的，最终却绕到了生儿育女上。说到这个话题时，就属水秀的话最多。虽说在座的还只有姜小青真正生育过，但也只有水秀一人正有孕在身，最有资格谈论作为准母亲的感受。当有人好奇地问到女人怀孕后是什么感觉时，她就站起了身，挺着隆起的肚子，一脸骄傲地说道："人怀孕后，刚开始会有点惊慌，但只要一想到自己快要当母亲了，那种幸福感就会把惊慌掩盖掉，再过一段时间，那小东西在肚子里会动了，那心情就复杂了。反正嘛，怀孕的滋味是挺美的！"

水秀的一席话，让未曾怀过孕的女人们羡慕了。最羡慕的当属惜梅，因在这些未曾生育过的女人中，她年纪最大。也正因为此，她除了羡慕还有了些担忧，也后悔。她担忧自己年龄大了很难再怀上一男半女，后悔自己当初早没珍惜。她慈柔地对着水秀说道："我真羡慕你们年轻啊！可以想象，怀孕肯定是件最幸福的事，可我们这些老女人怕是难得有机会了！"

大家都懂得惜梅的话中之意，却不懂得如何给她一个安慰，好在有姜小青在场。姜小青接上了话说："惜梅老妹啊，你别担心，你也才四十，正是能生能养之时呢！我们那山里啊，五十了还能生的女人有得是，那身子好的，六十了还能生呢！我娘家那地方就有一对夫妻，女的五十多，男的六十多了，还生了对龙凤胎！"惜梅一听这话，就得到宽慰了，也看到希望了，她欣然一笑，说道："我是想啊，生孩子是女人的本能，做一世女人若没生过孩子，长得再好也只是根不结瓜的废藤被人看不起。再说，家里若没个孩子，哪算个家呀，夫人您说是不？"

"还真是呢！"姜小青堆起了美美的笑，"生孩子确实是女人最幸福的事，家里有了孩子也确实有乐趣。只是孩子淘气的时候也挺头痛呢。女孩子嘛，倒还好些，男孩子就让人操心了。我那炳儿就是个淘气的种，三岁多了还不愿断奶，我这儿没得奶水了，他就到处去找，见到女人就要奶吃。正奶着孩子的小媳妇倒是没啥，顺便给他一口还当是乐事，那些大姑娘就怕他了，搞得周边的姑娘们见了他就得老远地躲。这还不说，大一点后，就树上掏鸟、河里摸鱼、田里抓蛙，有时还去捕蛇捉鼠，啥事都敢做，让人时时都操着心呢！"

姜小青可把气氛调到位了，话还没有说完，这满屋子的人就已被她逗得笑翻天了。小柳边笑还边责备起了母亲："娘啊，您也真是的，哥的丑事怎能往外说啊！"柳叶刀虽是低头而笑，但比谁都要笑得欢，笑得双肩在一个劲地抖动。小悦一见她那模样，就偷偷一笑，朝姜小青打起了趣："夫人啊，小柳提醒得对呢，你说的这些若让人告了密，炳兄就得要责怪您出他的丑了！"姜小青不知小悦的话里还有话，未作多想就使劲地摇着了头说："这我不担心，就这一堆女人，谁好意思去向一个大男人传这些个话呀？"小悦瞟了一眼柳叶刀后，又说："可未必呢，只要人扎堆的地方总会有个与众不同的。在我们这堆人里，保不准就有一个会给炳兄传话的呢！"姜小青又使劲地摇起了手说："不会不会，呃，难道格格你会？"小悦脸一红，摇头说道："我当然不会，也不敢，可在座的肯定有人敢！"说完后又瞟了柳叶刀一眼。此时的柳叶刀双肩已抖得更欢了，而且还捂住了脸。姜小青并未注意到柳叶刀的特别，但见小悦神色有些诡异，就摇了摇手说："那我就不讲了，不讲了。孩子淘气的那些事啊，你们迟早都是能领教到的！"

大家总谈论这些生儿育女的事，小柳可不自在了，心已被拉扯去四川了。她脸上那丝淡淡的忧伤也已被小悦看明白。小悦担心如此会勾起小柳更多的离愁别怨，所以就拉高了嗓门插上了话："时候已不早了，也该睡去了吧？明日都还要赶远路回家，养足精神才要紧呢！"女人们谈兴正浓，个个都不愿意散去，所以没有一个人回应。小悦看这场面，只得把目光投向了惜梅。惜梅当然会意，就接过了话说："格格说得也是，大家明日都还要赶远路回家呢，路上会辛苦劳顿，还是早些睡了养好精神吧！往后我们都要在一起的，这些话就留着以后再聊吧!"既然格格和主人都催着睡了，女人们都只得应了，该睡酒楼的都上去了客房，该回帮院的也都回去了帮院。男人们见女人们都走了，也就跟着散了。

回到家，惜梅早早就睡了，胡大魁却突然来了兴趣，对惜梅动起了手脚。这次，胡大魁并未从惜梅的身上体会到前几次那样的感觉，所以，就自然地想起了小洁。一想起小洁，他就不安了。他还有了担心，担心自己的婚姻可能遭遇到了小洁的阴魂。可他正在担心之际，惜梅却一脸异常，趴到了他的身上，又行了一番风雨。此时，他慌了，且断定自己的新婚真是遭遇小洁的阴魂了。所以，整夜都围绕小洁胡思乱想，翻来覆去的，直到天已大亮，仍忧心忡忡。

惜梅醒来时，见胡大魁眼圈发黑，脸色灰暗，整个人没有精神，就心生了疼爱。她抚摸着胡大魁的脸说："看你这样怕是累得过头了。这些天应付着这么多的客人，晚上还要连做那事，哪受得了啊! 你不能总老当益壮呢!"她并不知真相，当然没有意识到这事与自己有关。而胡大魁有苦难言，一时也找不到合适的话来回答惜梅，叹了一口气后，只得默不作声了。

远道而来的客人都要走了，胡大魁强打精神送了行，回家来就直接睡了。这一觉睡得挺深，醒来后精神好了许多。他想起下午还要陪同小悦和张安去视察各帮各派，就吩咐玉兰去熬些参汤来，给自己再提提气。然而，最终送来参汤进来的并非玉兰，而是惜梅。惜梅一进来就关上了门，眼里放射着灼人的光。胡大魁看得清楚，她情气已动，不可抑制了。事实果真如此，待胡大魁把汤喝了，惜梅就软软柔柔地倒入他的怀里……惜梅得到满足后美美地笑着，许久后才突然意识到了什么，说了番道歉的话："我总想让你少做些呢，可我总想要做，是不是久未做过了，这一做开就节制不住了啊?"胡大魁又找到了与小洁做时的感觉，但他已对这种感觉感到了恐惧。他望着帐顶，长长地叹了口气，说："或许是吧! 人说女人三十如狼，四十如虎，你本在有瘾头的年纪上，想多做些也正常。算了，做了就做了，但往后得节制了，要不然，我吃不消了。"他摇了摇头，便起了床。吃了午饭，陪同小悦、张安视察去了。

胡大魁陪同小悦和张安视察了一下午，甚感疲惫，头也有些沉了，所以回家就上床睡了。见胡大魁已累成这样，惜梅格外心痛。她小心地陪着，待胡大魁香睡了之后，才安然睡去。半夜，体内一阵突然而至的躁动让她醒了，迫使她又对胡大魁动起了手。初时，她有过短暂的控制，但最终不由自主了，不仅弄醒了胡大魁，还让他再起了欲望，与之大行了云雨。胡大魁又一次有了与小洁做时的感觉，但事后已全身发软，且明显地提不上气了。他意识到了事情已非常严重，所以就责备起了惜梅："如此地折弄，会要把我折弄死的！"惜梅本还余兴未消，听得胡大魁如此一说，就惊醒了一般地看着胡大魁。看着胡大魁瘫了似的模样，她也在心里责问起了自己：我到底是咋啦？她想起如此下去的严重后果，禁不住打了个冷战。"那你就好好地睡吧，我保证不再动你了。"她说。

胡大魁有气无力地"嗯"了一声，便睡着了，可快到了天亮时，又被惜梅折腾了一次。事毕，看着连眼皮都没劲抬了的胡大魁，惜梅害怕了。她突然有了个主意：眼不见欲不起，回大沩山避避去！她说："我也不知自己怎会这副德性了，如此下去怕是要伤着你了。我想要避一避去，回大沩山避一避去！等你身子恢复了，我也冷静了再回来，行不？"胡大魁轻轻地"嗯"了一声，抬了抬眼皮，说："这也是个办法。"他喘了口气后，又说，"但你如此离开，别人会怎么想啊？毕竟，我俩成婚才几天哩！"惜梅说道："身子要紧呢，也管不得别人是怎么想了。我看这事只要跟小悦说个清楚作个交代，能得到她体谅就不打紧了。行了，我还是得趁早动身，免得一拖又来了瘾头，又要折弄你了。"胡大魁点了点头，也扬了扬手，说："那就快点走吧，带上玉兰快点离开！"

第三十六章　疯交媾是阴魂附　设魔咒为露奸情

　　小悦与张安正在院内练着拳脚，发现胡大魁这边备上了马，且马背上还挂上了包袱，就心生了疑惑，双双来到了胡大魁院内。一进院子，小悦就冲惜梅问道："您这是要去哪儿呀？"惜梅堆着一脸的笑，看似若无其事地回答道："回趟大沩山！"小悦和张安吃惊不小。小悦还怪异地看着她，问："您这是为何啊？吵架了？"惜梅没敢面对小悦，而是有意避开了小悦的目光，慌乱地整理起了包袱。她扭过头回了小悦道："没吵架呢，是你大哥要我回大沩山去办个事。"她这理由明显不是理由，那慌乱的神色也引起了小悦的怀疑，所以，小悦拉过她面对了自己，说道："您就说实话吧，别骗我了！"

　　惜梅羞意地低下了头。此时，她已在心里纠结，要不要告诉小悦？她是觉得应该告诉小悦的，但又感到难于启齿，所以，只含糊其辞道："其实，我也只是想离开一阵子。我是为了你大哥好，我俩啊……"她吞吞吐吐，欲言又止，最后，还是鼓起了勇气，把嘴凑到了小悦耳边说："我想单独跟你说说。"小悦早就猜到了这里面必有隐情，所以就以看望胡大魁为由支走了张安，再将惜梅拉去了一边，问道："这到底是咋回事啊？"

　　惜梅看了一眼小悦，脸上有了羞愧之色。好一阵才仰起了红彤彤的脸，回小悦道："是这样，我啊，未成婚时，啥需要也没有，一成婚了就老想要，而且瘾头一上来就无法抑制。每天要好几回的，就这么几天，已把你大哥都弄趴了。我担心，如此下去会要伤了他性命，所以就想回大沩山避避去。离得他远了，或许就没事了。"小悦一脸惊愕，道："原来如此啊！"惜梅叹了口气，又说："我知道我这一走，别人会有猜测，会让你大哥面子上过不去。所以，希望你能给帮里弟兄一个合理的说法应付过这事，不要伤了你大哥的面子了。"

　　新婚夫妇之间还有如此特殊之事，小悦闻所未闻，也疑惑不解。她想寻找一个万全之策来替代惜梅的回避之法，所以，就陷入了沉思。片刻之后，试探着问道："要么，您搬到我那边去住上一段？"惜梅一听，把头摇得飞快的，口气也不容有异："不行，绝对不行！我知道自己这副德行。

只有离开，远远地离开！"小悦虽已更加疑惑，但又不得不点了头，说："既然如此，那您就走吧！兄弟们那里我会给他们个说法，大哥这边我也会安排人照顾好的。呃，您就坐船走吧，免得路上劳累了。"惜梅却使劲地摇起了头，"不用！骑马好！"她吩咐玉兰把马牵好后，又说，"不能耽误了，我得趁早走，去跟你大哥打个招呼马上就走！"

见惜梅进了房来，张安便走了出来。一见张安出来，小悦便上前问道："大哥怎样了？"张安笑道："他说惜梅姐异常得很，每天没完没了地要，已把他的骨头都掏空了。他担心如此下去会要了他性命，所以，同意惜梅姐回大沩山避一避去。"小悦若有所思了，随后摇头说道："这就很不符情理了！"张安也说："是啊！这里面必有隐情！"可就在这时，忽然听得胡大魁在屋里大喊起了"救命"。

小悦和张安冲进了房去，见到惜梅正在强行拉扯胡大魁的衣裤。胡大魁躲在床角，抓紧了衣裤不松手。见此情景，小悦上前抱住了惜梅，使劲地摇起了惜梅的双肩。"惜梅姐，您冷静点，您冷静点！"她大声地喊着。惜梅突然一怔，似已从梦中惊醒，看了一眼小悦后，羞愧地说道："活见鬼了，又来了！"可就在此时，小悦体内有了一股迅猛的冲动，冲动又迅猛地转化成了强烈的欲望，而且欲望的目标竟然是胡大魁。凭着那点尚存的理智，她已意识到大事不好，所以疯了似的逃去房外，捡起墙角的一把长刀狂舞起来。她不停地劈、砍、挑、刺，把长刀舞得了呼呼作响，直到感觉劈到了东西才停下手。也就在这一瞬，她欲火熄了，头脑也醒了，再低头一看时，地上有了一摊鲜血。她摸了摸全身，当发现自己并无伤处，再看旁边的玉兰和马匹也未受伤时，才擦了擦汗水，将长刀狠劲地插到了地上。

张安和惜梅被小悦的举动惊出了冷汗。他俩站在门口担心着却又不敢靠近。当小悦砍落了一摊鲜血时，张安像挨了刀子似的弹跳起来，顾不得危险急奔了过去。可就在此时，小悦收手了。但他还是搂着小悦察看了个遍，当发现小悦并无伤情时，才嘘了一口气。而他那惊魂未定并又交织着惊喜与疑惑的神情，把小悦逗笑了。"你放心吧，我没事了！"小悦拭了拭脸，又说，"应该不会再有事了，你就放心，什么事也不会有了！"张安心有余悸，疑惑不解地问："这到底是怎么回事啊？"小悦却摇了摇头，再扬了扬手，说："没事！"

这时，惜梅也已走近，惊魂未定且满脸疑惑地问小悦："这到底是怎么回事啊？"小悦并未回答，只笑了笑，便拔起了长刀。当发现这把长刀的刀形和刀柄的记号与杀害小洁的那把完全相同时，她惊诧了。这刀原来在此啊！她在心里暗暗地叹了一句，却未露声色，只微微地一笑，走近了惜梅，说道："看来，您所担心的事不会再发生了，您也用不着回避了！"

没多久，胡大魁也强撑身子来到了院内。"你没事吧？"他惊恐尚存地问。小悦晃了晃长刀，回胡大魁道："没事！今天多亏有这把长刀！"胡大魁的目光落在了长刀上，疑惑地问道："这刀有什么特别吗？"又说，"这刀是叛贼留下的。那天清理逆贼兵器时，兄弟们觉得这刀漂亮，就拿来我这儿了，我放在院墙角从未动过它。"小悦脸上挂着欣喜，说起了刀的来历："这是一把西汉时期的宝刀！这刀制作工艺特别，交替淬过阳血和阴血，所以面热刃冷，锋利无比，永不生锈，还能镇妖避邪。那时，王公贵族们都以佩带这种刀为尊，汉武帝将这种刀作为珍贵礼物馈赠过西域诸国君王。但这刀的制作工艺早已失传，如今很难见到了。我博果铎哥哥收藏有一把，这是我见到的第二把。这刀价值连城，您走好运了！"

"西汉时期的宝刀，是真正的宝物呢！"张安惊喜地一笑，却又问道，"呃，今天到底是咋回事啊？"小悦未予以理睬，而只朝张安使了个眼色，便扶着胡大魁进去了屋里。坐下后，她对胡大魁说："您不用担心了，有这把刀在，一切都平安了！"胡大魁虽已相信没事了，但一想起这事全因小洁而起，还心有余悸。他生硬地说："平安了就好，要不然就不好收拾了。"小悦侧身靠近了胡大魁，刻意坚定地说道："您放心吧，肯定不会有事了！说着，就把长刀递给了张安，待张安拿着刀进房去了，她再说道："您就在家里休息几天吧，等把阳气恢复过来了，一切就顺了。"

胡大魁有了几分感动，动情地说："今天幸亏有你破了这邪气，否则，我就没命了。你聪明智慧，对我有情有义，这是我前八辈子修来的福了！"小悦笑道："兄妹间的，咋说这些呢？"因她还有疑惑需要去解开，不敢在此耽搁，所以站起了说："我和张安还有事要忙，该回去了。您就多吃些进补的东西，好好休息吧！"

早餐后，小悦去了趟小洁的家，慰问了小洁的家人。回来后，又叫秋月去买了些滋补品送去给了胡大魁，然后才与张安一同去了素女帮。去素女帮的路上，张安又想起了在胡大魁家发生过的事。他相信小悦已看出了隐情，只因顾及胡大魁面子未明说罢了。所以，就趁当下并无旁人在侧，与小悦聊起了这事："邪气一说在医理上是指风寒等伤人之气，可你用来解释胡大魁家发生的事，明显是在以野师公的玄邪说法哄骗胡大魁。这事肯定有隐情，你应已看明，你能说说吗？"小悦笑了笑，说道："这事确实有隐情。小洁死前，胡大魁与小洁有奸，惜梅姐是被小洁的阴魂操控了。"

"哦？还有这怪事？"张安的背上惊过了一丝寒意。但又问，"你如何看出了这些？小洁的阴魂又为何要操控惜梅姐呢？"小悦目视前方，说道："这得要从我听说过的一件事讲起。我曾偷听老祖母跟几位老福晋聊起过一件事：皇太极征战草原时，手下有一位将军将草原上的一女子奸污了，因怕事情败露又把她杀了。数日后，将军夫人欲望大增，频繁要与将军行事，没几日就把将军的身子骨折腾空了。将军夫人意识到定是有人施了邪法，就花重金收买了一位当地的巫医。巫医看出了端倪，敲诈了将军夫人更多的钱财，最后，装腔作势又装模作样地施了一堆魔法，才把事情平了。后来，将军夫人引诱巫医说出了真相。很多年前，草原上有个叫巴鲁特罗的小部落，常有女子被外族人奸杀，首领为保护部落内女子，设了一道魔咒。魔咒依附着部落里每位女子的灵魂，若有哪位女子被杀，魔咒会操控这女子的灵魂携阳血滞留，附体于最近奸过她的外族男子身边的女人，操控那女人与那男子频繁交媾，直至将那男子折磨致死。破解之法只有一个，就是要用杀死那女子的凶器将其阴魂所携之阳血击落。"

"这魔咒好毒啊！"张安瞪大了眼睛，但又好奇地问，"可这并不一定惩罚到凶手啊？"小悦笑了笑，说道："是的。奸夫与凶手若不是同一个人，就惩罚不到凶手了，但可惩罚到奸夫，如此也可以预防奸情的发生。自从有了这道魔咒，别的部落就没人敢与巴鲁特罗女子行奸了，即使有奸也会设法要保护这女子。几千年来，巴鲁特罗部落不断与其他部落融合，已被其他的部落吞并，但魔咒仍随血统遗传并未消失。所以，后来仍有许多不辨血统者为此付出了代价。早先，魔咒的破解术只由部落的首领掌握，但最终因不断融合而被外传，那些掌握破解术者就成了草原上最早的巫医，破解术也成了巫医的敲诈术。但为独占破解术，巫医定下了单传条规，这就是破解术即使已经外传也并不为大众知晓的原因。"

"这就更可怕了！"张安僵硬地笑了笑，又说，"这道魔咒虽然狠毒，但毕竟保护了许多巴鲁特罗女子。呃，这也是如今草原上的女子要比南方女子地位高的原因吧？"小悦浅浅地一笑，说："可能是。毕竟，在部落融合过程中，魔咒的狠毒也渐为人知，且谁也无法辨别身边的女子是何血统，所以，应尽力保护身边女子的观念就在草原上自然地形成了。"

"可小洁是个汉人，并非草原女子，为何她的灵魂也携有这魔咒？"张安突然又问。小悦又说道："开始我也不解。后来猜想，小洁的祖上有可能来自草原。所以，早餐后我就去慰问了小洁的家人，也证实了她祖上确实来自偏远的草原，只是为了要融入汉人圈子才改用了汉姓。"

"如此说来，巴鲁特罗的血统已无处不在了！"张安一声感叹后，望着天空，再问，"可小洁的阴魂为何又附体于你了？"小悦微微地摇了摇头，说道："靠近奸夫的女人都是魔咒可能操控阴魂附体的对象，越是亲近的就越有可能，这就是魔咒的可怕之处。今天还算是凑巧，如果当时我未跑出房去，院内的长刀又不是杀死小洁的凶器，场面恐怕就难以收拾了。好了，这事该到此为止了。"她朝张安笑了笑，便策马往前走了。落在她身后的张安，背上已有了一种凉凉飕飕感觉，直到走进了素女帮，才被柳叶刀的热情迎接温暖过来。

柳叶刀陪同小悦和张安直接去了素女帮的堆料场。素女帮收购的布匹、棉麻、纺车、织机和粮食、茶叶等已堆积如山，估计已有五船之多，这让小悦欣喜不已。她对柳叶刀说："看来，你这位织造督办很尽责啊！我得先在功劳簿上给你记上一笔了。不过你可别满足，还得要抓紧收购，并且要尽快将这些物资扎捆打包，方便运送。"她笑了笑又说，"第一次送物资去大沩山，还是由你带人押送吧，你办完了公事，可去见见王炳，来个公私兼顾嘛。"柳叶刀心里乐了，嘴上却说："是公私兼顾吗？你是故意要我假公顾私吧？"小悦瞪起了大眼，抵近到了柳叶刀面前，说："哟呵，我这还安排错了？""哼"了一声又说："也好，我换洞庭帮的人去吧！"柳叶刀一听却急了，马上噘起了嘴嚷道："别！你别啊！我没说不去嘛！"

"你鬼里怪气！"小悦故意咬牙切齿地点了点柳叶刀的脑门，问："你老实说，跟王炳怎么样了？"柳叶刀娇羞地低下了头，声音像蜜蜂嗡过："就那样了呗！"小悦突然喝道："到底哪样了？"柳叶刀一愣，仰起了红扑扑的脸，提高嗓门回答道："禀格格，我们已准备成亲了，他回去后会与他父母商定日子。"小悦吃了一惊，那"啊"的声音出口后，嘴巴许久都没有合拢。随后，却故意对张安说道："你湖南平叛民军的织造督办办事挺神速啊！"张安窃窃地笑过，却只回了个轻描淡写："这也叫神速吗？若不是公事碍着了，凭杨督办的麻利，怕早就成亲了！"

"不许你俩取笑我！"柳叶刀噘起了小嘴，狠狠地瞪着小悦和张安。而小悦和张安已笑得前仰后合，都快抽不上气了。可只有一瞬间，柳叶刀已扑到了小悦的肩上，突然哭了。这事发如此突然，小悦大吃了一惊，随后捧起了柳叶刀的脸，问："为何哭了？"柳叶刀像个伤心的孩子，泪水哗哗地穿越了那白净的脸蛋，从瘪着的嘴角淌下，滴在了胸前。她哇哇着说道："我一想到自己快要成亲了，就想爹娘了。"被她这一引诱，小悦那充满笑容的脸上，突然有了乌云盖来，乌云瞬间也化成了雨水在她脸上流淌。小悦掏出了手绢，边擦拭着柳叶刀的脸蛋，边说："人生关键时，总会想爹娘，我也常这样。我也是个没了爹娘的孩子，我俩苦命相同呢！"柳叶刀瘪着嘴说："可我应该还有爹的。我梦里醒着都觉得我爹还在世，可老天爷为何总不让我见到他呢？"她也掏出了手绢，帮小悦擦起了泪。小悦抱住了柳叶刀，强打起了笑，说："或许还需时日吧！我们啊，不哭了，好吗？至少，你还有见到爹的希望，你就等着吧，会有那一天的！"柳叶刀也强打起了笑，点着头道："嗯，我信！"小悦拍了拍柳叶刀的臂膀，又说："我和张统领该走了。我们都是朝廷的人，泪该流，事也得干。我还得去交代张敬他们准备船只呢，还要部署染坊的搬迁。你这边的事就按刚才我说的办吧！"她朝柳叶刀点了点头，就同张安走了。

小悦和张安一走，柳叶刀就坐去了堆料场的角落。这是一个偏僻之处，也是一个安静之处。她掏出了用绸布包裹着半块玉佩，盯着它陷入了沉思。

此时，正陷入沉思的还有在家休养的胡大魁。胡大魁的身体虽还虚弱，但睡了一觉后已精神了许多，心里也轻松了许多。他漫步在自家的院内，翻想起惜梅所提到的柳叶刀的身世，心里就有了复杂的味道。他反复地品味着柳叶刀的身形、神韵、性格，似乎看到了李香君的影子。"她确实有像香君的地方！"他如此地对自己说着，心里已浮现出了李香君的身影。他在靠椅上坐下了，思绪也随着心里那道身影回到了二十多年前的秦淮河上。

那时候的胡大魁名叫傅大桂，是南明兵部车驾清吏司的正六品主事。当时，清军攻占了北方，正以排山倒海之势向南方压来，南明朝廷已岌岌可危。在如此的形势下，朝内人心惶惶，诸臣心思各异，他也深感迷茫和焦虑，所以就常去秦淮河上饮酒听曲以作消解。在此，他认识了本已洗尽铅华，闭门谢客久等那位曾与之鱼水情深的风流公子侯方域归来的李香君。他仰慕李香君身处暖软香风却为人仗义，不失硬骨，就软磨硬缠与之有了交往。那些日子，他每晚都要去与李香君对饮倾谈，且以倾吐对时局的忧心为快。可清军压迫而来，一段日子后他被派往了战场。临行前那晚，他去了李香君那里辞行。李香君盛宴相待，与之对饮到了半夜，且破例与他共行了缠绵销魂之事。到天明分手的时刻，李香君含泪相送，那忧郁的眼神令他心碎，还从身上摘下了那块带着体温和体香的玉佩交给了他。他接过玉佩后却一劈两半与李香君分持，"一别不知何处去，静待此玉相合时！"他挂起牵强的笑看着李香君。李香君握着那半块玉佩，两眼透着深深的幽邃，且闪烁着能刺得他心头流血的忧伤。他听到了李香君说："只怕是今朝玉已碎，相合难有时了！"从此，他就走向了血火交融的战场，兵败之后又带伤逃到了鲁王朱以海的身边。因名字与已死于混战的正五品兵部武选清吏司郎中胡大魁谐音，就被朱以海误认作了胡大魁。自此，他顶替着胡大魁的大名，随朱以海奋勇抗清，得到了朱以海的赏识步步提升，成了朱以海的亲信。他最终随朱以海踏上了逃亡之路。逃亡之路如雾霭般迷茫，但李香君的身影在他心里仍清晰依然，直到惜梅走进他心来，李香君才在他心里有所淡化。后来虽知道惜梅曾与李香君相识，他却并未对惜梅提及过李香君。没想到就在新婚的夜里，惜梅会提起李香君来，还扯出了柳叶刀为李香君私生这一秘密，这就一石激起了千重浪，让他的心已无法再平静。即使在遭受小洁阴魂折磨的这些天里，他也没把这事搁置心房之外。

其实，胡大魁并不知道，就在那个缠绵销魂之夜，他已在李香君肚子里留下了骨肉，而李香君经历了诸多的磨难，才生下了这孩子。因当时局势混乱，又不得不将孩子托付给了好姐妹柳如是，而她自己也同样踏上了逃亡之路。虽她并非死于柳叶刀两岁那年，但也是历尽苦难终得肺痨而死，年仅三十无余。

"柳叶会是我的女儿吗？"此时，胡大魁的心思更多地落到了柳叶刀身上，所以就有了这幸福的猜想。他这猜想自有道理，因为时间上吻合，且那时的李香君早已闭门谢客，与他那仅有的一次也只是因为情不自禁，不可能还与别人有过。"柳叶若真是我的女儿就好了！"他心里有了甜甜的味道。可突然间，又眉头紧蹙，纠结了起来："若她真的是我女儿，我又该如何去面对呢？"他虽然纠结，可又自然地有了要去见见柳叶刀的冲动。但站起身后又犹豫了，"只凭这半块玉佩又怎能证明我是她爹呢？"他起身踱了许多个来回后，最终还是坐下了。"或许她并不是我女儿呢！"他如此地奉劝着自己。

第三十七章　织造督办遭戏弄　王炳柳叶终成亲

　　大沩山迎来了山外的第一批物资。王佑三安排几十辆马车拉了几天才将东西运到官山。官山地处大沩山腹部，四周高峰环绕，中间是丘陵环衬的墩区，这墩区如群山之间安放的孵巢。唐代名相裴休晚年辞官移居大沩山时，见此为上好的抱孵之地，就组织僧人在此开办了书院、学堂，带动了周边族校、村校的兴起，促进了大沩山教育的繁荣。自此，大沩山人才辈出。晚唐诗僧齐己就在此就读出身；南宋理学大师张栻曾来此讲学，并与其父、南宋右相张浚均归葬在此；这时期的易祓，不仅自己高中了状元、官至南宋礼部尚书，其弟、侄中也有多人中了进士走上了仕途，留下了"一门五进士，其中一状元"之美谈。这片钟灵毓秀之地也因官将辈出而被人冠了官山的美名。北宋开宝九年，潭州太守朱洞视察过官山后大受启发，也鼓励僧人去岳麓山创立了岳麓书院，更是培养了无数先贤。南明后期，天下大乱，科举中断，湖湘官学停办，官山的各类学校尚未复学，故而诸多学舍仍在空置。小悦和张安力所能及地恢复了部分义校，对大的校舍做了保护。而那些无法复学的普通学舍，就用来开设了织造总行。当然，她已有了设想，平叛结束后，定要恢复这些学校，广招有志学子，培养有用之才。

　　安置好物资，小悦领着柳叶刀回到了马家屋场。小悦久未回家，这一回来就把张少坤夫妇乐得了心已如蜜汁浸过。小璞也"娘啊""我的好娘"喊得亲热，这就让柳叶刀有了疑惑：他俩怎会有这么大儿子了？为解开这疑惑，她直通通地问道："你婚前就生了？"小悦突然放下了脸，瞪起了大眼，恨恨地说道："你是要宣扬我私生私养吗？"这责备很是凶猛，弄得柳叶刀尴尬至极，良久，才回了小悦一句干冲冲的话："你干吗要凶我啊？有儿子是件好事嘛！"

　　小悦未理睬柳叶刀，而是将脸藏去了小璞的身后。这时，张夫人却附到了柳叶刀耳边，说："姑娘啊，小璞是于奎的孙子呢！他父母被吴三桂手下杀害了，小悦就收养他了。你误会小悦了！"柳叶刀昏惚了一瞬，那张脸就已像被桑葚汁染过，冷不丁地一跪，大呼起了"请格格恕罪"。但令她没想到的是，小悦放声笑了，还笑得脆响。她意识到自己已被小悦戏弄，起身后就咬牙切齿想要报复。可刚把手伸向小悦，小璞就已挡去了她面前，还大喊着"不许你打我娘"。这逗得小悦和张夫人仰头便笑，却把她弄得更是尴尬。这时，小悦将小璞搂进了怀里，说道："小璞好勇敢！但你误会柳叶阿姨了，柳叶阿姨是在跟娘闹着玩呢！小璞乖，快叫柳叶阿姨好！"小璞羞涩地叫了声："柳叶阿姨好！"却问，"娘，柳叶是柳树的叶子，怎会是阿姨呢？"小悦窃地一笑，给了个亲吻，拉长了声调说道："这柳叶是柳叶阿姨的名字，不是柳树的叶子，要记住哦！"又扮着娇美对柳叶刀说道，"你看，有儿子好吧？你就快点成婚生出个儿子来欢乐欢乐吧！"柳叶刀本还尚未缓过气，再听得小悦又如此打趣，就心生了羞恨。她瞪起了大眼，鼓着腮说道："你就扯吧，你这东扯葫芦西扯叶的，看你能扯出条什么藤来！"小悦却侧头一笑，也瞪起了眼说："难道我这还扯错了不成？你就别装蒜了，你心里早想有儿子了，偏要装模作样，没个实在。吃过饭你就快去与王炳商量成亲的事吧，我已带口信给王副统领说你午后会上山去，王炳怕是望眼欲穿了！"

王炳确实望眼欲穿了，吃过了午饭就来到寨门外等候。从岳州回来后，他已向父母提出了要迎娶柳叶刀的想法。已对儿子的婚事没了信心的王佑三夫妇竟惊喜得像快疯了，想都没想就答应了这门亲事。当得知柳叶刀今日要来家里时，他俩还商定，一定要以热情而又亲和的姿态来接待这位未过门的儿媳妇。

柳叶刀终于出现在了王炳的视线里，王炳远远地就迎接了过去。而柳叶刀也快马加鞭地冲上了前来，且一个飞身就扑进了王炳怀里。王佑三夫妇接到护院的禀报后，居然忘记了自己是未来公公婆婆的尊贵身份，也迈腿就往寨门口赶了。可当走到了寨门口时，却被所见到的一幕吓得赶紧掉头。回到客厅里尚未坐下，姜小青就叨叨上了："这两个孩子，一点顾忌也没有了！"王佑三却"呵呵"地笑道："这是好事，说明他俩是真情，你呀，嘿嘿……""嘿嘿"之后却没有了下文。

王炳和柳叶刀已无所顾忌，亲了又抱，抱了又亲，直至都淌起大汗了才放开对方。"成亲之事你跟你父母说过了吗？"柳叶刀问。王炳回道："说过了，在选日子呢！"柳叶刀看了眼王炳，鼓了鼓腮道："日子还要选吗？哪天不能成亲啊！"王炳却笑道："当然要选，这是规矩。其实我和我爹都不信这些，可我娘要讲究，这就只能由我娘去讲究了。"柳叶刀翻了下眼，又噘了下嘴，不快地说："这一讲究就会要拖得久了，要折磨人了。"王炳却笑了,还低了低头说:"是啊,我也这么想呢!"他突然拉上了柳叶刀的手,说:"快进屋去吧,你今天是我家的重要客人,我爹娘怕是已等得急了!"柳叶刀"噗"地就笑了,露着一脸的娇羞说道:"都快要过门了,还把我当客人?也太不把我当自家看了。""嘿嘿"两声后又问道:"我等会儿该如何称呼你爹娘啊?"王炳笑着回道:"这可随意,这方面他们没啥讲究!"柳叶刀一想,便说:"那我还是称王副统领和夫人吧!"

王佑三夫妇确实早已等急了。见儿子领着柳叶刀进屋,就摆出了热情相迎的架势。而听得柳叶刀大方地叫过了"王副统领好,夫人好"。就连头发尖子也都欢喜上了。姜小青还拉过了柳叶刀说:"你快坐吧!已是一家人了,要随便一点,啊!"待柳叶刀和王炳都已坐定,王佑三也开口了:"柳叶啊,你收购了如此多的东西,了不起啊!一定下了不少工夫吃了不少苦吧?"

柳叶刀低下了头,但轻声地给了个回答:"吃点苦是不要紧的,能尽心地为民军做点事才要紧呢!"王佑三听了只"哈哈"一笑,就点着手指大声说道:"对,你说得很对!尽心为民军做事才要紧。"

"你打住吧,佑三!"姜小青忽然对王佑三瞪上了眼睛,还打断了王佑三的话。她说:"柳叶可不是来办公事的呢,你尽扯这些,要急慢柳叶了。"王佑三对着姜小青"呵呵"一笑,却挠起了脑袋,随后,才回道:"这也是啊,也是,我这也是一时的糊涂,都没分清场合了!"

"这没关系的!"柳叶刀浅笑着说,"我们都是公家的人,说点公事并不碍的。"王佑三却"哈哈"一笑,摇了摇手道:"不说了,不碍也不说这些了!还是谈家事吧,今天只谈家事!"他突然又问:"柳叶啊,听炳儿说,你俩都已商定好要成亲了,这可是真的啊?"这一问,可让柳叶刀脸红了,还低头不语了。姜小青一见,狠狠地瞪了王佑三一眼,道:"你也真是的,哪能这般直通通地问话啊?"又转对柳叶刀说道:"柳叶啊,炳儿他爹耿直,莫怪啊!他并无别的意思,只是想问问,你是否愿意与炳儿成亲?"柳叶刀羞意地抬起了头,回答道:"耿直点没事。我和王炳的事啊,王炳都说过了,我就不再说了。"

"也行啊!"姜小青脸上有了花朵在绽放,声音也拉高了许多。她又说道:"你不说也等于说了,我知道你意思了。既然如此,我就得要筹办你们的婚事了。我想啊,你俩都是有官职的人,婚事得办热闹一些。你有啥要求就尽管说吧,我也好有个准备呢!"柳叶刀抬眼看着姜小青,一笑,说道:"我没啥要求呢!二老定就行了,只要能简单、快速就好!"王佑三只一声大笑，就接过了话来："柳叶开明啊！你这想法正合时势，行啊，我就挑个空闲的日子赶快给你俩办了吧！"姜小青却斩钉截铁地抛出了一句"不行"，又说："成亲是件大事，炳儿和柳叶又都有身份，哪能就这样简单地办啊？这事你们都得听我的，要讲究！哪个环节都不能马虎，定日子更得要讲究。还有，喜宴不摆个二百大桌也是不行的！"

"娘，您就别讲究了！"王炳终于开口了，"我们都是民军的人，战事当前，已没时间去讲究了。"姜小青瞪着王炳，口气已不容有异："必须讲究！你别跟你爹一般见识，要听我安排！"只有一瞬，她又和颜悦色，眉慈目善地转向了柳叶刀，说："柳叶啊，我这般打算也是为你俩好，你就听我的，啊！我前几天已把你俩的生辰给了智能大师算日子去了，我要智能大师选个半年后的吉日，你就在这儿多住上几天，等智能大师送来了喜日帖子，你也好马上知道，心里有底。行不？"柳叶刀低头不语了，半响才回道："我也不能在此多住。我肩上尚有责任，岳州那边事多，我若长时不在，帮里就没了主心骨，会要误事的！"姜小青伸过了脸说："这个是不要紧的！我见过你那些姐妹，个个都能干，误不了大事！"

姜小青啥都替柳叶刀做主了，王佑三已听不下去了，所以，就拦住了姜小青说："柳叶帮里的事你也能说了算吗？这太不合适了！这事啊，我看还是让柳叶和炳儿先有个盘算后我们再作商量吧！"姜小青"哎哟"了一声，笑道："说得也是哦！你这还算是说了句有理的话了！"她又拉上了柳叶刀的手说道："那也行吧，听他爹的，你呀，就按我说的去跟炳儿盘算，晚上我们再商量，啊！"她起身扯了扯衣摆，给了柳叶刀一个慈爱的笑，便拉上王佑三走开了。

王佑三和姜小青一走，柳叶刀就问："看你娘这架势，怕是难有个商量了，你说这咋办呀？"王炳是清楚母亲的，母亲一般不会固执，但要坚持的事，谁也改变不了。所以，他说："我娘要坚持的事我爹也扭不过来，我就更没有办法了！"柳叶刀却显得不以为然，只简单想了想，就说："我会有办法的，你放心吧！无论怎么样，这事必须趁早，这是时局所迫。"她还站起了身来提议道："到山上走走去吧，高瞻可以远瞩，能打开思路找到劝你娘改变的办法。"王炳也站起了说："行，我陪你去山上，看你能从哪座山峰上找出这法子来。"

两人走在了山路上，边走也边在想着。稍顷，王炳说："你不懂得我娘呢，你根本就不可能有法子能对付得了她！"柳叶刀却嘴角一翘，拉上了王炳的手，说道："你娘是长辈呢，我干吗要对付她啊？她的本意是为我俩好，我们不能硬生生去对付她，这样她会不高兴的！我想的是啊，要有办法让她欢欢喜喜地把想法变过来，主动放弃掉那些讲究。好了，再走走吧！"两人沿着山脊又走出了半里多地，虽一直在冥思苦想，却仍未想到主意。这时，王炳又沉不住气了，站住后面对了柳叶刀说："算了，还是看风景吧，别瞎琢磨了，要是轻易就能想到这主意，我和我爹早也就想到了。"柳叶刀却不置可否，一笑，便望去了远方，而且又陷入了沉思。可突然间，她大声地笑了，且大声地说道："你说得很对，你和你爹想不到，我肯定也想不到，但有个人一定能想到！"王炳露出了惊喜，问道："谁啊？"柳叶刀手指一点，说："小悦啊！"王炳恍然大悟，眼睛一亮，几乎是喊道："对啊！小悦，该去找小悦！"又说，"那事不宜迟，现在就去吧！"

两人骑马狂奔，很快就赶到了马家屋场。小悦听明白了他俩的来意后，竟乐了个透。只沉思了片刻，就给出了答复："我保证，你俩想哪天成亲就能哪天成亲，而且是炳兄他娘欢欢喜喜地要你俩成亲！你俩说吧，定哪天？"王炳和柳叶刀只一个对望，就已喜不胜喜了。柳叶刀说："明天吧，如何？"小悦却邪邪地一笑，"不行！"她说，"你这是要为难长辈。把日子定这么紧，王炳他爹娘就算上蹿下跳，也准备不出这场婚典。"王炳却说："后天，后天总可以吧？"小悦微微笑了笑，终于点了头。她说："就定后天吧，后天的午时！你们先回去，我保证，今天之内，王副统领和王夫人会主动告诉你俩，后天，就给你俩成婚。"

赶在了黄昏之前，密印寺一位披着红色绶带的和尚走进了寨门，一见在寨门口游走的柳叶刀和王炳，就将一封喜日帖子先给他俩看了。帖子上写有两个日子，一个就是后天，另一个却定在了二十年之后。王炳这时惊而又喜，塞给了和尚一小锭银子后，就拉着柳叶刀又蹦又跳地跑去树林了。

王佑三缓缓地打开了帖子，一看，惊出了满脸的鲜花。他听了送帖和尚的一番说明，再将和尚打发走后，就兴奋得变了声调地朝厨屋里大喊起来："夫人啊，快来，快来，智能大师派人送来喜日帖子了。"姜小青正在厨屋里指点厨师做菜，听到喊声后就三步并作两步赶了出来。可看过帖子后，就一下子呆了，"后天，是后天？"她喃喃地说着，片刻之后，又问："如此说来，后日午时就得要办了？"

"是的，只能办了。下一个日子，得等到二十年之后呢！刚才送帖的和尚说了，智能大师已反复算了，他俩的一生中只有这两个日子适合成亲，且后天要比二十年后的那个日子更加合适。还说，他俩都是大贵之命，若能在后天成亲，可能会有个通天的出息。如此看来，只能是后天了！日子虽然紧，但为了他俩有个通天的出息，只能这么定了！我想啊，今晚就开始准备，再省去一些琐节，这婚典也是能办热闹的。"姜小青虽然仍担心时间太紧婚典办不热闹，但心里早已喜气洋洋了。她欢欢喜喜地点着头，说："这日子已在他俩命中注定，而且几十年难遇，当然不能错过！你说，他俩这命咋就这么贵气呢？若后天不办，还得要等二十年之久，二十年啊，他俩等不起了，我更等不起了！行啊，后天办，就这么定了！"

王佑三却突然不作声了，许久之后，才担忧地说道："这事啊，你我说了都算不得数的，还得要他俩点了头才行呢！他俩都是不讲究看日子的，若硬是要再推几天，那就得错过这好日子了。我看啊，你得去跟他俩说道说道。"姜小青摆动着喜洋洋的脸说："他俩肯定会愿意的，早点办、简单办本就是他俩的意愿嘛。行吧，你去找总寨管调摆盘算，抓紧准备，我就找他俩商量去！"

听得姜小青说要他俩后日就成亲，王炳和柳叶刀都装出了惊讶之状。柳叶刀还说："不行啊夫人，成亲是大事，我一点准备也没有呢。后日就办？也太急了，能否往后再推几日？"姜小青满脸的慈爱，且柔声细语地说道："已推不得了，智能大师说，二十年内就后日最适合，若要推就得要到二十年之后了。二十年，你俩能等吗？我可等不起了，想抱孙子了！柳叶啊，你不是盼望早日成亲吗？这喜日正合你意啊！"柳叶刀扮出了个可爱的模样，回道："我是想早日成亲，也想简单着办，但再简单也得有个十日半月的准备吧！现在我既没有嫁妆，甚至连件新衣服都没有，这哪行啊？再说，我要成亲了，也得给帮里的姐妹一个说法，要请惜梅姨和我姨父来送亲。日子已定得如此之紧，这些都来不及了。若是旁人以后说起我杨柳叶是急不可耐地要嫁人了，我就会要羞愧着过一辈子了！"

柳叶刀说得似是在理，姜小青脸上已有了为难之色，但一想到这日子已不可更改，就又急了，所以，堆起了满脸的笑，劝道："你说的也对。不过这事还只能后天就办，若再等二十年，都等不起了！"柳叶刀可模可样地看着姜小青，笑道："您总相信有吉日凶日之分，其实，只要心情好，每天都是吉日呢！您还是让我有个准备再办吧。"面对柳叶刀这份故意的坚持，姜小青又堆起了满脸的笑，说："柳叶啊，办啥事都得讲究日子呢，何况是婚姻大事啊！若成亲不讲究日子，对你俩没有好处。你说的嫁妆，以后再补嘛，新衣服我今晚就去找裁缝赶制，还来得及，你帮里的姐妹和你惜梅姨那边，我也会给个交代，你就答应了吧，行不？"

姜小青的一言一语都充满关爱，这让从未感受过母爱的柳叶刀已是异常感动。她本想要再逗长辈乐乐，可感情上已无法控制。她看了一眼姜小青后，先叫了一声"夫人"，紧接着却大叫了一声"娘"，便扑进了姜小青怀里，说："娘，您这般费神操心，我太感动了，也太幸福了。我得依您，什么都依您！我刚才是逗您玩的哩！有您这么好的娘真好！往后我一定好好地孝顺您！"说着，泪水已漫出了眼眶。姜小青惊喜过后，一半是高兴，一半是激动，而且也跟着流起了泪。稍倾后，才说："孩子，别哭，娘知道你高兴，要成亲了，是该高兴。今日我也高兴。来——"她扶住柳叶刀双肩，掏出手绢给柳叶刀擦了泪，再说："别哭了，要当新娘了，该笑，要放开着笑，知道吗？"柳叶刀点了点头，真的笑了。她又叫了一声"娘"，说："您就忙去吧，日子定得太紧，必办之事要下人们多费点劲，您和爹别累着了。"她又一把抱紧了姜小青。姜小青也抱住了柳叶刀，说："行，娘听你的。但娘不会累的，就是累点也愿意，你就放心吧。娘先走了，啊！"

姜小青一走，柳叶刀就扑进了王炳的怀里，说："你娘真好，我太感动了，这一感动就哭了，让你见笑了。"王炳搂住了柳叶刀，脸在柳叶刀头上轻轻地蹭着。他说："想哭就哭吧，没事的！"柳叶刀又说："其实，我除了感动还有激动，我也是激动得忍不住了才哭的。你是知道的，我自小就没有娘，也没有发自内心地叫过一声娘。我刚才叫了那声娘后，就那感觉，已幸福得受不了了。"王炳抚了抚柳叶刀的脸说："我懂你，我娘会疼你的，我爹也是。"柳叶刀仰起了脸说："这我知道。有爹娘的感觉真好，真的！我一定要万般珍惜。"王炳轻轻地点着头，又抚了抚柳叶刀的脸，说道："是的，爹娘永远是罩着儿女的天。"稍一顿，再说，"想想马上就要成亲了，我这心里……呃，不说这些了好吗，走走去吧。"

"嗯。"柳叶刀点了点头。才走出了几步，她又突然说道："呃，你说，小悦是不是非常过分啊？她居然要智能大师如此来骗你爹娘，二十年内就这么个日子，这不是从心要让你娘着急吗？"王炳"噗"地一笑，也道："小悦确实非常过分，但智能大师更加过分！不过，智能大师如此编排，是出于成人美事的善意。他若不如此编排，我娘哪会欢欢喜喜地来催我俩成亲啊？"柳叶刀笑了，说道："不过这归根到底这还是小悦出的主意。这个小悦啊，简直是仙界大神，什么都敢想，什么都敢做，而且都能做成！"

王炳一笑，说道："她本就是格格嘛，格格肯定会智高一筹也技高一筹！呃，还是走走去吧，我这心啊，在'嘭嘭'地跳呢！""这叫激动！"柳叶刀站住没动，望着夜幕下虽然朦胧但更显壮观的群山和点缀在山间的点点灯火，突然感慨了起来："没想到这大沩山的夜晚也如此美丽！我以前做梦也没想到过会要嫁到这秀美神奇的大沩山来。这下可好了，要在此安家了！"王炳也颇有感慨地说："其实，我也从未想过，会有你这么个傻女子跑到这大山里要来嫁给我呢。也许这就是所谓的'有缘千里来相会'吧！"

"是的，这就是'有缘千里来相会'！"柳叶刀脸上充满了喜悦，充满了憧憬。她又说："既然已有幸嫁到这神奇的大沩山来了，我要在此给你多生几个儿女，让他们凭借这大沩山的灵气，个个都长成金龙玉凤。"王炳听了不无兴奋，一把就捧住柳叶刀的脸，说道："此乃我之所望呢！你要好好地准备，给我一群一群地生，给我生下一大群一大群的金龙玉凤来！"柳叶刀却放声地笑了，问："那一群一群生下来的还会是金龙玉凤吗？"

第三十八章　饭铺里遇上乞者　吴三桂举旗反清

　　小悦、张安、何卫和于奎四人一起去了趟衡山、九凝山、德山、九龙山，视察了各地的备战情况，部署了有关备战事宜，也考察了各地的地形通道，转回宁乡城后又赶早上了湘中的香烛圣地迴龙山。迴龙山离大沩山不到百里，因山脉如青龙奔腾，突折迂迴，有迴龙望祖之势而得名。其方圆有三十多里，虽然不高，但山形逶迤，群峰耸翠。山顶有一盆地，方圆百余亩，翠竹丛生，绿树蔽天，常有清风轻拂，白云停驻，故名白云窝，白云窝内建有白云寺，该寺始建于唐大中十二年。寺的规模不小，僧侣也多，因其历史久远且香烛兴旺，自古就有"南楚灵山"之称，在湖湘百姓的口中还有"南岳山的香，迴龙山的烛，大沩山灵气道不足"的颂辞。

　　迴龙山向东前出，相对独立，也算要地，所以，小悦就领着一行人上了山去，察看了地形，在寺内进了香、上了烛，拜见了白云寺的住持慧明大师。小悦施献过银子，便与慧明大师及几位老和尚聊了一会儿，与他们混了个脸熟心悦后，便下了山。几位老和尚见这一行人貌不似常人，一大早来此进了高香、上了大烛、献了厚银后只聊了些无关佛理的话，既不念经诵佛，也无任何祈求，就心生了惊奇，倒是慧明大师显得很平静，并不感到他们有啥特别。

　　下了迴龙山，小悦一行便策马去了离迴龙山不远处的双凫铺街上。他们在一家饭铺里停住了脚，打算要在此填饱了肚子后歇歇脚，再去沩江边上考察一番。他们已定好要在双凫铺地域内的沩江边建一个码头，因为岳州的船只来此频繁了，需要码头停靠。再说，小悦判断，叛军进入湖南后，岳州必定不守，所以已打算要在叛军攻占岳州之前，将岳州的民军全数撤进大沩山来，在此为洞庭帮的数十艘船只建个停靠之地已是当下的必需。

　　他们都已走进饭铺。可刚刚坐定，就有一少年乞者闯到了面前。乞者头戴破斗笠，身着旧衣衫，脸色灰暗，手沾黑污，但举手投足间颇有些气质，这引起了小悦的注意。小悦仔细打量这乞者，发现其额高鼻挺，眼大有神，偶尔显露的颈部皮肤干净白皙，且那脸手之上的污浊似有故意涂抹的痕迹，便料定了其并非真正的乞者。再看其手指纤细、唇色娇润，行为规矩稳重，神情尽显柔婉，便认定了其并非少年，而是一女扮男装的大家闺秀。一大家闺秀乔装乞者在外闯荡，如不是一味淘气，那就是有不可示人的缘由，这又引起了小悦的好奇。

正要静心吃饭之时却有肮脏的乞者靠近，是件败兴之事，何卫心有不悦了，但因顾及自己的身份，就装作了大方，招呼了店老板过来要赏一碗饭菜让乞者走开。小悦一见，却喊了声："慢着！"她看了看乞者，再看了看何卫，说道："人之相遇，皆因缘分。既然人家已乞讨到了我们的面前，是与我们有缘，既然有缘，就该请她上桌与我们同吃，别让她去旁边独自吃着没了滋味而吃得不香了。"何卫惊疑地看着小悦并未回话。倒是张安附和上了："人之行乞，是迫不得已的。贫困之人，与我等有一样的脸面，嫌弃不得，请他上桌同吃！"于奎也接过了话说："是应该让他上桌同吃的。"还让出了个座位，对乞者说道："孩子，来，坐下来吃，慢慢地吃，要多吃一些，吃得饱一些。"

乞者转悠着眼睛将四人打量个遍后，只鞠了一躬便坐下了。等饭菜上桌后，她头也不抬，专心地吃着。一碗饭进了肚子后就站起了身，又鞠了一躬，便离开了桌子，从头到尾竟一言未说。小悦本想饭后要与乞者聊上一番，以探清其来历，可乞者离桌后就轻盈而去了，其速度之快捷，已无法将她叫住，所以只得望着她那闪去的背影，有所失望地摇了摇头。

吃饱了饭，养足了神，他们便去到了沩江边上，就修建码头之事做好了安排，然后才上了回大沩山的路。此次外出，点多路远，又重任在身，一路上快马加鞭的，未曾停歇。如今事皆办妥，且已离博公寨只有了几十里地，他们就不急不忙地边走边聊起了日常的事务。可到了博公山的山腰时，都同时勒住了马僵，因为都看见了在饭铺里遇到的乞者正在前面往博公寨而行。靠近了乞者后，小悦问道："山下到处是人家你不去行讨，偏要往这山上来爬坡受累，这是为何？"

"难道你不知道这山上住的是大户吗？"乞者侧头看了眼小悦，却又说道："再说，我并非乞丐，为何要去行讨啊？"小悦又问："你既然不是乞丐，那上这博公山来又是何意？"女孩回答得干脆："我来找人！"看了一眼小悦，又回问道，"你们也是来找人的吗？"小悦摇了摇头，再问："你找什么人啊？"女孩停下了脚，打量了一下小悦，说道："看你并非坏人，我就跟你说了吧。据说这山上住着一位小悦格格，我是来找小悦格格的。"停了停，也问道，"你们也是来找小悦格格的吗？"小悦心里一惊，再问：

"那你认识小悦格格吗?"女孩摇了摇头说:"不认识!"小悦刻意地笑了,说道:"你小小年纪,不在家待着,偏要听信传言来找什么格格,这看新鲜的劲头也太大了吧?"女孩突然沉下了脸,有了几分傲慢,说:"你懂啥呀?我才不是那种喜欢看新鲜的人呢!看在你不像坏人的份上,就告诉你吧,我是来找格格救人的!"小悦又一惊,忙问:"救什么人?"女孩瞪了小悦一眼说:"救她的人!也是救天下的人!"小悦接着问:"此话怎讲?"这会儿,女孩不耐烦了,眼皮一耷拉就没了好气:"你有没有完啊?说了你也不懂,这事关机密,不能多说。等会儿上了山见了格格你一起听吧!"甩下话后,她头也不回,只顾向前赶了。小悦不便再追问,所以就停下了脚,望着何卫和张安,说道:"这孩子真淘气呢,大老远的爬上山来也不嫌累!"

"这少年是淘气?"张安对小悦与那少年的对话听得明白,并不觉得他是在淘气。但他没有回应小悦,因为少年是否淘气等会就能问清楚。他想的是另一件事,是小悦的身份在民间扩散后,已给小悦带来安全隐患。其实,何卫也在担心这事,他跳下马来,担忧地站到了小悦面前,说:"格格,你的身份公开得太早了,如今到处都知道你来民间了,吴三桂的人会不会来找你麻烦?你可要当心呢!"

"要当心啥啊?"小悦淡淡地一笑,说,"不是我的身份公开得早了,而是公开得还不够广。若是全天下的人都知道朝廷派有格格和将军来湖南组织民间人士抵抗吴三桂了,百姓们会对朝廷更有信心。若是吴三桂知道了,会备感压力,会花更多心思去做准备。至于我个人安危,无须担心。"何卫又问:"格格真的认为那少年上山来找你救人是淘气之举吗?"小悦回道:"当然不是!我估计,是哪路民军受到官府或官军误会被围困了,要不然不会派出个女孩前来找我。这也正好说明,我这身份公开得还不够广呢。"何卫瞪圆了眼睛,惊疑了一句:"女孩?"小悦肯定地说:"是的,女孩!并且应是位大家闺秀,说不定还是位官家的小姐呢!"何卫仍质疑:"明明是个少年郎啊!"小悦摇着头道:"别追究这些了,快上山去打问清楚那女孩要找我救谁吧!"

一行人又上了马,再策马加鞭,到寨门口时又追上了那女孩,并与她一同进了寨院。小悦本想趁此表明身份问清那女孩的具体来由,可恰在此时,王佑三急匆匆跑来说:"格格你回来得太及时了,大虎、小虎正在议事厅等着,有特急之事要禀报呢!"所以,她顾不得再理会那个女孩,只三步变作两步就随着王佑三去了议事厅。

王炳、陈焕陪着大虎、小虎正在议事厅等着。小悦一进门，大虎就迫不及待地说："禀格格，朝廷已于八月下达撤藩令了。十一月二十一，吴三桂杀害了云南巡抚朱国治，拘捕了钦差折尔肯、傅达礼，发布了檄文，要拥立那位朱三太子，且自称天下都招讨兵马大元帅，正式举起了反清复明大旗。还有，吴三桂之举得到了多处叛将的响应，现在形势极为严峻呢！"随后，小虎又详细禀报了目前各地已经响应吴三桂作乱的叛将情况。

"果真反了！"小悦恨恨地说了一句，便招呼了大家坐下。她接着说，"大家不必惊慌！吴三桂反叛本在意料之中，有其他叛将响应，皇上也早已料到，这些啊，朝廷都已有了对策。我们现在需要考虑的，是我湖南平叛民军该怎么做？这需要商议。"

形势如此紧张，何卫已坐不住了。他站起身来慷慨激昂地说道："禀格格，我以为，局势变化得如此突然，我们应及早将各地民军集中起来，到叛军可能进击的方向设伏，待叛军来犯时与之拼个鱼死网破，用我民军的英勇之举迟滞叛军行动，将叛军主力消耗在湖南，为朝廷调整部署争得充足时间。请格格下令吧！"

"如此万万不可！"何卫坐不住，张安更坐不住了。他心里也早有了想法，且与何卫的想法截然不同。所以，也慷慨激昂地说："叛军兵力强大，而且有备而来，而我湖南平叛民军尚不到两万人，就算全部集中与叛军交锋也会如卵击石。更何况，民军分散各地，无法全部集中，形不成合力。所以，我们该先避其锋芒，待叛军进入湖南战线拉长后，再找其薄弱设法骚扰破坏，使其不得安宁，以此协助官军阻其北上。为此，我们有必要做好持久作战之准备。目前，吴三桂虽已举旗，但尚未发兵，我们要利用这短暂空隙尽快收集粮草军需，以应对长期作战之需。"

何卫不服张安，端出了将军作派发出了争辩："俗话说养兵千日，用兵一时，我民军备战了如此之久，为的就是要在关键时候勇猛出击。我想，只要我们能在各地游动地打几次伏击，消耗叛军实力，哪怕我民军全部拼光了也是合算的。"

张安当然也同样意识到了自己是位将军，而且还是这支虽已组建但尚无作为的民军统领，所以也拉出了将军的作派，侃侃而辩："朝廷成立平叛民军之目的是要利用民军对当地地形熟悉、民情了解之优势藏军于民，并适时骚扰，拖住叛军北进。现在叛军有备而来，士气高昂，粮草丰盈，且湖南作为叛军北犯必经之地，志在必得，而湖南的绿营兵力又十分不足不能抵挡。若此时集中民军全部兵力去与叛军正面交锋，无疑会断送民军。如果民军丧失，叛军占领湖南后，靠谁去扰敌、滞敌、拖敌？我认为还是得作长期打算，先将各地粮草军需收拢隐藏起来，阻塞叛军就地筹措粮草之路，再收拢有必要收拢的民军队伍，在此基础上，设法打击叛军的粮草队伍，再以咬一口就跑的方式，频繁偷袭叛军营地。若能如此，既可保存实力，又能达到拖敌北进之目的，相比于硬拼硬打，这才合算！"

"何将军请不要说了。"何卫还想继续争辩时，被小悦拦住了。小悦清楚，何卫的想法虽勇气可嘉，但无远见也缺少谋略，而张安的想法虽不完善，但是可取。出于维系高层团结的需要，她没有肯定一方又否定一方，而是环视了一圈后，就把目光落在了王佑三的脸上。"何将军和张统领都说得很明白了，且各有道理，不知王副统领有何见解啊？"她问。

王佑三看了看小悦，又看了看何卫、张安，"呵呵"一笑，说道："我没有打过仗，但想，打仗跟打架一样，两人拳头对胳膊，只要力量悬殊不大，技法也无太大差别，就会旗鼓相当，都难取胜。如果此时另有人在一方背后使绊拖腿，使其力量和技法得不到发挥，那这一方就输定了。我想，皇上派格格和各位将军来此组建我们这支平叛民军，不是要我们直接去打架，而是要我们去拖腿使绊，我们拖的当然是叛军的腿。现在叛军尚未到达，还无腿可拖，但我们可以先做准备。所以，我认为，第一步，应按张统领之策，尽快收集粮草军需，来不及收集的要奉劝百姓全都深藏，让叛军进入湖南后无粮草可筹。其实，这也算是拖叛军后腿了。第二步，就是等叛军进入湖南后，趁其战线拉长，立足未稳，找其薄弱进行袭扰，比如焚其营帐、粮草，也可以见机搞一些捅一刀就跑的攻击，这样就能把叛军的腿拖住了。我一山野之人，只懂得这些，所以也只考虑到了这些。不知各位怎么看啊？"

小悦朝王佑三点了点头后，又问于奎："于副统领怎么看？"于奎看了看各位，说道："何将军和张统领所说各有道理。王副统领说的虽然通俗，但更好理解，我觉得他的办法更为合算。打仗嘛，跟做生意一样，要以最少的成本赚最多的钱，我们对付叛军也应如此定战策。"

该轮到王炳说话了，没等小悦发话他就说开了："我们是练武之人，都知道先把拳头收回来再打出去更能伤及对方的道理，所以我同意张统领的意见，先避其锋芒，待叛军进入湖南后，再找其薄弱把拳头打出去，如此会效果更好。"

小悦又把目光转向了陈焕。陈焕看了看各位，站起了身说："各位头领说得各有道理，但我认为张统领的战策既着眼长远，又顾及眼前。吴三桂起兵是为谋天下，朝廷平叛是要保天下，我们决定战策时当以此为背景，不可孤立地站在局部之位考虑。我想，这点格格肯定比我们更加清楚，我就不多说了。"

诸位各有所表，现在该归纳出一个基本的战策了。小悦朝陈焕微微地点了点头后，却并未轻易地定下结论，而是把目光转向了何卫。她说："何将军，你是朝廷平叛民军的副督统，还是由你来将大家的意见作个归总，定下个初步战策吧！"何卫看了一眼大家，腼腆地笑了笑后，说道："大家都比我考虑得更周全啊！既然如此，我就不坚持我的想法了，就按大家所说的办吧。我想，只要我们能齐心协力，是一定能够将叛军死死地拖在湖南的！"

见何卫顺利地下了台阶，小悦已舒展开了眉头，说："何将军深感皇命重大，愿率兵与敌直接交锋，以报效朝廷，足见其大有为朝廷甘洒热血之英雄气概。但朝廷赋予我民军之责任并非与叛军去直接叫阵拼杀，而是要以袭扰、破坏叛军等方式配合官军行动。再说，我民军兵力有限，部署分散，还只能避实就虚，见机行事。"停了停，看了看各位后，又说："吴三桂虽已举旗，但尚未发兵，我民军该如何与之交战并非当下之重点，当下之重点应是全力以赴做好临战准备，临战准备当以着眼战时所需为前提，所以，当下须抓紧办好三件事：一是要着眼长远满足我民军长期生存所需。这当然该以抓好粮草储备和辖内生产为首要。二是要着眼长远满足我民军长期作战所需。这当然该以兵员招募、队伍操训、兵力整合、提升战力为首要，并以培养一支想战、敢战、善战的队伍为目标。当下民军兵力分散，拳头不紧乃致命之弱点，当尽快整合。三是要着眼长远满足队伍稳定和辖内秩序所需。这该以军规军约和民规民约拟定、实施为首要。基于以上三点，我决定，从今日起，湖南平叛民军及所辖地域转入临战运转。近期部署按内线和外线分别对待。内线以大沩山为中心，辐射岳州、长沙、湘乡、涟源、益阳、桃江、安化，暂以三个月为期，将粮草、兵力全部收拢进大沩山。分工如下：我与何将军总体督导。张统领总体指挥。于副统领负责大沩山守护警戒，并加速哨卡筑建和哨位巩固。王副统领负责营盘筑建、民房征用和域内生产，以修筑双凫铺码头为优先，并尽快组建码头护卫营，并在迴龙山设置前哨营。明日开始，我和张统领就前往长沙、岳州部署；王炳都领前往湘乡、涟源部署；陈焕副都领前往桃江、安化部署。长沙、岳州的物资由水路运至双凫铺后，用马车转运进大沩山，长沙所需船只从岳州抽调；湘乡、涟源、桃江、安化的物资直接由马车运进大沩山集中。黄材镖局的骑营应分成三队，一队跟随王炳，一队跟随陈焕，另一队负责双凫铺物资的转运。各将部署完后须立即返回大本营，迅速组织兵员招募、队伍操训、物资接收、人员安置、辖内生产、民众发动和秩序管理。外线，由张统领发出鸽信，令南岳山、九凝山、德山、九龙山各地民军，重视粮草储备、暂时收缩兵力、关注叛军动态、择机主动作为。大虎、小虎要加强与官府、官军联络，随时掌握上情、军情、敌情、社情和民情，做好相应配合。"她扫视了一圈，问道："都明白了吗？"

"明白了！"大家异口同声。"好！"小悦看了看各位，又说，"我还有个好消息需要告诉各位，前期我们令段彪往云南派出了几支小型的袭扰队，虽然损失了十几个兄弟，但烧毁了吴三桂的几处粮仓、草料场和布料库，还毁了叛军的一个盐库，这算是在吴三桂的身上扎了一小刀。皇上八月就已下令撤藩，吴三桂到十一月才发檄文举旗，其中的原因当然有很多，但不能说与段彪的偷袭无一丝关系。所以，我们应当看到粮草军需对保障作战之重要！"

"这确实是个好消息！"王佑三一声大笑后，又说道，"我就说嘛，段彪一定会让吴三桂喝上一壶的。"小悦看了眼王佑三，点头说道："是的，他确实让吴三桂喝了一壶。他首战建功，我们也不能居后啊！"她正要挥手让大家各自去准备时，门外却突然出现了争吵的声音，随着声音临近，刚在路上遇到的那位女孩已来到了她面前，且质问她说："你这位格格，明知我是要找你救人的，你却偏偏要把我撇下不管，难道你要见死不救了？"

"哎哟，我忘了还有你了！"小悦还真是一惊，才想到了这女子的事也非同小可。所以，就歉意地一笑，又说，"对不起了，我们正在商议要紧的军务呢。好吧，你现在就说说吧，说清楚了我也好有个决断，看怎么个救法！"女孩甚是不满，回道："你在商量要紧的军务？我这也是要紧的军务呢！你若再不去搭救你那些兄弟姐妹，他们就要被当作反贼全部被官军剿了！"女孩的这一席话，着实让在座的人都吃惊不小。何卫还忙问："是什么人要被剿了啊？你能说得具体一些吗？"女孩却不屑地斜了何卫一眼，撇嘴说道："这事关军中机密，你根本就没有资格知道！"何卫讨了个没趣，本想要发泄一通，可就在这时，小悦站起了身，说道："你们各位都按刚才商议的忙去吧，别再耽误了！"

第三十九章　揭穿少年女儿身　格格岳州劝总兵

　　小悦将女孩领进了自己的房内。一进门，就拿出了一套衣裙丢给了她说："先去洗个澡换上了衣裙再说吧，别让那一身的污垢遮住你的美丽了。"女孩一惊，接过衣裙，眼睛瞪得了溜圆。可抬起袖子往脸上一扫，又嘻嘻地笑了，问："难道格格你早就看出我是女儿身了？""是的，在饭铺时我就看出了！"小悦往椅子上一靠，又说："男女体貌各有不同，哪能随便就遮得住呀！"女孩又是一惊，吐起了舌头。就凭这短短的几句话，她已领教了小悦的心明眼亮，所以，不敢再有嘻笑了，而是规矩地跟着秋月进去了洗漱间。当她再出来时，已如花似玉。她本身的娇艳，加上刻意的矜持，揉就了一个大家闺秀的形象。"叫什么名字？"小悦轻声地问。

　　"薛珊。"薛珊的声音很轻，笑容很纯，也很艳，尽管带有一些刻意的痕迹，但仍让小悦感觉到甜美可爱。小悦说："你太漂亮了，这世间还有你这等漂亮的女子，我都要嫉妒了！你本是鲜花一朵，却要用枯叶来遮盖，岂不是要糟蹋了你爹娘给你的美丽了？"这是一种善意的责备，可激起了薛珊的委屈。薛珊放下了脸，瘪起了樱桃小嘴，说道："格格有所不知，出门时我本是女子打扮，后来过江时船翻了，马落江了，盘缠也丢了，就只好乞讨而来了！"

　　"哦？那难为你了！"小悦惊诧后，拉过椅子递给了薛珊。待薛珊坐定，便问道："你这千辛万苦来找我救人，是要救什么人啊？尽量要说得详细一些，好让我有个清楚的判断。"薛珊瘪开的小嘴早已复原，那丝庄重与她白净鲜嫩的脸色很不相称，那严肃的眼神与她的年龄也极不相符，但说话的语气倒与神情相配："禀格格，近段岳州传开了一条消息，说是皇上派了格格在收罗江湖各帮各派的势力用以对抗吴三桂谋反。消息越传越神，都把你说得像仙娥一般了。岳州总兵萨哈勒感到事不对劲，就派了人去查探，果真查探到了洞庭帮里确实藏有前明的余孽，就认定了这些江湖帮派都是反清的势力，那些传言是反清势力施放的烟幕。所以他要争取主动，将他们铲除。我父亲是总兵手下的副将，认为事关重大，应先弄明情况，以免错捕错杀坏了朝廷的大计。为了了解实情，他带人各处查探，了解得越多，就越觉得那些传言可信，于是就劝总兵先别下手。可总兵不听，还紧急下令封锁了岳州的大小通道，不准任何人逃出岳州。

那日，我父亲去了洞庭帮，洞庭帮的帮主胡大魁让他见了张大龙。张大龙将你和李茂、何卫将军奉密旨组建湖南平叛民军之事全都说了，父亲从他的描述中证实了事情的可信。父亲是认识你和李茂的。他说皇上有可能设此暗局，你也有可能闯入江湖。可父亲向总兵禀明实情再次劝说时，却遭到了总兵的训斥：若阻挠平贼，得按通贼论处！父亲无奈，只得暗中通知各帮派注意防范，并派我以女儿身的方便逃出岳州来找你，还要张大龙住进了我家以方便联络。几天前，我溜出了岳州，可租船过江时，马在船上无故踢弹了，船几个摇晃就翻了。我和船家虽都游上了岸没被淹死冻死，但马匹和行李都被冲走了。船家知道我要赶远路时，就要给我银子做盘缠。银子我不忍要，只要了他一身旧衣服和一顶破斗笠乞讨来了这里。我总算是找到你了，可你得尽快去岳州，若让萨哈勒得手了就不可挽回了。"

"鲁莽的萨哈勒！"小悦责备了一句，却笑了。"呃，你父亲叫什么名字？"她问。"薛维柱！"薛珊果断回答，但眼里有了焦急的神色，"父亲曾在步军统领衙门任职，有幸被皇上视得受到了器重，常被皇上秘密召见。皇上设计让他成了鳌拜的亲信，协助皇上清除了鳌拜。完成使命后，皇上秘派他来了岳州，为总兵手下的副将。鳌拜被除后，父亲请旨回京，可圣旨上就给了他一句话：'要像一颗钉子钉在岳州。'自此，父亲就发誓要在此长钉下去，替皇上守好这片鱼米之乡。"小悦稍有惊喜，因为她不止一次地听皇上夸赞过薛维柱。也因此，对薛珊给出了一个温美地笑，口气也比刚才要亲切了许多，说："你父亲就是皇上常提起的'赛诸葛'吧！"薛珊却突然打断："不，是'薛诸葛'！"还自豪地说，"父亲说了，这雅号是皇上给他的褒奖，他要备加珍惜！"

此时，小悦已完成了对薛珊身份和所言的验证，所以，心里也已焦急。她让秋月叫来了大虎、小虎，急切地问道："若有民军遭到误会被官军围剿，你俩将如何解救？"大虎、小虎都露出了惊讶之色。大虎回道："我们可持皇上赐的金牌出面调解！"小悦眉头一皱，说："岳州民军正被岳州总兵当反贼围捕，必须解救。可岳州总兵生性固执不一定认这金牌，还有其他的办法吗？"大虎闪烁其词，小虎却抢过了话说："没有了，金牌是皇威象征，出示金牌如皇上亲临。我们持金牌前往，官军必须服从调解。""若岳州总兵不认这金牌呢？"小悦已从大虎、小虎的眼神里看出了异样，所以故意气势咄咄。没料大虎、小虎互相看看，都摇起了头来。"那就没法了！"小虎说。小悦却突然喝道："应动用密旨！"大虎、小虎一愣，面面相觑，且"这啊这"地支吾起来。半晌后，小虎才说："禀格格，我们协调民军和官军、官府的关系只靠金牌。""都什么时候了？还要欺瞒！你们难道想要那几千民军兄弟死在自己人刀下吗？"小悦已从大虎、小虎的支吾里证实了自己的猜测，所以，声音已更高。望着小悦，小虎已经呆住。大虎却赔笑脸说道："格格既然已经知道，我就不再瞒您了。皇上确实给有我们密旨，可在关键时候示予湖南七品以上的官将，但只限在您有难时方可动用。"小悦一惊，有了些许的激动。她点了点头，言语也轻柔了许多，说："那你们就当是我受到了威胁，拿出密旨去示予岳州总兵要他放过民军吧！"大虎当即就点了头，小虎却使劲地摇起了头，说："这是欺君之举，请格格体谅奴才不敢枉为！"

薛珊已从小悦的刻意里看出了端倪，所以窃笑了。但因心中焦急，所以就走上前去，对着小悦似劝似求道："这两位大人不敢违旨应该体谅，当下形势紧迫，格格就带他俩前往吧。若总兵不认金牌，到时再商议是否动用密旨还来得及呢！"薛珊说的当然在理，大虎算找到了解围的由头，便接过了话说："姑娘说得对！我相信只用金牌就能成事。不如先去试试，不必耽搁了。"说完，就与小虎都把目光都转向了薛珊。"比格格还美呢！"他俩在心里咕嘟着。

薛珊确实给大虎、小虎解了围，也给小悦及时收场提供了台阶。其实，小悦并非知道他俩身上带有密旨，也并非一定要动用密旨来处理此事，她只是想要探清皇上的这两位亲信身上到底还有哪些秘密。如今已经探清了有这个密旨，她也只得就把神色调回了原状，朝大虎、小虎扬了扬手说："你俩就随我去岳州吧，但必须听令行事，不可固执迟疑误了大事！"大虎、小虎如释重负，同声答道："奴才照办，请格格放心！"说完，目光又都飘向了薛珊。小悦对他俩的轻浮之举并未责怪，而只轻轻地挥了挥手，赶他俩前去准备去了。

大虎、小虎一走，小悦召来了何卫、张安、王佑三和于奎，向他们通报过情况后，便说："情况危急，我拟与张统领携大虎、小虎赶往岳州。为应付不测，还得从骑营挑选五十位兵士随行。家里的事须按事先商定的抓紧实施，各位务必要尽心尽责。"何卫、王佑三和于奎都应诺而去了，张安却双眉紧蹙，棱角分明的脸上有了疑惑："此事为何会闹到如此地步呢?"薛珊抢着回道:"这得怪萨哈勒总兵,他简单,固执,才闹成了这番局面。"小悦却摇了摇手,黛眉微蹙地说道:"也不能全怪萨哈勒总兵。皇上派我等组建朝廷平叛民军本是暗招,未曾告知地方,朝中知之者也不多。萨哈勒总兵虽然鲁莽,但是出于忠心。其实,问题的根子并不在这儿,而是在我民军与驻地官军、官府并无联络。以前我们是该隐秘,如今已大战在即,也该有个联络了。我等此去,还得补上这一课,要不然,大战之时三方不仅会毫无默契,甚至还会要生出更多的误会来。"

"你说得是,是应该补上这一课,不仅在岳州,在其他州、县也当如此。此事我等自行联络自有必要,但还应通过督、抚衙门告知驻军及各州、各县,以增加民军存在的可信度。"张安点了点手指,心里的焦急已随目光漫开,所以,接着说,"事不宜迟,还是赶快出发吧!"

小悦一行快马加鞭,翌日太阳落山前赶到了岳州。此时,薛维柱正在府外急得如热锅上的蚂蚁。当小悦一行赶到时,他三步并作两步就迎了过来,顾不得礼节直接就说:"格格来得及时,若再晚一步就不可挽回了!"他已多年不见小悦,但还是认了个准确。既然事态紧急,小悦也没有客套,直接就问:"情况怎样了?"薛维柱回道:"总兵已派兵包围各帮各派,明日拂晓前要全面进剿。我已要各帮各派冷静应对,官军进剿时只可防不可出击,要相信格格必会来救。"小悦香眉紧锁,脸上突然漾开了一股怒气:"如此大事,总兵为何不奏报后再用兵?"薛维柱答道:"他已奏报,但定的是边奏边剿之策,入夜就要带进剿的兵将出发了,我们还是尽快赶去总兵府吧!"小悦一听,就没再犹豫,只一挥手就大喊了一声:"走!"

话说萨哈勒总兵原只是个小小的牛录额真,后好不容易混了个七品把总,参加清剿李自成和明朝残余时却勇猛无比累建奇功而步步升迁,直到后来升到了总兵之位。他忠心耿耿,视不利于朝廷之人为死敌。自从断定岳州有了逆贼,就痛下了决心要彻底剿平。他先已派兵将各帮各派团团围住,要在明早全面剿杀。当下他正在集结兵将,等待天黑就要将进剿兵将部署到位。可就在此时,薛维柱带人来了。他惊诧了,饱经风霜的脸上堆起了愤怒,也对薛维柱生出了痛恨。这份愤怒与痛恨给了他坚定的决心,要展开阵式将薛维柱一伙儿坚决剿灭!

薛维柱知道萨哈勒已误会至深,所以大声解释,但萨哈勒一个字也不愿意听。他浓眉一耸,还发出了怒吼:"你这薛贼,背叛朝廷,勾结叛匪,我要将你碎尸万段!"情况如此危急,薛维柱的兵士和张安的手下都已排开了阵式，把主子们护在了身后。而大虎立即高举起"如朕亲临"的金牌，向萨哈勒发出了大喊："皇上金牌在此，岳州总兵萨哈勒接旨！"萨哈勒对薛维柱的解释充耳不闻，但听得"接旨"就心里一个"咯噔"，愣了！可只有一会儿，又怒吼了："大胆毛贼，假传圣旨，看我如何收拾你们！"他举剑正要下令出击时，却有属下凑去了他耳边，说："薛将军所言可信，其他人也不像作乱之兵，且他们确有金牌在手，或许还真是皇上所派呢！若真如此，您如此出击就大错了！"萨哈勒一愣，犹豫了。就在他犹豫之际，小悦取下剑来交予了大虎，接过金牌就走上了前去，用满语喊道："总兵请听我说，我是小悦格格，和硕承泽裕亲王硕塞的女儿。我知道您曾随先父征战沙场，得到过先父的提携。现在我有话要跟您说呢！"她这一招果然有效，萨哈勒虽还怀疑，但眉间皱折已有所拉平，问道："既然你是格格，为何会跑来岳州？既然来到了岳州，为何不找官府，却要去与江湖草寇胡混？"小悦又向前了几步，说："我不找官府是遵了皇上的旨意。请靠近说话吧，听我说清楚后你就明白了。"萨哈勒犹豫了片刻后已向她走来。当与萨哈勒面对面之时，她刻意露出了几分柔美与可爱，说道："皇上三年前派我和李茂、何卫来到了湖南，目的是要网罗民间势力准备对抗吴三桂作乱。我们已将湖南各地民间势力拉入旗下，并奉旨组建了湖南平叛民军。当下大敌当前，你却要剿杀朝廷的民军将士，大错特错了！"她娓娓地道来，但句句都砸在了萨哈勒的心上。萨哈勒一个战栗，抖着嘴唇问道："这真是皇上的暗计？"小悦点了点头道："这正是皇上的英明之处！"

萨哈勒的脸额上已渗出了汗珠，但拍拍脑门后又露出了一丝不可捉摸的笑，随后又有了些许的傲慢，说："李茂是御前侍卫，功夫了得，皇上派他来江湖担此大任倒合情理。可你，是位格格，皇上为何会派你前来？"小悦小嘴一撇昂头回道："总兵的意思是，格格就只能在宫里当个花瓶让人赏着玩吗？来，借你宝剑一用！"她向萨哈勒伸出了纤手，接过长剑后便剑指云天、凌空跃起，且身如龙腾、剑如凤舞，舞了祖传的开天剑法。收招之后，便面带微笑一脸轻松地站到了萨哈勒面前。萨哈勒张开的大嘴已僵在了黝黑的脸上，随后"扑通"一声便匍去了地上，发出了比怒吼时更要洪亮的声音："末将，萨哈勒，叩见小悦格格！"

这时，小悦的嘴角一翘，眉角一抬，说了声："起来吧！"便将长剑还给了萨哈勒。萨哈勒接过了长剑，微哈着腰，脸上的阿谀之色已很非常清晰，且说："格格刚才使的是太祖独创的开天剑法，此剑法高超无比，难度极大，势不可挡，若非太祖嫡亲之后难得真传。格格，末将多有冒犯了，还请原谅。"小悦昂头说道："冒犯了我，我暂且可以原谅你。但你要剿杀朝廷平叛民军将士冒犯的是皇上，是朝廷，是天下呢，这该咋办？"萨哈勒躬起了身子，拱手一揖回道："末将愚蠢至极，错判了皇上的英明，罪该万死！但请格格看在我是出于忠心的分上，能从轻发落。"小悦却边走动边说："那就看在你是出于忠心的分上，不怪你了。"站定了又说，"当下该如何去做，你该懂了吧？"萨哈勒突然一振，抹了一把汗，发出了大喊："来人啊，传我军令，火速撤兵！"待手下领命走后，他便诚惶诚恐地向小悦发出了邀请："格格，请进府上去说话吧！"

"总兵知错便改，很好！"眼见事态已经扭转，小悦脸上已有了花开的模样。此时，她一改了刚才的庄严做派，装扮出了稍许的娇俏与可爱，说："我既然来了，是该去你的府上去看看的。那请引路吧！"萨哈勒轻哈身腰，摊开了大手："格格有请！各位将军有请！"小悦只一个浅笑，便轻移柔步，进到了总兵府。她向萨哈勒逐一介绍过张安和大虎、小虎后，便坐了个端正。刚一坐稳，萨哈勒就哈过了腰来，说："格格光临本府，我荣耀之至，今晚我要设宴款待，还望格格能够答应！"

"这当然好啊！"小悦答应得干脆。她如此干脆地答应，自然不是为了要领受萨哈勒的盛情，而是想要借这场酒宴促成民军、官军、官府三方见面勾通。所以，又说："既然你已有此安排，就邀请民军和你军中的将校及岳州府一行都来参加吧，三方就此认个脸熟，以便日后能互相配合。"萨哈勒咧嘴一笑，哈下身来回道："格格想得周到！我定把今晚这酒宴办得丰盛，让大家酒喝够，心交透！"小悦展开了笑容，只扬了一下手，便大声地说了句："如此甚好！"

再说薛珊见过母亲，诉说了艰辛，又来到后厅站在了张大龙面前。她欣喜地对张大龙说道："格格和张统领来了，我父亲带他们去总兵府了！"张大龙本已听薛府的家丁说过了，悬着的心早已放下。但望着风尘仆仆的薛珊，还是有些激动，"有了格格出面，民军就有救了！"薛珊已春风拂面，说："是啊！这下可放心了。"可只有一瞬，她神色又变了："呃，你就相信格格能说服萨哈勒总兵？"张大龙坚定地说道："当然！"薛珊却摇起了头说："我看未必！"向张大龙走近一步后又说，"总兵是颗顽石，哪能轻易说服？我担心，他会将格格也当反贼抓了。若是如此，民军救不了，可还得要搭上格格和我父亲的性命了！"

"这绝不可能！"张大龙的自信是从脸上自然渗出的，"总兵的顽固我知道，但格格的智慧我更清楚。就算萨哈勒再顽固，格格也会有办法让他信服！"薛珊突然绽开了花一般的笑容，稍顷却又喃喃地说道："你这一说，我心就安了。但想起总兵的顽固，我还是有担心呢！"张大龙走到了与薛珊只有了两步之隔的地方，说道："你应相信格格！耐心等等吧，我已要你家的家丁打探去了，只要事态平息，他就会回来禀报的。"薛珊终于点了头，但坐下后就陷入了猜想，在猜想总兵府里会发生的事情。此时，张大龙却已找不到说话的由头了，只得纠结去了。他在纠结是该坐下还是该离去，但他最终既未坐下也未离去，而是踱起了步来。

"你晃啥？晃得我头都晕了。"薛珊嘴上责备，但眼里有朵小花在摇晃。张大龙站住了脚，一副憨态，说道："我没晃哩！我怕说话打扰了你，就踱了。"薛珊指了指对面的椅子说："坐吧！呃，格格真能摆平这事？""真能！"张大龙缓缓地坐下，又说："格格很了不起，你父亲和张统领也是，有他们一同前往，用得着担心吗？"薛珊没作回答，但低头扯起了手指。"在想啥呢？"张大龙问。"没想啥哩！"薛珊抬了抬头，脸上泛开了一丝羞意。"干吗不说话呀？"张大龙想引出个话头来多劝说几句，好让薛珊能彻底放心。薛珊却扬着红晕荡漾的脸，喃喃地问道："你咋就如此沉得住气呢？"张大龙双眉一扬，回答说："干吗要沉不住气啊？总兵虽是顽石，但有格格、你父亲、张统齐心协力，定能把他这颗顽石砸碎的。那边本就不会有事，你还要担心啥呀？"

薛珊已钦佩在心，目光也已粘上张大龙的脸。她已从张大龙身上获得了一种力量，这种力量支撑起了她敢于当面欣赏一个英俊男子的勇气。此时，她的心已跟随张大龙的神情跳动了，且更有了力度。她感到自己脸上有了热浪在旋转，所以捂住了脸，低下了头。可就在此时，家丁破门而入，嚷着："神了，平息了！总兵撤了兵还要宴请民军头领呢！""是吗？"张大龙和薛珊同时站起。薛珊如轻燕展翅，扑向了张大龙，张大龙搂起了她如搂着一束鲜花旋转起来，吓得家丁昏懵了一瞬便仓皇而逃了。薛珊虽已被放下，但觉得天仍在转，心仍在飞，非常美妙。她扬起了脸，蕴含美妙的眼神已飞向已经呆滞了的张大龙，娇柔地说道："信了，我信了，格格确实了不起！""格格当然了不起！"张大龙似是醒了，但没有了刚才的那种潇洒、自信。可就在此时，薛珊哭了，他惊诧地问："你怎么了？"薛珊昂起了头，又笑了，说："我是高兴呢，因为民军有救了。"

"是该高兴！"张大龙也笑了。可薛珊瞟了他一眼，问道："你知道我是如何去的大沩山吗？"张大龙回道："骑马去的啊！"薛珊脸上有了委屈在聚拢，眼眶里也有了泪光在闪动，她说道："是骑马去的，可是过江时，船翻了，马被冲走了，游上岸后也差点被冻僵了，好在船家借给了我一身旧衣服，我就女扮男装乞讨去大沩山了！""啊？"张大龙惊愕得眼球都快要掉出来了，脑袋里也翻腾开了许多的不可想象。他深深地鞠了一躬后，说："你是挽救岳州民军的大英雄啊！我要代表民军兄弟们感谢你了！"薛珊"噗"地笑了，轻移一步站到了能够感受到张大龙呼吸的地方，说："大英雄的称号给你才合适呢！"她声音很轻，又向前了一步，双手攀住了张大龙双肩，头也靠到了张大龙胸前。"你，你才是大英雄！"她的声音更轻了，还已有些颤动。

第四十章　薛珊拒绝小虎意　小悦战前添身孕

　　小悦与张安岳州之行不仅挽救了一场危机，还促成了岳州民军与官军、官府的相互沟通，同时也安排好了岳州物资的转运，并将部分民军和官军将士的家眷提前转移来了大沩山，解除了将士们的后顾之忧。临走前，他俩还与岳州总兵和岳州府达成了约定，到时若岳州无法坚守，官军与官府的人马都可撤进大沩山来，以保存实力，并利用大沩山有利地形地势持久作战。薛珊也随母亲来到了大沩山。小悦考虑到她聪明而有学识，要将她安排去织造行协助柳叶刀做事。可她并不愿意，认为全天下女子中只有小悦格格才值得她跟随，所以就偏着劲儿要跟随小悦。小悦拗不过她，也想到自己确实需要有个助手，就答应了她。

　　自从见过薛珊，大虎和小虎都惦记上了这位美女，如今薛珊已住进了博公寨，他俩已欣喜得不行。近段来，有事没事都争着去给薛珊献殷勤，想以此博得薛珊的芳心。但薛珊对他俩都不冷不热，且一视同仁，有时连称呼都合称为了"二虎"或"二虎大人"。但每当二虎前献来殷勤时，她就会想起张大龙，只要想起张大龙，心里就会产生一种特别的感觉。

　　各地的物资和一批又一批的抗反力量及能工巧匠源源不断地进入大沩山，大沩山内已一片繁忙。民军为安置好这大批的物资和人员，在官山、沙田、五里堆、祖塔、月山、井冲、巷子口、龙田等地开辟了多个储备仓库，建造了数十处工房和兵营。民军头领个个忙得不亦乐乎，但各负其责，一切都安排得井井有条。张安和小悦还与周边的府、县衙门有了沟通联系，让周边的府、县官员确认了朝廷平叛民军在当地的存在，还达成了一些必要的约定。

　　这天，薛珊陪同小悦在官山巡察，见一房后树林里有动静，硬要拉上小悦去看个究竟，这一去却见到了她俩都羞于见到的一幕：春桃和于奎紧抱在一起。小悦倒是惊喜了，薛珊却极为不满，退出来后没走多远，就嚷开了："于奎身为我湖南平叛民军的副统领，居然在外勾搭别家的女人，太伤风化，会带坏民军风气的，格格你得管呢！"小悦斜了薛珊一眼，笑道："勾搭别家的女人？一个是未娶孤男，一个是未嫁老女，正是合适的一对呢，这哪会有伤风化?"薛珊稍有一惊,笑了,还扮着俏皮的模样说道:"原来他俩是正当相爱啊!"可突然间,又不满了,"就算正当相爱也该避着我们才对,让我们如此看到,多难为情啊!"小悦盯着薛珊,不语了。直到薛珊恍然大悟后说了句"是我们错了"才放声笑了。薛珊也已笑得满脸通红,心里还随之冒出了个大胆的期盼:我也该早些与张大龙亲热上才对呢!

　　小悦带着薛珊又赶到了沙田粮库。这时,正好遇上了大批马车运粮过来,在这群马车夫中,居然有张大龙。张大龙本在湖中搞船运,这天,他随运粮船到了双凫铺,正好遇到一马车夫伤了腰,就被张模指派接过了马车送粮前来沙田了。得此美差,他乐不可支,因为他可以见上薛珊了。自从那日离开薛府后,他就时常想念着薛珊,得知薛珊已转移到了大沩山时,就更想念了,心里也在寻思着要回到大沩山来把自己的想念告诉薛珊。但他没想到这机会来得如此之快,所以一坐上马车,就把眼睛削得尖亮,没放过路边的每个行人。当快到了沙田粮库仍未见到薛珊时,他还另有了打算:交差后要去找张统领帮忙。可事情偏偏凑巧,他这打算还未在心里安放好,薛珊就出现在了他经过的路边,而且,薛珊也已看见了他。

　　"大龙——"薛珊发出了连她自己也惊讶的大喊,没顾得给小悦打个招呼就跃去了张大龙的车旁,再一个轻纵,就坐到了张大龙的身边,陪着张大龙去交了差后,才领着张大龙来到了小悦面前。见这情形,小悦笑问:"怎么?你俩也正当相爱了?"张大龙羞腆地低下头,薛珊却昂起头来回道:"大龙是挽救岳州民军的英雄,格格不会反对我与他正当相爱吧?"小悦爽心地一笑,点点手指说道:"你俩是英雄爱英雄,我哪有反对的理啊?"薛珊"嘻嘻"一笑,又说:"既然格格不反对,我们就该放胆去爱了!"她还不顾当人当面,竟将头倚去了张大龙肩上。张大龙的脸像快要燃烧了,并且还刻意解释:"薛珊姑娘是在开玩笑呢,格格您可别当真啊!她是大家闺秀,我哪敢对她有非分之想啊?我们只是在岳州相处得熟悉了,我把她当小妹走得近了些而已。"小悦却笑眯眯地说道:"看来,你这小妹已对你另有其意了,你就接受这份意吧,别把送上门的凤凰当山鸡放飞了!"张大龙已脸色通红,且已有些结巴:"禀,禀格格,我真的没那非分之想呢。薛珊姑娘是在跟我闹着玩,我,我若敢当真,那就是瘦猫盯上游鱼了!"薛珊却突然一拳砸在了张大龙的胳膊上,嗔责道:"谁在跟你闹着玩啊?我就是要与你正当相爱!格格都同意了,你怕个啥呀?到时我还得请格格给我俩证媒呢!"见这两人如此地有意思,小悦放声笑了,笑过,便朝薛珊说道:"你很有眼光!行啊,到时我给你俩证媒!今日也放你的假，你就与大龙正当相爱去吧！"

　　薛珊与张大龙各骑一马一起飞奔的一幕被小虎见了个正着。小虎顿生妒意，去告知了大虎。大虎一听，也妒火焚烧，心有愤懑了："他张大龙何德何能啊？"小虎当然也是一脸妒恨，但只有片刻就已挂起满脸的笑，说道："薛珊肯定是被张大龙蒙蔽了！我们得去好好劝劝，要她不要把自己这朵鲜花插到狗屎堆上去了！"大虎说道："是啊！"可闪了闪眼睛又改变了口气，"如此去劝她肯定不行！薛珊姑娘应是不方便在你我之间做出选择才不得已跟张大龙好了。这事啊，我俩还得有个商量，你得先让我一次，让我去向薛珊表白，你在一旁相劝，一起把薛珊姑娘的芳心拉到我这儿来，行不？"小虎却鼓起了双眼，迟迟没作答应，好一阵才说道："哥你太不仗义呢！再说这也不公平啊！而且，在当下这情形下要夺回她芳心，还只能我去！我年轻，长得比你好，更有把握去吸引她。"大虎一听，就紧锁了眉头，还咬着牙齿愤愤地说道："你这更不仗义呢！你呀，就喜欢跟我争，若不是这样，薛珊姑娘怎会轻易地去选择张大龙那堆狗屎呢？"小虎眼神里突然有了一丝轻蔑，还撇了下嘴说道："你说啥呢？明明是你自不量力在跟我争嘛。你若不跟我争，我早就与薛珊姑娘同床共枕了，哪还轮到他张大龙沾上荤啊？"

　　"好了，好了，我不与你争了！"大虎大手一挥，像是要退让，可忽然间又昂起了头来，说："既然你硬要与我争，那就只能抽签测运了。这样，取两根长短不一的木棒，谁抽到长的就算赢，抽到短的要配合，行不？"小虎嘴角一翘，点头答应道："这还算公平！"他瞥了大虎一眼，主动折起了木棒。面对小虎拳口露出的木棒头，大虎双掌合十，反复地念了几声"菩萨保佑"后，才狠劲地抽出了一根。一看，却是短棒。他"唉"地一声急叹，肺都差点气炸了。小虎甚是得意，将手指捏住的用两根短木棒拼成的长木棒往草丛里一扔，说道："这就是天意了，你只能认了！"大虎虽然很不甘心，但又不得不跨上了坐骑，跟上了小虎。

　　薛珊正陪着张大龙在织造行察看，不曾料到二虎会来。看二虎那神情，薛珊就已明白其来意，所以，故意转过了身去，只留给了二虎一道背影。倒是张大龙礼貌，上前行着礼说道："不知二位大人也会来此，来不及回避，还请莫怪！"二虎并未理睬张大龙。尤其是小虎，直接就走去了薛珊面前，说道："薛珊姑娘，你可是玉叶一片呢，可不能把自己当茅叶使啊！"薛珊耷拉着眼皮不屑地看了一眼小虎，回道："我是玉叶还是茅叶，自己最清楚呢，倒是不知小虎大人冷不丁地、没头没尾地说出这么句话来，是何意思啊？"

"小虎想要娶你为妻呢!"大虎凑上前来,帮上了腔,还说,"薛珊姑娘你该知道,我兄弟二人一直对你倾慕已久,以前同时追求,让你难以选择。如今我忍痛放弃,不让你为难了,你就答应了小虎吧!"薛珊一听,鄙夷地一笑,说道:"大虎大人也太会开玩笑了,你们都是朝廷的派员,皇上的亲信,向我一个小家之女求婚求娶,我哪敢高攀啊?再说,我已与大龙有了婚约,小虎大人如此求娶,是找错人了!"小虎的心里顿时像飘进了一层冰霜,感到已凉了半截,但他并不甘心就此放弃,所以又上前了一步,对薛珊说道:"俗话说得好,好马配好鞍,好女嫁好男。你身为将门之女,美丽过人又才华出众,应嫁个地位高、品貌好的人才对。我小虎不才,但论长相不比张大龙差,论才华也知书达理略通古今,论地位就不用说了,普天之下能在皇上身边当过差的能有几人?你若嫁我,怎么着也会比嫁给张大龙这个小兵士强上百倍,你可不要把这荣华富贵随手扔了呢!"他竟然如此赤裸裸地诋毁张大龙,薛珊已甚为惊诧,也极为不悦。但她知道,这二虎来头太大,还不能直接得罪,所以并未动怒,而是强挤出了一丝笑容接过了话说:"大人偏颇了!光论身份,你肯定算人上之人。可你忽略了关键:两情相悦!我与大龙能走到一起,凭的就是这。再说了,大龙是参与解救岳州民军的英雄,胆识和智慧得到了格格赏识,武功高强敢作敢为已被格格和张统领看重,将来也定会受到重用成为人上之人,你说是不?"小虎自知刚才言之有过很失风度,却又找不到合适之辞挽回,所以只能一脸窘态地望着薛珊,未再言语。倒是大虎应机,接过了薛珊的话:"姑娘说的话看起来有理,但小虎说的才是实话。解救岳州民军时,张大龙也只不过就跑了跑腿传了传话,算不得英雄。这些我倒不多说,我只想要告诉姑娘,你嫁给小虎肯定要比嫁给张大龙幸福百倍,就凭这点,你该迷途知返呢。"

二虎都在贬损张大龙,薛珊已满腹愤懑,但面对这两位端着架子的朝廷派员,她还只得又强装起了笑脸,回了大虎:"大龙算不算英雄我最清楚,格格也清楚。我只想告诉二位,我与大龙已定终身不可有变,还望二位别再纠缠,以免失了身份。"小虎却突然阴下了脸,瞪着眼说道:"你们这哪能算定了终身啊?男婚女嫁讲究门当户对,明媒正娶。一个普通兵士想娶一个将门家千金,本就是癞蛤蟆配天鹅,违了常道,况且,你们私订终身也违规矩,不能算数。我若把这事禀予格格,你俩定会要受到责罚,你信不?"听小虎有意提到了格格,薛珊反倒壮起了胆子,干脆地说了声"我不信"后,还板上了脸,又说:"小虎大人真的错了!古人早就说过,美女当嫁英雄郎,我要嫁给大龙,遵的是古训。大龙的英雄之称还是格格封的呢。再说嘛——"她横过了轻蔑的眼神，一笑，再说，"我与大龙订婚也是格格牵的媒呢，如今二位却要来拆散，不仅违了道德，也是对格格不敬，到时格格要是追究，你们怕也是吃不了得兜着走了。"

大虎颇感震惊，只看了一眼薛珊，就愣住神了。小虎却嘴角一歪，挤出了一丝不屑。他以为就此抓住了薛珊私打格格旗号的把柄，所以干脆地来了一番咄咄逼人："姑娘如此编造格格牵媒之说，是杀头之罪呢！格格的身份何等尊贵，且日理万机，哪会为一小兵卒牵媒拉线？当下你若答应我，我和大虎会瞒过这页，否则，你大祸临头，勿谓言之不预也！"薛珊也很是不屑，强硬地说道："既然如此，那我就得陪你们去见见格格了，让格格亲口跟你们说吧！还有，到了格格那里，我也会要把你俩之所作所言禀个明白。我可是言之有预了，你俩先得掂量清楚呢！"

大虎越听越显得惊慌，两手一摇便抢过了话："姑娘，别，别！我知道格格向来体恤奴才。你和大龙都是有福之人，在这特殊境况里能得到格格的恩惠为你俩牵媒应当可信，我们就不要去见格格了。"尽管他那惊慌而又带着阿谀的神色正被小虎那不屑的眼神抽打，可还是转过身来奉劝起了小虎："兄弟啊，薛珊姑娘与格格走得近，格格为她牵媒应当可信。既然如此，就算他张大龙有福了。我们呀，算了吧！""算了？"小虎扫了一眼薛珊和张大龙，既质疑，又不甘。"算了！"大虎又说。小虎已迟疑不决，稍后却蛮起了头，摆出了放荡不羁的架势走来晃去，最终才在张大龙面前站定，给了张大龙当胸一拳，说："你小子，有福气！但我得告诉你，你得把薛珊这朵花养好了，否则，我和大虎会把你当练拳沙包使的！"他瞥了一眼薛珊，一股醋意已从眼洞里飘出，"走！"接着双手一甩，扬长而去了。

二虎已走远了，薛珊却大声笑了，还蹲下身去笑个够才扑进了张大龙怀里。她得意地说："有了格格当挡箭牌，二虎再也不会纠缠我了。"张大龙却已目光呆滞，满脸的颓废。刚才二虎的话句句似针，已在他心上扎出了血口，也句句似锤，已把他的自信心砸成了碎片。他意识到了自己确实卑微，想攀上薛珊是癞蛤蟆爱天鹅，配不上也够不着。他不仅丧失了迎合薛珊的勇气，还说出了一番令薛珊既失望又气愤的话："我知道你对我好，可我不敢接受。小虎说得对，我没这资格。"薛珊听后打了个哆嗦，随即眉根一拧，牙齿咬得嘎嘣地响，手指也已顶到了张大龙的鼻尖，说道："好你个没有骨气的家伙！我总把你当英雄，也喜欢你这身英雄气，你却偏要说出了这等话来，真是软蛋！"给了张大龙狠狠的一拳后，又指着他说，"你是不是不喜欢我？不喜欢就痛快地说，好让我死心！若喜欢，就不要计较门第等级，拿出男人的勇气来接受我。我对你的感情是与你共处患难时生出的，看中的是你的人品和担当，从未在意过你是啥身份，可你偏要低头看脚趾，觉得自己比人低，你根本就不是英雄，不是男人！"这数落很有气势，也尽在情理，张大龙似是挨了一棒，醒了。他想，是啊，我为啥要认可自己比他们低啊？他拍打了一下脑袋，抬起头来，想和薛珊说点什么，可张了几次嘴，也只吐了一连串的"我……"

"我什么我啊！堂堂男人，做事就得干脆，说话就得爽快。快说，喜不喜欢我？"薛珊的目光已如一把利剑射向了张大龙。张大龙已脸色血红，双手有了微微的颤抖。他结结巴巴地说："我，是喜欢你，真的喜欢你！我，是怕委屈了你！"薛珊一听，却突然笑了，而且笑得很灿烂。"我就知道你是喜欢我的！"她扑到了张大龙怀里，抱住了张大龙的腰身，头已紧贴在了张大龙胸上，又说，"我就知道你喜欢我，你喜欢我就得接受我。我说过，你是英雄，是大英雄！以后不许你再说那些没骨气的话了！"张大龙拥住了薛珊，望着远处，眼里有了甜美的东西在旋转，脸上已更加棱角分明。他将嘴凑到薛珊耳边，说："对不起，我犯糊涂说错话惹你生气了！"薛珊伸手遮住了他的嘴，道："我没有生你气呢！我只想告诉你，皇帝身边的男人有地位，民间的男人也能顶天立地。以后不许你再低看自己了，你是英雄，是真正的英雄！"张大龙已把薛珊搂得更紧，下颌还搭到了薛珊的肩上，随着眼里的那股潮气散开，心里已升起一道彩虹。

几天后，小悦在薛珊陪同下巡视了龙田瓦子寨守卫营。当时大雨刚过，瓦子寨清新如洗。她呼吸着这大山里的纯净空气，闻着那满山花草送来的幽香，望着这漫山的美丽景色，好不惬意。可就在这时，她腹内有了轻微的翻动，肚里的东西想往上涌。她下意识地转过身去捂住了嘴。当正在为自己的异常感到疑惑时，却听见薛珊在大声地惊呼："快看，彩虹！"她转过身去走近了薛珊，果真见到了一座绚丽无比的七彩拱桥横跨在前方。这时还不到盛夏，就已见到彩虹，实在难得，她感到了无比的幸运，也跟着薛珊和兵士们欢呼起来，跳跃起来，像个得到了宝贝的农家小妹，都快要疯了，体内的不适感早就没了。但回到博公寨后，她又感到了不适。"难道病了？不可能啊！"她既怀疑着，却又不相信，因为在她记忆里，自己从未得过病。但现在已越来越不适，上涌的东西已涌到了喉间。她奔跑去了厕房，终于吐了。她一脸惊慌地出来，避开秋月去洗漱，又喝了几口热水后，才稍有了舒解。但就在这时，王佑三和大虎、小虎已急匆匆赶来。

王佑三略显惊慌，进门就说："各地传来消息，吴三桂已兵分几路进入湖南，势如破竹。先后攻占了宝庆、沅州、衡州、常德、澧州，湖南提督桑额正奋力抵抗想力保长沙、岳州，但兵力不足恐怕难以久撑。李茂也传来消息，四川提都郑蛟麟已从叛起兵。巡抚衙门送来快报，福建靖南王耿精忠、广东总兵刘进忠、新封平南王尚之信，广西将军孙延龄，陕西提督王辅臣，湖北襄阳总兵杨来嘉，河南彰德总兵蔡禄都已起兵，战火已弥漫十几个省。请问格格，我们该咋办？"小悦本就身子不适，听了这些战况后脸色已更加难看，但她强打起精神，淡定地说道："这些都在预料之中，皇上早有对策，你们不必担心，我们还是按预定之策办吧！你去与张安他们商议做个安排，在加紧收拢物资的同时，得快速收拢兵力。留得青山在，不怕没柴烧，保存实力要紧。大虎、小虎你俩速去长沙、岳州告诉湖南提督桑额和岳州总兵萨哈勒，如长沙、岳州难以支撑，可先撤来大沩山，待叛军战线拉长后寻机再战，并通知何佩、胡大魁，长沙、岳州的民军应尽速撤来大沩山！王副统领要速发鸽信给南岳山、九凝山、德山、九龙山，避敌锋芒，保存实力，静观其变，择机而动。""遵命！"王佑三应诺了，又说，"格格脸色不佳，可得要保重啊！"小悦却摇了摇头，又扬了扬手说："都快去吧，要尽心竭力！"

王佑三应诺后与大虎、小虎走了，但对小悦放心不下，便请来了郎中。郎中把过脉后，神模神样地朝小悦作起了揖来，并道："恭喜格格，贺喜格格，格格您有喜了！"小悦一听为之一振，忙问："你把准了吗？"郎中喜形于色，回道："绝对把准了！您近些日子可要少动多养，确保胎气安稳呢！"王佑三也惊喜了，作揖恭贺后，说道："这大战一起，格格添孕，这孩子应是玉帝派来督战的天将。你可得好好休息，别伤了胎气。我会派人告知张统领，让他早点高兴。还有，我会要夫人带个丫头过来，确保你能得到合适照料。"

小悦的脸上已被幸福与喜悦占满，比刚才要好看了许多。但面对王佑三的热心，她摇了摇头说："张安太忙了，你就告诉他，我挺好的，不要为我担心。麻烦夫人来一趟可以，我正好要向她讨教些事呢！加派个丫头来也有必要，我这副模样，秋月一个人恐怕难以应付。另外，要薛珊来这儿陪着，有啥事我也好安排她替我去办。"王佑三应诺后，便携郎中走出。可刚出到门外就遇上了护院有报："禀寨主，大喜！何将军当爹了，双胞胎儿子呢！"护院的声音飘进了房内，小悦又是一振，冲秋月说道："水秀？还双胞胎？这女子真有本事啊！"她昂了昂头，又自言自语道："战事刚起就又见彩虹又添喜，是好兆头啊！"

第四十一章　民军首战传捷报　暗探派往岳州城

　　三湘大地经战火焚烧，处处残垣断壁、焦土横陈，连空气也比以往要焦热了许多。吴三桂的大军一路攻来，相继占领了宝庆、芷州、常德、益阳、衡州、长沙和岳州，控制了湖南全境，其主力已压至靠近江西、湖北的衡州、长沙、岳州、常德、益阳等地，正休整补充，拟择机北进。大沩山的气象要比山外和顺，山岭间清风阵阵，丛林中空气清爽，山上野花绽放，林间松涛和鸣，人们忙碌的身影与天空中自由来往的飞鸟，构成了一幅太平的美景。叛军攻来后，湖南提督桑额败走北撤，周边的府、县官员因对民军缺乏信心也北撤了，但附近的民军和岳州总兵萨哈勒带兵撤进了大沩山，大沩山因其隐藏了大批反吴力量而热闹非凡。

　　这日，小悦挺着肚子，与张安站在博公山顶，望着大沩山的美景，不无感慨："天下要若都如这大沩山一样，我皇帝哥哥这江山就好坐了！"张安却回答说："天下若都如这大沩山一样，就没有朝代更替的周而复始了！"小悦问："历史为何偏要用战火来推动呢？"张安却望了小悦一眼，说道："这命题太大了，还是留给那些史官们去回答吧，我们该考虑如何应对当下局势了！"停了停又问道，"你对当下局势如何看呢？"小悦扫视过远空，说道："叛军占领湖南后战线已经拉开，队伍需要休整，钱粮急需要补充。等钱粮补充足了，队伍休整好了，他们会继续北攻。但朝廷决不会让其北进！我希望叛军的北进越迟越好，这样，朝廷就会准备得更加充分。""是的！我们得尽快展开袭扰才行！"张安脸色凝重。小悦却叹了口气说："外围的民军已展开袭扰，但因各种原因，都败了，且败得很惨！""哦？你收到山外的消息了？"张安非常惊讶。小悦说道："官方的消息一个也没有，民军这边的都是坏消息。"张安心里一惊，问："具体情况呢？"

　　小悦望着远方，摇了摇头，低沉地说道："段彪死了，偷袭时遭遇叛军主力，与叛军死战殉国，他的队伍只剩下了不到一百人。"将目光收回后，又说，"邵浩袭击叛军时死在了乱箭之下，队伍伤亡惨重，剩下的二百来人都撤来了大沩山。欧阳驹偷袭叛军时反被包围，突围时重伤不治，好在队伍大部突围，都按他嘱咐转移来大沩山了。了然大师遭人出卖遇害了。南山道长袭扰叛军时遇难，有数百衡州民军的兵士撤来了大沩山。另外，李茂发来了鸽信，说四川提都郑蛟麟从叛起兵后，四川平叛民军就内讧不断，已濒临解体，他们可能已难有作为了。"张安听了怔住了，沉默了一会儿，才说道："这么多的事，你为何早没告诉我啊？"小悦摇了摇头，苦笑着说："你要收拢和安置队伍和粮草，本就压力很大，我不能让你分心啊！"张安却拥住了小悦说道："这么多的事你一人在担着，也难为你了！"小悦却摇了摇头说："这些事王佑三也知道，只是我嘱咐过他暂时别告诉你们。"

张安又沉默了。他眼望着远方，半晌才说道："往后有事你得要让我一起承担才对，毕竟，多一个人承担你会少一份压力。再说，我是湖南平叛民军的统领，也该及时掌握这些军情。当然，你这是用心良苦。"他深情地看了一眼小悦，又说，"那些将领过早殉国，是我民军的损失，也是朝廷的损失，令人心痛啊！"小悦望着远方，神情穆然地说："是的！但他们死得其所。他们的壮烈之举证明了我民军是可靠的！但往后得讲究谋略，要减少伤亡。现在看来，当初我们将周边的人员、物资收拢是明智的，否则都各自为战，会毫无建树。"张安点了点头说："是啊，这说明了你当初的决策英明！"他又看了一眼小悦，换了个话题："我这儿也有个不幸的消息呢，我姑姑走了，姜老先生和沈老先生也走了。这是我父亲昨天告诉我的。"小悦一脸愕然，问道："他们都是怎么死的？"张安说："姑姑本就有病，是久病不治。姜老先生和沈老先生在教学之余一直在协助民军动员民众、书写标语、登记造册，前几日有人在山崖下发现了他俩的尸体，估计是夜间不慎从山路上跌落山崖的。沈老先生手上还捏有一张纸呢，纸上写有一首诗。""怎么写的？"小悦问。张安背诵道："沩山深处有梧桐，一只彩凤落其中，羽带七彩仙间气，镇妖除孽显神功。"小悦一听，沉默不语了。张安却又说："他们都已安葬好了，我父亲帮着张罗的。"小悦这时才仰天叹道："他们都是我朝的好百姓啊！"她头朝张安靠了靠，又说："有空了你得替我去给他们上上坟，还得替我去姜老先生和沈老先生家里送点银子以表慰问，要不然，我这心里很不安呀！"

两人都已沉默了。稍顷，张安抚了抚小悦的肩膀问："现在人马都已收拢，下一步该咋办？"小悦抬起了头来，望着远处的群峰，说道："必须得有所作为，要让叛军陷在湖南拔不动脚！"张安为之一振，问道："具体说呢？"小悦眼里喷射出了闪亮的光，语气如钢地说道："原策不变！应趁叛军立足未稳，迅速组织有效袭扰。但袭扰不能盲目，须找准机会。当下我正在等待这个机会。"看了眼张安后，又说，"确切点说，我在等一个人的消息。"张安问道："谁?"小悦回答说："李高元!"张安恍然大悟。他知道,李高元在藩军中管理粮草,最有条件给民军创造这个机会。他对李高元虽有信心,但还是免不了担心地问："你都把宝都押在他一个人身上,若他无法创造这机会咋办?"小悦摇了摇头说："我派出过多批人马出去打探军情,但一个都没回来。我想啊,这种探查无根基可依靠,难有作为,当下只能等李高元消息了,直觉告诉我,他会创造这个机会。"张安点了点头,未再作声。过了一会儿,山上已起风,这时,张安抚住了小悦,劝道："回房谈去吧!"小悦应了。当走到了寨门口时,却见到了山下有两骑奔来,来人是张大龙和一陌生男子。等他们一靠近,小悦劈头就问:"是有消息吗?"张大龙跃下了马来,回道:"李高元将军派人来了。""哦?"小悦一激动,一挥手,说,"快,去议事厅!"

进了议事厅,小悦派人找来了陈焕。当陈焕验证了来人是李高元的亲信、陈焕的弟弟陈和时,她抱住了张安,热泪盈眶了。见小悦已经坐定,陈和从衣内扯出了信封。小悦看着信,脸上堆起了层层的欢悦,直到最后,情不自禁地举了举拳头,"太好了!"她把信递给张安,走近了陈和说:"你辛苦了!随你兄长歇一会儿去吧,两个时辰后再来这里。"又转对张大龙说:"张统领有军令下达,你把传令兵都派出去,通知中层以上头领火速赶来。"待陈焕兄弟和张大龙走后,她与张安回去了房里。缓缓坐下后,她一手摸着腹部,一手招过了张安。"信都看仔细了?"她问。"看仔细了!大好机会啊!"张安扬了扬信笺,激动多于欣喜。小悦已笑容灿烂,点了点头,随后却又挥了挥手,说:"那就让我静静吧,我得好好想想。"

张安走去了门外,边走边想:若此战能胜,能大挫叛军锐气,打乱叛军企图,还能扬我民军军威,振奋军心民心。可这仗怎么打呢?他陷入了沉思。再从沉思中走出来时,正好听到了小悦在叫他:"张安,你过来!"他来到了小悦面前,问:"心有大计了?"小悦报以了一笑,说:"有了!你呢?""我也有了!"他昂了昂头,说,"我的战策是,全部兵力按三部分区分。"小悦背起了双手,边走边说:"我的战策,也是全部兵力按三部分区分。"他欣喜地一笑,昂昂头又说:"第一部分,以大部兵力直接出击,与李高元里应外合,连人带物全部搬回。"小悦快速地接过了话:"第二部分,以适当兵力在山间设伏阻敌增援。"他惊讶地看着小悦,开心地一笑,学起了小悦的语气:"第三部分……""以其余兵力,分守哨卡,防敌偷袭。"小悦跟在他身后,与他异口同声。他转过身来,面对着小悦笑了。小悦又问:"那具体的呢?"张安点了点小悦的胸口,说:"都在这里了,还需要我说吗?"他拍了拍小悦的肩膀,又道:"这仗若能成功,影响深远,你得亲自部署,我定倾力指挥,保证不负所望。"小悦已笑得美艳,而那闪动的大眼里,旋动起了自信与快意。她说:"由我部署可以,但军令得你下,你才是湖南平叛民军的统领嘛。"张安抱拳一揖,大声说道:"谨遵格格吩咐!"

两个时辰后,小悦和张安来到了议事厅,各级头领也已陆续到齐。小悦示意大家坐了,背起双手踱了起来。她踱了十几个来回后,才果断站定大声说道:"我要告诉各位,我民军遇上大好事了!"王佑三闻声站起,说道:"果真有大好事啊!那请格格快与我等分享吧!""是啊,请格格快与我等分享吧!"厅内顿时像炸开了锅,欢笑声、猜测声已四处飞舞,刺激着小悦的兴奋神经。小悦挺起了胸、昂起了头,朝大家站了个挺拔,又放开了嗓门:"这事与其说是大好事,不如说是大好机会。李高元将军亲率五千兵士押送了几百匹驮马和几百辆马车的军需分两路进入了湖南。这批物资是供驻长沙、岳州、益阳叛军北上用的,光黄金、白银就有几百万两,还有粮食、被服、食盐、药品、茶叶等。你们说,是不是大好机会啊?"

"是——"众人回答响亮,而随之暴发出的沸腾场面,瞬间就点燃了将领们的热血。萨哈勒腾地站起,喊道:"如此多的军需粮饷当设法劫来为我所用。我愿带兵出击,夺回这批军需粮饷。请格格下令!"王佑三也站了个笔挺,声音高过了萨哈勒:"我王佑三愿领兵出击,不劫回这批粮饷决不收兵。请格格下令!"众将均已站起,个个威武,人人激昂,都愿带兵出击,首战建功。见这场面,小悦异常欣喜。待厅内稍微安静后,她说:"这是吴三桂送上门的肥肉,我们当然得收下。各位请坐吧!"待大家坐定,接着说:"李高元将军会给我们创造机会。他会控制行程,于初五到达安化滔溪、仙溪并在这两地宿营,要我们初五入夜在此突袭。""太好了!"萨哈勒又耐不住了,"那请格格下令吧!我们应早做准备,尽快去这两地设伏,提前布好口袋,把叛军杀个片甲不留,再把粮饷搬回!"小悦抬手压了压说:"将军别急!"又说:"李高元将军的五千兵士中,有一半是他的亲信,到时他将带亲信控制住其余叛军,与我里应外合,把东西搬进大沩山来。"厅内又议论开了。待大家都议论得够了,小悦才大声喊道:"安静,请张统领下令!"

"各位听令!"张安信心满满地站了个端正,摆出了将军的威严,"我决定,我民军机动兵力分为两队,第一队由萨哈勒、王炳、何佩、胡大魁的人马组成,由萨哈勒将军统一指挥,到滔溪、仙溪突袭叛军,与李高元将军配合控制叛军后将俘虏、物资带回大沩山。其余人马为第二队，由王佑三副统领带领前去滔溪东侧山间设伏，阻止益阳叛军前来增援。两队人马由我统一指挥，初四夜出发，翌日午后进入滔溪、仙溪的山间，入夜分头行动。第一队突袭成功后，将物资先搬至密印寺一带，再分转各仓营，俘虏全部押至黄材镖局整训待用，黄金银两存入博公寨金库。待第一队撤进大沩山后，第二队听令回撤。杨柳叶、王小柳要做好接收物资准备，智能大师带领僧众配合。安化兄弟随萨哈勒将军行动，并由陈焕、陈和带领为打探先锋，在李高元、萨哈勒间建立沟通联系。益阳、桃江兄弟随王佑三副统领行动。于奎副统领要组织各守卫营、前哨营、护卫营及各哨卡百倍警惕，防止山外叛军前来偷袭。"扫视了一圈后，他大声问道："各位都听明白了吗？"

"听明白了！张统领高明，我等服从上令！"厅内已异口同声，激情飞扬。此时，小悦走上了前来，说道："我补充一项，由何卫将军带少许兵力在官山大营附近设置临时驻车场和军马场，用以安置缴获的马车、军马。"停了停又说，"各位，这是我湖南平叛民军第一次袭击叛军，大家须高度重视。只要将这批军需粮饷夺来，叛军就会因钱粮不济一时难以北上，我民军也要富足一时了，我们可不能把这块肥肉弄丢了！""请格格放心，我等一定打好这一仗，为朝廷建功！"萨哈勒信誓旦旦，引得了满屋的人摩拳擦掌，跃跃欲试。小悦见此，大喊了一声"安静"特意压低了声音，再说："为打好这一仗，散后要按张统领军令充分准备。为达成战事突然，各位必须先控制消息，隐秘行事，这是铁规，违者必斩！"她目光如炬地扫视过全场后，便挥了挥手，说："好了，都准备去吧！"

各头领都领命走了，张安也离开了博公寨。望着众将离去，小悦吁了口气，回去了房内。与秋月聊了一会儿，便去了薛珊屋内。叛军进攻岳州时，岳州不守，萨哈勒征得湖南提督桑额允许带兵撤来了大沩山，岳州知府及以下百数文官已全部北撤，而薛维柱带兵奋力抵抗后下落不明。父亲失踪后，薛珊像变了个人，整日里愁眉不展，脸上已很难让人见到笑容。小悦这次去找她，当然不是去安慰她，而是有重任要交给她。民军主力集中后，小悦一直把及时掌握叛军动向作为紧要之事放在了心上。经深思细量，决定要往长沙、岳州、益阳派去探子队，在周边各县城也要安置暗探，建立秘密联络网收集军情。探子队人选她已定好，长沙以何佩为头，益阳也有了人选，而岳州拟派薛珊和张大龙领队。

格格突然到来，薛珊颇感意外，问："格格有孕在身，有事派人叫我去办即可，为何要亲自跑来？"小悦笑道："我民军要打大仗了，这仗有十分胜算，我高兴，就来你这儿了。怎么？不欢迎我？"薛珊笑了笑说道："我受宠若惊呢，哪会不欢迎啊！"小悦说："欢迎就好啊！我一直把你当亲妹子，心里有事就想跟你说呢！"可话锋一转，问道："你和大龙啥时候请我们喝喜酒啊？"薛珊娇羞地回道："如今叛贼未除，哪能成亲啊？"见小悦并未接话，又挂起了笑说，"格格今日应不是为我婚事而来吧？若有要紧事，请吩咐吧。"小悦笑道："我确实是为其他事而来，但这事也涉及到你的婚事。"她往薛珊身边靠了靠，又说，"那我直接说吧，我想派你去岳州。""是派我去寻找我父亲吗？"薛珊脸若止水，并无惊异。小悦摇了摇头说："这只是其次。"想了想继续说，"我想派你去当暗探。民军此战若能成功，往后与叛军在湖南的周旋定会持久。如今大沩山外围已全被叛军占领，我民军与外界完全隔绝。所以，我想派出探子队前往岳州潜伏打探军情传回大沩山。再说，我们也得与北面官军搭上联系，以便互通军情、互相策应。你和大龙最值得信任，也熟悉岳州，我打算要你俩去岳州担纲。"

薛珊的脸色顿时变了，有惊喜，有惶恐，还有别的。她说："原来是要我去担大任啊！格格这是要做大手笔了，我定竭尽全力，不负所望，完成使命！"小悦说道："你先听我说。探子队将以大龙、你和菊花为骨干，其他人选我来确定。你们乔装打扮，分批潜入，到岳州后自扮角色，见机而行，但要以隐得住身、扎得稳脚、探得到军情为必须，且须树枝状联系，大龙统管着你和菊花，你和菊花各统管两个下线，每个下线再统管两个下线，不可越级而为，军情须逐级上报，只有在非常紧急时方可越级从事，但须有严格约束并有可靠联络方式。"薛珊边听边想，待小悦说完，双眉一举，笑了，说："当暗探是得有规矩，我知道这规矩是防止一人暴露全盘露陷。此事宜早不宜迟，我等会就与大龙商量，争取尽早动身。"

小悦看着薛珊，沉思了片刻，又说："既然你懂了，规矩我就不多说了。为方便你和大龙当好暗探，动身前你俩得办件事。"薛珊问："啥事？"小悦说出了两个字："成亲！"薛珊并不感到意外，但略显羞赧，问："成亲与去岳州有关系吗？"小悦说："有！成了夫妻，就多了方便和默契。"薛珊点了点头，娇羞已在脸上漫开。小悦又说："成亲之事，我会去与你母亲盘算。还有，大龙机智，但读书少，你得多把关。并且，此事必须保密！大沩山人杂，不可走漏了风声。你是读书人，知道凡事成于密、败于泄之理。这仗打完了你就和大龙成婚，然后择机消失。我会在沿途安设联络点，这些联络点是单线联系的。"

"我明白了，请格格放心。我保证不走漏一丝风声，也不让人看出破绽。"薛珊显得矜重了。小悦却点了点头说："到时连你母亲也得瞒着。你母亲我会照顾好的。"等薛珊点了头，她再说："到岳州后你得寻找你父亲。我相信他是潜留在岳州了。若找到了他，要与他好好合作。只是岳州今非惜比，情况复杂，须见机行事。"薛珊突然站起，说道："格格与我想到一块儿了！我相信父亲是有意潜留了，因为皇上要他像一颗钉子钉在岳州。这次我去岳州一定要找到他，与他好好合作。"小悦点了点头，见薛珊全已明白，又掏出了一本书递给了薛珊，说："你把这本《论语》抄写一遍，再还给我。抄写时不得有错漏，每页每字都得与本书位置一致。"薛珊接过了书，问："这又是格格的密招吧？"小悦点头说道："没错，写密信用。具体嘛……"她附在薛珊耳边说了个详细后，又说："你得多抄些书籍与其混存，以免引起怀疑。你与下线联系时也得用密信，但做法不可雷同。你要把隐身和保密永远放在第一位。"薛珊说道："我父亲常告诫我，'守密'二字重于生命，我懂得守密之重要。该如何守密，格格已指点，我会依招而行，请格格放心！"小悦点了点头，起了身，摸摸腹部后，笑道："我这儿子呀，在里面拳打脚踢了，是在催我出去走走了，我就不在这里久待了。"

安化一仗，大获全胜。民军几乎没有伤亡，但夺取了吴三桂的大批钱粮，收编了李高元的几千兵士及大量的马匹、马车，扩大了民军的实力，打乱了叛军的战略部署，振奋了军心、民心，也以初战告捷之战绩奠定了民军将士敢打必胜之信心。小悦深知这一胜仗的意义重大，在兴奋之余，想到了要尽快将战果奏报皇上、奏报朝廷，因为这一战况对皇上和朝廷极为重要。她想法是有了，可派谁进京禀报仍思而未决。目前，大沩山只有何卫才两头熟悉又脱得开身，但她担心，今非惜比，沿途风险太大，何卫若有闪失会对水秀难以交代。可就在此时，张安欢喜而归，一见小悦那神色，就疑惑了，"民军大获全胜，你怎么不高兴了？"小悦笑道："我都高兴得哭了！我是在想，须尽快上报朝廷呢。"张安也早已想到了这事，所以立即说道："那你尽快派人进京啊！"小悦想了想说："可派谁去好啊？当下，适合进京的只有何卫一人。可此差危险，万一他有闪失，我如何向水秀交代？"张安明白了，小悦是被亲情捆住手脚了，所以，毫不犹豫地说道："你该相信水秀懂得大义，也该相信何卫有这能力！何况，沿途还有你那些结拜的兄弟可供利用呢！"小悦猛然一笑，惊喜道："是啊！你不提醒，我差点忘了，何卫完全可以利用那些我们过来时一路上拜过把子的民间势力啊！呃，还可以动员他们来加入我民军呢！"

第四十二章　张家迎来小孙子　老女心中有隐情

　　小悦生了，生了个男孩。没几日，惜梅也生了个女儿。在一场大胜仗之后，民军头领相继添后，给大沩山带来的不光是喜气，还有生气。

　　张安当了爹，自然比谁都高兴。按大沩山习俗，孩子出生后要由祖辈赐名。待小悦出了月子，张安就带着小悦和孩子回到了马家屋场。这既是带孩子去拜见祖父祖母，也是为遵循习俗给张少坤一个为孙子赐名的机会。

　　这天，张少坤家欢天喜地。但给孩子取名时，却闹出了一番有趣。张少坤认为孙子是格格身上掉下的肉，他一介平民没资格给其取名，所以把头摇得了如拨浪鼓，说："这可不行！我这孙子啊，身里流着皇家的血，名该由小悦来取。"水秀却不管这些，见父亲推辞，就嚷嚷道："您错了，这孩子再贵气也是您的孙子，我张家的后代，这名啊，就得由您来取，这是规矩！您要不愿意啊，我就得为您代劳了！"

　　张夫人见水秀当着小悦的面如此无礼，就责备上了："水秀啊，都当妈了，怎么还跟小孩子似的，一张嘴就没个管控了呢？"张少坤也瞪着水秀，给了她一通挖苦："你说起别人来就这也规矩那也规矩，一套一套的，可你那两个宝贝儿子的名是谁取的？他俩是何家后代，该由何家祖辈赐名才对，你可好，不由分说，自己就把名定了，还叫何大山、何大石，土得掉泥渣！你还想给你侄子取名？省省心吧！"水秀却不服了，嚷嚷道："我亲自给儿子取名，也是因为他何家祖辈不在这儿，何卫又不愿意费这脑筋，才费这心的。要说我给儿子取的名啊，响当当的呢！男孩子家嘛，就是要像大山一样伟岸挺拔、像大石一般顽强坚忍嘛。若没有一点学问，怎能取出这么好的名啊？"

　　小悦见张少坤父女俩已闹得如此有趣，心里已透着高兴，所以也玩起了要让这一家人再热闹下去的花招。她把孩子交给了张夫人后，说："您抱着他吧。我看呀，这孩子的名一时半会儿也定不下来，就让爹和水秀再商量商量吧，我和张安看看小璞跟大山、大石去！"水秀以为小悦生气了，便瞪起了大眼嚷道："你们这，这——这是要干啥呀？"小悦给了水秀一个怪异的笑，不阴不阳地说道："我们是给你和爹一个机会呢！不过你可得动动脑筋啊！别搞出个土得掉泥渣的名给你侄子哟！"说罢，便拉上张安就进去了水秀的卧房。

水秀的卧房内，下人正带小璞和何大山、何大石在床上嬉耍。何大山、何大石在小璞带领下，正满床乱爬，边爬边"嘎嘎"地笑着，模样儿甚是可爱。小璞发现小悦和张安进来后，竟扔下了两个小弟弟，扑到了小悦的怀里，张开了抹蜜的小嘴："娘，你这么久不来看我了，我好想你啊！"小悦搂紧了小璞，尽显爱怜，说："娘忙呢，没空来看你。你在张爷爷这里乖吗？"小璞头紧贴在了小悦的胸上，脸上漾开了得意的神情，说："我很乖呢，张爷爷很喜欢我，教我背诗写字呢，我会背好多诗了！"小悦亲了亲小璞，说道："那你快背一首给娘听听。"小璞挺了挺身子，昂了昂头，站了个有模有样，扯开了嗓子背诵道："鹅鹅鹅，曲项向天歌，白毛浮绿水，红掌拨清波。"小悦捧住了小璞的脸，给了一番赞许："嗯，不错，非常不错！"随后又问："你知道这首诗讲的是啥意思吗？"小璞又挺了挺身子，昂了昂头，说："我当然知道啦！这首诗的意思是，那鹅有一个弯曲的脖子，可以对着天唱歌，还有一双红脚掌，可以划水。张爷爷说了，清波就是池塘里的清水。"小悦抚着小璞的头，说："没错，没错。小璞学得好。以后啊，要跟张爷爷好好读书，要多读书，将来要成为对朝廷有用的人。"小璞点着头，摆出了威武的模样，回道："我要好好读书，还要好好练武，长大了也要像爹娘一样能文能武。""好，有志气！"小悦再在小璞脸上亲了一口，便将小璞交给了张安，自己坐去了床沿上，去逗何大山、何大石玩了。

小悦和张安领着小璞回到了堂屋。堂屋内，水秀和张少坤仍在争论。见到张安、小悦出来，水秀以为来了帮手，便起身拉住了张安说："哥，你作个评判吧，看我和爹谁给你儿子取的名好啊？"张安却并不搭理，只抿嘴一笑就坐去了一边。水秀只得又拉住小悦，"嫂子，你评判一下吧，我给你儿子取名叫张天，很好吧？肯定要比老爹取的张斌好，你说是不？哎，天能罩着天下，前面冠以张姓，合起来就隐含着要把天张大的意思，把天张大不就是把天下也张大吗？不就是寓意着他将来要成为我大清开疆拓土的大将军吗？多气派呀！"她说得有板有眼的，把小悦逗笑了。小悦正要回复她时，张少坤却站起来争辩了："当然是叫张斌好嘛！斌为文武，治国理政须能文能武，我希望我孙子将来要成为文武全才。这名字雅致，好听，不比张天好吗？"小悦偷偷地笑过，便对水秀说道："你们取的名都挺好的，不过，好像还欠缺了一点什么！呃，对了，看小璞会给弟弟取了什么名？"说罢，领着小璞走去了张夫人的身边。

小璞看着小弟弟喜爱不已，一会儿摸摸弟弟的小脸，一会儿捏捏弟弟的小手，乖模乖样地问张夫人："奶奶，小弟弟是娘生的吗？"张夫人说："当然是娘生的啦。你看，弟弟漂亮吗？"小璞答道："漂亮，他的脸像太阳，红红的、圆圆的，眼睛像月亮，弯弯的、亮亮的。"他还拉了拉弟弟的手说："他有一双红掌，还会拨清波吧？"这童趣之言逗得水秀笑痛了肚皮。而小悦只一个浅笑，就有情有韵地对小璞说道："小璞说得对，弟弟的脸像太阳，眼睛像月亮。你可要爱护弟弟哟，你和弟弟都要好好长大，成为我大清的有用之材。"小璞乖巧地点了点头，一本正经回答道："我还要教弟弟读书练武，我们都要当大将军，要当比爹还要大的将军！"他已把气氛调到了极致，屋内这番欢声笑语，让小悦感受到了什么叫天伦之乐。

其实，小悦和张安早已有过商量，孩子的名已经定好，之所以没有说出来，是因为要尊重习俗，让张少坤享受到给孙子赐名时的幸福感。他俩本想通过步步诱导，能让张少坤给孩子取的名符合他们的意图，可水秀一开始就掺和了进来，还闹得如此有趣，就只得任由水秀闹腾以图热闹了。但这事总得有结果，所以，小悦站起，带着神秘说起了话："爹，水秀，你们别争了，孩子的名小璞已取好了！"

一家人都惊住了。小璞只说了几句可笑的童言，咋就取名了？水秀脸上堆起了厚厚的疑惑，憋不住嘴问道："小璞取了啥名呀？我咋没听出来啊？"小悦笑道："小璞说得很明白了，你听不出来是你学问不够，该请教小璞才对！"水秀又堆起了一脸不服，跑去抱起了小璞，问："你告诉姑姑，你给弟弟取了什么名啊？"小璞张开小嘴笑着，抬起小手捏住了水秀的两腮，得意地说道："我要弟弟叫清儿。因为他有红掌，可以拨清波。"水秀"哈哈"一笑，放下小璞，差点没抽上气来，说："清儿，清儿，还拨清波，笑掉大板牙了！"

小悦瞥了一眼水秀，就将小璞拉到了身边，说道："小璞给弟弟取的名好，比姑姑取得好。弟弟本就是我大清的后代，该叫清儿。"抚了抚小璞的头后，对张少坤说道："爹啊，我看，孩子就叫清儿吧。当然，这只是他的小名，其实，大名小璞也取好了，叫张耀清。小璞说了，弟弟的脸像太阳，眼睛像月亮，日月耀天下，该简称耀清嘛！"她这借用小璞那稚气的童言所做出的解读虽有些牵强，但还是阐明了这名所蕴涵的意义，张少坤听后轻轻地点了点头，水秀虽刚回过神来，但也品味出了这名的深意，所以也点了头，还说："听你如此一解读，这名就还算有点意思了，至少，还有那么一点喻意吧。"

"不仅有喻意，还有气势，还显出了学问。你呀，以后就多请教小璞吧！"小悦抿嘴笑着，眼里闪动着诡谲。水秀却没有理会她，而是走近了小璞，捏着了小璞的两腮，咬牙切齿说道："好你个小毛孩子，我张家这份权利就这样被你争去了，你也太不给你姑姑面子了。"小璞抬起小手反捏着水秀的两腮，嘻嘻地笑道："谁叫你不会背诗啊？以后你会背诗了，我会给你面子的。"一家人又被小璞逗得大笑不止了。水秀还笑得捂住了肚子，大喊起了"啊哟……"

小悦和张安带着孩子在马家屋场住上了好几日，其乐融融的，甚是开心。她出生在皇宫，由奶娘带养大，从未感受过这种家庭乐趣，这一次她真正体会到了什么叫天伦之乐。那天，她还带孩子去了小水冲，看望了惜梅母女。

惜梅一见小悦母子，那高兴劲就别提了。她将清儿评头论足了一番后，就拉着小悦嚷嚷开了："你这儿子呀，长得胖嘟嘟劲鼓鼓的，长大了一定是个将帅之才，呃，干脆与我家甜甜定上娃娃亲吧！哎哟，你看，这两孩子多般配啊！一看就是天生的一对，我看你也就别多想了，就这么定了，啊？"望着惜梅那番已高兴得有些失态的模样，小悦无言应对，只能傻傻地笑着。

说到惜梅生这孩子，还真不容易。她年岁大了，是真正的高龄产妇，遇上了难产，差点要了她性命。好在李高元营中有位医官，有对付难产的绝招，硬是帮她产下了这个女儿，也保住了她母女俩的性命。她是从鬼门关上走了一趟才生下这女儿的，觉得应给女儿取个好听的名来掩掩这份苦，所以就求胡大魁给孩子取了个大名叫胡甜，她自己则叫女儿的小名为甜甜，这也算是给了自己一份甜美的安慰了。

话说叛军进入湖南后，由于钱粮不济，加上前有官军进剿，后有民军拖扰，一直无法北进。小悦安排的探子队不仅在长沙、岳州、益阳扎住了脚，而且已多次发回军情信报。民军根据这些军情信报对叛军组织了多次小规模袭扰，都取得了成功。前些天，岳州方向又发回了消息，探子队的洪秀珍去了荆州，成功与北面的官军主将尚善贝勒爷取得了联系，已将民军的军情战绩通过尚善上报给了朝廷，也由此与官军建立了联络通道，民军与官军、朝廷之间已不再互不相通，民军在大沩山也已不再是聋子和瞎子。洪秀珍就是当年柳叶刀在长江边上救起的那位女子。这女子聪明稳练，对岳州和荆州都熟悉，且会水性、懂操船。小悦派她去岳州就是要发挥她这优长，与官军建立联系。而洪秀珍确实是块办事的料，未让小悦失望。

近日，岳州又转来了官军的行动计划：贝勒尚善准备于十一月再次攻打岳州，拟给岳州叛军以重创。为配合官军行动，张安决定带胡大魁前往岳州袭扰叛军。几天后，他们顺沅江而下，去了洞庭湖。拟凭借对湖中熟悉的优势，利用湖中芦苇、港汊和夜幕掩护偷袭吴应麒的后勤船只，以策应尚善的进剿。张安出征后，小悦表面上若无其事，但内心里非常担心。毕竟，这是岳州失守后民军第一次远征岳州，且是水上偷袭，面临的风险远比陆上作战要大。她在家里担心了整日，次日一早，终于按捺不住了，想要去找王佑三夫妇聊聊，以便调整心绪，掩掩心里的不安。也就在她要出门之际，秋月却抱着清儿回来了，并告诉她："小柳姑娘回山寨了。"听到这消息，她心思一转，要找小柳去。她抚了抚清儿，一转身就出了门。可没走多远，当面遇上了王佑三。王佑三说："李茂发来了鸽信！"

"情况如何？"小悦急问。王佑三边摇头边递过了鸽信。李茂在信上如是说："群鸟飞散，三马夜失蹄，山中无猎可狩，拟驱二兽下山。"小悦明白了：四川民军已溃散，朝廷派出的三位将军被人暗杀，李茂在四川已难有作为，准备带黑豹、白豹回湖南。三位将领殉国令小悦心痛不已，四川平叛民军最终溃散也令小悦非常失望，但他心里并没有责怪李茂，因为她清楚，是郑蛟麟的叛变导致了四川平叛民军的溃散。当下，她反而担心起了李茂的安危。她想，如今川、贵、湘和湖北的一部分都被叛军控制，李茂现在回返会危险重重。既然事已至此，她希望李茂能先在四川躲藏一段，如此会更安全。她对王佑三说："回鸽信吧，告诉李茂，沿途危险，要以保护自己为优先，时机合适了再回返不迟。"王佑三点了点头道："我也这么想呢，我这就去回信。"他正要转身时，小悦又叫住了他，说："听说小柳回山寨了，李茂的情况您就不要跟她说了，以免她担心。"王佑三应道："我知道该怎么做的！"

王佑三一走，小悦静静地站着，凝望着远处的崇山峻岭，心情有了几分的沉重。她抬头望着天空，深深地吸了几口气后，最终还是拿定了主意，去了小柳那里。她一进门，劈头就问："好你个王小柳，回来了不声不响的，难道要躲我不成？"小柳一把抱住了小悦，说："我还刚到，没来得及去向你请安呢！"她拉着小悦坐了又说："呃，我刚才见到你儿子了，那模样，挺像张安的，太可爱了！"小悦笑道："你倒是见到了可爱，我就觉得烦心。尤其是半夜三更一醒来就不睡了，要玩，你不理他，他就闹，让人烦得狠呢！"小柳笑了，还有了羡慕的神色，说："没准是孩子半夜里梦到好事兴奋了，就不想睡了。我想，白天在外劳累，晚上回家能有个孩子闹闹，一定幸福。你说是不？"小悦嫣然一笑，点了点头说："那倒是。孩子嘛，就是心头肉，他哭也好闹也好，总能让你觉得幸福。"见小柳突然低下了头，便立即转换了话题，问道："呃，我许久未去织造总行了，织造总行现在怎样啊？"

小柳抬起头来浅浅一笑，回道："织造总行好着呢！我嫂子管事有章有法，张弛有度。下面的那几位大姐姐都尽心，各织造行的老师傅们也都带出了许多的新徒，织、染、制都顺，现在匹布、衣被和鞋袜满足民军平常所需后，还有了不少的存量。"小悦点了点头，又问："那几位大姐姐都还好吗？""都好呢！"小柳答道。可一顿，她脸上有了一丝的神秘，"你可能不知道吧，那几位姐姐啊，都看上人了，都有主了呢！"小悦一个惊喜，问："他们都看上谁了？"小柳有了几分开心，回道："春桃姐已跟于副统领好上很久了，夏荷姐跟刘二好上了，冬梅姐也跟张模好上了！""那秋菊姐呢？"小悦再问。

小柳突然停住了话。缓缓地摇了摇头后，才说："本来，张敬看上秋菊姐了，但秋菊姐不愿意。我问她这是为何，她开始不说，后来才告诉我，她身子曾被吕建明占过，不愿意再嫁给别的男人了。"小悦吃惊了，昂起头来叹了口气，说道："这个秋菊姐啊，也怪可怜的！"稍后又问："张敬就这么放弃了？"小柳回道："没有呢！张敬一直追着，向她保证不计较她以往，可她就是认定了一女不侍二夫，还挺执拗，张敬也没法了！不过，张敬挺有女人缘，后来被洪秀珍看上了，洪秀珍挺主动，他就跟洪秀珍好了。"小悦"呵呵"一笑，说道："这也算美谈了。依我看，洪秀珍与张敬更般配。呃，洪秀珍也曾嫁过人，难道就不怕违了一女不侍二夫的条规？"小柳笑了笑道："在意过，是柳叶姐劝她，才有了胆跟张敬好。柳叶姐说，一女不侍二夫的条规是违理的，用不着在乎。她还说，女人生来就是根藤，只有靠着男人才能支得起身子结得了瓜，否则就会趴在荒草里蔫掉了。柳叶姐这般一说，洪秀珍就放开胆了。不过，说来也怪，他俩正好得很时，洪秀珍不见了，几个月了，张敬和柳叶姐到处找她，连个影子也没找着，这事啊，真蹊跷！"

小悦微微地点着头，不说话了。虽然她知道小柳并不清楚是她暗中派走了洪秀珍，但她心里还是有了一丝愧疚。可在这个时候，她还只能装作并不知情。所以，她说："洪秀珍失踪得确实蹊跷。但仔细一想，这也不奇怪，有战事以来，大沩山常有人失踪，我想这与大沩山地形地势非常复杂有关。这里峰高林密、沟谷众多，稍不留神，就会迷路转悠去山外回不来了。不过，洪秀珍聪明、灵活，又有见识，即使到了山外也肯定吃不上亏。说不定，打完仗了，或者战事不再紧张了，她就能回来了。"小柳叹了口气，接话道："我相信你所说的。但洪秀珍失踪得确实可惜。她聪明稳练有见识，一直协助我管织染，很能干，她不在了，我像少了一只手似的不习惯呢！还有，柳叶姐很伤心，哭过好几回了，她俩感情深得比亲姐妹还深，能不伤心吗？"小悦点了点头，说："是的，她俩曾经患难与共、相依为命，遇到了这样的事，她肯定会伤心的。"她突然一抬头，又说："别说洪秀珍了，你说说秋菊姐吧！秋菊姐就打算这样干耗着，一辈子不嫁人了吗？"小柳顿了一下，才说："她当然想嫁人，她想要嫁给吕建明！"

"啊？"小悦吃惊不小，瞪圆了眼睛说，"吕建明是个叛逆啊！且还曾经强暴过她，她怎么还愿意嫁这么根不发芽的枯枝啊？"小柳摇了摇头说："她有她的道理嘛！其实啊，她这样想也不违常理。既然身子已不能给别的男人了，可又想成个家，能凑合着嫁给吕建明也算是个归宿。"小柳说的似乎有理，可小悦还是感到难以理解，所以问："她知道吕建明因谋反被关押在博公寨吗？"小柳回道："她知道！她说一定要等到吕建明被释放出来，还说，等仗打完了，你们肯定会释放吕建明的。"小悦顿感无语，叹了口气后才说："吕建明犯的是背叛朝廷、谋害同僚的大罪，罪大恶极！没按律将他处死就已饶过他了，若再放他，于法不尊，天理难容啊！秋菊姐要如此傻等一个曾经伤害过她又犯有重罪的败类，太不值了！"

小柳沉默了。她觉得秋菊的事怎么聊也不可能聊出来个结果来，在这里说得再多也没有意义，所以就想到了该尽快转换个话题。她说："算了，秋菊姐这般考虑自有她的道理，我们也只要理解她就行了。我们难得地能坐到一起，就聊点别的吧！"小悦点了点头，但没有接话。此时，她的心情与小柳并不一样，所以，轻轻地"哼"了一声后，就自言自语了一句"一女不侍二夫"。嘴角还撇出了一丝淡淡的不屑。她看了一眼小柳，虽已露出了些许的笑容，但还是发出了与小柳的期待并不相符的一番感慨："这世间的陈规俗律实在是太多了，许多都是反人性的、害人的，而受害最多最深的还是我们这些女人啊！"她仰起了脸来，又说："圣贤不圣，世道不公，女人当自强，女卑当休矣！"

第四十三章　为秋菊饶过叛贼　献火药伍兴报恩

　　小悦知道秋菊的事后，专门去找过秋菊，从不同角度打探过秋菊的心思，秋菊只嫁吕建明的态度确实明确而且坚定，这就让她很是作难了。她想，秋菊还俗本是为了要嫁个好男人过上个好日子，可有好男人愿意娶她了，她却心甘情愿被"一女不侍二夫"的恶毒条规束缚，只认吕建明那个败类，这是很让人费解的，若是遇到了一个如此不争气的平常之人，她是不愿去管的。可秋菊偏偏既是惜梅的姐妹，又是民军中的骨干，出于感情和道义，还有责任，她还不得不要把这事管起来，况且还需要管到位。最近，她已为这事想了很多，也已想得很深。她想过，秋菊年近四十了，好年华只剩下尾巴了，若再没个归宿，就要干耗一生了。她也想过，即使过了些年能等到吕建明释放出来了，秋菊再与吕建明成亲，过的也只是风烛残年、相依为命的日子，已再无幸福可言了。她还想过，既然秋菊只愿嫁吕建明，她必须得替秋菊找到个法子，让秋菊与吕建明能够早日有个结果。

　　秋菊认的是死理，小悦思来想去，还真找不到其他的办法。最后，只得把心思移往了吕建明那方，抛开了对吕建明的愤怒与憎恨，做出了要提前释放吕建明的决定。可提前释放吕建明也不是容易的事，先抛开公理和法度不允不说，要过胡大魁那关就是道难题，因为胡大魁对吕建明已恨入骨髓。但为了秋菊，她还是做出了要设法去说服胡大魁的打算。而要说服胡大魁，又首先得去说服惜梅，因为惜梅能否饶过吕建明会直接影响到胡大魁的态度。可惜梅对吕建明的仇恨要比胡大魁更强更深，要说服她放弃这份仇恨更是难于上天。面对这道复杂的难题，她冥思苦想了许久，直到最后才从惜梅与秋菊的姐妹关系上寻找到了突破口。她想要以情感为钥匙，从替姐妹解难的角度去劝说惜梅，打开惜梅的心锁。她理清了这些后，心里终于松了口气，并且未作犹豫，一早就赶去了小水冲惜梅的家。

　　惜梅正想奶完孩子就要去织造行了，见小悦一早到来，喜出望外。她怀抱孩子迎了上来，道："难道是太阳从东边落了？你军务如此繁忙，日理万机，宵衣旰食的，这一早就往我这儿跑，定是有要紧事来找我了吧？

来，快坐！"小悦脸若桃花，双眼闪亮，说道："看您说的，我就不能来与您聊个家常话寻个开心吗？不过，这回让您猜准了，我呀，还真有个要紧的事找您帮忙呢！"惜梅微抬双睫，张了张嘴，疑惑的神情里略有一丝娇媚。她快言快语说道："你找我帮忙？是说笑了吧！通常都只有你能帮我，我哪有能耐帮到你啊！行吧，既然如此，你直说吧，不管公事还是私事，只要我做得到的，一定帮你！"

"我要的就是您这句话了！"小悦露着灿艳艳的笑，又说："我要您帮的既是公事也是私事，关键是能求您给个答应。""哦？"惜梅确实感到意外，但稍顷之后又漾开了笑脸，说道，"你用到了个求字，说明这事与我干系挺大啊！行啊，干系越大我越该答应！你找我的事，我哪有不给答应的理呀？"

小悦娇美地一笑，移了移凳子靠近了惜梅，说道："这事啊，还真与您有着干系。当然，与我、与我大哥也干系挺大，所以，我必须对您用个求字。等我说明白了，您就知道我为何要用个求字了。"惜梅微微一怔，又笑了。她说："如此说来，你是担心我不答应了，看来，是对我不信任了！"她换了一侧给了孩子，朝小悦呶了下嘴，说道，"快讲吧，痛快点讲，别像个陌生人似的让我觉得不爽！"

"那行吧！"小悦又娇美地一笑，刻意将脸伸向了惜梅，轻声细语，娓娓而谈，将自己的来意说了个完整，也说了个详细。惜梅面带笑容，倾耳听着，可听着听着，笑容渐渐地就消失了，到后来，脸上还堆起了阴云，而且阴云已越积越厚。等小悦把事都说完了，她却像啥也没听到似的，未给小悦一个搭理。将孩子送去给了玉兰之后，才又坐回到了原处，但仍一言不发，而且脸已板得结实。许久之后，才朝小悦抬了抬眼皮，冷冷地、干巴巴地抛出一句话："秋菊肯定是鬼迷心窍了，可你，也跟她一样鬼迷心窍了吗？"

见惜梅已愁眉锁眼，闷闷在心，小悦本就担忧了。现在听得惜梅已开了口，她就赶紧接过了话，说道："这事啊，您得听我解释。"又朝惜梅伸过了脸，继续说，"我知道您想不通，其实，刚开始时我也想不通，因为吕建明确实罪大恶极，不可饶恕！可秋菊姐把妇道看得如此之重，非吕建明不嫁，我就不得不要换个角度来考虑这事了。我也是不忍秋菊姐再干耗年华了才转过这道弯的。这事啊，关键是要站到秋菊姐的角度去想，要理解她的苦处。虽然她这苦是要死守那害人的妇道条规自找的，但我们也得理解她。她总得有个家嘛，您说是不？"

"可吕建明是什么啊？孽障啊！"惜梅一脸愤懑，还咬牙切齿，"如果他只做了那件伤害秋菊的事，我还可以理解他是一时冲动，情不自禁。可他还和江坤硬逼散过我和大魁，害我和四个姐妹浪费了二十年的年华。后来，他又养姘头，最可恨的是勾结叛逆谋害你和大魁，又背叛洞庭帮，甚至背叛朝廷要搞反清复明，还差点把我杀了。如此狠毒之人天理不容，你们未将他处死就已轻饶他了！可现在，秋菊想要嫁他，你也想要放他，这不是以恩报恶、纵恶为患、助纣为虐吗？"

"话可以这么说，可我这也是没有法子的法子呢！"小悦温情地笑着，拉上了惜梅的手，又说，"吕建明确实可恶，但我们得替秋菊姐着想啊！毕竟，她年近四十了，再耽搁不得了，您就忍心看她白耗此生？再说了，若是秋菊姐跟了吕建明，或许还能引吕建明做回好人呢！若是如此，我们也算做了件善事，积了份功德了。您是从过佛的，能遇上这种可让浪子回头的机会，是不该放弃的，您说是不？"

惜梅低头不语了。小悦的话已击中了她内心最脆弱的地方，她已在心里纠结。稍顷，她终于抬起了头来，脸上的愤恨在渐渐地消淡，但还是一言不发。直到最后，才站起身来叹了口气，说了几句发自内心的话："我知道你纯粹是为了秋菊，若不是为了她，也不会放下对吕建明的那份痛恨，定下如此之策。其实呀，我也不是不替秋菊考虑，她确实可怜，但可怜之人自有可恨之处，她凭啥要死认那狗屁妇道啊？我呀，真的转不过这道弯！况且，就算我能转过这道弯来，你大哥那关也过不去。你是知道的，吕建明和谢凡、江坤与你大哥结下的是夺命之仇、毁帮之恨，谁能有这样的胸怀放得下这么大一份仇恨啊！再说，就算他能有这种胸怀，又怎能不顾及洞庭帮那近千兄弟的愤恨之心啊？"

"您说得是有道理。只是为了秋菊姐，我们必须放下这份仇恨。"小悦靠紧了惜梅，眉眼间飘荡开了和善的气息，"我也是考虑到大哥那关难以过去才来找您的，我是想请您帮我忙，一起让大哥转过那道弯来。如果有您相劝，大哥一定能放弃那些仇恨的。你要知道，吕建明他们不仅要我的性命，还要毁我大清的江山，这仇恨够大了吧？我不也放下了吗？这事的根本之处，还是得从秋菊姐的角度去想事。您那几个姐妹跟着您二十多年经风历雨，到如今还孤身独过，想想也值得同情了，我们没有理由不成全她们啊，您说是不？"

惜梅的神色已渐渐舒缓了，叹了口气后，就放低了嗓音，道："小悦啊，你是说到我的痛处、软处了。这段日子啊，我一直在愧疚，总觉得亏待了她们，也总在想要设法让她们下半辈子能活出个模样来。可天下的男人千千万，秋菊为何就偏要认这狗屁妇道非要嫁给吕建明这条恶棍不可呢？"

"秋菊姐认的是死理没错，可死理也是理啊！"小悦娇婉地笑着，又拉上了惜梅的手，"其实，每个人对婚姻的想法都不相同，秋菊姐的想法并不违理。我们不能总想着吕建明的可恶，而应多理解秋菊姐的苦处、难处。我们这些做姐妹的，别的忙帮不上她，可这一点，能帮得上，就该帮，而且要设法去帮！您说是不？"

惜梅的脸上有了浅浅的笑容，但半晌后才接过话说："我说你这个小悦呀，处事既有霹雳手段，又有菩萨心肠。就这件事啊，你还真是大发善心了。既然你能放下害性命之仇、毁江山之恨，想想啊，我这点仇恨就算不得什么了，也该放下了。"看了小悦一眼，又说，"我呀，心里极不情愿也算是转过这道弯了，可要你大哥转过这道弯来，恐怕比登天还难，这得要下大功夫了！"小悦双眉舒展了，有几分俏皮地说道："大哥那儿只能靠您了！毕竟，枕边风是最能吹得人舒服的！我大哥本是开明之士，我相信您跟他好好说说，一定会通的！"

"碰上你这么个热心肠，还真是我们姐妹的福了。你大哥那儿我自然会去说，但有用没用，那就得看运气了。"惜梅突然若有所思，问道，"你放了吕建明，其他两个怎么办？"小悦看了一眼惜梅，微笑着说道："事情还得做得顺理成章一些，所以，我打算把三个都放了。吕建明可放到织造行去当搬运工，谢凡和江坤就分别放去月山的铁匠行和樊家洞的饲养场交由可靠的人看管，要他们戴罪立功。这样，既不会让人觉得这事是专为秋菊而做，还能体现我们的宽大仁义。只是秋菊姐和吕建明必须得合上心思，否则，就弄巧成拙了。所以，在释放吕建明之前，我们得探明他俩，尤其是吕建明的意愿，免得糟蹋我们这份好心了。"

"你想得就是周全。"惜梅脸上有了淡淡的花影飘过，瞳仁里的光泽也已变得柔和，声音也比刚才轻柔了许多，"你小悦想事啊，总是如此周全，我呀，就是服你！"小悦又摆出了俏皮的模样，娇嗔道："看您夸的，都夸过头了，如此夸下去会要把我夸坏的！"她见大功已经告成，就想要告辞了，所以又说："我呀，该走了！大哥那道弯能不能转过来，就得看您的了！我知道，大哥一贯都听您的话的，我想，只要您开个口，大哥一定会答应的。"

"你尽拿我开心了！"惜梅脸上润开了一抹浅浅的红色，还故意瞪起了眼，"行了，你大哥那儿我会去叨叨的，到时候你也得找他好好说说。你大哥呀，有你这个小妹，是几辈子修来的福啊！"小悦故意横了惜梅一眼，说道："我不愿听您这些奉承之言了，您不把我奉承得忘形忘义是不会收嘴的!"抿了抿嘴，只道了声"好了，我得走了"便头也不回地走出门去了。

小悦是惬意满满地回到博公寨的。可尚未喘口气，就有护院来报了。护院说："禀格格，有个老头说有要紧的事要见张统领，我告诉他张统领不在家，他就说一定要见您，您愿意见他吗?"

"老头?"小悦犹豫了片刻，才给出了答复，"见吧！领他去议事厅。"她整了整容装，迈步赶往了议事厅。只一会儿，护院就领来了老头。老头衣着陈旧但干净整洁，脚蹬一双旧布鞋，略躬起的背上压着一个鼓嘟嘟、沉甸甸的旧麻袋，肩上扛着一根铁管似的东西，头上戴一顶旧斗笠，斗笠遮住了脸门，进门后就站那儿，既无动静，也不言语。"请问您是哪位?"小悦问道。老头并不答话，但有了动静，将麻袋和铁管似的东西放至墙角后，转过身来，慢慢地挺直了腰背，摘下了斗笠，缓缓地昂起了头，笔直地站在了小悦的面前。小悦仔细打量起来，原来这是个只有五十岁左右的中年之辈，个子虽然不高，但两眼炯炯有神，身板结实挺拔，且还似曾相识。她惊疑地问道："您，找我有何事?"

小悦话音尚未落地，来者就已一个"扑通"跪到地上行起了大礼："草民，伍兴叩见小悦格格!"伍兴？小悦终于想起来了，这确实是伍兴!就是那个在博公寨遇险时偷盗博公寨财物逃跑被她逮住过的伍兴!伍兴行过礼后已主动站起，大声说起了话："想必格格还能记得，伍兴就是那个曾被你逮住过的盗贼。"小悦当然记得伍兴那不光彩的一页，但见伍兴当下这神色，猜想应是有事而来，便站起了身，也拿出了些许的热情："伍先生别来无恙？今日前来，有何事找我?"伍兴拱手一揖说道："伍兴昔日有罪，承蒙张安兄弟不重罚，出去后还能自食其力，且有所作为，今日特来表达感谢。当下张安兄弟不在，我就向格格致谢了。我带来了一些东西，对民军肯定有用，想请格格看看。"小悦向前一步，眼里散发出了好奇的光，说道："那拿出来让我看看吧!""还得请格格随我到外面去看才行!"伍兴提起了麻袋和铁管似的东西出了门。到了山边时，才从麻袋里取出一个布包递给了小悦，说："这是火药，能燃烧起火，也能炸碎东西，我可以给格格演示。"火药？小悦听说过火药，但没见过火药。她看着布包里的黑色粉末，朝伍兴探出了好奇的目光。"那你就演示吧!"她将布包递回给了伍兴。伍兴放下布包后，又随手拿起了那根铁管似的东西，说："这叫火铳。往铳管里装上火药，灌上铁砂，点着引线，瞬间就能把铁砂打出去，打死百步之外的野物，当然也可以杀人。"

伍兴往火铳里灌上了火药和铁砂，还把斗笠挂在了百步之外的树上，退回之后用铳口对着斗笠点着了引线。随着一声轰响，铳口喷出了火舌。随即，他取回斗笠递给了小悦。小悦见到斗笠上已多了许多小洞。他又取出了一个瓶子朝小悦晃了晃，说道："这是火药瓶，置入石缝，能把石头炸个粉碎。"他走向了山脚拐弯处的石头旁，将火药瓶塞入了石缝，点燃了瓶口的引线，跑回小悦身边后将斗笠遮在了小悦头上。很快，石头处发出了震耳的巨响，腾起了一股带着火光的浓烟，无数碎石块也已飞喷开来，砸得了周边的树叶"嚓嚓"作响。伍兴的两次演示带给小悦的已不只是惊喜，还有震撼。火铳百步之外可以杀生、火药瓶能炸碎如此坚固的石头，这样的威力无与伦比，让她毫不犹豫地想到了若将这些东西用于战场会带来的神奇。所以，她对伍兴有了兴趣，问："这东西还能弄到吗？"

伍兴昂起了头，眼里有了春天即将来临的气息，说："不瞒格格，我就是做火药的。我已储藏了许多火药，还用火药做了些兵器。今日前来，就是想把这些都献给民军，以洗刷我昔日的罪过和愚蠢。"小悦的脸上已有春风拂过，但眼内早已夏日炎炎，说："好啊！难得你如此有心，我得要代表民军、代表朝廷谢谢你了！"

"伍兴此举只为感恩赎罪，不敢领受格格的谢意，更不敢领受你代表朝廷说的那个谢字。"伍兴作揖时像是用足了全身力气，但作过揖后只瞥了一眼身后，便又躬起了背，戴上了斗笠，还背上了麻袋提上了火铳。巨响引来了许多人围观。小悦知道伍兴很顾忌自己曾经有过的那不光彩的一页，不愿意被熟悉的人看见他已回来，所以就对着围观者喊起了话："大家都回去吧，刚才是试验了一种兵器，现在没事了！"她拉了拉伍兴的袖子，引着伍兴进去了议事厅。

王佑三父子拉着于奎也进了议事厅，当看清了伍兴时，都惊疑了。此时，小悦却抢着说了话："伍先生是专送火药来的。这火药可是个好东西呢！"可她话还尚未说完，伍兴就已跪去了王佑三面前，对着王佑三放声大哭了。王佑三始料不及，显得手足无措，许久之后才连喊起了"起来，起来，快起快起"再扶住了伍兴，说："还真是伍兴啊！这些年你都去哪儿了？过得还好吗？"伍兴哽咽着说："谢寨主当年的不重罚之恩。我出去后还能自食其力，日子还算过得去。今日，我未经允许就回来了山寨，寨主不会怪罪我吧？"

王佑三眼内已有了回南天的景象。他拍了拍伍兴的肩膀，抖动了双唇："不怪，不怪！哪能怪你呢？你回来了就好，回来了就住下吧，这里还是你的家。"突然一顿，问道，"这火药是哪里来的呀？"伍兴抬起袖子横扫了面颊，咧嘴笑了。他说："我离开山寨后就去涟源开了家杂货铺过日，后来又开了火药厂、火铳行，发了点小财。再后来，我听说了民军，也听说您和张安兄弟都成了民军的头领，我就把这些东西都存着了。我今日就是来献火药和火铳的。"

"那你给我说说你的火药厂和火铳行吧！"王佑三很是好奇地望着伍兴。伍兴继续说道："我的火药厂和火铳行是这么来的。去年初的一天，我铺子里来了一伙逃荒者。我看他们身强力壮，就出于好心帮他们找到了活做，让他们落了根。与我熟悉了，他们就说起了自己的事。他们来自安徽，有火药师傅、铸铁师傅、打铁师傅、木匠师傅，都是被赶出来的，原因是惹了众怒。说起来事情的根子在火药师傅身上。他在一个偶然的机会，在一位老人家里见到了一幅火铳图，了解到了火铳是朱元璋部下研造出的兵器，威力无比，可以射杀猎物，就来了兴趣，找到其他几个师傅照图琢磨，造出了火铳，而且还想要造更大的火铳，这就犯了当地民间火药不可用于杀生的铁规，被老板和当地人赶出来了。当时我想，既然火铳可射杀猎物，我们这地方又没有火药不可用于杀生的规矩，我何不利用他们制造出来卖给猎户赚钱呢？所以就找他们商量，他们答应了。就这样，把火药厂和火铳行开起来了。知道火药、火铳的神奇后，当地有钱的猎户都纷纷出高价来购买，我一下就发财了，直到今年，我听说了民军的威名后就不卖了，还凭着想象琢磨出了一些火药兵器。我这次来，是要教会你们使用这些火药兵器的，也要请你们派人去把我储存的火药和火药兵器搬运过来。我还得尽快回去，要再多做些火药和火药兵器。"听伍兴如此道来，王佑三已激动不已，说："也行，你就先在这儿住上几日，好好教会我们的兵士，有空了我们再好好聊聊，行吧？"见伍兴点了头，便叫来侍丁引走了伍兴。

伍兴一走，小悦对王佑三父子和于奎说："火药确实神奇，我们有了这个，定能如虎添翼。当下应立即成立爆炸队和火铳队，趁伍兴在此，好好操练，让这些神奇之物早日派上用场。"王佑三点了点头说："如此甚好！此事就由王炳操办吧，最好是今日就能挑选好人马，明日开始操练。格格你看可否？"小悦点了点头说道："可以！"又说："伍兴这人啊，虽做过不光彩之事，但现在是一大宝贝，我们得好好地用他！"她给出了个一个灿烂的笑后，就挥了挥手再说道："那你们都忙去吧，我呀，要走走去！"她走出了客厅，又出到了寨院外。此时，她已心藏三分夏，脸显七分春，目光已探向那辽阔无垠的天空。

第四十四章　民军释放有罪人　冤家恩怨吐林中

张安和胡大魁带着队伍平安归来了。他们化妆成渔民隐蔽而行，顺利到达了洞庭湖。入夜，又成功靠近了叛军的码头，将大批浸过桐油包裹松香的火把丢上了数艘敌船，再凭借夜幕掩护撤去了港汊和芦苇丛里等待。只过了一会儿，就见到了码头处已火光冲天，巨响不断。虽然他们并不知道烧毁了多少敌船，船上有啥东西，但可以断定，这次偷袭已取得了成功！

王佑三、于奎都对张安和胡大魁的成功夸赞不已，说这是大功一件，应当记入功劳簿。张安却不以为然："虽然烧毁了几艘敌船，但并未杀伤叛军的有生力量，战果并不大，说偷袭成功尚过得去，说大功一件就拿猫当虎了。"此时，小悦却接过了话，说："这当然算得上大功一件！"扫视了一圈后，又说："一次偷袭光烧毁了几艘敌船当然算不得大功，但你们的功劳在于顺利出击取得了战果又成功撤回。这是我民军组建以来第一次远征岳州，而且是从水道上扰敌，这次的成功为往后水道扰敌探索了经验。就凭这个，应该算大功！"

"正是呢！"王佑三附和道，但有些刻意。而于奎的附和是真心的："今日能除豹，明日可杀虎，经验积累的确比战果重要。还是格格看到了根本。"

既然大家都要认作大功，张安已不再推辞，所以，咧了咧征尘尚在的大嘴后，说道："既然各位都要如此认定，我和胡都领就领受这份功劳了，只是胡都领该领大头。接下来我会对本次出征的过程细加梳理，理出经验教训各有几何来，以利再战。多谢各位了！"张安尚在拱手之时，胡大魁却已抢过了话来："我也多谢谢格格和二位副统领。此战能胜，全得益于张统领灵活决策、巧妙指挥，功劳应归张统领所有。"他朝各位"哈哈"一笑后，又说，"我已出征多日，该回去好好亲亲我那宝贝女儿了，你们就在这再聊一聊吧，我呀，先走了！"

胡大魁出征之后，惜梅在家里提心吊胆。而今胡大魁已平安归来，且是得胜而归，她欣喜不已。不顾自己在织造行已忙了一天，还主动投怀送抱，递上了亲热，给了胡大魁一番特殊的慰劳。事毕，因想起了秋菊的事，心里又有了一番想法。她趴去了胡大魁胸上，一手轻划着胡大魁的身子，一手抚去了胡大魁的腿上。胡大魁本就余兴未尽，经她这般抚弄后又起了欲念，一个翻身便又将她压在了身下，施以了狂风暴雨。待风消雨散，胡大魁咬住了她的耳根，笑道："你今日看起来很是特别呢！我今日远征归来，你这可是乘人之危呢！"

惜梅咧嘴笑道："正因为你是远征归来，我才有所节制了，要不然啊，我再要！"媚眼飘过，便轻叹了一声，又说，"想想啊，有了男人真好，需要了时，随时都能够得到满足。倒是我那几个姐妹啊，都还独着身子，怪可怜的呢，若再耽搁，就得要煎熬一世，白活一生了！"胡大魁一听，就愣住了，稍顷，脸上有了一丝愧疚之色，说道："这都得怪我了，以前没去关心她们，如今在这特殊时期又没法去关心她们，是我亏欠她们了！"他望着帐顶，眨巴着眼睛，突然问道："她们都在男人堆里混这么久了，就没遇上个自己喜欢的？"惜梅又趴到了胡大魁的胸上，说："春桃、夏荷和冬梅倒是有了，只是在这种时候哪有空成亲啊！"胡大魁点了点头说："也是啊！不过有了就好，即使没法成亲，感情上也能有个寄托了。"他突然坐起，问道："那秋菊为何就没有啊？"

"秋菊？"惜梅撇过了脸去，沉默不语了。此时，她心里是欣喜的，因为胡大魁自然地提到了秋菊。但她也需要故作迟疑，要让胡大魁觉得她是正在犯难。果然，胡大魁发话了："干吗不说话了？有什么为难之事尽管说嘛，说出来也好商量着办啊！"有了胡大魁这句话打底，她就不再犹豫了，而是放开着说道："这个秋菊啊，是她们四个里面最稳重、最漂亮的，但又是最命苦的。你是知道的，她身子曾被吕建明占过了，如今哪还敢嫁给其他男人啊？"胡大魁叹了口气，说："这也是啊！吕建明这个该遭天打雷劈的狗东西，这要害了秋菊一辈子了！"

"是啊，我也为此记恨吕建明呢！其实我也想过，如果吕建明没有那一摊子恶行，我倒希望秋菊就了吕建明，找个归宿算了。只可恨吕建明是个心狠手毒的叛逆，若让秋菊再嫁他，于法于理都不合适了。"惜梅刻意地说着，还盯住了胡大魁的脸，心里也在期待。胡大魁望着帐顶，并未接话，但脸上堆起了厚厚的凝重。稍顷，才吐出了几句令惜梅无论如何也会想不到的话："若让秋菊嫁能给吕建明，或许真还是个将就的办法。可就算吕建明愿意娶，秋菊也未必会愿意嫁呀！"

惜梅已在心里暗喜，眉头已舒展开了，脸也舒展开了，还接过了话说："呃，你这还是个办法呢！这让我想起来了，刚还俗时，秋菊就跟我们说过要将就着嫁给吕建明的想法。只是吕建明如今有重罪在身，已难获自由了，就算秋菊愿意嫁给他，也没这机会了。"胡大魁又叹了口气，将惜梅搂进了怀里，眉头一皱，说道："这个吕建明啊，我本是要把他杀了的，是小悦劝我将他留着，才放过了他。后来我也想过，不杀他是对的。当初若将他杀了，我心里真会留下一道阴影，也会常被这道阴影折磨。现在遇到了秋菊这事，就更觉得没杀他对了。你想啊，他占过秋菊的身子了，而秋菊又偏要死认那狗屁妇道，他若死了，秋菊的心会不会也跟着他死了？最终的结局会是怎样？这也是小悦开明，而且想得远啊！现在啊，我有了个想法，想把吕建明放了，让他跟秋菊成亲。不知是否可行啊？"惜梅已暗喜不已，却又故作惊讶地问："难道你就不再计较他曾谋害过你我、谋害过小悦了？"胡大魁拨弄着惜梅的头发，摇了摇头回道："我已往深处想过了，为了秋菊，就不要计较他了。再说，他毕竟也是跟着我在海里、湖里漂荡过来的兄弟，都这把年纪了，还计较他干啥呀？他当初想害我也是受了贼人蛊惑。如今已被关押这么久了，也算受到惩罚了。只是我有这番意了，这家伙会不会领这份情啊？"

"这是他做梦也不可能想得到的美事呢！他不会领这份情？"惜梅摸着胡大魁的脸，又说："我也一直关心秋菊，却从没有想过要放了吕建明来成全秋菊，这是我心胸太小想不到，这说明还是你胸怀博大。你这是给人之路、成人之美了！"胡大魁听后只摇了摇头，说："我这也只是个没有法子的法子呢！"可想了想后，担心地说，"我倒是有这想法了，可小悦那边怕是难办呢！你想啊，小悦是皇室的人，就算她能抛开吕建明要谋害你、我、她这些私仇，又怎能抛开吕建明要毁她爱心觉罗江山的公仇？反清复明本是死罪，小悦能宽宏大量能不治他死罪，但也不可能饶过活罪啊！这事啊，还得要从长计议，慢慢来才是。"

"我也这么想呢！"惜梅心里已大喜过望，但表面上却故意点头认可了胡大魁的担心。但稍后又说，"不过，我相信小悦那里应该是能说得通的。她本就是开明之人，对我们姐妹又关心体谅，如果我去找她替秋菊求个情，希望她能多体谅秋菊的不易，或许有用。我想啊，明天就去找她，把你这宽宏大量的想法跟她说明白些，把理和情也说透些，设法让她转过这道弯来。你看行不？""行啊！"胡大魁"呵呵"一笑，搂紧了惜梅，又说："你若能把小悦说服，那就最好了。可你不要把这事想得简单了，小悦再开明，能放下私仇，还能放下公仇？行吧，为了秋菊，你就去试试吧！"

惜梅点了点头，"嗯"了一声后又说："那我明早就去。就是把我老面子全都搭上也要让小悦顺过这道弯来。"目的已出乎意料地达到，惜梅心里已经踏实，所以，她轻松地嘘了口气后，轻抚起了胡大魁的脸，说："你远征归来，已劳累了，我这几天在织造行也忙，晚上还要顾着甜甜少了睡眠，都早点睡吧！"

惜梅很快就睡着了，胡大魁却毫无睡意，因为他又想起了李香君。见惜梅已经熟睡，他便悄悄地从腰带里取出了那半块玉佩。与李香君作最后一别之后，他就把这半块玉佩缝缀进了腰带里。虽已换过了许多根腰带，但每次都会把玉佩再缝缀进去，所以，这半块玉佩带着李香君的体温和体香从未离开过他。他再一想起这二十多年来自己虽然经历了战场上的殊死拼杀、兵荒马乱中的大逃亡、大海上的惊涛骇浪和洞庭湖里的风风雨雨，却都平安无事，就隐隐地对这半块玉佩有了敬重之心。他想，这应是李香君的灵魂附在这玉佩上庇护他的结果。他抚了抚玉佩，把它紧紧地捂到了胸口之上，就像那晚紧拥着李香君的身子一样，心中已有了道不尽浓情蜜意，也有了道不尽的感激。"今朝玉已碎，相合难有时。"而当想起与李香君分手时的那一刻，他的手就颤抖了，眼睛也潮润了。

翌日一早，惜梅风风火火地上了博公寨，将先天晚上胡大魁说过的那些话全都告诉了小悦。小悦乐得半天都没合上嘴，还笑道："我就知道您那枕边风会管用的！"听她这么一说，惜梅的两眼已眯成了一条细缝，嘴角拉向了两边挤出了一对迷人的小酒窝，本来洁白的脸上已泛起了红光，且还娇羞羞地说道："这哪是我的枕边风管用啊？这次你猜测得错了，我呀，半句话都没有劝过他，我一提及秋菊的事，他就主动说了，说了要释放吕建明来成全秋菊。"

"这我也相信，我大哥本就开明嘛！"小悦笑了笑，又说，"这事既然已无障碍，那我得找大哥商量去了。只要秋菊姐与吕建明都合上了心思，我就要把那些想成亲的人全都成全了，解了他们的心中之忧，您说如何？"惜梅皓齿全展，目光闪亮闪亮地笑道："这样好，成人之美嘛！"但又说，"只是这事还得先跟秋菊和吕建明都交个底才行，若他俩的心里没有个底数，最终心思合不到一块儿去，那我们就都要白费劲了！"小悦点了点头说："姐姐说得没错。吕建明这边我会有安排。秋菊姐她本有此心，您再去探个准信吧，我相信她会愿意的。"惜梅身子向前一探，已快言快语："那好吧，事不宜迟，我现在就去，等我拿到了秋菊的准信后，就回来告诉你和大魁。"小悦用火辣辣的眼光盯住了惜梅，笑道："看您这高兴和激动，像是自己要成亲了呢！"惜梅却站起了身来，"哈哈"一笑，说道："我自己成亲时也没这么激动过，也没这么急过呢，我是想啊，若能让她们早一天成亲，就能让秋菊少一天耽搁。好啦，我也不在这儿耽搁了，得走了！"

情况都如小悦所期待的那样顺利。惜梅把小悦和胡大魁的意思说个明白后，秋菊惊喜得扑在惜梅怀里放声哭了。吕建明这边，是由胡大魁去说的。一开始，吕建明并不相信胡大魁会有这等好心，总怀疑他是在捉弄自己，而当胡大魁拍着桌子逼着他相信时，才意识到了真有这好事，所以惊喜加上激动，也大哭了。

吕建明出来后，被安排在织造行当搬运工，秋菊终于可以见到这个可恨之人了。这天傍晚，秋菊有意来到了吕建明的工房之外，遇上了正从房内出来的吕建明。由于心里都有了底数，两人一照上面，就互相靠近过去面对面站定了。"到林子里走走去吧！"沉默了半晌，吕建明终于主动地说上了话，领着秋菊走进了树林。

在一棵大枫树下刚刚立住脚，吕建明就迫不及待地说上了话："当年我确实对不起你。其实，我当时也是情不自禁，自制不住了才干出那种事的。后来我想要娶你，可你又跟着惜梅出家了，我就只得断了这念头，得过且过地混日子了。那时候，我记恨胡大魁啊！我记恨他只顾自己有惜梅暖身，全然不顾兄弟们的七情六欲。虽然后来他允许我们娶亲了，可我哪还看得上其他的女人啊？有人给我牵上了个叫小红梅的，这女子虽然年轻，也有姿色，但没你这风韵，我打心里不愿意。可那娘们偏有手段，在我醉酒后送我回家时，硬是诱着我上了她身子，我就不得不同她姘居了。而这时候，胡大魁却来指责我有伤风化了，还要逼我与小红梅成婚。因为我心里只有你，就没有依着胡大魁。又过了些日子，谢凡找到了我，拉我参加香会当湖南分会的副香主，要我协助他把洞庭帮以及岳州的各帮各派都拉入香会。因我本就对胡大魁不满，就答应了谢凡，并依谢凡的主意干出了背叛洞庭帮、谋害胡大魁和小悦的事。我被张安擒住后，就断定会要死在胡大魁和小悦手上，可胡大魁和小悦并未杀我，对此我还一直没想明白呢！可这次，他们又把我放了，还要我跟你成亲，这可是……"他这一说开就没了个打住，直至见到秋菊已泪流满面时才收住了嘴，且伸出手来想替秋菊擦拭泪水。可秋菊把脸一偏，举起拳头就砸到了他胸上，还放声地哭了。他还未曾遇到过一个女人在他面前如此地哭过，所以慌了。"怎么哭了呢？"他挠了挠脑袋，"你这一哭啊，我这心就全都乱了！"

"你心乱了，乱了！就是个只知道乱来的人！"秋菊终于开口说话了。她边哭边责备道，"好你个可恨的，你知道吗？你差点要害我一辈子守寡了，要害我独身到死了！"有了秋菊这番责备，吕建明反倒不再慌了，但有了愧疚："我知错了，真的知错了！我对不起你！我真的不是人呢！"接着却说，"其实，那时候我也是看你实在太漂亮了，我实在太喜欢你了，才禁不住冲动，做出了那种事的。而且我虽有所强求，但你也半推半就，才让我更有胆子。"秋菊已止住了哭声，又羞又气地捶打起了吕建明，说："谁怪你那一次了？那次的事我早都原谅你了！可是，后来你居然要背叛洞庭帮加入那骗人的香会，还要谋害胡大魁和小悦格格，你如此乱来，若被他们杀了或被关押到死，那我这辈子还跟谁过去？你说你是看我漂亮喜欢我，也知道我半推半就依了你，你就不能安分一点等个时机让我嫁你？你整日里没个安分，尽做出那些没词没谱的邪门事来伤害我，伤害其他人，也伤害你自己，为什么就不能有颗正常之心做个正常之人呢？"

"我真是鬼摸脑壳了，居然一辈子都被谢凡牵着走了！"吕建明嘴上虽已自责不已，心里却已喜癫癫的了。他故意拉了拉秋菊的手，又说，"你可能不知道，谢凡一直是朱以海的手下，也一直受到朱以海信任。可胡大魁投奔朱以海后，朱以海就更加信任胡大魁了，而且步步地提升胡大魁，直到封了他为一品大将军，谢凡就对他妒恨在心了。谢凡虽然能力和威望都比不上胡大魁，但总挑动我和江坤给胡大魁出难题，自己却躲在幕后并不露面。事到如今，我才知道自己上当受骗了，我现在已经知错了，我真的知错了，你就原谅那些吧！"

"你本就是个没有脑筋的糊涂虫！"秋菊甩开了吕建明的手，噘起了嘴，"我从尼姑庵出来后，首先想到的就是要跟你过上个有家的日子。可没想到，你被关押了。我听说后，心都碎了，若不是格格对我们那么好，差点又要回到尼姑庵去了。"吕建明听她如此一说，便狠狠地捶起了自己的脑袋，还满脸悔恨地说道："我真是个浑蛋，我简直就不是人！"秋菊并未在意他这些做作，继续说："后来我又疑惑了，你犯的是重罪，按帮规已够杀几次头了，可胡大魁怎么就没有杀你呢？我想，他不杀你应是念及了兄弟情分。由此，我就相信总有一天他还会放你的，所以，就一直在等着你了。还真没想到，他们这么快就把你放了！你想想，人家胡大魁和小悦格格这么做，多开明、多有情义啊！"

"我确实没有想到他们会要放我。"吕建明上前了一步，两手搭到了秋菊的肩上，"他们放我，看起来确实是讲情义，但我想，这不是胡大魁的主意，应是小悦的主意，小悦懂得情义的威力。我猜想，那次不杀我是她的主意，这次要放我也是她的主意。"秋菊使劲摇晃着双肩甩开了吕建明的手，不满地说道："格格对我们都好到这份上了，难道你还认为她别有用心不成？"吕建明急忙解释："不不不！我是感谢她，也钦佩她呢！"又用又手搭住了秋菊的双肩，说："她那次不杀我，这次又放我，是要给我一个天大的人情。她愿意给我这么大人情，是相信我会用一辈子来还她这个人情。我以前并没看懂她，若早看懂了，就不会加入那狗屁香会搞反清复明了。康熙朝内连个小女小子都如此有心计，他这江山肯定会坐得稳了。"

"你竟然把人家的好心当心计了？"秋菊狠狠地瞪着吕建明，又说，"你是心不正就眼不顺，把人家的好心当驴肝肺看了。你口口声声说这只是小悦的主意，难道就没看到胡大魁的情义？"吕建明"哼"了一声，不屑地翻了下眼，撇嘴说道："这会是胡大魁的情义？就算是胡大魁放的我，也会是小悦劝他放的。你我都了解胡大魁，他是个跟你讲情义的人吗？"秋菊提高了声音说道："你根本就没有看到胡大魁的好！他当年若不是为了要照顾你们这些兄弟，早就离开洞庭湖与惜梅姐一起隐居过安稳日子去了。行了，小悦也好，胡大魁也好，放你出来是要给你个自由、给你一个家的，不是要你来评价他们讲不讲情义的！"吕建明提了一口气，像是要吵架了："哼！他当年不离开洞庭湖，就是舍不得帮主之位，他这自私之举你没看不明白，我可看明白了！"可最终，还是顾及到秋菊的情绪，又改变了口气："好了，我们都不讲这些了，走走去吧！"

秋菊狠狠地瞪了吕建明一眼，最终点了头，随着吕建明走上了林间的小道。可这一走动，就没话说了，好一阵之后，才轻声问道："你愿意与我安稳地成个家吗？"吕建明停住了脚，面对了秋菊至诚至恳地说："你本就在我心里了，能与你成个家是我梦寐以求的，怎能不愿意呢？再说了，我们的好年华已所剩无几了，也该过上个有家的日子了。"秋菊叹了口气，说："你如此一说，我心里就踏实了。世上常有百年的树，却难有百岁的人，我们该珍惜了！"吕建明点了点头，但又有了忧虑："只是你得准备过穷日子呢！我已一无所有了！"

"日子穷点不打紧的，只要过得安稳就行。关键是你要让自己的心安稳下来，不要再起邪思歪念做邪门的事了，要做一个踏踏实实过日子的人。"秋菊终于挽住了吕建明的胳膊，又说，"你也不用担心日子过不去，小悦给我们都建有房，还购置了田土，给了安家银两，往后只要能勤快着点，日子是过得去的。"吕建明惊住了，瞪圆了眼睛说："他们给了你这么厚的家底？"顿了顿又说，"这又是一笔大人情啊！看来，我们还只能躺在人家的人情上过一辈子了！"

"看你，又来了！"秋菊甩开了吕建明的胳膊，瞪着吕建明说，"小悦和胡大魁都说了，这些都是洞庭帮该给我们的。什么人情不人情，你该有点胸怀，不要曲解人家的好意！"吕建明却仰了仰头，叹了口气，说道："你说得确实有道理，我是人穷志短就牢骚多啊！其实，我心里还是挺感谢他们的。不管怎么说，你能愿意跟我，我已经知足了，真的已知足了！"

"这还算是句人话！"秋菊刚一说完，就有一只小动物从她脚背上窜过，吓得她大叫一声扑进了吕建明怀里。吕建明只说了句"别怕，可能是松鼠"就一把抱住了她。在这清凉的夜晚里，两人没再说话，但血液在燃烧，昔日的恩怨已经融化，就这紧紧的拥抱，已在两颗心间架起彩桥。

第四十五章　随时局定下婚典　儿媳妇喜报家公

　　由于伍兴所做的贡献，民军拥有了爆炸队和火铳队，两支队伍经操训后都已形成战力，而且，经横向传授，所有兵士都学会了使用火药兵器，民军整体战力已有了更大的提升。小悦和张安带领民军的大小头领观看过操演，都为之惊叹。此时，小悦心里有了个新的想法，要拨巨资给伍兴，扩大火药厂和火铳行的制造能力，正式成立民军的兵器制造总行。当然，她暂未把这想法告诉别人，因为还需要把这想法酝酿得更加完备、更加成熟些。

　　从黄材镖局的操训场出来，小悦、张安领着王佑三和于奎走上了去织造总行的路。他们心情舒畅，边走边聊，甚是开心。可聊着聊着，张安突然问了于奎一句："师傅，您啥时候成亲啊？"于奎似被吓了一跳，布满风霜的脸上堆起了红霞。他低头一笑，瞥了一眼张安，故作不悦道："怎么？你还替我着急了不成？"张安眯眯地笑着，还显出了几分顽皮的劲儿，说："我当然替您着急了啦！您看胡大魁都领，不仅有了暖烘烘的家，孩子也都能叫爹了，难道您不羡慕吗？"于奎的脸更红了，只嚷了声"你这不正经的小子"便给了张安的坐骑狠狠的一鞭，惊得张安的坐骑四蹄奋起，冲去了老远，也逗得小悦和王佑三放声笑了。其实，于奎误会张安了。张安与小悦、王佑三拉上于奎前去织造总行，就是要去与柳叶刀商量给那些已经相好上的人安排婚典的。但因事先未跟于奎通气，张安想在这路上探探于奎的想法，再将他们几个的意图告知于奎。而于奎只认为现在去织造总行是为了视察，是正经的事儿，张安开出这样的玩笑来并不合适，就以驱赶马匹的方式打断了张安。

　　于奎脸还红着，一副难为情的模样。此时，小悦靠近了过去，正儿八经说道："于副统领，您别以为张统领是在开玩笑呢，他是以我湖南平叛民军统领的身份关心您的婚事。您的婚事不仅张统领关心，我和王副统领，还有民军的其他头领都关心。您和春桃姐已相好有好些的时日了，也该成婚了。您能说说您的打算吗？"没等于奎回话，王佑三也插上了话来："格格说得没错！既然你已有了相好的，就该赶快把婚事办了。你没日没夜地在外奔忙，得有个人给你照顾，也得有个家停靠歇息。你就说个实话吧，有什么打算啊?"于奎脸泛红光，眼含羞意，一副已更加难为情的神态，半晌都没有回话，直到再一次扫视过小悦和王佑三，才说道:"多谢你们的关心啊!说实话，我早就想成亲了。可战事如此繁忙，我哪有空闲来操办婚事啊?我看你们也别替我操心了，等到平叛结束以后再说吧!"

"哪能等到平叛结束后再说啊?"这时，张安已掉转马头回到了他们一起，并接过了话。他接着说:"您和我未来的师母都是民军的人，你俩的婚事不仅是个人的事，也是民军的事，我们应该操心!您该成家了，有了温暖的家，能方便您更好地扑下身子履责，这有利于平叛大业呢!"小悦轻柔地一笑，接过了张安的话说:"张统领说得没错。官兵成婚是人生大事，我们当关心。当下民军中想成婚的有好几对了，但都顾全大局未提出要求来，可我们不能不替大家考虑啊!不瞒您说，我和张统领、王副统领考虑已久了，今日约您去织造总行，就是要与柳叶督办一起商量这事。考虑到当下战事繁忙，没有空闲给每个人都办一场婚典，所以，我们准备要办一场集体婚典，让所有新人一起成亲。您看，这法子可行吗?"

听小悦说完，于奎的脸上已全是欢悦。他咧嘴一笑，兴奋地说道:"好啊，这太好了!这办法既新鲜，又周到，还省时省力，很合时势呢!""是啊!"王佑三接过了于奎的话，"这个既新鲜又管用的主意是格格想到的。现在是特殊时期，应特事特办。让几对新人同办婚典，简便、热闹，省时又省力，是个好办法。这样的好主意也只有格格才能想得出来呢!您啊，得感谢格格的关心才对!"

"这真得感谢格格!"于奎欢喜得脸都变了形，"格格不仅有心关心我们，还有办法关心我们，我要代表所有想成婚的人感谢格格了!"突然"嘿嘿"一笑，又说:"只是如今给我们的空挡不多，要尽快办才行，不要等到有了战事，就给冲了。"张安望着于奎笑道:"您放心，我们决心已定，就算战事再紧，也得把这场婚典办了!只是我们办的是集体婚典，需要大家都愿意才行，若有人要顾及同办婚事会与人相冲的禁忌而不愿意，就白费心思了!"

"如今谁还顾得上与人相冲的禁忌啊!那禁忌本就没个可信的依据，是无聊之人愚弄人的，不可信，绝不可信!"于奎双眉一扬，咧了咧嘴，又说:"我看还是尽快定下来吧，别再耽误了，我们这些人啊，都耽误不起了!"小悦望着于奎，柔声地问道:"如此说来，您都已经摸清大家的心思了?若是大家都能愿意，我们就得确定好日子尽快筹办了。"

"我都摸清了!"于奎回道，"平日里我们常在一起谈论，我懂得大家的心思!"小悦一听,笑了笑道:"既然如此,那您就再去找他们问问吧,给他们都交个底,要他们表明个态度。我的想法是,只要有三对以上的人愿意,这集体婚典就办。您现在就去,我和张统领、王副统领在柳叶督办那儿等您回话。"于奎浓眉一扬,给出了个响亮地回答:"好啊!那我先走一步了!"他话一出口,就高高地举起了鞭子狠狠地抽在了马臀上飞奔而去了。

小悦和张安、王佑三同时来到了织造总行,柳叶刀甚是惊喜。她有百分之百的理由认为,这三位高层头领同时来此视察,是对织造总行格外重视,也是对她这个织造督办格外重视。再者,她一直忙于织造总行的事务,许久未跟小悦见面了,今日已可以与小悦好好说说话了。她抑制住了内心的兴奋,逐一地给几位头领都看了座,就领着丫头进房里泡茶去了。

小悦与柳叶刀已许久不见,这一见面就自然对她有了打量。这一打量,就打量出个特别了。当下柳叶刀腰身浑圆,腹部微挺,一举一动、一言一笑都带有幸福的神韵,明显是妊娠有时了。有了这一发现,她心里就乐开了,也对着王佑三笑了,且笑得耐人寻味。她对王佑三说道:"王副统领啊,我得恭喜您了,您呀,要升级了!"王佑三一脸疑懵,问道:"格格此话怎讲啊?我并无寸功,格格凭啥升我啊?而且我已是副统领了,你还拿我往哪里升啊?"小悦微微一笑,眼里闪过了一丝诡谲说道:"我倒是暂时还不能升您,但有人定要从另外途径升您了。"她突然停住,直直地盯着王佑三,直到王佑三忍不住问过"这人是谁啊"才压低了声音,一字一板地说道:"是杨柳叶督办!"这话可让王佑三瞠目结舌了,支吾了半天,才问:"你该不是要柳叶来打趣吧?"

"这事啊,也算不得打趣。"张安同样也看清楚了柳叶刀的特别之处,也听明白了小悦的话中之意,所以也凑上了热闹来。他接着说:"小悦的意思是说,柳叶督办快要升您当祖父了!"王佑三一听居然懵住了,稍后,才有了鲜花在脸上缓缓地绽开。他吐出了一连串的"这,这,这……"之后,才说出了句完整的话:"柳叶有了?真有喜了?这,这太好了!"

此时,柳叶刀领着丫头端来了茶水,递完茶水后就落了座。"当下军务如此繁忙,三位头领怎么有空同时来我这儿啊?莫不是对我这儿不放心了,要当面指点?"她故意问道。小悦看了眼柳叶刀后,又看了看王佑三,装出了个一本正经,说道:"我们对你倒挺放心,也不是来给你指点什么。只是有件事你得先给我们说个清楚,不得隐瞒!"柳叶刀感到气氛不对,脸上已有了不安。她怯怯地问道:"是我做错了什么吗?"小悦点了点头,说:"是的!是做错了事,而且是大事!"柳叶刀一惊,忙说:"那请格格明说了吧，我一定知错就改！"

小悦"哈哈"一笑，指着柳叶刀说道："你身怀喜孕了也不禀予公公知道，这不是大错吗？"柳叶刀一听，大气一嘘，拍了拍胸口，道："啊哟，你，你如此地装模作样、一本正经，都吓坏我了，我还以为真的是做错了事呢！"小悦看了眼乐呵呵的王佑三后，盯住柳叶刀问："你不想认错是吗？快向公公如实禀报吧，都几个月了？"

柳叶刀那羞涩的神情已在白净的脸上铺开，更显娇艳。她低下了头来，稍后才抬起了头对王佑三说道："爹，我已有四个多月了。这段我一直忙着，没顾得上向爹娘禀报呢，还望您莫怪。"稍一顿，问道："怎么？王炳也没跟二老说过吗？"王佑三早已把内心的喜悦堆到了脸上，摇了摇手掌说道："不怪，不怪，你太忙，不能怪你！炳儿也忙，最近也没着家，还没来得及跟我们说呢！没事，只要你人好胎好就行！呃，你可要少动一些，别伤了胎气呢！"柳叶刀又低下了头，难为情道："我只管事不做事，也没啥动的，您放心吧！"王佑三又问："那要不要加派个丫头前来侍候？"柳叶刀摇了摇头，已把那张通红的脸埋入了掌心。

小悦和张安窃窃地笑了。见柳叶刀已没再吱声，小悦便放开了声音，对王佑三说道："王副统领对儿媳妇的关心很令人感动啊！不过，你这并没有关心到点子上呢。女人养胎啊，前三个月要静养，四个月后胎已稳了就得多动了，平时多动，产时才顺。柳叶督办已有四个多月了，哪还需要静养啊！"王佑三"呵呵"地笑了，且难得地让人看出他脸上有了一丝羞涩。他摇着手说："女人的事我不懂，我看，还是回去跟她娘说，要她娘来照顾吧！"

"爹——"柳叶刀突然仰起了红扑扑的脸，大喊了一声后，又羞意地说道："我好端端的，不需要照顾的！"见这场面如此地有趣，小悦放声笑了，笑过，朝王佑三说："您真的让我好感动呢！但柳叶督办这里需不需要夫人来照顾，您还是回去问问夫人再说吧！您啊，别自作主张了，还是谈正事吧！"王佑三点了点头，张着幸福的神情回道："行，我不自作主张了，谈正事，我们谈正事！"

"那我就说正事了！"小悦看了一眼王佑三，移着凳子坐去了柳叶刀身边，说道："我们今天来你这儿，是要与你商量件事。据了解，你这织造总行已有好几位相中人了，所以，我们想给她们把婚事都办了。你意下如何？"这本是一件令人惊喜的事，可柳叶刀并无惊喜，反而惑懵了。她问道："全都办了？"小悦用力地点了点头："是的！全都办了！"柳叶刀带着为难之色又问：“我这儿有好多对呢！若都给他们办了，得花多少时日啊？”小悦面带微笑，盯了柳叶刀半晌，才突然说道：“只需两日，花两日就都能办成！”见柳叶刀疑惑不已，又说：“我们打算办一场集体婚典，所有的人一起办，你看如何？”

“集体婚典？”柳叶刀这会儿已惊喜得非同一般了。她伸过脸来，兴奋地说道，“这真是好主意啊！前些日子，她们轮流来找我，都想完婚，我考虑到要办的人太多，办一个就得耽误几日，全办下来我这织造总行就得停工了，所以一个也没答应。我呀，也是看这时局太紧、事情太多，腾不出空闲才没答应的，为这事，我一直在纠结，也在愧疚呢！这下好了，集体婚典，一次办妥，好主意，真是好主意！呃，这主意是格格你想出来的吧？”小悦不以为然地一笑，说道：“是我想出来的，这也是因时而计。你想啊，公家的事不可耽误，大家成亲的愿望也得满足，就只能用这办法了。呃，你织造总行已相中人的有几位了？”

柳叶刀掰着手指算了算，说道：“三十二位！”小悦吃了一惊，问，“除了春桃四姐妹和菊敏，都还有谁啊？”柳叶刀回道：“哪方的人都有，原我素女帮的姐妹就有十几个，其中有个叫文烟的就相中了张统领他家的张五叔呢！”“张五叔相上亲了？”张安漫开了一脸的欢笑，又问道：“文烟这女子如何啊？”

柳叶刀没有回话，倒是小悦接上了话说：“这就对了！当侄儿的是该替叔叔把把关。”听她这么一说，张安已脸红耳赤，摸了摸脑袋，“嘿嘿”地一笑，不敢说话了。柳叶刀却笑开了，说：“我就如实向张统领禀报吧。文烟这女子啊，年龄比我略小点月份，标致，能干，人品也好。她出生在书香之家，读过诗书，跟着我习武也用功，功夫已不在我之下。她也是在岳州遭了劫后被我收留的。依我看啊，张五叔能被文烟看上，有福了！”

“如此说来，我们得替张五叔高兴啊！”小悦笑了，是充满喜悦的笑。随后却问张安：“你未来的婶婶既年轻，又人品好，还能文能武，是个全才呢，你该开心了吧？”张安却眉尖一扬，堆起了笑说道：“我当然开心啦！”可忽然又收起了笑容，问：“呃，当年，她是遭了啥劫啊？”

听得张安如此一问，柳叶刀突然沉下了脸，犹豫片刻后，才扫视过他们三位，说道：“想想啊，这事还是得要给你们透个底才行。”又扫视过了一圈，继续说道：“文烟出生在中原的乡下，父亲是位老实巴交的前朝秀才，四十岁时才娶了文烟母亲生下了她这个独生女儿。文烟聪明好学，跟着父亲熟读诗书，且又出落得花一般标致，被父母视为了掌上明珠，也吸引了众多男人的目光。十七岁那年，城里来了位恶霸要逼她为妾，还留下狠话说一个月后就会来迎亲，如不从就要叫她家破人亡。出于无奈，她父母只得贱卖了家产带她逃离了故土。他们一路南逃，最终决定要到岳州来落脚，可这次……"顿了顿，又说，"他们在洞庭湖上遭遇到了湖匪的打劫，钱财被洗劫一空，她母亲因死护钱财不肯撒手而被一劫匪踢进了湖里，被打捞上来时早已没了气。船家把她一家人带上了岸后，帮她安葬了母亲，但她父亲悲愤成疾，没几日也已死了。她连失双亲又身无分文，只得暂时住在了船家。那晚，她因思念双亲无法入睡而去门外吹风时，不经意间听到邻家有人说话提到了她，她就凑近了过去想打听个明白，可听明白后就吓得拔腿跑了。因为她听到船家正在与邻居商量，要将她高价卖给一家新开张的瓷窑当作祭品。她一口气跑了几十里地，第二日才在城里遇到了洪秀珍，就这么被我收留了。"

"原来如此啊！"张安轻叹了一句，略有所思后，问道，"她知道那些湖匪是什么人吗？"柳叶刀并没有回答，而是把目光转向了小悦。此时，小悦正在沉思，当抬起眼时，正好与柳叶刀的目光碰了个正着。"罪过啊！"她轻声地说道，且问，"她就没想过要去找洞庭帮的人报仇吗？"

"想过。有了武功后，她就想去报仇，尤其想要杀掉那个将她母亲踢进湖里的人，但被我阻止了。后经我开导，她把这段仇恨先放下了。"柳叶刀站起了身，摸了摸腹部，又说，"但她惩罚了船家及其邻居。她把船家的邻居杀了，但只要了船家的一双脚，因为她念及船家帮她安葬过父母，没取船家的性命。"小悦微微地点了点头，说："这倒算是恩怨分明。这事啊，咱们心里有数就行了，为不扰乱军心，就不要扩散了。我相信文烟是不会轻易放下这段仇恨的，如果她有情绪异常，柳叶督办你得贴上前去好好开导，大敌当前，不要让她引起了内乱破坏了大局！"

"这个我懂。"柳叶刀慢慢坐下，接着说，"我相信她已放下这段仇恨了，即使没有放下，暂时也不会出手。她曾向我保证过，决不会为报私仇而引起两帮争斗。如今大敌当前，应该更不会不顾平叛大局。""那就好！"一直未说话的王佑三也插上了话，又说，"如此看来，张五能娶到这么个既有才华又有胸怀的女子，算有福气了！不过张五也不差，他自小聪明，少时也勤读，后来还掌握了高厨技艺，若不是父母走得早，家里底子薄了点，定会有个好出息，也不至于快到四十了还没人给他暖床。如今好了，有称心的人了，我也替他高兴了！"

"我们都该替张五叔高兴呢！"张安接过了话，可还要往下说时，于奎已风风火火赶来了，且人还在门外，声音早已飞进屋里，"都愿意，都愿意，他们都愿意啊！都感谢格格、张统领、王副统领呢！"他这般火急火燎的模样，让众人笑了个开怀。笑声中，王佑三说话了："既然如此，就得定下日子了。我看啊，就用一个月准备吧，一个月足够了，如何？"

"一个月？太久了！"于奎的头和手都摇得了不行，还急不可耐地说："其实啊，要准备个啥呀？特殊时期特事特办嘛，要的就是个简单，还是简单着办吧！"小悦笑了，边笑也边在心里盘算。稍后，她接过了于奎的话："于副统领的心情我们该理解啊！我看啊，就用十二天去准备吧！十二天后，是下月的初九，初九初九，长长久久，这日子听起来就是个吉兆，大家说如何？"

"好啊！初九初九，长长久久，好！感谢格格体谅我等，那就下月初九办吧，我同意，坚决同意！"于奎抢过了话，古铜色的脸上已绽开了长时间的笑。张安也说道："我也同意！这本就是一场特事特办的婚典，只要场面热闹就行，其他的将就着点并不碍事。我同意下月初九就办！"王佑三摸着下颌，若有所思，稍后，才说："嗯，那就下月初九吧！十二天内要准备如此大场面虽有些紧，但只要抓住要点，也能办下来。既然格格都说了这日子吉利，我同意！"

"日子就如此确定了！"小悦稳稳地坐下后，又干脆地说，"我决定，我湖南平叛民军首场集体婚典定于下月初九午时在博公寨举行，由王副统领操办，由我主媒。正席以三道"状元菜"撑排场，未时起花鼓戏至翌日辰时末，戏停后即开收宫宴，收宫宴也得以三道"状元菜"撑排场。婚典必须热闹气派，要借此振奋军心民心，还要震动山外叛军，要让叛军对我大沩山的欢天喜地倍加羡慕。""好！太好了！"于奎两手一拍，大喊起来。小悦又说："为犒劳兵士、鼓舞士气，婚典期内准许各营开大宴饮酒两天。到时，张安将军、萨哈勒将军、李高元将军须带兵守好哨卡，加强外围警戒，确保大沩山安全，也确保婚典安全。"王佑三已兴奋地站起，大说了一声"好"又说："格格安排得周到，兵士们定会大受鼓舞的！"

"好吧，大家都筹办去吧！"小悦起身走动了几步，又说，"我和张统领有事还得先走一步，于副统领你可以先去告知诸位新人及早准备，剩下的事由王副统领全盘操办。柳叶督办要利用这个机会多宣传我民军高层的体贴之情，借此鼓舞士气。你自己也得要注意身子，别让王副统领和王夫人担心了。"

第四十六章　多对新人同成婚　大造声势诱叛军

　　博公寨迎来了一场空前盛大的婚典。同办几十对新人的婚事，不仅在大沩山之地前所未有，在湖湘各地也是新鲜事。民军的大小头领、当地的富贾乡绅、新人的亲戚朋友，还有不请自来的山下民众，有几千人到场庆贺。正席过后，就开了戏。为了把婚典办得热闹，王佑三特意请来了双戏班，两个戏班比着劲开演，加上观看者的喝彩声和剧间助兴的鞭炮声，震动了大沩山。花鼓戏的最后一剧是送子花鼓，这是按当地习俗安排的压轴剧目，这剧目蕴含着添子添福之意，所以唱到此剧，锣鼓喧天、鞭炮轰鸣，再加上此剧是由两个戏班共同出演，更是惊天动地、热闹非凡。花鼓戏结束后便是收宫宴，也就是当地人所说的出堂筵。出堂筵如期地开了席，但小悦只在席间敬过了新人的酒表达过祝贺后，就拉着王佑三离了酒席。她说："到寨门口看看去吧，花鼓戏唱完了，另一场戏也该收场了。"

　　"还有一场戏？"王佑三不解其意，但还是欢悦地跟在了小悦后面。当来到了寨门口时，他疑惑地问："格格是还安排了特别的剧目要给我等惊喜吗？"小悦看了一眼王佑三，望了望山下，说道："是的，我正盼着张安、萨哈勒、李高元三位将军凯旋归来呢！"王佑三吃了一惊，瞪着圆眼问道："兵士们都放大假吃大宴喝大酒了，他们三个只在值守关卡，为何会有凯旋一说？"小悦望着远方，翘翘嘴角，带有些许的得意神情说道："昨日午后到夜间，在迴龙山东侧至枫木桥一线的山间应该发生了一场大战。此战也应该结束了，这时该有捷报送来了。"

　　"大战？"王佑三一脸惊诧地望着小悦，问道，"格格是借这场婚典安排了一场大战？"小悦得意地点头，回道："是的！这是一场胜算在握的大战，民军必定大胜。"可她尚未说完，见山下正有一单骑奔来，就停住了话，也收紧了心，还有了担忧。此时并不见报捷的双骑，却只有单骑奔来，难道是战事失利了？王佑三也同样看到了山下奔来的单骑，快意的神情已被担忧取代。他本想要对小悦说点什么，可已无合适的话说了，所以，只往前了一步，向山下探出了目光，且也在心里琢磨开了，假如事有不利，该如何应对！单骑已渐渐地靠近了，小悦和王佑三的心也已收得了更紧，尤其是王佑三，喉结不停地抽动着，额上还渗出了些许的汗珠。但单骑离寨门口只有了一、二百步时，马上的兵士突然挥起了报捷的黄旗，高喊起来："捷报，民军大捷！捷报，民军大捷！"直到这时，他俩悬着的心才放下来，并且，一扫了脸上的担忧，还漫开了一脸的惊喜。

待报捷的兵士走近，王佑三劈头责问："既然是打了胜仗，为何只单骑来报？"兵士粗气未定，但异常激动，说："我民军歼敌数千，俘敌千余，自己仅只有百十伤个亡。目前，队伍已撤回到黄材大营休整，伤员已在黄材大营救治，俘虏也被看管在黄材大营。张将军本是来派了双骑报捷，因跑得太急，另一兄弟半路上失了马蹄，我怕有所耽误就没敢等他，所以，单独来报了。"王佑三发出了"哈哈"大笑，当意识到如此已兴奋有过了时，才大手一挥，对兵士说："快进寨里吃酒席去吧！"但看了一眼正喜形于色的小悦后，又发出了感叹："如此战绩，可喜可贺啊！"小悦看了一眼王佑三，接过了话来说道："如此战绩，不仅可喜可贺，还可点可赞呢！这一仗是我民军初次与强敌正面交锋，但伤亡小，战果大，从战前部署到战时出击，都有许多可圈点和褒赞的有益经验，战后当好好总结，以为后用！"她侃侃而谈，脸上不光有喜悦，还有得意。王佑三望着小悦，听着听着，心里突然生出了一丝妒意，接着，黯悠悠的脸上有了不满的神色，且低声细语地说道："格格啊，我民军安排了如此大仗，你该知会我才对，甚至该派我领兵前去建这一功才是呢！可你让我蒙在鼓里，我心有不解啊！"小悦惊愕地望着王佑三，半晌没有说话。转过脸来后，却又不以为然地一笑，轻声说道："让您蒙在鼓里，是我刻意而为的，这也是我战前部署中可圈点的主要经验之一。我瞒不为欺，而是为了让您能全力操办好这场婚典，配合他们打好这一仗。"又特意柔美地一笑，说："这事从头到尾由我策划、部署，张安、萨哈勒、李高元事先也都不知情，前天晚上我才给他们部署。您啊，虽未上阵拼杀，但办好了婚典，同是参战之将，功不可没呢！"

"我当是格格对我不放心呢！听格格如此说来，我懂了。"王佑三嘴上虽然说懂了，但还是有些耿耿于怀。只是小悦已给了他说法，他才没再纠缠，又抱拳一揖，刻意问道，"我民军大捷，要不要去寨内宣一宣，让大家分享啊？"小悦摇了摇头，道："不必了，报捷兵士进去了，院内肯定已传开了。"她操起双手走动了几步后又说："让他们先传着吧，此战详情待我去黄材大营了解个明白后再向各级头领通报。当下您得关照好山寨，尤其寨防不可松懈，席散后通知中层以上头领全都留下。哦，您去支取五两锭白银共六千两给王炳，我要带王炳和大虎、小虎前往黄材大营。"望着王佑三走远的背影，小悦沉思了片刻，随后，也进了寨院，待一切准备妥当后，便带领王炳和大虎、小虎赶去了黄材大营。

黄材大营的操训场上，坐着千余俘虏，在民军兵士的看管下，安静有序。而张安、萨哈勒、李高元一见小悦，都迎了上来。"格格来得正好。如此多的活口很难看管，将来若有人挑起骚乱也会更加危险，请格格准许将他们全都杀了吧！"萨哈勒迫不及待地说。小悦扫了他们三人一眼，问道："你们都想要将他们杀了吗？"见张安和李高元并不作声，又说，"这些俘虏绝不可杀！他们不仅受过正规操训，且经历过实战，手上都沾过鲜血，已是成熟的兵士，应当将他们留下来为我所用！这样吧，你们马上去准备一顿肉餐，等我把俘虏有个合适安排后，让他们先饱餐一顿，再将他们编入各营吧！"说罢，便径直走地去了点兵台上。

操训场的点兵台上，王炳和大虎、小虎早已摆好了长桌，长桌上整齐地堆放着数十堆白银。小悦一上去，就背起双手来回地走着，随后，才昂首挺胸地站在了台前，环视起了台下，最后，便拉开了嗓子，慷慨激昂地对着俘虏说起了话。她说："各位兄弟，我是皇上派来的小悦格格，很高兴能在这里见到各位。大家都是我大清的子民，也曾是我大清的兵士，中间还有人为我大清打下江山负过伤、流过血，本可以在朝廷恩泽之下尽享我大清兵士的尊严和荣耀，为朝廷守土戍边。可如今，你们成了我朝廷平叛民军的俘虏，落得了被严厉看押的境地，我很心痛啊！你们为何会落到如此地步呢？是因为吴三桂背叛了朝廷！吴三桂谋反作乱，有负皇恩，有违天意，不得人心，你们跟随他作乱是走上了绝路啊！进入湖南以来，叛军钱粮不济，生活艰难，还要受到朝廷官军、民军合力围剿和百姓唾骂，很屈辱啊！不过你们运气不错，有幸来到了朝廷平叛民军驻地，往后就不用再受那种屈辱了。我向你们保证，今天既不杀你们，也不强求你们什么，只给大家指一条活路：愿意回家的，当场发银五两，回老家去过我大清天下的平安日子去。愿意留下的，我不计前嫌，允许加入朝廷平叛民军，共同对抗吴三桂这个叛贼，当一个有尊严、有出路的民军兵士。但有一条我必须说清，不管是走是留，都得忠于我大清，不可再替吴三桂卖命，否则，必斩！现在，我给你们一支香的时间考虑，愿走的上前来做好登记，领取银两，开心地回去侍奉父母、成家立业。愿留的先原地不动，到时我将你们编入各营，享受我民军兵士的尊严和荣耀。是去是留，请慎重决定。点香！"见大虎已点着了香，她便退去了一边，悠闲地踱了起来。

一支香快烧完了，场内并无动静。见这阵式，小悦暗自笑了。其实，她早已料到，俘房中不会有人站起。因为这些兵士多来自北方，已落到如此地步，若再回到吴军中去，肯定不被信任，甚至还会受到追究。若真回去老家，那里可都已是朝廷的天下，会要受到官府清查过不安宁，留在民军是他们的唯一出路。香柱早已经化成了灰烬，俘房们都仍安坐在原位。此时，小悦又神采奕奕地走到了台前，说："见到这场面我很高兴啊！"特意抬高了声音，又说："你们没人站起，说明都认清了形势，已心向朝廷，愿意加入到平叛民军队伍中来。好啊！那我就代表皇上，代表朝廷平叛民军欢迎你们啊！望你们从此振作精神，在朝廷平叛大业中奋勇杀敌，为剿灭叛军、安定天下多建功劳！"接着，她将俘房分成了四群，分别指编给了王炳部、萨哈勒部、李高元部和胡大魁部。指编完毕，又让黄材镖局端来了肉餐。看着俘房们已吃得正香，她才将张安、萨哈勒、李高元、王炳和刘二叫到了一边。

萨哈勒一走近，就朝小悦拱手作揖道："格格如此处置很是合算啊！我民军轻易就多了千余见过血刃的兵士，老将佩服了！"小悦却昂了昂头，挺了挺胸，说道："这些俘房都曾出生入死，是上等兵员，只须调教无须操训即可上阵，将其杀了岂不可惜？往后啊，我们处事须多动脑筋，不管是俘房还是牲口物品，只要对我有用的，绝不可浪费。"她走到了五人中间，又说："你们接过俘房后，要逐一登记，查清身份，并对伤者给予治疗。普通兵士可集中调教后分散编入营中，将校要隔离调教，且暂只可赋以杂役之职，不得让其与旧部接触。对普通兵士不可歧视，诚心效力建有功劳者必奖，并适当重用。当然，对别有用心者必须严惩。好了，如无异议，就分头安排吧，这里一切听从张统领指挥。"

"没有异议！"大家异口同声。当他们走后，小悦仰对天空长长地吁了一口气，并且笑了。此时她该笑啊！经精心策划，诱敌上钩，终于取得了如此战果，是该大笑。可最终，她并未笑下去，而是突然锁紧了眉头琢磨起了心事，因为她想起了王佑三在寨院门口所表达的不满。她清楚，王佑三的不满情绪源于他并不理解打好这场大仗最需要的就是保密，就是要严丝合缝地掩饰住真实意图。她相信在民军的中、高层中，不只是王佑三会有此情绪，所以她须尽快赶回博公寨去，向各级头领们说明策略，让他们更加懂得谋大局者当以策略为生命的道理。

婚典的出堂筵早已结束，博公寨院内已行人稀少，但议事厅里坐满了民军中层以上头领。小悦领着大虎、小虎进到议事厅，就关上了门，神态轻松地站在了议事厅中央，环视一圈，露出了夹带着得意、欢悦和自豪的笑容，说："各位，大家应该已听说了，我民军昨日午后至夜间打了一场大仗，歼敌数千，俘敌千余，振奋人心啊！此役为何能获此大胜呢？简单地说，就是依靠了大家的齐心协力。也就是说，这场胜仗不是哪一个人的胜仗，而是我湖南平叛民军的胜仗。张安、萨哈勒、李高元三位领兵出击，英勇作战，当然建了大功，但各位在此操办婚典，配合了大战，也功不可没。为何要如此说呢？请大家听我细讲。"她又环视了一圈，突然神情肃然地说："对了，在说战事之前，有几句话我得先说明白。你们都是头领级人物，是我信得过的将校，我今天在此说过的话只能压在心底，烂在肚子里，绝不可往下传，更不可往外传，违者必斩！好了，我再说战事。"停下来昂了昂头，继续说，"自从叛军进入湖南，大沩山周边的民军、部分官军、山外的能工巧匠和一些家眷，还包括一些难民都纷纷撤来了大沩山，大沩山成了热闹之地，也成了杂乱之地。此时，我就有了担心，数万之众进来，会不会有叛军的奸细混入？当时，我有孕在身，不便摸查，为不扰乱军心，也未派人摸查。我产后恢复后，就做了测试，结果不出所料，果真有奸细存在，且山外传来的信报也证实了这点。我掌握这些后，原想彻底铲除奸细。可后来一想，我大沩山地广人多，奸细隐藏其中，清查面小了难以达成目的，清查面太大了又可能会伤及无辜，所以，就改变了主意。我想，既然清查费时费力还可能伤及无辜，那就不如把奸细豢养起来为我所用。这次我安排了这场集体婚典打了这场大胜仗，就是利用了奸细，引叛军上钩的结果。"

她得意地扫视了一圈，又说："叛军对我大沩山早已虎视眈眈，特别是我们劫了其大笔钱粮、扰乱其阵脚后，更是视我如眼中钉肉中刺，早有了寻机报复的打算。前些日子，我了解到我民军中有几十对男女已经相好但又没空成亲，就想出了要通过举办集体婚典的方式让他们成亲的主意。就在这时，我动了更深的心思，要把婚典办出气势，给叛军一个我民军欢天喜地疏于防范的错觉，引他们前来攻打，然后再在他们的必经之处设伏迎击。基于这个设想，我一边筹划婚典，一边在重点方向放出了风声，散布我民军会在近期举办大型婚典的消息。我特意把婚典规模安排得很大，还编造了为抚慰兵士要给所有兵士放假两日的安排。就在婚典日子定下六天后，我陆续接到了信报，掌握了长沙叛军准备动用三万兵力，在婚典翌日即初十凌晨围剿博公寨的意图。所以，就安排张统领和萨哈勒将军、李高元将军带领可机动的兵力于初八夜间悄悄出山，进入叛军必经的迴龙山东侧至枫木桥东侧一线的山间埋伏。叛军果然于初七渡过了湘江，初八绕过宁乡城进入了成功塘一线，初八夜间出发朝大沩山开来，拟于昨晚至今晨进入大沩山围剿博公寨。可他们刚到达迴龙山东侧和枫木桥东侧一带，就遭到了我民军的爆炸瓶、火铳、石头、滚木和飞箭的迎头痛击，死的死，伤的伤，俘的俘，其余的落荒而逃了！"

刚开始时，众人听得心惊肉跳，听到了此处，又都笑了，并且有了议论。还有人站起来问："叛军自长沙开来，格格怎会知道？"小悦喊了声"安静"说道："叛军一路开来，都有人向我报信。不瞒大家了，经几年经营，我已开设了多条掌握叛军军情的联络通道，但这是机密，不可细说。"

厅内又已议论纷纷，其中有惊叹的，有佩服的，也有不解的。见这场面，小悦干脆停住，待大家自然地安静下来了，才又说道："我这次是要利用奸细调动叛军，所以，事先并未知会各位。因为这一仗本就是一出大戏，全体将士都扮演着不同角色。为让各位都把角色演好演真实，我当然只能把你们蒙在鼓里。大家试想，假如你们都知道了山外有大战，还能如此安心地在此大办婚典吗？只要你们中间有一个人走神，这出戏就演不真实，就不能吸引叛军自投罗网了。"听到这里，王佑三突然起了身，大声说道："这就是格格的高明之处啊！今早我听了战况，还疑心格格对我不放心呢，现在想起来，是我胸怀太小、眼光太浅了！格格谋划这一仗的根本之处就在于要利用奸细，要隐真示假又隐假示真，在隐与示之间不能有半点差池，否则，就会干扰大战，达不成目的。格格高明，我等佩服至极！"

"格格高明，我等佩服至极！"王佑三带动了全场附和，也引发了纷纷议论。小悦知道，大家都已理解了她的策略，所以环视一周后，就提高了嗓门说："好了，现在，我要在此定一条铁规，往后，我有事商议时定会放开言路征求意见，各位要大胆献言，但一旦决策已定，任何人不得凭个人之见随意质疑上层意图干扰上层决心，甚至扰乱军心，违者必惩。好吧，都把我刚才所说压去心底吧！"她话音落下，众人齐声高呼："请格格放心，我等绝不外传！"

有了如此气氛，小悦本该放心了，可就在此时，胡大魁站起来说话了，他说："格格利用奸细调动叛军已给了叛军重创，目的已经达成，奸细也该抓起来了！"这一说，又让小悦担心了。她要求大家把她所说的压去心底，就是不希望有人再提及奸细，可胡大魁偏偏又提起了，她怎能放心？但当着众人之面，她还不能训斥，只得装作了疑惑不已，故意问道：

"什么奸细啊？"

胡大魁未明其意，茫然昏顿地挠着脑袋。小悦一见，又说："我大沩山管理有序，防守严密，风平浪静，一派繁荣，山内全是我可靠的民军兄弟姐妹和朴实的百姓，哪来的奸细？"胡大魁恍然顿悟，长长地"哦"过一声后，却站到了明白人的位置说起了话："是啊，我大沩山全是可靠的民军兄弟姐妹和朴实的百姓，以后谁若再提及奸细，我定要割他的舌头！"望着被胡大魁逗得哄堂大笑的各位将校，小悦不得不强忍住了笑，大声地说道："胡都领说得很对，我赞成，大家也要记住！好吧，我通报至此，如无异议，就都散了吧！"

众人一走，小悦叫住了王佑三、于奎和胡大魁，说："我们都看看伍兴去吧。我要给伍兴一个惊喜。"王佑三侧着头问："格格是想要告诉伍兴，我民军打了大胜仗吗？"小悦眯上了眼，反问道："您说呢？"这让王佑三一时没了回话。

伍兴看了一夜戏，吃过出堂筵后就去睡觉了。听得王佑三在门外敲门高喊格格来了，他就一轱辘起来开了门。小悦一进门就朝伍兴说道："伍先生的火药兵器果真厉害啊！昨日午后到夜间，我民军打了一场大胜仗，歼敌数千，俘敌千余，你的火药兵器大显了神威啊！"伍兴本未睡醒，还满脑子混沌，听得这么大消息，已惊得脑清目醒了。但他心中仍是疑惑，问："民军昨日到今早都在操办婚事唱大戏啊，怎么还打了大胜仗？"众人都在望着伍兴大笑时，王佑三却抢过了话说："是的，昨日到今早是在办婚事唱大戏，但办婚事唱大戏就是为了打大仗。我们在这里唱大戏，张统领带兵在迴龙山至枫木桥东则的山间打了大胜仗，这是格格策划的高招，这叫诱敌前来，迎头痛击！"听了这番话，伍兴惊喜不已，搓了搓脸后，惊叹道："神啊，真神啊！民军真的很神！"小悦"呵呵"一笑，说道："民军打了大胜仗，当然该高兴，但我们还是等会儿再乐吧！现在我想要跟伍先生商量件事。"扫视了其他几位后，便走到了伍兴面前，郑重其事地说道："就这一仗，我们领略到了火药兵器的强大威力，所以，我想把你的火药厂和火铳行及其所属人马全部都接收过来，与祖塔、月山的铁匠行合到一起，成立我湖南平叛民军兵器制造总行，再给你加拨些银两，加派些人手，扩充火药厂和火铳行，尽可能多地制造火药兵器，你看如何？"伍兴又是一阵惊喜，抱拳一揖，回道："这太好了！我和我的那些师傅们啊，早都想要加入民军了，我还想要找合适的机会向格格请求呢！如今格格要直接接收我们，这是好事，天大的好事！"

"这确实是天大的好事!"小悦昂了昂头,欣喜不已。她是为民军欣喜,也为伍兴欣喜。因为她早已与张安商定,只要伍兴愿意加入民军,就要给伍兴一个正当名号,也可以说是给伍兴一份意想不到的赏赐,让伍兴摆脱昔日那不光彩之事留下的阴影,做回顶天立地的汉子,全身心地运营民军兵器制造总行。她看了一眼同样欣喜的伍兴,又说道:"既然伍先生已经答应,我现在要宣布一件大事。"她突然摆出了庄严的神色,提高了声音,说道:"我宣布:我湖南平叛民军即日成立兵器制造总行,封伍兴为正七品兵器制造督办,统领兵器制造总行及所属火药厂、火铳行和铁匠行。所封职位品级即时生效,望伍督办不负皇恩,多为朝廷建功!"

小悦话音落下,王佑三、于奎和胡大魁都被惊得了目瞪口呆,很快却又喜上了眉梢。而伍兴听了加封令却东张西望,双目失神,一副茫然不知所措的模样,直到王佑三走上前来大喊了一声"还不快快向格格谢恩"才跪到了地上,高呼起了:"谢格格恩典,谢格格器重!"

"伍督办免礼吧!"小悦已将伍兴扶起。她刻意上前搀扶也是要给足伍兴尊严,激发他的自信。但将伍兴扶起后,她却对王佑三说:"您得挑选合适的人选、调拨充足的银两给伍督办,且要在伍督办这次回返时带走,我们不能因安排不周而耽误了伍督办的差事。"王佑三中规中矩,朝小悦答应道:"请格格放心,我立刻就操办!"他还对伍兴说:"恭喜伍兴了!你得此加封,是光宗耀祖之事,得感谢格格器重,也不要辜负了格格的厚望,要多为朝廷建功啊!"伍兴拱手一揖,正要回王佑三话时,却被小悦打断。小悦说:"为安全起见,兵器制造总行要设置到位于巷子口与安化交界的芙蓉山上,火铳行也要迁到芙蓉山来,火药厂则要迁去龙田的瓦子寨,各铁匠行可原地不动,请于副统领即速安排相关护卫事项。"

"末将遵命!"于奎甚为郑重,也很有做派。可就在这时,有护院匆匆来报:"禀格格,你有亲戚在寨门口求见,说有事与你面商,你是否见他?"小悦手一挥,"见!"她又看了看各位,说道:"有亲戚找我,定有好消息,诸位在此稍候,我先去去就来!"说罢,就随护院出了门。只过了一盏茶的工夫,她就带着满脸喜气回来了,且进门就说:"果然有好消息呢!"

"什么好消息?"王佑三和胡大魁已迫不及待,且异口同声地问。小悦释放出了些许的得意后,慢慢说道:"上次张统领带胡都领袭击了吴应麒的运输船只,你们知道船上装的是啥吗?炮弹!吴应麒炮船用的炮弹!停在码头的数船炮弹全被毁了,码头被炸塌,还有赶去救火的百数叛军兵士死伤，这战果出乎意料啊！"

"是吗？这可了不得啊！这不是让叛军的大炮都成哑巴了吗！"于奎抢着接过了话。王佑三也备感振奋，"如此战果，确实了不得！而且赶在了尚善贝勒爷攻击岳州之前，这也算是助了贝勒爷一臂之力了！"但当他正要向胡大魁表达祝贺时，却被小悦举手拦住了。小悦脸色沉着，若有所思后，说道："这次袭击确实让官军少受了损失。只是，我从另一途径接到的信报说，官军这次攻打岳州还是无功而返，看来，岳州叛军还很强大。"她来回地走了几步后，突然站到了伍兴面前，说："大炮是威力强大的兵器，听说炮弹可打数百丈乃至几千丈，打出去后能炸倒大片，呃，你好好想想，看能否也造出大炮来？"

"大炮？"伍兴仰了仰头，踱了起来，站定后又手抚下颌沉思了。许久，他才不敢肯定地说道："那这得要试试！"想了想又说，"我那儿有个师傅听说过大炮，也就是他们所说的大火铳，懂得制造大炮的原理，他也曾琢磨过要制造这种大火铳，也就是大炮。这样吧，我带他们尽力去试，我想，多试几次或许能造得出来呢！"小悦点了点头，递给了伍兴一个鼓励的眼神后，说："这事你得要放开去试！只要能造出了大炮来，花多少钱，我都给你！我想，若是我民军真有了大炮，不仅能伸长我们的拳头，还能重拳出击，让叛军更加不得安宁！"

"是啊，我民军若是有了大炮，拳头就会要更硬了！"王佑三点着头说。他拍了拍伍兴的肩膀，又说："伍兴啊，这可是格格对你的莫大信任，你可得想尽办法把大炮造出来啊！等你造出了大炮的那一天，我一定给你庆功！"伍兴扬了扬眉，抱拳一揖，有了几分慷慨激昂，"请格格放心，请王副统领放心，我一定放开去试，决不辜负了格格的信任和厚望，也不辜负了王副统领的栽培！"

第四十七章　胡大魁前往常德　老于头衡州担任

有战事以来，民军取得了劫取吴三桂军需粮饷和外围伏击战两场大仗的胜利和无数次对敌袭扰的成功，在一定程度上打击了叛军的嚣张气焰，大挫了叛军锐气，也拖住了叛军的后腿，有效配合了朝廷对叛军的阻拦和进剿。康熙十五年三月，朝廷尚善水师攻占了洞庭湖的君山，并通过联络通道传来了康熙对湖南平叛民军的嘉奖口谕。皇上的嘉奖口谕有如一支兴奋剂，在大沩山各处激起了欢腾。

小悦和张安也为此兴奋，但很快又冷静地对当下局势作了分析。他俩认为，叛军进入湖南已有数年，朝廷组织多次进剿虽阻住了其北进，但并未伤及其根本。相反，其脚跟日渐稳固，使朝廷的进剿日渐艰难，若长此下去，吴三桂可能会就地称帝，占云、贵、川、湘、桂、粤设都立国，形成与朝廷对峙的南方政权。小悦清楚，她和张安能想到这一层，她的皇帝哥哥就更能想到，皇上也决不会允许有另一个政权存在而造成国土分裂，定会要加大进剿力度，对叛军以沉重打击。她想，当下形势逼人，民军应扩大袭扰范围，在更多地域配合官军行动，不让驻湘叛军有安稳日子。此时，她想到了衡州，也想到了常德。衡州和常德一南一北，且远离大沩山，大沩山的民军力量难以触及，导致了这两地叛军稳坐营盘，与长沙、岳州、益阳叛军互相策应，致使朝廷进剿难度加大。当她想到这一点时，就对张安说道："我看，有必要尽快重建衡州和常德平叛民军，扩大我平叛民军袭扰范围，配合官军的正面进剿。"张安若有所思后说道："根据当前局势，是有必要如此安排！从这些年的经验看，民众的广泛参与是夺取胜利的重要力量之源，我们不仅要重建民军队伍，还应广泛发动民众。只是这两地的叛军实力很强，我们又情况不明，须缜密谋划才是。"小悦说道："当然该缜密谋划。我想过了，现在各地难民如潮，我们可以选派从这两地过来的民军兵士为骨干，随难民潮进入这两地，再寻找失散在这两地的反吴力量，把这两地的队伍重建起来。现在的关键，是要选派好担纲的人选，这两位人选不仅要能力强，威望高，还要熟悉当地。"

"是的，担纲人选极为重要。"张安想了想，又说，"在我民军的中、高层里，当下只有两人符合这条件。衡州方向我师傅去最为合适，他人熟地也熟，重建队伍和发动民众多有方便。只是他年岁大了，我师母已有孕在身，此时派他出征于心不忍啊！常德那边当然可以派胡大魁前往，他以前常去常德，对那边熟悉，且邵浩和欧阳驹旧部的人数较多，可一同派往充当骨干，这对他重建常德民军和发动当地民众非常有利。但他也同样上了年纪，惜梅姐也有了身孕，派他出征也同样不忍！"听得张安这侃侃而谈，小悦已放下了脸。她心里本已认定了于奎和胡大魁是这次外派的最合适人选，也已决定要尽快派出。但张安此时大谈起了于心不忍，她脸上有了厚厚的不悦。她低下了头，只冷冷地回了张安几个字："慈不掌兵啊！"

张安吃了一惊，张嘴看着小悦。他意识到小悦是因自己所说的"不忍"而不悦了，所以就微笑地看着小悦，等待小悦抬起头来。事实上，他也懂得慈不掌兵，他所说的不忍，只不过是情感上的体谅，这也是慈不掌兵、用兵要狠的前提。他见小悦仍低着头，就轻声地说道："为将之道须狠于心而柔于形嘛。"见小悦已抬起头，又说道，"我所考虑的是，应先跟这两位老将讲明道理，理顺心结，让他们有主动应战之决心。善用兵者是不能让兵将带着心结和顾虑出征的，你说是不？"小悦耸了耸眉，露出了微笑，轻声回道："原来你并非心慈过重，而是比我想得更周全啊！"张安咧嘴一笑，说："带兵要爱，管兵要紧，练兵要严，用兵要狠，是你教我的为将之道，我怎能忘记？征战衡州、常德是当务之急，也事关全局，自然该想得周全一些。好了，你也别再迟疑了，尽快定下决心吧！"

"你同意我直接选派那两位老将出征了？"小悦笑了笑，又说，"你倒是提醒我了，我们得先去找这两位老将分别谈谈，如果这两位老将有主动应战之决心，我们该当机立断，派他俩前往。若他们确有为难之想，那就得另选他人了。"张安摇起了手掌说道："不可再有另选他人之念了！将已定，令必发，且军令如山，领者必从！这两位老将都忠诚可靠，且见多识广，分得清孰轻孰重，定会主动应战。我们要做的是要解除其后顾之忧，让其放心出征。形势紧迫，不可再有犹豫了！"小悦重重地点了点头，果断说道："既然如此，我决定，派于奎、胡大魁分别前往衡州、常德！鉴于军情紧迫，得立即给那两位老将授任，争取今晚就能把队伍派出！""应当如此！"张安用力地点了点头。

小悦和张安先来到了胡大魁家。胡大魁还真识大体，顾大局，小悦刚把来意说明，就站起了身，主动请战："重建常德平叛民军是英明之举，我赞同！在我民军现有的头领中，只有我最熟悉常德，此任应非我莫属，我请求能带队前往!"小悦只有一瞬间的惊诧后就露出了一脸的惊喜。她虽然已察到了在旁的惜梅脸上有了忧虑的神色,但还是把惊喜保持得依然纯正,并大说了一声"好"又说:"为不辜负大哥的一片忠心,我准了!您就简单地做个准备,天黑之后赶去月山吧!晚上在月山点兵,带领邵浩、欧阳驹旧部几百人连夜动身。这几百人我会要他们分头前往月山与您会合。至于后面的事,得靠您见机而行、自行决断了。"握了握胡大魁的手后,再说:"您可以放心地去,惜梅姐和甜甜,还有你那尚未出生的儿子,我会好好照顾的。您自己在外要多加保重,身边没人给您提醒了,得要多给自己一些约束,以保重身体为优先。当您凯旋之日,我会摆酒为您庆功。"说罢,头也没敢再偏一下,就与张安去到了于奎的家里。

此时,于奎正在给春桃喂汤。春桃正是妊娠反应期,几日来总是吃不下东西。小悦一进门,只与于奎打了个招呼,就径直走到了春桃身边,端起了于奎放下的汤碗。她示意张安拉走了于奎后,就把一勺汤喂给了春桃,脸上还漫开了甜甜的笑,说:"女人有了身孕,总会要难受这么几天的,这几天里您得要强迫自己多吃些,要不然,会亏了身子也亏了胎儿。我在这几天里,就是吃了吐,吐了又吃,总不让肚子空着。孩子在娘肚子里啊,一开始就得要给足他营养,要不然啊,生出来会个不大脑不灵,会害他一辈子的。"她就这么边劝边喂,一碗汤不知不觉被春桃喝光了,而且春桃还要再喝,她只得要丫头又去端来了一碗,春桃却接过了汤碗来,只几口就连汤带渣吃了个精光,喝完之后居然还要。

"您啊,先歇歇吧,不能一口气吃太多了。"小悦接过空碗放到了一边,又说,"这时候吃东西啊,要少吃多餐。您就先与我聊聊话,过会儿再吃吧,如何?"春桃轻轻地点了头,堆起了美美的笑,说道:"我说格格啊,我一见到你啊,心情就不一样了。你看,刚才老于头也哄我、喂我,我就是没得胃口,就算是喝进去了一些,没一会儿也会要吐出来。可你这一来,我这胃口就好了。大家都说你身带仙气,可要我说啊,你本就是无所不能的仙女呢!"

"看您说的!"小悦娇婉地笑着,"我若是无所不能的仙女,还用得着动员这么多凡兵凡将去对付吴三桂吗?您喜欢听我说话,是因为我也是女人,说的都是我们女人懂得的话。好吧,往后我就多抽些时间来陪您,只要能让您心情好就行。呃,这要说起来啊,您现在还真得有个好心情呢,若心情不好,孩子在肚子里会要闹别扭的,若经常如此,他一生出来就会脾气大,不听带养。"春桃脸上漾开了幸福的笑,说道:"你这话在理呢!

孩子在娘肚子里，心情也会跟着娘的心情转，这道理只有我们女人才明白，男人啊，哪懂哟！"

"是的，您说得太对了！"小悦微笑地望着春桃，又说，"要不然，干脆，您搬到博公寨住一段去！博公寨那里女人多，也热闹，还方便我俩经常聊聊，能让您开心呢！"春桃一听，拉上了小悦的手，高兴得像个孩子，说道："这可是我求之不得的呢！我听你这么一说啊，心都快要飞起来了，恨不得马上就要跟你上博公寨去了！"小悦张嘴一笑，接过了话说："那就正好了！既然您愿意，等会儿我就去叫顶竹轿过来，直接把您接上山去。您看如何？"春桃却掩鼻笑了笑，突然摇起了头，说："我呀，是跟你说着玩的呢！真要去啊，也得过些日子才行。过些日子后我舒服了再去，现在这模样啊，就不去给你添麻烦了。"

"您既然要去，就得在这时候去，这时候的心情对胎儿的影响最直接呢！"小悦笑了笑，又说，"再说了，山上的丫头多，有她们照顾我也放心，您想要聊天还可直接找我，这要比待在这小水冲方便多了。"春桃低头一笑，说："是吗？你这一说啊，我还真动心了！"小悦却笑嘻嘻地接过话说道："那行吧，就这么定了！"她"呃"了一声，若有所思后又说："那我把惜梅姐也叫上，你俩一同上去，会更热闹，也能互相有个照应！怎样？"春桃一阵惊喜，都合不上嘴了。她拉住了小悦的手说："你呀，啥事都能想得周到、细致！你这心细得啊，跟针尖似的，硬是能扎到我的心里去。好吧，我就答应你吧！"

就在这时，张安过来了。他朝春桃笑了笑，却冲小悦说道："师母本就身子不适，你不能如此没完没了地打扰、劳累师母呢！"春桃张嘴一笑，抢过了话说："张统领你都说错了，格格是在逗我开心呢！格格身带仙气，我见着就能心情舒畅、就会高兴，她哪是在打扰我啊？"

小悦明白张安过来的目的，所以，就接过了春桃的话，说："您啊，别这般夸我了，还是先收拾几件换洗衣物吧，晚一点我就会派竹轿来接您的！我现在要去跟张统领、于副统领商量点事情去，就不在这儿陪您了。到了博公寨后，我会好好陪您聊个开心的！"对春桃娇美地一笑后，便跟着张安去到了于奎面前。

于奎明确表示，愿意去衡州担当此任，但他对春桃有些放心不下，脸上表露出了些许的顾虑。小悦一见，当即就给了他一颗定心丸："春桃姐那里我都已安排好了，等下就会把她接上博公寨去的，我也会派人照顾好她的！等您凯旋之时，我一定把一个完整的春桃姐和一个活蹦乱跳的胖儿子交给您！"于奎牵强地笑了笑，说道："既然你已有此安排，我就放心了。"可他皱了皱眉头后，问："你都把我要出征衡州的事跟春桃讲了？"小悦摇了摇头，回答道："没有！我只是劝她上博公寨去住上一段，换个热闹的住处，好让她和肚子里的孩子都能有个好心情。她见我说得在理，就答应了。"于奎展开了拧结的双眉说了声"那就好"又说："这事你们暂时还不要告诉她，等胎儿稳了再说吧！"

"您放心吧，我们会把握好的！"小悦面带微笑看着于奎，再说道，"等我接走了春桃姐，您就尽快收拾东西赶去黄材，晚上就在黄材点兵，带上从衡山一带撤过来的衡州平叛民军旧部和一批骨干，悄悄地出发。但你们的行动一定要隐秘，一路上要见机行事！"于奎爽快地点了点头，随后又朝小悦扬了扬手，说："你就赶快去安排人接春桃上博公寨去吧，千万不要让她看出什么了！"小悦点头说了声"好"便与张安一同走了。

离开了于奎家，张安就去挑选跟随胡大魁和于奎出征的兵士了，小悦则安排竹轿将春桃和惜梅都接上了博公寨做好了安顿。当晚，小悦去了月山给胡大魁送行，张安则去了黄材给于奎送行。派人前往常德和衡州是隐秘之事，小悦和张安不仅未跟民军其他头领商量，挑选兵士时用的也是派人出去袭扰的借口。两人回到博公寨时，已是翌日上午。回到房里，小悦脸色阴沉，情绪伤感，默不作声。张安以为她是过度劳累了，就给了她一句劝慰的话："你没日没夜地奔忙，劳心劳力，肯定累了，快去睡上一会儿休息一下吧！"小悦并未搭理张安，而是悄悄地落起了泪。见她落泪，张安慌了，因为在他的印象里，小悦总是不欢自喜，不管遇到怎样的事情，总以微笑面对，让人在她脸上看不到为难，看不到忧伤。可如今，她已脸如云天，泪流满面，变了个人似的让他不知应对了。他愣了愣，走上了前去，将小悦搂进了怀里，问道："是哪儿不舒服了吗？"

小悦探起了头来，拭了拭脸，强打起了笑，说："我是受不住了！你没看到，我大哥走时那眼神、那神情，是多么的无奈啊！他眼里闪着泪花，可脸上总堆着笑，这样的表情像刀子一样扎得我心里痛啊！可我们都是朝廷的人，要为天下计，用人不狠哪行啊！我当着他的面装得了镇定自若，铁石心肠，但现在，实在难以控制了。"张安当然理解小悦，他面对于奎的眼神时，也有同样的感受。但再一想到小悦这一路来承担的压力，心里就有了几分的疼爱。他紧紧地箍住了小悦，万般怜爱地说道："确实难为你了，受不住了就大哭一场吧，哭出来就会好的！"可小悦忽然抬起袖子，往脸上一横扫，昂起了头，说："算了，我们哪能像普通百姓那样想哭就哭啊？刚才也是受不住了才落下泪的，现在没事了！"她走到了镜前整好了妆容，却从身上掏出了一个布包递给了张安，说道："这里面是胡大魁临走时交给我的半块玉佩，他说，这半块玉佩对他来说非常重要，要我一定替他好好收着，若他殉国了，就把它交给柳叶刀。你猜猜看，这里面会有怎样的故事？"

张安接过玉佩，仔细地看了看，若有所思了。稍后，脸上荡开了惊喜的笑，说："许多时候，赠送玉佩都是为表达相思与牵挂，承诺与亲情。通常情况下，分玉相持，多是即将久别的情侣、挚友表达念想、牵挂和期待两玉相合的机会。说不定，这半块玉佩承载了一段感人的故事呢！他如此把它交给你，定是要你帮他完成两玉相合之愿。"小悦抬了抬眉尖，笑道："我也是这么认为的。若是如此，那就说明胡大魁知道了另半块玉佩已在柳叶刀手上，也说明他与柳叶刀之间存在着某种念想、牵挂与期待。"张安再看了看玉佩，问道："那你认为，他俩之间会是怎样的关系呢？"小悦双手操于胸前，缓慢地踱起了步，边踱边说道："柳叶刀是李香君与一南明官员情不自禁后所生，而胡大魁那时正是南明朝廷的官员，你想，假如那位南明的官员就是胡大魁，他与柳叶刀会有怎样的关系？"张安恍然顿悟，也一脸惊诧，道："难道胡大魁是柳叶刀的亲生父亲？"

"有此可能啊！"小悦点了点头，又说："我接过这半块玉佩后就一直在想，最终也想到了这点，因为我推测的一切都在情理之中。当年，李香君给了胡大魁那一夜销魂定是告别之举，情到真处却又不得不要分手，两人只得劈玉分持，以留作念想。"张安欣喜地笑了，说道："如此说来，这又是一桩天下美谈了！"但若有所思后，又有了疑问："那胡大魁又怎会知道柳叶刀身上会有那半块玉佩呢？既然知道，为何早没有与柳叶刀合玉相认呢？"

"这就是我也没有想明白的地方。"小悦边走动边说，"我怀疑，李香君并未把那半块玉佩留给女儿。若是留下了，肯定也会留下另半块玉佩持有人的名字，柳叶刀也早该凭此对上号了。可这些都并未发生啊！"张安点了点头，但神情里有了些许的遗憾。他说："是啊！若是如此，就算他俩真是父女，也难有个验证了。"小悦点头说道："难点就在这里了！"抿嘴想了想后，又说，"当下只能从柳叶刀身上去找线索了，就算找不到玉佩，能找到其他相符的事物也能验证，我们一定得留意。""也只能如此了。"张安微微地点了点头。

小悦却突然收起了笑容，说道："玉佩之事可先放着，我们还得与王佑三去作个商议才行。民军中有两位重要头领突然没了踪影，总得给大家一个说法吧！"张安稍有一怔，说："是啊！"又说："这次失踪的还是两位主要将领，且一同失踪的还有数百兵士，没有个合适的说法会引起无端猜测。还有更重要的是，对我师母也得有个合适的说法！呃，我们现在就去吧！"小悦点了点头，挽住了张安后，说："是啊，这才是更为要紧的呢！走吧！"

得知两位老将已奉命远征，王佑三沉默了。此时，他也有了些许的伤感。但他清楚，这是一个出于必需的安排，所以，并未对小悦的这项安排表达什么，但有了担心："这两人如此突然就无影无踪了，该拿出个合适的说法向大家交代才行呢！"小悦看了看张安后对王佑三说道："我俩前来就是要跟您商议这事的。给大家一个说法倒是好说，就说这两位老将分别带队去袭扰叛军最终未能回来即可。这种事在我民军中也有过，符合常情，可信度高。"

"那他们的家眷能承受得了吗？"王佑三瞪大了眼睛。小悦点着头说道："这就是事情的要紧之处。惜梅姐那边倒还好办，因为她本就知道真相。关键是春桃姐这边还并不知情，而且她还在妊娠初期，若是过分担心把孩子给弄没了，我们就要愧对于副统领了！"王佑三的脸已经沉下，他边想边说："是啊！这得好好琢磨，找出个最为合适的说法去应对！"

这时候，张安接过了话，道："我想啊，这事得请惜梅姐配合，要她诱导我师母不要悲伤。"王佑三点了点头，踱起了步，稍顷，才转过身来说："如此或许有用，但作用不大。我想，应如实向春桃交底，这样，她就只会有担心而不会悲伤了，对胎儿影响会要小了许多了。"

"这点我是想过的，觉得不太合适。"小悦摇了摇头，又说，"我担心春桃姐那张嘴没有惜梅姐那样能把持得住，若真是有了泄露，会要陷两位老将于险境，这样，就会要把事情弄得更糟了！"

"如果既说明实情，又有办法把我师母的嘴封住呢？"张安点着手指说，"我的意思是，对我师母交过底后，要向她晓以厉害，让她知道泄露实情会危及我师傅的性命。为保护我师傅，她定会时刻提醒自己保守秘密的。另外，我们也可以以她正处妊娠初期不便打扰为由，控制外人与她接触，并请惜梅姐多加陪同，防止她说漏出来。如此拖得久了，我师傅在那边扎稳脚了，即使再有泄露，危险也不大了。我想，如此应当可行！"小悦捋了捋发角，望着张安思忖了片刻，终于点了点头。

第四十八章　陷敌阵民军被俘　动密招张安脱困

　　张安站在床边，看着熟睡了的小悦，心里有了隐隐的疼痛，她太累了！他爱怜地抚了抚小悦的秀发，又掖了掖被子，便在床沿上坐下了，可这一坐下，也打起了哈欠。他确实也累了，也该睡一会儿了，可他担心这样睡下去会弄醒了小悦，所以只靠在床沿上打起了盹。可一觉醒来，他发现自己已睡在床上了，被子也已盖得严严实实，而小悦却没见了踪影。他正在疑惑之际，听到厕房里传来了"哇哇"的呕吐声。他只一个惊慌，就下了床，三步并作两步冲去了厕房里。当见到小悦正趴在马桶边大呕时，更慌了。"怎么啦？你这是怎么啦？"他着急地问。

　　小悦抬头瞥了一眼张安，说了声"没事"，又张嘴吐了。吐完之后又说："又有了！"张安一脸茫然，不得不问："你又有什么了？"小悦拿起帕子擦了擦嘴，慢慢地站起了身。此时，她脸上显露出来的并不是痛苦，而是一种幸福的神色。"又有人要叫你爹了！"她望着张安，含情脉脉地说。

　　"真又有了？"张安惊喜不已，抱起小悦放到了床上后，却又百般疼爱地责备开了，"你这也太不爱惜自己了。有了也不早说，还白天黑夜的东奔西跑，就不怕伤了身子也伤着孩子？"小悦甜美地笑着，摇了摇手，说道："这都不碍事的，不都这样挺过来了吗？只是没有想到已是第二个了，还会吐得如此之狠。你就别担心了，我躺一躺就会好的。"

　　"那就躺着吧！"张安掖了掖被子，叫来了秋月。"格格有孕，你不知道吗？"他责问。秋月又惊又喜，"格格又有喜了？"但又露出了委屈之色，说："格格不曾告诉我她有了，我还不知道呢！"小悦担心张安错怪秋月，马上就接过了话说："孩子怀在我身上，她哪会知道呀！"张安也突然堆起了笑，对着秋月，像是有了几分讨好："格格已有孕在身，你可得细心照料，你照料好了，我会好好赏你的。行不？"秋月倒了一杯热水来递给了小悦，说道："照顾格格是我的责任，我哪敢领赏啊！只是格格这孕情确实吗？要不要请郎中来把把脉再确认一下？"小悦喝了一口水，摇了摇头，道："不用了，我自己知道。呃，我这肚子里空空的，喝点水好像舒服了一些。干的东西我暂时还不想吃，能否给我弄点汤来喝？"

"这可要紧呢！"张安转对秋月说，"你去灶房里炖点鸡汤来放到这房里热着，格格啥时候想要喝了就给她喝一碗。记住，每次不要炖得太多，最好是每日早上、中午和晚上各炖一小锅，要让格格吃得新鲜，知道吗？"秋月点头应着就走了。张安则坐到了床沿上，紧紧地握住了小悦的手，说："你呀，身子不适了可不要硬撑着呢，若把身子撑坏了，事情就大了！"

小悦侧过了身来，轻声说道："派人前往衡州和常德是大事，必须我俩一同去办。现在都办妥了，我这也好端端的可以休息了，这不很好吗？"见张安正要接话，她又说，"衡州和常德的事都安排妥了，大沩山这边也得有所作为。我接到了信报，朝廷大军最近要对长沙叛军发动进剿，你就作个谋划吧，看是否能在朝廷大军向长沙发起进剿时，我们也对长沙叛军搞一次袭扰？"说到此处，她干脆坐起，再说道："在大军进剿之时，我们很有必要去拖拖叛军的后腿，就算无法完全拖住叛军后腿，至少也要给叛军造成一份惊慌，给官军减少一些压力。对了，我了解到，长沙近郊的江边上有个叫外婆桥的地方有叛军的一个粮草大营，这地方离湘江近，我们可以在这里下手。你可以带人开船至此，利用夜幕摸上前去搞次突袭。叛军本就粮草不济，如若能毁掉营里的粮草，也能够叫叛军疼上一阵了！"张安点了点头，道："你这想法好，若能让叛军粮草不济，定会给叛军士气造成打击。这事我近日就做安排，安排好了再跟你说。你先好好休息吧！"他扶着小悦躺下后，捂好了被子，直到小悦深深地睡去了，才匆匆地出了门。

十多天后，张安按照与小悦商定的计划，与张模带领三百便装精兵开往了双凫铺，分乘三艘船只，顺沩江而下奔去了湘江。午夜后，他们进到了外婆桥的位置，携带火药瓶等兵器，在白天已摸查过外婆桥大营位置的张小龙引导下，悄悄地摸上了岸，利用夜幕掩护潜入到了外婆桥大营的墙外。他突然一声令下，把一颗颗火药瓶送进了墙去，给叛军营内送去了激烈的爆炸声，也送去了熊熊大火。可他正要组织撤离时，突然有数达千计的叛军合围而来了。叛军动作如此迅速，他始料不及，只得令张模带主力突围上船，而他自己则带领张小龙的一小队兄弟展开了拼死抵抗。

张模带领兵士已顺利突围到了船上，可张安和张小龙等十几个兄弟已陷入了叛军的重重包围。张模见此，想带人再杀回岸去。可就在此时，江面上出现了两艘叛军炮船。叛军的炮船灯火辉煌，来势汹汹。他很清楚，如此情况下若杀回岸去不仅救不了张安，反而会使这三百兵士陷入水陆夹击的境地，最终会付出更大的代价，造成更大损失。所以，他忍痛下达了撤退之令，将船撤离去了江中。他们撤离迅速，但敌船追击也很凶猛。就在离沩江口不远了时，叛军发来了炮弹。危急之下，他急中生智，下达了一道令兵士们意想不到的军令：藏匿灯火、掉头，冲向敌船！他带船向敌船一步步靠拢，敌船上的大炮已对他无能为力。此时，他又果断下令，往敌船上送去一个个火药瓶。随着阵阵密集的爆炸声响起，敌船上已燃起了熊熊大火，船上的叛军也慌乱成了一团。趁着叛军已无力还击，他才果断撤退，带船迅速消失在了夜幕之中，并于翌日天黑前回到了大沩山。

得知张安、张小龙等十多个兄弟未能及时突围，王佑三大惊失色，并紧急招来了各部的将领。各部将领得知此事后，都感到震惊，并且纷纷上前安慰小悦，还请战出征，要带队伍前往营救。面对将领们的激昂情绪，小悦异常镇定。她稳稳地坐着，一脸的若无其事，且不紧不慢地说道："长沙叛军兵力强大，我民军即使倾巢出动也无法救出张统领，所以，我不允许你们去冒此危险。当下，需要冷静，要相信张统领一定能摆脱叛军，安全归来！"见她如此泰山崩于前而心不惊，大家既震惊，又很佩服。受她的影响，各将都已安静，纷纷落到了座位上。可大家刚刚坐定，她又站起了身，神态自若，不失郑重地说道："因湖南平叛民军统领张安陷入敌阵，生死不明，我决定，暂由王佑三副统领署理湖南平叛民军统领之职责，望各位务必服从其统管，各尽其责，不负皇恩，不辱使命！"王佑三受宠若惊，果断站起。他本想要趁此推辞几句，但念及小悦用的是下达军令的口气，就只得振作了精神，摆出了受令架势，回道："末将遵命！请格格放心，我定不负格格厚望，竭尽全力担当起这副重担，与各位同心协力，为朝廷建功！"

"您的忠心我记住了！"小悦郑重地回复过王佑三后，又对各位说道："虽然张统领没能突围，但我们要相信他定能摆脱困局。当下最重要的是不能因此而动摇了军心，影响了士气。从现在起，张统领被困之事列为我民军特等秘密，在全体将士和民众面前，绝不可宣扬，更不允许让这消息传去山外而让叛军知道。凡外传张统领被困、动摇军心者必斩！你们哪位若管理不严，队伍中出现了泄密之事，必查办！我已令张模带领的三百兄弟集中休整，并集体封口，在张统领的事情未有明确结果之前，都不得与其他人接触，也不得归建。当下我湖南平叛民军的每一道军令、公告必须仍以张统领名义下达。各位还要切实操训好各自的队伍，提升我民军的战力，随时做好承担大任的准备。好了，我说完了，如无异议，都尽快归营掌管自己的队伍去吧!"说完,她缓缓地转过了身去,从容不迫地回去了自己房内。

回到房内,支走了秋月,小悦放声地哭了。哭过之后,翻来覆去地琢磨开了张安被困可能的情形,最终想到了张安肯定凶多吉少,所以,心已更痛了,是那种眼看着自己生命的另一半正在刀口上遭受折磨并随时都有可能被刀口吞噬的痛,这痛不仅钻心,而且刺骨。她最终迫使自己静下了心,坐回到了椅子上,在脑袋里排列开了张安落入敌手之后可能出现的种种情况,她一种情况一种情况地分析,也一种情况一种情况地排查,最终,从中找到了张安仍然活着的理由,随即展开了一系列的思考,找到了营救张安的办法。她突然地站起了身,换上了短装,风风火火地出了门,顾不得自己有孕在身,骑马狂奔越过了就近的几个联络点,直接奔去了宁乡城,把一切都安排妥后,才于翌日午后回到了博公寨。

再说张安带领张小龙等兄弟成功掩护张模带领兵士们突围后,终因寡不敌众被叛军团团围住,又因筋疲力尽被叛军捉拿关进了外婆桥大营。被围住时,张安本可以单独突围,张小龙也带领兄弟们拼命掩护希望他突围,但他放不下这十几位兄弟而未单独离去。他希望能带领兄弟们一起突围,所以就与兄弟们一起展开了顽强拼杀,但因叛军的力量强大,没法集体突围,最终都成了俘虏。能与兄弟们一同被俘,张安心里倒还踏实了些,因为他想,有他在此,兄弟们就有了主心骨,应对被俘后的复杂情况有了统一的心思。被送进了监牢后,他镇定自若,反复交代大家不管情况如何都必须冷静,耐心等待民军队伍前来营救。同时,他要求绝不可叛降,更不能供出他是湖南平叛民军主将的身份。张小龙带领的这些兄弟都是黄材镖局的旧人,也是张安的老属下,对张安本就有着发自骨子里的敬重,所以,不仅已把张安的话牢记在了心里,还把他当成了应对当下困局的精神支柱。

其实,张安要兄弟们等待营救只是一种安慰,因为他清楚,长沙叛军非常强大,民军前来营救完全没有可能。尽管等待营救没有可能,但他还是看到了自救的希望。因为这一路被押送进来,他有了异常的发现:刚才包围擒拿他们的上千叛军突然间已没了去向,参与救火的叛军也很零散,这说明叛军已另有重任,当下这大营里已兵力不多。而叛军将他们关押之后既不上镣,也无捆绑,还无人来过问,显然未把他们当作回事。但当下这情形也让他疑惑,所以,他并未立即谋划逃跑计划,而是想要静观其变,想探明情况后再作打算。

　　第二天，叛军除了送来过一桶稀粥，并无人前来盘审。张安还发现，门外的哨兵无精打采，院里往来的兵士也甚是稀少，偌大个军营里并无大军驻扎的迹象，看守也不严密，这就让他更加断定，自救的机会肯定会有。所以，天一黑下来，他就嘱咐兄弟们要保存体力，除了必要的身体活动，须尽量减少体力消耗。而吩咐了过后，他自己躺下身去就安然大睡了。

　　又过去了一天，叛军除了送来过一桶稀粥，仍无其他的动静。入夜，张安蒙头大睡了，可一觉醒来，突然解开了心中的疑团，因为他想起了组织这次袭扰本就是为了策应官军进剿。此时，他有了些许的兴奋，把兄弟们拢到了一起，说起了话："官军已经向长沙发动进剿了，叛军兵力吃紧，把守护这座粮草大营的兵力也抽去打仗了。看来，我们的袭击太及时了。"他这番话让兄弟们一下子就振奋了，有兄弟问："那我们该怎么办？"他信心满满地说："耐心等待！如果官军打得好，长沙就会被攻克，到时我们自然会得救。即使官军一时攻克不了长沙，仗打得久了，叛军兵力会更加吃紧，还会抽调城里兵力送往前线，到那时，长沙就会变成空城，我们就有了逃跑的机会。"见兄弟们都兴奋得已没有了睡意，便又说道，"现在养好精神是头等大事。越是在这关键时刻越要有耐心，绝不可浮躁不安而浪费了精力体力。"他故意轻哼了几声花鼓小调，若无其事地躺下了身子，又安然地睡了。

　　六天过去了，叛军除了每天只送来一桶稀粥，还是无人前来过问，张安感到自救的机会已经临近。所以，入夜后，他靠墙而坐，望着监牢外的小院，猜测起了外面的形势，也琢磨起了自救之事。在诸多的设想中，他最终选定了要在今晚下半夜逃跑。他叫起了兄弟们，开始了布置："鸡叫头遍后，我会大喊肚子痛把哨兵引过来，你们要恳求哨兵带我去看郎中，或叫郎中来看我，反正要设法骗得哨兵打开这铁门的锁。只要这监门的锁一打开，我们就除掉哨兵，冲杀出去先集中突围。出营后如遭遇围追，得利用夜幕和街巷掩护分散逃跑。摆脱围追后再融入到百姓中自寻活路，三日后去下游二十里处的湘江边碰面集中，能碰上面者就地分散隐藏，等到齐后再商议渡江回返。我会在碰面点前后各一里处分别以镖局约定的初三、初九两种方式和民军约定的夏至、立秋、小雪三种方式指向，还会在附近明显处设置甲号、丁号标记。夜间暗语，上半夜使用民军的暗语，下半夜使用镖局的暗语，点号对答。大家要见机行事，遇有异况须保持警惕，不得草率而为，以免上当。等候期为一日一夜，无法及时集中者要设法独自回返。"时间在一点点过去，院子里依然安静，墙上挂着的几盏桐油灯有明有暗，两位哨兵游荡的身影在桐油灯下显得消瘦而疲弱，这一切与往常并无异样。张安和兄弟们都在耐心地等待，等待鸡叫头遍的声音，也等待那个令人激动却又令人紧张的特别时刻。

可就在此时，门外有了动静。张安定睛一看，是一群蒙面人冲进了院内。蒙面人已放倒了哨兵，正向监牢奔来。其中一位已靠近监门，抢起了大锤，只几个"哐当"就砸开了监门的大锁。"快随我们走！"砸锁人身手敏捷、动作利索，声音干脆果断得不容犹豫。这砸锁人的身形和声音竟然如此熟悉，张安心里已有了些许的激动。但在此紧张的时刻，他既无法去辨认出这人是谁，也不方便直接询问，顾不得这人是何方的故交，便只朝兄弟们一挥手，就带领大家跟随蒙面人跃出了监牢，钻出了一个似是刚刚开凿的墙洞，跑到了湘江边。在那位砸锁人引领下，登上了隐藏在柳丛之下的一艘渔船。渔船很快就离了岸，而那些蒙面人也瞬间就消失在了夜幕中。这一切确实突然，如神如幻，张安尽管已意识到自己和弟兄们都已得救，但终因这被救的过程实在蹊跷而有了深深的疑惑。

渔船在夜幕的掩护下平稳航行在江面上，弟兄们因饥饿疲惫已相继入睡，张安却仍在为如此得救而百思不得其解。他回望过灯火稀疏的长沙城，目光最终落到了船头那个朦胧的身影之上。伴随着船桨划水的节奏，船头的那个身影一起一伏，而他的记忆也随着这个节奏一步步清晰。他熟悉这个身影，辨清了这个身影就是他原来的老属下张五龙。认出了张五龙，他心里踏实了许多。再回想起那位砸锁的蒙面人时，也将其与另一个熟悉的名字对上了号，何佩！此时，他心里升起了惊喜，且有了想去跟张五龙打个招呼的打算。但忽然间，又生出了谨慎，因为张五龙早已从大沩山失踪，何佩也是。各地民军撤进到大沩山后，已陆续有数达千计的人员失踪，早期失踪的人里就有何佩和张五龙。他料定，曾经失踪的何佩和张五龙今夜突然前来搭救，应有个不可示人的缘由，这个缘由或许待天亮后能从张五龙这里找到，或许还得回大沩山去后从小悦那里寻找，但有一条他已清楚了，小悦那里才是这个缘由的源头。想到这里，他淡然了，也放弃了要与张五龙打招呼的想法，随着一个长长的哈欠过后，眼皮已自然地合上了。

张安醒来时，天还未完全放亮，但船已航行在了沩江之上。这时，张小龙也醒了，并已凑近了过来，轻声说道："张统领，你看，那个摇船的是张五龙呢！"张安拦住张小龙的嘴，拉着张小龙走去到了船头。他让张小龙接过了张五龙的桨橹，自己则拉着张五龙坐到了一边，小声问道：

"不认识我了?"张五龙轻笑着回答道:"当然认识!我急着要带你们脱离险境,所以没来得及来跟您打招呼,还请您不要怪罪!"张安并未理会张五龙所说的那些,接着问:"你从洞庭湖回到大沩山后不久就突然没了去向,这是何故?你为何要离开我民军?如今为何会在这里出现?"张五龙淡淡地一笑,说:"张统领该不会计较我是个逃兵吧?回张统领的话,我在洞庭湖里混得久了,已不习惯大山里的日子了,所以就逃来湘江打渔为生了。还别说,江里的日子就是比山里好过,我每天都能打到半船的鲜鱼,专卖给吴军的官灶,价钱好、赚钱多不说,还结交了不少军中官将,能得到他们的关照,日子不仅过得丰实富足,且还能享受到一般城里人所享受不到的优待,过得很有滋味呢!"他说话时有神有韵,语气中还夹带着浓浓的得意。张安却不以为然,所以又问:"你为何知道我们被俘?又为何要冒险来营救?"张五龙又回道:"有人烧了外婆桥的粮草大营,又有十几个人被抓,全长沙的人都知道了。我知道后,就断定了是民军所为,也找朋友摸清了你们的下落,并来营救了。我曾经得过民军的好,知道了民军兄弟有难如不来搭救,良心上哪过得去啊!"张安点了点头,附在了张五龙耳边再问:"昨晚领头进监牢营救我们的是不是何佩?"张五龙一怔,回道:"你说的是长沙镖局的何佩吗?他不是在大沩山吗?哦,昨晚那些营救你们的人都是我朋友找来的,为头的就是我那朋友。我那朋友很讲义气,熟路也广,在外婆桥大营里还有熟人呢!我曾在江里救过他妹子,所以就找他来营救你们了。您看,人还是要有朋友吧?有了朋友就有了路,这话还真没错呢!"张五龙声音很轻,目光左右摆动,神情也恍惚不定,张安看明白了他是在编故事应付,所以没再作声了。他轻轻地拍了拍张五龙的肩膀,抿住嘴朝张五龙点了点头,就走进了船舱。

渔船又经过了一个多时辰的航行,在沩江上的一隐蔽的平缓之处靠了岸。张五龙对张安说:"你们已完全脱险了,我也只能送你们到这里了。我还得回去打鱼,若打不到鱼,那些官将就要责怪我了!"他从怀里掏出了一个小布袋递给了张安,又说:"你们先去找家饭铺吃饱了再说吧,吃饱了就尽快赶回去,不要让格格在家牵挂了。"张安接过小布袋后掂了掂,再朝张五龙点了点头,就领着兄弟们下了船。望着张五龙顺流而去的背影,他若有所思了。直至张五龙的船已消失在了远处,才迈开了大步。这时,张小龙跟近了过来,问:"张统领,你相信张五龙现在真的是个打渔的吗?"张安瞪了张小龙一眼,故意板上了脸,只给出了一声显得很不情愿的反问:"难道你看出来了这还有假吗?"

第四十九章　防泄密勇士受命　往岳州张敬成行

　　张安带着兄弟们安全回到了博公寨，寨内一片欢腾。民军的头领们知道后纷纷前来道贺，道贺的话居然千篇一律：张统领为掩护兵士们撤离不顾个人安危奋勇阻敌，可歌可颂。陷入敌阵后又机智逃脱，可钦可佩！而兵士中更是流传开了张安神勇不败的传奇故事，这故事越传越广，几乎被传成了神话，而张安则成了这个神话里赛过了齐天大圣的无敌英雄。

　　在大沩山真正清楚张安一行脱险实情的，只有一个人，那就是小悦。因为张安的脱险是她安排人营救的结果，而她安排的营救的行动能取得成功，既得益于她早期在叛军占领区安插了探子队，也得益于朝廷已向长沙叛军展开了勇猛进剿。

　　接受完大家的祝贺，张安就同小悦回到了房里。一进房，小悦不由分说就扑进了他怀里，欣喜中带着激动，激动中又带着欣喜，撒娇般地说道："这次，你真把我快要吓坏了！"张安抱紧了小悦，双唇在小悦的秀发上缓缓地掠过，说道："难为你了。"他声音轻柔，充满了怜爱。"难为我事小，如果失去了你，我就不知道该怎么活了。"小悦把头紧靠在了张安身上，脸上挂起了幸福的微笑。又说："听到你陷入敌阵未能突围的消息时，我差点就要晕过去了，后来硬是凭着坚强意志才支撑了下来。呃，你没受到折磨吧？"

　　"没有！叛军把我们关押了，但没人来过问。"张安吻了吻小悦的秀发，又说，"我估摸着，我们偷袭时正赶上了叛军正在集合要去前线，要不然，怎会突然就有章有法地围上来了上千之人呢？而我们被俘后他们又消失得如此之快呢？""是吗？"小悦抬起了头，暗自思忖后，说道："如此说来，官军这次下手够狠了，要不然叛军怎会抽调守护粮草的兵力开往战场啊？"其实，她经思忖后得出的判断并非如此，而是这些叛军兵士押送粮草送往战场了。

　　"我也这么想呢！"张安放开了小悦，略显激动，"定是官军进剿凶猛，叛军作战的兵力不够用了！如此看来，长沙叛军快要成兔子的尾巴了！"小悦也装出了激动，说道："应是如此！这就说明了我们出击得正是时候，叛军不仅兵力吃紧，粮草也将会更加吃紧，这是让叛军雪上加霜的战果。只是这次偷袭太惊险了，好在有惊无险，否则战果再大也不划算了！"

"打仗哪会没有惊险啊！"张安又抱紧了小悦，"这次我能有惊无险，得感谢你才行。若无你的周密安排，我们哪会如此轻易脱险啊？"小悦一惊，收起了笑容，轻声问道："你怎么知道是我的安排？"张安微笑着答道："从种种迹象看出来的！我不仅看出了是你安排人营救了我们，还看出你在长沙安设的探子人数众多，其中就有何佩和张五龙。"

"打住！"小悦又是一惊，拦住了张安，轻声问道："营救你们的人你都看清楚了？"张安摇了摇头说："没全看清。但看清了张五龙，好像还有何佩。我跟张五龙聊了几句，他说他喜欢水上生活，所以就逃去湘江打鱼为生了。"

"张五龙没说他为何会去营救你们？"小悦急切地问。"说了！"张安回答后，又说，"他说有人偷袭了叛军大营，且有十几人被俘的事全长沙的人都知道了，他断定是民军所为，所以就凭民军当年对他好过，找朋友来搭救了。"小悦再问："你的那些弟兄对这事怎么看？"张安又答道："都感到蹊跷，也多少有一些猜测，只是不会猜得我这么深罢了。"小悦继续问："你那十几个兄弟都可靠吗？"张安点点头答道："非常可靠！都是张小龙的属下，对我绝对忠诚！"小悦也点了点头，但思忖片刻后又摇起了头，说："不行！你还是得把他们追截回来，而且要一个不少地追截回来，带他们直接来这房里！"望着小悦那郑重有加的神情，张安稍显惊异，但最终啥也没说，就出门追截去了。

张安骑马追上了那十几位兄弟，带回到博公寨时，天已将黑。此时，小悦却走过来说："各位兄弟，你们成功袭扰长沙叛军，被困后又成功脱险，为朝廷立了大功。"示意大家坐下后，她又说，"我要张统领把你们追截回来，是想把一件更为要紧的差事交给你们去办。你们袭扰长沙叛军时个个英勇机智，不仅让我看到了你们对朝廷的忠诚，也看到了你们可堪大任的本领。所以，这件差事交给你们去办我放得心。由于这件差事非常特殊，你们得先在我这房里待着，等我安排妥后再跟你们交代。"说完，便就拉着张安去了门外，小声说道："我准备把这十几位兄弟派去岳州，交给张大龙和薛珊，以加强他们的力量。"

"张大龙和薛珊？"张安一脸惊诧，问："张大龙在岳州？"小悦点了点头，说："等天黑之后你就带他们下山，送过宁乡城后再回返。张大龙那边我会通过另外的途径交代，你只要交代他们路上的注意事项就行。"她掏出了一张纸笺交给了张安后，接着说，"这是与张大龙接洽的地址和方式，只能由张小龙一人掌握，他看完后你得要他记在心里，当你面将这纸笺销毁。"张安点头应道："我明白了！"小悦又说："你去跟他们说说要求吧，先不要告知他们会去哪里，去干什么，过了宁乡城后再给张小龙个别交代。你要告诉大家，务必服从张小龙统管。另外，去支点银子给张小龙。我现在还有事要安排，因为我民军又将有十几个兵士失踪，而且还是刚从敌营中脱险归来的英雄，得给王佑三一个说法，也给大家一个说法。"张安会意后进去了屋里，小悦则跑去了春桃房间。

惜梅和秋月都带着孩子在春桃处玩耍。小悦进去后就直接对秋月说："我有要事要出门去办，房门已经上锁，你带清儿在春桃姐这里吃晚饭吧，我办完事回来后会来叫你。"说完，也顾不得跟惜梅和春桃打个招呼就匆匆走了。

小悦来到了王佑三处。支开了姜小青后，急匆匆地说道："刚刚接到了信报，长沙叛军都出城迎战去了，目前各大营盘都很空虚，我想派人去杀个回马枪，给叛军再制造点恐慌，再助官军一臂之力！"王佑三问："要不要把我民军的兵力全部用上？"小悦摇了摇手，道："不行！长沙虽已空虚，但留守的兵力也远比我们多，且隔江隔水的，派大部人马去攻打不会有胜算，派少量精干人员混过江去袭扰一下效果会更好。"王佑三又问："那派多少人去合适？"小悦回道："十几个就够了，人少目标也小，若不成功损失也不大。"王佑三再问："你准备派哪些人去？"小悦若有所思后回答道："我想派今日随张统领回来的那些兄弟去，由张小龙领头。他们熟悉途径，要他们先对外婆桥大营杀个回马枪，如有机会，可再去摸摸其他的营盘。具体战法我会跟他们交代。"王佑三抚着下颌，点了点头，说："如此甚好！"可又问，"需要我做些什么吗？"小悦摇了摇头说道："不劳您做什么。考虑到这是秘密行动，一切由我来安排吧！"王佑三点了点头，说："嗯，我明白了！"但还问，"你让他们何时出发？"小悦回道："既然是要杀回马枪，那就得越快越好。我想，今晚就将他们派出去，这样才会有奇兵之效。"待王佑三点了头，她才径直地回去了自己的房间。

一进房间，小悦就问张小龙等："张统领刚才交代你们的都记住了吗？"张小龙等齐声答道："记住了！"小悦点头说道："那好！你们去办的这件差事极为重要，一般人难担此任，你们都是张统领的老兄弟了，交给你们去办才放得心。希望你们不要辜负了我和张统领的期望！出发吧！"待她纤手一挥，张安就带着这十几个兄弟安静地出了门，且迅速消失在了夜幕之中。接着，她自己也从另一条山路去了山下，奔去了山下的联络点，给张大龙发出了接应张小龙的密令。

清儿和甜甜都在春桃的床上睡着了，春桃、惜梅和秋月还在聊着趣事。见小悦终于来了，她们同时起了身。惜梅还握住了小悦的手，说："你这个格格啊，你可是有孕在身呢，怎能如此不要命地忙啊？有些事可以叫张统领、王副统领他们去办嘛！"小悦美美地一笑，回道："这不打紧的，我都挺得住。民军的摊子大，事情多，张统领、王副统领也都忙。再说，有些事还真不能叫他们男人去办，男人的心粗，您说是不？"春桃上前了一步，也扶住了小悦的胳膊，抢过了话说："还真是呢！民军的事件件都是大事，马虎不得。许多大事，办起来还都得往细里去想，要不然，就办不到位，就要误事！所以啊，格格只能亲自去办了。这叫亲力亲为！"小悦只低头一笑，并未接春桃的话。而惜梅则心有疼爱地说："朝廷的事是大事，可也不能如此不要命地去做啊！再说了，你的身子何等地金贵啊？若在宫里，还得享受一堆人的侍候呢！在这里，如此地劳累，我看着都心疼了！"

小悦笑了，笑得有几分甜美，说："姐姐们放心吧，这点事累不着我的。倒是你俩得多多保重，要不然，我就没法向大哥和于老师傅交代了！"一见惜梅和春桃都突然沉下脸了，她急忙转换了话题，问道："呃，我有许久没有见夏荷、秋菊、冬梅三位姐姐了，她们的身子是否都有动静了？"惜梅已有了喜悦从脸上渗出，回道："我听从织造行来博公寨办事的人说，他们都已有了！哎呀，我们这些姐妹啊，今生都能做上完整的女人，是享了格格的福了！"春桃脸上也有了一丝喜悦，接上了话说："是啊，我们都会记住格格这份恩情的。她们三个有了孕也没有离岗，而且还越干越有劲，这也正是因为感念格格对我们的好呢！我和大姐呀，身子都顺了，也已商量好要回织造行去了。我和大姐的事现在都由菊敏在顶着，菊敏也有了孕，我们也不忍心老让她去担这么重的担子啊！"

"什么享我的福、感念我的恩情啊？说过头了！"小悦扬起了婉美的笑，又说："两位姐姐想回织造行去，我倒是赞成，毕竟那边需要你们，并且那边也人多热闹，能让你们充实。只是回去后有了需要我的时候，记得给我带个话，我也好给你们安排。好吧，夜已深了，你们也该歇息了，我呀，得告辞了！"惜梅接话道："格格说的我们都记着了，感谢的话我也不多说了，我只希望格格一定要注意身子，累了还得休息。好吧，我也回了！"说罢，便与小悦同时站起抱起了各自的孩子。

几天后，小悦借送惜梅和春桃去织造行的机会，去看望了夏荷、秋菊和冬梅，也专门去看望了薛夫人。薛珊走后，小悦就安排薛夫人住去了织造总行附近的一座独立小院，还专给她配备了丫头、女仆和厨师、轿公。她如此安排，是考虑到织造总行那边人多热闹，可让薛夫人过得充实，少些孤寂。

小悦一进门，薛夫人就迎上了前来，疼爱地说道："格格你有孕在身呢，要多休息，你看你，还专门跑来看我，也太不顾惜身子了！"小悦温美地笑着，坐下后就拉住了薛夫人的手，说道："我好久都没有来看您了，挺记挂的呢！这不，今日来织造总行办点事，就顺道来看看您了。您啊，别担心我，我们的先辈以马背为家，女人即使有身孕了也从不离开马背，祖宗给了我们一副好身骨，经得起折腾。夫人一直在城里过日，如今住在这大山里，还习惯吗？"

薛夫人回道："习惯，当然习惯。山里有山里的好处，空气清新，出门就是风景，让人舒爽。并且这边人也多，各织造行的姑娘们天天都来看我，陪我说话，我这心里啊，从未空落过呢！只是……"说到此处，脸色突然沉黯了。小悦懂得薛夫人的心情，所以赶紧接过了话，说："我知道您现在又想起薛将军和薛珊姑娘了！薛将军和薛珊姑娘都是武功高强的智慧之人，应该不会有事。我估计啊，他们是一时走失联系不上自己的人就暂时找地方避着了。或许，过些日子，或者等仗打完了，就都能回来了，您啊，就别担心他们了！"

"也是呢！"薛夫人叹了一口气，脸色已沉得不那么深了。接着说，"对我家维柱，我是不担心的，他一个大男人，只要还活着，啥危险、复杂的事都会扛得住。他若是殉国了，也算尽忠了，我会因他而感到荣耀。只是小女薛珊，失踪得不明不白，又是个女子，若是落到了混乱之处，就难说不吃亏了！"小悦抚着薛夫人的手，安慰道："薛珊姑娘文武双全，聪明过人，到了哪里都不会吃亏的！再说，她是与大龙一起失踪的，两人应该就在一起。大龙老练、灵活，武功又好，一定会照顾她的，您也是大可以放心的？"

薛夫人刻意地笑了，随后却摇了摇头，说："算了，不谈他们了。他们是朝廷上的人，只要是为了皇上、为了朝廷，是生是死都没必要去担心的。但愿他们不管身在何处，都能一心为公，不要顾及一己之私逃避了皇上和朝廷给的责任。"小悦微笑着回答道："我相信他们不是在逃避责任。薛将军对皇上忠心耿耿，当年皇上把他安插去鳌拜身边，面对随时都可能掉脑袋的危险，他都不曾退缩，也不曾逃避，他的忠心是不容怀疑的！他如今虽已失踪，但绝不会背叛皇上，这点我坚信，皇上也一定坚信！至于薛珊姑娘，自小受到您和将军的熏陶，侠胆忠义，也不会做出逃避责任之事。这些啊，您别多虑了！"

"是啊，我也相信他俩。也就是因为相信他俩，才未过多地担心。"薛夫人笑了笑，摇了摇头，又说："行了，不说他们了，我们说点别的吧，如何？"小悦微笑着点了点头。她陪着薛夫人又聊了些生活琐事，也说了些民军中的趣事，直聊得薛夫人开心了才离开。离开后，又急匆匆地前往岳州平叛民军营地找张敬去了。

自从集体婚典之后，张敬就像变了个人似的，不仅脸上的欢笑少了，就连嘴上的言语也少了。小悦对张敬的变化看得明白，也记在心里，所以，将张小龙等人派往岳州后，就已跟张安商量好，要把张敬也派去岳州。这既是为了增强岳州探子队的实力，也是为了让张敬能够与洪秀珍相见。

自从胡大魁被派去常德后，小悦就直接掌管了岳州平叛民军，但日常事务交给了张模、刘二和张敬三人。考虑到了岳州平叛民军队伍庞大，她加封了刘二、张模、张敬三人为岳州平叛民军副都统，刘二承担内部管理，张模负责双凫铺码头的守护和船只维护，张敬因武功好担当起了操训队伍的重任。近段来，张敬操训队伍到了忘我的程度，岳州平叛民军的战力也因此有了大幅的提升。此时，他正在组织操训，一见小悦风风火火地来到了操训场上，就赶紧迎了上来，毕恭毕敬地行过礼后，问道："格格军务如此繁忙，怎会还有空前来视察？"小悦边回礼边说道："我今天不是来视察的，是来找您商量个事。您先就把操训之事往下布置好，跟着我回营院去吧，我有要紧事与您商量。"

回到营院，小悦先找了些无关紧要的话题与张敬拉开了家常，当然也聊到了洪秀珍。待气氛轻松了，才说到了正题上："我今日特来找您，是想派您出趟远门，去办件要紧的事。"小悦有事相授，而且还是要紧的事，张敬自然感到受到了器重，所以只待小悦说完，就兴奋地接上了话："格格交代的事我一定办好！请问格格，是派我去办什么事？该如何办？"小悦说道："具体是什么事您先别问，反正是要您出远门。您就先把操训之责去与刘二做个交接吧，天黑之前赶到博公寨去找我和张统领，到时候，我和张统领会详细跟您说的。"张敬有了些许的兴奋，问："格格难道是要我去办隐蔽之事？"

　　"是的！"小悦微笑着点了点头。张敬已经兴奋不已，接着又若有所思了。稍顷，却朝小悦笑了笑，说道，"若是这样，那我得我恳请格格能帮我办件小事了。"小悦温美地望着张敬，说："不管是什么事，你尽管说就是了！"张敬忽然有了几分羞涩，且降低了声音，说："我是想请格格能替我传句话。格格要我去办的是隐蔽之事，估计会有些风险。当然，我不会贪生怕死的，我只是想，如果我确有个万一，还请格格以后见着洪秀珍了能告诉她一声，我张敬是真心喜欢她的，这辈子没机会跟她在一起了，下辈子一定要跟她在一起！"小悦听后为之感动，但她并未随口就答应，反而轻柔地给出了几声责备："您不能有如此之想呢！我是派您去办差的，不仅得把差事办好，还得平平安安地回来。等平叛成功了，您还得与洪秀珍结为连理，共享幸福。我都已想好了，到时我要亲自给你俩保媒呢！"张敬并不知道小悦话中另有他意，因而急于想作个解释，可刚要开口时又被小悦拦住了。小悦又说："有什么要说的，到了博公寨再说吧！我还有要紧事去办，走了！"说完，就站起了身，可刚走出几步，又回过头来给了张敬一个神秘的笑，说："到了博公寨，你什么都会明白的！"说完，径直地走向了坐骑。随后，去了附近的联络点。

　　傍晚，博公寨，小悦的房间内，张安正对张敬交代着："这次是派您前往岳州，今晚就得动身，我把您送过宁乡城后，您得自行前往。到了岳州后您得去找一个人，他会告诉您要办什么事。至于该去找谁，怎么去找，过了宁乡城后我会详细给您说的。"张敬甚是兴奋，接过了话说道："果真是件隐蔽的差事啊！这是格格和张统领对我的特别信任啊！"

　　"这确实是我和张统领对您的特别信任，也是皇上和朝廷对您的特别信任！我相信您一定不会辜负这份信任。"小悦站起身，走近了张敬，严肃的脸上突然挂上了神秘的笑，又说，"有一事我还得给您解释，今日您要我替您传话给秀珍姐时我未答应，是因为您的那些话没有必要通过我去传了。您说的那些话挺感人的，到了岳州后，就亲口说给秀珍姐听吧！"张敬一愣，笑了，问："如此说来，秀珍，秀珍她在岳州？格格你该不是要我去岳州找秀珍吧？"小悦摇了摇头，神秘地说道："当然不是！不过，到了岳州，您能见到她。这中间的缘故您先不要多打听，天已黑了，趁早上路吧！"张敬道过了一声"好嘞"就起身行了礼，与张安动了身，走到门口时，又回过头来给了小悦一个满满的笑。

第五十章　何卫携圣旨回返　民军往三地增兵

　　最近两年多，小悦和张安组织湖南平叛民军对叛军实施了数以百计的成功袭扰，并招募了大批兵士，收留了数万计投奔而来的团体势力和仁人志士，也加大了民军的操训力度，民军队伍已进一步壮大，战力进一步增强。在投奔而来的势力中，包括了小悦从京城来湖南时一路上结交的那些帮派势力，这些势力是经何卫指点后投奔而来的，并被分别编入了岳州平叛民军和黄材镖局。这些天，小悦又收到了于奎和胡大魁发来的消息。两年多来，他俩已各有建树。于奎的队伍已有四千多人，活动在南岳山至祁东四明山一带，还派人打入了叛军内部，战绩斐然。胡大魁也重建了一支三千多人的队伍，对常德叛军进行了频繁袭扰。还有更重要的是，在小悦的授意下，何佩已与驻江西方向的官军建立起了联络渠道，张大龙与何佩也建立了互联通道。张大龙按小悦旨意已派人打入了常德，常德探子队不仅扎稳了脚跟，还与胡大魁有了联系。如此，湖南各主要战场都有了民军的隐蔽力量，并构建了一个庞大而有效的联通网络，这些隐蔽力量和联通网络被小悦牢牢地掌控。

　　近段，民军并未安排战事，大沩山有了开战以来少有的宁静。这天，小悦和张安、水秀带着孩子们来到了山间。这是他们有了孩子以来头一次带孩子们来山间玩耍。这是一个阳光灿烂，暖风拂面的日子，山中野花争相开放，树上小鸟竞相鸣唱。孩子们披着温暖的阳光，采着野花，追着蝴蝶，尽情戏耍，甚是开心。

　　小璞已上了几年的学堂，也跟着于奎学了不少功夫，在这些孩子们中，他已是既有了学问又有了功夫的大哥哥，在这野地里，自然忍不住要在弟弟妹妹面前显露一下本事。当看到有一只松鼠窜下了树来时，他飞奔了过去，只一个闪身就逮住了松鼠，引得弟弟妹妹们都围来了他的身边。

　　孩子们玩得很开心，大人们的脸上也绽开了幸福的笑容。水秀担心孩子们会被松鼠咬着，便放开嗓子叫嚷道："你们可要当心呢，松鼠会咬人的呢！"孩子们都无动于衷，只有小璞将已被他捆绑的松鼠高高地举起，回了水秀的话："放心吧姑姑，它成为我的俘虏了，咬不着人了！"那小将般的架势，逗得大人们都放声地笑了。可就在此时，小悦突然显出了惊讶之色，问张安："你逮到过松鼠吗？"张安摇了摇头，"曾试过，但很少逮到过。松鼠何等灵巧，哪能随便让人逮住啊？"小悦看着张安，又问："最近试过吗？"张安回答道："没有，但三年前试过。那是与王炳比试身手，好不容易逮住过一只……呃——"他突然瞪大了眼睛，反问道："你怎么突然问起这个来了？"小悦朝孩子们方向呶了一下嘴，回问："难道你就没有看出点特别的来吗？"张安朝孩子们方向望了过去，突然一拍脑门，惊讶道："对啊，小璞，小璞这孩子，小小的年纪怎么会有如此好的身手啊？"小悦欢悦地一笑，不无得意地说道："自古英雄出少年嘛！这孩子呀，得好好培养，我要把他培养成为身手过人，胸怀和谋略都超群的大将军！"张安钦佩地点了点头，可正要接过小悦的话来时，却被水秀的大声嚷嚷打断了。

水秀手指远处嚷道："快看，你们快看，有一单骑朝这边来了！"小悦和张安同时转过了身，望见了远处确有单骑奔来，便在心里猜测起了是否来了急报。可这时，水秀又嚷上了："何卫，那是何卫！"边嚷着，边拔开了腿，向着何卫飞奔了过去，等靠近了何卫时，又一个急跃，上了马背坐到了何卫的怀里，直到走近了小悦和张安，才与何卫同时跃下了马来。

何卫回来了，小悦的惊喜不亚于水秀。因为何卫走后，她跟水秀一样曾担心过，近来，也跟水秀一样在期盼何卫尽快回来。当然，她期盼的缘由与水秀不同，她是期盼何卫能尽快带来皇上的旨意。见何卫已跃下马，她急忙上去，拉住了何卫，问："你怎么在京城逗留如此之久啊？呃，快说说，这次带来了什么好消息？"

何卫还在擦着汗水，但边擦汗水边回了小悦的话："我向皇上禀报我民军的战况后，皇上极为高兴，要我多留数月，以便能掌握更多朝廷的平叛方略和战策带回大沩山来。后来，皇上有了另外的途径掌握我民军战况和向我民军传达旨意，就要我长留京城了，他给了我可查阅各部所涉平叛诸文之权，要我掌握更多全局性策略，到关键时刻再回大沩山来。皇上如今派我回来，是朝廷平叛大业已到关键时刻了。现在全国的总体形势已完全有利于朝廷。陕西的王辅臣、福建的耿精忠和广东的尚之信都先后已投降，朝廷可集中力量对付吴三桂了。皇上的决心是，绝不给吴三桂讲和缓兵的机会，要一鼓作气，坚决、彻底、干净、全部将其剿灭，且拟在三年内完成此任。"这消息振奋人心，小悦已抑制不住兴奋，孩子般地抡了抡拳头蹦跳起来，突然站定后，才又问："朝廷有何新的战略部署？"

"已加派多路大军压向湘、川外围，且均已部署到位。"何卫仰起脸，情绪激昂，"朝廷现在粮饷丰盈，兵力充足，皇上信心百倍，很快就要对吴三桂展开更有力的进剿了！"小悦举了举拳头，大嚷着："太好了！太好了！"但很快，又再问："皇上对我民军有何旨意？"何卫看了一眼小悦，干脆地回答道："对民军，有八个字：乘胜再战，积极作为。也给了你四个字：多加保重！"小悦稍有一惊，突然低下了头。此时，她除了格外兴奋，还格外激动，因为她不仅掂量出了皇上给民军的"乘胜再战，积极作为"这八个字所包含的高度认可和殷切期望，也感受到了皇上给她的"多加保重"四个字所包含的浓浓情义。她自言自语了一句："感谢皇帝哥哥！"仰起了脸来，两行温热的泪水已爬出了眼眶。

见小悦如此没完没了，水秀早已忍无可忍了。她并未看懂小悦头顶的空气，只像往常一样随性地嚷开了："嫂子你有没有完啊？何卫离开这么久了，你也该让他先去见见儿子吧？"小悦拭去了泪水，但并未理会水秀的嚷嚷，而只略显羞涩地朝何卫笑了笑，走向了张安，走出几步后却又回过头来对何卫说道："快去见见儿子吧，那两个小家伙啊，比水秀还淘气呢！"

一提到儿子，何卫激动开了，"我的儿子，我的儿子，都想死我了！"此时，水秀已奔了过来，陪着他走到了孩子们身边。孩子们玩兴正浓，管不上大人这边有何风雨。水秀早已有声有响地给出动静了，他们却像没听到似的无一人抬头。见这场面，水秀运足了气大声地吼了起来："何大山、何大石，你俩看看，谁来了？"

何大山、何大石终于抬起了头，都咧嘴笑着。两双眼睛看了看水秀又看了看何卫后，异口同声地对何卫叫了声"叔叔好"。儿子们的这声"叔叔好"有如刀子在何卫的心上划过，疼痛和酸楚已在他心里漫开，眼泪也已在他眼眶里转悠。水秀则跨上了一步，将何大山、何大石提拉到了何卫面前，嚷道："你俩再看看，这是叔叔吗？"此时，何大山傻傻地笑着并不说话，而何大石则嘟嘟上了："不是叔叔？那就是伯伯喽！"水秀已哭笑不得，提着两个儿子的胳膊又嚷了："你俩给我看清楚了，这是你们的爹，当将军的爹！是你们的爹回来了知道吗？快！快叫爹！"

何大石叫了声"爹"后不作声了，而何大山叫了声"爹"后对水秀露出了狡黠的笑，说道："我早就知道他就是爹了，因为你以前说过，男人和女人不能随便就抱在一起，只有当了爹娘才可以，我看见你们刚才在马背上抱得那么紧，就知道他是爹了。"水秀忍不住笑了，可受不了孩子这淘气的样子，便一个快手提拉扯起了何大山的耳朵，问："那你为何早不叫爹？"

何大山喊着"啊哟"掰开了水秀的手，又露出了狡黠的笑，说："我知道何大石没有看到你们抱在一起，就故意喊了叔叔，我想要何大石出洋相！"何大石一听，可气恼了，只怒眼一瞪，就揪住了何大山的衣领，举拳狠狠地砸在了何大山的头上，还发出了大吼："你是个坏蛋，我要打死你这个坏蛋！"何大山也同样揪住了何大石的衣领，给了何大石当胸一拳。两个儿子交上手了，气得水秀"啪啪"就两耳光扇了过去，发出了吼叫："兄弟之间敢动拳头？浑蛋！"何卫却早已按捺不住了，急忙蹲下身来搂住了两个儿子，泪水已盈满了眼眶。他来回地亲着儿子们的小脸，抖动起了嘴唇："爹好想你们啊，太想你们了！"

小悦看着水秀跟儿子闹腾的一幕，好笑得不行，看到何卫搂着儿子时那份动情的劲头，又感动了。看天色已不早了，就朝水秀喊起了话："水秀啊，叫上孩子们回去吧，回去做点好吃的慰劳何将军吧！"水秀正陪着何卫激动，两行清泪已窜出眼眶。当听到小悦的喊声时，她抬手一个横扫，把泪水收进了衣袖，蹲下身子拥住了儿子与何卫。她对儿子们说："你俩都得记住，这是你们的爹，当将军的爹，爹回来了，你们要听爹的话，要做像爹一样有出息的男子汉。以后兄弟间不许动拳头，有本事就把拳头练硬一点，去对付朝廷的敌人。"待儿子们都点了头，又说："好了，陪爹上马去，跟爹回家吧！"她站起了身，提拉起了小璞和清儿，又抱起了小悦的女儿欣欣，紧随着小悦、张安与何卫回去了马家屋场。

何卫只在马家屋场住了一晚就跟小悦、张安上了博公寨。王佑三得知小悦、张安、何卫都回了博公寨，就赶过来了禀报说，李茂已离开四川，正在回赶的路上。几个时辰后，小悦又接到了长沙方向送来的密报，吴三桂已在衡州称帝，立国号周，建元昭武，还大封了诸将。她在前一段还得到过消息，薛维柱已被找到，已与张大龙、薛珊并肩合力。她将这些好消息与何卫带回的全国平叛形势作了全盘分析，得出了一个比较全面判断。也以皇上"乘胜再战、积极作为"的旨意为前提，结合自己的判断做出了周密谋划。与张安、何卫、王佑三商议后决定，要尽快召集民军各级头领通报全国形势、传达皇上旨意，部署下一步行动。

这天午后，民军各级头领都来到了议事厅，接领了皇上旨意，听取何卫通报了全国平叛形势和朝廷的平叛方略，都极为振奋，纷纷表示要积极出击，再立新功。小悦见此，甚是欣喜。她缓缓站起，站了个挺拔，说：

"还有一事我得通报，据可靠信报，吴三桂已在衡州称帝。他之所以要急于称帝，是已意识到大势于他不利，得先行称帝过上一把皇帝瘾再说，这是狗急跳墙之举啊！如今全国战局已完全有利于朝廷，吴三桂也已狗急跳墙，在这关键时刻，我们要按皇上旨意'乘胜再战、积极作为'，在吴三桂身上狠插几刀，以配合朝廷大军全面进剿。"环视了一圈后，接着说："根据当下形势，民军高层商定，要在湖南全境展开大规模袭扰。在部署之前，先告诉大家一个好消息：两年前失踪的于奎、胡大魁两位老将，是被我秘密派往衡州、常德了。于奎在衡州重建了四千多人的队伍，以衡山、四明山为依托袭扰叛军，取得了辉煌战绩。胡大魁在常德重建了三千多人的队伍，成功组织了数十次袭扰，扰得常德叛军不再安宁。这两位老将还广泛发动民众协助民军，在异常复杂的条件下各有建树，没有辜负朝廷的期望，其功绩应当记入史册！"此时，厅内已一片哗然。小悦得意地看着大家，摆了摆手，大喊了一声"请安静"又说："我民军大计已定，下面请张统领部署！"

借小悦营造的气氛，张安威严地站在了众将面前，郑重而富有气势地说道："遵照皇上'乘胜再战、积极作为'的旨意，为在更大程度上打击叛军嚣张气焰，动摇叛军士气，配合官军全面进剿，我决定，再往衡州、常德各增兵一千，加大对这两地叛军的袭扰。请问诸位，谁愿领命带队前往？"他话音落下，厅内已群情激奋，"我愿意"的声音挤满了大厅。

此时，王炳携柳叶刀走上了前来，大声说道："王炳、杨柳叶愿带队前往衡州，请张统领准许！"张安看了眼王炳和柳叶刀，说："此次远征风险莫测，王炳都领身为男将，请战尚符情理，可杨柳叶为何也要请战？"没待王炳回答，柳叶刀就抢过了话："我杨柳叶虽为女流，但负有与男将同等之责，我请战义不容辞。况且，也正因为此次远征风险莫测，我夫妻俩理当同心同德、共赴艰险，为朝廷建功！我请求张统领准许我与王炳带队前往衡州！"此时，王佑三也走上一步说上了话："柳叶所言有理！王炳和柳叶夫妻同时出征有别人不具有的默契，是带队前往衡州的最合适人选，请张统领准许吧！"

张安看了看王佑三，又看了看王炳和柳叶刀，在心里笑了。没错，他早已与小悦商定，要派王炳和柳叶刀这夫妻档前往衡州，因为他俩的优势无人能比。但因顾忌王佑三的态度，未及时应准。当下，王佑三已经助请，他就没再犹豫，果断地应道："我准请！由王炳、杨柳叶带队前往衡州！"环视过众将后又说："再加派陈焕、菊敏同往。你们要听从于奎副统领指挥，齐心协力，以叛军衡州大营为目标，以获取吴三桂的头颅为最佳战果！"王炳、柳叶刀和陈焕、菊敏一同领了令，齐声道出了"我等决不辜负朝廷期望，争取达成最佳战果"的誓言。

接着，刘二也上前请战："刘二愿意带队前往常德！"张安看了看刘二，果断说道："准请！我再加派陈和与你一同前往，望你们听从胡大魁都领指挥，阻隔常德叛军与川、贵叛军的联系，并拖阻其增援岳州、益阳。"待刘二、陈和领了令，张安又再宣布："前往衡州、常德的队伍五日内出发。其余各将务必掌管好自己的队伍，随时听候调遣。都回去准备吧！"

部署完毕，小悦把何卫、张安和王佑三叫到了一起。对王佑三说："我和张统领会选派最得力人马跟随王炳夫妇，请您放心！"王佑三"呵呵"一笑，摇着手说道："格格大可不必。王炳夫妇请战乃职责所系，请不要对他俩特别看待。"张安朝王佑三一笑，接过了话说："我和格格并非对他俩特别看待，而是对衡州特别看待。衡州乃吴三桂巢穴所在，若能在此达成最佳战果，他们就要名耀青史，其功劳也要彪炳史册了。"王佑三立即抱起了拳一揖，激动地说道："请格格和张统领放心，他俩一定不会辜负朝廷厚望，会达成最佳战果的！"小悦微笑着点了点头，回答道："我对他俩，对衡州平叛民军很有信心！"朝各位看了看，又说，"把你们留下，是还有重要部署。"王佑三忙问："是何重要部署？"

"是这样。"小悦说道，"早些年，我向岳州派出了以张大龙、薛珊为头的探子队，张大龙又往常德安插了探子队，当年在大沩山失踪的人中，一部分在岳州探子队，另一部分被我派往了长沙、益阳和周边各县城。这些探子队获取了大量军情信报发给了大沩山和朝廷，还在当地发展了大批反吴力量，组建了线外潜伏民军队伍。岳州、长沙有线外潜伏民军各达千人，益阳也有了数百。他们互相建立了联系管道，还与官军建立了顺畅的联络通道，促成了我民军与官军的互相策应。"

"岳州、长沙、益阳和周边各县城都有探子队？"何卫好不惊讶。王佑三也感叹道："怪不得格格和张统领对叛军、对战局了如指掌呢！"

"是的！"小悦点了点头，"我还在通往这些地方和通往衡州、常德的沿途安设了众多联络点，构成了多条互不交叉的军情信报传送通道。还有，张大龙已找到薛维柱。薛将军记着皇上要他'像一颗钉子钉在岳州'的旨意，已潜伏在岳州，收编了近千失散兵士，以各种身份掩护，打探军情，还派人打入了叛军内部。他已成功策反吴应麒的总兵王度冲、将军陈珀有意归降。现在，请求我尽快派人派船前往岳州潜伏，以便将来与朝廷大军里应外合。"

"原来格格还有如此大招啊!"何卫又惊讶了。王佑三也又惊叹道:"格格安排的可是大手笔呢!那位薛将军也很了不起啊!"

"是的,薛将军确实了不起。"小悦得意地说,"他潜留岳州,就像埋在吴应麒帐下的火药,时机一到,会以强大的威力把其炸为灰烬。"踱了几步后又说:"所以,我与张统领商定,要应薛将军和张大龙之请,将尽可能多的兵马派往岳州,以增加岳州潜伏民军的实力。"王佑三点了点头,可突然又担心地问:"那位薛维柱真的可靠吗?王度冲、陈珀若是诈降咋办?"

"薛将军绝对可靠!"小悦扬起了脸,"他是皇上的亲信,曾被皇上安插到鳌拜身边,获取了鳌拜结党营私的实证,为皇上清除鳌拜立了大功,皇上还封过他'薛诸葛'雅号。上次岳州官军误会民军,是他冒险劝阻总兵并派女儿薛珊前来报信,才使险情解除。他的忠诚不容怀疑。王度冲、陈珀也不可能诈降,因为他俩身边既有薛维柱的人,也有我的人。"她看了看王佑三和何卫,坚定地说道:"我拟将萨哈勒部、黄材镖局及原岳州平叛民军的全部人马派出充实岳州潜伏民军队伍。岳州潜伏民军交由萨哈勒将军统辖。"话未说完,王佑三又插上了话:"这是一万多人马,这么大支队伍进入叛军领地非同小可,须周密部署呢!"

"是的,是须周密部署!"小悦看了眼王佑三,又信心十足地说道,"计划都已很周全了,可确保万无一失。但当下必须得保密,待我安排妥当后,由我和张统领去向萨哈勒、张模和张二龙当面交代,要他们分批进入,以三个月为期全部安插到位,在湖中和陆上分散落脚。同时,张大龙和薛维柱也会接应。为配合行动,近段我们要增加对益阳叛军的袭扰,我还会请求官军对岳州叛军实施佯动,以分散岳州叛军的注意力。你们请可以放心!"

"我同意格格的部署,随时听候格格差遣!"何卫已对小悦钦佩不已,所以果断表了态。王佑三却还在迟疑,因为这样的部署动作实在太大,加上他对岳州的情况又并不了解,所以心里没底。但小悦已经做出了决定,何卫也已表态支持,他也只得附和了:"我也随时听候格格差遣!"为打消王佑三的疑虑,确保小悦的计划不走样实施,张安当即也接过了话:"格格掌握有多支强有力的隐蔽力量,建立了庞大的联络网,且已有可将各方力量协调到位的周密计划,定会万无一失,请各位放心!"小悦笑了笑后也说道:"张统领说得没错!此举能否成功,既关系到我民军的局部得失,更关系到朝廷平叛大业的成败,我当然该慎之又慎。好了,最近都忙,而今诸事都已安排妥,就都歇息去吧!"

第五十一章　苦相劝小柳掏心　为建功李茂出征

李茂带着黑豹、白豹经数月行走，终于回到了博公寨。因在四川不仅毫无建树，且还损失了三位将领，所以一回来就闷闷不乐，甚至还不愿出门。尽管小悦、何卫、张安、王佑三都多次说过，四川民军溃散是四川提都郑蛟麟的叛变造成的，与他无关，但他仍自责不已，脾气也变得古怪了，让民军高层们都已不敢与他接近。

为使李茂情绪转好，小悦派小柳回来陪伴了。李茂能完整回来，小柳自然开心。虽然也为李茂如此沮丧而感到心痛，但一想到李茂毫毛未损回来了，自己也不用再担心牵挂了，就觉得这点痛算不了什么。当下，她只有一个心思，要让李茂的情绪尽快好起来。这些日子，她陪在李茂身边，说了许多宁乡民间的笑话，讲了许多湖南民军的故事，虽然效果并不明显，但一直在坚持。今天，她又讲了一大堆笑话后，便将头靠到李茂胸上，说起了道理："我知道你看重建树和功劳，但大沩山并非一条道啊！平叛大业尚未结束，且已到了关键时刻，你还有大把机会为朝廷建功，又何必总是痛苦地想着过去，而不开心地想想未来呢？"抬头看看李茂，见李茂仍无动静，又说："你是有见识的人，应知道不以成败论英雄的道理。其实，你在四川并非毫无功绩，至少组建了民军，给了叛军以威胁。民军虽已溃散，但平叛抗反的种子已经播下。当平叛的希望来临时，那些散去的民军兄弟还会自发组织起来与叛军对抗，若真如此，这也是你的功劳啊！"见李茂还是闷着，表情显得痛苦，又继续说道："你是朝廷平叛民军督统，湖南平叛民军是你与小悦格格、何将军一手组建的，湖南平叛民军战绩辉煌，其功劳也有你一份嘛！"见李茂的身子颤抖了，便再说："如今湖南平叛民军已四处开花，并将以更多作为配合朝廷大军全面进剿，当下正需要你来操持大局呢！你不该总把失败当包袱背着，而应考虑如何组织湖南平叛民军进行更大规模袭扰。这些年你不在这边，何卫回京城一去就是几年，小悦格格一人代表朝廷独担督导民军重担，已够累了，作为朝廷平叛民军督统，你该替她分担一些了。在当下这关键时刻，我希望你能振作起来，给自己信心，也给我一点信心，也给……"她突然停住了，因为已有热乎乎的东西滴到她脸上。她抬头看时，李茂已泪流满面，所以赶紧抱住了李茂。可就在这时，李茂哭了。

男儿有泪不轻弹，只是没到伤心处，小柳当然理解李茂。但她也知道，在这个时候再说劝慰的话已毫无意义了，所以，只轻抚着李茂的后脑，亲吻着李茂的头发，以这种特有的爱抚表达着安慰。终于，李茂不哭了，还开口说话了："好你个王小柳，你凭啥要对我这么好啊！你陪我这些日子，说了几筐子话了。你明知我不争气，却还要如此待我，让我好惭愧啊！"小柳有了些许的惊喜，低下头来帮李茂擦拭了眼泪后，说："你千万别这么讲呢！这些年，我提心吊胆，总求菩萨保佑你平安无事，还天天都盼你平安回来，就是希望能跟你过上个温暖平安的日子，可你一回来就这副模样，我担心啊！我担心你如此下去会把身子憋坏！其实，我理解你的苦处，可你是男人，既要担得起成功，也要经得起失败嘛！更何况你这点失败还只是暂时的，局部的呢，如今湖南平叛民军军力强大，士气正旺，正是走向节节胜利之时，你应该放眼往前看，前面还有好多的事等着你去做呢！"

李茂的情绪已平缓了许多。他从小柳手中拿过手帕，擦起了脸。随即，又抱住了小柳，说："你说得对，我是个男人，不能再消沉在过去的失败中，该振作了，该想到大局、想到未来了。经你如此一劝，我连肚子带肠子都通了。你呀，别为我担心了，让我好好地抱抱你吧！""嗯。"小柳轻轻地点了点头，靠在了李茂的怀里，脸上有了幸福的笑。许久，才柔柔地说道："我总算找回原来的李茂了！"又说，"你知道吗？现在我觉得很幸福呢。往后啊，我一定会好好陪着你，支持你，你想怎么样我都支持你，一辈子都支持你！"李茂紧了紧双手，爱怜地亲了亲小柳的秀发，说："真的感谢你啊！我现在也感到自己非常幸运，非常幸福。你是我的好小柳，我一定珍惜你，一辈子都珍惜你！"小柳抚摸着李茂的脸道："我们都该互相珍惜！其实，我要的只是一份实实在在的感情过开开心心的日子，其他的并不重要。你知道吗？这些日子我心里多么痛啊！若是你再沉闷下去，我都不知该怎么办了！"李茂心怀愧疚地摇了摇头，吻了吻小柳的脸，说："是我错了，是我对不起你。我呀，少了胸怀，少了格局。往后我一定不再让你担心了。"

小柳"嗯"过一声，已离开了李茂站起，娇美地看着李茂，微笑着说道："你回来后一直闷在家里还未曾出门，还不知道当下的大沩山有多热闹呢！这样吧，我带你到大沩山各地看看去，让你去感受一下各处的热闹，了解一下民军的情况，如何？"李茂也已站起，拉上了小柳的手，说："我是该到各处去看看的，不过今日得先去看看小悦格格，格格肯定在替我担心，我想去见见她让她放心。"他愧疚地摇了摇头，又说，"这些日子，可能大家都替我担心了！"小柳抱住了李茂的腰，道："担心是肯定的，主要还是担心你会憋坏身子。大家都是懂你的，你心里不必愧疚。"抬起脸来看了看李茂后，又说，"你先去看看小悦姐也好，去跟她聊聊，了解一些民军的情况和她的打算，以便能对民军下一步行动能有个筹划。"

继将前往衡州、常德的人马安排到位后，小悦与张安一道又将前往岳州的人马全都安插到位了，这时，她心里踏实了。但李茂回来后，给她平添了一份担忧。李茂在四川没有建树情有可原，但她担心，他作为朝廷平叛民军督统，总是如此沮丧沉闷，会影响到民军高层的情绪，甚至会影响到民军的整体士气。李茂刚回来时，她去劝慰过，但为了不给李茂太大压力，已许多日子没去见他了，而是把希望全都寄托在了小柳身上。可好几天过去了，小柳的努力也并未见效，这就让她坐不住了。昨晚她与张安商量，要亲自出面再去作番劝慰，也打算今天早饭后就要与张安一同前往，可就在吃早饭时，接到了芙蓉山送来的信报，伍兴制造的大炮已经成功，要请她和张安前去验看。考虑到大炮的事也很重要，她只得与张安分了工，张安前去验看大炮，她自己则留下来去劝慰李茂。

张安走后，小悦就找来了王佑三，先向王佑三通报了伍兴造出了大炮的喜信，接着才问到了李茂的情况。一提到李茂，王佑三摇头叹气，说："昨晚小柳还说，李茂虽不再发脾气，但情绪依然低落，沉闷不堪，她似乎也没有招了。"小悦微微地点了点头，轻声说道："李茂心里更多的是愧恨，要消除这些愧恨需要时间。您也不用着急，等会儿我再去看看，陪小柳一起劝劝他。"王佑三点了点头，"嗯"了一声，道："你和小柳一起去劝劝也好，小柳已费尽心思，我担心，如此下去，她也会要被拖垮了。"小悦似有些坐不住了，忽然站起，说道："既然如此，我得马上就去，您先忙去吧！"送走了王佑三，她刻意去打扮了一番。可还没跨出门，就已看见小柳陪着李茂正向她这里走来。望着已经恢复了神采的李茂，她笑了。将二人迎进屋里坐定后，便说："我正想要去找李将军呢，这仗越打越顺，形势对朝廷越来越有利，有好多的事还需要向李将军通报、与李将军商议呢！正好，你们过来了，我就不用跑这一趟了。"她笑了笑又说，"李将军特意过来，是想要跟我商谈民军下一步打算的吧？哎呀，这是不是我俩心有灵犀，都想到一块儿了啊？"

李茂用力地摇起了头，说："我哪有什么打算啊？湖南平叛民军的情况我还未来得及了解，心里还没个谱呢，今日是专来听格格吩咐的。我倒是听小柳说，格格和张统领带领湖南平叛民军取得了节节胜利，我很振奋啊！格格虽为女子，却有雄才大略，如今朝廷平叛大业已进入了决战之时，民军下一步的行动，还得由你掌控。当然，我深知自己责任重大，也会替格格分担一些的。"小悦微微一笑，说道："李将军本是朝廷平叛民军督统，湖南平叛民军也得由你来统帅。你放心，你扛好民军的大旗，张安统领好湖南平叛民军，我嘛，当好你们的军师。"顿了顿，又说："民军的事还是等会儿再谈，先谈谈你俩的婚事吧，如何？"

提到婚事，小柳脸上泛起了红光，且插上了话："我俩的婚事是不该在这时候谈的！"小悦瞟了一眼小柳，笑道："那该何时才能谈啊？你俩两地相思已久，如今相聚了，头一件事就该成亲！呃，听你这口气，不愿意是吧？"小柳略显羞涩，低了低头后轻柔地说道："也不是不愿意。我是想，现在是平叛的关键时刻，你跟李茂该多谈些平叛的事，因为这才是大事。我俩的婚事放到平叛结束之后再谈才合适。"小悦听了她这番顾大局的诚恳之言，有了几分感动，朝她笑了笑，说道："平叛当然是大事，你俩成亲也非小事。你们年纪不小了，该成亲了。这事啊，当优先考虑！"小柳急忙回道："我的意思是叛贼未平，李茂功业未成，我俩现在成亲并不合适。你该多考虑平叛之事，李茂也该多考虑去为朝廷建功，你还是先谈平叛之事吧！"她诚言诚语，随后还朝李茂问道："你说是不？"

李茂略显羞腆，低了一下头后，说："其实，成亲与平叛并无冲突，对我建功也无不利。我想，只要你愿意，能按格格说的早日成亲也好，我们成亲了还能夫唱妇随，齐心协力地去为朝廷建功，这也是好事呢！"小柳眼睛睁得了老圆，随后娇羞地低下了头。此时，小悦拉了拉小柳的袖子，问道："李将军的话你听明白了吗？你不觉得李将军说得很有道理吗？"小柳笑了，那张脸已比刚才更红，且低头说道："既然李茂如此说了，我就随他心愿吧！"小悦"哈哈"一笑，点着小柳说道："这还算句爽快话嘛！"又说："你能顾及大局，也希望李将军能多为朝廷建功，是对的。但你俩成婚并不影响平叛大业，甚至还有助于李将军为朝廷建功呢！行啊，既然你俩都想明白了，就尽快成婚吧！这事啊，我来操办！等会儿我就去跟王副统领商量，定个就近的日子办，好让你俩早日夫唱妇随去为朝廷建功。"

"若能如此，当然最好。"李茂抱拳一揖，说道，"格格如此费心，我李茂感激不尽，先在此谢过格格了!"小柳也娇羞地说道："格格能亲自给我们操办，我受宠若惊了。"看了看李茂，又说，"要说我爹那边，怕是不用商量了，他巴不得我们早点成亲呢! 只是，我们若真要成亲，有件事还得请你帮忙不可，我希望你能答应。"小悦侧脸一笑，问："何事?"小柳又说："历来成婚都讲究明媒正娶，我想请你给我俩保媒。你也是知道的，我和李茂还是由段寨主段彪牵媒定的亲，可段寨主已经殉国，现在还得重新托个媒人才是。你是已经成就了许多对新人的老媒人了，请你保媒靠谱，也能给我俩脸上贴金呢!"小悦"哈哈"一笑，给了个满口答应："好!"又说，"我早就想好了，媒人我来当，婚事也由我来操办，我要给你俩办一场热热闹闹的婚典，给大沩山再添一道喜象!"

"那就多谢格格了!"李茂和小柳异口同声，且同时站起行了礼。坐定后，李茂又说："我有个想法，还请格格通融。如今战事繁忙，我俩的婚事不宜大办。我看呀，就选个日子拜个堂，找几个人喝个酒作个见证就够了。若是过于隆重，会费时费力又费钱，于时局不符!"小柳也跟着说道："是啊! 战时嘛，得一切从简。皇上早就说过，特殊时期须特事特办嘛!"小悦思忖片刻后，回复道："你们这是顾全大局，我倒可以答应，只是王副统领那边能答应吗?"小柳站起来回道："他肯定答应! 只要我坚持的，我爹是一定会答应的!"小悦也站起了身，点了点头，"既然如此，那我就依了你们!"笑了笑又说，"你俩就先去休息吧，我呀，现在就去找王副统领商量你们的婚事去!"

"其实，也无须这么着急的!"李茂并未站起，张着一副不情愿离去的表情，说："既然我已经来了，还是该听格格讲讲当前的形势和民军情况，就请格格详细地给我说说吧!"小悦看了一眼小柳，微微一笑，对李茂说道："既然你有此意愿，那行吧!"她拉着小柳一起坐下，又道，"你们的婚事就差跟王副统领商定日子了，我等会再去商议也不为迟，就先给你聊聊民军的事吧!"接着，将当前全国的平叛形势、朝廷的主要部署、湖南平叛民军这些年来的战绩和当下的计划、下一步打算等全都跟李茂说了，她看到了李茂脸上有震惊、兴奋与愧疚在交织，最后，问："我全都说了，李将军有何高见?"

李茂已按捺不住了，说："湖南平叛民军取得了如此辉煌的战绩，当下全国形势对朝廷又如此有利，我备受鼓舞啊! 民军当下的计划和打算，都是高明之举，特别是对衡州方向的安排非常必要，也非常及时。不过，就这一安排我有个更进一步的想法。"看了看小悦，接着说，"衡州乃吴三桂巢穴所在，既然我们所派人马是瞄住吴三桂巢穴而去，就应直冲吴三桂的头颅以置吴三桂于死地为坚定决心，而不只仅定为最佳战果。我想，如能不惜一切代价坚决地置吴三桂于死地，对叛军士气将会是沉重打击，能从根本上加速叛军的瓦解。所以，我建议，再往衡州加派兵力，并派出更得力的将领对衡州兵力加以统管，使之行成更有力的拳头，直接砸向吴三桂的头颅。格格你看，这决心是否可行？"小悦颇为惊喜，且略有些兴奋地说道："你这招既高又狠啊，非常可行！但要实现这个决心，须有合适的将领前去组织。你认为，当下该派谁去最为合适？"

李茂突然站起，拱手一揖，回道："李茂请求带队前往！"这话一出口，惊得了小柳"啊"的一声，低下了头。小悦虽也略有惊讶，但最终露出了欣喜的笑。她知道，李茂定下的这个决心，只要能达成，必会加速平叛的进程。而李茂能亲往衡州，又是有效实现这一决心的保证，应当派李茂去担此重任。此刻，她已有了要准了李茂请求的打算，可目光落到了小柳的脸上时，又动了恻隐之心。她心里矛盾了，只得试探性地说道："李将军主动请战可钦可佩！但你刚从四川回来，大婚当前，不能不办，希望你能再三考虑。如果不成，我还可另外选派其他将领前去！"

"格格，如此万万不可！"李茂双手一揖，有些激昂，且接着又说，"这次行动非我去担纲不可。理由有四：一，我本是朝廷平叛民军督统，最有权威去统管和整合衡州的民军力量，使之形成合力。二，在民军的高层将领中，只有我既认识和了解吴三桂，也对衡州熟悉，这是其他将领所不具备的优势。三，目前只有我并无具体责任在肩，出征后不会耽误我民军其他的部署和行动，能确保大沩山、衡州和其他各战场互相策应。四，此决心出自我心，我心里当然还有为实现这一决心的相应策略，我亲自前往能更好地现这个决心。至于成亲，理当让位于大局。请格格准了我的请求吧！"小悦站起了身，望了一眼小柳后，朝李茂说道："理由确实充分，但我于心不忍啊！"李茂又抱拳一揖，说道："平叛大业要紧，请格格莫再犹豫，尽快准了吧！"小悦欣喜地笑了，但看了小柳一眼后，故意说道："我认为，你确实是前去实现这一决心的最佳人选，若实现了这一决心，你将是我大清的大功臣，也肯定将名垂青史。可你这一走，小柳咋办？"

"我也请格格准了李茂的请求！"小柳突然起了身，站在了小悦面前，大声地说，让小悦为之一惊。小柳又说："我不仅要请格格准了李茂的请求，也请格格准我跟随李茂一同出征衡州！我要与李茂同甘共苦、同生共死，共为朝廷建功！"她这话音刚落，李茂一个惊喜就拥住了她，说："说得好，你说得太好了!"放开了小柳后，又站到了小悦面前，大声说道："我愿意带小柳一同出征衡州，我俩要生死相依，一起为朝廷建功! 请格格准了吧!"

小悦已被感动，也已备感欣慰。面对李茂和小柳期待的目光，她果断地一挥手，大声说道："好! 我准了!"向前一步后，又说，"你俩是同心同德之楷模，我相信此去一定能马到成功，能带领衡州民军将士坚决实现置吴三桂于死地之决心!"当李茂和小柳正要行礼谢恩时，她却转过了身去，踱起了步，片刻，才转过身来又说："出征衡州我已准了，但你俩的婚事得重新打算。我想，你俩现在就成婚! 我可马上出具媒证，在我媒证落到你俩手上之时，就算你俩成婚了。可否?"

"行!"李茂和小柳异口同声，满脸惊喜。小悦柔美地一笑，走向了书案。当把媒证递到他俩手上，他俩也同时道起了"万分谢谢"时，她的脸上也露出了跟小柳一样的幸福神色。她充满欢悦地对他俩说道："我衷心地祝福你俩，祝你俩夫妻同心、多立大功，也祝你俩幸福美满、白头偕老!"说完还一把拥住了小柳。小柳激动不已，将头搭在了小悦的肩上，说道："感谢格格给了李茂建功的机会，也感谢你成全了我俩的婚事!"

良久，小悦才放开了小柳，并以坚定的口气说道："出征衡州，事关重大，也事不宜迟。你们明日午后就点兵一千连夜出发吧! 此去既要靠智也要靠勇，以必胜之信心、坚决之行动，实现我民军的坚定决心!"她纤手一挥后，突然摆出了温艳的神色，笑道："那就快去向你们的爹娘报喜吧! 成婚了，应当设宴庆贺。今晚，我与何将军、张统领一起去喝你们的喜酒，给你俩祝贺!"见他俩仍毕恭毕敬地站着没有个动静，小悦便又扬了扬手，道："就别拘礼了! 快去吧!"

李茂和小柳高兴地走后，不悦独自地走去了寨门外。她望着远处的蓝天白云和群山峻岭，想起当前全国平叛的大好形势，得意地笑了。那神情，似是看到了吴三桂已暴尸衡州，叛军的兵将正在哀吼逃窜、溃不成军。

第五十二章　吴三桂南岳进香　大元帅寺里断魂

　　李茂带领小柳和黑豹、白豹领精兵一千，夜行晓宿，终于到达了衡山的地界，经打探寻找，在南岳后山的密林深处找到了于奎和王炳。李茂亲临衡州，衡州民军将士备受鼓舞。这几日来，于奎和王炳与李茂一起汇总军情、分析敌情、察看地形，忙得了不亦乐乎。

　　话说王炳在四明山找到了于奎之后，就一直和于奎在谋划直取吴三桂头颅之事，最终商定，要暂停一般的袭扰，在沉默中寻找战机。经几个月沉默后，他们通过安插在叛军中的内线获得了吴三桂本月要上南岳寺进香的消息。所以，就在前几日，潜回到了南岳的后山，等待机会要对吴三桂下手。

　　再说于奎，当初受命来到衡州，寻找到了在南岳后山和四明山一带的大批反吴力量，很快组建了新的民军队伍，随着失散民军兵士陆续归队和反吴志士前来加入，队伍越来越大，也得到了周边民众的支持。后来，他凭借对南岳熟悉的便利潜入衡岳观，与观内反吴师兄弟和师侄们有了联系，且通过衡岳观住持恒坤师傅再安排了一批民军兵士入了道籍，还联络上了各寺庙里的反吴僧人，建立起了多条联络通道，也通过恒坤师傅早期安插进叛军内部的人员引领了一批民军兵士打入了叛军营内，掌握到了叛军的大量军情。吴三桂要上南岳进香的消息就是从这些途径得来的。

　　李茂到达衡山一段后，安插在叛军营内和南岳寺的内线都送来了消息：吴三桂进香的准确时间为明日辰时，现有大批叛军进驻南岳封锁了道路。这一消息令人振奋，李茂马上就把于奎、王炳、陈焕及白豹、黑豹等骨干召集了过来，商议战策。大家刚一聚拢，于奎和王炳就端出了战策。他们的战策都是集中围攻，只是方式有别。李茂听后并未表态，只问了一句话："既然吴三桂敢来进香，他会给我们围攻的机会吗？"于奎看了看王炳，王炳也看了看于奎，又都转过脸来面对了李茂，异口同声地问道："李将军的意思是该另谋战策？"李茂环视了一圈后，说道："既然吴三桂敢于大摇大摆前来南岳，自然已有了充分的准备。当下有大批的叛军封锁了南岳的主要道路，可以料到，各重要地点也会有精兵埋伏，南岳寺内也应安插了高手，他身边还会有大批卫士相随。南岳地幅甚广，且叛军明暗部署，凭我们这六七千人马肯定既围不住，也攻不到。若不能成功，只会惊扰了叛军，暴露我意图，从此，吴三桂就会严加防范，再也不会给我们机会了。”

"还真是啊！"大家恍然大悟，但又你看看我，我看看你，并无主意，所以只得把目光都集中到了李茂的身上。李茂见状，拿出了主将的坚定口气果断说道："请各位听令，我决定，此战采取偷袭与强攻相结合，以偷袭为主的战法，以敢打之决心、必胜之信心，坚决地置吴三桂于死地！"他检来了几颗石子，边摆布边说："具体部署是，我和于奎、王炳及杨柳叶、菊敏带二百武功高强的兵士化装成道士从暗道进入衡岳观，与恒坤师傅带领的道士一起预先靠近到南岳寺附近潜伏，待吴三桂一到，在寺里反吴僧众策应下，择机接近吴三桂，并向其发起猛攻，直取其头颅。其他人马由陈焕统一指挥，分两队由黑豹、白豹分别带领从南岳寺南北两翼实施明攻，以强大的声势吸引寺庙外围的叛军主力。偷袭队伍天黑之后动身，强攻队伍先移至离山脊三至五里处的丛林中驻留，鸡叫两遍后出发，于天亮前赶到南岳寺两翼，以偷袭的爆炸声为号向叛军强攻。"

大家不停地点着头，且还有了轻声赞叹。李茂继续说："此战只能胜不能败！因为能除掉吴三桂，是动摇叛军士气和信心的关键。而此战能胜也将会让我们名垂青史，所建之功劳也将会彪炳史册。"他又专对陈焕和黑豹、白豹说道："你们责任重大，须全力进击，哪怕战至了一兵一卒，也要将叛军的外围主力死死地拖住，以减轻南岳寺这边的压力。"他看了看大家，更显庄重了，"战场的形势错综复杂，也瞬息万变，不管情况如何变化，都要以取下吴三桂的头颅为根本目的去处置，既密切配合、勇猛出击，又见机行事、灵活应对！"他越说越具体，大家也越发感到了压力，现在个个已表情凝重，气氛也突显沉闷。见此，他又说："只要我们能齐心协力，勇猛出击，我相信，此战定一能胜！"

此时，王炳已拉着柳叶刀站起，有几分激昂地插上了话："此战计划周密，胜算明显，我和柳叶及所属兵士定英勇不惧，勇猛出战，就算粉身碎骨，也定要拿下吴三桂的狗头！"于奎也已站起，说话架势更为郑重。他说："李将军之战策周到全面，我和李将军又熟悉南岳，还有叛军并不知道的暗道可供利用，且又有内线的僧、道策应，我们占尽了天时、地利、人和之优势。只要全力配合、勇攻猛打，定能拿下那老贼的首级。"受到王炳、于奎的感染，其他人等也已同时站起，发出了"此战必胜！"的轻呼，将沉闷气氛一扫而光。

一切都已准备就绪。李茂带领队伍从暗道顺利进入了衡岳观旁的山窝隐藏。衡岳观的恒坤道长秘密组织了三百多人参战，还联系了南岳寺的二百反吴僧众策应，壮大了袭击队伍，更坚定了李茂的信心。午夜，在反吴僧人策应下，李茂一行通过暗道，潜伏到了南岳寺外的丛林。黑夜里的南岳并不宁静，丛林深处偶有鸟叫声传来，草丛中的虫鸣声密集而又嘈杂，身边还有不知名的小动物在来回穿梭，这些小生命凭借夜幕的掩护自由来往，并不知道人类正有一场血腥的搏杀将要在它们身边展开。此时，离天亮已越来越近了，李茂观察着远方，心里充满了期待。

鸡刚叫过两遍，南岳寺已掌起了灯火。接着，一队叛军的人马开进了寺内，布下了岗哨。片刻，山下飘来了一串灯火。待灯火走近，李茂看清楚了那是一队人马簇拥着一顶大轿向寺庙走来。"吴三桂提前了？"他心里一惊，握紧了拳头。吴三桂这一提前，就打乱了李茂与陈焕的协同约定，让李茂已意识到此战定会更加残酷。他暗叫了一声："不好！"靠近了于奎和王炳，经轻声勾通，重新定下了决心：没有外围的配合，也要抓住这机会勇猛出击，置吴三桂于死地！吴三桂的队伍已越来越近，到南岳寺大门外就停下了大轿。在高举的灯火照耀下，一位头顶皇冠身着龙袍的人走下了大轿。李茂看了个仔细，确定了这人正是吴三桂无疑，因为他曾几次见过吴三桂，对这老头的长相、身板和走路架势都记忆犹新。此时，他双手握得更紧了，心里也在期待吴三桂能尽快进入寺院。可吴三桂走近大门后就停住了，看了看门楣，双手合十，像在祈祷。此举引起了李茂的担心，担心吴三桂已有察觉，因而再一次握紧了拳头。也就在此时，寺内已有僧众鱼贯而出，列起了仪仗，吴三桂这才迈开步子跨进了大门。眼看僧人已将大门关上，吴三桂也已走到了院子的中央，李茂只一声轻哼，就果断向院内投去了火药瓶。接着，民军的火药瓶如雨点般飞去，寺院内已爆炸声连天，火光四起。李茂投完火药瓶后便纵身跃起，以剑锋指路，直指吴三桂飞奔而去。潜伏在四周的民军兵士和道士也紧随其后，飞进了大院。

受到这突如其来的偷袭，叛军已乱作了一团，仪仗僧人也早已逃回了殿内。吴三桂见这阵式，也紧急掉头，想从大门逃跑。然而，大门的方向早已被恒坤带人堵住，他又只得往大殿内逃奔，可殿内也突然杀出了一队长剑僧人挡住了去路。只一会儿工夫，他和他的卫士就已被团团地包围。但他毕竟身经百战，此时并未慌乱，从卫士手上取过了一柄长剑后，发出了震耳的大喊："不要放过这些毛贼，给我狠狠地杀！"而自己也剑锋开路，左劈右砍，施展开了高超剑法。民军已越战越勇，叛军也拼死抵抗，南岳寺内喊杀声连天，惨叫声一片，这座圣洁的寺庙顷刻间成了刀光剑影、血火交融的战场。叛军抵抗顽强，李茂已显焦急，因为他知道如此大动静必会引来外围的叛军增援。为速战速决，他拉上王炳跳入到了叛军内围，想从两侧杀过去直取吴三桂性命。"李茂注意身后！"就在李茂快要接近到吴三桂时，突然听到了小柳大喊。在这喊声提醒下，他往后一个横扫，放倒了一个剑锋已抵近他腰部的叛军卫士，确认身后已无危险后，才又挥剑再杀向了吴三桂。可此时，吴三桂已被卫士层层护住，他和王炳已无法靠近。面对这阵式，他心急了，不顾一切，横扫利剑，朝着吴三桂的方向发起了猛攻。也就在此时，南岳寺南北两翼突然传来了激烈的爆炸声和厮杀声，他凭此判断，应是陈焕赶上了，所以为之一振，发出了大喊："兄弟们，朝廷大军已杀过来了，吴三桂快完蛋了，给我狠狠地杀！"寺庙外围的交战声和李茂的大喊声，振奋了民军的士气，也震慑了叛军兵士。叛军的士气陡降，队形已渐显混乱。见此，吴三桂也大声喊道："向我靠拢，列莲花阵！"叛军卫士们闻声而动，只几个左旋右转就调整了阵式，在吴三桂的外围列出了状如莲花的多层防线。李茂、王炳、于奎和菊敏虽从不同方向发起了攻击，但因叛军的阵式稳固，他们都无法靠近去吴三桂的身边。

　　柳叶刀带着小柳行动不便，一直在外围拼杀。此时，她看着叛军这里三层、外三层的坚固阵式，竟向小柳问计："你说，该如何破阵？"小柳摇了摇头说："不知道！"可突然间，又冒出了一句话："要是还有火药瓶就好了。"柳叶刀一愣，摸了摸身上，居然摸出了三个火药瓶。原来她一直在保护小柳，发起攻击时，携带的火药瓶并未扔出。小柳见柳叶刀摸出了火药瓶，也想起了自己携带的火药瓶未曾使用，就顺手取出。柳叶刀将火药瓶砸向了莲花阵内，将莲花阵炸得了七零八乱。也就在这时，她趁势跃起，从一侧杀入了敌阵。李茂、于奎、王炳和菊敏也从不同方向杀向了叛军内层，而恒坤也带领僧道围了上来，很快，僵局被完全打破，院内又开始了混乱的厮杀。李茂几次想突入到吴三桂身边去，但次次都被吴三桂的卫士挡住，于奎、王炳、柳叶刀也都如此。这时，叛军又在调整阵式，渐渐地，又将吴三桂保护在了中央。见此，柳叶刀问菊敏和小柳："你俩说，有何办法能杀到吴三桂身边去？"小柳一急，急中生智了，"我去要李茂他们拼命厮杀吸引叛军，你俩跃上房去，从房上再跳入吴三桂身边，直接去杀吴三桂。"柳叶刀和菊敏一听，觉得可行，便顾不得点头，跃去了房上。小柳也绕到了李茂身后，大喊起了"狠狠地杀！给我狠狠地杀！"不仅让李茂等人精神大振，还吸引叛军的剑锋都指向了外围。

　　这时，柳叶刀和菊敏纵身一跳，落在了阵中。吴三桂身边的卫士都在一致对外，当发现有人已杀到了吴三桂身边时，只得舍命阻挡，隔住了柳叶刀和菊敏的利剑。而吴三桂虽稍有惊慌，但挥剑灵巧，与柳叶刀和菊敏展开了对杀。民军对内攻势异常凶猛，且又有人靠近到了吴三桂身边，叛军已顾前难以顾后，阵脚又已被打乱。李茂和王炳趁机跳入中央，杀向了吴三桂的当面。于奎和恒坤带领兵士和僧道也在外围展开了猛杀，把叛军的队形杀得了四分五裂。李茂、王炳、柳叶刀、菊敏与吴三桂的厮杀异常激烈。吴三桂年岁虽大，但威风不减当年，且功夫也不逊青壮，虽被李茂、王炳和柳叶刀、菊敏前后夹击，但多次剑至身边都被他破解。见吴三桂身手如此厉害，李茂又向他发出了大喊："吴三桂你这老贼，我李茂在此，你逃脱不掉啦，快快投降吧！"而就在这时，恒坤道长也跃了过来，剑指吴三桂吼道："吴三桂你这狗贼，我肖青在此，你死到临头了，赶快投降吧！"

突然遭遇暗杀，吴三桂心中一直疑惑，总想不明白这是从哪里拱出来了这么一支凶猛的队伍。他根本就没有想过，这就是他不曾放在眼里的湖南平叛民军。当前面听到李茂大喊"朝廷大军杀过来了"时，他虽担心过可能真的是朝廷的大军，但最终还是没有相信朝廷的大军会来得如此突然。但现在又听得有人亮出了"李茂"之名，还有人道出了"肖青"二字，他就惊慌了。因为他知道李茂曾是顺治皇帝身边最年轻的高手，也知道肖青曾是顺治帝最信得过的贴身侍卫之一。如今有了这两人在此，加上外围的厮杀声又如此激烈，他不得不相信了剿杀他的确是朝廷的大军无疑。此时，他虽有些惊慌，但慌而未乱，稳住阵脚后就迎着李茂、肖青横扫了过去，还发出了怒吼："李茂、肖青，清廷的狗爪，看我如何收拾了你们！"他底气很足、喊声震天，那股气势，连他自己也觉得又回到了横扫千军的当年。李茂听得恒坤道长果然就是当年的肖青，心中大喜。而这时吴三桂的剑刃已横扫而来，他只得挥剑挡住，与吴三桂展开了面对面厮杀。这时，一群叛军卫士扑向了他身后，恒坤和于奎眼疾手快，一个横挡，护住了他的后翼。

这时，柳叶刀已杀到吴三桂身后，见吴三桂身后空虚，就了结了横插过来的几个叛军卫士，在菊敏掩护下，跃到了离吴三桂只有几步的地方，举剑刺向了吴三桂的后腰。也就在这时，吴三桂被李茂、于奎、王炳和恒坤道长联手相逼，正往后退。她见机顺势用力，将剑锋插入了吴三桂的体内。吴三桂"啊呀"一声大叫后，挥剑砍向了身后。她又顺势一蹲，拔出了利剑，又朝吴三桂侧腰再刺了过去，将剑锋又插入了吴三桂的肋下。吴三桂已身中两剑，如受伤了的狮子，乱舞着长剑发出了大吼。当吴三桂的剑锋扫来时，柳叶刀一个后仰，横抽剑刃，将吴三桂的腰身割开了一条大口。顿时，吴三桂身上已污血直流，肠子外翻。柳叶刀再用剑一挑，将吴三桂的一截大肠挑落到了地上，场内瞬间弥漫开了一股恶臭。吴三桂瞪着愤恨的大眼，还想给李茂以还击，可已力不从心，只摇晃了几下，就以剑锋支地撑住了身子，也撑住了他大元帅的威风。于奎见状，举剑插向了吴三桂的腹部，李茂也抬脚踢向了吴三桂当胸。随着于奎的剑刃拔出，吴三桂有如一截朽木，"咣当"一声倒在了地上。叛军卫士们一见，都吓得当即跪地求降。

厮杀就这样结束了，寺庙内有了短暂沉静。这时，李茂"哈哈"一笑，大喊起来："吴三桂死了！吴三桂死了！"接着，民军将士和僧道也跟着大喊，喊声打破了这短暂的沉静，如天边的霞光迅速播撒开来，响彻了南岳的天空。吴三桂虽已倒地，但并未死去，喉咙里"吱吱"地冒着粗气，眼睛还瞪得老大，且凶狠地盯着李茂。"你这老贼，死有余辜，还不快到阎王殿报到去！"李茂剑锋已指到吴三桂鼻尖。"你，你，告诉，康熙小儿，我做鬼，也，也不放过他。你，告诉孝庄，我，我……"吴三桂只说出了半截的话，就因未接上气来闭上了双眼。看着已经无声息的吴三桂，李茂好不得意，似不解恨地指着吴三桂说道："好你个吴三桂，若走正道，也算英雄一个，可你历经两朝都只往邪道上走，活该落得了如此下场！"他蹲下了身去，想要探探吴三桂是否断气，可吴三桂突然睁开眼睛张开了双手想要掐他。旁边的于奎眼疾手快，提剑几个狠插，将吴三桂的前胸插了个血肉模糊。吴三桂已成了一堆烂泥，但双眼仍瞪得老大，似是要向在场的人们表明，他如此死去实在不服。而此时的于奎，正仰望着南岳后山的方向，像是在告诉后山那些曾被吴三桂手下所害的冤魂，包括他的儿子儿媳：我已替你们仇报雪恨了！

李茂轻蔑地扫了一眼吴三桂，下令割了其头颅，收了其龙袍、皇冠，指挥兄弟们抬上了阵亡兵士的遗体，背扶起受伤的兵士，押上俘虏，下达了回撤之令。但就在此时，肖青来到了他身边，说："民军获此大胜，应尽快回去上报战果，但我等僧道还须留下。"李茂疑惑不解，问："肖青大哥这是何故？你和各位师傅为朝廷立了大功，理应继续参与朝廷平叛大业，为朝廷再立新功并接受朝廷封赏。况且，你我多年不见，后来我来南岳时也没敢与你相认，如今你却不愿随我而去，岂不是要错失我俩携手建功的机会了？"恒坤摇头说道："我既已入道，就是道上之人。要说参与朝廷平叛大业，我义不容辞。如今吴三桂被除，衡州叛军将会如惊弓之鸟四处溃散，衡州的安宁已指日可待。但吴三桂安插在寺庙和道观的势力尚未清除，还可能与外围的叛军残余勾结兴风作浪，我等还得留在南岳防范。至于领取封赏，已与我等僧道无关，还请李将军体谅并允许我等留下。"李茂略显感动，走上前去，抱住了肖青，说："既然如此，我就不强求了。我明白道长之意，还望道长多多保重！为防叛军残余报复，我会要陈焕带三千兵士留下交由你统管。这战场也得有劳你清理了。小弟告辞了！"恒坤施礼回道："也望李将军多多保重！"他将李茂目送到了视线之外才转过身来，望着这满地尸血，仰起了脸，闭上了眼。许久，才对僧道们说道："肉尸须以土埋，别让其成了鹰犬之食。腥血当以水净，别污了这寺庙的圣洁。吴三桂虽死有余辜，但终究是死者，就找块干净之布将其裹了，找个明显之处掩埋好，再立个木牌，等他的兵将前来收去吧！"

　　话说陈焕总想着重任在身，一夜睡得并不踏实，当听到了鸡叫声时，潜意识里就有了鸡已叫过两遍的感觉。为了搞准，他问了身边的随从，随从们都说只叫了一遍，但他仍不放心，又去询问了其他的兵士，兵士们有的说已叫过两遍，有的说还只叫过一遍，这越发把他搞得糊里糊涂。他狠狠地骂了一声"糊涂蛋"，又派人叫了来哨兵。"你说，鸡叫过几遍了？"他凶狠地问。哨兵回答："只叫了一遍。"可望着他那凶狠的模样，又怯怯地说道："好像是两遍了。"他又骂了一声"糊涂蛋"，便大腿一拍，提起了长剑。他管不得鸡叫过几遍了，还是先出发再说。他想的是，去早了可以等待，去晚了会要误事。当他随黑豹带领的人马到达南岳寺的北翼时，南岳寺已响起了密集的爆炸声。就凭这个，他为之一振，果断下达了攻击令。他这边发起了攻击，白豹带往南翼的队伍也发起了猛攻。两边都打起来后，南岳的夜空里就已杀声震天、爆炸声四起。他真还是阴差阳错地赶上了。南岳寺外围的叛军判明了吴三桂遭袭后，正要向南岳寺增援，可刚刚展开队形，就遭遇到了他的猛攻，最终不得仓促抵抗。民军的攻势猛烈，叛军只得被动应战，不仅被死死地拖住，且因火药兵器的打击而死伤惨重。而当南岳上空回响起了"吴三桂死了"的喊声时，叛军的士气顿时受挫，许多叛军兵士已弃战而逃。而陈焕抓住了机会，向叛军发起了一阵猛攻，将叛军杀得了溃不成军后才下令撤兵。

　　李茂见陈焕已安全撤回，兴奋得给他当胸一拳，说道，"好你个陈焕，神仙啊！你怎么知道吴三桂进香已提前了？"陈焕看着李茂，一脸的茫然，许久后才喃喃地说道："是啊，确实是提前了啊！可是，可是我是鸡叫了两遍之后才出发的呢！"李茂看了他一眼，仰头大笑了，且望着艳阳高照的天空，不无得意，稍顷，才自言自语般地说道："看来，是上天做了手脚了！"

第五十三章　皇上误定大功臣　遭冷落格格伤神

　　吴三桂的首级连同其龙袍、皇冠被送到京城时，正值早朝时刻。康熙一到，庄亲王就领着何卫禀报了战果，并陪同康熙和各位大臣验看了吴三桂的首级。吴三桂的头颅虽没了生气，且经防腐处理后已经干瘪，但那些曾经见过吴三桂的大臣们仍能从那眉宇、脸廓、牙口断定，这就是吴三桂无疑。康熙确认了吴三桂的头颅后，就快步回到龙椅上，不顾朝仪狂笑起来。笑过，便问："何将军，你快快说来，这老贼是哪位英雄所屠？我要重重赏他！"何卫禀道："禀皇上，吴三桂是被一女侠所屠！"康熙开怀大笑了，高声说道："女侠？定是小悦格格了！"他"嚯"地站起，放声说道："没想到啊，真没想到，吴三桂身经百战，曾横扫千军，最终却被小悦格格要了性命！哈哈，小悦格格了不得，了不得啊！"皇上高兴了，众臣也跟着高兴了。康熙话音刚一落地，众臣就已道上了"此乃皇上天威、小悦格格智勇，臣等恭喜皇上，恭喜小悦格格"的恭维之辞。康熙已全然不顾帝王的仪态，又大声地说道："等平了叛逆残余，朕要好好奖赏小悦格格，还有湖南平叛民军的各将！"康熙如此迫不及待地认定了吴三桂是小悦所屠，令何卫大为震惊，也恐惧不已。因为他清楚，如此会留下贻笑后人的千古大错，也会给自己留下要命的隐患。但皇上金口玉言，已不允许他再当场澄清，因为再当场澄清，就意味着打皇上的脸，败满朝文武的兴，其后果更加可怕。散了朝，康熙还余兴未尽，特意留下了庄亲王、何卫和大虎、小虎，询问了湖南平叛民军的军情，也询问了小悦的情况，都得到了满意的回答后，又说了许多对小悦和湖南平叛民军的褒奖之辞，最后，还特意要何卫给小悦带了一句话："皇帝哥哥很想你呢！"

　　何卫一直如坐针毡，等退出了朝堂，才如释重负，但仍惶恐不安。走在路上，他一直在想，该用怎样的万全之策才能解除皇上误定功臣给自己留下的隐患呢？他苦想了许久，并无结果。最后，只得喊住了大虎、小虎，冷不丁地问了一句话："我该咋办？"大虎、小虎当然知道他所问何意，因为他俩也在替他担心。但面对他的问话，小虎挠头抓耳，歪嘴扭脸的，只来了一句责备："这都得怪你说话太不直接，误导皇上了！"倒是大虎沉思片刻后讲到了题上："这事有两条路，还原真相，或弄假成真，但目的只有一个，要避免招来杀身之祸。但该选择哪条路，又该如何去做，我还没想出来。不过，你可以去向庄亲王讨计，看他能否给你个主意。"大虎这一说完，小虎也插过了话来，说："对，该去找庄亲王！我早就想到了，这事不管怎么办，都得要庄亲王做主，如此能减轻你的责任。呃，快找庄亲王去吧！"

到了庄亲王府，何卫向博果铎禀明实情后，诚惶诚恐地说道："此事关系重大，还请庄亲王能给我一个主意！"博果铎惊诧不已，但一言不发，且踱来踱去，踱了十数个来回后才缓缓坐下，问道："你自己有何打算？"何卫摇头说道："这事只有两条路，要么还原真相，要么弄假成真，但事情太大，我还没敢有打算。"他低了低头，满脸期待地望着博果铎。博果铎站起了身，口气突然变得干脆："此事必须弄假成真！皇上金口玉言，说啥就得是啥，你若再还原真相，就是驳皇上的脸面，是欺君之举，后果你该知道！回大沩山后，你当如此去办：一、重赏杨柳叶，给她一个好去处，让她从此销声匿迹。二、向民军高层晓以厉害，不可在民军中再宣扬杨柳叶的事迹，更不可让这类传说传来京城。三、要多宣扬小悦格格的大智大勇，但不必把手屠吴三桂之类的具体事嫁接到格格身上。"何卫沉思了片刻，觉得这已是最好的办法，就干脆地点了头，说："请庄亲王放心，除了您所吩咐的这些，其他的我也会围绕弄假成真去做的。"博果铎满意地点了点头，拍了拍何卫肩膀后，突然语重心长地说："何将军啊，我们都是皇上的臣子，啥事都得围绕皇上的心思去转。你在皇上的身边当过差，当然更懂得这些。现在我已给了你主意，你就好好去做吧，不管事有多难，都得让皇上省心啊！"他稍作停顿后，却手一扬，说道："既然主意已定，就不要再耽搁了，早些回大沩山去吧！"

湖南平叛民军取了吴三桂的性命，是能彪炳史册的巨大功劳，为嘉奖功臣、慰劳参战将士，小悦和张安除安排了庆功大宴外，还给参战将士放了十天大假。而柳叶刀手屠吴三桂的壮举早已在大沩山传开，柳叶刀已成了民军将士和当地民众心目中的大英雄、大女侠、大功臣。

这些日子，小悦也已连续接到信报：衡州叛军部分溃散，其余的抬着吴三桂的无头尸体逃去了长沙。为掩盖真相，叛军内部已通报为吴三桂在长沙病故。目前，叛军主力已集中到了长沙、岳州两地，另在常德、益阳还各有一部。小悦已意识到，虽然吴三桂已除，叛军士气受损，但兵力损失不大，整体实力还很强，所以，尚不可等闲视之。针对当下形势，她做了两件事，一是给各地的探子队发出了密令，要加大吴三桂被民军所屠事实真相的宣扬，揭穿叛军的"病故"骗局，进一步动摇叛军的军心，瓦解叛军的士气。二是拟好了民军下一步的计划，并与张安作了商议。可就是这次商议，她与张安大吵了一场。

张安看过小悦的计划后说："你这计划并不合时势！如今叛军已士气低落、军心涣散，而民军士气正旺，求胜心切，且前期的部署都已到位，应趁官军尚未到达之前乘胜出击，多打几场大仗，取得更大的功劳。当下应组织民军主力去收复益阳，再攻取岳州。"小悦却摇了摇头，坚定地说道："不妥！叛军士气虽然受损，但兵力仍然强大，且各地叛军能互相策应，以我民军的实力目前尚无法单独收复任何一地。再说，平叛大业已到了关键的时刻，我们应该给官军多创造建功的机会，因为官军才是朝廷的正式军力，我大清江山还得靠他们去守卫。"

也就是小悦的这一套"再说"，狠狠地刺激了张安的心。张安不认识似的望着小悦，问道："如此说来，我民军就不是朝廷的正式军力了？"小悦"呵呵"一笑，解释道："民军是聚民为军，算不得正式军力。特殊时期可为朝廷所用，但不可承担守土固疆、安帮定国之责，这个你该懂的。"张安甚是不悦，且已口无好气："你是在歧视你自己创建的这支平叛民军呢！"小悦也一失了往日温柔，提高了声音说："你应该站在朝廷立场想事嘛！我并非歧视民军，而是在告诉你，什么叫皇道！"她说到这是皇道，张安更不满了，所以也跟着提高了声音："这算什么皇道？我不懂皇道，只知道民军有必要得到这最后的功劳，因为这触手可及的胜利机会是民军将士用鲜血和生命换来的！"小悦眼睛一瞪，直接反驳道："你这是井蛙之见呢！只看到民军将士流了血，没看到官军进剿付出的代价！"张安眉头一锁，摊着双手辩道："可官军付出了代价又得到了什么？大仗打了不少，可每次都损兵折将无功而返。我民军平日袭扰搅得叛军鸡犬不宁不说，光在关键时候劫取了叛军大批军需钱粮就足以浓墨重彩记入史册了，而直取吴三桂首级之战，更可彪炳青史！若无我民军的积极作为，哪来全国平叛的胜利在望？"小悦诧异地望着张安，心里忽然有了火气，带着这股火气说道："你这是持功自大！平叛是举全国之力的大事，官军才是真正的主力。如果没有朝廷大军威迫叛军，王辅臣、耿精忠、尚之信怎么会主动投降？吴三桂的几十万大军怎会能停滞不前？我湖南平叛民军又怎能安扎于大沩山还敢对叛军东一刀西一刀？为将之道须放眼全局，你却要拿自己的这点小功去掩盖官军的大作为，太没有格局了！"见小悦动了火，张安嘴上也火星四溅了："我是否有格局，你早该看明。如今我和数万民军将士付出巨大牺牲了你才说我没有格局，用意何在？"他一手叉腰，一手指向了小悦说："既然你说我格局不够，那我就不任这民军统领了，看你如何能给这数万民军将士以交代?"小悦很是吃惊,望着张安,咬牙切齿回道:"你太令我失望了!你这是持功自傲,临阵脱逃!若敢如此,朝廷会要查办你的!"张安的眼睛已瞪得了老大,脸也涨得了通红,吼道:"查办就查办!反正民军不是朝廷的正式军力,我也不是正式将领,任你查办去吧!"他气哄哄地把话扔下,竟然怒气冲冲地回了马家屋场。

这些日子,小悦一直未曾出门。她想过要去找张安心平气和地交谈一次,但心里又不愿意向张安屈服。也想过要去与王佑三和于奎谈谈,但又担心他俩也会跟张安一样目光短浅。当然也想到了李茂,李茂来自皇上的身边,自然懂得皇道之重要,但李茂大战归来后正享受新婚蜜月,她不忍去打扰。所以,她只得把自己关在家里,沉闷着也痛苦着。现在有一肚子话想找人说,有一大堆想法希望人理解,可她身边已只有秋月,秋月又怎能理解她的大计呢?现在每过一刻,她就多了一份忧虑。在无可奈何下,她还是决定要去找李茂。主意一定,她就梳洗去了。可刚刚梳洗完,秋月来报了:"禀格格,李将军来了!"

"啊?"小悦惊喜,朝秋月挥了挥手说,"快去招呼李将军吧,我马上出去!"当来到了外屋时,已有了一脸的光鲜,一脸的喜悦。只待李茂坐下,她就直奔了李茂的喜头,说:"李将军建了大功,现在又过逢新婚蜜月,大喜啊!你说说,蜜月过得可好?"李茂笑道:"蜜月自然过得好,这还得感谢格格成全呢!不过,今日我不是来向格格谈蜜月的,是请示我民军下一步打算的。"小悦微微地笑着,点头说道:"民军当然得有打算,但你们的蜜月我也该关心。说起你们的婚事啊,并非我成全了你们,是你们成全了自己,功劳不能归我呢!"李茂"哈哈"一笑,说道:"这要说开了呀,功劳还真是格格的呢!我以后会好好报答的!呃,还是请格格先谈谈民军下一步的打算吧!"

说到民军下一步的打算,小悦就未再客套,而是和盘托出了自己的计划,最后以深潭似的眼睛望着李茂。李茂听过计划后沉默了,那过于庄重的脸色已经表明,他对小悦的这个计划并不赞同。他试探着问:"格格的计划跟张统领商议过吗?"小悦起身,沉下了脸说:"商议过!他不同意。坚持要打大仗,建大功,甚至要直接去收复益阳、岳州,不给官军以立功的机会。"李茂轻声说道:"张将军说的不无道理呢!"低了低头后,又抬起了头来,目光探向了别处,似乎不愿意触及到小悦,随后虽已转过了脸来,但两眼在那微蹙的眉下已毫无生气,又说,"我民军以惨重的付出换来了收获战果的关键时刻,为何不趁此出手摘了这果实呢?"小悦没想到李茂也如此不辨形势、不顾大局,所以心里有了不快。但她想,李茂应不会跟张安一般没有眼界,所以，就探出了和蔼的目光，说："李将军是否真的站在朝廷的立场上了？若是站在朝廷的立场上，就该支持我这个计划！我们先不说叛军还很强大，凭民军的军力无法收获任何一地，就算我们真有了这实力，也该谦让，要当好配角让官军多建功劳。你想，官军若拿不到收复湖南这份功劳，颜面何存？毕竟，官军才是朝廷的正式军力，大清江山还得靠他们去守护呢！"李茂很不认同小悦的说法，因为他是朝廷平叛民军的督统，他最需要拿到这最后的功劳，所以，脸已更沉，眼里的抗拒之意在紧蹙的眉下也更加清晰。他说："格格所言不妥！我民军是奉旨组建的，享有与绿营相同之待遇，况且，事实已经证明我民军的忠诚勇敢决不逊绿营，战绩也有目共睹。当下已胜利在望，你却要把这最后的建功机会奉送给官军，不仅我不服气，也难让湖南平叛民军的全体将士服气啊！"

"难道你已不记得圣意是要我们当好配角吗？你没看出民军将士的勇敢是出于个人的需要吗？"因为情绪激动，小悦已语速急促，语气也已不受控制。李茂却站起了身，摆出了据理力争的架势，说："圣意我没敢忘记！但打仗须审时度势，在局部战场，因形势需要，主角和配角也允许转换！再说，我并未看出民军将士的勇敢是出于个人需要。你该想到，打仗就是拼命，若是为了个人需要，谁愿意拿自己生命去满足这份需要？"小悦更感无奈和失望了，叹了口气后说道："看来，你也白在皇上身边当过差了！"此时，李茂已更显强势，还有些得理不饶人："我虽不懂皇道，但知道身为臣子，在皇上身边就得保护好皇上，在外打仗就得为皇上多建功劳，哪怕付出生命我也心甘。"见李茂油盐不进，小悦已沉下了脸，无奈地说道："好了，别再说了！"她已看出李茂有了情绪上的对立，但为了避免感情上的对立，只得强装出了笑脸，又说，"我们不争了。但我告诉你，为长远计，我这个计划不能有变。你回去后可再想想，站在朝廷的高度想想！我这几日很劳神，想休息一会儿了，你回去吧！"李茂已一脸惊诧，相信小悦下的是逐客令，所以没好气地转过了身子。可未迈开脚步又转过了身来，扔出了几句干硬的话："我也请格格好好想想，我民军也是朝廷的正式军力，民军对朝廷、对皇上是绝对忠诚的！"小悦一手按住了额头，一手朝李茂挥了挥，不再说话，也没再抬一下脸。李茂带着对立的情绪走了，她却已感到非常害怕了。她害怕民军高层中这种毫无格局的思维倾向会阻挡她的计划实施，还可能将民军带往官军的对立面而断送了民军。她头已涨痛了，身子也乏了，所以躺去了床上，希望能借柔床给自己一个舒缓。

十日的大假过去了，张安仍未回到博公寨来，李茂也未在小悦面前再显身，甚至王佑三一家人和于奎也没再在她面前露过脸，小悦意识到自己自已被孤立了。当意识到了这些时，她更苦恼了，更害怕了，随之，情绪也更坏了。她有了一肚子的委屈，但无法找到人倾诉。所以，她慌了。而此时，目光正好落在了房角的那架琴上。因战事繁忙，她已许久没弹琴了，但此时，像看到了老朋友似的，动了要向这架琴去倾诉的念头，所以就走到了琴边，缓缓坐下，拨弄出了一串清脆的声音。这声音像带着关爱的问候，让她觉得亲切。她轻抚琴弦，深吸了一口气，舞动十指，把委屈推向了指尖，化成了忧伤的旋律。当弹到了伤心处时，还展开了歌喉：

　　月无星伴，花无叶随，再遇浮云遮盖。独绽芳菲黑暗里，一身鲜艳遭长夜。

　　并无相思，亦非离别，却有几行清泪。孤影凄凉心已乱，琼浆在桌无杯客。

　　指弹伤曲，喉展怨歌，一番尽情的倾吐之后，她的心情并未得到舒解。她仰头叹了口气后，又低下了头，感到自己已快要崩溃，可骨子里的要强又支撑住了她。她是决不能让自己崩溃的，因为她是格格，肩负着要协助她的皇帝哥哥坐稳江山的重任。她是湖南平叛民军的主心骨，还得带领民军去协助官军完成平叛大业。此时，她想到了要上山走走去，去听听鸟鸣闻闻花香，去呼吸一些清新的空气，或者到巨石台上去接受一下凉风的吹拂。她终于出了门，当走到了巨石台下时，下意识地抬起了头来，可突然发现，这巨石台如今已高得可怕。她站了一会儿，又沿山脊走向了一块平缓的山石。站在这山石之上，她将目光撒向了远方。远方的景色依然迷人，可她看到的全是怪异。而一览众山小带给她的也已不再是豪迈，而是高高在上的孤独。她坐下了，一种从未有过的无助感已袭上心头，且随着那低鸣的松涛从耳边掠过，她放声地哭了，待哭得够了，才感到心里舒坦了一些。她拭干眼泪想再要走走去，可就在这时，她发现了张安，张安正从远处向她走来。

　　望着张安那张静如止水的脸，小悦伤感不已，举拳就在张安胸上乱捶了一顿，并且责备道："你居然这么多天丢下我不管，你真狠心，你太狠心了！"张安将她揽进了怀里，轻声说道："我今天才知道你被大家孤立了，所以来陪你了。你站得太高了，高得让大家都看不明白了。"小悦听张安如此一说，又生气了，使劲地从张安怀里挣脱了出来，恨恨地说道："你若是来责备我的，那快走吧，回马家屋场去吧！"张安又搂住了小悦，轻声说道："我不是来责备你的！今早，李茂、王佑三，还有我师傅都找我了，说你不是以前的格格了，眼里已只有辽阔的江山，看不到他们这些山涧小石了，所以，都不敢靠近你。后来我劝他们要理解你，也与他们冷静地分析了我们之间的分歧所在，发现我们的分歧并不在计划上，而是在出发点上。我和李茂太在意功劳，而你把要实施你计划的出发点放在了官军的重要上，两边都偏了！我今天来，就是要与你好好沟通，找准共同的出发点，以便更好地去实施你的计划。"听了张安这番话，小悦心里和顺了许多。她靠在张安肩上，露出了一丝笑容。她知道，在这大沩山之地，在这支民军队伍里，只有张安才是最心痛她最理解她的人。所以，她抱紧了张安，扬起了脸说："你总算找到症结了。我呀，也一直在思考，可总胡思乱想。这都得怪你，一走了之，把我心搞乱了。"张安轻吻了小悦的秀发，说道："我知错了，原谅我吧！"又说："如今症结找到了，我们都得把出发点变变。"小悦虽已意识到自己确实错了，但一想到这些天来的委屈，又噘起了嘴，嗔怪开了："你当初为何不这样心平气和地劝我呢？若是如此，我肯定会听，也不至于会弄到如此的地步！"张安把脸贴到了小悦头上，说道："我是太冲动，失去理智了，我错了！"小悦窃窃地笑了，用头蹭了蹭张安的脸说："知错了就好。"停了停又说，"其实，我也知道，你和李茂、王佑三、于奎，并非从心要冷落我，而是想让我冷静一段，恢复理智。现在想起来，我是太只顾江山社稷了。"张安拥紧了小悦，回答道："你看重江山社稷并没有错，但眼里也得有民军将士，应把朝廷长远利益与民军将士的长远利益兼顾去考虑，这也是确保江山社稷稳固的基础。"小悦轻柔地说道："你这话如此有理，当初若能说给我听听多好啊！算了，不怪你了。那你现在说说，下一步我该怎么办？"张安松开了小悦，回道："我们都分析了，民军确实不具备单独收复益阳、岳州的实力，李茂也已意识到了自己的不理智。你呀，去找他们谈谈吧，一切以取得平叛胜利为出发点，强调叛军的强大不可轻敌，莫再提官军的颜面和民军是否正式军力了。"小悦轻轻地点了点头，说："明白了！我定按你说的去做！"她又扑进了张安的怀里，笑了。随后却鼓起了香腮，又说："都是你！若不跟我生气，我就不会落到如此的地步。你根本就不知道，没有人理的日子有多么的可怕呢！"

第五十四章　写信求助老祖母　小悦出战长沙城

　　何卫和大虎、小虎从京城带回了令人振奋的消息的同时，也给小悦带来了苦恼。皇上的误会令她惊讶，而庄亲王要弄假成真的主意更让她震惊，以至于何卫将康熙那句"皇帝哥哥很想你"的话传给了她时，她都没有了激动。她已清楚地意识到，这个误会一旦传开，将会挫伤民军的士气、损害她个人的威望、损伤朝廷的信誉，给大清朝留下笑柄。但她并未因此而责备何卫，她清楚这是皇上对她期望过高、对皇族在这场平叛大业中建立的功绩过于看重造成的。她已做好了打算，无论如何得有所挽回。她在将这件事列为重大机密要何卫和大虎、小虎绝对保密的同时，已与何卫多次商议，希望能找到个挽回的方法，但每次商议时，她和何卫都只在还原真相与将错就错之间来回争论。这样的争论，无法有结果。

　　今天，她又找来了何卫，想，这次应该抛开还原真相和将错就错的陈旧思路，去寻求另外的方式。何卫一到，她就将自己的想法说了，可何卫沉思片刻后，还是坚持原来意见："此事既不能还原真相，也无另外的方式，只能将错就错！这是庄亲王的意思，还望格格能按庄亲王主意办。"小悦对何卫的固执甚为不满，拉下了脸说："不要再谈将错就错了，我叫你来，就是要抛开原有思路，找出个既能对朝廷和皇上，又能对民军和柳叶刀都能交代的挽回方法，这事若不能挽回，我们就要留下千古笑柄，愧对天下，若因此而引起了天下震荡，你会要成为千古罪人了！"何卫最怕的就是这顶"千古罪人"的帽子，所以，小悦一说完，他就不安了，急问："那格格已想到另外的方式吗？"小悦瞟了一眼何卫，没好气地说道："我这不正要与你商议吗？"何卫知道，商议是不会有结果的，因为他根本就想不出别的办法，他的思路早已被庄亲王的主意捆住。但他想到了张安。他想，张安身处事外，既未承受事情本身的压力，也没有被预设的思路限制，应能想出别的办法来。于是，他提议道："既然如此，那就只能将这事告知张统领，让他来替我们想法子了。"小悦一愣后，笑了，点点头说道："你这还真是提醒我了！那就等他回来后再向他讨主意吧！"何卫知道自己已暂时解脱，所以急忙要告辞。可小悦喊了声"慢着"又说：

"到时你得带上大虎、小虎来，要把情况说得清楚些。"

　　张安已去芙蓉山搬运大炮去了。伍兴经反复试验，已造好两门大炮。张安上次去看过后，又要伍兴做些改进，如今已正式制成。他带人将大炮拉去了黄材大营，回到家时已是深夜。进门时见何卫和大虎、小虎都在这里，不免感到诧异。他试探着问："你们在此等候，是想要了解大炮吗？"何卫和大虎、小虎都没有回话，小悦却已接过话说："他们是来跟你谈件事的！不过，你先说大炮，让我们先听听新鲜吧！"提起大炮，张安绘声绘色，眉飞色舞，还口若悬河。得知大炮的威力无比时，何卫和大虎、小虎甚感快意。小悦也叹道："我们终于有了大炮，我民军的战力要更强大了！"张安也很是得意，但突然问道："你们今天是要找我谈什么事啊？"何卫一愣，看了一眼小悦，说道："哦，是有这么件事！"他稍一停顿，便将康熙如何认定吴三桂为小悦所杀的事说了，也将庄亲王的意思和自己的难处说了，再说道："我和格格已商讨多次，并未找到应对之法，现在想请你出个主意，替我们解了这道难题。"张安不语了。他知道此事非同小可，必须解决，否则，后果会不堪设想。他站起身，踱起了步，最终，却摇了摇头说："事太大了，我也想不出办法呢！"扫视过小悦、何卫后，却突然又说："有个人肯定有办法！""谁？"小悦急忙问。"太皇太后！"张安果断地说。

　　"是啊！我怎么就没想到她老人家呢？"提到太皇太后，小悦异常激动。她已多年不见从小就娇惯她的老祖母了，这一提起，实在抑制不住激动了。而想到可找老祖母解决自己的难题，就更激动了。激动过后，就忽地站起，走到了张安的面前，道了声："谢谢！"张安却"噗"地一笑，说："这可应了那句'人犯难时主意少'的古话了！好了，都别犯难了！"拍了拍小悦的肩膀后，只昂头一笑，就哼着小调洗漱去了。小悦如释重负，瞟了一眼张安的背影后，对何卫说道："我会尽快给太皇太后写信，你们再去一趟京城，把事情办妥！"

　　小悦一宿未睡，绞尽脑汁，想了好久，才分别给孝庄太后、康熙皇帝和庄亲王各写了一封信。翌日一早，又派人去叫来了柳叶刀。她叫柳叶刀来，是要当面夸奖她一番，再与她畅谈一番姐妹之情，还想要给她量量身子，与她各做一套花色和款式都一致的衣裳。柳叶刀很快就到了，一进门，就诚惶诚恐地施礼说道："格格日理万机，还特意要与我叙谈，我……"这"我"字还没出口，就被小悦打断了。小悦拦住了她说："打住吧，我的姐姐！"她娇美地笑着，拉着柳叶刀坐下后，又道："你又坏规矩了!"柳叶刀娇羞地笑着,握住了小悦的手说:"我这不是因为激动吗?"小悦却嘴角一翘,笑道:"我就找你说说话而已,用得着激动吗?行吧,我不怪你了!我呀,今日特想与你聊聊,就叫你来了。你建了大功,可还从未跟我聊过你的事迹呢!今日你得好好给我讲讲,讲讲你的英勇和机智。"柳叶刀没想到小悦是要她聊这些,所以就显出了几分羞涩,红着脸说道:"我那点事情有啥好说的嘛!当时那情形,就该那样做,我并不觉得自己有多英勇多机智呢!再说,这也是大家齐心协力取得的战果,我个人之力根本不值得一提,还是说点别的吧!"小悦一笑,抚住了柳叶刀的手道:"你居功不显,还尽谦让,我更钦佩了。行吧,先说点别的吧。你我姐妹多年了,因担着不同的责任,场面上并未显出个姐妹的样子来,所以,我想要与你同做一套花色、款式都一致的衣裳,在必要的场合同时穿上,以表明我俩不仅情同姐妹,也形同姐妹。就先办这事吧,如何?"

"你还给我这等好事?"柳叶刀眉眼一耸,甚是惊喜,"若能穿上与你的花色、款式一模一样的衣裳,我就添身份了,你让我受宠若惊呢!"小悦一笑,却不以为然道:"我俩是姐妹,本该有件同款的衣裳才对,你惊喜个啥啊?好了,量尺寸吧!"她拿起了软尺,正要往柳叶刀身上比量时,却突然停住了。拉起柳叶刀比了身高后,放下了软尺,说道:"你我身高一样,身材相近,尺寸应是差不到哪儿去的,那就都脱下衣裳来比量一下吧,若大小不差,就按我身材去给你做即可,如何?"柳叶刀掩鼻一笑,话也不说,便脱下了衣裳递给了小悦。小悦也脱下了衣裳,与柳叶刀的衣裳一比,大小长短果然一样!所以笑道:"姐妹就是姐妹,身材都没有个差别!"正要将衣裳递回给柳叶刀时,却发现柳叶刀衣内缝有个布囊,便好奇地问:"这是啥呀?"柳叶刀接过衣裳来打开了布囊,从布囊里拿出了半块用绸布包裹的玉佩递给了她,淡淡地说道:"这是我娘留给我的物件。"

小悦见到了这半块玉佩,心中不禁一喜,可把玉佩和绸布都看仔细后,又疑惑了。这玉佩的颜色质地和大小形状都与胡大魁所持的那半块完全相符,可那绸布上绣的名字叫傅大桂。她沉思了片刻,疑惑地问道:"傅大桂是什么人?"柳叶刀淡淡的一笑,回道:"我娘把这个留给我,定是希望我能凭此找到我爹,我猜,傅大桂就是我爹。但南明官员死的死,逃的逃,已没人知道我爹的下落了,我爹还在不在世也难说了,即使还在人世,也不可能有那种巧合让我遇上。这东西啊,只是个念想了。"听柳叶刀如此道来,小悦心里就掠过了一丝酸楚,随后却又有了几分欣喜。她虽然不能违背胡大魁的嘱托提前亮出另半块玉佩,但还是给了柳叶刀一个暗示："我有一种预感，你一定能遇上那种巧合！"柳叶刀一个浅笑，已将玉佩收进布囊，还随口说道："你以前的预感虽然都准，但这次我不抱希望。"浅浅的一笑后，又说，"不抱希望的事就不说了，我这衣裳就比照你的去做吧，到时我要找个大场合与你同时穿上，让大家都来羡慕我的好运。"小悦欢喜地接过了话："你是与我想到一块儿去了！你是我心中的好姐姐，我要与你穿上同样的衣裳，就是要向众人表明，我们表里都是姐妹。好吧，衣服我去给你做，做好了就按你说的去穿。"随后，又找了些有趣的话题与柳叶刀聊了个透，才让柳叶刀走。柳叶刀一走，他就把玉佩的事放在了心上，送何卫启程前往京城后，她默念起了绸布上的名字："傅大桂，傅大桂?"念过了多遍之后，却突然笑了。

为配合官军行动，民军最近要对长沙叛军来一次袭扰。为了发挥大炮的作用，小悦决定要将登岸偷袭改为从江上炮袭，并要带队亲征。这是她第一次带队出征，为显重视，民军的三大头领张安、王佑三和于奎都陪同去了。这日，她挑选了三艘船只，将大炮架上了两艘大船，又挑选了三百精兵分乘各船顺沩江而下，于翌日拂晓前抵达了湘江。两艘炮船分别由小悦、张安和王佑三、于奎带领，与另一艘战船成三角形部署，目标还是直指外婆桥大营。

战船已经锚定，装弹手已装好了炮弹，瞄准的兵士也已调准了炮口，小悦与张安携手点燃了引线。随着一声巨响，炮口飞出的火球砸向了敌营，冲起了火柱。首发命中，小悦兴奋得蹦起来了。她连续下令，连续发射，毫不吝啬地把一颗颗炮弹送去了敌营。而另一艘炮船也随之而动，发射速度同样快速。两门大炮慷慨大方，敌营内已经爆炸声四起、火光冲天。小悦看在了眼里，兴奋在了脸上。但此时，她听到了张安的提醒："已达成了目的，撤吧！"她看了一眼张安，斩钉截铁地说了声："不！"见小悦的神色和语气都如此不容有异，张安只得又指挥发射，直到天已放亮了，才又提醒："再不撤就撤不走了！"这时，小悦脸上绽开的笑容已比天边的红霞还要灿烂，说了声"撤"便领着战船带着胜利的喜悦冲向了沩江口。一路上，她与兵士们有说有笑，兴奋不已。可在这时，张安大叫起了"不好"并拉了拉她说："沩江口上有五艘敌船！"一见那五艘敌船，她的心就收紧了，问："该怎么办?"张安未经思索回答道："先敌开炮，争取先机！"随后一声令下，向敌船发出了几十发炮弹，且颗颗命中。敌船很快就下沉了，小悦又兴奋。此时，张安却已大惊失色，因为他发现了更大的危险。那五艘敌船成一字形排开，船上没有人影，他意识到了这船是为专堵塞航道而设的。他不敢推测后面会出现怎样的情形，而只扯住了小悦，问："该怎么办？"小悦尚未看到事态的严重，随口说道："冲过去！"可张安的声音已经颤抖了："沉船已将沩江口堵住，叛军炮船应会很快合围过来！"听他这一挑明，小悦惊叫一声。很快，便意识到了当务之急该摆脱危局，所以，问道："还有其他水道进入沩江吗？"张安点头回道："没有了，如果要有，叛军也早在那儿等着了。"小悦的脸色已更加凝重，又问："往上游走呢？"张安摇了摇头，"上游并无水道进入沩江。"小悦已有些慌张，身体有了轻微的颤抖，但深吸了几口气后，突然喊道："掉头，往上游，找地方弃船登岸从陆路突围！"

三艘战船往上游开一段后靠了岸。小悦带领大家冲向了山林，可刚至山林边时就遭到了乱箭偷袭。"有埋伏！快沿江堤往上游突围！"小悦转身退回，可刚退至江堤，林中已杀喊声突起，有千数的叛军已朝他们追来。叛军借下坡冲追得甚紧，小悦已感到逃无可逃，只得掉头仓促迎战。她带领几大头领冲杀在前，想掩护兵士们外突，可兵士们紧跟其后，只勇猛拼杀，没有一个人愿突围出去。而叛军边战边调整队形，很快就把他们围了个严实。也就在这时，一侧又杀出了另一批人马，这批人马约三四百众，全着青色短装，上来就对着叛军猛杀，给小悦他们赢得了且战且退的机会，最终脱离了厮杀，来到了另一片山林边。小悦运气提脚向林中腾去，探清了并无埋伏后才招呼兵士们钻入了丛林。

突围时，于奎的腿上和小悦的左臂都中了箭，但到了林子里后才发现。林子深处的开阔地上，张安正在清点人数，望着已成功突围的这二百多兵士，已觉得万幸。他安排了伤员救治，也给小悦包扎好了伤口。此时，却有一位短衣者向小悦走来，施礼道："小道青山，岳麓山后山麓台观的住持，格格遇险，我带弟子来晚了，请格格恕罪！"小悦惊诧地望着青山道长，说了声"感谢道长搭救"便问："你咋知道我是格格？又怎知道我们遇险？"青山道长回道："小道多年前来岳麓山建观传道，已有弟子五百。格格所率民军威震三湘，小道当然知晓。今晨得报，说湘江上巨响不断，我便带人赶往前山，观闻后判定应是民军与吴军交手了，就下了山来想看个热闹。可下山后未再听到动静，只见到了三艘船只往上游行走，出于好奇就带弟子跟来了，没料赶上了你们遇险，就帮上手了。"小悦忍痛坐起，说了声："多谢道长！"脸上有了些许的惊喜，问："你在岳麓山为道，对这一带应该熟悉，知道这是什么地方吗？"青山道长拱手一揖答道："这里已是善化县境！"又说，"格格有伤应尽早治疗，我麓台观处在叛军眼皮下不便前往，请格格转移至迴龙山的白云寺去吧。此处离长沙太近，尚不安全，还望格格快做决断。"小悦一想，点头答道："如此甚好！"又转对张安说："你快做安排，往白云寺去吧！"张安回答了一声"是"便要转身，却被青山道长拉住了。道长说："你让大家搀扶行走，我带弟子们护送一段。但得先派人去白云寺报个信，让他们能提前准备，也可叫你们的迴龙山前哨营派人轿前来接应一下。"张安吃惊地看了一眼青山道长，道了声"谢谢"便安排王佑山赶去了迴龙山。

王佑三从迴龙山前哨营派出了部分兵士携竹轿前往接应小悦一行后，便去了白云寺。白云寺的慧明大师听得王佑三说明来意，便掐珠立掌道了声"阿弥陀佛"，说道："今早东方有一片凤凰云正在火红之时，却来了一团乌云胶着，当时老纳就料定那边定有仙妖相争，原来是格格带民军与叛军交战呀！好在又有一团凤凰云飘来驱散了乌云，想必是格格已脱险了！"王佑三点头回道："是的，在麓台观的青山道长帮助下，格格确已脱险，但她和数十位兵士负伤，还望大师等会儿能派僧医去我前哨营帮忙处置伤情。我王佑三致谢了！"慧明立掌接道："王施主多礼了！出家人当以慈悲为怀，我当妥善安排！"说完，他就招呼来了十几个和尚，说："你等尽快准备，带上医具、药品前往民军前哨营的营地，等会儿格格一到，就尽快给他们疗伤！"待众僧散去，他又对王佑三说："我第一次见到格格，是几年前了，那次有三男一女来到本寺，个个非凡大气，那位女施主更是仙气十足，老纳便料定她并非凡人。后来格格来视察迴龙山前哨营再来本寺时道明了身份，又献上了厚银，让老纳感到了莫大的荣耀。如今格格需要老纳帮助疗伤，我会尽心尽力，请您放心就是！"王佑三微微一笑，接过了话说："大师一直在帮助我前哨营探敌御敌、治伤治病，劳苦功高，今日又愿为格格等疗伤，大慈大悲，定功德无量！"慧明已有了笑意，道："老纳四大皆空，不妄求功德，还请施主莫言功德无量。施主请便吧，老纳先去料理一番，以便尽快赶去前哨营准备！"他正要离去，王佑三又说："老朽还有一事相求，想借大师一匹马，赶去双凫铺码头护卫营要了马车过来，以便今晚能将伤者载回大沩山去休养，不知可否？"慧明大师面带微笑，抬手一指，说："侧院的马圈里有山下财主赠送的几匹好马，您自己去挑吧！这里您尽管放心，格格一到，我会尽力医治。"

小悦一行在迴龙山前哨营兵士接应下，于天黑前到达了迴龙山前哨营营地。慧明大师看着这大堆的伤员，道了声"阿弥陀佛"就带着僧众和兵士忙开了。等给伤者清洗了伤口，敷上了消炎止痛药迴龙散后，才再走近小悦，道了声"阿弥陀佛！"说道："老纳慧明拜见格格。格格为图大业英勇出战，老纳敬仰。如今不幸受伤，定很痛苦，你要好好休养，我会吩咐弟子们好生伺候的。"由于上过了药，小悦的伤口已不再疼痛，所以起身向慧明回了礼道："多谢大师了！我等惊扰了贵寺，还望莫怪。大师已给我上了药粉包了伤处，已不再疼痛。我前哨营与贵寺为邻，一直得到贵寺的关照，今日我等又得到您的精心治疗，很感谢了！我们伤者众多，这里并不宽大，等会该回大沩山去了，还望大师多多保重。"慧明回道："格格也得多多保重。请格格放心，王施主已去码头护卫营叫马车去了，伤者等会即可回去。只是你的身体尊贵，须伤愈了再走才合适。"小悦动了动胳膊，说："上了贵寺的神药，伤不碍了。大师的好意我领了。我当以朝廷大任为重，不可在此多耽搁。"慧明道了声"阿弥陀佛"，说："既然格格要以朝廷大业为重，老纳就不多言了。还望格格要多加保重，伤未痊愈就不要轻易出征了。"停了停又说："老纳这儿有事想请格格恩准。本寺与民军前哨营为邻，常见他们随大军英勇出战，很是感动。我寺有僧人几百，都怀武功，应多为朝廷平叛大业出力，往后若再有战事，我寺能否派人直接参战？另外，我寺与岳麓山麓台观素有往来，方便观望叛军动静。如有发现，可否允许向你禀报？"小悦回道："均可！"微微一笑，便与慧明耳语起来。慧明听后，笑了，道："谨遵格格的吩咐，我一定把这条线经营好！"又说，"我须查看其他伤者去，就请格格先歇息吧！"小悦望着慧明的背影，心里突然将其与青山道长、智能大师、静空师傅甚至了然大师、恒坤道长联系到一起了，觉得他们身上有着相同的东西，但到底是什么又并不清晰。"或许都是出家人的缘故吧！"她给了自己一个牵强的解释，就闭目养神了。

半夜，王佑三带来了十几辆马车。伤者都上了车后，慧明大师来到了小悦的马车旁。这时，小悦想起了白云寺如此费心，当好好感谢，就取下了一支金钗交予了慧明，道："贵寺搭手相助，我当好好感谢，但我身边并无贵重之物表达谢意，就请您接受了这支钗子吧！我知道，拿我一女子身上之物来馈赠贵寺并不为敬，但我身边只有此物能表心意，请大师不要嫌弃。"慧明大师迟疑了片刻，道了声"阿弥陀佛"后，才双手接过了金钗，略显激动地说道："本寺只是尽了点本分，是不当受谢的。但格格所赐乃是仙物，本寺得之便是一宝，老纳就斗胆收下了。该宝物留在寺内，我定用香火供着，决不贱待，请格格放心！"小悦随口一笑，说了句"告辞了"就坐上了马车。慧明手持金钗，目送小悦消失在了夜幕里才转回了身去。

第五十五章　因恋战格格自罚　出意料段彪现身

这些日子，小悦一直在家养伤，已有数日未曾出门。她本只受了点皮肉伤，加上当初包扎治疗得及时，且药效奇特，故而愈合得快，未留下后患。她之所以不出门，是想在家里静上几日，理一理炮袭长沙之战的成败得失。回到博公寨之初，她本是沮丧的，毕竟，此战伤亡大，还丢失了三艘战船两门刚发挥作用的大炮，损失为民军开战以来所未有。开始时，她给自己定性为打了败仗，还是张安、王佑三、李茂都坚持要认定为胜仗，她才放弃了败仗的定论。但她想，仗是定为胜仗了，可其中的得失和自己指挥上的对错有必要理清，只有把这些理清了，方可得出经验多少、教训几何，以利再战。所以，她不仅没有出门，还谢绝了各将探视，在家静静地对这次炮袭理了个遍，终于得出了个底数。她认为，此战安排得及时、出击得果断、打击得有力、撤退得英勇，总体上讲应是胜仗。只是尚不知战果如何，若给了叛军重创，还应算是大胜仗。但她同时也认为，此战的伤亡和损失均因自己恋战所致，应承担责任。当理清好了这一切，就做出了打算：要向皇上请求惩罚，至少也得向全体民军将士认个错、致个歉，以表明自己的勇于承担。就为这，她特意要秋月去叫回来了张安。当她将自己的打算说过之后，却遭到了张安的极力反对。

张安说："既然打了胜仗，你作为最高决策者和亲临指挥者，当记大功一笔，哪还有自请惩罚和认错道歉之理？你虽有恋战之举，可伤亡和损失并非由此造成。战场形势错综复杂，叛军也奸诈狡猾，敌阻我民军撤离早有预谋，就算你未恋战，也不能赶在汶江口被封锁之前撤离湘江。或许，还因为你恋战而多发了炮弹，给了叛军重创呢！再说，你是当朝格格，无错自罚，不仅显示不了担当，反而会自失尊严，由此造成的负面影响如何挽回？"小悦沉思了，片刻后，抱住了张安，说道："此战虽为胜仗，但伤亡和损失为我民军各战之最大，对此之责总得有人承担，否则，既无法维护赏罚分明之铁规，也无法向死去的兄弟们交代，我请罚认错，正是此目的。再说，我主动担责，也是要树榜立样，让将校们知道，作战有功，会有赏，履责有错，得担责，这叫策略，你该懂的！"

"我坚决反对!"张安口气更坚定了。他拥住小悦又说:"你的意图没错,但赏得有功,罚得有错。你认罚只是因为此战伤亡和损失太大,可打仗哪能没有伤亡呢?每仗情况各有不同,伤亡大小也自然有别,不能以伤亡大小定功啊!你啊,若开了这以伤亡大小定功过和无错自罚的先例,军中各级就要心存顾忌,没人敢领兵出征了。再说,这一仗肯定战果辉煌,那炮弹颗颗都落得准,敌营内爆炸声连连,火光冲天,叛军的伤亡和损失一定更大。就凭这,民军将士们都认定我们打了大胜仗了,都振奋了,李将军和王副统领也在筹办,等你伤愈之后要庆功了。而你可好,关起门来要搞自请惩罚,这不是从心要给当下的士气泼冷水吗?"张安侃侃而说,小悦却有了惊喜,问:"你是说将士们都振奋了?"张安点头说道:"是的!我以为你在家是要找出些可说道的东西来鼓舞士气,原来是在琢磨自请惩罚和树榜立样啊!你呀,错了,大错了!"小悦抿了抿嘴,终于笑了,说:"看来我真还错了!我这次又钻进死巷子了!不过还好,你把我拉回来了。唉,你说咋啦?平叛时间长了,仗打得多了,我这脑袋反而不好使了,难道我天生就只能当个花瓶而不堪大任?"张安笑道:"你又错了!你是帅才,怎会不堪大任?你这是顾虑太多所致。顾虑多了,想事就自然有偏差。你回想一下,派何卫进京禀报时你犹豫,定计划时把给官军揽功的机会当出发点,到今日刻意要认错担责树榜立样,哪次不是顾虑太多所致?从现在起,你得打消顾虑,只认准一件事,坚定信心,多打胜仗,其他的,就都放一边去吧,这样就不会再走进死巷子了。"小悦点头一笑,说道:"你这话确实有理!那我听你的,打消顾虑,坚定信心,多打胜仗!"又说,"好了,我们与李茂、王佑三聊聊去?"张安正要答应,却有护院来敲门来了。护院说:"禀格格,刚才有一女人上山,要我把这信交给您。"小悦接过信来,稍有惊喜,"可能是有好消息!"护院一走,她就看起了信,看完后并无声色,把信递给了张安后就进去洗漱间。当她再从洗漱间出来时,张安已对她嚷开了:"我就说,叛军肯定损失大嘛!嗨,如此战果,远超我们所料啊!"小悦微微地点了点头,说道:"是的,这确实是场大胜仗。你就快将这密信译抄出来吧!我们去会会李茂、王佑三,将这个好消息告知他们,让他们也高兴高兴!"

炮袭长沙回来后,王佑三就像说书一样,把炮击长沙一战说得了神乎其神,如此一传播开来,大沩山就像一口烧开了的大锅,顿时沸腾了。民军能打胜仗是兵士和百姓们都期待的,而被王佑三描绘出来的这段传奇战事,正好满足了兵士和百姓的期待,而小悦格格在此战中所表现出来的机智神勇，成了兵士和百姓们当下最过瘾的说料。李茂也是从王佑三口中得知此战详情的，他当然也认定了这是一场大胜仗。之所以如此认定，不光是因为民军的炮弹颗颗都落入了敌营炸了个火光冲天，也不光是因为民军虽然遇险却已成功突围，更不是因为王佑三口若悬河流淌出来的那些神奇，而是因为他看明了，这次炮袭的成功让叛军看到了民军战力的强大，和这强大战力将给叛军带来的巨大心理压力。所以，当王佑三在各处大谈民军的神勇之时，他不仅没有反对，还给予了极大的支持。

这些日子，李茂和王佑三马不停蹄地奔走在大沩山各处。既巡察营地、督察操训，又察看边卡、安抚伤员，还应付着诸多平日里不曾应付过的杂事，两腿不曾闲过，心里也没有空着。他俩最关心的当然还是小悦和于奎的伤情。他们未曾去看望小悦是循了小悦自己的意愿，但每日都会去看望于奎。于奎回来后曾一度消沉，也是他俩常在他面前赞扬民军炮袭长沙战绩辉煌，夸奖参战将士英勇顽强，也赞扬他老将出马威力无比，才激起了他身为英雄该有的自豪。

这天，李茂和王佑三视察完铁匠铺，看望过于奎后，都同时想到了小悦。回到博公寨时，李茂就说："于副统领和兵士们的伤都已痊愈了，想必小悦格格也无碍了，我们还是看看她去吧！"王佑三稍作犹豫后点了点头。可两人快要到小悦家门口时，就迎面遇上了小悦和张安。李茂迎了上去，拱手作揖说道："格格养伤多日，我等不曾来看望，多有失礼，还请格格原谅。我们对格格的伤情一直牵挂，不知现在是否痊愈？"小悦正准备要回话，王佑三早已抢过了话去："我们早就想来看望格格的，只是听张统领说了你的意思后才未曾过来。如今见格格神清气爽，想必是好妥当了，这下我们也放心了。怎么？你们这是要出门去吗？"

"是想出门去呢！我这伤啊，早好妥当了，你看——"小悦挥了挥手臂，笑了笑又道，"其实，我也惦记着你们，惦记着队伍呢！这不，我这就是要去找你们的，这下好了，你们来了。既然来了就进屋去聊吧！"王佑三"呵呵"一笑，抱拳一揖说道："我们是心有灵犀，想到一块儿了。那好，就进屋聊吧。"进到屋内，他又说："格格大伤初愈，还是要少劳累些好，有事派人叫我们过来就行。对了，如今受伤的兵士们都已痊愈了，各方人马也都好着，请格格放心吧！格格亲率我们炮袭长沙叛军得手，又成功摆脱叛军围追，如今大沩山都被轰动了，现在军心振奋，士气高昂，各营地都在抓紧操训，将士们都表示要与叛军血战到底呢！"

"我好些日子不出门了，还真牵挂着大家呢！听您这般一说，就放心了。"小悦邀他们坐了，又说："我在家养伤不曾过问军务，让二位操劳了。要说炮袭长沙叛军能够得手，王副统领功不可没。我还得向你们报个喜呢，这次的战果摸清了，这样的战果我想都未曾想到过呢！"王佑三精神一振，问道："如此说来，还真的重创叛军了？"小悦并未作答，而是递过了一张纸笺。王佑三看过了纸笺后，惊喜得大嘴一张，说："这太了得了！三百多的死伤，还有一位将军，还炸毁了数十间兵房粮仓，烧毁了大批军粮、军服、药品，这战绩，哈哈……这是给了叛军狠狠的一棒子啊！"李茂也惊喜不已，有些兴奋地说："这确实是给了叛军狠狠一棒子！我想啊，这次胜利不光体现在让叛军损兵折将又毁了粮草军需上，还体现在了民军的强大战力带给叛军的心理压力上。"张安也有些洋洋得意地说："是啊，叛军何曾想过，我湖南平叛民军还会有大炮和炮船？且大炮的威力还如此之大。这样一来，他吴家兄弟就要谈民军而心颤身抖了！"王佑三却稍稍地收敛了笑容，说道："此战的战果确实辉煌，但让格格受了箭伤承受了痛苦，是最大的遗憾。"他拱拳一揖，问道："格格的伤情真的好利索了？"

"这点伤算不得什么！"小悦挥挥手臂，又说："打仗有伤有亡都是正常的事，再说我这就一点皮肉伤，早好利索了，没啥值得遗憾的！"王佑三点了点头，道："这次还真搭把了白云寺的迴龙散，也搭把了李高元部的军医和上次劫来的云南白药。这两种药都有奇效，伤兵用了，不管刀伤还是箭伤都无一溃烂，愈合得也快，都是神药呢！"小悦点头说道："是啊，确实是神药。"可她突然问道："云南白药库存还有多少？"王佑三赶忙回道："我派人清点过了，还有一百五十多箱。这药以前虽也常用，可我们未曾关注，这次给你们用过后效果奇特，才关注的。"小悦点了点头，却陷入了沉思。片刻后，便对李茂说："既然库存尚多，给岳州送去一百箱吧，要张大龙自留四十箱，其余的送往君山给官军用。"李茂正想作答，她又说："再取二百万两银子，一起送去，岳州的队伍庞大，经费肯定吃紧。"李茂又要作答时，却被王佑三抢去了话。王佑三担忧地说："一百箱药品，二百两银子，是否该分批运送？岳州还是叛军的天下，若有个万一，损失就大了！"小悦摇了摇手说道："不用担心，我会确保万无一失。"见王佑三终于点了头，又说："那就干脆，派一艘大船，加送一批被装过去。"王佑三瞪大了眼睛，又担心了，"这么多物品，那边有合适的地方存放吗？"小悦浅浅地一笑，回道："官军攻占君山后，张大龙就占据了湖中的许多个小岛，包括原来洞庭帮占用的那些岛，我民军有相当一部分人马就安扎在这些岛上，稳妥得很呢！"直到这时，王佑三才放下心来。可此时，李茂也提议道："我建议，还应加送一批火药兵器前往岳州。"他这建议提醒了大家，王佑三马上附和："这确实必要，我同意。"张安也说："将来收复岳州会是大战、硬战，确实应提前给岳州民军以足够的兵器储备。我建议将现有的火药兵器全部送往岳州，包括兵器制造总行和各营的储备全拿出来。因大沩山眼下无战事，伍兴还在抓紧制造，以后所需能很快就补充上。"

小悦略有所思后说道："李将军提醒得对！那就药品、银两、军需、火药兵器一并安排，由张统领负责！"示意李茂坐定后，又说，"除此之外，还有两件事需要急办。一是要拨付银两给白云寺，请慧明大师多调制些迴龙散储存。云南白药已难弄到，迴龙散应多调制，除了我们自用，还应尽量储备，将来可以满足官军所需。二是要去东鹜山、麻石峰、云台山各安设一个前哨营。叛军已对我大沩山虎视眈眈，我们若能在这几处加设前哨营，可与双凫铺码头护卫营、迴龙山前哨营、黄材大营策应，形成南北一线的向东防护网，阻长沙、益阳之敌由东西进。"她转对了王佑三吩咐道："这两件事都由您负责，要立即承办！"王佑三抱拳一拱，道："末将遵命！"就在这时，有护院突然闯进了门来。护院说："禀格格，段彪段寨主带人来了，要见您和李将军、何将军、张统领呢！"

"段彪？"大家吃惊不小，段彪早已殉国了，怎会死而复生？"是九凝山的段寨主段彪吗？"小悦特意问道。护院为证所报属实，肯定地说："是的！我认识他！"大家都沉默了，你看看我，我看看你，神情各异。此时，小悦却朝护院一挥手，说道："你就把他领到议事厅去吧，我们去那里等他！"在议事厅坐定，王佑三就问："难道段彪这些年在装死避战？"小悦摇头说道："或许另有原因。"又说："这也算是久别重逢，就当他是远征归来要给够他面子。您与他曾有私交，又是我湖南平叛民军的副统领，就代表民军高层去外面迎一迎吧！"

刚出了门，王佑三就看见了段彪带一随从正从寨院那头走来。他快步地迎了上去，发出了大喊："好你个段老虎，你还活着啊！"段彪也已快步走来，那连串的大笑声脆响得很，一上来就握住了王佑三的手说："我死不了，死不了！托你的福，也托格格和朝廷的福，如今活得很好呢！"王佑三略显动情，拍着段彪的手臂说道："活着就好，活着就好啊！我还以为再也见不到你了呢！"段彪"哈哈"一笑，道："我是谁啊！我段彪哪会那么容易死啊！"他松开王佑三，特意拍了拍胸脯说："你看，筋强骨壮，筋强骨壮呢！"见王佑三满脸欣慰，又指了指随从说道："这是我培养选拔的副都领人选陈春宏，我还有三千人马在黄材附近的山里候着呢！我现在兵强马壮，这次是带足了本钱来的，你就快带我去参见格格吧！"王佑三不无惊喜，接受陈春宏见过礼后，就兴奋地领着段彪二人走向了议事厅。

段彪带着连串笑声进了议事厅，行起了大礼，"末将叩见格格、李将军、张将军！"小悦笑盈盈地站起，扶起了段彪，道："段都领给我们惊喜了！见你神采飞扬，想必是大有作为了吧？"段彪抱拳回道："禀格格，这些年我不仅让叛军吃了亏，还扩大了队伍，这都是为了朝廷，无须刻意提起了。"看了一眼陈春宏后，又说："这是我培养选拔的副都领人选陈春宏，早已履职，现在报待格格和张统领任命向朝廷报备，我还有三千人马在黄材的山里候着呢！"小悦稍有一惊，却欣喜地笑了。她欣喜是另有原因的。近日，她虽未曾出门，但接获了包括麓台观、白云寺、迴龙山前哨营在内的多条线上报来的异况：有一支几千人的队伍正朝大沩山开来，但行动缓慢，身份不明。她对此深感疑惑，已派人盯探，也已密令双凫铺码头护卫营、迴龙山前哨营和黄材大营严阵以待。现在已搞清楚了这是段彪的队伍，就放心了。笑了笑后，她朝段彪说道："请坐！快坐下来说说您的英勇经历吧！"

"我的经历谈不上英勇，相反还很曲折。我呀，没少走弯路呢，这些就慢慢再向各位禀报吧！"段彪边说边落了座，有一种刻意的得意与自豪在脸上铺开。王佑三落座后说："我相信你肯定没有少走弯路，要不然怎会这么久不与我们联系呢？那年，你手下发来鸽信说你殉国了，让我们伤心了许久啊！呃，你快说说，说说你这些年都干啥去了？"段彪一听，"嚯"地站起抱拳一揖，再昂首挺胸，摆出了英雄凯旋的派头，眉飞色舞地说道："硬要我说啊，那我就说吧，但一言难尽啊！那次我带人偷袭叛军，反被包围，以至全军覆没。可我命大，重伤没死。到了晚上，我醒了，醒来时发现自己正躺在一个火堆边，旁边还有三个人说话呢！"他坐回了椅子上后，又接着说，"那三个人都是吴三桂的人，其中有个会医的原是吴三桂的随身医官，就是陈春宏。陈春宏因哥哥陈春元已投靠了朝廷，受到了牵连被赶去下面当医兵了，他因此而对吴三桂有了不满，所以在遭遇我袭击时，趁乱拉上了其他两位好友开遛了，等到晚上才回来想从死人身上找些有用的东西，这就发现了我。他们看过我伤情，上了药，将我抬去了山上隐藏。经他们照料，我伤情渐渐好了，也就谈起了各自的身份。"

大家看了眼目无表情的陈春宏，又将目光转回到了段彪身上。段彪继续说："知道他们是叛军的逃兵后，我就告诉他们，我是神鹰寨寨主，也是九凝山平叛民军的都领，还劝他们加入我民军，他们爽快地答应了，并把我抬回了神鹰寨。那次去袭扰时我留有几十人守寨，袭扰中还有几十人逃脱，我就带着这些人凭着老底过着日子，直到伤情痊愈。伤愈后我首先想到的是要重建队伍，但因当地百姓惧怕叛军，没人敢加入。我看如此下去不行，就想来博公寨，可又心不甘呀！所以，就定下了决心，要干出件像样的事来振振我神鹰寨的威风，吸引人加入我的队伍。有一天，我打探到了有支叛军运粮队在十几里外宿营造饭，就让陈春宏带人钻入营内下了毒。我把叛军的贵重物品都拿回了山寨，把粮食分给了当地的百姓。这次大振了我神鹰寨威风，百姓们知道我神鹰寨可靠，就来投靠了。不到两个月，就有几百人了。我的队伍扩大了，本该禀报格格和张将军的，但那次我袭扰失败后信鸽也跑了。当然也想过要派人来禀报，但来过大沩山的手下又都已战死，所以只得另做了打算。那两年我可常有收获啊！只要打听到有叛军的影子，我就要去捅他们的屁股，搞得他们鸡犬不宁，还捞了不少油水呢！方圆百十里都知道我够狠了，前来加入的人也就多了，很快，就有两千多人了。

后来，九凝山周边没了叛军经过，我就去衡州。在衡州虽收罗了一些人马，但因叛军太强大没敢轻易下手。后来听说吴三桂死了，衡州叛军已溃散，我就往长沙转移，准备在长沙搞几次袭扰后再来大沩山。我是想要有了像样的战绩才好意思来见各位啊！我在湘乡与善化交界的山里落了脚，但一直未找到战机。那天，探子回来禀报说，有千余叛军在湘江西岸山林里驻扎，我认为这是机会，就带着队伍赶去，想剿了这股叛军。可赶到时，只见到了一些伤兵，还都是民军兄弟，有人还认识我呢！我询问后才知道，是格格炮轰叛军撤离时遭到了围追，当时我那个后悔啊！后悔没及时帮到格格啊！为给民军兄弟疗伤，我带他们回到营地，打算等他们伤愈后才来大沩山。但我缺医少药，他们的伤老是不好，就只得尽快赶来了。

段彪声情并茂、绘声绘色，所说有骨有肉、有惊有险，让王佑三投出了钦佩的目光。小悦此时关心的却是受伤的民军兄弟，所以急于问道："那些伤兵呢？"段彪立时回道："都送往黄材镖局安顿了！"小悦点了点头，带着笑脸说道："那您辛苦了！您来大沩山，就算回家了，还是先把队伍开进来安顿好吧！"她又对王佑三说："派人随陈春宏副都领去把队伍接过来，安顿去沙田大营吧，要及时补充粮饷！哦，我同意任命陈春宏为神鹰寨正四品副都领，望陈副都领协助段都领搞好所属的备战操训，多为朝廷建功。"段彪领着陈春宏谢了恩后，还信誓旦旦说道："我段彪一定紧跟格格，多为朝廷建功，即使粉身碎骨，也在所不辞！"

第五十六章　施妙计生擒内贼　放反贼离间叛军

民军炮袭长沙成功后不久，常德已被官军攻克。消息传来，大沩山上下为之振奋。小悦传令胡大魁带领常德平叛民军潜入岳州后，就把心思放去了段彪的队伍上。这段日子，她常去段彪营地巡查，关心生活、加拨粮饷，又加油鼓劲、指导操训，还应陈春宏请求释放了陈春元。陈春宏兄弟感激不已，且信誓旦旦，愿为朝廷平叛大业血洒沙场、粉身碎骨。最近，她又接到信报，由于薛维柱和张大龙通过王度冲、陈珀等对岳州叛军使用了反间计，岳州的叛军将领已互不信任，吴应麒更是疑神疑鬼，已连杀数将，叛军内部已人心惶惶，士气低落。为配合官军收复岳州，小悦与张安商定要亲往岳州，整合岳州的隐蔽民军势力，并接受王度冲、陈珀等正式归降，以从根本上瓦解岳州叛军，削弱吴应麒实力，并加强与官军沟通。她将此决定知会了李茂、王佑三和于奎，但李茂有了异议："吴应麒已丧心病狂，格格前去十分危险。我愿代格格前往，请格格允许。"

"不！"小悦态度异常坚决，因为她有充分理由，"岳州的力量系我安插，只会听我调遣。还要接受王度冲、陈珀正式归降，我的身份更加合适。此事我已决定，不许有异！"见李茂低下了头，又说："你们放心，岳州形势虽然复杂，但全在我的掌控之中。现在我要强调的是，此事须讲策略。我俩走后，只可说我去了常德慰劳官军。我俩离开期间，这里由李茂将军主持大局。另外，还要放出风去，说我民军将要全力收复益阳。我还会就其他诸事做出安排，你们得随时听令，但必须照令行事，不许质疑而行动迟缓。"她如此确显独断专行，但各将并不介意，因为他们都已看出她心有大计。"谨遵格格吩咐，随时听从调遣。"李茂、于奎果断干脆，王佑三却稍显啰唆："格格此去责任重大，风险也大啊！我建议派王炳和柳叶同去。大沩山由李将军主持大局，我定极力配合。格格近期要安排什么，我定遵令而行，决不擅言擅行坏了格格的大计……"小悦扬了扬手一笑，打断了王佑三说："您说的我都明白了，我同意王炳、杨柳叶随我同行，三日后在月山点兵，点兵后何时出发，我自有安排，但从我离开博公寨之日起，就得宣称我已前往常德。至于近期的事嘛……"她将几位召拢了过来，细语了几句，待他们都点了头后，才一挥手，说道："忙去吧，我还得去看看段彪！"

三日后，小悦、张安及王炳、杨柳叶离开了博公寨。随即，李茂召来了各部头领，展开了部署。他说："益阳叛军大部已调往岳州，营中兵力只有几千，我和李高元将军将率主力前去收复。战前准备以七日为限。大军出征后，大沩山由王佑三副统领统管，博公寨的安全由段彪都领负责，边卡守卫由于奎副统领承担。留守的机动兵力集中到黄材大营由王副统领掌领，用以应对紧急军情。"他话刚说完，段彪就插上了话来："民军征战益阳，我理应主动参战，但李将军部署已定，我只能服从。李将军要我负责博公寨安全，是对我的信任。为确保万无一失，我请求将我的队伍移驻至博公寨附近，如有不测，好就近应对。请将军允准！"李茂看着段彪，有些吃惊，但故作沉思后回道："本来我也有意要段都领靠近守卫，既然段都领已主动提出，那就准了。请明日就将队伍移驻到五里堆大营吧！"七日后，李茂带着主力浩浩荡荡开出了大沩山，大沩山的核心之地博公寨就交给了段彪。也就在这天晚上，段彪和陈春元兄弟带着所属全部人马也离开了五里堆大营，利用夜幕掩护悄悄地潜入了博公山南侧山坡的丛林中。

话说这个段彪，几年前袭扰叛军受伤后，确实是被陈春宏救了，但被陈春宏收买后成为了吴三桂的走狗。他投敌后被带到了衡州，一直被闲置。吴三桂被杀后，他也逃到了长沙。叛军为挽救危局，想尽快铲除大沩山民军，以解除身后威胁，但苦于大沩山易守难攻，就想要选派合适人马打入大沩山。陈春宏为彻底摆脱其兄"叛逃"带给他的阴影，挽回主子对他的信任，主动提出愿冒险带队前往大沩山潜伏，且推荐了段彪引路。段彪也主动请战，愿以民军旧将身份带三千人马混进大沩山。主子给了他很高期望，许诺他大功告成后必封他为将军。他们精心谋划，等待机会，终于等来了民军炮袭长沙。为借此掩护陈、段行动，叛军遭遇炮袭时特意封堵了沩江口，并跟踪民军船只行踪，拟交手后将民军围住让段彪来营救，可因青山道长半路杀出扰乱了他们的计划，他们只得改成只伤不杀，留下伤兵让段彪施救，再由伤兵引路段将彪带进大沩山来的策略。在大沩山受到了小悦的格外关照后，段彪得意不已，坚信自己仍被民军信任，也已在寻找机会要与长沙叛军里应外合，将大沩山踏平。如今小悦和张安已去了常德，李茂带主力去攻打益阳，大沩山既没了主心骨，还兵力空虚，这给了他难得的机会。李茂部署完，他和陈春宏就派人往长沙送去了信报。叛军不仅加派了兵力在益阳设伏，还抽调了两万人马，拟与陈春宏和段彪里应外合来攻打大沩山，彻底清除民军威胁。叛军的计划是，段彪在今日天亮前占领民军的核心之地博公寨，主力自东而来先控制黄材大营，再与陈春宏、段彪里应外合，将大沩山占为据点。

大沩山冬天的夜晚也不宁静，到处有狗吠声和鸟叫声。段彪潜伏在寒冷的树林中，已热血涌动。他在等待第一声鸡叫，第一声鸡叫过后就要带队伍上山，控制博公寨，然后与主力里应外合，如此就大功告成。黑夜的脚步虽然缓慢，但他终于等来了第一声鸡叫。此时，他已热血上涌，发出了军令。遭受寒冷煎熬的兵士们听到军令就开始向冲击出发地推进。但因天气黑暗，加上要穿越丛林荆棘，推进缓慢，半个多时辰后才到达冲击出发地——山顶陡坡之下。这时，他们已离山寨就百步之遥，只要再一声令下，就可冲上陡坡占领博公寨。此时，段彪仰望山顶，心潮澎湃，因为他蓄谋已久的计划成功在即，期待已久的将军桂冠已接近头顶。

随着段彪一声令下，兵士们已一跃而起，向陡坡发起了冲击。可就在此时，队伍中传来了零星的惨叫。段彪以为是兵士们摔倒时发出的叫声，所以不以为然地发出了大喊："不要怕摔破皮肉，只管往上冲，谁先冲上去必有重赏！"待他发现身边已有乱石滚过，队伍已全被砸乱了时，才叫了一声"不好"躲去了树后。观察了一会儿，才认定这是博公寨值岗护院的应急之举，不足为患，便又发出了吆喝："寨内只有百余护院，我们稳操胜券，冲吧，谁先冲上去必有重赏！"兵士们再次发起了冲击。可此时，滚石越来越密集，惨叫声也越来越凄厉，兵士被成群地砸落，队伍已乱作了一团。段彪这时才意识到大事不好，中了埋伏！他惊慌而又恐惧地躲去了树后，用颤抖的声音下达了撤退之令。

段彪的令声落下，博公山的南坡四周突然燃起了零星的火把，火把变戏法似的一变二，二变四，很快变成了成千上万且已把南坡围住。段彪一见，吓得了魂不附体，瘫坐到了地上。他已从火把数量上判定，至少有上万的人马正向他围来。而就在此时，他又听到了一个熟悉的声音，这声音尖亮、干脆而且富有气势，犹如锋利的尖刀向他刺来："段彪和吴军的兵士们听着，你们逃不掉了，快投降吧！降者不杀，逃者必亡！"段彪全身都已软了。他知道，本已声称前往常德的小悦此时出现在此，意味着他已没有了任何退路，若再不投降已绝不可活。他靠近了陈春宏说："投降吧，那婆娘太狡猾，投降或许还有活路！"他没有得到答应，却被剑刃贴颈，"若再提投降，就宰了你！"他颤抖了，但求生的本能让他再次发出了大喊："兄弟们，主力已攻进大沩山了，快撤去山下，与主力会合！"他感觉剑刃已远离，所以长长地嘘了一口气。但只有一瞬，就听到了满山的爆炸声，借着爆炸的火光，他看到了兵士们在血肉横飞中横冲直撞，也在横冲直撞中血肉横飞。他震惊了，求生本能让他再次扯开了嗓子："我们投降！弟兄们，为了活命，投降吧！快投降吧！"紧接着，满山回荡起了"我们投降"的哀吼声，这哀吼声掩盖了渐渐稀落的爆炸声，到最后，爆炸声停了，哀吼声却仍在布满晨曦的天空里拥挤。

天已渐渐放亮，民军的人马已合围而来。小悦看着这满山坡里如待宰羔羊般的叛军兵士，得意地笑了。此时，一批批民军走进了包围圈，将叛军一片一片地分割开来，像赶羊群似的一群群赶出来带走。不一会儿，张安就提来了段彪，王炳也带人提来了陈春元兄弟。望着这三个贼头，小悦满脸不屑，只说了声"押去大牢"便转过了身去，对各将说道："早饭后再去会这三贼。对这三贼该如何处置，先都琢磨一下吧，到时一起决定。"接着，她又交代王炳："把战场清理了，伤者要施救，死者要掩埋！"待王炳走后，她才一挥手，道："走，回山寨！"

小悦吃过早饭，与张安上巨石台练了阵拳脚，再与几位头领聊了个欢悦，才与张安、王佑三、于奎去了监牢。段彪和陈春宏兄弟已被五花大绑扔在监房内。见到小悦，段彪磕头哀求道："请格格饶命，请兄弟们饶命！"望着段彪这模样，小悦双手操于胸前，甚是鄙夷，只不轻不重地"哼"了一声，道："想要我饶命是吗？那给我个理由啊！"段彪又磕了头，似是哭诉："请格格念及我曾是民军的人，叛降实属迫不得已吧！我受伤也是因袭扰叛军啊，若不受伤就不会落到他们手上被逼叛降啊！"小悦走近一步，嘴角撇开了一丝轻蔑，咬牙切齿地说道："当初民军组建时，你头一个信誓旦旦要致死效忠朝廷，我信你有忠心一片。当得知你已战死时，我还真的痛惜了一番，也想平叛之后要奏请皇上追封你更高的品级，记入史册供后人敬仰。没想到你毫无骨气，认贼作父，使尽阴谋要剿我民军将士，屠杀你曾经的兄弟。你说，你如此不忠不义，我怎能饶你？"段彪身子一抖，又瞌起了头，再次哀求道："我自知罪大恶极，你就看在我并未给民军造成损失的分上，也看在我还施救过民军伤兵的分上，就饶过我这回吧！"

王佑三望着段彪，满眼都是鄙视和气恨。他一直视段彪为英雄，也曾相信他投敌从叛是万不得已，所以，曾考虑要替他求情，饶他一命。可看到他当下这模样，只悲叹了一声，便摇头说道："段彪啊，江湖上有你这等软蛋，我替你感到羞愧了！"其实，小悦也曾有过王佑三之想，也希望段彪能有不屈的表现，即使刀已贴颈也不丧失江湖气节。然而，她错了。段彪的哀声饶命，不仅令她鄙夷，还令她气愤，她真想一声令下就要将其砍了，但最终还是沉住了气，叹了一声后，摇头说道："段彪啊，你叛变投敌我恨你，你当下这模样，我更看不起你了！起来吧，别装乞怜了！还是听我讲讲你们是如何落到这般地步的吧！"轻哼一声后，又问陈春宏兄弟道："你俩也想知道你们是如何落到这般地步的吗？"

陈春宏挣扎了几下，倔起头回道："我不听！你得的是小人告密的便宜，我不听！"他这表现还挺有骨气，小悦笑了。但他不听还真不行，因为小悦必须要说。小悦斜了他一眼后，直说道："陈春宏说得没错，我能识破你们，是长沙有人向我告诉了密。其实，你们也该想到，姓吴的能收买段彪为他所用，我就不能拉拢他的将校为我所用？吴家军里许多的将校本就痛恨吴三桂父子不忠不义，只是慑于吴三桂的淫威忍气吞声没敢反抗。如今吴三桂已命丧在我民军的剑下了，吴家势力已成了兔子尾巴，他们就自然都转向了，现在明里是吴家的干将，暗里已是朝廷的帮手，时机一到还会反戈一击，置吴家兄弟于死地！如今啊，长沙城里还真正在替吴家兄弟卖命的将校已不多了，你们能落到这等下场也是必然了！"她轻轻地道来，每句都让段彪和陈春宏胆战心惊，因为他们心中的质疑和担心已在小悦这些话中得到了验证。小悦突然"哈哈"一笑，好不得意地大声说道："我暗中经营多年，他们终于发挥作用了！"又招了招手，唤来了兵士吩咐道："这三人罪大恶极，我要把他们滴血的头颅挂到长沙城去，如果只留下个不能滴血的僵尸，就毫无用处，只能剁碎喂狗了，你们可要看紧了！"说完，瞥了段彪和陈春宏兄弟一眼，就转身走了。

进了议事厅，小悦总不说话。她不说话，其他人也不敢开口，所以，厅内有了短暂的沉静。或许是觉得如此沉静不合时宜，于奎弱弱地问了一句："格格当真要砍了段彪的头颅挂去长沙城？"小悦看了一眼于奎，起身踱了起来，踱了几个来回后，才突然说道："不！要放了他们！"她坐回去后又说："砍了太过浪费。他们虽已令人不耻，但还能废物利用！"于奎疑惑地望着小悦，又问："放了就不受控制了，还如何利用？"张安明白小悦的意图，所以，接过了话说："放，就是利用！"但他还未说明，于奎就已截过了话："我懂了！放，是让他们回去解释、禀报。这一解释、禀报，就有好戏了！格格，高明，实在高明！"

李茂突然出现在了门口。他听清了张安和于奎的对话，觉得好奇，便问：“要放谁啊？”小悦望着李茂那风尘仆仆又春风得意的模样，知道他是得胜而归了，所以站起了身来说：“要放段彪和陈春元兄弟呢！你没想到吧，段彪早已是吴三桂的走狗。他带人前来，是要与他主子里应外合踏平我大沩山。我让你去伏击的叛军，就是来与他会合的！看你这气色，是大胜而归了吧？”李茂大吃了一惊，“哦”了一声后，说：“段彪竟然是叛贼啊！”又说，“禀格格，这次伏击歼敌两千余，俘敌四百，其余叛军已狼狈逃去。俘虏都放在黄材大营，我要李高元将军分散安置，训后待用。”小悦春风拂面，扬起了脸说：“你得胜而归，值得祝贺！你成功截住了那大股叛军，保证我们顺利收拾了段彪，功劳不小呢！”李茂略显羞涩，抱拳一揖回道：“格格夸奖了！这次未能全歼叛军，哪有功劳可言啊！”

“阻住了叛军，就达成了目的，这就是功劳！”小悦邀李茂一同坐了，问道：“我想把段彪和陈春元兄弟都放了，你有异议吗？”李茂笑道：“格格认为该放，那就得放，我知道格格自有意图。”小悦“嘿”地一笑，说：“那就放！坚决放！”也就在这时，王炳也来到了议事厅。他并未在意厅内的气氛，直接就说：“禀格格，战场已清理完毕。经清点，活的尚有两千五百余人，其中有伤者六百多。这些人该如何处置？”小悦一笑，回道：“分散安置，训后待用！”稍一停顿，又说，“以后不管从哪里俘来的兵员都得用上，不要浪费！”

从监牢里出来后，王佑三就心事重重，至今半句话也未说。他一直在想着与段彪的有关事情，心里叠起了许多意想不到。他意想不到段彪会是个叛徒，意想不到小悦轻易就视破了这个叛徒，意想不到小悦独断专行的一系列安排是个既骗了叛军又骗了自己人的连环骗局，更意想不到小悦凭这连环骗局既打了大胜仗又抓了叛徒，还意想不到小悦会要放走这个叛徒。他从这诸多的意想不到里，看出了段彪这类凡事都信誓旦旦的人绝不可靠，更看出了小悦的智慧谋略已远超常人想象，所以，心情已很复杂。当然，他也有了许多的疑惑，最大的疑惑就是不知小悦怎样视破了段彪。为解开这道疑惑，他插上了话去，问道：“请问格格，段彪行事说话与从前无异，他的兵士循规蹈矩也无特别，你是怎么视破他的？”

小悦稍有一愣，笑了。她说：“这事还真有必要给你们说说。”扫视过全场，接着说道：“段彪刚来时，我就有了怀疑，因为他所说的经历有明显的编造痕迹。后来，我通过去他营中表达关心、巡察和操训，找到了一些破绽。第一个破绽是，他营中湘籍兵员少，北方和云、贵兵员多，这只符合吴军兵员的构成特点。第二个破绽，他骑兵只有三十，却操训频繁，多为远训。我据此观察，发现每次远训回来不是少几人就是多几人，就断定他远训是为掩护对外联络人员进出营地。第三个破绽是，他表面上虽与从前无异，但遇事必与陈春宏商量，且顾及陈春宏脸色，我看出了这支队伍的实际掌控者是陈春宏。第四个破绽，我听到过他营中有人提及过'吴大帅'，这种称呼就更暴露了真相。还有更重要的是，陈春宏看起来贪玩，但又只游玩几处地方，这就引我摸清了原来隐藏的奸细，这些奸细又反被我利用，让我获得了更多证据和疑点。我通过探子队查证了这些疑点，也查证了叛军确实派有队伍进入大沩山。从感情上讲，我不愿意承认段彪是个叛徒，但每个证据都逼着我承认，所以我只得利用他唱了这出大戏。我安排这出大戏，是要给他大沩山空虚的假象，引他调动长沙的叛军，我再外阻内剿，一箭双雕。我刚一放出风声，长沙叛军就有了动静，我探子队跟着这动静摸清了叛军意图。我安排大军假征益阳，是为阻敌来进。我安排段彪留守大营，是为满足他的如意算盘引叛军上钩。我这出戏调动了叛军劳师以远增兵益阳，却扑了空。又调动了两万叛军前来攻打大沩山却被李将军杀得了丢盔弃甲，也让段彪和陈春宏兄弟直接暴露。这都得感谢你们毫不质疑地服从调遣，要不然，哪个环节稍有破绽，戏都会要唱砸。你们都功不可没啊！"

"这出戏确实精彩，编得巧妙，演得成功，格格高明！"于奎一直在琢磨今日的战事及民军一路来的成功，已对小悦钦佩至极，而且还有了许多感慨："我以为，今日这戏还不算大戏，真正的大戏是这一路来格格对民军和战局的全盘掌控，这里面大戏套小戏，戏里有戏，还戏外有戏，且每出都精彩。我一想起我民军一路来的成功，就觉得格格实在英明！"望着于奎笑意盈盈的模样，小悦也笑了，说："这些戏之所以都演得好，是我们每个角色都尽力在演。今日这出戏落幕了，我还会编造更多的戏，大家还得要好好地演呢！"看了看各位，又说，"好了，我先把今日要作的事做个调摆：我和张统领、李将军去慰问各营将士，王炳继续处置俘虏，于副统领去巡查边卡。"还专对王佑三说："您去释放那三贼。要告诉段彪和陈家兄弟，我民军正大光明，不杀俘将，希望将来能与他们在战场上见分晓，望他们好自珍重。办完此事，您得张罗晚宴，我民军又建一功，当庆贺。再说，我过日真要去岳州了，要把各级头领召集过来做个布置，以便大家各尽其责，再立新功！"

第五十七章 互致歉道出秘密 洪秀珍席上成亲

　　小悦、张安和王炳、柳叶刀一行，于大年三十到达了岳州，没顾得吃上年饭，就开始了部署。她将暗插在岳州的民军队伍全部交给了萨哈勒统管，又策应王度冲、陈珀等公开归降了朝廷，指定了张安为朝廷在岳州的临时最高将领，统领了岳州平叛民军和王度冲、陈珀各部。张安掌握的数万大军与官军配合，大败了叛军，逼吴应麒溃逃去了长沙。为配合官军收复长沙，小悦先带王炳夫妇赶回大沩山，组织大沩山民军主力与岳州的平叛民军两面夹击，收复了益阳。进剿长沙时，她与张安率兵在探子队引导下，渡湘江西进直插叛军身后，配合从岳州和江西攻来的官军攻克了长沙。至此，叛军在湖南的主力已被剿灭，残余已由安亲王组织清剿。

　　攻打长沙能如此顺利，既得益于朝廷各方密切配合，也得益于叛军内部已严重分化。朝廷兵马未到，叛军已自相残杀，最后分崩离析，一败涂地。驻长沙叛军的分化，既有内部矛盾积累的原因，也与陈春宏胡指乱咬有关。陈春宏回去后就指控段彪是奸细，段彪被剁碎喂了群狗。接着，将小悦所说的话传给了主子，加重了吴家兄弟的疑心。陈春宏更是利用这点，指控了几位与他有过节的将领，导致了这些将领倒戈引起了内斗。一时间，吴家军的将校互不信任，人人自危。而陈春宏兄弟也因积下了重仇，被人剁碎抛去湘江喂了鱼虾。

　　岳州、益阳、长沙相继收复，小悦大喜。但也有一事令她痛惜，萨哈勒追击吴应麒时马失前蹄，重伤不治。她厚葬了萨哈勒，指定了薛维柱掌管了岳州兵权，将岳州民军编入了官军并已向朝廷报备，还从大沩山调拨军需补充了岳州驻军。

　　吴应麒占领岳州时，薛维柱放弃撤离机会冒险潜留，并很有作为。对这位忠心耿耿、有智有勇的将领，小悦非常敬重，除已与李茂、何卫、张安联名向皇上举荐其继任总兵外，今日她与张安又再临岳州，替她的皇帝哥哥来慰问这位忠臣义将了。

　　小悦和张安到达薛府时已是午后，薛维柱正在外奔忙，薛夫人和薛珊接待了他俩。互相见过礼后，小悦就要薛珊陪同张安去了军营，她自己则与薛夫人说起了话。薛夫人对小悦心存感激，所以，一坐定，就问长问短，格外热情。而小悦也特显亲切，当聊到大沩山的事时，她深有歉意地说："我未把薛将军和薛珊姑娘都在岳州的事告知您，让您担心了多年，对不住了！"薛夫人一笑，柔声说道："都是平叛的需要嘛。其实啊，你虽没说，我也看出了，你对岳州军情了如指掌，我就知道有人给你提供信报，这时候就猜到大龙和珊儿定是来岳州了。你不说是要保密，是为保护他们嘛！"小悦娇美地一笑，说："夫人开明、智慧，我得谢谢您不怪！"薛夫人却慈爱地看着小悦，说道："格格快莫这样说。其实呀，我也有事瞒你。我家维柱深得皇上信任，把皇上要他'像一颗钉子钉在岳州'的旨意牢记在心。那年我撤进大沩山时他就跟我讲过，若岳州失守他会留下，要把自己钉进叛军的心窝。后来我没见他去大沩山，就知道他潜留了。这事我没跟你说，我俩就扯平了！"小悦略显惊讶，但又笑了，且激动地说道："薛将军的成功也得益于您的支持，朝廷成功收复岳州也有您的功劳了啊！"薛夫人娇羞地摇着手，说道："你说得我好惭愧了。作为妇人，我只知道丈夫孝忠皇上理该支持，别的我做不到，替他保守住秘密是能做到的，我只尽了点妇道，算不得功劳。而我在大沩山给你添了不少麻烦，还总在愧疚呢！"小悦动情动容了，说道："大沩山条件差，我也对您照顾不周，让您受苦了。"可她话尚未说完，就被匆匆归来的薛维柱打断了。

岳州收复后，薛维柱一心扑在了生产重建和军力扩建上。刚才，他正与张大龙在湖中视察，突然接报格格专来看望，便二话没说登了岸。一进门，就行起了大礼："不知格格光临，未能远迎，还望格格恕罪！"小悦回礼说道："将军专心治军，辛苦了！我是代表皇上来看望您的，还望您多多保重！"薛维柱邀请小悦坐了，自己也坐了个端正后说道："岳州为兵家要地，又是鱼米之乡，皇上要我'像一颗钉子钉在岳州'，是对我的无比器重和信任，我不敢有半点懈怠啊！"小悦望着薛维柱，关爱地说："皇上信任将军，是因将军忠心、智慧。岳州邻长江、靠洞庭，地域广水域也广，要守好这块宝地责在不轻呢！请问将军，兵员钱粮都够吗？"薛维柱答道："我正想向格格禀报呢！王度冲、陈珀开走后，我还有两万多兵力，只需要招募少量水军兵员即可。格格知道的，我大清江河湖海水系甚广，将来会需要大量水军，所以，我想借洞庭之水先建个水军营，日后再视情扩建。还有，军中将校空缺尚多，我已上奏拟任胡大魁为副将晋从二品，刘二、张模、张敬等各统一协，张大龙独统水军营。至于钱粮，战时有所缴获，前段又得到了格格的补充，目前够用。只是水军营建起后开销就大了。"小悦点了点头，接话说道："我已与李茂、何卫、张安联名拟奏并派黑豹、白豹送往京城举荐您为岳州总兵了，皇上定会准奏的。您对军中将校的安排合适，胡大魁这些人该用，为了更有把握，我会与张统领再联名助荐。您筹建水军营甚有远见。至于水军兵员，你可先从民军中去挑选。但军饷之事，朝廷暂时还拿不出太多银子，这困难还得您自己克服呢！"薛维柱拱手一揖回道："感谢格格的举荐。不管皇上是否准奏，我都会'像一颗钉子钉在岳州'。兵员之事我会要张大龙去挑选。军饷之事我尚未向朝廷申要。我正在配合岳州府恢复生产和商市，应很快就会有钱粮征收。水军营筹建也在省着办，但船上尚无大炮，如能找到制炮专才，就能省些费用了。"

　　提到制炮专才，小悦想起了伍兴，所以说："制炮专才我民军就有，民军的兵器制造督办伍兴就是！您若将民军的兵器制造行接编过来，就不用为兵器之事发愁了。"薛维柱大为惊喜，道："这太好了！真没想到，民军中还有如此的能人！"小悦笑道："别看民军将士多来自民间，但人才济济。皇上派我等前来组建这支平叛民军，就是要挖掘民间的能人为朝廷所用。就说这伍兴吧，原是个武林高手，但因偷盗被人废了武功。后来开办了火药厂、火铳行，民军念及他身有绝技，就未计较他的过往重用了他。他怀着感恩之心配制了大量火药，制造了许多兵器，包括大炮。他手下有众多师傅，带出了大批高徒。我曾封过他正七品民军兵器制造督办报备，如今若再委以重任，他定会竭力为您效力。我回大沩山后就将他指派过来交由您使用。"薛维柱再显惊喜，说道："皇上组建民军，是英明之举。民军得到了格格和张统领的开明之治，使民间的大批能人志士实现了志向，是格格的高明。至于伍兴，我当委以重任。我想奏请给他升个品级，并在人、财、物上多加照顾，让他再立新功，你看如何？"小悦点头说道："甚好！我还打算将民军织造总行也划归给您，这样，您的被装就可自行解决了。织造总行就由洪秀珍掌管吧，她懂行，这人您也熟悉，用起来顺手。还有个叫文烟的女子，可给洪秀珍当副手。这两人您可直接任命。"薛维柱又是一个惊喜，拱起拳道，"格格如此替我解难，我扼守洞庭、镇守岳州就无忧须顾了。"停了停又说："格格特意来看我，又替我解了当下之忧，我当以酒相敬表达感谢。我已在鸿岳楼设了酒宴，还约了几位民军的旧将相陪，请格格前往鸿岳楼，领了末将的心意吧！"

　　"薛将军客气了！"薛维柱设宴款待虽是正常之举，但还约请了民军的旧部作陪，正合小悦心之所想，小悦已有些激动。她说："我正想找他们叙叙旧、鼓鼓劲呢，正好，您已有此安排，那我就不讲客气了。"薛维柱站起了身来，说："格格是重情之人，末将理当如此去安排的。格格，请吧！"小悦也果断站起，与薛夫人道了别后，就与薛维柱一同出了门。

在叛军占领期间，洞庭帮的房产都被叛军占用。岳州收复后，胡大魁念及洞庭帮已编入官军，便将产业都交了公，并发公告注销了帮号。当然，薛维柱给了胡大魁等特殊照顾，让他们住用了原有的帮楼，店铺也交由胡大魁派人经营。这样，不仅保全了洞庭帮原有的产业，军费不足部分也有了贴补的来源。薛维柱和薛珊分别陪着小悦、张安来到鸿岳楼时，民军的旧部已等候多时。小悦和张安受过礼后，就与大家道起了想念。直到快要入席了，小悦才想起了什么，说道："薛将军，还有个重要人物应在此才对呢！"薛维柱感到疑惑，说道："我军中与格格、张统领熟悉的中层以上人物都来了，其他的将校我想待格格视察军营时再一一介绍。不知格格所指是哪位啊？"小悦说道："我所指这位大家都熟悉，今日应当在场。先等等吧！"说着，叫来了两个侍兵交代了一番后，才坐回原位。其实，小悦提的重要人物就是洪秀珍。在湖南的平叛斗争中，岳州的暗线斗争贡献最大，而洪秀珍发挥的作用更为特殊。所以，在这些民军旧部欢聚的时刻，小悦要将她请来，对她，也对这些从事过暗线斗争的将校给予当面褒奖，让他们感受到特殊荣耀。当然，她也想借机给张敬和洪秀珍办个婚典，履行了她曾对张敬的承诺。

大家一边聊着一边等待着，终于等来了洪秀珍。小悦将其拉到了张敬身边坐下后，就说起了话："那年秀珍大姐来岳州担的是大任、险任呢。她能否与官军联系上我并未抱希望，因为我既不知道官军的主将是谁，更不知这位主将是否知道有湖南平叛民军的存在。可秀珍大姐凭着机智勇敢，硬是与官军搭上了线。现在想想，若无这条联络通道，如今的岳州可能还在叛军手上呢！"说到洪秀珍的事，薛珊最了解，也最有感受，所以，她接上了话说："秀珍姐确实功劳巨大，如果没有她的成功作为，我们掌握的情况不可能及时送达官军，官军的动态和朝廷军令也不可能及时发往大沩山。她确实不简单！"薛维柱看了眼洪秀珍，也说道："那时我也想与尚善贝勒爷联系，可形势复杂没有成功。后来也是借助她这条通道才联系上的。"胡大魁不曾想到这平凡弱小的洪秀珍居然会有如此大的能耐，有着如此大的贡献，现已对她刮目相看了。出于好奇，也插上了话问："秀珍啊，你是如何取得尚善贝勒爷信任的啊？"洪秀珍一脸绯红地回答说："我是凭格格对我的信任壮胆闯到贝勒爷的营地去的。当时，我被官军当奸细抓了，还差点被杀了。但我总说有特大军情禀报，一定要见他们的主将，他们才让我见了贝勒爷。但贝勒爷不相信格格在湖南，更不相信皇上组建了平叛民军。后来我把格格交代的话跟他说了又把格格写给皇上的密信交给了他，还凶狠狠地对他说：'你可以把我杀了，但必须把格格的密信送达皇上，若是误了皇上和朝廷的大计，你就会成千古罪人！'呃，我这一凶，贝勒爷却笑了，他让我住在了他的军营里，一段日子后就来找我了，说他证实了我所说的无假，说皇上还夸奖了民军。后来，他让我带上他的人潜入了岳州。就这样，我们建立起了双向的联络通道。"胡大魁果真钦佩了，而且还感叹道："真看不出啊，你还如此有智有勇！"洪秀珍脸虽红着，但自豪地说道："哪是我有智有勇啊，都是格格事先教我这么做的！"

"好了，你们都知道秀珍大姐建的是大功、奇功了。"小悦开心一笑，又说："今日我请秀珍大姐前来有两个意思。一是要当面褒扬她所建的功劳，也要褒扬薛将军、张敬、张大龙、薛珊等所建的功绩。当年，你们冒险潜伏叛军的领地，建立联络通道，获取叛军军情，策反叛军将领，引领民军安插，为岳州乃至湖南的成功收复立了大功，这些都会彪炳史册！第二个嘛，呃，这是惊喜之事，我得暂时藏着，酒到酣时再说。今日是薛将军请我们相聚，还是先领了薛将军的盛意吧！"她这有放有藏，调动了大家的情绪。薛维柱非常激动，果断地举起了酒杯来。可就在这时，胡大魁喊了声"慢着"，说道："格格，哦，小妹你为何还要卖关子啊？既然是惊喜之事就该直接说嘛，让我等带着惊喜开喝不是更有滋味吗？"胡大魁冒出来的是无礼之举，小悦已感到诧异，但还是堆了笑回道："不，越是令人惊喜的事就越得先要有个隐藏，你们说是吧？薛将军，举杯吧！"薛维柱点了点头，不无兴奋地说道："我常听从大沩山来的人说，只要有小悦格格的地方，就会有惊喜不断，果真如此啊！既然是惊喜，是先得隐藏，隐藏得越久，惊喜才会越大嘛！好，为欢迎格格和张统领专来看望我们，我们举杯相敬！"

酒席一开，杯觥交错，好不热闹。正是人借酒胆，酒助人兴，数巡过后，大家的话就多了，也已没了等级的顾忌，还多了亲和的气氛。民军旧部说的都是些旧事，话到了兴奋之处时，会举杯齐喝。小悦和张安夹在其中，与大家兴奋成了一团，也喝成了一团。在这场面里，薛维柱开始还显得有些尴尬，后来也端起了酒杯，喊道："我要敬大家一杯！"待大家安静了，又说，"民军将士在格格和张统领的治领下，个个虎胆神威，屡建奇功。现在，我要敬格格、张统领和各位，以表达我对湖南平叛民军将士的敬意！"大家都把酒喝了后，又嚷开了，"薛将军够意思"，"薛将军英雄虎胆"，嚷得薛维柱一脸的高兴。而就在此时，胡大魁突然喊道："都别闹了！先请我小妹道出那个惊喜来吧！"桌上的声音戛然而止，大家都把目光投向了小悦。小悦早已放下了酒杯，堆笑说道："大家都知道我善于成人之美，今日啊，我再要主媒，借薛将军这盛宴给秀珍大姐和张敬大哥办一场简朴的婚典，成就了他俩的心愿，也兑现了我曾给张敬的承诺！你们惊不惊喜啊？"

"惊喜——"起哄的声音惊天动地。但张敬不知所措，满脸通红，且已说不出话来。倒是洪秀珍面带娇羞地责备起小悦："格格如此突然，让我这心都快要蹦出来了！"小悦一笑，走到了洪秀珍的身边。可就此时，胡大魁大嚷上了："我不同意！"他鼓着双眼，又说，"小妹要主媒我不反对，但婚典如此简单办我不同意！张敬是洞庭帮的元老，与洪秀珍又都是民军的功臣，他俩的婚事不能如此将就！"

众人大为吃惊。而小悦不仅吃惊，还甚是扫兴，但为顾全大局，还是挤出了笑容对胡大魁说道："我如此安排，是不想让张敬和洪秀珍再有耽误，也想趁我在岳州能把这喜事办了兑现我对张敬的承诺，还想就着这机会办，免得再费时费力又费钱。我民军本就有婚事简办的先例，今日岳州驻军的头领全都在场，又有我主媒，这怎会是将就呢？"胡大魁很是不屑，还有了几分的倨傲，说："他俩既已耽误，也不在乎再多耽误几日，过几日再隆重地办也来得及。说到费用，再省也不能省我兄弟成婚的钱吧？以前婚事简办是因战事繁忙，如今又怎能让我兄弟如此地没了体面呢？"小悦虽感不快，但还是面带微笑，回道："此言不对！我是当朝的格格，张安是湖南平叛民军的统领，薛将军和您又是岳州驻军的头领，其他各位也都是军中的将校，我们这些有头有脸的人物聚在一起给他俩举办这婚典，怎会没有体面？"胡大魁倨傲不恭地说道："有头有脸？我可没有！反正这婚典不能办！你敢办，我就掀桌子！"他话已说到了这个分上，是对小悦的尊贵身份的公然的挑衅，小悦已忍无可忍。但因有所顾忌，也只面带愠色小声地问道："这本是一件大喜事呢，你硬是要如此搅和，到底是何意？"

胡大魁的这番闹腾，确实扫了大家的兴，也令张敬和洪秀珍甚是尴尬。而薛维柱先是尴尬，现在已有了气愤，所以不再忍了。他站起了身斥道："胡将军错了！有当朝格格出面办此婚典，已是天大的体面了。你这番表现太失将军的气度了！"胡大魁却瞪着薛维柱，没好气地回道："将军个屁！我只是个民军中的小都领，现在到了你手下充其量只能算个杂役，你这是取笑我了！"小悦虽然生气，但听了胡大魁这句话后也已在反思。她想，岳州的民军划归薛维柱部已有数月，这些人至今都还未得到一个任用和晋升的承诺，心中难免会有了怨气，胡大魁正是在发泄怨气，而且这怨气可能还不只是他一个人有。所以，她缓缓地站起，对胡大魁，其实也是对大家说道："薛将军并未取笑您呢！能让你和各位得到重用一直是我和张统领、薛将军心中的大事。战事一平，我就将你们编入官军占得了先机，薛将军也已向皇上举荐你们且各有升任，我和张统领还会助荐，你们可要沉得住气啊！"听她这么一说，胡大魁稍有了一振，低下了头。薛维柱却扫视了一圈后接上了话："格格所说没错，我确已举荐各位。只是举荐提拔属军机大事，圣旨未到前我没敢泄露。我的奏折已到了京城，凭皇上对我的信任，也凭有格格和张统领联名助荐，皇上定会准奏的。到时圣旨一到，我岳州驻军又要欢天喜地了！"

胡大魁抬起了脸，想说什么却没说出口。但一直没有说话的张安突然站起，说上了话："各位都快要晋升了，可喜可贺啊！其实啊，格格对你们是有特别感情的，她优先将你们编入了官军，今又专来看望，还要助荐提拔重用各位，当下又要主媒给张敬和洪秀珍举办婚典，凭的都是这份特殊感情！你们都是有头脑的人，应都感受和领悟得到，这我就不多说了。既然大家都将有大喜降临，我们就该先办好这场婚典，再添个喜头嘛！我看啊，婚典继续吧！"张敬在经历了惊喜、尴尬和再惊喜后终于回过了神，听得张安把话说完，就大喊了一声"好！"说道："承蒙格格关心，我已感激不尽。我与秀珍早想成婚了，但因军务繁忙未敢提及。今日得到格格体谅，我受宠若惊，愿与秀珍马上成婚，婚后定携手共进，为朝廷建功！"大家先是一愣，随后异口同声地吆喝起了"好"！这吆喝声一起，气氛就喜气了。小悦见有了合适气氛，便说道："人生最美莫过于洞房花烛夜，我们就成全了张敬大哥和秀珍大姐的美好愿望吧！薛将军，您是岳州驻军的最高头领，请您主婚吧！"薛维柱不无兴奋，说道："荣幸之至啊！为人主婚本是美事，而今日这婚事又有格格主媒，我美上加美了！好，婚典开始！"他扫视了全场，按照规矩一项不缺，把婚典办定了。接下来，就发动了大家大喝特喝，直到了半夜。

小悦早已吩咐侍兵传令给邹泰去张罗好了张敬和洪秀珍的新房，酒席一散，就嘱咐张模、刘二、张大龙、薛珊等送张敬夫妇去了洞房缠绵，而她自己则拉上胡大魁去了一旁，掏出了那半块玉佩交还给了胡大魁，冷冷地说："这该物归原主了。"胡大魁接过玉佩后茫然地望着小悦。小悦又说："过几日你得随我去大沩山一趟！"胡大魁一听，已显得不安，颤声地说道："惜梅他们都已迁来岳州了，你要我去大沩山是为何事？难道……呃，我刚才也只是一时的糊涂，并非真要冒犯，你可得要看在兄妹的分上放过我才行呢！"小悦却一副冷冰冰的模样，干硬地回道，"您得去大沩山办件大事，是你自己的大事！"稍一停顿后，又说："这玉佩是很有灵气的，你必须得随身携带。我走了！"走出几步后却又突然转过了身来，说道："其实你并不叫胡大魁，而是叫傅大桂，对吗？"说完后直直地盯着胡大魁，见胡大魁已是满脸的惊愕，才转身就走了。

第五十八章　宣懿旨民女受封　当格格只因有功

一段时间过去了，何卫回到了大沩山。他将小悦的书信分别交给孝庄太后、康熙皇帝和庄亲王后，并未在皇室内引起波澜，但促成了两件事：一是康熙对文武百官做了交代：格格亲屠吴三桂的功劳，按格格的意愿应当归功于民军的全体将士，大家不要再宣扬。另一件是太皇太后下了懿旨，收了柳叶刀为皇孙女，赐爱新觉罗氏，封为柳叶格格。太皇太后还带给了小悦一句话："你绝对是祖母的亲孙女。"且还给小悦带来了两套花色款式相同的格格旗装。倒是对湖南平叛民军将士的安置，朝内意见很不统一。以满臣为主的大臣们主张功不入史、人应遣散。而以庄亲王和汉臣为代表的大臣们则认为民军是奉旨组建的，且功劳巨大，其功劳应当入史，人也应当重用。因此，康熙暂时也未定夺。但博果铎透露了皇上的心思：隐其事、用其人。对民军的旨意是：休整候旨。何卫带回来的消息，令小悦又喜又忧又担心。喜的是老祖母终于封了柳叶刀为格格，在日后有人再提及"格格"亲屠了吴三桂时，便有了混淆辩解之便。忧的是民军的战绩可能会要被历史所淹没。而担心的是民军将士的出路会因朝中有人阻扰而被堵塞。这几日，她想了很多，最终，还是给皇上拟了封书信，再派大虎、小虎送去了京城。

大虎、小虎赴京后，小悦又为两件事而纠结了，是该先让胡大魁与柳叶刀父女相认，还是该先向柳叶刀宣懿旨组织庆贺？她在岳州将那半块玉佩交还给了胡大魁后，突然道出了"傅大桂"之名，就是要察看胡大魁的反应，而胡大魁那满脸的惊愕已让她确认，他就是傅大桂无疑！所以，一回到大沩山，她就想好了要安排一个特别的场面，营造一种特殊的气氛，给柳叶刀和胡大魁一个感天动地的惊喜，也给休整中稍显焦躁的民军将士注入一支兴奋剂。可她正当要着手这件事时，何卫又带来了太皇太后的懿旨，降给了柳叶刀另一桩美事，宣布懿旨振奋军心也成了当务之急。最终，她把宣懿旨并庆贺柳叶刀授封摆在了首位。她已想好，要隆重地庆贺，并借此给在休整的民军将士吃一颗定心丸，让大家能看到希望和出路。不过，在确定庆贺之辞时，她心生了谨慎，不想再次提及到柳叶刀的事迹。所以，就将太皇太后的懿旨透露给了张安。张安为之一惊，说："柳叶刀神啊！哪来这么好的运气啊？"面对张安的惊喜，小悦淡淡地一笑，问："我想尽快宣懿旨，你说，宣懿旨后我民军将士会有何反应？"张安不无兴奋，说道："还用说啊，为之振奋，一片欢腾啊！"小悦点了点头，又问："庆贺时我得有套说辞，我该怎样讲呢？"张安不以为然地回道："老祖母怎么说，你就怎么讲呗！"小悦却摇了摇头，说："老祖母说的是念及柳叶刀机智、勇敢，甚为可爱，我不可重复呢！"张安随意一笑，回答道："那你就说，是柳叶刀在民军中的特别表现感动了老祖母嘛！"

"特别表现？"小悦轻念了一声，一拍大腿，笑了，"很合适啊！这么说，你也意识到了不可再次渲染柳叶刀的事迹？"张安昂头笑道："当然！老祖母特意要封柳叶刀为格格，就是为了要混淆两个格格。老祖母说柳叶刀机智、勇敢，甚为可爱，就是为了避免重提手屠吴三桂的事迹。老祖母的用意你没看懂？"小悦笑道："看懂了，只是没有想出替代之辞。呃，幸好有你帮我想到了！"张安一笑，摇手说道："不是我帮你想到了，是老祖母都替你想好了！"小悦已满脸的欣喜。但张安又问："你打算何时宣懿旨？"小悦缓缓地站起，回答说："这应与民军高层商量后再定。我的想去是越快越好，最好是明天午后宣懿旨并庆贺，后天起，我就陪柳叶刀去各营地、村寨巡游。我要利用这机会让大沩山都沸腾起来，让民军将士和百姓都感受到皇恩浩荡，前途光明。"

第二天早餐后，小悦和张安正要去找民军高层商议宣懿旨之事时，却迎面遇上了急冲冲而来的伍兴。伍兴压低了声音说："禀格格、张统领，谢凡被杀了！"小悦一惊，问道："为何被杀？是谁所为？"伍兴说道："应是仇杀。是谁所为还不清楚。我昨天赶到了铁匠行，想要找几位懂船的铁匠去参与研制船炮。今早我去找他时，就发现他已被杀在了床上，是一刀致命。我已将他的房门锁住，目前尚无其他人知晓。"他叹了口气，拿出了一张纸条，又说，"凭这个应能查出凶手。"小悦接过了纸条，纸条上写有两句话："血债必用血来偿，取你狗命祭爹娘。"她将纸条递给了张安，若有所思后对伍兴说道："纸条就放在张统领这里吧，你去把谢凡葬了，让他入土为安吧。谢凡没少干坏事，仇家太多，是谁所杀已很难查清，就不要声张了，以免扰乱了军心。"她仰头望了一下天空，又说，"安葬前你要把他的尸体和现场都处理好，要对外宣称暴病而亡，他毕竟是我民军中的一员，就给他留个好名声吧！"伍兴迟疑了片刻，回话道："谨遵格格吩咐，我定按暴病而亡了结此事。"他抱拳向小悦和张安施了礼后，就转身去了。

"我那婶子还真懂得什么叫'君子报仇，十年不晚'呢!"伍兴一走，张安忍不住说道。小悦嘘了口气，说："这个文烟啊!自从柳叶刀提及过她的遭遇和脾性后，我就想到了她这仇肯定会报。我一直担心她会把仇恨的目光对准整个洞庭帮而引起内乱，但她只找冤头债主算了账，且到现在才下手，这也算是顾大局，讲分寸了，也让我这心里踏实了!"张安点了点头，轻声地问："如此说来，你不打算追究她了?"小悦瞟了一眼张安说道："追究?怎么追究啊?你又舍得追究吗?这么一个读过诗书、恩怨分明、顾全大局、讲究分寸的女子，我不仅不愿追究她，还要重用她呢!我曾向薛维柱推荐过她去担任洪秀珍的副手，现在改主意了，要她给我当助手!正好，要张五叔也跟随我们，我们还能常吃到状元菜呢。"张安已感到诧异，稍后却惊喜地说道："你这是大仁大义大智大慧啊!"小悦却眯起了眼来看着张安，讥笑道："替你的婶子高兴了是吧?"又说，"你确实该替她高兴，因为她这品行正对我的胃口。这事啊，就先不谈了，走吧!"

到了议事厅，把李茂、何卫、王佑三和于奎招拢后，小悦直接就说："今日找你们来，是因为何将军带回了喜信，要与你们商议看如何宣布这个喜信。"何卫朝小悦一揖说道："这喜信就由格格你来说吧!"小悦朝何卫点了点头，又说，"皇上对我民军大加赞赏，要我们休整候旨，下一步肯定会给我们一个满意的安置。太皇太后还下了懿旨：收湖南平叛民军织造督办杨柳叶为皇孙女，赐爱新觉罗氏，封柳叶格格。"因为并非宣旨，她说得并不郑重，可李茂、王佑三和于奎听后，都瞪起了眼睛张大了嘴，那"啊"的惊讶声拖了好长。但她并未理会这些，而是接着说道："这事开了我大清朝的先例，是皇上和太皇太后对我民军的肯定，对我民军将士的重视。你们都说说，该何时宣懿旨、该如何庆贺为好啊?"李茂回过了神，看了看王佑三和于奎后，扬起了喜悦的脸说道："当然越快越好，应尽快让将士们分享到这份大喜!"笑了笑又说，"太皇太后专为杨柳叶开这破祖制的先例，是对我民军将士的格外看重啊!"小悦只看了一眼李茂，便转向王佑三问道："您的意思呢?"王佑三像在梦中，茫然地望着小悦，反问："什么意思?"小悦"噗"地一笑，又装出了个郑重其事，再问："该何时宣懿旨?该如何庆贺?"王佑三如梦初醒，堆笑回道："这个啊，你们定，你们定啊!"小悦抿嘴一笑，又把目光对着了何卫。何卫说道："我也认为该尽快。就今日吧，先宣懿旨，再喝庆贺酒!只是，这事先得保密，若先有所透露，就会有损懿旨的庄严，是大不敬呢!"王佑三却在这时插上了话，一个劲地说道："是的，要保密，要保密!一定要保密!"

　　于奎也已乐得合不上嘴了，他好一阵才说："我同意按何将军说的办！只是这庆贺宴至少得有四道以上的状元菜撑门面才行。"他朝王佑三笑道："这次就得由你自己掏腰包承办了！还有，你那珍藏了几十年的老酒，也该拿出来喝了！"王佑三笑呵呵地回道："那是当然！虽然我王家也算将门之后，但从远祖住进大沩山以来也只到我这一代才赶上了这么大件喜事，我会用满桌的状元菜和三十年的老酒来招待大家，请放心！"张安望着于奎和王佑三，不无兴奋。挥起手道："我看就这么定了！我呀，啥也不说了，只盼着喝庆贺酒了！"小悦却笑盈盈地扫视过大家，起身说道："既然各位意见都一致，我就定板了！今日午后宣懿旨，我主持，何将军主宣。今晚摆宴庆贺，由王副统领操办。明日起，我陪柳叶格格去各营地、村寨巡游，巡游陪同人员的安排、仪仗和红花大马车的准备、各营地和村寨迎接事宜的布置都由李将军去办。张统领派人去通知中层以上的男女头领午后都赶来这里，要特邀王夫人参加，也要特请胡大魁来参加。大家分头办去吧！"张安、李茂和于奎郑重其事地道过"末将遵命"后便走了，而王佑三仍在傻呵呵地笑着，并无动静。小悦一见，捂嘴一笑，提醒道："您快去安排庆贺宴吧！"王佑三一怔，咧了咧嘴，连连地"哦"了好几声，才喜洋洋地走了。

　　宣懿旨的时刻到了。议事厅内，小悦环视了一圈，庄重地说道："各位，何将军从京城带回来了喜信。皇上对我民军大加赞赏，要我们积极整训，等待圣旨。太皇太后还下了懿旨，大夸了我民军将士，还给了我们惊喜呢！今日请大家来，就是要分享这道惊喜的。现在，请何将军宣懿旨！"何卫看了看众人，摆出了个庄严的神色大声喊道："湖南平叛民军织造督办杨柳叶接懿旨。"柳叶刀夹在人群里，一直在猜想，会是什么喜事？她没曾想到这道懿旨会跟自己有关，所以也只跟其他人一样，在猜想中期待，在期待中猜想，猜想得久了，神思也走远了，当何卫呼她接懿旨时，只摆出了个与己无关的神色望着何卫，并无动静。何卫又大声喊道："湖南平叛民军织造督办杨柳叶接懿旨。"到这时，她才一愣，睁圆了大眼，问："叫我？"何卫郑重地点了点头，说："是的，请上前接懿旨！""啊？"柳叶刀一个大惊，惶恐不安地跪去了何卫的面前，大呼起了"民女，杨柳叶，接，接懿旨！"何卫看了眼柳叶刀，再次环视过众人，大声宣道："念湖南平叛民军织造督办杨柳叶机智、勇敢，甚为可爱，特收其为皇孙女，赐爱新觉罗氏，封柳叶格格。望柳叶格格珍爱自己，多为朝廷建功。"他话音落下，场内已一片欢腾。王炳却突然变得了傻模傻样，张着脸既问这个又问那个："真的吗？是真的吗？这是真的吗？"柳叶刀接过懿旨后，全身都抖了，既忘了谢恩，也因两腿抖得厉害没能及时站起。小悦见状，道了声"恭喜姐姐柳叶格格"后，才将她扶起。

"恭喜柳叶格格，柳叶格格千岁千岁千千岁。"柳叶刀刚一站稳，众人就在王佑三带领下行起了大礼。面对这场面，柳叶刀上涌的血液已快要从脸上渗出。她"这，这……"地支吾着，双手抬起又放下，放下又抬起，整个儿地局促不安，不知所措，最后，只得期待地望着小悦。小悦已经开心得不行，为给柳叶刀解围，她大声喊道："柳叶格格欢喜着呢，大家都起来吧！"接着，又朝着大家站了个英姿挺拔，高声说道："各位，我大清并无收封民间女子为格格的祖制。而今太皇太后打破祖制，收我湖南平叛民军织造督办杨柳叶为格格，实是杨柳叶督办在民军中的特别表现感动了太皇太后，这也是皇上和太皇太后对我民军的高度认可。如今，我民军休整待旨，在皇恩将至之时，大家要打足精神，抓紧操训，随时准备奔赴新的战场为朝廷再立新功！"她话音落下，众人就在王佑三带领下齐刷刷地抱起了拳，一揖，呼道："请两位格格放心，请皇上放心，请太皇太后放心，我等愿为朝廷鞠躬尽瘁、肝脑涂地！"小悦见状，扬了扬手，说了声"请坐！"便在心里滑过了一丝淡淡的得意。她看了一眼柳叶刀后，又朝大家说："今日是我民军的大喜，更是柳叶格格的大喜，所以，王副统领特意安排了满桌的状元菜，还搬出了三十年的老酒以表庆贺。等会儿，大家一定要开怀畅饮，要喝出喜庆，喝出士气，喝出我民军的万丈豪情！请到正堂屋入席享受庆贺大宴吧！"

酒宴上杯来盏去，欢声笑语，好不热闹。柳叶刀与小悦坐在上位，接受着大家的祝贺。她酒量不大，但有小悦掩挡，并无多少酒水进肚。倒是王佑三和王炳，早已东摇西晃。而小柳早已喝得又唱又跳，被李茂抱走了。姜小青也破了从不喝酒的例，来者不拒，数轮下来，也失了仪态，被丫头搀扶着走了。但桌上只有一个人滴酒未沾，那就是胡大魁。胡大魁望着柳叶刀，心情异常复杂。他为柳叶刀高兴，却又不敢去敬酒祝贺。他想多看看柳叶刀一眼，却又不敢直面柳叶刀。他有想与柳叶刀靠近些的冲动，却又有一份自然的谨慎横亘在心。他像个局外人似的夹在这近乎疯狂的场面中，心却比局内的所有人还要疯狂。他强迫自己静静地坐着，除吃了几口菜，从头到尾没碰一下酒杯，也没说一句话，甚至未动一下身子。到席散了时，他没有与任何人打声招呼，便趁乱悄悄地遛了。

回到房内，小悦把张安支去了客房，拉上柳叶刀进了自己的卧室。她如此安排，当然是要与柳叶刀说说话。因为在这大沩山，她已不再是唯一的格格。一进房,她就从衣柜里拿出那两件花色和款式相同的旗装,不无欣喜地看着柳叶刀。柳叶刀虽已进房,却无法镇定,笑一会儿又停一会儿,停一会儿又笑一会儿,想要说话了,却还未开口又笑上了。小悦看着她这模样,心里虽乐得很,却特意地装出了个一本正经,说:"姐姐是高兴得疯了吗?"掐掐柳叶刀胳膊后,便将那套旗装递给了柳叶刀,说:"明日起,我就要陪你去各营地、村寨巡游,我们终于有机会一同穿上这套同款同色的衣裳了。"柳叶刀高兴地接过了衣裳,一看是套格格旗装,就愣住了,且双眉一举,问:"难道你早就知道我会要被封为格格了?"稍一顿,又问:"呃,是你要太皇太后封我为格格的吧?"小悦却不置可否,一笑,便上了床去,才说道:"你就甭管你这格格是怎么来的了,记得你已经是格格就行了。上床吧!明日白天我要陪你去巡游,晚上我俩还得以格格身份携民军高层宴请胡大魁将军呢。对了,明日一早你可得把酒宴安排好了再出门啊!"柳叶刀一脸疑惑,问:"为何我俩要以格格身份宴请胡帮主啊?"小悦拉上了柳叶刀的手说:"他现在是官军的将领,也是民军,更是博公寨的客人了,主人宴请客人正是常理啊!再说,我俩都是皇家的人,要时刻想到替皇上施情布恩于天下臣民。"柳叶刀听后若有所思,随后一笑,说道:"我懂了,这是要给他增面子、提身份、鼓干劲、添信心,要他更好地效忠皇上、效力朝廷。"小悦眉睫一举,赞许地说道:"你说得很对。姐姐就是聪明,怪不得太皇太后说你机智、勇敢,甚为可爱呢!"

"那是太皇太后褒奖我了,我愧受了!"柳叶刀将头搭在小悦的肩上,轻声地说道。想了想突然又说:"听说格格要住在宫里,也听说宫里的规矩多而且严,你说,我这个跑惯了江湖的民间女子,能当得好这个格格吗?"小悦一听她这话,便脸色一正,直言说道:"当然能!其实,要当好格格,懂规矩是次要的,重要的是要有为天下敢于担当的胸怀和为皇上分忧而甘愿放弃自我的勇气。这些啊,我相信你能做到!"柳叶刀却望着小悦,点了点头。她说:"这些我倒是都能做到!但我还是担心适应不了宫里的规矩,到时你得教教我呢!"小悦点了点头,脸色已有所沉黯,而且低沉地说道:"教你当然可以。其实,我也是不喜欢宫里那些规矩的,小时候就做出过许多有违规矩的事,好在有太皇太后和皇上护着,才未受到太多责罚。我出宫十多年了,就更不适应那些规矩了,好在往后不用长住在宫里,所以也不用担心了。只是你嘛,怎么着也该进宫去拜见老祖母和皇上,虽然老祖母和皇上都很开明,但你这第一次进宫,还是多懂些规矩好。这样吧,到时我会教你一些,你照着办吧!"柳叶刀摇着了小悦手臂说："这就太好了！只是希望不要我在宫里住得太久了，若住得久了，我就会感到难受了。"

"太皇太后和皇上肯定不会留你久住。"小悦看了眼柳叶刀，脸更沉了，又说，"我们以后恐怕也不能在一起了。想想啊，你我原本不是姐妹，却胜似姐妹，这都得益于能常在一起。现在真成姐妹了，可又难在一起了，一想到这儿啊，我这心里就伤焉焉的了！"柳叶刀疑惑地望着小悦，问："干吗要伤焉焉的呢？我们再待在一个窝里不就行了吗？"小悦摇头说道："这不可能了！因你我的缘故，张安和王炳都会受到重用，而他俩又只适合当外将，皇上肯定会让他俩去各掌一方。往后呀，我俩不仅不能住在一起了，甚至连见一面都难了。"柳叶刀轻轻一笑，不以为然，"也没什么难的呢！我可以向皇上请求，不要给王炳独掌一方的官，让他继续当张将军的属下不就行了吗？"小悦狠劲地摇起了头，说："你以为皇上会答应？皇上要从江山社稷需要去考虑人尽其才，顾及不得你我私交的。所以啊，人在官场，也身不由己！"柳叶刀仍旧不以为然，"还是不要紧啊！到时我去你那里住一段，你到我那里住一段，不就可以常在一起吗？"小悦又摇了摇头说："我大清幅员辽阔，若我俩住得一东一西，或者一南一北，相隔的路途就得走上一年半载，能随意地来回走动？再说了，我朝虽已平定三藩，但台岛孤悬海外，西北也不安宁，边疆还不稳固，往后不是征战就得固防，哪有清闲互相走动啊？"柳叶刀沉默了，说了句"这也是啊"也阴下了脸，因为她弄明白了小悦为何伤感后，自己也走进了伤感。但她并不愿意在这伤感里这么待着，所以，就噘了下嘴，从伤感中挣脱了出来，给了小悦也给了自己一番宽慰："管他呢，能走动就多走动，若不能走动，挂念着也行。"小悦看了眼柳叶刀后，摇头说道："挂念当然行，可挂念人的时候苦着呢！"停了停，又说，"行了，苦就苦吧，谁叫我们是格格呢？格格的胸怀里什么都要装得下，包括这些苦。"柳叶刀又沉默了，又被小悦带进了伤感，而且已没有了挣脱出来的力量。她轻轻地叹了一口气后，缓缓地躺下了身子，说："睡吧，你今日劳心又劳力，够累了！"小悦虽无睡意，但还是答应了柳叶刀。其实，她心里并无伤感，如此刻意地表现出伤感来，是想要让柳叶刀能够懂得，这顶格格的桂冠并不光标志着荣耀、得到和享受，还是责任、付出和承担。而柳叶刀虽已躺下，但并未入睡，因为她无法入睡，想起自己过去的坎坷，如今的身份，心里已翻腾着酸甜苦辣。然而，当再想到自己的未来时，就茫然了，因为她已看懂，她这被专封的格格身份带给她的并非全是荣华富贵，还有更多别的。

第五十九章　柳叶喜认亲生父　小悦登上毗庐峰

　　巡游第一天，小悦和柳叶刀去了附近的几个营地和村寨，所到之处都一片欢腾。她俩着一样的格格旗装，戴一样的旗头，穿一样的旗鞋，如孪生的仙娥一样的娇艳，令兵士们和村民们大饱了眼福。柳叶刀把自己能成为格格的功劳都记在了小悦身上，一路上时不时地对小悦说："你把我推上了荣耀的巅峰，我都快要晕乎了。"直到回到了博公寨，她还如此地喋喋不休。

　　一日的巡游紧锣密鼓，但小悦和柳叶刀在宴请胡大魁时仍神采奕奕，光彩照人，安坐在胡大魁的两边，就如鲜花衬着粗枝，让桌上的民军高层们对胡大魁羡慕不已。胡大魁却显得手足无措，笑容也刻板至极。好在小悦善于调节气氛，一通开场白之后，就让他的脸色生动了许多，而几轮酒过后，脸上已笑容荡漾。也就在此时，小悦摆出了个俏皮模样向他伸出了手来，说："借您那件有灵性的物件用用。"胡大魁皱起了皱眉，问："这物件给你何用？"嘴上似不愿意，但手已掏出了玉佩。小悦接过那半块玉佩握在手中，诡谲的神情已在脸上漾开。她扫视了一圈，对大家说："今日我得在此达成一桩心愿，给柳叶格格一个惊喜！"在众人的注视下，她将那半块玉佩放去了柳叶刀面前。柳叶刀顿时睁圆了眼睛，忽地站起，看了看胡大魁又看了看小悦，嘴唇已开始抖动。小悦眼里飘着神秘的光，对柳叶刀说道："胡将军以前就叫傅大桂！"她声音不高，但每个字都稳稳地落在了柳叶刀的心上。柳叶刀惊喜交集，拿起了玉佩，脸上浮起了一种特别的笑，眼里却有一弯清泉在流转，"这是真的吗？"她目光已在小悦和胡大魁脸上来回飘动，声音已有些颤抖。而胡大魁也已站起，但显得茫然。柳叶刀已将那半块玉佩放下，从衣内掏出了另半块玉佩，看了看绸布，缓缓地将这半块玉佩移向了桌面。就在两玉严丝合缝地拼了个完整时，泪水就哗哗地流了，随后，面对胡大魁哽咽着说道："'一别不知何处去，静待此玉相合时'，这是我娘托人留给我的唯一嘱咐，这半块玉佩也是她留给我的唯一物件。"胡大魁本像一截木头愣愣地戳在那儿，可此时，手已抖了，唇也颤了，两行浊泪划过千沟万壑滴落到了衣上，喉结已快速蠕动，最后大喊了一声"孩子——"将大喊了一声"爹"后扑过来的柳叶刀拥进了怀里。这一幕实在感人，在场的人已纷纷站起，有拍掌的，有惊呼的，有大笑的，还有淌下了喜泪的。小悦却扬起欢笑端上了酒杯，说："这是个激动人心的时刻，我们举杯祝贺柳叶格格，祝贺胡将军吧！"众人既惊喜，又感动，祝贺时都真情满满。王佑三敬了酒后还抱住了胡大魁，说："原来你是我亲家啊！"

不知父爱是什么的柳叶刀，终于有了父亲，尝到了父爱的滋味，整个人也发生了巨变。以前的老成不见了，言语和神韵间有了孩子的味道，且还会时不时地释放出一些小女孩的娇气。这些日子，她白天巡游，晚上与王炳去陪伴胡大魁，享受与亲爹相处的幸福。胡大魁明日就要回岳州了，这晚，柳叶刀和王炳带着孩子，还有小悦和张安、李茂和小柳、何卫和水秀、于奎和春桃、王佑三和姜小青，都陪他聊了一晚。最后时，他说："我这辈子，很值了，值就值在遇到了小悦。从那时起，我就好运连连，走上了光明之道，也已官至高位，这都是次要的，重要的是她替我找回了惜梅，惜梅给我生育了一对儿女，如今，又替我找到了大女儿柳叶，我值，我得用一辈子来回报小悦，要倾注后半生效忠皇上、效力朝廷！"停了停又说："但也有遗憾啊，遗憾的是，我没能与柳叶她娘走到一起……"

送走了胡大魁，民军又进入了休整候旨期的平静。在等待中，小悦越来越为民军将士的前途担忧。她对皇上"隐其事，用其人"的意图虽能接受，但深知朝内的复杂，那些满臣肯定会设法阻止皇上重用汉人，尤其是这些被他们视为不入流的民军将士。她担心到头来会事也隐了、人也不用了，若真如此，这数万民军将士就要被逼到朝廷的对立面去了。不过，她相信皇上一定会想到这一层，也会有足够的智慧去避免她所担心的事发生。

以前战事繁忙时，小悦心里充实，如今民军天天重复整训，她心里已空落了许多。直至过了些日子，她才想起了该去完整、系统地游览一次大沩山。她来大沩山多年了，虽各处都已走到，但因心里有战事，每处都只匆匆掠过。她现在已意识到，大沩山七十二峰的巍峨壮丽和遍地仙韵她该去观赏，十寺九庵深藏的佛教文化她该去领悟，每朝每代必出官将的灵气她该去感受。所以，她选择了个晴好日子出了门，首先来到了密印寺。智能大师问明她来意后，甚为高兴，说道："你要品读大沩山，当然该先来密印寺。密印寺为中华禅宗五大宗家之一沩仰宗发源地，外显万象，内藏万机，读懂本寺就读懂大沩山了。"他问道："格格是要参悟还是观悟？"小悦虽懂得些禅理，但不喜欢参禅之道，所以回道："我灵性不够，悟性也浅，此来只想观贵寺之万象、感贵寺之神奇。请大师带我到处看看吧！"

　　智能大师道了声"阿弥陀佛，请随我来！"便领着小悦来到了密印寺的前广场，且比划着说道："本寺独踞雄峰之下，气势宏伟。你看，它以毗庐峰为背景，云雾缭绕尽显幽静、景色奇丽且又清雅。本寺始建于唐德宗贞元十六年，当时寺院风水大师司马头陀遍游名山大川，经实地踏勘后对此地赞叹不已，回江西后向佛门大德百丈禅师推荐，百丈禅师即派灵祐大师来此修建了本寺。密印之名得于'密传心印'一语。本寺已有千年，虽经唐风宋雨、元霜明雪，但尊貌如初、佛光四射，如佛祖坐莲观四海。你细细观之，看能否有悟？"小悦把寺庙整体观看了一遍，微笑着说道："我虽无悟，但有感，感佛祖圣明。这山载寺院千年不衰，寺润此山长久兴盛，该是二者之缘分所致，而这缘分，正验证了山的灵性和佛的圣明。您说是否？"大师一声"阿弥陀佛"后，道："格格说的是！格格初识本寺便有此悟，慧根不浅啊！"小悦清爽地笑了，说道："我本愚钝，难得有悟，就算浅悟出了这些，也是大师点拨而成。有劳大师，请带我继续观赏吧！"

　　"阿弥陀佛，请跟我来！"大师领着小悦来到寺院门口，指着门楣上的"密印禅寺"匾额说道："当年灵祐禅师建本寺弘法之后，其弟子慧寂回江西仰山又创立了栖隐寺，师徒共创了汉传佛教禅宗南宗首派沩仰宗，被佛界誉为'五祖分灯第一家'，也被誉为禅宗"一花五叶"之首叶。唐宣宗李忱仰本寺为沩仰宗之摇篮，故亲题寺名，敕赐御匾。后来宋神宗也仰本寺之尊再赐御匾，本寺又获殊荣。"小悦点头说："该寺之尊感动了两位皇帝，两位皇帝又敕赐御匾予该寺，这寺庙与帝王家很投缘啊！这可否理解是佛家与皇家的缘分？"大师堆笑说道："正是！格格又有悟了！"小悦摇摇手说道："大师过奖了。但依我看来，这两位皇帝赐匾只是一念之举，算不得与佛有深缘。皇家与佛家之缘当在理念相近目的相同。我朝之皇道远胜唐宋元明，应与佛道贴得更近，我要奏请皇上也敕赐御匾。不过，您得将吾皇之匾换悬于此，以示吾皇更为圣明才行！"智能大师望着小悦，神情已有些怪异，道："吾皇自然比历代帝王圣明，能敕赐匾额是本寺之莫大荣耀。不过，吾皇之匾当悬于大殿之内，以免风霜涂抹。再说，吾皇乃前所未有之圣君，所赐之匾额当与佛祖金像同殿，方显尊贵。而门上这匾已悬千年，换不得了。"小悦沉默片刻后浅浅地笑了，走动了几步后说："既然如此，说明我皇帝哥哥与贵寺缘分尚浅，我就暂不奏请了。待有朝一日，皇上与贵寺的缘分深了能亲临贵寺时，再请他题匾相赐吧。我领略贵寺的风貌要紧，还请大师带我继续观赏吧！"

　　智能大师听出了小悦的话外之意，但并不介意，只道了声"阿弥陀佛"，便领着小悦进了大殿。他未作介绍，只说道："此为本寺的大殿，请格格自行观赏，看能否有悟？"小悦轻移着脚步，绕行了一周，将大殿察看了个遍。大殿四壁镶满了金佛，每尊佛像都神态肃穆，闪着金光。这一周绕下来，她已目眩。她深感此景应是世上少有之奇观，便惊喜地说道："这殿内四壁上的佛像应有万尊之多吧？这是否要表明万佛福泽万民之意？若真如此，这番景象彰显的就该是佛与民之缘分了。"智能大师说道："格格果真眼慧。大殿有贴金佛像一万二千九百八十八尊，故称万佛殿。万佛同施万恩于万民，是本寺之要宗，格格确实洞明得是！"小悦欣喜地一笑，说："果然有万尊之多啊！我去过的寺院并不多，但我猜想，这万佛殿应为密印寺所独有吧？"大师回道："的确如此！天下寺庙数以万计，但一寺万佛唯本寺独有，格格又洞明得是！"道了声"阿弥陀佛，格格请"后，便又领着小悦观看了其他各处的奇景，各景虽有不同，但都蕴含着神奇的故事，每个故事都令她惊叹。

　　当来到前院的银杏树下时，智能大师停住了脚，说："本寺有两棵银杏，这株是唐代宰相裴休手植，名'白果相王'。"转身指着寺院后面又说道："寺院后面那株为本寺的始祖、沩仰宗开山祖师灵祐禅师手植，树中寄生有梅树、檀树，其状秀美独特，名'白果含檀'。请格格仔细观察，看能否有悟？"小悦的脑袋转过来转过去，来回地察赏着这两棵银杏，颇感神奇，所以不失兴奋地说道："这两棵树都枝繁叶茂、葱葱郁郁，尽显勃勃生机，我理解它们是在昭示当今天下之兴盛。而院后那棵有梅、檀寄生，且同生共茂，更彰显了佛祖的包容与担承。我如此感悟是否在理？"大师立掌于胸前，带着欣喜说道："格格已感悟得深了。这两棵树都已有了千年之寿，千百年来，随天下之兴衰而显荣枯。其荣则天下兴，其枯则天下衰。那棵'白果含檀'更能分明地昭示国运与民运之兴衰，即母树荣则国运兴、寄木荣则民运旺，二者诸荣则国兴民旺。你看，如今那母树寄木均郁郁葱葱、生机勃勃，不正昭示着当朝国泰民安、国富民强吗？"小悦已满心的舒爽，接话说道："果真如此啊！这树生在寺中却能昭显天下的兴衰，应是凭了寺庙所赐之灵气。寺庙能赐予其灵气，应全因佛祖的圣明。请问大师，我如此感悟是否有理？"大师开心地笑了，道："甚是有理！"又问道："近的都已赏察，格格是否愿意再去看看远的？"小悦兴致正浓，所以心有期待地回问道："远的该如何观赏？"智能大师"呵呵"一笑，指了指毗庐峰顶，说道："高瞻可远瞩啊！"小悦笑了笑，便满口答应："好啊！那请大师前面引路吧！"

智能大师只一点头就运足了气，奔向了毗卢峰顶。而小悦也运气提脚，紧随其后，与智能大师同时站到了峰顶之上。大师昂首挺立，双手合十，目视远方，待小悦走近后，才给出了一番提示："请格格平静心气，远眺四周，将所见所闻都收入心中后，看能否有悟？"小悦点了点头，便稳住了心气，先环视了四周，再远眺着前方，看到了葱郁的山峰上金光闪闪，云腾雾绕，听到了松涛的轰鸣和小鸟的鸣唱。当把这些都收入心中之后，似是看到了波澜壮阔的大海和大海上星罗棋布且坚韧矗立的岛屿，还听到了波涛拍岸的欢笑和鸥鸟腾翔时的歌唱。这景致美丽得让人心旷神怡，壮观得令人惊心动魄。她"啊"的一声，惊动了智能大师。大师笑问："格格可是看出什么了？"小悦答道："美！不，是壮美！"

"格格只看到了表层啊！"智能大师环指四周，郑重有加地说道："这高山大峰座座葱郁，白云轻雾团团优美，确实壮美。可这壮美得益于地蕴湿水，天播阳光。湿水源自凡间如皇恩浩荡，阳光出自天庭如佛光普照，有了凡间与佛界的恩泽才有了这天下的勃勃生机，也才有了这江山的壮美如画。这点，你可察到？"小悦望着智能大师，恍然大悟，说道："是啊，湿水、阳光是天下壮美之源啊！这我懂了，大师今日带我来观赏，是要让我领悟到皇道与佛道源虽不相同，但目的都是为江山壮美、苍生得福，且相辅相成，不可或缺。您用心良苦啊！"大师"哈哈"一笑，说："格格果真聪慧呢！"但又说："可格格尚未领悟到至深！皇道与佛道虽同为万物生机之源，但佛光为上天固有，长撒不缺，无须祈求便可为苍生所获，这正是佛道的慷慨。而皇恩源自圣心，全由皇上心定，故而江山的壮美、苍生的福祉还得有皇道的慷慨才行，若皇恩浩荡，苍生万物必福运昌盛，天下江山必壮美如画，反之亦反，这就是皇道的真谛所在呢！"

小悦已欣喜不已，说："是啊，大师说得太对了！"经智能大师点拨，她心里像点上了一盏明灯。她看出了智能大师确是一位高人，所以，就跳出了初衷，把心思转到了要借助大师的智慧解开心中的疑团上。因而也突然改变了话题，说："大师慧眼清亮，内心高深，我有一事请教。我大清已打下江山多年，往后就该坐稳江山了。依大师看来，我朝如何才能尽好皇道永葆江山壮美、百姓得福？"智能大师掌立胸前，面带微笑，说道："此问好大啊！格格可要老纳说实话？"小悦点头说道："当然！"大师双手合十，表情庄重，说："纵观古今，当尽皇道而成皇业，皇业都以胜为目的，而胜有小、中、大胜的不同。小胜即打下江山，建立皇朝，大清已做到了。中胜则是一统江山，巩固江山，当下平叛未了，边陲不稳，西北不宁，台岛未归，还有好多事要做。大胜就是久久地坐稳这片江山，永葆江山壮美、百姓得福，这可任重道远呢！"小悦又问："大师能否细说，我大清该如何才能再取得中胜继而大胜？"大师更显庄重，说："皇道与佛道一样，深奥得很。凭老纳所悟，这胜之果离不开勇、智、德之因。小胜在勇，中胜在智，大胜在德，但皇业当求全胜，可全胜在道，道为德、智、勇之总和，要以德治为先、智治为辅、勇治为助，这才是皇道的根本。这皇道二字，皇上和格格都会比老纳悟得深，老纳不敢多言了！"小悦眺望着远处的峰峦，突然若有所思。稍顷后，才说："我来大沩山这些年，也对此略有思考，只是没有大师感悟得深刻。虽如此，也凭着浅悟带领民军完成了使命，想必这也是以德、智、勇合而为道以至全胜的结果吧？"大师"呵呵"一笑，说："格格的成功靠的是情、思、力，虽然情为德之首、思为智之源、力为勇之宗，但不可等同于德、智、勇。情、思、力亦可合而为道，此为将帅之道而非皇道，皇道之道可远不止这些呢！"小悦点了点头说："我明白了！今日经大师慷慨点拨，我受益匪浅，我定会将大师之言牢记在心，也要禀予皇上。"智能大师听后却摇头说道："如此万万不可！皇上身为天子，哪能不懂皇道？老纳这点感悟，就当你我闲聊听过就罢了，万不可拿去扰了圣心！"

"是吗？那我听大师的，记在心里就是了。"小悦点了点头，却来回踱起了步。片刻后，问："大师，我还有一事请教。您认为，皇上对我民军将会如何安置？"智能大师稍加思索后，答道："民有民道，军有军道，民军既为民，又为军，平时为民，战时为军，当下战事已平，该尽回民道去了。"小悦瞪着大眼，担忧地问："如此说来，我民军该散了？"大师说："格格错了，是该散的散，该留的留。只能为民者散，尚能为军者留。民便是民、军便是军，大战已过，民军该尽回民本去了。凭老纳猜测，皇上定会如此决断，因为皇上乃一国之君，须遵皇道而横观天下之广阔、纵观历史之长远。"小悦望着智能大师，还问："那谁又该散，谁又该留？"智能大师未加思索就回道："此事我早就想跟格格说了。湖南战事已结束数月，皇上至今尚未下旨，定是朝臣心思未跟上圣意，皇上故作拖延也是想要让大臣们再有个思量。但有一点可以肯定，吾皇圣明，圣意不会随群臣之议来回摆动。故而我等要循圣意而行，该利用当下之空闲做些安排了。"小悦再问："依您之见，我们该作何安排？"大师说道："妇孺老弱者散，青壮康健者留，圣意定会如此。该散的你就赏了让他们散去吧，也好让他们早有归宿，即使暂不遣散，也当清列，给须遣散时留个方便。留者须严整严训，剔民者之顽气，树军者之正风，以便日后能担得起攻城掠地、守土戍边之重任。此为当务之急，格格应尽快去照此办理。"小悦微微地点了点头，说："大师说得有理，我定照此去办！"但她又把目光伸向了远方，而且陷入了沉思。

"格格心中还有事，为何不问了？"智能大师轻声地说道。小悦一惊，便瞪大了眼睛。是的，她心中确实还有事想问。她本想问，皇上会不会真的不将民军战绩记入史册？可一想，此事涉及到皇上的具体决策，大师虽是高人，也未必能在万里之外揣摩到皇上的心思，因而就不打算问了。"我无事要问了。"她淡淡地说。大师道了声"阿弥陀佛"后，说："格格并非无事要问，而是不愿再问。那我就替格格说出心里的话吧。格格是想要把湖南平叛民军的战绩浓墨重彩记入史册，对不？但我要告诉你，皇上不会这么做。"小悦惊讶了，反问道："皇上为何不会这么做？是平叛民军的功不够大吗？"大师双目微闭，脸如静水，说道："格格错了，不是平叛民军功劳不够大，是太大了！皇上须遵皇道而做决断，平叛民军功不入史是皇道所需，请格格别太在意。"小悦一脸失望了，因为大师所洞明的正是她所不愿意看到的。所以又问："若是如此，后人怎能知道曾经有过我们这支功勋卓著的平叛民军呢？"大师微睁双眼，回道："我中华上下五千年，功过是非如山中草木、河中沙砾，可真正记入史册者又有几何？功劳名利为虚幻之物，苍生福祉才最为重要，格格不必在意那些虚幻之物。当然，平叛民军功不入史，也未必会被历史淹没。民军声势浩大、战功卓著，早已记入人心，有人心相传，后人岂能不知？"

"是啊！"小悦顿悟。经大师这般指点，她的心结已被打开，那些曾经的失落、纠结、郁闷全消散了，还有了释怀后的舒爽。她感激地望着智能大师，说道："大师看得明也悟得深，我受益了！"智能大师微笑着说道："格格快莫这般说。你今日能有所悟，老纳高兴。"接着问："格格还想去观赏其他地方吗？"小悦摇了摇头，答道："不去了，站在这毗卢峰顶上，已感悟到大沩山的灵气和神圣之所在了！"大师双手合十说："既然如此，就请格格随老纳去寺内进斋饭去吧！"小悦拱手回道："多谢了，我已有满肚子的感悟，不饿呢！得尽快回赶，将大师之点化落于行动。有空了我会再来拜访大师的！"智能大师说："既然如此，老纳就相留了，还望格格多多保重！"接着便双手合十，目视前方，不再说话，肃穆得像一尊安静的塑佛。小悦已从他这举动中领略到了富有深意的庄严与神圣，所以回道："也请大师多多保重！小悦告辞了！"

第六十章　钦差大沩山传旨　巨石台又迎新人

钦差博果铎在大虎、小虎、黑豹、白豹和当地官员陪同下来到了大沩山。康熙给民军的旨意是：隐其事、赏其功、用其人，这已满足了小悦的期望。而对湖南平叛民军所属人员及各部安置的原则是：妇孺老弱残者赏银两、田亩后遣回原籍安度余生，青壮男丁一律留用，编入绿营，李茂和大虎、小虎及黑豹、白豹回京城待任，其余各将校或镇守一方，或调往新的战场，且都晋升了品级。各女将已授权由小悦决定封赏和去向。这些都令小悦满意。

哥哥来了大沩山，小悦当然激动。她与这位从小就疼爱她也娇纵她的兄长十多年未见过面了，现在相见，她总想要在哥哥面前撒撒娇使使性子，但因念及其钦差身份的神圣，这些天只公事公办。她陪同博果铎参加宣旨盛会、接受将领参见、视察各支队伍、参与各营宴请，倒也忙得了不亦乐乎。这日，民军高层宴请过后，她已按捺不住了，拉上张安去了博果铎住处。一进门，就扑去了博果铎怀里，释放开了压抑已久的娇气和任性。博果铎紧搂着她，满是怜爱。望着这位依然清秀却已功勋卓著的小妹，想起她在此承受的巨大风险与万般艰辛，他鼻子一酸，已清泪满眶，且附在了小悦的耳边，说：“你劳苦功高啊！皇上要我告诉你，你是我大清朝的第一女帅！”瞟了一眼张安后，又说，“堂堂女帅就不要这般娇气了，来，坐下说说话吧，别把张将军冷落了。”小悦拭了泪水，娇媚地笑了，可噘了一下嘴，说：“张安是你的妹夫呢！自家人的就别这般做作了，该亲和一点嘛！”张安本有些尴尬，见兄妹俩都已提到自己，便朝博果铎施了个礼，说道：“钦差大人与格格多年不见，当好好叙叙。如不碍着，我在此陪着就是。”小悦一听，瞪了张安一眼，不满地说道：“看你，也不懂得亲和。这是我哥哥，你也该叫哥哥！私下里的，还把钦差、格格挂在嘴上，不觉得别扭吗？”接着，噘上嘴，对博果铎说：“这几天我已做作得够了，今晚不许你们再显官场做作了！”博果铎“哈哈”一笑，道：“行，听你的，不做作了！我就陪妹妹、妹夫好好聊聊！”

“老祖母和皇上都好吧？”三人刚一坐定，小悦就突然问。博果铎回道：“老祖母硬朗得很，皇上也挺好呢！老祖母常念着你，她老人家说，要你和柳叶格格去趟京城，要好好看看你们，还要奖赏你们呢！皇上也说了，要张安、王炳两位将军陪同你和柳叶格格去过京城后再去赴任，皇上也要奖赏你们！"小悦开心地笑了，略显动情地说道："我早就想回去看望老祖母和皇上了，以前重任在身不能如愿，如今只需把军务了结即可随你回京了。十多年了，京城是啥样子我都快不记得了！"博果铎点头说道："你当然该随我回京。关键是当下要尽快把这边的事务办妥。说到事务，各将及所属开拨好办，照旨办理即可。但安置妇孺老弱残者、广宣给大沩山百姓免十年赋税的恩旨、抚慰阵亡兵士家眷、清理移交民军财产、处理特殊事务等等，都很琐碎，耗时会多。"张安一直拘谨，现在见博果铎随和了，就接上话说："请博果铎哥哥放心，事情虽然琐碎，但只要调摆合理，能快速办好。因这些事牵涉面广，最好能依圣意和您的想法分到各人头上去办。若能多头同步推开，就要快多了。再说，每人都顶着责任去做，不会懈怠，您说是不？"小悦觉得张安说得有理，便接过了话："确实分头办理最好！我想，诸事该如此安排：遣散妇孺老弱残者我来督办。人员我早已清列，赏银可从民军存银中支取，赏赐田亩可交由各府、县照旨落实。抚慰阵亡兵士家眷，可交由王炳督各府、县去办。各营开拨可交由李茂带黑豹、白豹和大虎、小虎督办。民军财产清理移交可交由王佑三、于奎与府、县衙门合办。特殊事务我来汇总后统一处置。张安就陪哥哥去大沩山各地布皇恩于百姓。我想，诸事同步推开，用两个月就能办妥。只是还有一事须借你钦差的威名去办。这里有个叫官山的地方，是个灵气十足的抱孵之地，书院、学堂众多，且历史悠久，自唐朝以来官将百出，南宋时还出过状元、尚书，其人杰地灵之盛名千年不衰。这些学府在南明后期就已停办，现在战事平了，我想请你能敦促地方尽快恢复。"博果铎笑道："小妹果真是我大清朝第一女帅！诸事千头万绪的却调摆得井井有条。至于官山的书院、学堂，还有岳麓书院及湖南各地的书院等官校、民校的复学，我已敦促地方按各层管辖在办了。战后尽快复学兴教、复商兴农，是皇上的旨意，我哪敢懈怠啊！好吧，诸事就按小妹所定一并铺开，争取能早日办妥。我呀，还得借看望百姓之机，好好欣赏一番这大沩山呢！据说大沩山风景秀丽，灵气十足，我得感受一番，多沾些灵气回去！"

"如此正好！"张安欣喜地说道，"我定陪同好博果铎哥哥，保证您不白来了这大沩山一趟！"小悦也说："说到这大沩山的灵气呀，哥哥你得用心去感受。我建议你先去密印寺，你若能感悟到这千年古寺长久兴盛之奥秘，就能感悟到大沩山之灵气所在了。"博果铎"哈哈"一笑，道："看来小妹已感悟得深了！能否将你的感悟说来让我分享？"小悦耸了耸眉，摇头道："我的感悟在我心中，不可说予别人。走进大沩山来呀，不同的人会有不同感悟，你得要悟出自己的感受来。"张安也说："一样的大沩山，对不同的人虽会展示相同形貌，但会展示不同神韵。我生长在大沩山，走到哪个角落，都有在母亲怀抱里的那种温暖和亲切之感。但小悦的感受肯定不同。博果铎哥哥初来此地，定会有另一番感受。明日起，我就陪您边布皇恩于百姓边观赏游览，保您不虚此行！"博果铎点着头说："既然你俩都如此说了，我定用心去领略、去感受。不过，有两个地方我得早去，一是金莲庵，另一个是密印寺。我要去拜访金莲庵的静空大师和密印寺的智能大师，并代太皇太后向他俩问个好，这是老祖母特意交代的！"

"向静空大师和智能大师问个好？"小悦一脸诧异，"老祖母怎知道这里有个静空大师和智能大师？她老人家贵为太皇太后，特意交代你去拜访两位出家人，凭的什么理啊？"博果铎"哈哈"一笑，道："老祖母凭的不光是理，还有情和义呢！她老人家说，先帝顺治爷出家后，她就在御前侍卫、御前行走和乾清门侍卫、乾清门行走中挑选了千人从佛，分派去了各地寺庙，还选派了数百宫女去了各地尼庵。后来，老祖母又分派了几批汉侍卫和旗兵从佛从道，有数千之众，撒出去后都生根成材，在这次平叛大业中发挥的作用都顶上十万大军了，老祖母走的是大棋呢！"小悦和张安好不惊讶。小悦说："现在我明白了，这些年，我每到危难之际总会有佛、道弟子前来相助，想必都是老祖母安排的了。"博果铎说道："没错！老祖母知道你出宫后，就派人告知了在湘、川的亲信，要他们暗中给你帮助和保护，其中了然大师、智能大师和静空大师费心最多。老祖母之所以对你放心，就是有他们保护你，也能通过他们掌握到你的情况。了然大师已经殉国，静空大师和智能大师那里我必须得去。静空大师原是老祖母的贴身宫女，得知老祖母要派宫女从佛，她第一个请命且来了南方。老祖母一直牵挂着她呢！"博果铎笑了笑又说："老祖母还在许多地方安插了亲信，后来王辅臣、耿精忠、尚之信不得不降，与她老人家安插的人从中策动不无关系。老祖母还布下了许多暗棋。她老人家什么都料到了，什么都安排好了。组建朝廷平叛民军，已是最后一招暗棋，是车、马、炮等大棋布好了之后布下的一个小卒。"他缓缓而谈，小悦却已激动不已。张安则在钦佩太皇太后英明的同时，还心生了愧疚，说："听哥哥如此说来，我才知道朝廷平叛大业能取得胜利，是举国上下齐心协力的结果，更是老祖母和皇上精心准备、英明决策的结果。我曾以为，在这场声势浩大的平叛大业中，只有我民军的战绩最多、功劳最大，现在才知道，我们这点功劳微不足道！"博果铎"呵呵"一笑，道："妹夫所说并不全对。民军在平叛中所发挥的作用，皇上和朝廷都很认可。虽然在这盘大棋中你们只是个小卒，却是只过河卒，朝中就有人说，你们这过河卒子顶个车呢！这次皇上特派我为钦差前来大沩山宣旨慰问，说明了皇上对你们很认可、很重视！"小悦突然扬起了脸来，接过了话："老祖母和皇帝哥哥暗设了我们这个过河卒，确是英明伟大之举！如今，皇上又重赏了民军将士，将民军编入了绿营，且赋予了重任，使这些将士有了更大的用武之地。这些从民军中走出去的将士，定会成为我大清攻城掠地之长矛利剑，守边御敌之铜墙铁壁！"博果铎点头说道："小妹说的极是！"他虽还有许多话要跟他俩倾谈，但因这几日公务频繁，早已患倦，所以说完这句话就打起了哈欠。小悦一见，忙问："哥哥莫非要困了？"博果铎笑道："我呀，本还想与妹妹和妹夫多聊聊的，可这眼皮硬是要打架了！"小悦心有痛爱，拉上张安站起了，说："哥哥还是早些去睡吧，我俩就不打扰了！"

第二日天还未亮，小悦和张安来到了博果铎的住处外等待博果铎了，随后民军的各将及地方官员也都来了。博果铎本来有早起的习惯，昨晚也曾约定今早要与民军的头领们切磋武艺，但因劳累，醒得迟了，所以一出门就略表了歉意："本王不经劳累，多贪睡了片刻，让各位久等了！"环视过众人后却又说："我本想要与大家去切磋武艺的，可现在想同柳叶格格走走去了。我这位妹妹是从天而降的，定有仙气在身，我想与她去单独聊聊，各位不会介意吧？如不介意，就都忙去吧！"博果铎身为钦差，想与柳叶刀单独聊聊尽合情理，大家并无二话，只异口同声地回答了"恕我等不能陪同！"便各自散去了。

柳叶刀陪同博果铎走出大门，来到了博公山上。她虽也见过世面，但还是头一回见到钦差和亲王，不免拘谨。一路上，博果铎不开口，她也不说话。两人静静地走着，形同陌路。博果铎却尽着哥哥的责任，让柳叶刀前行，自己在半步后护随。他曾从何卫那里了解到，柳叶刀是个武艺高强的大女侠，所以就曾想像，她应是个粗壮威武的奇妇猛女，相见后才知道她温柔俊秀、貌美非凡，不禁在心里暗暗地惊叹了。如今再把她与她的英勇之举联系到一起回味时，就更钦佩了。他现在就怀着钦佩之心紧跟其后，在琢磨着该如何与她开启话匣。又走出了百十步后，他终于叫了声"柳叶妹妹"，当柳叶刀转过了身时，又给出了个亲切的微笑，说："你是手屠吴三桂的大英雄，竟然这般俊秀貌美，我未曾想到哩！"博果铎开口就说出了这么个有趣的话题，柳叶刀甚觉得好笑，所以，也打趣般地回道："庄亲王认为，我该是个母老虎模样，对吗？"博果铎禁不住失声大笑，说："不是不是！我只是认为，吴三桂武功高强且身经百战，能取他性命者应粗壮有力勇猛无比才对，可眼前这位大英雄娇柔俊秀，我感到惊奇而已。"柳叶刀瞟了博果铎一眼，轻声说道："庄亲王把大英雄之称安放到我头上就糟蹋了。要说与强者拼杀，并非五大三粗勇猛无比就能取胜。武为形、功为实，我与强敌对阵时用的是功呢！况且，杀吴三桂凭的是众人之力，若无李茂、于奎、王炳、菊敏和恒坤道长等人同心协力，我哪能杀得了那贼头？"博果铎一听，便开怀一笑，说："妹妹不仅美丽俊秀、武功高强，还胸怀宽广，本王更佩服了！"听得博果铎如此夸赞，柳叶刀的脸上已红晕泛起，缓缓地低了一下头后，才轻声说道："庄亲王过誉了。我就一民间的普通女子，在民军中就做了点分内之事，却受到了太皇太后的封赏，本已受宠若惊，如今你又如此夸奖，更让我惶恐不安了。"

　　两人边走边说，不知不觉已来到了巨石台下。博果铎望着这巨石台，心生了好奇，问："这石头高耸于此，看似神奇，你上去过吗？"柳叶刀望着石台，回答道："小悦和张安经常上去，我轻功不及，未曾试过。"博果铎只抬起头来望了望，便来了兴趣，且问："既然他俩能够上去，我们何不试试？"若在平时，柳叶刀是不敢答应的，可这时，还真有了兴趣和勇气，所以，就答应道："行啊！那有请哥哥先来吧！"博果铎轻轻地一笑，伸了伸胳膊甩了甩腿，便朝着巨石台站了个坚定，再运了运气，纵身一跳，腾至了石台的台面之处，再伸手一扒就上去了巨石台。柳叶刀也跟着跳起，身体腾到了巨石台之上，再气往下压，也站上了巨石台。当意识到自己明显功胜一筹时，便装出了谦逊说道："庄亲王是走惯了平地的，在这山野之地还能如此轻松地上得了这石台，功夫了得啊！"博果铎笑道："分明是我功不及你，你偏要这般说，是要取笑哥哥不成？"柳叶刀窃窃地笑过，仰起脸回道："我哪敢取笑哥哥啊？我只是知道，功藏于身，要能发挥，得对所处之地有个适应。你平常踏的是平实之地，在这凸洼松软之处还能发挥得如此之好，足见你功底深厚。但要说起轻功，你我都不及小悦和张安，他俩每日都来，且能轻松就上。我还听说啊，这巨石台很有灵性，是视得了他俩的情缘，才让他俩上得来的呢。"博果铎"哈哈"一笑，道："如此说来，也是这巨石台视得了我俩的情缘，才让我俩上得来的？"柳叶刀的脸"刷"的红了，看了一眼博果铎后，羞意浓浓地说道："应是如此。我以前曾试图上来，总没勇气。今日你说要试，就上来了，或许这就是你说的那番缘故了。不过，你我这情缘应是早已注定，只是如今被这石台识得了而已。你说是不？"博果铎甚是开心，回答道："你说得是！你虽在民间，却是带着与皇室的情缘来到这世上的，时机一到就成了皇室的一员。若无情缘注定，民间女子又怎能成为格格？这种事以前想都没人敢想呢!"柳叶刀说道:"是啊!若无情缘相牵,我哪能飞上枝头成彩凤啊!只是我与皇室的情缘,应代表了天下百姓与皇室的情缘,这荣耀应当属于天下百姓。你说对不?"博果铎面带微笑看着柳叶刀,说:"你说得对极了!你悟出了我大清能夺得天下的根因所在了!"

两人越聊越投机,当再提到太皇太后时,博果铎说:"老祖母早就想见到你这位英雄孙女了,她老人家见到你后,定会万般喜爱的!"柳叶刀羞红了脸道:"我算不得英雄!老祖母可是最伟大的女人,我早就想去拜见了。若能得到她老人家的当面教诲,我定会眼界更宽、心胸更广、格局更大。可不知何时才能见到她老人家啊?"博果铎仰了仰头,说道:"老祖母有懿旨,要我办妥大沩山之事,就领着小悦和你一同进京,还要张安将军和王炳将军同往。再过大约两个月就可成行了,请妹妹莫急。我现在在想啊,你的聪明漂亮老祖母应早已料到,但肯定未曾料到你会聪明漂亮到如此程度。"柳叶刀娇羞地一笑,低下了头,片刻后说:"哥哥越说越过头了!"抬头看了眼博果铎,又说:"能否不说这些了?我们已居高临下站在这众多的风景之上,还是好好地赏景吧,如何?"博果铎点了点头,道:"也好。这大沩山很神奇,我该用心去赏。只是我少了慧根,若有赏不透之处,还请妹妹指点。"

小悦和张安从后门出发,却也不知不觉就已绕到了巨石台附近,见博果铎和柳叶刀正立在那高处,好不惊讶,因而也来了兴趣奔向了巨石台。上了巨石台后,小悦就走近了博果铎和柳叶刀,说道:"在这大沩山之地,除了我和张安,还未曾有人上过这石台,今日哥哥和姐姐都上来了,是惊喜之事啊!"博果铎微笑着没有说话。柳叶刀却接过了话说:"是博果铎哥哥想上来,我们才上来的呢!"小悦笑道:"如此说来,姐姐是见着了哥哥就功力大增了?"柳叶刀明知小悦是在打趣她,却仍直接回了话:"怕是这么回事了!若在平时,我是不敢的。今日博果铎哥哥说要试试我就有了勇气,连我自己都觉得奇特了!这至少说明,是博果铎哥哥给了我勇气。"博果铎在一旁笑着,见她俩说得如此有趣,也插过了话说道:"哪是我给了妹妹勇气啊?妹妹功力和勇气早就有了,只是平日没个人相邀,没兴趣罢了。"笑了笑后,又对小悦和张安说:"听说你俩能上得这巨石台,是因为有情缘相牵,今日我和柳叶格格也能上得来,应该也是这个缘故吧?"张安"哈哈"一笑,道:"应是如此!这巨石台啊,确实识得情缘。你看,我们四个虽有亲情、爱情之别,但都情系皇室、朝廷,且都上来了,这不是明证吗?"博果铎不禁一笑,点了点张安,说:"妹夫说得在理呢!但没有柳叶妹妹之前说得到位。柳叶妹妹说,我们的情缘,代表了朝野之情、官民之情，是巨石台识得了这份情缘，才让我们上得来的。我想，只有按柳叶妹妹这样去理解，才不会辜负了这巨石台的灵性。"

听着博果铎的话，小悦望去了远方，想起这巨石台曾挽救过自己的命运，赐予了自己幸福，给予过自己智慧和勇气，而这些，又从不同角度成就了自己的功业，也成就了朝廷的平叛大业，就对博果铎的说法有了深深的认同。她已意识到，这巨石台成就的不仅仅是她与张安的爱慕之情，更是朝廷与百姓的互信之情。她更意识到，这巨石台的灵气所彰显的不是小情小义，而是情布天下、德被八方的大情大德。所以，她指了指巨石台说："你们都说得对。但我以为，这巨石台立于峰巅，耸入云中通天接地，既昂扬着，也傲慢着，是在昭示：谁能站上它的头顶，谁就能得到安定天下之力。而今我们四个代表皇家站到它头上了，就有了理由坚信，我大清已有了足够能力征服任何邪魔恶怪，永葆江山稳固、百姓得福了。我想，如此去看，才不会辜负这巨石台的灵气。"听了小悦这番话，博果铎把目光伸向了远方，心中生出了要将天下揽入怀来的豪迈气概。他感慨地说："小悦对大沩山的灵气果然感悟得深啊！"柳叶刀却接过了话说："不，是大沩山的灵气让小悦对世界感悟得了更远更深！"而张安也凑上了前来，笑了笑说道："不，是小悦智慧超群，已与大沩山灵气相通，所以，才对世界感悟得更远更深！"

此时，红日从远处的山棱上弹跳出来，光芒四射，照得了群峰金光闪闪。随着几朵白云飘过，一群鸽子飞过了头顶，飞向了远方，消失在了蓝天与群峰的相连之处。而小悦、张安、博果铎和柳叶刀都望着鸽群远去的方向，心已腾飞，且越飞越高，越飞越远，越过天地的相连之处，飞向了更远的地方。而此时，另一处的山峰上，传来了孩子们的歌声：

大沩山，山连山，山峰接蓝天。我站在峰顶望天下，天下比天宽，天下是江山。

大沩山，山连山，山峰接蓝天。我站在峰顶望天下，天下在云端，天下是家园。

尾　声

　　大沩山的老人们说，康熙驾崩十年后，张安和小悦才相继离世，享年都九十有余。张耀清奉父母遗命，将父母遗骨送回了大沩山，安葬在博公山巨石台下并建有"同心墓"。但七七四十九天后，只听得一声惊雷响过，巨石台瞬间碎成了成千上万的小石掩在了"同心墓"之上，乡民们建议再造，张耀清却说："巨石台愿以粉身碎骨自成巨墓护盖我父母的遗骨，乃大情大义，何须再造？"

　　大沩山的老人们又说，乾隆十八年，乾隆皇帝南巡来到湖南时，想专门去大沩山祭拜他那位神勇的姑祖母——当年的小悦格格。当车马靠近黄材时，却见远处的大沩山云雾搅动，紫气升腾，大小峰峦庄严中显气势磅礴，宁静中含威严神圣，便令停车，不再前往。因念及迴龙山也曾是其姑祖母小悦格格的涉足之地，便前去游览了迴龙山的白云寺。当得知寺内供奉的仙钗是他姑祖母小悦格格的身上之物时，便敕赐御扇并题"青林带绕青林寺，白云寺建白云窝"于扇上，陪仙钗存于寺内。离开迴龙山时，乾隆遥望大沩山方向，下达了口谕："大沩山乃灵气之地，有天赐之神圣，不得惊扰。"并令在大沩山下立了一石碑，镌刻了他亲题的七字："大沩山为大，勿扰"，还赐予了"勿扰碑"之名。

　　大沩山的老人们还说，公元二十世纪四十年代，侵华日军派特工炸毁了"勿扰碑"，并派大军从宁乡城出发西进而来，企图攻占大沩山并在此建立基地，但遭到抗日军民奋力抵抗，付出了惨重代价也未能踏进大沩山一步。